W0015575

ro
ro
ro

rororo

Ursula Poznanski wurde 1968 in Wien geboren, studierte sich einmal quer durch das Angebot der dortigen Universitäten und landete schließlich als Redakteurin bei einem medizinischen Fachverlag. Nach dem fulminanten Erfolg ihrer All-Age-Romane «Erebos» und «Saeculum» widmet sie sich nun hauptsächlich dem Schreiben. Auch ihre Kriminalromane für Erwachsene sind Bestseller: Nach «Fünf» ist dies der zweite Fall für die Salzburger Ermittler Beatrice Kaspary und Florin Wenninger.

Ursula Poznanski lebt mit ihrer Familie im Süden von Wien.

Ursula Poznanski

BLINDE VÖGEL

Thriller

Rowohlt Taschenbuch Verlag

Veröffentlicht im Rowohlt Taschenbuch Verlag,
Reinbek bei Hamburg, Februar 2015

Umschlaggestaltung any.way, Barbara Hanke/Cordula Schmidt,
nach einem Entwurf von Büro Überland, München
Umschlagabbildung Eric Isselee/shutterstock.com; plainpicture/BY;
plainpicture/Vanessa Chambard
Satz Lino Letter PostScript, InDesign,
bei Pinkuin Satz und Datentechnik, Berlin
Druck und Bindung CPI books GmbH, Leck, Germany
ISBN 978 3 499 25980 7

Ira Sagmeister
Wie fandet ihr das Gedicht mit der Rose, gestern? Ich bekomme es nicht aus dem Kopf.

5 Personen gefällt das

Silke Hernau *hach* so düster und so schön.
Irena Barić Immer sind es Rosen. Ich wünschte, die Leute würden genauer hinsehen, dann würden sie oft merken, dass die angebliche Rose eine Kamelie oder eine Tulpe ist ...
Ira Sagmeister @Silke – düster und schön, genauso empfinde ich es auch.
@Irena: Manchmal kann man aber völlig sicher sein. Wer mit Rosen vertraut ist, erkennt sie sofort.
Thomas Eibner Irena, hier geht es um Poesie, nicht um Biologie. Kann es sein, dass du da etwas durcheinanderbekommst?
Helen Crontaler Das war übrigens von Hebbel, ich wundere mich, dass keiner das dazugeschrieben hat. Passt herrlich zur Jahreszeit.
Nikola DVD Ich liebe Rosen. Ich wüsste gern, wo Hebbel diese spezielle gesehen hat. Ob er sie wirklich gesehen hat oder nur in seiner Phantasie.
Ira Sagmeister Ich bin sicher, er hat sie tatsächlich gesehen. Wo? In der Nähe eines Brunnens, vielleicht. Ein Brunnen nahe einer Kirche – so stelle ich mir das vor. Und eine Rose wie keine zweite.
Thomas Eibner Ich finde eure Gespräche hier ziemlich merkwürdig.

Prolog

Dunkel. Eng. Keine Luft. Jede Unebenheit der Straße ein Schlag.

Der Knebel in ihrem Mund ließ sich nicht mit der Zunge verschieben, die Nase war vom Weinen zugeschwollen.

An sie gepresst lag der Dicke. Wimmerte. Sie fühlte das Zucken seiner gefesselten Hände. Vielleicht würden sie sich mit ihm begnügen. Im Gegensatz zu ihm war sie schnell, konnte rennen.

Sie sog Luft durch die verstopften Nasenlöcher, mit aller Kraft.

Ein weißes Schloß in weißer Einsamkeit.

Ohne dass sie es wollte, spulte ihr Hirn die Worte ein weiteres Mal ab.

In blanken Sälen schleichen leise Schauer.
Todkrank krallt das Gerank sich an die Mauer,
und alle Wege weltwärts sind verschneit.

Er war nackt gewesen, als er es ihr das erste Mal gezeigt hatte, und sie hatte nackt neben ihm gelegen. Voller Glück.

Sie presste die Lider aufeinander, versuchte, zu diesem Moment zurückzukehren. Die Zeit zu überwinden, die Monate, die vergangen waren, auszulöschen. «Düster», hatte sie gesagt. «Ein weißes Schloss, wie kann das so düster sein?»

«Die wahre Dunkelheit kommt von innen», hatte er geantwortet. «Und sie ist wie Krebs. Frisst sich weiter, weißt du? Durch alles, nach und nach. Schwarze Metastasen.»

Sie war ein Stück von ihm abgerückt, um ihm ins Gesicht sehen zu können, und war erstaunt gewesen, dass er lächelte.

Sein Vergleich hatte einen Schatten auf ihren Tag geworfen. Aber jetzt wünschte sie sich, vielleicht eines Tages an Krebs sterben zu können. In dreißig, in fünfzig Jahren. Ein Tod im richtigen Alter, bitte. Nicht heute, nicht jetzt, nicht!

In blanken Sälen schleichen leise Schauer.
Todkrank krallt das Gerank sich an die Mauer.

Zwischen ihren Fingern fühlte sie das Papier, das sie wie eine Rettungsleine mit ihm verband. Es war sein Drucker gewesen, der es ratternd ausgespuckt hatte.

Und alle Wege weltwärts sind verschneit.

Kaltes Beben überlief sie, trotz der stickigen Enge neben dem Dicken, der nach Angst stank.

Vorne wurde gesprochen. Einer der Männer klang angespannt, der andere lachte.

Holpern. Sie gab sich Mühe, den Kopf zu heben, damit er nicht bei jeder Unebenheit gegen den Boden des Kofferraums schlug.

Darüber hängt der Himmel brach und breit. Ihr Hirn spuckte immer weitere Verse aus. Sie klammerte sich an sie wie an ein Gebet.

Es blinkt das Schloß. Und längs den weißen Wänden
hilft sich die Sehnsucht fort mit irren Händen.
Die Uhren stehn im Schloß: es starb die Zeit.

«Ich kenne das Gefühl», hatte er gesagt, und seine Hand war über ihre Wirbelsäule geglitten, auf und ab, ab und auf. «Kennst du es auch?»

«Nein», hatte sie geantwortet, aber jetzt begriff sie es, oh Gott, und wie. Die Zeit war tot und blähte sich auf wie ein verwesender Leib. Jede Sekunde war quälend lang und verging gleichzeitig viel zu schnell, jede weitere führte näher an den Moment heran, der nicht kommen durfte …

und längs den weißen Wänden
hilft sich die Sehnsucht fort mit irren Händen –

Dann hielt der Wagen. Eine Tür wurde geöffnet und wieder geschlossen. Einer der Männer sagte etwas, das sie nicht verstand.

In blanken Sälen schleichen leise Schauer, leise Schauer, leise Schauer … die Worte fraßen sich in ihr Hirn und erstickten alle Gedanken. Der Dicke gab hinter seinem Knebel gurgelnde Geräusche von sich.

Todkrank krallt das Geränk sich an die Mauer.

Schritte, die näher kamen. Metallisches Klimpern. Zwei kurze, hohe Töne. Entsperrung.

Die Heckklappe öffnete sich.

Und alle Wege weltwärts sind verschneit.

Kapitel eins

Der Tisch war gedeckt, die Gläser poliert, sogar die Wassergläser. Beatrice sah nach dem Truthahn im Rohr und kämpfte gegen das völlig unpassende Gefühl an, ein Date vor sich zu haben. So war es nicht, ganz im Gegenteil, trotzdem wollte sie unbedingt noch duschen und sich umziehen, bevor sie den Tisch deckte.

Ein Date, was für ein Wort. Als wäre sie siebzehn und nicht sechsunddreißig.

Sie schüttelte über sich selbst den Kopf, drehte die Temperatur des Ofens hinunter und stieg aus ihren Jeans. Fünfzehn Minuten noch, das würde reichen. Mit etwas Glück fanden sie nicht gleich einen Parkplatz, dann hätte sie sogar noch Zeit genug, um sich ein gelöstes Lächeln ins Gesicht zu trimmen.

Sie duschte schnell und heiß, föhnte ihr Haar halb trocken und schlüpfte in ein hellblaues Sommerkleid, über das sie eine Schürze band, bevor sie die Teller auflegte und den Truthahn aus dem Ofen beförderte.

Der Abend musste friedlich verlaufen, er musste einfach.

Der Salat stand auf dem Tisch, daneben dampfte der Reis in einer Porzellanschüssel. Es sieht aus, dachte Beatrice, als würde ich so etwas hier jeden Tag machen.

Sie hatte den Truthahn gerade fertig tranchiert, als es an der Tür läutete. Pünktlich auf die Sekunde, natürlich.

Das Lärmen der Kinder im Treppenhaus war sogar durch die geschlossene Tür zu hören, am lautesten Jakobs helle

Stimme: «Ich bin schneller, ich bin schneller!». Beatrice öffnete die Tür, und beide Kinder stürmten ihr entgegen, atemlos.

«Ich war schneller, Mama», keuchte Jakob. «Du hast es gesehen, oder? Oder?»

Mina warf ihm einen vor Verachtung triefenden Blick zu. «Ist mir doch egal, Zwerg.» Sie drückte sich an Beatrice vorbei und schnupperte in die Wohnung hinein.

Jetzt hatte auch Achim den letzten Treppenabsatz hinter sich gelassen. Er stand abwartend da, mit einer Flasche Wein in der Hand und einem Gesichtsausdruck, der sich zwischen Lächeln und Stirnrunzeln nicht entscheiden konnte. Beatrice ging ihm entgegen und nahm ihn am Arm.

«Komm rein. Das Essen steht schon auf dem Tisch. Danke für den Wein.»

Seine Miene hellte sich auf, und er strich sich beinahe verlegen über das schüttere blonde Haar.

Es würde klappen, diesmal. Sie würden nicht streiten, sondern sich unterhalten wie Menschen, die etwas verbindet. Vielleicht würden sie sogar etwas finden, worüber sie gemeinsam lachen konnten.

«Hattet ihr eine schöne Zeit?», fragte sie.

«Ja, wir waren im Zoo in Hellbrunn», quäkte Jakob aus dem Badezimmer. Die Kinder wuschen sich freiwillig die Hände. Ein Wunder.

«Die Nashörner sind so toll, Mama. Fast so groß wie ein Haus, und die stinken wie ... wie ...» Er fand keinen Vergleich und schüttelte sich zur Demonstration.

Beatrice tauschte ein Lächeln mit Achim, eines der ersten seit der Scheidung. «Setzt euch, ja? Wer will Apfelsaft?» Sie fühlte, wie allmählich die Anspannung, die sie den ganzen Tag über begleitet hatte, von ihr abfiel. Das hier war ein normales Abendessen. Familie. Keine Prüfung, die sie zu bestehen hatte. Wenn die Kinder im Bett waren, würde sie mit Achim reden, ganz in Ruhe, und endlich einen Modus für ihre Scheidungsbeziehung finden.

Scheidungsbeziehung, oh mein Gott. Vielleicht Trennungsverhältnis? Auch nicht besser.

Der Truthahn war gelungen, stellte sie nach dem ersten Bissen erleichtert fest. Das idiotensichere Rezept aus dem Internet hielt, was es versprochen hatte.

«Wein?» Achim schwenkte die Flasche über ihrem Glas.

«Ja, bitte.»

Sie prosteten einander zu. Beatrice suchte nach dem bitteren Zug um seinen Mund, der *und das alles hast du weggeworfen* sagte, aber heute war nichts davon zu sehen.

«Mina würde gern wieder einmal zum Segeln gehen», merkte er an, nachdem er den Wein gekostet hatte. «Ich finde, sie ist jetzt alt genug, um den Segelschein zu machen. Wäre doch ein schönes Hobby, nicht?»

«Sicher. Wenn sie das möchte.»

Mina hopste auf ihrem Stuhl auf und ab. «Ja, will ich! Dann steuere ich das Boot, und ihr sitzt nur drin und –»

Beatrices Handy klingelte. Es war der schrille, nicht zu überhörende Ton, den sie für Anrufe aus dem Büro eingestellt hatte.

«Drrring!», echote Jakob mit vollem Mund.

Ihr erster Impuls war, nicht ranzugehen. Vielleicht war es bloß Hoffmann, der einen noch fehlenden Bericht einfordern wollte.

Nein. Das konnte nicht sein. Hoffmann war für zwei weitere Tage in Wien.

«Ach, Mist.» Sie legte die Gabel aus der Hand und blickte entschuldigend zu Achim.

«Geh nur ran.»

War sein Lächeln gönnerhaft? Oder tat sie ihm unrecht? Versuchte er, verständnisvoll zu sein? Beatrice fischte ihr Handy aus der Tasche. Florin.

Das war gut. Er würde verstehen, dass sie jetzt keine Zeit hatte, Berufliches zu besprechen. *Bitte kein neuer Fall, nicht heute, nicht jetzt!*

Doch sie musste nur den Klang seiner Stimme hören, um zu wissen, dass sie das Abendessen vergessen konnte.

«Bea, es tut mir leid. Eben ist ein Anruf hereingekommen, Spaziergänger haben zwei Tote gefunden, nicht weit von Schloss Aigen. Ich fahre gleich los. Kannst du direkt hinkommen?»

Sie antwortete nicht sofort, sah erst zu Achim hinüber, der ebenfalls sein Besteck abgelegt hatte. Er rieb sich übers Kinn, eine ärgerliche Längsfalte teilte seine Stirn. Anrufe dieser Art hatte es früher oft gegeben, und er hatte nie freundlich darauf reagiert.

Friedensverhandlungen einmal mehr im Ansatz gescheitert, dachte sie. «Wohin genau?» Sie kramte im Stiftehalter nach einem Kugelschreiber, der funktionierte, fand aber nur einen halb ausgetrockneten, grünen Textmarker. Der musste reichen.

Florin gab ihr eine Wegbeschreibung durch. In der Nähe des Fundorts lag ein Campingplatz, dort würde sie parken können, und dort würde er auf sie warten.

Feste Schuhe, eine Jacke, Haare zusammenbinden. Aber vorher musste sie noch mit Achim sprechen.

«Es tut mir leid, wirklich, aber …»

«Ein Notfall», führte er ihren Satz zu Ende. «Ja. Ist es das nicht immer?» Er klang resigniert, aber nicht angriffslustig, ganz anders als sonst. «Wer war dran? Wenninger?»

«Ja. Florin. Er ist schon unterwegs zur Fundstelle.»

«Du hast es also eilig.» Achims Lächeln wirkte angestrengt, aber es war da. Er gab sich wirklich Mühe.

«Ja. Danke, dass du es verstehst», sagte sie vorsichtig. «Würdest du warten, bis ich zurück bin? Wegen der Kinder – und vielleicht können wir anschließend noch ein Glas trinken?»

Jetzt senkten sich seine Mundwinkel, aber wenigstens blieb die Stimme freundlich. «Wenn du wiederkommst, schnarche ich längst auf der Couch. Ich habe nicht vergessen, wie das abläuft, machen wir uns keine Illusionen.»

«Danke.» Sie lief ins Schlafzimmer, zog sich um, küsste die Kinder und saß innerhalb von fünf Minuten im Auto. Ein wenig beschämt über ihre eigene Erleichterung und Dankbarkeit Achim gegenüber. Als ob er etwas Besonderes geleistet hätte, indem er ihr keine Szene gemacht hatte.

Sie stieg aus dem Auto und roch Brathuhn. Der Duft kam aus dem Bistro des Campingplatzes und erinnerte Beatrice daran, dass sie kaum etwas von ihrem Truthahn gegessen hatte.

War vermutlich auch besser so. Florin hatte nichts über den Zustand der Leichen gesagt. Es war gut möglich, dass ein voller Magen sich mit ihrem Anblick nur schlecht vertrug.

Sie band sich die Schuhe fester zu und nahm die Jacke vom Rücksitz. Am Waldrand hatte sich eine Gruppe von Campern zusammengerottet, drei Polizisten in Uniform sprachen mit ihnen und sorgten gleichzeitig dafür, dass niemand zwischen den Bäumen verschwand.

Dann entdeckte sie Florin. Er saß an einem Tisch vor dem Campingplatzbistro und unterhielt sich mit zwei jungen

Männern. *Sehr* jungen Männern, wie Beatrice beim Näherkommen feststellte, höchstens neunzehn. Beide waren blass, einer hielt sich die Hände vor den Mund, als sei der Geruch von gebratenem Huhn zu viel für ihn.

Florin winkte Beatrice dazu. «Gut, dass du da bist. Das hier sind Samuel Heilig und Daniel Radstetter. Studenten aus Freiburg, die ein paar Tage hier campen.»

Beatrice schüttelte beiden die Hand. Die von Radstetter war eiskalt und feucht, trotz der sommerlichen Temperaturen.

«Ich bin Beatrice Kaspary. Landeskriminalamt, genau wie mein Kollege. Ich vermute, Sie haben die Toten entdeckt?»

Samuel Heilig schluckte und schloss kurz die Augen. «Wir waren spazieren, mit dem Hund. Unsere Freundinnen sind im Zelt geblieben.»

Seiner Aussprache nach kam er aus Schwaben.

«Der Hund hat plötzlich wie wild zu bellen begonnen und uns weitergezerrt. Zu einer ... Mulde hin. Einer Senke, wo ziemlich viel Gestrüpp wächst und dort –» Heilig unterbrach sich und warf seinem Freund einen hilfesuchenden Blick zu, aber der schüttelte nur den Kopf.

«So schlimm», flüsterte er, die Hände immer noch vor dem Mund.

«Ich gehe es mir ansehen.» Beatrice schob ihren Stuhl zurück und stand auf. «Ist Drasche schon hier?» Sie spähte zum Parkplatz hinüber, ohne das Auto des Spurensicherers zu entdecken.

«Nein, aber er ist auf dem Weg.» Florin winkte einen der uniformierten Polizisten zum Tisch. «Bleiben Sie bitte bei den beiden Zeugen.»

Mücken umschwirrten Beatrice und Florin schon am Waldrand, begleiteten sie auch, als sie in den Schatten der

Bäume traten. Sirren und Summen. Am Fundort würde es noch schlimmer sein. Ein Fest für die Fliegen.

Schweigend überwanden sie eine leichte Steigung. Beatrice spürte, dass Florin sie von der Seite ansah. Besorgt. Wirkte sie so mitgenommen?

«Mit mir ist alles in Ordnung», erklärte sie.

Er nickte und lächelte. «Gut zu wissen.»

Sie überlegte, ob sie ihn fragen sollte, was sie in der Senke erwartete. Auf welchen Anblick sie sich einstellen musste. Doch dann ließ sie es bleiben. Es würde ihren ersten Eindruck zunichtemachen.

Beatrice konnte den Fundort der Leichen hören, bevor sie ihn sah. Wütendes Summen empfing sie, als sie auf den mit rot-weißem Band abgesperrten Bereich zugingen. Sie hatte recht gehabt mit den Fliegen. Aber noch kein Geruch.

Sie kletterte unter der Absperrung hindurch und schluckte gegen das enge Gefühl in ihrer Kehle an. Doch die Anspannung blieb. Sie würde in Situationen wie dieser wohl ewig ihr Begleiter sein. Die Begegnung mit dem Tod wurde auch nach vielen Malen nicht einfacher.

Sie lagen inmitten von trockenem Laub, eine Frau und ein Mann. Er auf dem Bauch, sie auf dem Rücken. Sein Körper war klein und gedrungen, ihrer lang und überschlank. Gegensätze, dachte Beatrice.

Zwischen den Leichen kniete Dr. Vogt und war eben damit beschäftigt, mit einem Skalpell Hose und Unterhose des Mannes zu durchschneiden. Das Thermometer, mit dem er gleich die Rektaltemperatur messen würde, lag schon bereit.

Beatrice unterdrückte den Impuls, sich abzuwenden. Sie heftete ihren Blick auf das zur Seite gewandte Gesicht der Frau, die bläuliche Hautfärbung, die aus dem Mund hängende Zunge. Halb offene, verdrehte Augen. Kein Wunder, dass die beiden jungen Camper so verstört gewesen waren.

«Erdrosselt», erklärte Vogt, bevor sie fragen konnte. «Mit einer Wäscheleine, die liegt hier noch.»

«Und der Mann?»

Der Gerichtsmediziner winkte sie heran, deutete auf den von Laub halb verdeckten Kopf der Leiche.

Ein Einschussloch an der rechten Schläfe. Eine ungleich größere Austrittswunde an der gegenüberliegenden Seite, das halbe Ohr und die Wange waren weggesprengt. Direkt neben der Hand des Toten entdeckte Beatrice nun auch eine Pistole. Wenn sie die Fingerabdrücke des Mannes darauf fanden und sich zeigte, dass die Waffe auf ihn gemeldet war, dann konnten sie von Mord und Selbstmord ausgehen. Unerfüllte Liebe, Vertrauensmissbrauch, Betrug – sie versuchte, sich vorzustellen, wie die Beziehung der beiden zueinander gewesen sein mochte.

Merkwürdig, es gelang ihr nicht.

Es lag an der Frau. Ihr Gesicht war aufgequollen und verfärbt, aber man erkannte immer noch, dass sie sehr hübsch gewesen war. Puppenartige Züge, ein durchtrainierter, langgliedriger Körper. Schicke Kleidung – ein enormer Kontrast zu den an den Schenkeln abgewetzten Jeans des männlichen Opfers, das dazu ein sandfarbenes Poloshirt in Übergröße trug.

Es war kein zulässiger Schluss, aber ein zu starker Eindruck, als dass Beatrice ihn einfach hätte ignorieren können. Mord und Selbstmord kamen hauptsächlich in Beziehungen vor, und sie glaubte nicht, dass die tote Frau ein intimes Verhältnis zu dem Mann gehabt hatte. Eher, dass er hinter ihr her gewesen war.

Unerfüllte Liebe. Stalking, vielleicht.

Vom Weg her waren eilige Schritte zu hören und die vertraute, übellaunige Stimme von Drasche, der wieder einmal seinen Unmut darüber kundtat, dass andere vor ihm am Tatort gewesen waren. Als könnten allein ihre Blicke wichtige Spuren verwischen.

«Hallo, Gerd», begrüßte ihn Beatrice. «Bevor du fragst: Nein, wir haben noch nichts angefasst.»

«Gut.» Drasche stellte seinen Spurensicherungskoffer ab und entnahm ihm Handschuhe, Plastikaufsteller mit Spurennummern und sein übliches Arsenal an Behältern und Tüten.

Mittlerweile hatte auch sein Kollege Ebner den Anstieg geschafft, grüßte einmal in die Runde und packte seine Kamera aus.

«Was bringt zwei so unterschiedliche Menschen im Tod zusammen?», murmelte Beatrice, mehr zu sich selbst, doch Florin hörte ihre Worte.

«Das Leben, schätze ich. Wir wissen doch noch gar nichts über sie, Bea.»

«Ja. Trotzdem.» Sie ging ein Stück näher heran, um Drasche besser bei der Arbeit beobachten zu können. Florin gesellte sich zu Vogt, der eben unter dem Absperrband hindurchtauchte und sein Diktiergerät in die Jackentasche steckte.

«Der Mann hat einen Ausweis bei sich, die Frau nicht.» Drasche hielt ein abgewetztes Lederportemonnaie hoch, aus dem er einen Führerschein zog, einen der neuen, im Scheckkartenformat. «Gerald Pallauf, geboren 1985. Vermutlich aus der Gegend, das Dokument wurde in Salzburg ausgestellt. Alles andere später.»

Was *ab jetzt will ich nicht mehr gestört werden* bedeutete.

Beatrice schrieb die Daten in ihr Notizbuch, die Augen

zusammengekniffen, um besser sehen zu können. Die Dämmerung wich immer schneller der Dunkelheit. Gerade eben war noch jedes Detail des Waldbodens zu erkennen gewesen, nun hatte er sich in eine diffuse Fläche voller Stolperfallen verwandelt.

Ebner brachte zwei Scheinwerfer in Position. Kurz darauf schnitt ihr Licht eine blendend grelle Scheibe aus der Finsternis und legte jedes Detail des Todes frei. Beatrice konzentrierte sich wieder auf Drasche, der sich gerade den Händen der Frau widmete, erst die linke, dann die rechte untersuchte. Er betrachtete die gekrümmten Finger, hielt plötzlich inne und griff nach seiner Pinzette. Förderte etwas Dünnes, Weißes ans Licht, kaum größer als eine Briefmarke.

«Ist das Papier?» Wenn man Drasche schon bei der Arbeit störte, war es Beatrices Erfahrung nach am erfolgversprechendsten, nur Ja- und Nein-Fragen zu stellen. Es funktionierte auch heute wieder, Drasche nickte und ließ den Papierschnipsel in einen kleinen Plastikbeutel fallen.

«Steht etwas drauf?»

Er sah kurz hoch, ungehaltene Querfalten auf der Stirn. «Nein. Diesmal keine Briefe an euch, wie es aussieht.»

Beatrice ging bewusst nicht auf die Anspielung ein. Der Fall vom Frühjahr war ihr immer noch allzu präsent. Einiges, was damit in Zusammenhang stand, begleitete sie täglich in die Arbeit und zurück.

Ein Stück leeres Papier also. Von einem größeren Blatt abgerissen, der Form und den Kanten nach zu schließen. Soweit sie die Senke überblickte, war dieses Blatt hier nirgendwo zu sehen.

«Wir sollten uns um die Camper kümmern.» Florin war wieder neben sie getreten. «Die Campingplatzbesitzer befragen.» Er legte ihr eine Hand auf die Schulter.

«Gleich.» Sie ließ Drasche nicht aus den Augen, wartete, bis er die Leiche zur Seite drehte. Auch hier nichts. Kein Papier.

Sie erzählte Florin auf dem Weg zurück zum Campingplatz von dem Papierschnipsel. «Aber der Rest ist hier nirgendwo. Was die Frau zwischen den Fingern hatte, sah ganz klar so aus, als hätte sie es abgerissen, und das muss kurz vor ihrem Tod gewesen sein, sonst wäre der Schnipsel nicht mehr in ihrer Hand. Also gibt es zwei Möglichkeiten.» Beatrice stieg über einen dicken Ast, der quer auf dem Weg lag. «Erstens: Sie wurde an einem anderen Ort ermordet und hierher transportiert. Finde ich unwahrscheinlich, weil ein so kleines Stück Papier unterwegs ziemlich sicher verlorengegangen wäre.»

Folgte Florin ihrer Argumentation? Er nickte. Gut.

«Zweitens: Sie wurde hier im Wald getötet. Aber wo ist dann das Blatt, von dem sie das Stück abgerissen hat? Jemand hat es mitgenommen. Und damit haben wir einen weiteren Beteiligten. Einen potenziellen Mörder.»

«Wind», sagte Florin.

«Wie bitte?»

Florin blieb stehen und lächelte sie an. «Wind, Bea. Papier fliegt davon, wenn der Wind es erfasst. Ich kann deine Gedanken nachvollziehen, aber du ziehst gerade sehr große Schlüsse aus einem sehr kleinen Papierfitzelchen.»

Wie um ihn in seiner Argumentation zu unterstützen, kam eine leichte Brise auf und blies ihm die dunklen Strähnen aus der Stirn.

Fortgeweht. Dann musste das Blatt im Wald noch zu finden sein. Irgendwo am Fuß eines Baums. Wenn das so war, würde es Drasche nicht entgehen.

Die Besitzerin des Campingplatzes wartete an der Rezeption, einer dunklen, verschrammten Holztheke, auf der Stapel alter Zeitschriften lagen. Zwischen zwei gelb verfärbten Fingern hielt sie eine Zigarette, die sie am Rand eines überquellenden Aschenbechers ablegte, als sie Beatrice und Florin begrüßte. «Tut mir leid, ich rauche eigentlich nicht mehr.» Sie griff noch einmal nach der Zigarette und nahm einen tiefen Zug, bevor sie sie ausdrückte und den Aschenbecher zur Seite schob. «Aber ich bin völlig fertig. Meine Güte, so ein Drama, und ausgerechnet hier. Wenn jetzt nur nicht alle abreisen.»

Ihre Augen wurden groß, und sie schlug sich die Hand vor den Mund. «Was sage ich denn da. Entschuldigen Sie bitte – viel schlimmer ist natürlich, was den beiden jungen Leuten passiert ist. Sie waren jung, oder?»

«Ja.» Florin setzte das Lächeln auf, das Beatrice insgeheim sein Wolfslächeln nannte. «Sie können mir sicherlich die Anmeldeformulare aller Personen geben, die derzeit bei Ihnen campen?»

Die Frau zögerte, dann nickte sie. «Aber es war bestimmt keiner von meinen Gästen.»

Das Wolfslächeln vertiefte sich. «Interessant. Wie können Sie da so sicher sein?»

Die Frau kratzte sich unsicher im Nacken. Sie trug das ergraute Haar kurz und *praktisch*, wie Beatrices Mutter es genannt hätte. «Na ja. Ich meine ... die sind doch auf Urlaub hier. Zum Erholen.»

Wie um Florins Blick zu entkommen, tauchte sie hinter ihrer Theke ab und förderte eine zerfledderte Mappe zutage. «Hier. Das sind die Anmeldungen.»

Beatrice sah sie durch. Kein Gerald Pallauf.

«Vermissen Sie einen von Ihren Campern?», erkundigte

sie sich. «Ist jemand überhastet abgereist oder von einem Spaziergang nicht zurückgekommen?»

«Nein.»

Beatrice bezweifelte, dass die kettenrauchende Nichtraucherin das Kommen und Gehen ihrer Gäste zuverlässig im Blick hatte, aber gut.

«Ich werde Sie später bitten, sich die beiden Opfer anzusehen, wir müssen wissen, ob Sie Ihnen schon einmal begegnet sind.»

Wieder legte die Frau eine Hand vor den Mund. «Das kann ich nicht», drang es gedämpft dahinter hervor.

«Dann werden wir Ihnen Fotos zeigen. Die Anmeldungen können wir mitnehmen, ja? Danke für Ihre Hilfe.»

Die beiden jungen Männer saßen auf einer Picknickdecke vor zwei kleinen Kuppelzelten, jeder eine Flasche Bier in der Hand. Einer hatte den Arm um die Schultern seiner Freundin gelegt, der andere die Knie bis zum Kinn gezogen. Er schaukelte immer wieder vor und zurück.

Der hier wird heute Nacht Albträume haben, dachte Beatrice.

«Hat jemand von Ihnen die Toten gekannt? Oder sie schon einmal hier auf dem Platz gesehen?»

Einhelliges Kopfschütteln. Das Mädchen hatte ihr Gesicht an der Brust ihres Freundes verborgen und sah nun auf.

«Wir dürfen nicht abreisen, haben Sie gesagt.» Sie strich sich eine Haarsträhne zur Seite. «Aber ich kann doch hier nicht bleiben. Ich sterbe vor Angst. Es gibt Mörder, die besonders gern Paare umbringen, und wenn das so einer war ... ich werde kein Auge zutun.»

«Heute Nacht wird Polizei hier sein. Aber wir bringen Sie gerne auch anderswo unter.»

Sie organisierten neue Bleiben für die Ängstlichen und befragten dann die übrigen Camper, einen nach dem anderen. Der Platz war nicht groß, trotzdem dauerte es bis nach Mitternacht. Keiner hier hatte ein Paar gesehen, das den Toten ähnelte. Und keiner kannte einen Gerald Pallauf.

Sie schob den Schlüssel millimeterweise ins Schloss und drehte ihn lautlos nach links. Geschafft. Das kurze Klacken, das beim Lösen der Verriegelung entstand, konnte niemanden aufgeweckt haben.

Beatrice schlüpfte aus ihren Schuhen und schlich über den Flur. Fast ein Uhr, Achim war sicher schon eingeschlafen. Entweder in dem Ohrensessel im Kinderzimmer, den Mina den «Geschichtensessel» getauft hatte, oder auf der Wohnzimmercouch. Beides war in Ordnung, an beiden musste sie nicht vorbei, um in ihr Schlafzimmer zu gelangen. Durch den Spalt unterhalb der Wohnzimmertür drang gedämpftes Licht. Wahrscheinlich war auch der Fernseher noch an, und Achim war bei den Spätnachrichten eingeschlafen. Egal. Hauptsache, sie liefen sich heute nicht mehr über den Weg. In etwas mehr als fünf Stunden musste Beatrice wieder aufstehen, allein der Gedanke daran ließ ihren Körper ganz schwer werden vor Müdigkeit. Und wenn sie müde war, war sie gereizt.

Mit der gleichen Behutsamkeit wie vorhin öffnete sie die Schlafzimmertür und schloss sie hinter sich. Geschafft. Nur noch aus den Kleidern schlüpfen und unter die Decke. Sie würde schnell einschlafen und nicht träumen, das fühlte sie, und das war …

«Bea?»

Sie schrak hoch, musste bereits eingedöst gewesen sein. Ihr Puls jagte. «Herrgott, Achim.»

«Wieso schleichst du dich in deine eigene Wohnung wie eine Einbrecherin?»

«Warum wohl? Um euch nicht zu wecken, natürlich.» Ja, das hatte gereizt geklungen. Verdammt. Achim verschränkte die Arme vor der Brust. Sie beeilte sich, seiner beleidigten Replik zuvorzukommen.

«Entschuldige bitte. Ich habe mich nur erschrocken, und es gab einen schauderhaften Fund heute. Zwei junge Leute, sicher noch keine dreißig.»

«Mhm.»

Sie wusste, was sich hinter seiner hohen Stirn abspielte. *Du müsstest das nicht tun, du könntest es so einfach haben, es ist deine Entscheidung …*

«Willst du gar nicht wissen, wie es heute Abend mit den Kindern lief?»

«Doch, natürlich.»

«Warum bist du dann nicht zu mir ins Wohnzimmer gekommen und hast gefragt?»

Auf dieses Spiel würde sie sich nicht einlassen. «Wäre etwas schiefgegangen, hättest du mich angerufen. Also war alles okay, und der Bericht konnte bis zum Frühstück warten.» Beatrice zwang sich ein Lächeln ab. «Nicht wahr?»

Er kräuselte seine Lippen. «Ausgezeichnet, Frau Kommissarin. Dann gehe ich wieder zurück auf meine durchgesessene Couch. Gute Nacht.»

Ohne ihre Antwort abzuwarten, drehte er sich um und schloss die Tür hinter sich, eine Spur lauter als nötig.

Durch all ihre Müdigkeit hindurch spürte Beatrice, wie die alte Wut in ihr hochkochte. Wieso war Achim so versessen darauf, dass sie sich schuldig fühlte?

Sie vergrub ihren Kopf im Kissen, wühlte ihn tief hinein, als wäre dort unten die ersehnte Ruhe zu finden. Doch ihr

Herz schlug zu hart, und ihre Gedanken krochen erschöpft zwischen Achim und dem toten Paar hin und her, bis sie endlich vor dem Schlaf kapitulierten.

Ich verstehe nicht, wie das passieren konnte. Ich war nicht unachtsam, das liegt nicht in meiner Natur, umso mehr empfinde ich diesen Einbruch in mein Leben als unverschämt. So plötzlich. Ohne Vorwarnung.

Dein Sohn will dich sehen, bitte, dein Sohn. Ich konnte dem Mädchen ansehen, wie sehr sie gehofft hat, dass allein dieses Wort sie retten würde. Was vielleicht geklappt hätte, wenn es einen Sohn gäbe, der nach mir Sehnsucht haben könnte. Aber sie selbst, sie hat sich jedes ihrer Worte geglaubt. Keine Lüge in den blauen Augen, nur blanke Angst. Nichts macht gesprächiger.

Es war merkwürdig. Ich war wie unter Schock, musste mich zusammennehmen, um nicht plötzlich zu lachen oder davonzulaufen. Es ist nicht wahr, dachte ich die ganze Zeit, natürlich nicht, warum auch. Aber an dem, was sie gesagt und mir gezeigt hatte, war nicht zu rütteln. Sie war so kooperativ. Erst, als ich sie fragte, wie mein Sohn denn hieß, kam keine Antwort mehr. Spätestens da musste sie begriffen haben.

Und so bleibe ich mit nur einem einzigen Anknüpfungspunkt zurück – und mit einem allgegenwärtigen Gefühl der Bedrohung.

Vielleicht war es nur der unglücklichste und letzte Zufall ihres Lebens, der das Mädchen an meine Ufer gespült hat. Aber darauf darf ich mich nicht verlassen.

Ihr fetter Begleiter, dem der Rotz aus der Nase lief, war ein wimmerndes Bündel, der Charakter so schlaff wie der Körper. Er konnte nichts dafür, er hatte keine Ahnung, er wusste von nichts, er würde niemandem etwas sagen, und dann dieses fortwährende *bitte*. Sie lernen es mit zwei Jahren und glauben dann, es würde ihnen von da an alles bescheren, was sie sich wünschen, und sie vor allem Furchtbaren bewahren.

Aber es sind nur zwei Silben, und sie bedeuten nichts.

Kapitel zwei

Die Fotos lagen ausgebreitet auf ihrem Schreibtisch, eine Collage grausiger Details. Ebners Drucker musste die halbe Nacht lang gelaufen sein. Florin war damit beschäftigt, einige der Aufnahmen an der Pinnwand zu befestigen. Dabei bildete die Großaufnahme der annähernd sternförmigen Einschusswunde am Kopf des Mannes das Zentrum.

«Drasche und Vogt sind sich einig, es ist ein absoluter Nahschuss», sagte er. «Die gefundene Patronenhülse passt zur Waffe, die Schmauchspuren an Kopf und Händen werden noch im Detail untersucht, aber wir können davon ausgehen, dass die Pistole beim Abdrücken direkt an seine Schläfe gehalten wurde.»

«Klingt also wirklich nach Selbstmord.» Beatrice hielt Ausschau nach ihrer Kaffeetasse und entdeckte sie neben dem Waschbecken. «Wissen wir schon etwas darüber, wer die Frau ist?»

«Nein. Darum müssen wir uns heute gleich kümmern, auch um das Umfeld von Gerald Pallauf. Ich möchte wieder Stefan ins Team holen, wenn du einverstanden bist.»

Das war sie, und wie. Stefan Gerlach – rothaarig, schlaksig, fast zehn Jahre jünger als sie und von ansteckendem Enthusiasmus – hatte sich bei ihrem letzten großen Fall als unschätzbar hilfreich erwiesen.

«Ich freue mich immer, ihn dabeizuhaben», sagte sie daher und untersuchte ihre Tasse auf Flecken. Sie fand keine und setzte die Espressomaschine in Gang. «Wenn wir es wirklich mit Mord und Selbstmord zu tun haben, sollte die Arbeit allerdings überschaubar sein. Dann wird Hoffmann ihn bald wieder abziehen.»

Florin pinnte das nächste Foto an die Wand. Die Pistole im trockenen Laub. «Ja. Wenn. Aber sieh dir mal diese Waffe an.»

Während die Espressomaschine gurgelnd Milchschaum spuckte, trat Beatrice näher an die Pinnwand heran. «Weia, ich bin keine Expertin. Ist das eine Glock?»

«Ganz genau. Eine Glock 21, Kaliber 45.»

Sie betrachtete Florin von der Seite. Er roch heute ein wenig anders als sonst. Ein neues Eau de Toilette? Sie verkniff es sich, noch näher an ihn heranzurücken. «Verstehe. Und mit einer Glock 21 kann man nicht Selbstmord begehen, oder wie?»

«Doch. Aber sie hat dreizehn Schuss. Und zwölf waren noch im Magazin.»

Beatrice dämmerte, worauf Florin hinauswollte. «Er hätte die Frau erschießen können, und danach sich. Aber er hat sie erwürgt. Unter freiem Himmel, auch sehr ungewöhnlich.»

Sie ging die Bilder durch, die noch auf dem Schreibtisch lagen. Das verfärbte Gesicht der Frau, die Wäscheleine, die halb unter und halb neben ihr lag. «Es könnte natürlich sein, dass er sie bestrafen wollte, durch einen langsameren Tod voller Angst.»

Da war ein Foto, das die rechte Hand der Frau zeigte. Daumen und Zeigefinger lagen aneinander, als würden sie immer noch den Papierschnipsel halten. «Hat jemand den Rest des Zettels gefunden?»

«Nein. Drasche hat lange gesucht, und heute Morgen hat

er drei Leute aus seinem Team noch mal hingeschickt, aber bisher ...»

Wenn es kein Selbstmord war, dann die zufällige Tat eines Psychopathen, dem die beiden über den Weg gelaufen waren? Oder Mord aus Eifersucht?

Beatrice holte sich ihren Kaffee, setzte sich auf ihren Drehstuhl und blätterte durch, was an offiziellen Daten zu Pallauf verfügbar war. Es war nicht viel, und es war nichtssagend. Also holte sie ihren Computer aus dem Stand-by-Modus und gab *Gerald Pallauf* bei Google ein.

Die schiere Anzahl der Treffer war erstaunlich. Es gab zwei Männer dieses Namens, aber der aus Salzburg war im Netz deutlich aktiver gewesen als der andere. Mitgliedschaften in einem Film-, einem Computerspiel- und einem Science-Fiction-Forum, bei Facebook und bei Twitter, und zu guter Letzt ein eigener Blog – das war allein die Ausbeute der ersten zwei Seiten, die Google anzeigte.

Zufrieden lehnte sie sich zurück. Pallauf würde ihnen vieles über sich selbst erzählen, er hatte wortreiche Spuren hinterlassen, auf die sie jederzeit zugreifen konnten. In letzter Zeit hatte Beatrice diese Hinterlassenschaften im Netz immer mehr schätzen gelernt. Sie rundeten das Bild ab, das Akten und Zeugen von Opfern, aber auch Verdächtigen zeichneten.

In Pallaufs Fall würde einer dieser Zeugen ein gewisser Martin Sachs sein. Sachs hatte sich mit Pallauf eine Wohnung in der Schumacherstraße geteilt. Florin stand bereits an der Tür und klimperte mit den Autoschlüsseln. Wenn der Verkehr nicht zu stark war, konnten sie in fünfzehn Minuten dort sein.

Es war ein großer Bau gegenüber der Salzburger Stadtbibliothek. Sie fuhren mit dem Aufzug in den fünften Stock, wo bereits ein schmaler, blasser Mann in Jogginghose die Tür geöffnet hatte und auf sie wartete.

«Ich bin Martin Sachs.» Er reichte Beatrice eine weiche, feuchte Hand. «Kommen Sie herein, ich habe versucht, ein wenig aufzuräumen, aber ...» Er zuckte die Schultern.

Entweder war sein Versuch nur kurzlebig gewesen, dachte Beatrice, oder das Chaos davor musste unbeschreibliche Ausmaße gehabt haben. Im Flur stapelten sich Altpapier und leere Pizzakartons, im Wohnzimmer lag gebrauchte Wäsche, verteilt auf mehrere Häufchen. Ein riesiges Bücherregal nahm die ganze Längswand ein und war so vollgestopft, dass es wirkte, als müssten die Bücher es jeden Moment sprengen. Zwei Computertische, ein Sofa, ein Couchtisch, alles bis auf den letzten Zentimeter zugemüllt.

Sichtlich verlegen raffte Sachs einen Haufen Zeitschriften, eine löchrige Wolldecke und ein Kissen zusammen und machte damit das Sofa zur Hälfte frei.

«Möchten Sie gerne etwas trinken?»

«Nein danke.» Beatrices Antwort kam ein wenig zu prompt, um höflich zu sein. Sie versuchte, das durch ein herzliches Lächeln wettzumachen. Ob Sachs lüften würde, wenn sie ihn darum bat?

Besser, sie verkniff sich die Frage, denn ihr Gegenüber rang ohnehin um Fassung. Er hatte die Finger ineinander verschränkt und sah abwechselnd Beatrice und Florin an. Trat von einem Bein aufs andere.

«Vielleicht könnten Sie sich ebenfalls setzen», schlug Florin vor. «Unsere Unterhaltung wird etwas länger dauern.»

«Oh. Ja.» Sachs blickte sich um, als sei ihm die Wohnung nicht vertraut, bevor er den Bürostuhl packte, der vor einem der Computertische stand, und ihn in Richtung Couch rollte.

«Sie leben hier gemeinsam mit Gerald Pallauf?», begann Beatrice. «Wie lange schon?»

«Das sind, also, das sind …» Die Finger des Mannes wanden sich immer heftiger, als versuchten sie verzweifelt, sich voneinander zu lösen. «Zweieinhalb Jahre. Ungefähr. Wir haben uns an der Uni kennengelernt. Gerry hat Germanistik studiert und ich Romanistik. Wir hatten viele gemeinsame Hobbys, und deshalb – zu zweit kann man sich eine Wohnung eben besser leisten. Ein Zimmer zur Untermiete ist auch teuer, und man lebt viel beengter.»

Beatrice nickte und sah sich um. Bei dieser Auffassung von Ordnung hätte wohl niemand einen der jungen Männer lange als Untermieter behalten.

«Wie alt sind Sie, Herr Sachs?» Florin hatte sein Clipboard gezückt und den Kugelschreiber aufs Papier gesetzt.

«Sechsundzwanzig. Seit April. Können Sie mir sagen, wie Gerry …»

«Gleich. Aber erst möchte ich Sie bitten, meine Fragen zu beantworten. Nicht erschrecken, Sie sind nicht verdächtig, aber: Wo waren Sie vorgestern Nacht zwischen einundzwanzig und fünf Uhr?»

Sachs' Blick ging ins Leere. «Ist das die Zeit, also, ist Gerry da –»

«Ja. Unser Gerichtsmediziner sagt, dass Gerald Pallauf innerhalb dieser Zeitspanne getötet worden ist.»

Endlich löste Sachs seine Hände voneinander, aber nur, um sein Gesicht in ihnen zu verbergen. «Zu Hause. Und es gibt niemanden, der das bezeugen kann. Das wollten Sie mich doch fragen, oder? Um ungefähr halb elf habe ich mir eine Pizza geholt, gleich vorne an der Ecke. Sie können sich bei Ahmed erkundigen, der hat mich bedient.»

Das würden sie tun, auch wenn es Sachs kein Alibi verschaffte. Beatrices Blick blieb an einer leeren Keksschachtel hängen, die zusammengeknüllt unter dem Couchtisch lag, umgeben von Krümeln. Sie tat, als müsste sie husten, um hinter der vorgehaltenen Hand ein Grinsen zu verbergen. Wenn Sachs der Täter war, würden sie ihn innerhalb von zwei Tagen überführt haben. Jemand, der solches Chaos verbreitete, war unmöglich imstande, die Spuren seiner Tat mit der nötigen Gründlichkeit zu verwischen.

«Können wir das Zimmer von Herrn Pallauf sehen?», fragte sie. «Und Ihres?»

«Ja. Sicher.» Sachs führte sie mit schnellen Schritten in sein Zimmer, als wolle er es so bald wie möglich hinter sich haben. «Bitte.»

Der gleiche Anblick wie im Wohnzimmer, mit nur leichten Abweichungen. Auf dem schmalen, zerwühlten Bett machten sich Zeitschriften den Platz mit leeren CD-Hüllen und einer Fernbedienung streitig. Der Boden war praktisch vollständig bedeckt. Überall T-Shirts, Werbezettel, Bücher.

In Gerald Pallaufs Zimmer zogen bunte Plakate an den Wänden den Blick auf sich, hauptsächlich Filmposter. The Avengers, James Bond, Batman. Der Raum erweckte einen geringfügig saubereren Eindruck als der von Sachs, fast als hätte Pallauf verzweifelt versucht, die Auswirkungen jahrelangen Nicht-Putzens in einer halben Stunde ungeschehen zu machen. In einer Ecke entdeckte sie einen Stuhl, über dessen Lehne einige Jeans in Übergröße hingen. Die Bettdecke war zusammengefaltet, das Kopfkissen aufgeschüttelt. «Haben Sie seit vorgestern etwas verändert?», fragte sie Sachs.

Der schüttelte den Kopf. «Nein, es ist alles so, wie Gerry es zurückgelassen hat.»

«Können Sie uns sagen, ob er eine Waffe besessen hat?»

Sachs' Augen weiteten sich. «Gerry? Nie im Leben. Na gut, er hat ein Laserschwert und eine Zwergenaxt, aber die ist nicht scharf.»

Das Unverständnis in ihrer und Florins Miene musste überdeutlich gewesen sein. «Gimlis Axt», ergänzte Sachs in einem Ton, als erkläre das alles. «Aus dem ‹Herrn der Ringe›. Wir sind beide große Fans.»

«Und Schusswaffen? Hat Herr Pallauf eine Pistole besessen? Oder eine für jemanden aufbewahrt?»

«Ganz bestimmt nicht. Das wüsste ich.»

Sie gingen zurück ins Wohnzimmer. Florin klebte zwei gekreuzte Streifen Absperrband über die Tür zu Pallaufs Zimmer. «Bitte nicht mehr betreten, bis unsere Leute da waren. Wenn Sie es doch tun, werden wir es merken.»

«Okay.» Sachs begann, an der Nagelhaut seines linken Daumens herumzubeißen.

Die Sonne leuchtete hinter den trüben Fensterscheiben. Beatrices Wunsch nach frischer Luft wuchs ins Unermessliche.

«Hatte Herr Pallauf eine Freundin?» erkundigte sich Florin, während er einen halben Kartoffelchip vom Sofa klaubte. «Oder auch einen Freund? Eine intime Beziehung?»

Erstmals verzog sich Martin Sachs' Mund zu einer Art von Lächeln. «Ich dachte schon, Sie würden nie fragen!» Der kurze Anflug von Fröhlichkeit verebbte sofort wieder. «Bis vor fünf Tagen hätte ich nein gesagt, aber letztens – hat sich eine Frau für ihn interessiert. Mehr als das, um genau zu sein. Sie stand plötzlich vor der Tür und wollte zu Gerry. Er hat sie reingelassen, und sie ist geblieben, mehrere Tage lang, eigentlich bis …» Sachs hob die Hand und ließ sie wieder fallen. Es war klar, was er meinte.

«Und das konnten Sie uns nicht gleich sagen?» Florins Stimme war nur noch oberflächlich freundlich. «Sie haben doch sicher in der Zeitung gelesen, dass er gemeinsam mit einer weiblichen Leiche gefunden wurde.»

«Sie haben mich nicht danach gefragt.»

Florin und Beatrice wechselten einen Blick. «Da haben Sie völlig recht», sprang sie ein. «Und keine Sorge, wir wären noch darauf gekommen. Wissen Sie, wie die Frau hieß? Das ist jetzt sehr wichtig für uns.»

«Sarah – so hat sie sich mir jedenfalls vorgestellt. Aber wir haben kaum miteinander gesprochen. Die meiste Zeit waren die beiden in der Stadt unterwegs, ziemlich untypisch für Gerry. Wenn sie hier waren, saß Sarah die ganze Zeit über in seinem Zimmer. Er hat nachts auf der Couch geschlafen und ihr das Bett überlassen, also waren sie vermutlich noch nicht … Sie wissen schon.»

Ja, tue ich, dachte Beatrice. Das traurige Bild der beiden Toten trieb durch ihre Erinnerung. Kein Paar. Wie sie vermutet hatte.

«Sarah – und weiter?»

«Weiß ich nicht. Hat sie nicht gesagt.» Er runzelte die Stirn. «Aber ich glaube, sie war nicht von hier. Die Art, wie sie gesprochen hat, verstehen Sie? Nicht wie die Leute in Salzburg. Sondern wie jemand aus Deutschland. Und auch nicht aus Bayern, sondern von weiter nördlich.»

Das hatte gar nichts zu bedeuten. Immer mehr Deutsche kamen nach Österreich, um hier zu arbeiten, und ganz besonders in die grenznahe Stadt Salzburg.

Beatrice sah, wie Florin *Sarah aus Deutschland – ???* zu seinen Notizen hinzufügte.

«Versuchen Sie bitte, sich zu erinnern», sagte sie. «Hat Gerald früher schon von ihr gesprochen? Jedes Detail, das er erzählt hat, kann wichtig sein.»

«Nein.» Sachs' Antwort kam mit aller Bestimmtheit. «Er hat sie nie erwähnt. Ich bin ziemlich sicher, er hat sie gar nicht gekannt, bis zu dem Moment, als sie an unserer Tür geläutet hat. Und selbst da hat er mehrmals nachgefragt, ob das nicht ein Irrtum wäre.»

Beatrice versuchte, das Szenario vor ihrem inneren Auge ablaufen zu lassen. Ein blondes, lächelndes Mädchen und der schüchterne, zutiefst überraschte Pallauf. «Hätte er sie denn hier übernachten lassen, wenn sie eine völlig Fremde war?»

Sachs lächelte, müde diesmal. «Das Mädchen war wirklich sehr hübsch. Solche wie die sehen Typen wie uns normalerweise nicht einmal an, und wenn doch, nur um zu warten, bis wir rot werden, damit sie sich dann kaputtlachen können.» Er zog an seinem linken Daumen, als wollte er ihn ausreißen. Als er Beatrice wieder ansah, lag etwas Herausforderndes in seinem Blick. «Sie müssen das doch selbst am besten wissen. Frauen wie Sie bemerken keine unscheinbaren Männer. Sie laufen vorbei, blond und langbeinig, und ...» In offensichtlicher Ermangelung von Worten hob Sachs die Hände.

Beatrice schüttelte den Kopf. «Ich fürchte, ich bin kein gutes Beispiel für Ihre Theorie. Lassen wir mich da besser raus.»

«Okay. Sie sind ja auch schon älter ... also nicht alt, natürlich, aber – Sie wissen ja.» Wie zur Demonstration dessen, was er vorhin gesagt hatte, färbte sich sein Gesicht fleckig rot.

«Danke», erwiderte Beatrice trocken. «Für wie alt hätten Sie Sarah denn geschätzt?»

«Hm. Zweiundzwanzig, dreiundzwanzig? So ungefähr. Und Gerry war völlig hin und weg von ihr.»

Sie beließen es fürs Erste dabei. Fragten Martin Sachs noch nach Pallaufs Familie – keine Geschwister, die Mutter tot, der Vater nach Skandinavien ausgewandert. «Wir melden uns wieder. Bleiben Sie bitte in der Stadt.»

Als sie die Tür von außen hinter sich schlossen, atmete Beatrice tief durch. «Wird ein wenig dauern, bis ich mir darauf einen Reim machen kann. Und Sauerstoff wäre jetzt eine gute Sache.»

Auf dem Weg zurück zum Auto sprachen sie nicht viel. Der Tag würde warm werden. Die Flasche Wasser, die Beatrice im Auto liegen hatte, war es bereits.

«Sie haben sich nicht gekannt», sinnierte Florin und setzte sich hinters Steuer. «Eine fremde Frau steht plötzlich vor der Tür. Pallauf lässt sie rein, beherbergt sie für ein paar Tage, und nun sind beide tot.»

«Ist das normal bei jungen, schüchternen Männern?» Es sollte sachlich klingen, nicht neckisch. Misslungen. Beatrice biss sich auf die Lippen.

«Was meinst du?», hakte Florin nach.

«Dass sie hübsche Frauen bei sich aufnehmen, ohne lange nachzufragen, wer sie sind und was sie wollen.»

Florins Augenbrauen wanderten nach oben. «Du denkst, ich kann dir diese Frage beantworten?»

«Na ja.» Sie zuckte die Schultern. «Hättest du es getan? Mit Mitte zwanzig?»

«Vielleicht. Wahrscheinlich eher nicht. Ich war damals in einer festen Beziehung, die ich sehr ernst genommen habe. Darin liegt vermutlich auch der Unterschied zwischen mir und Gerald Pallauf. Keine Freundin, keine Eltern – ich könnte mir vorstellen, dass er einsam war.»

Ich war in einer festen Beziehung, die ich sehr ernst genommen habe.

Beatrice ließ die Worte in ihrem Kopf nachklingen. Fragte sich, wie Florin wohl mit fünfundzwanzig gewesen war, und blickte dann schnell nach vorne, als sie bemerkte, wie lange sie ihn schon ansah.

Er startete den Wagen. «Einsamkeit macht uns hungrig, Bea. Nach Bestätigung, nach Zuneigung, nenn es, wie du willst. Wenn ich es mir genau überlege – wer weiß, vielleicht hat Pallauf das Mädchen doch getötet. Als er gemerkt hat, dass sie das alles wusste und seine Einsamkeit für ihre Zwecke ausgenutzt hat.»

Die ersten Ergebnisse, die aus der Spurensicherung kamen, sprachen für Florins Annahme. Auf der Glock hatte man Pallaufs Fingerabdrücke gefunden – nur seine. Darüber hinaus Schmauchspuren an der Hand. Aber nichts, was darauf hinwies, dass er die Waffe zum Tatort gebracht hatte – keine Faserspuren, die mit dem Stoff seiner Jacke übereinstimmten, nichts. Als hätte er die Pistole noch mal in aller Gründlichkeit saubergemacht, bevor er sich damit getötet hatte.

Konnte es trotzdem Selbstmord sein? Die Fußspuren rund um den Tatort waren laut Drasches Bericht kaum brauchbar – die beiden Studenten hatten keinerlei Rücksicht auf die Spurenlage genommen, ebenso wenig wie die anderen Spaziergänger, die den ganzen Tag über den nahen Spazierweg durch den Wald entlanggewandert waren, ohne die Leichen zu bemerken.

Auch darüber, ob Pallauf die Schuld am Tod des Mädchens trug, ließ sich nichts Genaues sagen. An der Wäscheleine waren seine Fingerabdrücke nicht gefunden worden. Gar keine Abdrücke, um genau zu sein, die einzigen organischen Spuren stammten von der Haut des Opfers.

Sarah. Wenn sie wirklich so hieß.

Nach ihrer Rückkehr ins Büro hatte Beatrice sich sofort mit dem deutschen Bundeskriminalamt in Verbindung gesetzt, ein Foto des toten Mädchens geschickt und um Hilfe bei der Identifikation gebeten.

Nun hieß es warten.

Sie ging gerade noch einmal die Daten durch, die vorhin von Drasche gekommen waren, als Stefan in ihr Büro platzte. «Morgen bekommen wir den Computer des Opfers. Ich übernehme ihn, okay? Dann kann ich euch am Abend vielleicht schon jede Menge über den armen Kerl erzählen.»

«Gut.» Florin klopfte nachdenklich mit dem Bleistift auf die Schreibtischplatte. «Halte besonders Ausschau nach Seiten, die sich mit Selbstmord beschäftigen – es gibt eigene Plattformen dafür, nicht wahr? Wo man sich zum gemeinsamen Lebensende verabreden kann.»

«Wird gemacht.» Stefan war schon wieder aus der Tür, und Beatrice fragte sich unwillkürlich, ob sie in ihrem Leben wohl noch ein einziges Mal so viel Energie haben würde.

Über den Nachmittag tröpfelten die Informationen herein. Sarah war nicht vergewaltigt worden und hatte in den letzten achtundvierzig Stunden vor ihrem Tod auch keinen Geschlechtsverkehr gehabt. Ihr Körper wies aber, ebenso wie der von Pallauf, leichte Blutergüsse auf. «Nicht schlimm genug, um als Misshandlungsspuren gedeutet zu werden», erklärte Vogt am Telefon. «Eher, als wären die beiden heftig herumgeschubst worden.»

So wie er es sagte, klang es, als ginge er von einem dritten Beteiligten aus. Einem, der, wie Vogt es nannte, *geschubst* hatte.

Kurz bevor sie sich am Abend zum Gehen bereitmachte, kam eine weitere Nachricht herein. Die Glock war vor drei Jahren als gestohlen gemeldet worden.

«Glaubst du, dass ein übergewichtiger Tolkien-Fan Pistolen stiehlt? Oder gestohlene Pistolen kauft?», fragte Beatrice.

In Florins Gesicht hatten sich bereits Spuren der Müdigkeit gegraben, doch nun lachte er auf und wirkte mit einem Schlag wieder vollkommen frisch. «Bea! Wie oft predigst du mir, dass man nicht nach dem ersten Eindruck gehen darf! Und dann fragst du so was?»

Sie grinste, halb amüsiert, halb verlegen. «Natürlich nicht. Aber sein Zimmer! Harmloser geht es doch kaum – James Bond und Superhelden an der Wand! Pallauf kommt mir vor wie ein zu schnell gewachsenes Kind. Naiv, vertrauensselig und wahrscheinlich dankbar für jedes freundliche Wort.»

Und das hat ihn womöglich umgebracht. Sie sprach es nicht aus, dachte es nur. Florin hatte sie nicht aus den Augen gelassen. Dass er sie beobachtete, ihr Verhalten auslotete, fiel ihr in letzter Zeit immer häufiger auf. Seit dem Fall im letzten Frühjahr schien er … besorgter um sie zu sein. Als befürchtete er, sie könnte noch einmal in eine so lebensbedrohliche Situation geraten.

«Ich muss gehen.» Sie schulterte ihre Tasche und war schon fast aus der Tür, als ihr Handy das Eintreffen einer SMS verkündete.

Moon River, wider than a mile

I'm crossing you in style some day …

Beatrice fühlte ihr Gesicht heiß werden. Hektisch wühlte sie in ihrer Tasche, fand das Telefon und würgte den Ton mit einem Tastendruck ab.

Sie verstand selbst nicht, warum es ihr jedes Mal so peinlich war, wenn Florin mitbekam, dass sie den Klingelton, den er ihr einprogrammiert hatte, nach Monaten noch immer nicht geändert hatte. Warum konnte sie nicht einfach mit einem Scherz über ihre Verlegenheit hinweggehen?

«Schade», hörte sie Florin hinter sich murmeln. «Ich mag das Ende so gern.»

Die Nachricht war von Katrin, der Nachbarstochter, die heute auf die Kinder aufpasste.

Dauert es noch lange?

Beatrice tippte, dass sie schon auf dem Weg sei. «Ich mag das Ende auch», sagte sie halblaut, bevor sie die Bürotür hinter sich schloss.

Spaghetti carbonara rückten Jakobs Welt sichtlich zurecht. Während Mina jedes einzelne Stück Speck mit der Gabel an den Tellerrand verbannte, stürzte er sich mit solcher Begeisterung auf sein Abendessen, dass Beatrice sich wieder einmal schwor, öfter ordentlich zu kochen. Auch wenn ihr eigener Appetit, so wie heute, eher dürftig war.

Sie stützte ihren Kopf auf die Hände und betrachtete ihre Kinder mit einer Mischung aus Stolz und Angst.

Wie war wohl Gerald Pallauf in diesem Alter gewesen? Was hatte ihn zum Einzelgänger gemacht? Was ließ jemanden, der gerade erst achtundzwanzig und rechtlich unbescholten war, mit einem Kopfschuss im Wald enden?

«Ich brauch noch Saft, Mama!» Jakob schwenkte sein Glas, den Mund mit weißer Sauce verschmiert.

«Hol ihn dir gefälligst selbst», folgte prompt Minas ungnädiger Kommentar. «Siehst du nicht, dass Mama müde ist?»

Die gerunzelte Stirn und der herrische Tonfall ihrer Tochter brachten Beatrice zum Lachen. «Vielen Dank, sehr fürsorglich. Aber bis zum Kühlschrank schaffe ich es noch.»

Sie goss den letzten Rest Apfelsaft in Jakobs Glas und füllte es – trotz heftigen Protests – mit Wasser auf.

«So schmeckt das ja nach gar nichts!» Er zog die Mundwinkel nach unten. «Nie können die Sachen so sein, wie ich sie will!»

Gewöhn dich am besten dran, lag es Beatrice auf der Zunge, doch sie bremste sich. Meine Güte, sie würde noch eine verbitterte alte Kuh werden, bevor sie vierzig war.

Stefan saß vor Pallaufs Notebook, umgeben von Papierstößen, leeren Wasserflaschen und malerisch verteilten Chipspackungen. Zwischen seinen Lippen steckte ein Zahnstocher, den er im Takt der Melodie, die er summte, auf- und abwippen ließ. Beatrice glaubte «Love is in the Air» zu erkennen.

Sie schob einen Teil des kreativen Chaos zur Seite und zog sich einen Stuhl heran. «Schon etwas gefunden?»

An der gegenüberliegenden Schreibtischseite hob Bechner, mit dem sich Stefan widerwillig das Büro teilte, den Kopf und seufzte. «Großartig. Wenn das jetzt ein Kaffeekränzchen wird, bin ich weg. Bei Gerlachs Geräuschkulisse kann ohnehin kein Mensch arbeiten.»

Er griff nach einer Aktenmappe und einem grünen Leuchtmarker und verließ grußlos das Büro.

«Wahnsinn, wie der mich nervt», stellte Stefan fest, ohne dass das Lächeln sein Gesicht verließ. «Schlechte Laune, hoch dosiert, jeden Tag. Aber egal.» Er drehte das Notebook so, dass Beatrice eine bessere Sicht auf den Bildschirm hatte.

«Ich gehe gerade Pallaufs E-Mails durch. Sind witzig,

zum Teil. Schade, dass er tot ist, ich hätte ihn gut leiden können.»

Die Nachricht, die im Moment geöffnet war, kam von einem gewissen Nils Ulrich, der Pallauf ein Computerspiel namens *Torchlight 2* ans Herz legte. Die Mailadresse endete auf .de – vermutlich also ein Deutscher.

«Freu dich nicht zu früh», meinte Stefan, als Beatrice ihn nach einer möglichen Verbindung zu Sarah fragte. «Er hatte massenhaft Kontakte nach Deutschland, in praktisch alle Bundesländer. Ist ja auch ganz normal, geht mir genauso.» Er klickte das Mailprogramm weg, und eine Liste mit dem Titel «Aktivitäten G. Pallauf» erschien.

«Bisher habe ich neun Foren gefunden, in denen er sich herumgetrieben hat. Die Mitgliedschaften bei Facebook, StudiVZ und Twitter gar nicht mitgerechnet.»

«Gute Arbeit.»

Stefan fuhr sich durchs Haar und warf Beatrice einen schelmischen Blick unter halb geöffneten Lidern zu.

«Danke. Aber es war kein großes Kunststück, so gern ich das auch behaupten würde. Die Seiten hat Pallauf alle als Lesezeichen gebookmarkt, und offenbar hat er sich gewohnheitsmäßig immer dauerhaft angemeldet. Ich musste noch kein einziges Passwort knacken, es war fast peinlich simpel bisher. Hättest sogar du geschafft.»

Beatrice rempelte ihn freundschaftlich an. «Na schön, du Genie. Dann hast du ja sicherlich auch Hinweise auf Sarah gefunden. Oder darauf, woher Pallauf die Waffe hatte. eBay, eventuell?»

Wider Erwarten wurde Stefan ernst. «Nein, zu einer Sarah habe ich bisher keine Verbindung entdeckt. Ich gehe zuerst die Mails durch, das sind die persönlichen Kontakte, dann knöpfe ich mir alle Facebook-Freunde vor, das kann nur leider bis nächste Woche dauern, er hat nämlich 2677 davon. Darunter sind einige Sarahs, auf den ersten Blick aber keine, die wie das weibliche Opfer aussieht.»

Er öffnete den Browser und holte Pallaufs Facebook-Profil in den Vordergrund. «Was eine Waffe angeht, würde ich übrigens vermuten, dass er keine hatte. Schau mal.» Er lenkte den Mauszeiger zielsicher zur Mitte der Seite und hielt dann inne. «Du kennst doch Facebook, oder?»

«Geht so. Ich hatte vor drei Jahren einmal einen Account, aber ich habe ihn bald wieder gelöscht.» Ursprünglich hatte sie die Idee gehabt, Kontakt zu Studienkollegen aus ihrer Zeit in Wien aufzunehmen, doch als der Erste sich meldete, war Beatrice der kalte Schweiß ausgebrochen. Er hatte Evelyn gekannt, er war auf der Party gewesen, die Beatrices beste Freundin letztlich das Leben gekostet hatte, und er würde sicher irgendwann darauf zu sprechen kommen. Was hatte sie sich dabei nur gedacht? Von da an hatte sie Facebook gemieden und ein paar Monate später ihr kaum benutztes Profil entfernt.

«Okay. Aber du weißt, dass man zu fast allem, was es hier zu sehen und zu lesen gibt, ‹Gefällt mir› sagen kann. Ja?»

«Ja.»

«Zu den Kommentaren anderer Leute, aber auch zu Seiten, die ein Thema behandeln. Mir gefallen zum Beispiel die Simpsons, Dexter und Elvis Presley.»

Sieh mal einer an. Für so nostalgisch hatte sie Stefan gar nicht gehalten. «Elvis? Ehrlich?»

«Ja, ich habe als Kind seine Filme geliebt, aber das tut jetzt hier nichts zur Sache, denn schau dir bloß mal an, was Gerald Pallauf alles so mochte.»

Er klickte auf die gesammelten «Gefällt mir»-Angaben und scrollte bis zur Rubrik «Aktivitäten und Interessen».

«Siehst du?»

Es war eine Liste sehr unterschiedlicher Dinge, für die sich Pallauf hatte begeistern können. Ein Fußballclub war aufgelistet, eine Lyrikseite, die *Herr der Ringe*-Trilogie, eine Biermarke. Worauf Stefan aber hinauswollte, war die Initiative «Nein zu privatem Waffenbesitz», die Pallauf ebenfalls mit «Gefällt mir» markiert hatte.

Das war nicht vom Tisch zu wischen. Es konnte natürlich auch Tarnung sein, aber wozu die Mühe? Umso mehr, als es Drasches Ergebnisse unterstützte: Er hatte keinen einzigen Hinweis darauf gefunden, dass die Tatwaffe Pallauf gehörte.

Stefan klickte die Seite auf. Die Beiträge waren eine Mischung aus persönlicher Betroffenheit – *Mein Onkel ist Alkoholiker und hat ein Jagdgewehr im Schrank, was soll ich tun?* – und verlinkten Berichten über Amokläufe, Eifersuchtsmorde und … ja, auch Suizide.

«Die Glock, mit der Pallauf sich allem Anschein nach erschossen hat, ist gestohlen gemeldet», sagte Beatrice. «Meinem Gefühl nach … ach, ich weiß nicht.»

«Sag schon.» Stefan drehte sich zu ihr herum. «Du glaubst auch nicht, dass es Selbstmord war, oder?»

Sie schüttelte den Kopf. Nein. Immer weniger.

Der Papierschnipsel beschäftigte sie immer noch. Sie hätte viel darum gegeben, den Rest des Blattes zu sehen.

Das Drasche in dreihundert Metern Umkreis nicht gefunden hatte.

Das Salzburger Wetter lieferte eine Probe seines ganzen Könnens ab – ein Tag lang sanfter, aber hartnäckiger Regen, und der Boden war Schlamm. Ein weiterer Besuch am Campingplatz brachte nichts als dreckige Schuhe.

Bechner war am Tag zuvor noch einmal hier gewesen,

um eine weitere Befragung durchzuführen, aber keiner der Camper hatte Pallauf und Sarah in den Wald spazieren sehen, keiner hatte einen Schuss gehört. Und einen Zettel, von dem eine Ecke abgerissen war, hatte erst recht niemand gesehen. Es waren hauptsächlich Studenten und ältere Leute, die Mitte September hier noch ein paar Tage Spätsommer genießen wollten. Keiner von ihnen war verdächtig, also ließen sie sie nach Hause fahren.

Obwohl Drasche in seiner berüchtigten Gründlichkeit sicher jedes einzelne Blatt im Wald umgedreht hatte, nahm Beatrice noch einmal die halbe Stunde Fußweg zum Fundort der beiden Leichen auf sich.

Das Absperrband war noch da, sonst nichts mehr. Sie drehte sich mehrmals um sich selbst, ließ den Wald auf sich wirken. Er war nicht so dicht, dass man Zweige zur Seite schieben musste, wenn man abseits der Wege spazieren wollte. Aber er war zu eng bewachsen und die Fundstelle zu weit vom Waldrand entfernt, als dass ein Blatt Papier einfach hinausgeweht werden konnte. Wenn sie es nicht übersehen hatten, musste es von jemandem mitgenommen worden sein.

Mord, dachte Beatrice. Ich bin mir sicher, es war Mord.

Noch am Abend des gleichen Tages erhielt ihre Theorie unverhoffte Unterstützung von Dr. Vogt.

«Der männliche Tote», dozierte er durchs Telefon, «war bei schwacher allgemeiner Konstitution. Völlig untrainiert. Falls es zwischen den beiden zu einem Kampf gekommen wäre, hätte die Frau ihn gewonnen. Die Leichen weisen leichte Hämatome auf, die auf eine … wie soll ich es nennen? Auf eine Rangelei hindeuten könnten.»

«An der aber auch jemand anders hätte beteiligt sein können?»

«Absolut. Ich habe da noch etwas, das Sie sicher wissen möchten. Beide müssen nicht lang vor ihrem Tod gefesselt gewesen sein, allerdings haben die Fesseln nicht ins Fleisch geschnitten. Die Spuren sind so gering, dass sie kaum nachweisbar sind. Ich tippe auf Tücher, und zwar weiche, aus Viskose oder Seide. Werden auch bei dominantem Sex gern verwendet, das hinterlässt die gleichen Spuren.»

Beatrice schätzte die Ungerührtheit, mit der Vogt seine Erkenntnisse präsentierte. Irritierend fand sie nur, dass er meistens dabei aß. Auch jetzt hörte sie ihn kauen.

«Ach ja. Knebel. Ich habe im Mund der Frau Faserspuren gefunden, vermutlich Leinen. Bei der männlichen Leiche habe ich nichts finden können, aber da wurde durch den Schuss die Mundhöhle zerstört.»

Gefesselt. Damit war es klar. «Also kein Selbstmord. Ich wusste –»

«Langsam», fiel ihr Vogt ins Wort. «Natürlich ist es Ihr Job, die Schlüsse zu ziehen, aber wie ich schon erwähnte – dominanter Sex, der schiefgeht, sieht ähnlich aus. Wer sagt Ihnen, dass die beiden nicht in den Wald gegangen sind, um ein bisschen zu spielen? Ich weiß, die Frau hatte keinen Verkehr in den letzten Tagen, aber das wäre vielleicht etwas später noch passiert. Erst fesselt sie ihn, dann fesselt er sie. Würgt sie auch – leider ein wenig zu fest, schon hat er eine tote Gespielin. Als ihm das klarwird, erschießt er sich. Nur so als Gedankenanstoß.»

Beatrice schüttelte den Kopf, obwohl Vogt das nicht sehen konnte. «Und deshalb nimmt er eine voll geladene Pistole mit? Zum Spielen? Nein, Doktor, das funktioniert nicht, fürchte ich. Aber danke für all die Information. Sie haben mir sehr weitergeholfen.»

Kaugeräusche, Schluckgeräusche. «Immer wieder gerne.»

Hoffmanns Rückkehr aus Wien verdunkelte den nächsten Tag. Sie verbrachten den ganzen Vormittag damit, ihn über den Stand der Dinge in Kenntnis zu setzen, obwohl Florin ihn durchgängig per Telefon auf dem Laufenden gehalten hatte.

Hoffmann schritt vor der Wand auf und ab, an die die Fotos der beiden Toten, des Fundorts und der Waffe gepinnt waren. Er stellte Florin, Stefan, Vogt und Drasche seine Fragen, vermied es aber peinlich, auch nur ein einziges Wort an Beatrice zu richten.

So war es seit dem letzten großen Fall. Sie war Luft für ihn. Das war in gewisser Weise eine Verbesserung, denn dadurch blieben auch Hoffmanns Gehässigkeiten aus, trotzdem hatte Beatrice nicht wenig Lust, bei nächster Gelegenheit einfach das Wort an sich zu reißen. Mal sehen, was der Chef dann machte.

Ach Blödsinn, was sollte das bringen. Viel besser war es, sich strikt auf die Arbeit zu konzentrieren und sie gut zu machen und ...

Die Tür flog auf. Eine der Beamtinnen von der Leitstelle trat ein.

«Können Sie nicht anklopfen?», herrschte Hoffmann sie an.

Die Frau öffnete den Mund, schloss ihn wieder und wandte sich dann an Beatrice. «Es ist eine Nachricht über die Notrufnummer hereingekommen. Der Anrufer ist nicht mehr dran, aber die Dienststelle hat die Tonbandaufnahme an uns weitergeleitet.» Sie richtete einen unsicheren Blick auf Hoffmann. «Es geht um die zwei Toten, Sie wissen schon.»

Beatrice schob ihren Stuhl zurück und stand auf. Auch wenn sich die Nachricht als unwichtig herausstellen sollte, war sie ein willkommener Vorwand, für einige Zeit der angespannten Atmosphäre des Besprechungszimmers zu entgehen.

«Ich komme mit Ihnen.»

Eine männliche Stimme, gehetzt. Die Sprache von einem leichten Akzent gefärbt – osteuropäisch, mutmaßte Beatrice. Im Hintergrund Straßengeräusche.

«Das was in der Zeitung steht – das stimmt nicht.» Kurze Pause. Schweres Atmen. «Ich möchte Ihnen etwas erklären, aber es ist schwierig und … ich weiß auch nicht alles.»

Die Stimme des Beamten, der den Anruf entgegengenommen hatte, war langsam und freundlich. «Wir helfen Ihnen sehr gerne. Wer ist denn dran?»

Zwei Atemzüge. «Kann ich Ihnen nicht sagen. Sie … Sie müssen mir. Versprechen. Das in der Zeitung, wissen Sie … das war kein Selbstmord. Ich helfe Ihnen, und Sie helfen mir, gut?»

«Natürlich.» Der Ton des Beamten war aufmerksamer geworden. «Aber sagen Sie mir bitte, wer Sie sind. Dann tun wir, was wir können, um Ihnen zu helfen.»

Kurzes, raues Auflachen. «Geht leider nicht. Heute Nachmittag, vier Uhr, am Bahnhof. Gleis 2. Kaufen Sie einen Blumenstrauß und halten Sie ihn so, dass ich ihn gut sehen kann. Ich trage eine gelbe Baseballkappe und eine grüne Jacke der New York Yankees.»

Das gleichmäßige Tuten des Besetztzeichens. Der Anrufer hatte aufgelegt.

Ich helfe Ihnen, und Sie helfen mir. Es hatte ängstlich geklungen, aber gleichzeitig geschäftsmäßig. Eine merkwürdige Mischung.

«Haben wir eine Telefonnummer, der wir nachgehen können?», fragte Beatrice und griff nach einem Stift.

Bedauerndes Stirnrunzeln der Beamtin. «Leider nicht. Der Mann hat die Nummer unterdrückt.»

Damit verhielt er sich wie die überwältigende Mehrheit der anonymen Hinweisgeber. Sie erhielten immer wieder Anrufe dieser Art, gerade dann, wenn ein Fall sich in den Medien breitmachte. Achtzig Prozent der Leute waren Wichtigtuer oder schlicht Dummköpfe. Die restlichen zwanzig Prozent hatten zumindest einen handfesten Grund, sich zu melden, auch wenn sich ihre Beobachtungen oft als falsch erwiesen.

Beatrice ließ sich die Aufnahme ein weiteres Mal vorspielen. Wie ein Wichtigtuer hörte der Mann sich nicht an. Eher wie einer, der sich zu dem Anruf hatte überwinden müssen.

Das war kein Selbstmord, hatte der Mann gesagt und damit wortwörtlich das ausgesprochen, wovon Beatrice seit dem Abend des Fundes überzeugt war. Zwanzig Prozent Chance, dass er wirklich etwas wusste. Das war ausreichend, um am Nachmittag einen Abstecher zum Bahnhof zu machen.

«Sarah Beckendahl.» Stefans Stimme drang triumphierend durchs Handy. «Aus Hannover. Die Kollegen vom BKA haben angerufen und schicken gleich Fotos.»

«Sehr gut.» Beatrice nickte Florin zu, der am Steuer saß und dank einer Umleitung bereits die zweite Runde um den Bahnhof drehte. «Wir wissen, wer Sarah ist», flüsterte sie ihm zu, während Stefan weitere Details lieferte. «23 Jahre, gelernte Friseurin, arbeitete in einem Nagelstudio in der hannoverschen Innenstadt. Oder sagt man Hannoveraner Innenstadt?»

«Weiß ich nicht. Danke jedenfalls. Wir melden uns später wieder, okay?» Sie deutete hektisch nach links, wo gerade eine Parklücke frei wurde. «Es ist bald vier und wir müssen noch Blumen kaufen.»

An einer Ecke links vom Bahnhof entdeckte Florin einen kleinen Laden, wo er ein geschmackvolles Sträußchen aus Rosen und Gerbera erstand.

«Bisschen übertrieben, findest du nicht?», neckte ihn Beatrice, als sie gemeinsam durch die Unterführung gingen. «Der Mann mit der gelben Baseballkappe wird noch denken, du hättest ernste Absichten.»

«Tja, man weiß schließlich nie.» Florin senkte seine Nase in den Strauß. «Ich bringe es eben nicht übers Herz, vertrocknete Nelken im Sonderangebot zu kaufen – ja, ja, du denkst, ich bin ein Snob, ich weiß. Vermutlich hast du recht.»

Seine ernsthafte Miene, die pikiert hochgezogenen Augenbrauen und das Schmunzeln, das er sich kaum verkneifen konnte, brachten Beatrice zum Lachen. Sie widerstand dem Drang, sich bei ihm unterzuhaken. Wenn sie es betont kumpelhaft täte, würde es trampelig wirken, und als zärtliche Geste sollte und durfte er es nicht werten.

Noch zehn Minuten bis sechzehn Uhr. Gleis zwei lag zur Hälfte im Schatten, dort suchte Florin sich eine Bank, den Blumenstrauß hielt er gut sichtbar in der rechten Hand. Beatrice wartete im Sonnenschein, der die Wand gewärmt hatte, an der sie lehnte. Es war besser, getrennt zu warten. Wenn der Anrufer sich zeigte, würde sie zu den beiden stoßen. Aber ihr Informant sollte sich nicht schon von Anfang an in der Minderzahl fühlen.

Die Lautsprecheransage verkündete das baldige Eintreffen eines Zuges auf Gleis eins. Beatrice sah sich um, hielt Ausschau nach jemandem mit einer gelben Baseballkappe. Nichts.

Sie drehte eine Runde über den Bahnsteig, wich einem

Skateboardfahrer aus und spähte in die Rolltreppenschächte hinunter.

Der Zug auf Gleis eins fuhr ein und zwei Minuten später wieder ab. Beatrice beobachtete den gegenüberliegenden Bahnsteig, aber niemand dort entsprach der Selbstbeschreibung ihres Anrufers.

Sechzehn Uhr. Sechzehn Uhr fünf. Eine alte Frau näherte sich Florins Bank und setzte sich, ächzend.

Das war schlecht – wenn der Mann doch noch kam, würde er sich nicht heranwagen. Florin stand lächelnd auf, wechselte ein paar Worte mit der Frau und ging dann den Bahnsteig entlang bis fast zum Ende. Dort war niemand mehr.

Sechzehn Uhr acht. Unsere Chancen gehen den Bach runter, dachte Beatrice. Das war keine Überraschung, nein, viele anonyme Hinweisgeber überlegten es sich im letzten Moment anders, beschlossen, sich besser doch rauszuhalten.

Nur hatte Beatrice diesmal das Gefühl gehabt, es würde klappen.

Sechzehn Uhr zwölf. Florin stand immer noch am Ende des Bahnsteigs. Mit dem Blumenstrauß in der Hand wirkte er, als habe eine Frau ihn versetzt. In zwei Minuten würde hier ein Zug einfahren, den wollte Beatrice auf jeden Fall noch abwarten, doch auch das erwies sich als vergebens. Keine gelbe Baseballkappe, keine Jacke mit New-York-Yankees-Emblem.

Kurz vor halb fünf gaben sie es auf und kehrten zu ihrem Auto zurück. Mit einer winzigen angedeuteten Verbeugung überreichte Florin Beatrice die Blumen, und sie schluckte die Bemerkung hinunter, dass sie nun ganz froh war über seine Investition. Es ließ sich nicht so sagen, dass es witzig geklungen hätte.

Ihr Abend bestand aus Pizzabacken und einem unerfreulichen Telefongespräch mit Achim, der für das nächste Wochenende eine gemeinsame Wandertour vorschlug.

«Ich werde keine Zeit haben, der Fall ist noch völlig offen, da kann ich nicht einfach wandern gehen.» Schon früher hatte er jedes Mal so getan, als ob das neu für ihn wäre. Neu und eine absolute Zumutung.

«Und wenn es nach dir geht, läuft es ewig so weiter, nicht wahr? Es gibt immer einen Fall, und er ist immer wichtig.» Er schnaubte. «Ich habe es so satt.»

In der Küche verdunstete zischend Wasser auf der Kochplatte. «Ich weiß», entgegnete sie schließlich. «Dass du es satthast, ist einer der Gründe, weswegen wir geschieden sind. Gute Nacht.»

Kapitel drei

Florin war nicht an seinem Platz, dafür erwartete Beatrice am nächsten Morgen ein leuchtend gelber Post-it-Zettel am Computermonitor. Ihre Laune sank sofort ins Bodenlose. Klebezettel waren Hoffmanns bevorzugtes Mittel, um Anweisungen zu erteilen.

Doch die Schrift war diesmal nicht seine.

Guten Morgen! Komm mal gleich zu mir rüber, muss dir was zeigen. Stefan

Sie verzichtete auf den ersehnten Kaffee und machte sich auf den Weg ins Büro ihres Kollegen. Wenn Stefan handschriftliche Notizen hinterließ, musste es ernst sein.

Er sah müde aus, das rote Haar klebte ihm teils verschwitzt an der Stirn, teils stand es in kurzen Strähnen hoch.

«Da bist du ja!» Er strahlte sie an. «Florin, der arme Hund, sitzt bei Hoffmann, aber du kannst ihn dann ins Bild setzen, gut? Ich hab hier etwas Kniffliges für dich.» Er wies mit beiden Zeigefingern auf den Bildschirm.

«Hast du durchgearbeitet?» Stefan trug dasselbe Hemd wie gestern, unverkennbar, niemand würde sich zwei von der Sorte kaufen.

«Na ja, gewissermaßen. Von einem Nickerchen im Besprechungszimmer mal abgesehen.»

«Auweia.» Auf der unsäglichen Couch mit dem hellbraunen Bezug hatte Beatrice auch schon einmal geschlafen, oder es wenigstens versucht. Erholung hatte ihr das nicht beschert, dafür aber vier Tage Kreuzschmerzen. «Soll ich dir Kaffee bringen, bevor wir loslegen?»

Er grinste. «Das wäre dann heute schon der fünfte. Also besser nicht.» Mit der flachen Hand klopfte er auf den Stuhl neben sich. «Setz dich hin. Und schau her.»

Auf dem Bildschirm war Gerald Pallaufs Facebook-Profil geöffnet. «Ich habe alle seine Mails überprüft, bin seine Kontaktliste durchgegangen und die Leute, denen er auf Twitter folgt. Besonders genau habe ich mir seine Facebook-Freunde angesehen.» Stefan klickte auf den entsprechenden Link und gab im Suchfeld «Sarah» ein.

«Wir haben hier zwölf Treffer, aber keine dieser Sarahs heißt mit Nachnamen Beckendahl. Gibt man diesen Namen hingegen bei der allgemeinen Suche ein – voilà!»

Ein neues Facebook-Profil öffnete sich. Beatrice erkannte das Gesicht auf dem Foto in der linken oberen Ecke sofort. «Das ist sie, keine Frage. Kann ich da einfach alles lesen?»

«Ja. Sie hat sich offenbar nie um die Privatsphäre-Einstellungen gekümmert.» Stefans Mauszeiger zeichnete einen Kreis rund um den letzten Eintrag, den Sarah hinterlassen hatte.

Sarah Beckendahl

Sage Hannover für ein paar Tage tschüs!

Reisefieber

Sieben Leuten gefiel das, fünf hatten Kommentare hinterlassen, einer nichtssagender als der andere. Drei Gute-Reise-Wünsche, zwei freundschaftliche Neidbekundungen.

«Bis jetzt weiß noch keiner, dass sie tot ist», murmelte Stefan. «Wart mal ab, wie sich die Leute hier mit Entsetzensbekundungen, Trauersprüchen und Kerzenbildern überschlagen werden, sobald es öffentlich wird.»

«Ja, natürlich.» Beatrice stützte ihr Kinn in die Hand. «Das müssen wir im Auge behalten, auf Hinweise abklopfen …» Sie unterbrach sich, als sie Stefans Ungeduld bemerkte.

«Also», setzte er erneut an. «Beide bei Facebook, aber nicht miteinander befreundet. Kein Mailverkehr, nichts. Soweit ich das beurteilen kann, gibt es nur eine einzige Gemeinsamkeit.»

Effektvolle Pause. Beatrice hielt sich zurück, sie wollte Stefan seinen Auftritt keinesfalls ruinieren.

«Das hier.» Wieder Pallaufs Seite. «Wir sind mit seinem Passwort eingeloggt, also haben wir auf alle seine Informationen Zugriff. Und sieh mal –» Er scrollte nach unten, bis in der linken Spalte der Link «Gruppen» auftauchte. «In Gruppen tust du dich mit anderen Leuten zusammen, mit denen du bestimmte Interessen teilst. Es gibt offene, geschlossene und geheime Gruppen. Die, die uns interessiert, ist eine geschlossene – man findet sie, wenn man danach sucht, kann aber nur mitlesen, wenn man Mitglied ist.»

Stefan bewegte den Mauszeiger auf ein kleines Icon in der Form eines aufgeschlagenen Buchs, neben dem die Worte *Lyrik lebt* standen.

Klick. «Er war Germanistikstudent, nicht wahr? Dann wäre eine Vorliebe für Gedichte nichts Außergewöhnliches.»

Beatrice rutschte auf ihrem Stuhl herum. Gedichte! Na, das klang ja wahnsinnig vielversprechend.

«Jetzt sieh mal hier.» Er scrollte tiefer, und Beatrice las das Gedicht.

Sabine Scharrer
Die Liebe sei auf ewig dir versagt,
das Tor ist hinter dir geschlossen,
auf der Verzweiflung wilden Rossen
wirst du durchs öde Leben hingejagt,
wo keine Freude dir zu folgen wagt.

Es war offensichtlich, dass die Gruppe wusste, aus welchem Anlass Sabine Scharrer diese Zeilen online gestellt hatte, denn fast alle der einundzwanzig Kommentare waren Mitgefühlsbezeugungen, die sich zwischen «Das Schicksal geht seltsame Wege, deren Sinn sich uns oft erst später erschließt» und einem sehr unlyrischen «Vergiss das Arschloch» bewegten.

Sarah Beckendahls Kommentar war der zwölfte. «So ein schönes Gedicht. Tut mir leid, das du traurig bist, auch wenn wir uns nicht kennen. Bei uns in der Straße wachsen auch wilde Rossen.»

Beatrice las die Sätze einmal, dann noch einmal, bevor sie begriff. «Wilde Rossen! Entweder, sie verarscht die andere, oder sie hat große Probleme mit der Rechtschreibung.» Eher Letzteres, fügte sie im Stillen hinzu, angesichts von «das du traurig bist».

Die anderen Gruppenmitglieder waren über Sarahs Kommentar schweigend hinweggegangen, niemand hatte sie korrigiert.

Was suchte eine Frau, die mit der deutschen Sprache so offensichtlich auf Kriegsfuß stand, unter lauter Lyrikfreunden?

Sei nicht so arrogant, ermahnte Beatrice sich selbst. Um Gedichte zu mögen, musste man sie schließlich nicht schreiben können.

«Gibt es noch andere Einträge von ihr?»

«Vermutlich. Ich suche noch, aber viel einfacher wäre es natürlich, ihr Log-in zu kennen und ihre Chronik durchzugehen. Die Kollegen in Hannover haben Sarahs Computer schon in Arbeit. Sie melden sich, wenn sie das Passwort haben. Im Prinzip könnte ich ihren Account auch hacken» – er fletschte die Zähne zu einem kampfeslustigen Grinsen – «das ist einfacher als Blumen gießen, aber auch viel verbotener, nicht wahr?»

Auf ihrem kleinen, quadratischen Profilbild strahlte Sarah. Wer auch immer das Foto geschossen hatte, sie musste ihn gemocht haben. «Wie sieht es mit den Einträgen von Pallauf aus? Haben die mehr Substanz?», fragte Beatrice.

«Auf jeden Fall», erwiderte Stefan. «Er scheint eine Schwäche für sehr ausführliche Gedichtinterpretationen gehabt haben. So wie viele in dieser Gruppe. Die hat übrigens fast achthundert Mitglieder, das finde ich wirklich erstaunlich.»

Achthundert! Die Idee, jeden Einzelnen zu überprüfen konnten sie sich da getrost abschminken. «Hast du schon nachgesehen, ob Beckendahl und Pallauf in dieser Gruppe miteinander gesprochen haben? Irgendein Beitrag, an dem sie beide beteiligt gewesen sind?»

Tiefer, tiefer, tiefer scrollte Stefan die Seite. «Bisher habe ich nichts in der Art gefunden. Aber ich achte natürlich drauf», murmelte er.

Gedichte. Etwas Harmloseres war kaum vorstellbar. *Zwei Menschen interessieren sich für Lyrik, begegnen einander und sind kurz darauf tot.*

Die Dinge auseinanderhalten, mahnte sie sich. Die Gedichte haben sie nur zusammengeführt. Der Grund für ihren Tod muss ein ganz anderer sein.

Gedankenverloren kehrte Beatrice in ihr Büro zurück, blieb aber zwei Schritte vor der Tür stehen. Sie war nur angelehnt, und Florins Stimme klang gedämpft, aber gut hörbar bis auf den Gang.

«... tut mir doch auch leid.» Der Tonfall, der für Anneke reserviert war, zärtlich, wie immer. Aber schwang diesmal ein Hauch von Ungeduld mit? «Es ist trotzdem besser, du bleibst in Amsterdam dieses Wochenende.» Kurze Pause. Beatrice fühlte sich mit jeder Sekunde alberner, wie sie dort vor dem Büro stand und lauschte. Entschlossen griff sie nach der Türklinke.

«Ich dachte, diese Dinge hätten wir geklärt.» Der liebevolle Ton hatte Kanten bekommen, und Beatrice entschied sich dafür, nun doch lieber den Rückzug anzutreten, zumal sie aus dem Treppenhaus die Stimme von Peter Kossar näher kommen hörte. Sich von dem forensischen Psychologen in ein mit englischem Vokabular gespicktes Gespräch verwickeln zu lassen, war das Letzte, worauf sie Lust hatte.

Sie stattete dem Café einen kurzen Besuch ab, kaufte zwei Muffins und kehrte damit ins Büro zurück. Florin hatte das Telefongespräch beendet und saß mit düsterer Miene vor seinem Bildschirm.

«Ich habe uns ein zweites Frühstück mitgebracht.» Sie platzierte einen der Muffins direkt vor Florin, bevor sie die Kaffeemaschine anwarf und ihr per Knopfdruck befahl, einen doppelten Espresso auszuspucken.

«Danke», murmelte er.

So einsilbig war er normalerweise nicht. Beatrice räusperte sich und legte alle Unbeschwertheit, die sie aufbringen konnte, in ihre Stimme. «Gibt es Ärger? Du kannst es mir ruhig sagen.»

«Wie? Nein, kein Ärger. Aber Ergebnisse von Vogt und

Drasche, die darauf hinweisen, dass Pallauf sich selbst erschossen hat – Drasche hat die Pistole noch einmal genau überprüft, und es sind wirklich nur Pallaufs Fingerabdrücke darauf zu finden. Allerdings hat Vogt noch weitere Hämatome entdeckt, die können aber vom Kampf mit Sarah stammen. Sie hat sich gewehrt, wie es aussieht.»

Beatrice versuchte, es sich vorzustellen. Wie der unbeholfene Gerald Pallauf die drahtige Sarah Beckendahl würgte. Vorausgesetzt, sie wäre geistesgegenwärtig genug gewesen, hätte sie selbst mit gefesselten Händen jede Chance zur Flucht gehabt.

Es passte nicht. Da war noch jemand im Spiel, derjenige, dem die Pistole gehörte. Der Sarah das Blatt Papier aus der Hand gerissen hatte. Es gab Faserspuren von einem Knebel – wo war der geblieben?

«Was sagt Drasche zu Fußspuren? Gibt es da etwas Neues? Und wie sind die beiden überhaupt in den Wald gekommen?»

Florin drehte sich vom Computer weg, griff nach dem Bericht und blätterte darin herum. «Vermutlich über einen Wanderweg, der an einem Parkplatz am Waldrand beginnt, knapp an der Fundstelle vorbeigeht und bis zum Campingplatz führt. Wir wissen jetzt übrigens, dass der Fundort auch der Tatort ist, Pallauf hat sich definitiv dort erschossen.»

«Ohne dass es jemand gehört hat?» Vor ihrem inneren Auge sah Beatrice Finger in schwarzen Handschuhen einen Schalldämpfer auf den Pistolenlauf schrauben. Bei Selbstmord hätte er noch auf der Waffe stecken müssen.

«Hat Drasche etwas gefunden, das ihn an Mord denken lässt? Irgendetwas?»

Florin blätterte weiter, vor und zurück. «Tut mir leid», sagte er. «Ich bin heute ein bisschen langsam. Kopfschmerzen.»

«Schon okay. Soll ich selbst nachsehen?»

«Nein, warte … hier. Ja, er hat die Sache mit dem Papier vermerkt und dass der Besitzer der Pistole unbekannt ist. Außerdem, dass Beckendahl und Pallauf zu einem Zeitpunkt nicht lange vor ihrem Tod gefesselt waren.»

«Ja, das hat Vogt auch erzählt. Er meint aber, die Fesselungsspuren könnten von Sexspielchen herrühren.»

Mit dem Zeigefinger tippte Florin auf eine Stelle im Bericht. «Stimmt. Aber zwischen Sarahs oberen Schneidezähnen wurde ein hellgrünes Wollpartikel gefunden, das sich von den anderen Fasern in ihrem Mund unterscheidet. Wenn ihre Hände vor dem Körper gefesselt waren, hat sie vermutlich versucht, den Knoten mit den Zähnen zu lösen, kaum dass sie den Knebel los war.»

Beatrice fühlte das vertraute Glühen in ihrem Inneren. Es hatte nichts aus grüner Wolle am Tatort gelegen. Noch etwas, das jemand mitgenommen haben musste.

Kein Selbstmord. Ganz bestimmt nicht. Sie betrachtete Florins regloses Profil mit einer Mischung aus Mitgefühl und … etwas, das sie nicht näher benennen wollte.

So bald würde er keine Zeit mehr für Anneke finden.

Kapitel vier

Am nächsten Tag reiste Pallaufs Vater aus Schweden an. Er war fahl im Gesicht, und seine Augen sahen aus, als hätte er sie stundenlang gerieben. Er war ein älteres, unglückliches Abbild seines Sohnes.

«Nie hätte Gerald sich umgebracht.» Diesen Satz wiederholte er mindestens zehnmal, als wäre es das traurige Resümee, das der Mann aus dem Leben seines Sohnes zog.

«Er war ein bisschen einsiedlerisch, wissen Sie? Aber nicht depressiv. Schon als Kind hat er stundenlang allein gespielt.» Mit pummeligen Fingern streichelte Pallaufs Vater über die Tischplatte, als wäre sie ein Tier, das es zu beruhigen galt. «Nie hätte er sich umgebracht. Wir haben ... doch noch telefoniert.» Er wischte seine Tränen nicht ab, sondern ließ sie einfach übers Gesicht laufen und auf sein Hemd tropfen. Beatrice sah aus den Augenwinkeln, wie Florin nach Taschentüchern kramte.

«Sagt Ihnen der Name Sarah Beckendahl etwas?»

Kopfschütteln. «Nein. Ich weiß, das ist die Frau, die er angeblich getötet haben soll, aber – der Gedanke ist so verrückt, dass ich schreien könnte. Gerald war nie grob oder jähzornig. Nie.» Pallauf senior zog die Nase hoch. «Dass jetzt alle glauben, er wäre ein Mörder, ist so ... ungerecht.»

Beatrice beugte sich vor und nahm seine Hand. «Wissen Sie was? Es kann gut sein, dass wir das widerlegen können. Ich möchte Sie nur bitten, sich an möglichst alles zu erinnern, was Gerald Ihnen in den letzten Monaten erzählt hat, auch wenn es Ihnen damals unbedeutend erschienen ist. Ich möchte gern wissen, wie er gewesen ist. Was er gern getan hat. Welche Wünsche er hatte.»

Wünsche, die nicht mehr in Erfüllung gehen würden. Beatrice biss sich auf die Lippen, ihr letzter Satz hatte dem Vater ein Geräusch aus der Brust gerissen, das sie körperlich schmerzte.

Sie ließ seine Hand nicht los, während er sprach und Florin Notizen machte.

Was Gerald Pallaufs Vater erzählte, rundete das Bild ab, das Beatrice sich in der Wohnung von ihm gemacht hatte. Ein schüchterner junger Mann, verspielt, mit dem dringenden Wunsch nach einer Freundin, aber verschwindend geringen Chancen, wirklich eine zu finden. Einige, wenige Freunde. Nur zwei kannte der Vater mit Namen. Sonnenallergie. Musikalisch. Träumte davon, irgendwann ein Buch zu schreiben.

«Und er mochte Gedichte, nicht wahr?»

«Ja. Sehr. Besonders Rilke.»

«Ich will die Online-Recherche übernehmen.» Beatrice stand vor Hoffmanns Schreibtisch und bemühte sich, nicht zu wippen oder ihre Nervosität auf andere Weise zu verraten. Wahrscheinlich war es völlig kontraproduktiv, was sie hier tat – jemanden, der sie nicht leiden konnte, um einen Gefallen zu bitten. Aber ohne Hoffmanns Okay würde es nicht gehen.

Er hatte nur einmal kurz von seinen Akten aufgesehen und seinen Kopf gleich wieder gesenkt.

Einundzwanzig, zweiundzwanzig, dreiundzwanzig. Die Sekunden verstrichen.

«Wieso?», fragte er endlich.

«Weil Facebook die einzige Verbindung zwischen Pallauf und Beckendahl darstellt, jedenfalls nach unserem aktuellen Wissensstand. Ich glaube, dass wir darauf ein besonderes Auge haben sollten.»

Er lehnte sich im Stuhl zurück und legte die Fingerspitzen aneinander. «Aha. Ihr Auge, meinen Sie.»

«Ja. Da der gemeinsame Nenner eine Gruppe ist, die sich mit Gedichten beschäftigt, sollte es jemand tun, dem Lyrik nicht ganz fremd ist.»

«So wie Sie?»

«So wie ich.»

Wieder entstand eine Pause. Hoffmann fuhr sich durch sein schütteres Haar. Was war los mit ihm? Normalerweise wäre es ihm ein Fest gewesen, Beatrices Anliegen sofort abzuschmettern. Aber heute wirkte er müde und so, als wäre er nicht ganz bei der Sache.

«Eigentlich ist Gerlach unser Mann für diese Dinge.»

Auf diesen Einwand hatte sie gewartet. «Das stimmt. Aber er hat es nicht so mit Gedichten und wäre froh, wenn ich mich in der Gruppe umsehen würde. Sobald es technische Fragen gibt, wende ich mich sofort an ihn.»

Hoffmann schloss kurz die Augen, und als er sie wieder öffnete, waren sie auf das Telefon gerichtet. Erwartete er einen Anruf?

«Meinetwegen, Kaspary. Allerdings stelle ich Sie dafür nicht von Ihren anderen Pflichten frei. Sie können ein wenig zurückschalten, aber Sie bleiben auch an den *richtigen* Ermittlungen dran.»

Aha. Er tat ihre Online-Recherchen also als nette Spinnerei ab. Damit konnte sie leben.

«Gut. Dann brauche ich nur noch die Genehmigung für

einen falschen Facebook-Account. Ich möchte, dass alles korrekt läuft.»

Auch das sagte er ihr zu, um sie dann mit einer nachlässigen Handbewegung hinauszuwinken.

Bevor sie die Tür hinter sich schloss, war sie beinahe versucht, ihn zu fragen, ob alles in Ordnung war. Dumme Idee. Spätestens morgen würde er sich darüber lustig machen.

Ich gehe meinen Geschäften nach. Ich fahre Auto. Massive Attack läuft im Radio, und ich klopfe den Rhythmus mit den Fingern aufs Lenkrad. Im Restaurant bestelle ich mir Zander vom Grill mit Röstkartoffeln und trinke dazu Riesling. Nichts hat sich geändert.

Außer, dass ich einen Weggefährten verloren habe. Kein großer Verlust, für niemanden. Trotzdem begleitet mich seither eine eigenartige Unruhe, ähnlich störend wie ein Fremdkörper im Auge oder ein Stein im Schuh – unangenehm, schwer zu ignorieren, spürbar bei jeder Bewegung.

Und dann, nach dem zweiten Glas Wein, gesellt sich ein weiteres Gefühl dazu. Diese enorme Lebendigkeit, die man nur in der Gegenwart des Todes empfindet, wenn man ihn direkt vor Augen hat und weiß, es ist nicht der eigene.

Ich erinnere mich daran, wie es war: nichts zu verlieren zu haben. Es macht schwindelig, es berauscht nachhaltiger als jede Droge. Wie habe ich sie verachtet, diese kleinen Menschen, die alles festhalten mussten, die mir nicht einfach frei entgegentreten und ins Gesicht lachen konnten, so wie ich es umgekehrt getan hätte.

Heute ist es anders. Verachte ich nun mich selbst dafür?

Es ist so gut, das Leben. Jetzt. Ich will wissen, wie es weitergeht. Ich habe Geschmack an so vielen Dingen gefunden. Ich möchte nicht, dass es endet. Möchte bitte sagen. Bitte lasst mich doch.

Als ob ich nicht besser als jeder andere wüsste, wie wenig Sinn das hat.

«Den Datenstick steckst du in den USB-Slot und wählst dich ein, es ist ganz einfach.» Seit einer halben Stunde saß Stefan neben Bea an ihrem Schreibtisch und demonstrierte ihr die Funktionsweise des Notebooks, das sie für ihre Recherchen zur Verfügung gestellt bekam. Sie bemühten sich, leise zu sprechen, denn Florin war auf der gegenüberliegenden Seite des Schreibtisches mit dem Protokoll zur Befragung von Pallaufs Vater beschäftigt.

«Wenn du willst, können wir dein Facebook-Profil sofort einrichten.» Stefan hatte die Seite mit dem vertrauten blauweißen Schriftzug schon geöffnet.

«Danke. Aber das würde ich lieber alleine machen. In Ruhe, verstehst du? Ich möchte mir ein überzeugendes falsches Ich ausdenken, dazu brauche ich Zeit.»

Er hob den Kopf, sichtlich überrascht, sein Mund öffnete und schloss sich wieder, wie bei einem enttäuschten Kind, dem die Worte fehlten. «Aber ... ich habe schon alles vorbereitet. Eine Mailadresse bei GMX, ein Profilbild ...»

Sie fasste ihn um die Schultern und drückte ihn. «Du bist ein Schatz, Stefan. Aber ich glaube, dass ich überzeugender mit dem Profil arbeiten kann, wenn ich mich damit identifiziere. Verstehst du das?»

«Sicher», brummte er. «Aber wenigstens – die Mailadresse? Die könntest du übernehmen.»

Sie lächelte ihn an. «Absolut. Zeig, was du dir für mich ausgedacht hast.»

zauberfeder123@gmx.net

Aha. Beatrice sah ihn von der Seite an. «Das ist, äh, kreativ. Wie kommst du auf Zauberfeder?»

Aus Florins gekräuselten Mundwinkeln schloss sie, dass er sich das Grinsen kaum verkneifen konnte. «Wahrscheinlich denkt Stefan an die aussagekräftigen Berichte, die du immer für Hoffmann schreibst. Kurz, aber von zauberhafter Präzision», bemerkte er.

«Ach, ihr!», grollte Stefan. «Ihr begreift gar nicht, wie perfekt die Adresse ist, gerade weil sie nicht das Geringste mit Beatrices Leben zu tun hat. Keiner, der *Zauberfeder* liest, wird an eine Polizistin denken. Sondern an eine Frau mit zu viel Zeit und einer Vorliebe für kitschige Gedichte.»

«Oder an einen eingeschworenen Harry-Potter-Fan.» Beatrice bemerkte, dass sie begonnen hatte, mit den Fingern auf die Tischplatte zu klopfen, und bremste sich. «Stefan, du hast recht. Harmloser geht es kaum. Perfekt.»

Er strahlte. «Dein Login ist happiness4u. Ist leicht zu merken, nicht?»

Und hat auch nichts mit meinem Leben zu tun, dachte sie mit einem Anflug von Bitterkeit. «Klar. Dann werde ich mir große Mühe geben, meine Postings mit der passenden Fröhlichkeit abzuliefern.»

Sie wartete, bis die Kinder schliefen, bevor sie das Notebook auf den Couchtisch stellte und es einschaltete. Die Balkontür stand offen. Ein kühler Windstoß wehte den Duft der anbrechenden Nacht herein.

Beatrice fröstelte wohlig. Sie hatte ihr frisch gewaschenes Haar aus dem Gesicht gebunden und den Bademantel eng um sich geschlungen.

Zeit, auf die Jagd zu gehen. Der Gedanke holte unwillkürlich Bilder des letzten großen Falls aus ihrer Erinnerung. Der Täter, der sich bei ihr für die Jagd bedankt hatte, immer und immer wieder. Aber das war Vergangenheit, ebenso wie die Kälte und die Angst und die Dunkelheit.

Ich hätte eine andere Mailadresse für dich gewählt, hatte

Florin gesagt, als sie mit dem Notebook unter dem Arm das Büro verlassen hatte. Welche, das hatte er für sich behalten.

Sie dachte an seine Arme, die das Erste gewesen waren, das sie wieder gespürt hatte in jener Nacht. Biss sich auf die Unterlippe, bis die Erinnerung sich verflüchtigte.

So, Kaspary, und jetzt lassen wir diesen Blödsinn und erfinden uns neu. Schicken wir Zauberfeder123 hinaus in die Welt.

Sie gab www.facebook.com in das Adressfeld des Browsers ein. Da war das Anmeldeformular. Vorname, Nachname. E-Mail-Adresse.

Sie wollte einen Namen, in dem sie sich zu Hause fühlte und der trotzdem nicht mit ihrem Leben in Verbindung gebracht werden konnte.

Und dann, fast als wäre er plötzlich ins Zimmer getreten, stand Herbert vor ihren Augen. Ihr alter Kollege, so wie er vor dem Schlaganfall gewesen war – laut, massig, unbezwingbar.

«Genau.» Beatrice lächelte wehmütig. «Lass uns noch ein letztes Mal gemeinsam ermitteln.» Sie tippte *Herbert* als Nachname ein.

Für den Vornamen brauchte sie länger und schalt sich selbst dafür, dass sie auf ein für die Sache ganz unwichtiges Detail derartig viel Zeit verschwendete. Ihr zweiter Name war Johanna, nach ihrer Großtante. Sie erwog und verwarf ihn wieder.

Evelyn.

Beatrices Finger schwebten über der Tastatur. Als Evelyn Herbert würde sie zwei der wichtigsten Menschen aus ihrer Vergangenheit gewissermaßen bei sich tragen.

Du bist kitschig, Hase. Das wäre Evelyns Kommentar dazu gewesen. *Nimm einfach irgendeinen blöden Namen und lass es gut sein. Dolly oder Molly oder Pussy.*

«Okay.» Als Achtjährige hatte sie Christina heißen wollen und ihre Mutter angefleht, sie umtaufen zu lassen. Mama hatte dafür nicht einmal ein müdes Lächeln übrig gehabt.

Dann also jetzt. Offenbar gab es für alles den richtigen Zeitpunkt.

Christina, tippte sie ein, überlegte kurz und korrigierte auf *Tina*. Das ließ keine klaren Rückschlüsse zu und konnte ebenso gut von Bettina oder Martina abgeleitet sein.

Mailadresse, Mailadresse wiederholen, Passwort. «Happiness for you», murmelte Beatrice und prostete dem Notebook mit ihrem Wasserglas zu.

Bei der Eingabe ihres Geburtsdatums stockte sie kurz, bevor sie sich für den 28. August entschied. Nicht ihr Geburtstag, aber der von Goethe, wie sie spaßeshalber gegoogelt hatte. Zu guter Letzt machte sie sich vier Jahre jünger – ein zweiunddreißigjähriges Alter Ego fühlte sich gut an. Fertig.

Die Bestätigungsmail von Facebook war innerhalb von Sekunden da. Ein Klick auf den Link, und Tina Herbert gesellte sich zu den knapp 900 Millionen Nutzern hinzu. Als Profilbild lud Beatrice ein drei Jahre altes Foto hoch, das sie immer noch als eines der besten empfand, die sie je geschossen hatte: ein Weinblatt, hinter dem die rote Abendsonne leuchtete. Geschmackvoll, nichtssagend, ideal.

Durchsuche deine E-Mail-Adresse nach Freunden, empfahl die Seite ihr als Nächstes. *Finde Personen, die du kennst*.

Beatrice hatte gewusst, dass dieser Schritt nötig werden würde, und sie hatte das Problem vor sich hergeschoben, bis jetzt. Tina Herbert hatte keine Freunde, das war klar, und Beatrice würde sich hüten, ihre eigenen zur Verfügung zu stellen.

Es war nicht schlimm, wenn man an Tinas Profil sofort

ablesen konnte, dass sie neu registriert war – nur durfte es nicht so wirken, als habe sie sich nur der Lyrik-Gruppe wegen angemeldet. Eine völlig verwaiste Freundesliste würde aber genau darauf schließen lassen.

Aus reiner Neugier gab Beatrice *Florin Wenninger* ins Suchfeld ein. Kein Ergebnis, wie erwartet, sie fand nur einen Maxim Wenninger, Pianist. Das Gesicht auf dem Profilbild ähnelte dem von Florin auf schwer zu definierende Art und Weise. Er hatte irgendwann erwähnt, dass sein Bruder Klavier spielte, aber das Wort Pianist war nicht gefallen.

Weiterstöbern. Drasche war nicht registriert, dafür Ebner. Seine Fotos waren öffentlich zugänglich und wunderschön: geschwungene Hügel im Morgennebel, die Rückenansicht einer halbnackten Frau, ein Körper wie aus Stein gemeißelt. Beatrice musste an die Bilder denken, die er von der toten Sarah Beckendahl geschossen hatte. Kein Wunder, dass er sich in seiner Freizeit nach Schönheit sehnte.

Nein, sie würde Ebner keine Freundschaftsanfrage schicken. Aber sie wühlte ein wenig in seiner offen zugänglichen Freundesliste. Fand einen Erwin Fischer mit 3488 Freunden – die konnte er unmöglich alle persönlich kennen. Vermutlich ein «Sammler», wie Stefan die Facebook-User nannte, die ihre Bedeutsamkeit an der Zahl ihrer virtuellen Freundschaften maßen.

Sie schickte Erwin Fischer eine Anfrage, ebenso an Carina Offermann und Roman Dachs, beide mit über zweitausend Freunden gesegnet. Sie surfte von einem Profil zum nächsten, fand immer wieder Menschen mit absurd vielen Bekanntschaften und klickte auf «FreundIn hinzufügen». Binnen Minuten kamen die ersten drei Zusagen, Tinas Hauptseite füllte sich mit den Statusmeldungen völlig unbekannter Menschen. Ein guter Anfang. Jetzt noch Interessen sammeln, wie es sich für ein ordentliches Facebook-Mitglied gehörte.

Was konnte Tina gefallen, von Gedichten einmal abgesehen? Musik natürlich. Moby, Diana Krall, Maria Callas. Von allem etwas, und alles erstklassig.

Ein paar Filme, einige Bücher, möglichst literarisch. Sie gab an, dass sie Skifahren mochte. Zwei weitere «Freunde» reihten sich auf ihrer Liste ein. Ausgezeichnet.

Zeit für die erste Statusmeldung.

Tina Herbert erkundet die Weiten von facebook.

Und Beatrice Kaspary sucht nach der Gruppe «Lyrik lebt».

Das Icon mit dem aufgeschlagenen Buch. Geschlossene Gruppe. 798 Mitglieder.

Beatrice führte den kleinen Pfeil ihres Mauszeigers sanft über die Schaltfläche «Der Gruppe beitreten». Klick.

Im ersten Moment dachte sie, das wäre bereits alles gewesen, denn die Seite von «Lyrik lebt» öffnete sich unmittelbar. Aus quadratischen Bildchen blickten ihr die Gesichter einiger Mitglieder entgegen, säuberlich am oberen Seitenrand aufgereiht. Unter ihnen auch ein schüchtern lächelnder Gerald Pallauf.

Inzwischen konnte die Gruppe von seinem Tod erfahren haben. Zwei der bunten, kostenlosen Tageszeitungen hatten Schnappschüsse von ihm gebracht, kombiniert mit Schlagzeilen wie «Gerald P.: Er erdrosselte die hübsche Sarah!» und in der nächsten Zeile, kleiner: «... bevor er sich selbst eine Kugel in den Kopf jagte». Doch die Einträge der Mitglieder konnte Beatrice noch nicht lesen. Erst musste der Administrator sie für die Gruppe freischalten.

Beatrice hoffte, dass sie dem Aufruhr noch zuvorkommen würde, den diese Nachricht zweifellos unter Pallaufs Netzbekanntschaften auslösen musste. Sie wollte die Reaktionen möglichst unmittelbar beobachten. Außerdem – wie wahrscheinlich war es, dass der Administrator sich um Neuaufnahmen kümmerte, wenn in seiner Gruppe gerade die Wogen aus Bestürzung, Trauer und Sensationsgier hochschlugen?

Beatrice loggte sich aus und meldete sich mit Mailadresse und Passwort von Gerald Pallauf wieder an. Ein Schritt, den sie gern vermieden hätte; nun durfte ihr nicht der kleinste Fehler passieren. Als Erstes vergewisserte sie sich, dass sein Chatstatus auf «offline» gestellt war. Dann sah sie sich auf «Lyrik lebt» um.

Nein, noch keine Todesmeldung. Die viel zitierte Anonymität des Internets war hier Realität – niemand schien Pallauf so weit gekannt zu haben, dass er die richtigen Schlüsse aus den Headlines der Gazetten zog. Das war gut und gleichzeitig unendlich traurig, denn es zeigte, wie einsam Pallauf tatsächlich gewesen war. Natürlich war es trotzdem nur eine Frage der Zeit. Ein Tag noch, höchstens zwei.

Im Moment kreiste das Interesse der Lyrikfreunde aber um ein Gedicht von Hugo von Hofmannsthal:

Ich lösch das Licht
Mit purpurner Hand,
Streif ab die Welt
Wie ein buntes Gewand.

Und tauch ins Dunkel
Nackt und allein,
Das tiefe Reich
Wird mein, ich sein.

Die Administratorin hatte es eingestellt und schwärmte in mehreren darunter geposteten Kommentaren von der Kürze der Zeilen, die trotzdem oder gerade deswegen so stark und eindrücklich seien.

Helen hieß sie. Helen Crontaler. Der Name war Beatrice vertrauter, als sie es sich selbst erklären konnte. Crontaler … Sie suchte über Google und stieß unmittelbar auf Peter Crontaler, Professor am Institut für Germanistik der Universität Salzburg, Autor zahlreicher Bücher, Literaturkritiker in Presse und Fernsehen.

Na bitte. Ein Link weiter, und sie hatte seinen Lebenslauf auf dem Bildschirm.

Verheiratet mit Helen Crontaler, zwei Töchter, Paula und Xenia.

So weit alles logisch. Die Frau des Germanistikprofessors wilderte im Fachgebiet ihres Mannes und genoss allein dadurch in der von ihr gegründeten Gruppe sicher eine Art Expertenstatus. Und sie hatte eine beachtliche Menge von Gleichgesinnten um sich geschart – fast achthundert.

In den Profilen fanden sich zahlreiche Germanistikstudenten – wie Pallauf. Vielleicht weil sie sich von ihrer Mitgliedschaft Vorteile fürs Studium erwarteten?

Sie suchte weiter. Jemand besonders Originelles hatte Goethes *Zauberlehrling* in ganzer Länge gepostet, zusammen mit einem dazu passenden Bild aus Phantasia: Mickey Maus im Magieroutfit. Die wenigen Kommentare dazu kreisten um die Frage, wie sinnvoll es sei, den Platz mit Werken zuzumüllen, die ohnehin jeder kannte. Woraufhin Helen Crontaler feststellte, dass man mit Goethe wohl kaum etwas «zumüllen» könne und dass er auch in der hundertsten Wiederholung noch seine Berechtigung habe.

Weiter. Wann hatte Gerald Pallauf sich hier das letzte

Mal zu Wort gemeldet? Ah, vor einer knappen Woche. Ein Kommentar zu Brechts *Erinnerung an die Marie A.* Pallauf schrieb, dass er immer Probleme mit diesem Gedicht gehabt habe, weil das Wort «still» so oft verwendet würde. Das hätte Brecht anders lösen können.

Es kam einiges an Gegenargumenten, alle sachlich. Kein böses Blut, auch nicht in den anderen Diskussionen. Man legte hier offensichtlich Wert auf einen gepflegten Umgangston.

Weitere Kommentare, dann, vor etwa zwei Monaten, hatte Pallauf ein Gedicht von Franz Wedekind eingestellt, als Begleittext zu einem Foto, das einen Seiltänzer zeigte.

Sei er noch so dick,
Einmal reißt der Strick.
Freilich soll das noch nicht heißen,
Dass gleich alle Stricke reißen.
Nein, im Gegenteil,
Mancher Strick bleibt heil.

Hätten wir ihn erhängt vorgefunden und nicht erschossen, müsste ich diesen Zeilen Bedeutung beimessen, dachte Beatrice.

So waren sie kaum mehr als ein Hinweis darauf, dass Pallauf eine Schwäche für Wortwitz gehabt hatte.

Ältere Beiträge anzeigen. Beatrice ging alles durch, immer auch auf der Suche nach Sarah Beckendahl, doch die hatte sich fast nie zu Wort gemeldet, und wenn, dann nur sehr kurz. *Finde ich auch toll; gefällt mir nicht so; ich glaube, Nikola hat recht.* Niemand ging groß auf ihre Kommentare ein, anders als auf Pallaufs, die von wirklichem Interesse an Lyrik zeugten.

Da. Im vergangenen Februar hatte er ein ernsteres Gedicht gepostet, gemeinsam mit einem Foto der verschneiten Festung Hohensalzburg, aufgenommen vom Kapitelplatz aus. Es war ein guter und stimmungsvoller Schuss, wenn auch ein wenig beeinträchtigt durch die Passanten und Touristen im Vordergrund. Ein violetter Kinderwagen schob sich als dominierender Farbfleck von rechts ins Bild.

Ein weißes Schloß in weißer Einsamkeit, lautete der Titel des Gedichts, das immerhin halb zur Aufnahme passte. Weiß ja, einsam aber nun wirklich nicht.

Ein weißes Schloß in weißer Einsamkeit.
In blanken Sälen schleichen leise Schauer.
Todkrank krallt das Gerank sich an die Mauer,
und alle Wege weltwärts sind verschneit.

Darüber hängt der Himmel brach und breit.
Es blinkt das Schloß. Und längs den weißen Wänden
hilft sich die Sehnsucht fort mit irren Händen ...
Die Uhren stehn im Schloß: es starb die Zeit.

Ist ja gar nicht einsam, hatte auch eine Finja Meiner dazu geschrieben. Danach drehte sich die Diskussion um die tote Zeit und was sie bedeutete; einige der Gruppenmitglieder fragten, wo dieses Schloss sei, und Helen Crontaler schrieb in beinah beleidigtem Ton, es sei natürlich in Salzburg.

Noch einmal klickte Beatrice auf *Ältere Beiträge anzeigen*. Allmählich spürte sie Müdigkeit in sich aufsteigen. Nur noch zehn Minuten, dann würde sie schlafen gehen.

Ende Dezember des Vorjahres hatte Pallauf ein abendliches Foto des Hellbrunner Weihnachtsmarkts gepostet und damit Theodor Storms Weihnachtslied illustriert.

Vom Himmel in die tiefsten Klüfte
Ein milder Stern herniederlacht;
Vom Tannenwalde steigen Düfte
Und hauchen durch die Winterlüfte,
Und kerzenhelle wird die Nacht.

Alles so harmlos. Beatrice gähnte und sah auf die Uhr. Halb elf. Wann auch immer diese Ansammlung von Reimen sie auf eine Spur bringen würde – heute ganz sicher nicht mehr. Sie stellte ihr Handy leise und ging schlafen.

«In meinem Kakao ist zu wenig Kakao!», beschwerte sich Jakob und hielt Beatrice seine Tasse entgegen.

«Es ist genauso viel drin wie immer.» Den geduldigen Ton beizubehalten, fiel ihr allmählich schwer. Seit dem Aufstehen quengelte Jakob über alles und jedes – sein T-Shirt, die Menge der Zahnpasta auf der Bürste, die Wolken am Himmel.

«Nein! Das schmeckt nach Milch mit nichts!»

Beatrice beschloss, ihn zu ignorieren. Sollte er seinen Kakao trinken oder es lassen, Hauptsache, sie kamen pünktlich aus der Tür. Sie aß im Stehen ein Stück Brot und schüttete eine Tasse Filterkaffee in sich hinein. Wo war nur ihr Handy? Sie hatte es gestern leise geschaltet und dann … auf dem Couchtisch, natürlich, neben dem Notebook, das musste sie auch noch einpacken.

Sie holte das Handy aus dem Stand-by-Modus und sog scharf die Luft ein.

5 entgangene Anrufe.

Anspannung und schlechtes Gewissen, sofort. Wahrscheinlich war es nur Achim gewesen, der in der Nacht seine Vorwürfe hatte loswerden wollen, um besser schlafen zu können. Sie öffnete die Liste.

Alle Anrufe stammten von Florin, der letzte war erst vor zwei Minuten eingegangen.

Keine Frage, da war etwas passiert. Sie schaltete die Klingeltöne auf laut und rief Florin zurück. Er war sofort am Telefon, der Geräuschkulisse nach zu schließen, saß er im Auto.

«Bea? Gut, dass du dich meldest. Komm so schnell du kannst, ich bin schon auf dem Weg. Leichenfund, in der Salzach, beim Makartsteg.»

«Okay.» Sie warf einen Blick auf die Uhr: zehn nach sieben. «Bin um halb acht da.»

Der letzte Schluck Kaffee, dann schnell alles zusammenpacken. «Mina, Jakob? Esst auf, wir müssen los.»

«Aber ich –»

«Bitte! Es ist wirklich eilig. Ihr könnt die Brote mit ins Auto nehmen und dort weiteressen.»

Mina zuckte die Schultern und schob ihren Stuhl zurück, Jakob hingegen protestierte, wie erwartet. «Immer ist alles eilig. Das ist so blöd!»

«Tut mir leid, aber so ist es eben!» Sie hörte selbst, dass sie es lauter sagte als nötig. «Morgen lassen wir uns mehr Zeit, gut?»

«Immer morgen, morgen, morgen, morgen, morgen …»

Er wiederholte das Wort noch, als sie die Treppen im Stiegenhaus hinunterliefen. Beatrice zwang sich, es zu ertragen. Immerhin war der morgendliche Verkehr nicht so dicht wie befürchtet. Fünf Minuten später ließ sie die Kinder vor der Schule aussteigen.

Eine Leiche. Das konnte vieles bedeuten: Unfall, Selbstmord oder – wenn es wirklich übel lief – einen weiteren Fall.

Die Schaulustigen bildeten eine Wand vor dem Salzachufer. Da, wo Polizeibeamte sie zurückdrängten – *es gibt hier nichts zu sehen!* –, füllten sich die entstandenen Lücken sofort wieder. War ja auch gelogen, denn es gab durchaus etwas zu sehen: Drasche beispielsweise, der neben einem Feuerwehrwagen am Ufer stand und von einem Bein aufs andere trat, während Rettungskräfte in einem Boot auf den toten Körper zusteuerten, der bäuchlings im Wasser trieb.

«Gehen Sie zurück!» Einer der Polizisten riss dem Mann, der sich eben wieder an ihm vorbeidrängen wollte, das Smartphone aus der Hand, aber er war nicht der Einzige, der das Geschehen filmte.

Großartig. In zwei Stunden würde YouTube von Leichenbergungsvideos nur so überquellen.

«Abriegeln», befahl Beatrice. «Das ganze Gebiet und auch die Brücken. Die Leute sollen verschwinden, sie behindern die Polizeiarbeit.» Sie entdeckte Florin, der sich eben neben Drasche stellte, und kletterte die Böschung hinunter.

«Was wissen wir schon?»

Florin warf einen schnellen Blick nach oben, wo die Uniformierten es allmählich schafften, der Menge der Schaulustigen Herr zu werden. «Eine Gruppe Radfahrer hat den Toten im Fluss treiben sehen, vom Tauernradweg aus. Sie haben uns gleich verständigt, aber die Leiche ist natürlich weiter abgetrieben worden, und jetzt haben wir sie mitten in der Stadt.»

Das Boot drehte in der Flussmitte bei, zwei Feuerwehrleute brachten sich in Position. Beatrice blickte sich um, auch von den Brücken waren die Menschen mittlerweile verschwunden. Gut. Sie kniff die Augen zusammen, um besser sehen zu können, als der Körper an Bord gehoben wurde. Ein Mann, wenn sie sich nicht völlig täuschte. Mittelgroß. Die Einsatzkräfte deckten ihn mit einer schwarzen Plane zu, und das Boot machte sich auf den Rückweg zum Ufer.

«Die dritte Leiche aus der Salzach in den letzten fünfzehn Monaten», brummte Drasche. «Waren alles entweder Betrunkene oder Selbstmorde, aber bis das endlich festgestanden hat! Das Wasser, ich sage euch, das macht so viele Spuren kaputt. Als wäre es nicht so schon schwierig genug.»

Es klang beinahe, als würden die Menschen sich freiwillig ersäufen, nur um ihn zu ärgern. «Wenn einer trotzdem Spuren findet, dann du, Gerd.» Beatrice stupste ihn freundschaftlich von der Seite an, was ihr einen erstaunt-empörten Blick unter hochgezogenen Augenbrauen einbrachte.

Er war für plumpe Schmeicheleien noch nie zu haben gewesen, weswegen Beatrice ihm gegenüber besonders verschwenderisch damit umging – wann immer sie in der Stimmung dazu war oder ein Ventil brauchte, um innere Anspannung abzubauen, so wie jetzt.

Das Boot fuhr langsam ein Stück flussaufwärts, um einen geeigneten Anlegeplatz anzulaufen, und sie folgten ihm die Böschung entlang. Ein junger Arzt stand mit verschränkten Armen an der Landestelle und blickte angestrengt auf den Fluss hinaus.

Als sie zu ihm traten, lächelte er Beatrice und Florin nervös an, erst bei der Begegnung mit Drasches Blick fiel das Lächeln in sich zusammen.

Oben an der Straße hielt der Leichenwagen genau in dem Moment, in dem der Tote vom Boot an Land gebracht wurde. Der Arzt kniete sich neben ihn und begann mit seiner Arbeit.

Beatrice hatte in ihrer Laufbahn schon einige Wasserleichen gesehen. Die, die schon längere Zeit tot waren, sahen entsetzlich aus und rochen furchtbar, viel schlimmer, als es Tote ohnehin taten.

Der Mann vor ihnen verströmte jedoch noch keinen starken Verwesungsgeruch, und er wirkte nicht allzu entstellt, obwohl sein Gesicht aufgedunsen war und Schürfwunden aufwies, vor allem an der Stirn. Beatrice schätzte ihn auf etwa fünfzig, denn das ansonsten dunkle Haar war an den Schläfen schon grau. Seine Hände waren im Verhältnis zu seiner Körperlänge sehr groß und kräftig. Seine Kleidung …

Beatrices Puls beschleunigte sich, noch bevor sie begriff, warum. Seine Kleidung.

Der Mann trug keine Hosen mehr, aber das war es nicht, was Beatrice irritierte. Leichen, die aus fließenden Gewässern gezogen wurden, waren oft halb oder ganz nackt.

Was ihre Aufmerksamkeit geweckt hatte, war das, was der Fluss übrig gelassen hatte. Ein T-Shirt, darüber eine Jacke. Sie war grün. Auf der linken Brust waren die Buchstaben NY aufgedruckt. Das Y, das wie ein Baum mit zwei starken, gegabelten Ästen durch den Schrägstrich des N hindurchwuchs. Das Logo der New York Yankees.

Unwillkürlich hielt sie nach der gelben Baseballkappe Ausschau, was natürlich Unsinn war.

Ich möchte Ihnen etwas erklären, aber es ist schwierig und … ich weiß auch nicht alles.

Nicht alles, aber immer noch zu viel, wie es schien. Sie rief sich die Stimme auf dem Tonband genauer ins Gedächtnis zurück. Sie hatte mit einem leichten Akzent gesprochen und hektisch. Das konnte durchaus Angst gewesen sein.

War der Mann deshalb nicht am Bahnhof erschienen, weil ihn vorher jemand zum Schweigen gebracht hatte?

Sie müssen mir. Versprechen. Das in der Zeitung, wissen Sie ... das war kein Selbstmord. Ich helfe Ihnen, und Sie helfen mir.

Natürlich war es zu früh, um sicher zu sein, und natürlich gab es massenhaft Menschen, die grüne Jacken mit dem New-York-Yankees-Symbol darauf trugen. Aber als Beatrice hochsah und Florins Blick begegnete, erkannte sie, dass er dasselbe dachte. Unser Informant.

Er würde ihnen nicht mehr helfen können, und sie ihm noch viel weniger.

Zwei Stunden später saßen sie im Büro und ordneten das, was sie in Erfahrung gebracht hatten. Der Tote war noch im Besitz seiner Geldbörse gewesen – die Yankees-Jacke hatte eine Innentasche mit Reißverschluss –, und damit war seine Identität so gut wie geklärt: Rajko Dulović, dreiundfünfzig Jahre alt und dank einiger Verurteilungen wegen Drogenhandels kein Unbekannter.

Beatrice holte sich seine Akte auf den Bildschirm. Florin hantierte an der Espressomaschine, und Sekunden später zog Kaffeeduft durch den Raum.

«Zusammenhänge», murmelte Beatrice. «Lass uns Zusammenhänge schaffen, sonst landen wir ganz schnell bei einem Mord im Drogenmilieu, der keinen Bezug zu Pallauf und Beckendahl hat.»

Sie sah zu Florin hoch, der eben eine Tasse neben ihren Bildschirm stellte. «Du hältst das doch nicht für Zufall? Der Anrufer hat mit Akzent gesprochen und seine Jacke beschrieben. Wir einigen uns doch darauf, dass er und der Tote dieselbe Person sind, ja?»

Zum ersten Mal an diesem Tag schlich sich etwas wie ein Lächeln in Florins Gesicht. «Wir einigen uns darauf, dass es eine brauchbare Arbeitshypothese ist.» Er rieb sich die Augen und nahm einen Schluck aus seiner Tasse. «Neben ein paar anderen. Jetzt haben wir Drogen als neues Element in der Gleichung, wer weiß, ob nicht auch Pallauf und Beckendahl damit zu tun hatten. Wenn ja, haben wir die Sache bald im Griff.»

Florins Worte klangen zuversichtlich, seine Stimme hingegen erschöpft. Schon gestern hatte Beatrice Anlauf nehmen und ihn fragen wollen, was ihn so beschäftigte. Meine Güte, er tat das doch auch, gab ihr immer wieder Gelegenheit, sich all das private Zeug von der Seele zu reden, das sie wie einen Bleirucksack mit sich herumschleppte.

«Dir geht es im Moment nicht so gut, oder?»

Na toll, das hatte ja richtig mitfühlend geklungen. Ein schnell hingenuschelter Satz, und sie hatte ihn dabei nicht einmal angesehen. In Gedanken ohrfeigte sie sich selbst und holte Luft für einen zweiten Anlauf, doch Florin kam ihr zuvor.

«Entschuldige, bitte. Ich bin ein bisschen abgelenkt, das stimmt, aber es wird unsere Arbeit nicht beeinträchtigen.»

«Nein – natürlich nicht. So habe ich es nicht gemeint. Nur, wenn ich dir helfen kann …»

Er lachte auf, was beleidigend hätte sein können, wenn nicht gleichzeitig diese Wärme in seinen Augen gelegen hätte. «Das fehlt gerade noch. Als ob du nicht genug um die Ohren hättest, Bea. Nein, ich komme zurecht, zerbrich dir bloß nicht den Kopf über mich.»

Gibt es Schwierigkeiten mit Anneke? Oder geht es um etwas ganz anderes? Sie schluckte die Fragen hinunter, die ihr auf der Zunge lagen.

«Ich habe hier in der Datenbank ein Foto von Rajko Dulović», sagte sie stattdessen. «Meiner Meinung nach ist das unser Mann aus dem Fluss.» Was für ein Themenwechsel. Das konnte sie so nicht stehenlassen. «Und falls du mit jemandem reden möchtest, dann sehr gerne mit mir, außer natürlich, du ziehst Hoffmann vor.»

Wieder lachte er, diesmal klang es fröhlicher. «Ich werde es beherzigen.»

«Gut.» Sie drehte den Bildschirm ihres Computers so, dass auch er einen Blick darauf werfen konnte. «Also. Was sagst du?»

Er betrachtete das Foto eingehend. «Ich bin deiner Meinung, das ist er. Und Bea – wir sollten zumindest in Betracht ziehen, dass er nicht unser Informant war, trotz der Jacke und des Akzents.»

Ja, ja. Locker im Kopf bleiben, wie Herbert immer gesagt hatte. Apropos Herbert.

Sie zog das Notebook heran und loggte sich bei Facebook ein. Ausgezeichnet, in der Spalte links war unter der Rubrik «Gruppen» jetzt das Buch-Icon aufgetaucht. *Lyrik lebt* hatte Tina Herbert aufgenommen, und Helen Crontaler hatte ihr eine Freundschaftsanfrage geschickt. Besser konnte es kaum laufen! Leider musste die Gruppe bis zum Abend warten. Bevor Beatrice sich wieder ausloggte, gab sie in das Feld *Suche nach Personen, Orten und Dingen* den Namen Rajko Dulović ein.

Die ersten 0 Treffer werden angezeigt, verkündete die Seite und lieferte eine Liste mit alternativen Namensvorschlägen. Es gab eine Menge Leute, die Dulović hießen, aber keinen Rajko. Also war er auch kein Mitglied der Gruppe.

Das hätte sie sich denken können. Er wäre der erste ihr bekannte Kerl aus der Drogenszene mit einer Schwäche für Gedichte gewesen.

Halt. Wer sagte, dass er nicht ebenfalls unter falschem

Namen im Netz unterwegs war? Viel Aufwand erforderte das nicht, wie sie selbst erfahren hatte.

«Jemand von uns sollte Dulovićs Computer und Handy untersuchen», sagte sie laut und machte sich eine entsprechende Notiz. «Ich will wissen, wann er welche Seiten besucht hat. Und ob er jemals auf Facebook war.»

Kapitel fünf

«Danke für die Aufnahme in die Gruppe und hallo in die Runde», hatte Beatrice zum Einstand posten wollen. Doch als sie sich abends bei Facebook einloggte, gemütlich auf der Terrasse, mit einem Glas Wein in der Hand, stieß sie auf eine Welle von Entsetzen und Bestürzung. Gestern hatte sie damit gerechnet, heute dummerweise nicht.

Christiane Zach Ich habe gerade etwas Schreckliches erfahren. Der Mann, der in Salzburg eine Frau erwürgt und sich dann selbst erschossen hat, das war Gerald Pallauf aus unserer Gruppe. Ich bin total fertig. Wisst ihr Genaueres?

Alle 45 Kommentare anzeigen

Ivonne Bauer Oh mein Gott. Woher hast du das? Ich hoffe, er war es nicht! Gerald, wenn du mitliest, melde dich bitte!!!
Dominik Ehrmann Nein, das glaube ich einfach nicht.
Ren Ate Ich habe eben auf seinem Profil nachgesehen, da steht nichts davon. Aber sein letzter Eintrag ist eine Woche alt.
Helen Crontaler Wie entsetzlich. Ich hoffe so sehr, dass es nicht wahr ist, und ich werde versuchen, mehr herauszufinden. Ich bin ja selbst aus Salzburg.
Ivonne Bauer Ja, Helen, bitte tu das!
Christiane Zach Mir hat es jemand im Krankenhaus erzählt. Bin ja Krankenschwester.
Nikola DVD Es wandelt, was wir schauen,

Tag sinkt ins Abendrot,
Die Lust hat eignes Grauen,
Und alles hat den Tod.

Ira Sagmeister Ja. Alles hat den Tod. Er ist überall, und manchmal ertrage ich das kaum.

Ivonne Bauer Nikola, findest du das passend? Wir freuen uns über Gedichte, deshalb sind wir hier, aber im Moment ist das beinahe geschmacklos.

Nikola DVD Falls Gerald wirklich tot ist, geht mir das sehr nah, glaube mir. So sehr, dass ich fremde Worte brauche, um meine Betroffenheit auszudrücken.

Ren Ate Solange es nicht in einen Wettbewerb um das schönste Trauergedicht ausartet. Ich jedenfalls zünde eine Kerze für Gerald an, und eine für das arme Mädchen.

Ivonne Bauer Was für ein tolles Foto, Renate. Die Kerze drückt Gefühle besser aus als Worte es könnten.

In dem Tenor ging es weiter, alle beteuerten ihre Betroffenheit und stellten fest, dass man in andere nicht hineinsehen könne. Dass sie Gerald Pallauf niemals eine Gewalttat zugetraut hätten. Dass er ihnen keinesfalls selbstmordgefährdet erschienen war. Aber, na ja, im Internet zeigten die meisten Menschen eben nur ihre sonnige Seite …

Alle paar Sekunden ein neuer Kommentar. Beatrice las, notierte die Namen und versuchte, einen ersten Überblick zu gewinnen. Helen Crontaler und Christiane Zach unterstrich sie dick; die beiden waren in Salzburg zu Hause, bei den anderen würde sie den Wohnort noch überprüfen müssen.

Aus keinem der Kommentare konnte man herauslesen, dass der Schreiber Pallauf persönlich gekannt hatte.

Beatrice nahm einen Schluck von ihrem Merlot. Sich in dieser Situation erstmals zu Wort zu melden, wäre wohl ungeschickt. Wenn sie Pech hatte, würde man sie für sensationsgierig halten oder ihr Mangel an Einfühlungsvermögen vorwerfen.

Wer klang hier wirklich betroffen? Sie las die Kommentare noch einmal durch. Die meisten waren vor allem begierig darauf, mehr zu erfahren oder ihre eigene, ach so bedeutsame Einschätzung loszuwerden.

Ganz normales Verhalten, soweit Beatrice es beurteilen konnte. Der Tod war diesen Menschen an einem Ort nahe gekommen, an dem sie nicht mit ihm gerechnet hatten. Nun beschworen sie ihre eigene Lebendigkeit, suchten nach Erklärungen und der Versicherung, dass ihnen nicht dasselbe widerfahren konnte.

Sie würde noch warten, beschloss Beatrice. Auf das erste Posting, das wieder Normalität signalisierte. Dann würde sie sich vorstellen und als Tina Herbert mit den anderen in Kontakt treten.

Um den Abend nicht völlig nutzlos verstreichen zu lassen, nahm sie sich die Profile einiger Mitglieder vor, zuerst das von Helen Crontaler. Mit ihr war sie ja schon «befreundet», also hatte sie Zugriff auf ihre Informationen, auch auf Fotos, von denen es jede Menge gab. Helen mit ihrem Mann, er im Smoking, sie im Abendkleid. Das Bild musste anlässlich einer Vorstellung der Salzburger Festspiele gemacht worden sein – ja, da stand es: Così fan tutte.

Auf einem anderen Foto war sie legerer, aber immer noch höchst elegant gekleidet und lächelte siegesgewiss in die Kamera. Ein bekannter Wiener Schriftsteller hatte ihr einen Arm um die Schultern gelegt.

Eine hübsche Frau, fand Beatrice. Man sah, dass Helen stark auf die fünfzig zuging, aber erst auf den dritten oder vierten Blick. Auf den ersten hielt man sie für Mitte dreißig.

Sie pflegte eine stattliche Freundesliste von fast tausend Usern, viele davon Künstler. Beatrice suchte nach Sarah Beckendahl, aber die fand sich nicht unter den Auserwählten.

Das nächste Profil. Christiane Zach, sie gab als Arbeitgeber das Landeskrankenhaus Salzburg an und hatte eine Katze, die sie täglich offenbar mehrmals fotografierte, der schieren Anzahl der Bilder nach zu schließen. Darüber hinaus mochte sie Reggae, Eislaufen und alte Fernsehserien. Okay. Beatrice vergrößerte das Profilbild: rundes Gesicht, braune, dauergewellte Haare, Brille. Niemand, den sie auf der Straße wiedererkennen würde. Ihre Katze schon eher.

Ivonne Bauers Profil war nur Freunden zugänglich. Unbekannten verriet sie nicht das Mindeste, nicht mal, wie sie aussah, denn ihr Profilbild zeigte ein Segelschiff. *Kennst du Ivonne?* war alles, was unter der Rubrik «Info» zu lesen stand.

«Nein, tue ich nicht», murmelte Beatrice.

Nikola DVD. Das gleiche Problem. Als Profilbild das Foto eines blonden Mädchens mit Pferdeschwanz und Zahnlücke – vermutlich Nikolas Tochter oder Nikola selbst als Kind. Ein wenig auf alt gemacht, vielleicht mit einem der Bildprogramme, die gerade die Runde machten. Instagram, Lomo, wie sie alle hießen. Aber keine weiteren Informationen. Hier hatte sich jemand genau mit den Privatsphäre-Einstellungen auseinandergesetzt. Man konnte aus dem Kürzel «DVD» höchstens schließen, dass sie eine beträchtliche Sammlung an Filmen zu Hause haben mochte. Sonst nichts.

«Sehr lobenswert, wenn man vom Kinderfoto absieht», sagte Beatrice zu der Kleinen, die ihr selbstbewusst entgegengrinste. «Aber für meine Zwecke leider hinderlich.»

Im Ernstfall war das nur ein temporäres Hindernis.

Mit einem richterlichen Beschluss würde Facebook ihnen Einsicht in die jeweiligen Profile ermöglichen, nur mussten sie den erst einmal bewilligt bekommen. Datenschutz wurde bei den Behörden derzeit großgeschrieben, keiner wollte sich die Finger verbrennen, schon gar nicht, wenn der betreffende User nicht unter dringendem Tatverdacht stand. Besser wäre es also, Tina Herbert schickte Nikola und Ivonne je eine Freundschaftsanfrage. Aber nicht mehr heute Abend.

Mehr Glück hatte sie bei Dominik Ehrmann. Sie konnte die Meldungen in seiner Chronik zwar nicht lesen, seine persönlichen Informationen aber sehr wohl.

Hat Sozialwissenschaften hier studiert: Universität Bielefeld

Wohnt in: Wo es mir gefällt

Arbeitet bei: Städtisches Gymnasium Gütersloh

Ehrmann lebte also in Deutschland und war vermutlich Lehrer. Seine Interessen zeugten von hohem sozialem Engagement – Amnesty International, Greenpeace, WWF –, und sein Profilbild war ansprechend. Helles, leicht gewelltes Haar, blaue Augen und ein Lächeln, das auf einen offenen Charakter schließen ließ. Sie ertappte sich dabei, dass sie nach seinem Beziehungsstatus Ausschau hielt, aber den hatte er nicht angegeben.

Zum Schluss nahm sich Beatrice noch Ira Sagmeister vor, die Frau, die die Allgegenwart des Todes nicht ertragen konnte.

Auch sie gehörte zu denen, die ihr Gesicht nicht zeigten, obwohl Beatrice vermutete, dass der Schemen auf dem Profilbild ihr eigener war. Aber sie hatte eine Gegenlichtaufnahme gewählt, auf der man außer dem Schattenriss eines langhaarigen Kopfes auf schmalen Schultern nichts erkennen konnte.

Beatrice klickte auf *Info* und war überrascht, dass auch Ira, wie so viele aus der Gruppe, nach eigenen Angaben in Salzburg lebte. Sie unterstrich den Namen doppelt auf ihrer Liste, bevor sie weiterlas.

Viel gab es da nicht mehr. Immerhin hatte Ira die Rubrik *Über mich* für alle sichtbar ausgefüllt.

Du füllst mich an wie Blut die frische Wunde
und rinnst hernieder seine dunkle Spur,
du dehnst dich aus wie Nacht in jener Stunde,
da sich die Matte färbt zur Schattenflur,
du blühst wie Rosen schwer in Gärten allen,
du Einsamkeit aus Alter und Verlust,
du Überleben, wenn die Träume fallen,
zuviel gelitten und zuviel gewußt.

Wow. Das war starker Tobak, aber nicht von Ira Sagmeister selbst. Beatrice kannte das Gedicht und war sich fast sicher, dass es von Gottfried Benn stammte.

Sie googelte. Ja. *Abschied* von Gottfried Benn. Auf die Strophe, die Ira zu ihrem Motto erklärt hatte, folgten noch drei weitere, keine von ihnen optimistischer als die erste. Für heute reichte es. Beatrice verließ Sagmeisters Profil und kehrte noch einmal zur Lyrik-Seite zurück. Mittlerweile war die Anzahl der Kommentare auf siebenundsechzig angewachsen, doch kein einziger wies auf eine persönliche Bekanntschaft des jeweiligen Schreibers mit Gerald Pallauf hin. Und noch immer hatte niemand das erdrosselte Opfer mit Sarah Beckendahl in Verbindung gebracht.

Dafür drehte sich am nächsten Morgen im Büro alles um Sarah. Die Kollegen aus Hannover hatten im Umfeld des Mädchens recherchiert und ihre Ergebnisse nach Salzburg geschickt.

Der Bericht zeichnete das Bild einer sprunghaften und sehr lebenshungrigen jungen Frau mit wechselnden Beziehungen, derzeit Single. Einer ihrer Exfreunde hatte sie als «auf der Suche nach dem Prinzen» beschrieben. Das Nagelstudio, in dem sie arbeitete, war da sicher kein geeignetes Jagdrevier, deshalb war sie viel in Clubs unterwegs gewesen und hatte Online-Dating-Plattformen genutzt.

«Wer hier im Raum kann sich vorstellen, dass Sarah in Gerald Pallauf ihren Prinzen gefunden hat?» Beatrice schaute erst Florin, dann Stefan an. Letzterer kaute an einem Donut, den langen, dünnen Körper an die Wand neben dem Drucker gelehnt.

«Isch finde schowiescho, dasch Frauen immer auf scheltschame Typen fliegen», nuschelte er mit vollem Mund.

Beatrice stützte sich mit den Unterarmen auf die Tischplatte. «Das kann schon sein, aber wenn, dann sind sie auf eine andere Art seltsam.» Sie blätterte in den zusammengehefteten Seiten. «Keiner ihrer Freunde, niemand aus ihrer Familie wusste, dass sie nach Salzburg fahren wollte. Sie hat es niemandem erzählt. Warum?»

Florin lehnte sich in seinem Drehstuhl zurück und verschränkte die Finger. «Möglicherweise war es ihr unangenehm, gerade weil Pallauf so gar nicht dem Prinzenklischee entspricht.»

«Aber sie kannten sich ja noch gar nicht!» Wieder blätterte Beatrice, auf der Suche nach der richtigen Stelle. «Da! In der Liste ihrer Handyverbindungen kommt Pallaufs Nummer nicht vor. Es gab keinen Mailwechsel. Wenn sie sich nicht von Telefonzelle zu Telefonzelle angerufen haben, kannten sie sich nicht.»

Es war zum Aus-der-Haut-Fahren. Die Lyrik-Gruppe blieb die einzige, hauchdünne Verbindung zwischen den beiden Toten, und selbst dort hatten sie nie direkt miteinander zu tun gehabt.

«Pallauf gehörte übrigens zu denen, die den Namen ‹Facebook› wörtlich nehmen und ihr Gesicht ins Profil stellen. Er hat nichts geschönt, es ist kein Foto, in das jemand wie Sarah sich vergucken würde.» Sie hielt den Bericht hoch. «Nicht, wenn wir glauben, was hier drinsteht. Demzufolge war ihr gutes Aussehen bei ihren Bekanntschaften nämlich durchaus wichtig.»

«Sie hatten nie Kontakt, aber trotzdem steht Sarah eines Tages bei Gerald vor der Tür, und er lässt sie rein.» Florins Blick ging in die Ferne, als könne er die Szene dort beobachten. «Sie wohnt bei ihm, und keiner von beiden ist misstrauisch. Pallauf nicht, dass Sarah ihn eventuell bestehlen will –»

Beatrice konnte ein Auflachen bei der Erinnerung an die verwüstete Wohnung nicht unterdrücken.

«... und Sarah nicht, dass Pallauf sich nachts zu ihr ins Bett schleichen könnte», fuhr Florin ungerührt fort. «Untertags sind beide ständig unterwegs, hat der Mitbewohner uns erzählt, dieser ...»

«Sachs.»

«Genau. Der von nichts etwas mitbekommen haben will. Stefan?»

So plötzlich angesprochen, verschluckte Stefan sich beinahe. «Ja?»

«Rede du doch noch mal mit Sachs. Ihr seid fast im gleichen Alter, und ihr seid beide Computerfreaks.»

«Also ...»

«Freaks im besten Sinne, kein Grund, empört zu sein. Versuch mal, aus ihm herauszukitzeln, ob er nicht doch noch mehr weiß. Zum Beispiel, was Sarah Beckendahl in Salzburg wollte und was genau sie gesagt hat, als sie vor der Tür stand. Verbrüdere dich ein wenig mit ihm. Okay?»

Stefan leckte sich klebrigen Donut-Zuckerguss von den Fingern. «Ich gebe mein Bestes.»

Auf Sarahs Facebook-Seite häuften sich bereits die Trauerbekundungen. Obwohl Beatrice wusste, dass die Kollegen aus Deutschland diesen Strang der Ermittlungen bereits verfolgten, wollte sie sich einen eigenen Überblick verschaffen: Meldete sich jemand aus der Lyrik-Gruppe? Erging sich jemand in Anspielungen, die man deuten musste?

Nein, es machte nicht den Eindruck. Allerdings zählte sie allein in den ersten zwanzig Postings vier, die die Wiedereinführung der Todesstrafe forderten, und einige mehr, die das barbarisch fanden und erklärten, diese Art von Meinungsbekundungen seien ein Missbrauch von Sarahs Facebook-Seite und sie hätte das sicherlich nicht gewollt.

Schade, dass das Schwein nicht mehr lebt, ich hätte es gern selbst umgebracht, ganz langsam!, erklärte ein gewisser Uwe Volkert. Das gefiel 26 Personen.

Du wirst uns fehlen.

Die Besten gehen immer zuerst.

Das Leben ist so grausamm.

Das einzig Wichtige im Leben sind die Spuren, die wir hinterlassen, wenn wir weggehen. (Albert Schweitzer)

Du bist jetzt ein Engel und siehst auf uns herab.

Die Mischung aus Aggression und Kitsch, vermischt mit wiedergekäuten Floskeln, deprimierte Beatrice. Wie es wohl Sarahs Eltern damit ging?

Wahrscheinlich sahen sie es nicht. Hoffentlich.

Aus reinem Pflichtgefühl las sie weiter. Beinahe hätte sie aufgestöhnt vor Erleichterung, als das Telefon läutete. Sie stürzte sich förmlich auf ihren Apparat, damit Florin den Anruf nicht vor ihr entgegennehmen konnte.

«Vogt hier. Ich hatte gerade den Mann aus dem Fluss auf dem Tisch.»

Die Formulierung war so seltsam, dass Beatrice einen Moment brauchte, um zu begreifen, was gemeint war. «Sie meinen Rajko Dulović?»

«Ja, exakt. Wenn Sie Zeit haben, könnte ich Ihnen ein bisschen über ihn erzählen.»

Beatrice warf einen Blick auf die Facebook-Seite und klickte sie ohne jegliches Bedauern zu. «Natürlich habe ich Zeit.»

Sie sah, wie Florin die Augenbrauen hob, und zog eine Grimasse in seine Richtung.

«Der Mann war geschätzte eineinhalb Tage lang im Wasser», begann Vogt, «und er ist ertrunken. Waschhautbildung an den Händen, aber noch nicht an den Füßen. Atypisches Ertrinken übrigens, er ist zwischendurch zum Luftholen nicht noch mal aufgetaucht. Könnte an den Substanzen liegen, die er im Blut hatte.»

«Welche Substanzen?»

«Heroin, hauptsächlich. Plus ein paar Analgetika, die er zusätzlich geschluckt hat. Die Kombination muss ihn ziemlich ausgeknipst haben.»

Doch ein Fall aus dem Drogenmilieu? Beatrice versuchte, den Widerwillen zu ignorieren, den der Gedanke in ihr verursachte. Es fühlte sich an, als ob man sie zwänge, in falscher Richtung in eine Einbahnstraße zu fahren.

«Gibt es Zeichen äußerer Gewalteinwirkung?», fragte sie.

Vogt schnaubte. «Jede Menge, aber das ist die Crux mit Wasserleichen. Die Treibverletzungen überdecken alles andere, und Dulović muss eine ganze Zeit lang unter Wasser festgehangen haben, wahrscheinlich mit seiner Hose, die dann irgendwann zerrissen ist.»

«Was ist mit den Abschürfungen im Gesicht?»

Es raschelte, vermutlich wickelte Vogt gerade einen Schokoriegel aus dem Papier. «Die sind ganz typisch für Wasserleichen. Die Stirn schrammt über den Flussboden. Ich suche weiter, aber seien Sie nicht enttäuscht, wenn ich keine Zeichen für Fremdeinwirkung finde.»

«Danke. Ich gebe mir Mühe.»

«Gern geschehen.» Es klang ein wenig undeutlich, aber immerhin schmatzte Vogt nicht.

«Heroin», erklärte Beatrice, nachdem sie aufgelegt hatte. «Vogt meint, dass Dulović im Drogenrausch ertrunken ist.»

Florin schüttelte kaum merklich den Kopf.

«Denkst du, dass wir es doch mit zwei voneinander unabhängigen Fällen zu tun haben? Hier die Kurzschlusshandlung eines unglücklich Verliebten – oder eines Dritten, eines eifersüchtigen Liebhabers von Sarah, der die beiden verfolgt und tötet? Wäre auch eine Variante, der wir nachgehen sollten. Und auf der anderen Seite der Unfall eines Dealers, der zu viel Gefallen an seinem eigenen Zeug gefunden hat?»

Florins Kopfschütteln wurde heftiger. «Nein. Obwohl mein einziges Gegenargument eine grüne Jacke ist.»

Helen Crontaler Habe meine Beziehungen ein wenig spielen lassen und muss unsere Vermutungen leider bestätigen. Der Mann, der seine Begleiterin erwürgt und sich dann selbst erschossen hat, ist wirklich Gerald Pallauf gewesen. Mein Gott!
Ren Ate Wie furchtbar. Danke, dass du uns Bescheid gibst. Wisst ihr, ich frage mich dann immer, ob wir nicht hätten helfen können.
Ira Sagmeister Nein. Hättet ihr nicht.
Ren Ate Entschuldige bitte, Ira, aber woher willst du das wissen?
Christiane Zach Auch wenn es schrecklich ist, was er getan hat, so zünde ich doch in Gedanken eine Kerze für ihn an.
Boris Ribar Wirklich schlimm. Ich stelle meine Kerze neben die von Christiane.
Dominik Ehrmann Ich dachte es mir. Keine Überraschung, aber trotzdem entsetzlich. Ira, du solltest deine Worte vorsichtiger wählen, auch wenn du aufgewühlt bist.
Ira Sagmeister Stimmt, Dominik. Es tut mir leid.

Immer noch kein guter Zeitpunkt, um Tina Herbert hallo sagen zu lassen. Wie spät war es jetzt? Gleich fünf, Zeit, die Kinder abzuholen.

«Geh nur.»

Florin musste ihren Blick auf die Uhr bemerkt haben. Er quittierte ihr verlegenes Schulterzucken mit einem Lächeln. «Mach nur, Bea. Kein Problem.»

Sie klappte das Notebook zusammen und stopfte es in die Tasche. «Kannst du dir vorstellen, welche Quellen Helen Crontaler angezapft hat? Sie schreibt, sie wüsste jetzt, dass Pallauf derjenige welcher ist.»

Er wollte gerade antworten, als sein Handy piepste. SMS. Er hatte einen nüchternen Ton eingestellt, geradezu das Gegenteil von Moon River. Er griff nach dem Gerät, ohne die Nachricht zu öffnen. «Ich denke, wir sollten Helen Crontaler morgen einen Besuch abstatten.»

Sie war größer, als Beatrice es sich vorgestellt hatte, und alle ihre Fotos bei Facebook schmeichelten ihr. Das bedeutete nicht, dass Helen Crontaler keine attraktive Frau war, nur war sie nicht ganz so strahlend, wie die Bilder es glauben machten.

«Bitte, kommen Sie nur herein!»

Sie betraten den Vorraum. Nein, das hier ist ein Entree, korrigierte Bea sich. Heller Marmorboden, an der linken Wand ein riesiges Bild in Grau-, Grün- und Silbertönen, in der Mitte des Raums ein Podest und darauf eine Skulptur, die eine tanzende Frau darstellte.

Helen Crontaler geleitete Beatrice und Florin in einen Salon, in den Beatrices Wohnung zweimal gepasst hätte.

«Sie sagten, Ihr Name sei Wenninger?»

Oha, da legte sich aber eine ins Zeug. Beatrice beobachtete amüsiert, wie der Rock von Crontalers eierschalfarbenem Kostüm über ihre Knie hochglitt, als sie die Beine übereinanderschlug. Der Blick ihrer blauen Augen ließ Florin keine Sekunde lang los.

«Ja, Sie haben es richtig verstanden. Wenninger.»

«Dann sind Sie eventuell mit Maxim Wenninger verwandt? Dem Pianisten?»

«Mein Bruder.»

Also hatte Beatrice sich nicht geirrt. Der Bruder, der auf Facebook registriert war.

Die Auskunft erfreute Crontaler sichtlich. «Nein, wie interessant! Erzählen Sie mir, wie es kommt, dass zwei Brüder so völlig unterschiedliche Berufe ergreifen?»

Einen Moment lang beneidete Beatrice die Frau um ihre Offenheit – sie selbst hatte Florin noch nie nach seiner Familie gefragt, aus dem unbestimmten Gefühl heraus, dass ihm dieses Thema nicht behagen könnte.

«Um ehrlich zu sein, sind wir hier, um Ihnen Fragen zu stellen. Nicht umgekehrt.»

Offenbar hatte Beatrice mit ihrem Gefühl richtiggelegen, denn sein Lächeln war um einige Grad kühler geworden. Den Bruchteil einer Sekunde lang wirkte Helen Crontaler verunsichert, fing sich aber sofort wieder und beugte sich vor, um Tee in zierliche Porzellantassen zu gießen. «Selbstverständlich, entschuldigen Sie bitte. Sie mögen doch Darjeeling? Nehmen Sie Milch? Zucker?» Diese Frau war es gewohnt, Gäste zu haben, keine Frage.

«Sie haben auf Facebook eine Gruppe gegründet», begann Beatrice. «Lyrik lebt.»

«Ja, und dieser Name entspricht den Tatsachen. Sie lebt, und ich liebe sie sehr, deshalb unterhalte ich mich außerordentlich gern darüber.» Ein Lächeln an Beatrice, ein herzlicheres an Florin, dann plötzlicher Ernst im Gesicht. «Sie sind wegen Gerald hier, nicht? Ich helfe Ihnen selbstverständlich, so gut ich kann. Wir sind alle erschüttert.»

«Das haben wir gesehen.» Florin holte sieben ausgedruckte Seiten aus seiner Aktenmappe und legte sie auf den Tisch.

«Oh.» War Crontaler wirklich erstaunt? Wenn, dann nur für die Dauer eines Herzschlags. «Wie dumm von mir. Natürlich können Sie mitlesen, Sie sind die Polizei.»

«Außerdem haben wir Gerald Pallaufs Computer, und damit Zugriff auf seinen Facebook-Account», ergänzte Beatrice.

Verständnisvolles Nicken. «Meine Güte. Heißt das, Sie müssen jetzt alle seine Online-Kontakte überprüfen? Er war doch sicherlich noch in anderen Gruppen organisiert, in Foren und Ähnlichem ...»

Wusste sie wirklich nicht, aus welchem Grund *Lyrik lebt* von besonderem Interesse für die Ermittlungen sein konnte? Oder stellte sie sich nur ahnungslos? Wenn ja, dann tat sie das sehr überzeugend.

Florin hielt sich nicht lange mit Höflichkeiten auf. «Sie haben gestern geschrieben, Sie wüssten nun sicher, dass Pallauf einer der beiden Toten ist. Können Sie mir sagen, woher Sie dieses Wissen haben?»

Die Frage war ihr offensichtlich unangenehm. «Das ist – ich fand, ich wäre es der Gruppe schuldig, und da habe ich meine Beziehungen ein bisschen spielen lassen. Mein Mann und ich kennen eine Menge Leute, und einer davon wusste Bescheid.»

«Würden Sie mir den Namen sagen?»

Sie biss sich auf die Lippen. «Jemand von der Staatsanwaltschaft. Dr. Gellmann.»

Der Name sagte Beatrice nichts, aber Florin verzog den Mund. «Verstehe. Dann lassen Sie uns in medias res gehen. Was wissen Sie über Gerald Pallauf? Haben Sie ihn je persönlich getroffen?»

Sie tat, als müsse sie kurz überlegen. «Man könnte es so sagen, wir waren einmal im gleichen Raum, haben aber kaum ein Wort miteinander gewechselt. Es war ein Treffen, das ich organisiert hatte, weil doch so viele Mitglieder unserer Gruppe aus Salzburg kommen.»

«Wie war Ihr Eindruck von ihm?»

Wieder überlegte sie und sprach dann langsam, sichtlich bedacht, die richtigen Worte zu wählen. «Er war sehr sympathisch. Optisch hätte er viel mehr aus sich machen können, aber Sie wissen ja, heute gibt es viele Leute, die nur vor dem

Computer leben.» Sie räusperte sich. «Gerald hatte Humor und mochte zum Beispiel die Gedichte von Robert Gernhardt sehr. Wir hatten vor wenigen Monaten eine amüsante Diskussion über Ringelnatz, die können Sie nachlesen.»

Hatte Crontaler selbst das auch getan? Oder erinnerte sie sich wirklich noch daran, dass Pallauf dabei gewesen war? Bei fast achthundert Mitgliedern in ihrer Gruppe? Ihre Gastgeberin nippte an ihrer Tasse, und Beatrice ergriff die Gelegenheit, ihr die Frage zu stellen, die ihr schon längst auf der Zunge lag. Mal sehen, ob Madame sich gleich am Tee verschlucken würde.

«Sagt Ihnen der Name Sarah Beckendahl etwas?»

Crontaler verschluckte sich nicht. Sie trank und stellte ihre Tasse wieder ab. «Nein. Tut mir leid.» Erst jetzt dämmerte ihr der vermutliche Hintergrund der Frage, und sie blinzelte. «Ist das – der Name des Opfers?»

«Ja», übernahm Florin. «Sarah Beckendahl ist die Frau, die erdrosselt neben Gerald Pallauf gefunden worden ist. Und sie war ebenfalls in Ihrer Gruppe registriert.»

Falls Helen Crontaler ihre Überraschung nur spielte, tat sie das ungemein überzeugend. Beatrice konnte förmlich zusehen, wie die Nachricht in ihr arbeitete, wie sie ihr Gedächtnis abtastete, ohne fündig zu werden.

«Sind Sie sicher? War sie unter ihrem eigenen Namen angemeldet?»

«Ja.» Florin nahm einen Schluck aus seiner Tasse. «Eigener Name und ein sehr gut erkennbares Profilfoto. Blond, sehr hübsch.»

Crontalers Kopfschütteln begann langsam und beschleunigte sich allmählich. «Leider. Ich kann mich nicht an sie erinnern. Hat sie überhaupt je etwas in der Gruppe gepostet?»

Beatrice suchte im Stapel mit den ausgedruckten Facebook-Seiten und zog drei Blätter hervor. «Hier. Ich habe insgesamt vier Einträge von Sarah gefunden, mehr nicht, und keiner davon sehr aussagekräftig.»

Crontaler las mit gerunzelter Stirn, hielt dann plötzlich inne und legte einen der Papierbögen auf den Tisch. «Doch. Jetzt erinnere ich mich – meine Güte, ich dachte damals, ich sehe nicht richtig.»

Es war Beckendahls Kommentar auf die Strophe, die eine gewisse Sabine Scharrer aus Ludwig Tiecks «Melancholie» zitiert hatte, um damit ihren Liebeskummer zu illustrieren.

Tut mir leid, das du traurig bist, auch wenn wir uns nicht kennen. Bei uns in der Straße wachsen auch wilde Rossen.

«Zuerst dachte ich, es sei ein übler Witz und das Mädchen wolle Sabine ärgern – was gemein gewesen wäre, denn ihr ging es damals wirklich schlecht. Erst dann habe ich begriffen, dass sie die Rechtschreibung einfach nicht beherrscht.» Crontaler strich sich den Rock glatt. «Ehrlich gesagt, habe ich kurz überlegt, sie aus der Gruppe auszuschließen, denn ich will unter den Mitgliedern ein gewisses Niveau halten. Aber mein Mann sagt immer, dass Kunst und Bildung allen zugänglich sein sollen, und damit hat er selbstverständlich recht.»

Sie hielt das Papier mit beiden Händen vor sich, als wäre es ein Notenblatt, von dem sie singen wollte. «Glauben Sie, dass Gerald und dieses Mädchen ein Verhältnis hatten?»

«Glauben Sie das denn?», fragte Florin.

Sie lächelte ihn beinahe verschämt an. «Spontan würde ich nein sagen. Aber man weiß nie, wovon Menschen sich angezogen fühlen.» Helen Crontaler legte das Blatt zurück auf den Tisch und sprang fast gleichzeitig auf.

«Mein Mann ist nach Hause gekommen. Vielleicht wollen Sie auch mit ihm sprechen?»

Jetzt erst hörte Beatrice die Schritte aus der Empfangshalle. Genagelte Schuhe auf Marmorboden.

«Liebling!», rief Crontaler. «Kommst du schnell? Ich möchte dich gern Maxim Wenningers Bruder vorstellen!»

Peter Crontaler war das, was Beatrices Mutter einen «stattlichen Mann» nannte: groß, breitschultrig, grauhaarig und mit einer Stimme, die jeden Raum mühelos füllte.

«Es ist mir ein Vergnügen, auch wenn der Anlass ein so trauriger ist.» Sein Händedruck war eine Spur zu fest. Auf Florins Aufforderung hin schilderte er den Eindruck, den Pallauf als Student bei ihm hinterlassen hatte – schüchtern, aber gebildet; unauffällig, aber begeisterungsfähig. «Wie viel meine Einschätzung wert ist, kann ich leider nicht sagen. Eher wenig, befürchte ich, bei der Zahl an Studenten, die ich unterrichte.»

«Pallauf war auch auf der Lyrik-Seite Ihrer Frau aktiv. Sehen Sie da ab und an rein?»

Insgeheim erwartete Beatrice, dass der Professor ein nachsichtiges Lächeln zumindest andeuten würde, doch er blieb völlig ernst. «Nur gelegentlich, aber dann sehr gerne. Ich freue mich immer, wenn meine Studenten sich dort anmelden, um sich ohne Druck über Lyrik auszutauschen.» Er legte einen Arm um Helen Crontalers Schultern und drückte sie sanft an sich. «Sprache ist etwas so Schönes, und Gedichte feiern diese Schönheit, sie bringen sie zur Geltung. Helens Arbeit ist wichtig, sie gibt den Gedichten ein Podium, und wenn ich kann, unterstütze ich sie dabei.»

Alle Achtung, der Mann trug dick auf, aber Helen Crontaler freute sich ganz offenbar darüber. Oder galt ihr Strahlen immer noch Florin?

«Deshalb lasse ich auch jeden, der gerne möchte, in die

Gruppe hinein», bekräftigte sie. «Wenn er sich danebenbenimmt, sich zum Beispiel über andere lustig macht, ist er allerdings ganz schnell wieder draußen.»

«Verständlich.» Florin zog einen Strich unter seine Notizen. «Das wäre es für den Moment. Falls weitere Fragen auftauchen sollten, melden wir uns. Und falls Ihnen etwas ein- oder auffällt ...»

«... dann melde ich mich», ergänzte Helen Crontaler seinen Satz. «Aber natürlich.»

Sie begleitete Beatrice und Florin zur Tür. «Viel Glück.»

«Danke. Seien Sie bitte so freundlich und erwähnen Sie in der Gruppe Sarah Beckendahls Tod nicht. Keine Anspielungen auf eine Verbindung zwischen ihr und Pallauf.»

Helen hielt einen Moment inne, als hätte sie das noch nicht bedacht. «Ja, selbstverständlich. Und ich gebe Ihnen Bescheid, wenn jemand sich merkwürdig verhält.»

«Dafür wären wir dankbar.»

Auf der Rückfahrt saß Beatrice am Steuer, denn Florin wirkte immer noch müde und bedrückt. Sie überließ ihn seinen Gedanken, widmete sich ihren eigenen und erschrak beinahe, als er plötzlich auflachte.

«Alles in Ordnung?»

Er wandte sich zu ihr um. «Entschuldige bitte. Ja, natürlich. Ich kann nur diese Art Leute nicht leiden, aber das ist mein Problem, nicht ihres. Helen Crontaler ist im Grunde sicherlich eine sehr liebenswerte Frau.»

Ein schneller Blick nach rechts, bevor Beatrice ihre Aufmerksamkeit wieder dem Verkehr widmete. «Ja, den Eindruck macht sie. Ebenso wie ihr Mann.» Sie versuchte, es sich zu verkneifen, sagte es dann aber doch. «Sind offenbar Fans deines Bruders.»

Florin brummte etwas, aus dem Beatrice die Worte *er hasst diese Typen genau wie ich* herauszuhören glaubte, sie fragte aber nicht nach. War es der Reichtum der Crontalers, der Florin so heftig auf sie reagieren ließ? Das konnte es kaum sein, denn er selbst bewohnte ein Penthouse in der Salzburger Innenstadt. Eigentlich unleistbar für einen Polizisten, außer natürlich, man erbte es.

«Menschen wie die», hörte Beatrice ihn sagen, «haben Kreise. Hast du bestimmt schon öfter gehört: In *unseren Kreisen* ist das nicht üblich. In diesen *Kreisen* urlaubt man dieses Jahr auf Mauritius, man trinkt nur Weine von gewissen Weingütern, und man frequentiert die gleichen Golfclubs. Und selbstverständlich bewacht man den Zugang zu diesen exklusiven Gefilden höchst sorgsam.» Er stieß die Luft durch die zusammengebissenen Zähne aus. «Man schmückt sich mit Prominenten, gerne mit Künstlern, aber auch mit Politikern und anderen einflussreichen Größen. Staatsanwälten wie Gellmann zum Beispiel. Er gehört auch zu diesen ... *Kreisen*.»

Der Verkehr wurde dichter, und Beatrice musste bremsen, als jemand unmittelbar vor ihr die Spur wechselte. Dass Florin die Salzburger Society, die Reichen, Schönen und Gelifteten der Stadt, so aus der Fassung bringen konnte, sogar mehr sichtbare Verbitterung in ihm weckten als die Morde, mit denen sie es täglich zu tun hatten, fand sie erstaunlich.

Nein, sicher nicht mehr Verbitterung. Aber eine andere Art, eine persönlichere. An der nächsten roten Ampel sah Beatrice erneut zu Florin, der konzentriert seine Hände betrachtete, die Finger krümmte und wieder öffnete, als müsste er darüber nachdenken, ob sie auf dem Klavier Ähnliches zu vollbringen imstande wären wie die seines Bruders.

Sie musste an seine Wohnung denken, an seine Kleidung,

die Gemälde, die er in seiner Freizeit malte. Hasste Florin die von ihm so genannten *Kreise* so sehr, weil er seinen Ursprung dort hatte?

Ira Sagmeister
Patrouille
Die Steine feinden
Fenster grinst Verrat
Äste würgen
Berge Sträucher blättern raschlig
Gellen
Tod.

5 Personen gefällt das

Beatrice lag auf dem Sofa. Das Notebook lag auf ihrem Bauch und war an die hochgestellten Beine gelehnt. 21:03 zeigte die Uhr in der rechten unteren Bildschirmecke. Hoffmann konnte sich nicht beschweren, sie verschwendete kaum reguläre Arbeitszeit auf ihre Online-Recherche.

Fenster grinst Verrat
Äste würgen

Meine Güte. Ira Sagmeisters Talent, dunkle Texte durch noch dunklere zu toppen, war enorm. Und fünf Personen gefiel das. Beatrice überlegte, ob Tina Herbert sich nicht dazugesellen sollte, und beschloss, dass ein besserer Zeitpunkt so bald nicht kommen würde.

Dir und fünf anderen Personen gefällt das.

Deutlich mehr Personen waren allerdings befremdet, wie Beatrice den Kommentaren entnahm, und zwar weniger von dem Gedicht, als von dem merkwürdigen Foto, das Ira dazugestellt hatte.

Eine BP-Tankstelle. Im Vordergrund zog eine Frau den Benzinstutzen aus ihrem schwarzen Golf und blickte dabei mit gerunzelter Stirn in die Kamera, offenbar verärgert, ungefragt fotografiert zu werden. An einer weiteren Zapfsäule parkte ein silberner Kombi.

Gedicht und Bild wirkten wie aus zwei verschiedenen Welten. Das stellte auch ein gewisser Oliver Hegenloh fest. «Hast du dich in der Bilddatei vergriffen?», fragte er.

Ira Sagmeister Nein, und du musst das nicht verstehen.
Oliver Hegenloh Würde ich aber gerne. Wir sind doch zum Diskutieren hier, oder nicht?
Nikola DVD Ira, kein Grund dich zu rechtfertigen. Diese «Patrouille» bewegt mich sehr, bei mir ist deine Botschaft angekommen.
Oliver Hegenloh Vielleicht steht die Tankstelle symbolisch für all die Kriege, die schon wegen des Öls ausgefochten worden sind? Dann verstehe ich auch, was du meinst.
Helen Crontaler Das ist ein guter Ansatz, Oliver. Ich finde den Kontrast zwischen Wort und Bild spannend, er trägt die Botschaft des Gedichts ganz nah an unsere alltägliche Welt heran.
Christiane Zach Ist das nicht die BP-Tankstelle beim Flughafen?

Beatrice vergrößerte das Bild. Ja, diese Christiane hatte recht, das konnte tatsächlich die Tankstelle auf der Innsbrucker Bundesstraße sein. Von dort aus war es nur ein Katzensprung zum Flughafen Salzburg.

So weit nichts Besonderes. Dass auch Ira hier lebte, war ja nichts Neues, und dass sie anders tickte als die meisten der Gruppenmitglieder, ebenfalls.

Wenn es jemanden gab, der näherer Betrachtung wert war, dann sie. Beatrice scrollte weiter, um die folgenden Kommentare zu lesen.

Ren Ate Vergesst doch bitte die Tankstelle. Das Gedicht ist großartig, so reduziert, wie es ist. Mir macht es Gänsehaut, besonders nachdem ich den Dichter nachgeschlagen habe. Er beschreibt den Krieg und ist im Krieg gefallen.
Nikola DVD Spüre ich aus jedem Wort. Am meisten aus denen, die fehlen.
Ira Sagmeister Es kommt immer auf das an, was fehlt. Nie auf das Offensichtliche, sondern auf das, was wir im Kopf ergänzen müssen.
Boris Ribar Und jeder ergänzt etwas anderes. Das macht es so faszinierend.
Helen Crontaler Richtig, das ist das Wunderbare bei der Auseinandersetzung mit Lyrik, ebenso wie bei der mit Musik. Wir bringen uns selbst ein, und erst in unserem Kopf wird das Kunstwerk vollendet.
Dominik Ehrmann Ich stimme zu. Wir vollenden und ergänzen. Danke, Ira.

Beatrice ertappte sich dabei, wie sie mit den Fingern der linken Hand auf die Couch trommelte.

Aufhören. Konzentrieren.

Es kommt immer auf das an, was fehlt, schrieb Ira, und alle stimmten ihr zu. Dominik Ehrmann bedankte sich sogar dafür.

Wer war das noch mal? Ah ja, der gutaussehende Lehrer aus Gütersloh.

Kurz entschlossen schickte Beatrice ihm in Tina Herberts Namen eine Freundschaftsanfrage und war drauf und dran, auch Ira eine zukommen zu lassen. Aber dann zögerte sie. Bei ihr musste sie mit mehr Fingerspitzengefühl vorgehen.

Sie wechselte auf Iras Chronikseite und wählte die Option «Nachricht senden».

Hallo, Ira!
Das Gedicht, das du gepostet hast, hat mich sehr beeindruckt. Ich bin noch neu in der Gruppe, aber deine Gedanken – jedenfalls die, die ich bisher lesen konnte – fühlen sich an wie meine eigenen, nur besser formuliert. Ich hoffe, du findest meine Freundschaftsanfrage nicht aufdringlich.
Liebe Grüße, Tina

Beatrice verschickte die Nachricht und klickte unmittelbar danach auf *FreundIn hinzufügen*. Mit etwas Glück würde Ira darauf einsteigen. Dann war es an Beatrice, ihr möglichst geschickt auf den Zahn zu fühlen. Einer Gleichgesinnten würde sie eventuell mehr verraten als der Polizistin, die sie demnächst befragen würde.

Wer war noch interessant? Christiane Zach. Ein persönliches Gespräch mit der Salzburger Krankenschwester wäre bestimmt kein Fehler. Auch Dominik Ehrmanns Postings lasen sich, als steckte mehr dahinter, als man auf den ersten Blick glauben mochte.

Ein leiser Glockenschlag aus dem Computerlautsprecher verkündete das Eingehen neuer Mails. Dominik Ehrmann hatte die Freundschaftsanfrage angenommen, Ren Ate hatte eine geschickt.

«Es wird», flüsterte Beatrice. «Facebook ermöglicht es dir, mit den Menschen in deinem Leben in Verbindung zu treten, nicht wahr? Und über Facebook lässt du auch neue Menschen in dein Leben hinein.»

Sie bestätigte Ren Ates Anfrage, bevor sie sich noch einmal den Thread von gestern vornahm. All die Stimmen zu Gerald Pallaufs Tat. 489 Kommentare waren es inzwischen. Sie las sie durch, mit schwindender Aufmerksamkeit. Die Zitate, Bilder, Bestürzungsbekundungen wiederholten sich. Hin und wieder fiel das Wort «Mörder», aber niemand nannte Sarah Beckendahl beim Namen, niemand erinnerte sich, dass sie ebenfalls in der Gruppe registriert gewesen war.

Es ist eine unangenehme Überraschung. Und wieder die alte Frage: Zufall? Aber das wäre zu bequem. Viel wahrscheinlicher ist es, dass bald der Zeitpunkt kommt, da wir uns Auge in Auge gegenübertreten. Darauf könnte ich mit Freuden verzichten.

Niemandem wird etwas passieren, solange man mich in Ruhe lässt. Zu dumm, dass ich das nicht öffentlich verkünden kann. Ich würde es auch versprechen, sogar schwören. Wäre das eine Option? Würde euch das ausreichen?

Nein. Wozu sich etwas vormachen, es ist nicht Frieden, worauf ihr aus seid.

Aber sagt mal, habt ihr nicht doch ein wenig Angst jetzt? Nun, da ihr gesehen habt, was passieren kann?

Oder glaubt ihr, was in der Zeitung steht? Hm? Das tut ihr, nicht wahr, und es ist so typisch. Wir alle wiegen uns zu gern in Sicherheit. Meiner Erfahrung nach überleben aber immer die am längsten, die sich unbequemen Wahrheiten stellen. Auch ich würde mit Freuden an einen verrückten Zufall glauben, nur wäre das dumm. So dumm wie der Fehler, den ihr begeht: euch für anonym zu halten, für unangreifbar. Dabei hättet ihr die Ereignisse als das begreifen können, was sie waren: Zeichen, deutlich, in blutigem Rot, die jeder von euch hätte verstehen müssen.

Kapitel sechs

«Keine klaren Hinweise auf Fremdeinwirkung.» Vogt war persönlich zur Besprechung gekommen und pinnte jetzt Fotos von der Obduktion der Wasserleiche an die Wand. Rajko Dulović, leicht untersetzt, lag mit nach innen gedrehten Füßen auf dem Seziertisch. Es folgten Aufnahmen der Hände, der Füße, der Abschürfungen an Kopf, Armen und Beinen. Beatrice, Florin, Stefan und Hoffmann saßen um den Tisch im kleinen Besprechungsraum und lauschten schweigend Vogts Erläuterungen.

«Der Mann war sein eigener bester Kunde.» Vogt deutete auf ein Foto, das Dulovićs linke Armbeuge und ein Stück seines Unterarms zeigte.

Einstiche, in unterschiedlichen Stadien der Heilung. Beatrice kannte das Muster von den Drogentoten, mit denen sie es immer wieder zu tun bekamen.

Neben ihr beugte Florin sich nach vorne und stützte die Arme auf den Tisch. «Keine Anzeichen einer vorhergehenden Auseinandersetzung? Abwehrverletzungen?»

Fast bedauernd schüttelte Vogt den Kopf. «Von einigen Tests stehen die Ergebnisse noch aus, da wissen wir in ein paar Tagen mehr. Beim heutigen Stand der Dinge haben wir nichts vorliegen, was nicht auch eine Treibverletzung sein könnte. Aus den vorläufigen Befunden auf eine Gewalttat zu schließen, fände ich sehr gewagt.»

Fände ich auch, dachte Beatrice, wenn da nicht die Jacke wäre und der Zeitpunkt des Todes. Die Stimme am Telefon mit dem Balkanakzent. Sie räusperte sich. «Ich bin trotzdem überzeugt davon, dass es einen Zusammenhang zwischen Dulović und den beiden Toten im Wald beim Campingplatz gibt. Der Anrufer, der behauptete, mehr über Pallauf und Beckendahl zu wissen, hat seine Jacke beschrieben, und demnach sah sie genauso aus wie die von Dulović.»

Hoffmann öffnete den Mund, aber Beatrice ließ ihn nicht zu Wort kommen. «Der Anrufer klang, als wäre ihm sein Anliegen sehr wichtig, aber dann ist er nicht am von ihm selbst vorgeschlagenen Treffpunkt erschienen. Meiner Ansicht nach wurde er abgefangen und aus dem Weg geschafft, damit er uns nicht verraten kann, wer Pallauf und Beckendahl wirklich getötet hat.»

Sie wappnete sich für die unsachliche Bemerkung, die Hoffmann zweifellos gleich vom Stapel lassen würde. *Heben Sie sich Ihre Phantasie doch für Gutenachtgeschichten auf, Ihre Kleinen werden sich freuen.*

Aber er schüttelte nur matt den Kopf. «Wir haben hier sehr wahrscheinlich auf der einen Seite Mord und Selbstmord und auf der anderen einen ertrunkenen Junkie. Manchmal sind die Dinge ganz einfach, Kaspary, nicht jeder Fall kann Futter für Ihren Spieltrieb sein.»

Aha. Hoffmann hatte es also doch noch nicht verlernt. Sie ging über den Seitenhieb hinweg. «Was ist mit der gestohlenen Pistole? Ich kann mir nur schwer vorstellen, wie Pallauf daran gekommen sein soll, es gibt auch keinerlei Hinweis darauf, dass er eine Waffe besessen hätte – fragen Sie Drasche. Und dann noch der Papierschnipsel in Beckendahls Fingern …»

Hoffmann schlug plötzlich mit der flachen Hand auf den Tisch. «Das kann doch wohl nicht wahr sein. Der Rest eines Flugzettels, einer Wegbeschreibung, die sie sich ausgedruckt hat – Sie können aus einem Papierschnipsel doch keinen Doppelmord konstruieren.»

Es war nicht sein Ton, der Beatrice irritierte, es war seine ungewohnte Einstellung. Man konnte Hoffmann vieles vorwerfen, aber nicht, dass er sich Herausforderungen nicht stellen wollte. Normalerweise trieb er seine Mitarbeiter bis zur Erschöpfung an, damit sie auch noch die letzten Winkel eines Falles durchleuchteten. Dass er alles, was sie ihm eben auf den Tisch gelegt hatten, als Zufall abtat, machte Beatrice stutzig.

«Es tut mir leid, aber ich bin der gleichen Meinung wie Kollegin Kaspary», unterbrach Florin ihre Gedanken. «Zu vieles ist noch ungeklärt, etwa die Frage, was Beckendahl bei Pallauf wollte. Und wie kam sie darauf, einfach so bei ihm hereinzuschneien? Wir haben absolut keine Ahnung davon, was die beiden in den Tagen vor ihrem Tod gemacht haben. Den Fall bereits jetzt als aufgeklärt zu betrachten, das scheint mir unver–»

«Ja, ja», bellte Hoffmann. «Kaspary liegt natürlich richtig, sicher, etwas anderes habe ich von Ihnen doch noch nie gehört. Die heilige Beatrice.» Er sprang auf. «Gut, dann suchen Sie eben weiter, aber ich will Ergebnisse sehen. Schnell. Hirngespinsten nachzulaufen, das können wir uns nicht leisten.»

Damit war er aus der Tür. Beatrice sah ihm nach mit dem deutlichen Gefühl, etwas verpasst, etwas nicht begriffen zu haben. War da jemand, der Hoffmann im Nacken saß? Ihn unter Druck setzte?

«Haben Sie Nachsicht mit ihm.» Vogt hatte den Blick nicht von den Fotos abgewendet, deshalb dachte Beatrice im ersten Moment, er spräche über den obduzierten Rajko Dulović. «Es ist seine Frau, und er weiß es erst seit drei Tagen. Lungenkrebs.»

Sie hatte nicht damit gerechnet, aber dieses neue Wissen bedrückte Beatrice den ganzen restlichen Tag lang.

Kurz nach Mittag lief Beatrice Peter Kossar über den Weg. Sein blitzblaues Brillengestell stand in schmerzhaftem Kontrast zu dem Rot seiner Krawatte. Er grüßte, freundlich wie immer, aber sichtlich in der Erwartung, dass Beatrice es beim üblichen kurzen Nicken belassen würde. Was sie gern getan hätte, aber im Moment konnte sie jeden Denkanstoß gebrauchen, auch wenn er von Kossar kam.

«Haben Sie einen Moment Zeit für mich?»

Sein Gesicht hellte sich auf. «Aber natürlich. Gehen wir in Ihr Büro?»

Ohne die Antwort abzuwarten, machte er sich auf den Weg, lief voraus und hatte, als Beatrice den Raum betrat, bereits saubere Tassen an die Espressomaschine gestellt. Florin schien völlig in die Unterlagen auf seinem Schreibtisch versunken zu sein.

Kossar blinzelte Beatrice fröhlich zu. Gleich würde er *What's up* sagen oder etwas ähnlich Gekünsteltes. Sie musste ihm zuvorkommen.

«Ich möchte Ihnen gern etwas zeigen und Ihre Meinung dazu hören. Spontan, ohne dass ich Ihnen viel über die Hintergründe erzähle.»

«A pleasure», antwortete er in das Brummen der Kaffeemaschine hinein.

Aus den Papierbergen, die sich neben ihrem Bildschirm türmten, zog Beatrice die Blätter hervor, auf denen sie die gestrige Diskussion rund um das Gedicht «Patrouille» ausgedruckt hatte. «Was halten Sie davon? Welcher der beteiligten Personen würden Sie Ihre erhöhte Aufmerksamkeit schenken?»

Ohne Eile rückte Kossar sich einen Stuhl heran, pustete auf seinen dampfenden Kaffee und betrachtete die erste Seite. «Ist das nicht die Tankstelle beim Flughafen?»

«Ja, denke ich auch.»

Er trank einen Schluck und begann zu lesen. Ein Seitenblick verriet Beatrice, dass Florin seine Arbeit unterbrochen hatte. Er kannte die Wortmeldungen rund um Ira Sagmeisters Statusmeldung bereits und war ebenso ratlos gewesen wie Beatrice selbst. Tat sich etwas in der Gruppe, das man im Auge behalten musste? Oder bildeten sie sich das nur ein, weil sie keinen besseren Ansatzpunkt hatten? Die Kollegen aus Deutschland schickten immer wieder neue Informationen zu Sarah Beckendahl, doch nichts davon machte einen brauchbaren Eindruck. Sie war offenbar noch nie zuvor in Salzburg gewesen, keiner ihrer Freunde konnte sich vorstellen, was sie dort gewollt haben mochte. Zwei Freundinnen hatten ausgesagt, sie habe in den letzten Wochen sehr fröhlich gewirkt, fast als wäre sie verliebt, aber erzählt habe sie nichts darüber.

Verliebt in Gerald Pallauf?, dachte Beatrice ein weiteres Mal. Mein Gott, warum auch nicht? Aber dann hätte Martin Sachs doch etwas davon wissen müssen, und seine Darstellung hatte ganz anders geklungen.

Neben ihr hüstelte Kossar. «Well. Aus derart kurzen Wortmeldungen etwas Gültiges herauszulesen, ist praktisch unmöglich, und ich bitte Sie, mich nicht auf das festzunageln, was ich jetzt sage, und wenn Sie gerne hören möchten, dass die Äußerungen einer der Personen pathologische Züge aufweisen, dann muss ich Sie enttäuschen. Anhand weniger Worte kann ich absolut nichts Seriöses sagen. Aber Helen Crontaler ist mir aufgefallen, ihr Ton hebt sich von dem der anderen ab. Ich vermute, das ist so von ihr gewollt.»

«Darauf würde ich wetten», sagte Florin leise, den Blick auf seine Akten gerichtet.

«Die übrigen Diskutanten sind unauffällig, wenn man von Ira Sagmeister absieht, die ein wirklich merkwürdiges Gedicht mit einem völlig unpassenden Foto kombiniert ... es würde mich durchaus interessieren, was dahintersteckt. So etwas tut niemand aus einer Laune heraus, sondern um bei anderen eine Reaktion zu provozieren, was Frau Sagmeister ja auch gelungen ist.» Er legte das Papier auf den Tisch zurück. «Tut mir leid, Beatrice, aber ich fühle mich, als würde ich versuchen, Trickkunststückchen vorzuführen. Sie werden niemanden finden, der auf Basis so dünner Information gültige Aussagen treffen kann.»

Beatrice konnte sich ein Lächeln nicht verkneifen. Wie vorsichtig Kossar geworden war, geradezu bescheiden, verglichen mit seiner früheren Großspurigkeit. Offenbar hatten die Fehleinschätzungen, die er im letzten Fall abgegeben hatte, erfreuliche Spuren hinterlassen.

«Danke, Doktor Kossar. War trotzdem interessant zu hören. Ich komme sicher auf Sie zurück, wenn wir mehr in der Hand haben.»

Entweder begriff Kossar die freundliche Aufforderung zum Gehen nicht, oder er ignorierte sie. Interessiert blätterte er sich durch die Fotos von Pallauf und Beckendahl, die auf Beatrices Schreibtisch lagen, und verabschiedete sich erst einen Kaffee später.

Sie hatten sich nach einigem Hin und Her auf Ira Sagmeister geeinigt, obwohl Florin nicht davon überzeugt war, dass eine Befragung des Mädchens sinnvoll sein würde, aber immerhin war sie eines der Salzburger Gruppenmitglieder. «Blinde Kuh spielen ist nichts dagegen», seufzte er, als er vor dem Haus einparkte, in dem sich Sagmeisters Wohnung befand. «Allmählich glaube ich, dass es vernünftiger wäre, mehr Gewicht auf die Ermittlungen in der Drogenszene zu legen und Rajko Dulovićs Umfeld ordentlich zu durchleuchten.»

«Tun wir doch.» Beatrice löste ihren Sicherheitsgurt. «Stefan und Bechner konzentrieren sich auf nichts anderes mehr.»

«Ich meine aber nicht Stefan und Bechner», sagte Florin mit müder Stimme. «Ich meine uns. Die Facebook-Spur ist hauchdünn, Bea, und bisher hat sie zu nichts geführt.»

Wir machen leere Kilometer, das war es, was er sagen wollte. Leere Kilometer, für die unser Privatleben den Bach hinuntergeht. Aus einem Impuls heraus, der schneller war als ihre Bedenken, legte sie ihre Hand auf seine, fühlte den Ansatz eines Zurückzuckens und dann, wie er ihre Finger umfasste, mit sanftem Druck.

«Diese Befragung noch», sagte Beatrice, «und wenn die nichts bringt, dann legen wir unseren ganzen Fokus auf die Drogenszene.» Parallel dazu konnte Tina ja immer noch ihre Runden durch die Lyrikgruppe drehen, abends. Statt Fernsehen.

Florins Daumen glitt über die Innenseite ihrer Handfläche, einmal, zweimal, und sein Blick haftete an ihren ineinandergelegten Händen, als müsse er sich vergewissern, dass die Berührung echt war.

Nichts von dem, was so greifbar im Raum stand, konnte Beatrice aussprechen. Die Nacht, in der sie den letzten Fall gelöst hatten, war plötzlich wieder so gegenwärtig, dass Beatrice meinte, die Kälte zu spüren. Diese furchtbare nasse Kälte und als Kontrast dazu Florins warmen, zuverlässigen Körper.

Moon River, wider than a mile

I'm crossing you in style some day …

Schon bei den ersten Klängen zogen sie ihre Hände zurück, gleichzeitig, als hätten sie sich aneinander verbrannt. Beatrice riss das Handy aus der Tasche und würgte den Nachrichtenton so schnell ab, wie es nur möglich war.

Sie kannte die Nummer des Absenders nicht und öffnete die SMS mit einem mulmigen Gefühl im Magen. Auch das musste sie endlich ablegen, verdammt.

Die Nachricht brachte sie ganz unerwartet zum Schmunzeln.

Papa hat mir ein Handy gekauft. Cool, oder? Bussi, Mina

«Gute Neuigkeiten?», erkundigte sich Florin.

«Wie man's nimmt. Achim hält sich mal wieder nicht an Abmachungen, aber wenigstens macht er den Kindern damit Freude.»

Der Name auf dem Klingelschild war handgeschrieben, in einer eckigen, kindlich anmutenden Schrift. Florin drückte den Schalter zweimal, bevor jemand sich meldete.

«Ja?»

«Guten Tag, mein Name ist Florin Wenninger. Ich komme von der Salzburger Kriminalpolizei, aber machen Sie sich keine Sorgen, es ist nichts passiert. Meine Kollegin und ich möchten Sie nur ein paar Dinge fragen.»

Kurze Pause. «Worum geht es?»

«Zwei Todesfälle, deren Hintergründe wir noch nicht durchblicken. Wir haben gehofft, Sie könnten uns vielleicht helfen.» Keine Antwort, dafür knackte es in der Gegensprechanlage, und schließlich surrte der Türöffner. Sehr kurz nur, doch die Tür sprang sofort auf, da Beatrice sich schon während des Wartens dagegengelehnt hatte.

Durch ein muffiges Treppenhaus gelangten sie in den zweiten Stock. Gleich die erste Tür stand offen, in ihrem Rahmen lehnte eine schmale, etwa zwanzigjährige Frau mit hübschen Gesichtszügen und rauchte. Die Schwaden zogen nach oben, in den dritten Stock.

«Hallo.» Sie machte keine Anstalten, einem von ihnen die Hand zu geben. «Sagen Sie mir jetzt, worum genau es geht?»

«Frau Sagmeister?» Beatrice setzte ihr wärmstes Lächeln auf und erwiderte Iras bestätigendes Nicken. «Dürfen wir hereinkommen?»

Ira Sagmeister betrachtete die Glut ihrer Zigarette, als wolle sie sie um Rat fragen. «Eigentlich», sagte sie leise, «lasse ich nicht gerne Leute in meine Wohnung, die unangemeldet auftauchen.»

«Wir bleiben nicht lange.»

Mit einem Seufzen trat sie zur Seite. «Kaffee oder so was kann ich Ihnen nicht anbieten.» Sie führte sie in ein kleines Wohnzimmer und deutete auf das orangefarbene Sofa dort. «Also.» Ira Sagmeister hatte ihr Haar hochgesteckt und um den Haaransatz mehrfach ein breites Tuch geschlungen, ähnlich wie man es von Bildern afrikanischer Stammesfrauen kannte. Beatrice wich dem Blick ihrer dunklen Augen nicht aus.

«Es geht um Gerald Pallauf.»

«Der erst eine Frau und dann sich selbst getötet hat. Ja, ich hatte mit ihm Kontakt, aber nur übers Internet. Persönlich habe ich ihn nie getroffen.» Sie hob die Augenbrauen. «Deshalb sind Sie hier? Ausgerechnet bei mir? Weil wir bei Facebook ein paar persönliche Nachrichten ausgetauscht haben?»

«Wir haben uns gefragt», übernahm Florin, «ob Sie nicht eventuell ein wenig mehr über ihn wissen. Er war aus Salzburg, so wie Sie. Es könnte doch sein, dass Sie sich auch von der Uni kennen.»

Sagmeister drückte ihre Zigarette aus und verschränkte die Arme vor der Brust. «Ich studiere Psychologie, und das nicht sehr zielstrebig. Gerald war auf der Publizistik oder der Germanistik, glaube ich. Aber wie kommen Sie überhaupt auf mich? Klappern Sie alle Leute ab, die je virtuellen Kontakt zu ihm gehabt haben? Dann werden Sie in Ihrem Berufsleben nicht mehr viel anderes schaffen.»

Ihre und Florins Anwesenheit war Ira nicht angenehm, das war kaum zu übersehen. Sie feuerte ihre Sätze auf sie ab, hart und schnell wie Geschosse. «Stöbern Sie durchs Internet, ja? Ich dachte, in unserem Land gibt es so etwas wie Datenschutz?»

«Das ist auch richtig.» Florins Ton war geduldig, ohne überheblich zu klingen. «Aber wenn wir ein Verbrechen aufklären, dann untersuchen wir natürlich den Computer des Täters. Oder des Opfers. Und dabei sind wir in Pallaufs Freundesliste auf Sie gestoßen.» Sie würden die Lyrikgruppe nicht erwähnen. Beatrice war gespannt, ob Ira es tun würde.

«Ah. Dann machen wir es kurz. Ich bin Gerald nie begegnet, und ich habe keine Ahnung, was in ihn gefahren ist. Kurzschlusshandlung. Oder so. Kommt ja vor.»

«Und was wäre», warf Beatrice ein, «wenn ich Ihnen sage, dass ich seinen Tod nicht für Selbstmord halte? Sondern glaube, dass er ermordet wurde, ebenso wie die Frau?»

Ira Sagmeisters Kiefermuskeln traten hervor. Sie gab keine Antwort, sondern zog eine weitere Zigarette aus dem Päckchen am Couchtisch und zündete sie an. Inhalierte tief.

«Könnten Sie dazu etwas sagen? Gab es jemanden, der Gerald schaden wollte? Hat er je etwas erwähnt, bei Facebook oder anderswo?»

Ihr Blick ging zur Wand. «Nein.»

Nur eine Silbe, aber dahinter eine ganze unerzählte Geschichte. Beatrice war sich sicher, dass Sagmeister gerade etwas durch den Kopf gegangen war das sie lieber für sich behielt.

«Ich möchte Sie bitten, offen mit uns zu sein. Auch wenn es nur um ein Detail geht, das Ihnen unwichtig erscheint. Erzählen Sie es uns bitte.»

Sie schnaubte, Rauch quoll aus ihrem Mund. Dann begann sie tatsächlich zu lachen.

Ja, sie hat psychische Probleme, dachte Beatrice. Stimmungsumschwünge, von einer Sekunde auf die nächste.

Es kommt immer auf das an, was fehlt, hatte sie bei Facebook geschrieben. Das ließ sich auch auf das eigene Leben anwenden, auf Sagmeisters vielleicht besonders. Beatrice kannte diese Art Menschen. Hart und unglücklich. Traumatisiert, eventuell. Unwillkürlich suchte sie nach Spuren von Selbstverletzungen, fand keine und war beinahe überrascht. Auch keine Einstiche in den Armbeugen, aber Drogen konnte man sich auf vielerlei Arten einverleiben.

«Warum haben Sie gerade gelacht?»

«Weil sie so typische Polizisten sind. Richtig freundlich, wenn sie etwas wollen. Aber nicht bereit zuzuhören, wenn jemand von sich aus etwas erzählen möchte. Denn das könnte am Ende Arbeit bedeuten.»

Das klang ja interessant. «Was genau meinen Sie? Ist Ihnen das passiert?»

Eine wegwerfende Handbewegung. «Nein, nicht mir, einem Freund. Ist aber ganz egal. Ich kann Ihnen nicht helfen, denn ich weiß nichts über Gerald. Wenn Sie seinen Computer haben, sind Sie ganz sicher besser informiert als ich.»

Beatrice war noch nicht bereit, lockerzulassen. «Was für eine Geschichte war das denn, mit der Ihr Freund bei der Polizei abgewiesen wurde? Vielleicht können wir die Dinge zurechtrücken …»

Mit ihrem Zeigefinger tippte Ira unsichtbare Krümel vom Couchtisch. «Nein. Das ist erstens lange her und war zweitens nicht hier in Salzburg. Vergessen Sie's.»

Und gehen Sie wieder, lag unausgesprochen in der Luft.

«Können Sie mir sagen, worüber Sie sich in den persönlichen Nachrichten unterhalten haben, die Sie mit Pallauf ausgetauscht haben?», versuchte Florin ins Gespräch zu kommen.

Ira schlug die Beine übereinander und hob herausfordernd das Kinn. «Wozu? Wenn Sie seinen Computer haben, können Sie das doch alles nachlesen.»

«Sie würden uns Arbeit ersparen.»

«Vielleicht will ich das gar nicht.» Mit einer kräftigen Drehung drückte sie die zweite Zigarette aus und holte sofort eine neue aus dem Päckchen. «Oder doch. In der Tatnacht war ich zu Hause und habe gelesen. Dafür gibt es keine Zeugen.» Sie drosch das Feuerzeug, das nicht gleich funktionieren wollte, mehrmals hart auf die Tischplatte.

Ira, das lateinische Wort für Zorn, dachte Beatrice. Ein Name, wie geschaffen für dieses Mädchen.

«Wir verdächtigen Sie nicht.»

«Na wie schön.»

Florin hatte aus seiner Jackentasche ein Feuerzeug gezogen, ließ es aufschnappen und hielt Sagmeister die kleine Flamme hin.

Voller Interesse beobachtete Beatrice, wie viel Überwindung es das Mädchen zu kosten schien, die freundliche Geste anzunehmen.

«Sagt Ihnen eventuell der Name Rajko Dulović etwas?», fragte er.

Ganz offensichtlich hatte Ira nicht damit gerechnet. Aber anders, als Beatrice vermutet hatte, antwortete sie nicht sofort. Einen Moment lang waren ihre Augen groß und rund wie die eines Kindes, das beim Klauen von Süßigkeiten erwischt wird.

«Ich habe den Namen noch nie gehört», sagte sie leise. «Wer ist das?»

«Möglicherweise stand er in Kontakt mit Gerald Pallauf. Wir versuchen es gerade herauszufinden.»

Sagmeister nahm einen tiefen Zug. «Als sein Mörder vielleicht?»

«Nein, das halte ich für unwahrscheinlich.»

Alles Weitere, das Beatrice noch auf ihrer inneren Fragenliste stehen hatte, stand mit der Gedichtegruppe in Verbindung, und die wollten sie Sagmeister gegenüber nach wie vor nicht erwähnen. Womöglich würde sie dort sonst nicht mehr so offen posten wie bisher.

Apropos posten. Möglichst unauffällig ließ Beatrice ihren Blick durchs Zimmer schweifen, bis sie das metallicblaue Notebook zusammengeklappt auf dem Fensterbrett entdeckte, zwischen zwei Blumentöpfen. In einer der USB-Buchsen steckte ein Datenstick. Ira war ihr Interesse offenbar nicht entgangen, denn ihr Blick wirkte irritiert.

«Schöne Blumen», sagte Beatrice, nickte Florin zu, und beide standen auf. «Das wär's schon.»

«Und hat niemandem etwas gebracht. Vergeuden Sie Ihre Zeit oft auf diese Weise?»

Florin lachte kurz auf, es klang nicht fröhlich. «Tja, wissen Sie, man weiß vorab eben nicht, wie gesprächig oder verschlossen der Gesprächspartner sein wird.»

«Oder ob er einem bewusst Dinge verschweigt», ergänzte Beatrice.

Sagmeister wandte ihr in einer schnellen Bewegung den Kopf zu. «Denken Sie, dass ich das tue?»

«Das werde ich Ihnen auf keinen Fall unterstellen.» Das Lächeln war ebenso verschwendet wie die letzte halbe Stunde, aber Beatrice setzte es trotzdem auf. «Falls es so ist, bitte ich Sie sehr herzlich, es sich noch einmal anders zu überlegen. Hier ist meine Karte, Sie können mich jederzeit anrufen.»

«Charmant wie Stacheldraht», bemerkte Florin, als sie zurück zum Auto gingen. «Kaum zu glauben, dass jemand wie sie sich für Lyrik begeistern kann.»

«Lass dich nicht täuschen», erwiderte Beatrice und kramte den Autoschlüssel aus ihrer Tasche. «Sie hat uns nicht ihr wahres Gesicht gezeigt, und ich würde mich auf keine einzige ihrer Aussagen verlassen. Wir waren ein rotes Tuch für sie. Schade.»

«Umso mehr, als wir so nicht weiterarbeiten können.»

An den bekümmerten Falten auf Florins Stirn konnte Beatrice mühelos ablesen, was gleich kommen würde.

«Wenn wir uns jeden einzelnen Facebook-Lyrikfreund vornehmen, sind wir in fünf Jahren noch nicht fertig. Ab jetzt konzentrieren wir uns auf die harten Fakten, ja? Pallaufs Umfeld, seine letzten Stunden, Dulovićs Drogenkontakte.»

«Ja, nur –»

«Mir fällt es auch schwer zu glauben, dass diese Facebook-Verbindung zwischen Pallauf und Beckendahl ein Zufall ist.» Es war ungewöhnlich, dass Florin Beatrice ins Wort fiel. War er wirklich so überzeugt davon, dass sie falschlag?

«Aber sie *könnte* Zufall sein», fuhr er fort. «Und selbst

wenn nicht – auf unsere übliche Art kommen wir schneller voran, und falls sich dann zeigt, dass Facebook eine zusätzliche Quelle sein könnte, legen wir wieder mehr Gewicht darauf.»

Beatrice nickte stumm. Gut möglich, dass ihr Gefühl sie diesmal trog. Ihre Instinkte waren gut, aber natürlich nicht unfehlbar.

«Abends», sagte sie nach einigen Sekunden des Nachdenkens, «sehe ich mich aber weiter dort um. Ich hoffe, damit bist du einverstanden.» Es hatte nicht wie eine Frage geklungen, sondern wie eine Kriegserklärung. So hatte sie es nicht gemeint. «Ich möchte jedenfalls, dass du davon weißt», fügte sie sanfter hinzu. Sie sperrte die Fahrertür auf, glitt auf den Sitz und steckte den Schlüssel ins Zündschloss.

«Wie du willst», hörte sie Florin sagen. «Obwohl ich es besser fände, du würdest die Abende zur Erholung nutzen.»

Kinder bekochen. Gutenachtgeschichte vorlesen. Protest beim Lichtabschalten ignorieren. Dann endlich auf die Couch sinken.

Das Notebook fuhr summend hoch. Tina Herbert loggte sich bei Facebook ein und stellte voller Erstaunen fest, dass Ira Sagmeister ihre Freundschaftsanfrage angenommen hatte.

Ein Klick auf ihre persönliche Seite verriet leider trotzdem nicht viel mehr als zuvor. Sie war sparsam mit Statusmeldungen, spielte weder Farmville noch Mafia Wars und kommentierte die Beiträge ihrer Freunde nur in Ausnahmefällen.

Dafür verlinkte sie YouTube-Videos, vor einem Tag erst «Thanatos» von Soap & Skin. Düstere Musik begleitet von düsteren Bildern. Die Sängerin ähnelte Ira sogar ein wenig.

Torn open tomb
I fell in your
Cold fission bomb
I fell in your war
Ages of delirium
Curse of my oblivion

Beatrice sah sich das Video bis zum Ende an, gleichzeitig fasziniert und bestürzt. Scrollte weiter nach unten, stieß auf den nächsten Link. Kindertotenlieder von Gustav Mahler.

War das Iras Art auszudrücken, was sie quälte? Lieder und Gedichte? Wenn man ihr gegenübersaß, wirkte sie vor allem wütend.

Zurück auf die Lyrikseite. Dort waren die Spekulationen rund um Pallaufs Tod fast verstummt, man hatte sich dem Alltag zugewendet. Umso besser. Jetzt konnte Tina Herbert endlich ihre Vorstellung abliefern.

Tina Herbert
Hallo, ich bin neu bei euch und freue mich, ab jetzt mitmischen zu können. Ich dachte mir, ich poste zum Einstand eines meiner Lieblingsgedichte, dann könnt ihr euch am ehesten ein Bild davon machen, welche Art Lyrik ich mag.

Sie stellte *Sonnenuntergang* von Christian Morgenstern ein, damit konnte man nichts falsch machen. Prompt trudelten die ersten «Gefällt mir» ein. Und die ersten Kommentare.

Dietmar Ahrn Wirklich schön. Ich mag diese sinnlichen Bilder.
Veronika Monika Danke! Das kannte ich noch gar nicht. Herzlich willkommen in unserer Runde.

Lisa Fischer «Das rotaufzuckende Grau des Meeres» ist meine liebste Stelle in dem Gedicht.

Und so weiter. Nette Nichtigkeiten, Hallos, drei Freundschaftsanfragen, die Beatrice alle akzeptierte, bevor sie das tat, was ihr eigentlich am Herzen lag. Sie öffnete ihre Chat-Liste und fand neben Ira Sagmeisters Namen einen grünen Punkt. Sie war online, bestens.

«Danke fürs Adden!», tippte Beatrice. «Ich habe mich eben auf deiner Seite ein wenig umgesehen. Mahler finde ich großartig.»

Die Antwort ließ auf sich warten. Beatrice holte sich Schokokekse aus dem Küchenschrank und wärmte grünen Tee in der Mikrowelle auf, doch als sie zurückkam, war immer noch nichts von Sagmeister zu lesen.

Dafür hatte Helen Crontaler sich lobend über das Morgenstern-Gedicht geäußert, und …

«Mahler und Kurt Cobain», erschien Iras Antwort im Chatfenster. «Heute ist bei mir aber Pantera dran.»

«Pantera?», antwortete Beatrice. «Kenne ich gar nicht.»

«Solltest du aber. Das war eine Heavy-Metal-Band. Tolle Texte.»

Sie schickte einen Link zu YouTube, den Beatrice in einem zweiten Fenster öffnete. Der Anfang klang, als würde jemand ein Tonband verkehrt herum abspielen, danach setzten die E-Gitarren ein, woben einen hypnotischen Klangteppich hinter der tiefen, vollen Stimme des Sängers. Gute Musik, der Text allerdings –

«Ist alles in Ordnung bei dir?», schrieb Beatrice.

Darauf folgte wieder eine Pause. «Wir kennen uns nicht, warum fragst du?»

Vorsichtig jetzt. Nicht mütterlich klingen und schon gar

nicht amtlich. Beatrice atmete durch und rief sich das Mädchen vor Augen, dem sie vor wenigen Stunden gegenübergesessen hatte. Kettenrauchend, widerspenstig, zornig.

«Nur so. Wenn ich solche Musik höre, dann geht es mir meistens dreckig.» Fast hätte sie *ich weiß, wie du dich fühlst* geschrieben. Bloß nicht.

«Mir bedeutet das Lied viel», erschien Iras Antwort im Chatfenster. «Aus mehr als einem Grund. Ich höre es, wenn ich Entscheidungen treffen muss.» Der Titel des Liedes lautete «Suicide Note Part 1». Abschiedsbrief, Teil 1. Das war alarmierend.

«Okay», tippte Beatrice. Sie wollte das Gespräch nicht abreißen lassen, hatte aber keine Ahnung, wie sie es aufrechterhalten sollte, ohne dass Ira sie aufdringlich finden oder gar misstrauisch werden würde. Die Frage «und welche Entscheidungen triffst du so?» war auf jeden Fall tabu.

Noch mal den Pantera-Song abspielen.

Would you look at me now?
Can you tell I'm a man?
With these scars on my wrists
To prove I'll try again
Try to die again, try to live through this night
Try to die again ...

«Was hörst du so?»

Beatrice war so vertieft in den Song gewesen, so konzentriert auf den Text, dass sie Iras nächste Meldung erst jetzt sah. Dass sie das Gespräch fortführen wollte, war gut, aber gleichzeitig eigenartig. Tina Herbert hatte bisher nichts sonderlich Interessantes von sich gegeben, wenn Ira trotzdem an ihr dranblieb, war sie wohl einsamer als gedacht.

«Ich höre viel Verschiedenes», schrieb Beatrice, um Zeit zu gewinnen. Mit welcher Antwort würde sie am ehesten ein Gefühl der Verbundenheit herstellen können? Es half nichts, sie musste ins Blaue schießen und sich auf ihren Instinkt verlassen.

«Nick Cave zum Beispiel, und Radiohead.»

«Ja, Radiohead ist geil. *How to disappear completely* könnte ich in Dauerschleife hören.»

Na toll, das kannte Beatrice nicht mal. Sie googelte hastig, ob es eine Falle war – nein, den Titel gab es.

«Ist auch eine meiner Lieblingsnummern.» Sie suchte bei YouTube danach, wurde fündig, klickte auf das oberste Video.

Wieder hypnotischer Sound im Hintergrund, wenn auch ganz anders als bei «Pantera». Wenig Text, aber zwei Zeilen, die immer wiederkehrten.

«I'm not here, this isn't happening», schrieb Beatrice.

«Genau so ist es.»

War das noch Doppeldeutigkeit? Oder ein Statement zu Iras eigener Verfassung? Der viel zitierte Hilferuf? Beatrice faltete die Hände vor dem Mund, sie brauchte einen guten nächsten Satz, doch bevor sie auch nur den Funken einer Idee hatte, war schon eine weitere Meldung von Ira erschienen.

«Kann es sein, dass wir eine Menge gemeinsam haben?» Auf keinen Fall in puncto Todessehnsucht. Beatrices Finger schwebten über der Tastatur. Ging es hier eigentlich noch um Musik? Oder um mehr?

Um mehr, dachte sie, das vertraute warme Gefühl im Bauch, das einem wichtigen Schritt vorausging. Aber Ira würde ihr auf die Sprünge helfen müssen.

«Was genau meinst du?»

«Etwas, das Vorsicht erfordert. With these scars on my wrists, to prove I'll try again.»

Wieder der Selbstmordbezug. Beatrice musste an die Suizid-Pakte denken, die oft übers Internet geschlossen wurden. Suchte Ira jemanden, mit dem gemeinsam sie sich umbringen konnte? Und gab es da eventuell eine Parallele zu Pallauf und Beckendahl? War das ein solcher Fall gewesen?

Alles sprach dagegen. Die Aussagen von Sachs, die Auswertung der beiden Computer. Es hatte keine Absprachen gegeben.

«Ich muss zugeben, dass ich dir gerade nicht folgen kann», schrieb Beatrice. Mit etwas Glück würde Ira deutlicher werden.

«Tut mir leid, dann habe ich mich geirrt», kam prompt die Antwort. «Nicht so schlimm. Ich wünsche dir noch einen schönen Abend.»

Verdammt. «Ich wüsste trotzdem gern, was du gemeint hast», versuchte Beatrice, das Gespräch zu retten.

Keine Reaktion. Eine Minute verging, zwei. Und sie konnte Ira nicht einmal ein persönliches Treffen anbieten, nachdem sie sich heute bereits in Fleisch und Blut als Polizistin vorgestellt hatte.

«Wenn ich etwas Falsches gesagt habe, tut es mir leid», tippte sie, aber die Chance war vertan, das hatte Beatrice im Gefühl. Ihre Reaktion auf das Zitat aus Suicide Note Part 1 war falsch gewesen. Ira Sagmeisters Name war aus der Chatliste verschwunden.

Kapitel sieben

Noch vor dem Schlafengehen hatte Beatrice den Chatdialog in ein Word-Dokument kopiert und ausgedruckt. Die entscheidende Stelle hatte sie mit grünem Marker umrandet.

«Kann es sein, dass wir mehr gemeinsam haben, als ich bisher gedacht habe?»

«Was genau meinst du?»

«Etwas, das Vorsicht erfordert. With these scars on my wrists, to prove I'll try again.»

Dann Beatrices offen eingestandene Ahnungslosigkeit und Iras totaler Rückzug.

«Sie ist gefährdet. Und es gibt etwas, das sie uns nicht verrät. Schon gar nicht der Kriminalpolizei, aber auch nicht Tina Herbert, die auf die gleiche Musik steht wie sie.»

Vor Florin auf dem Tisch lag eine Kopie des Ausdrucks. Er las das Gespräch mittlerweile zum dritten Mal. «Du denkst, sie wollte wissen, ob du für einen gemeinsamen Selbstmord zu haben bist, und hat dichtgemacht, weil sie dachte, du stellst dich dumm.»

«Vielleicht. Auf jeden Fall wollte sie eine andere Reaktion, meiner Meinung nach eine ganz konkrete. Und ich finde, sie braucht Hilfe, ich weiß nur nicht, wie wir ihr die zukommen lassen sollen.»

«Ich auch nicht.» Mit resigniertem Blick legte Florin die Hand auf den dicken Ordner, der auf dem Schreibtisch lag. «Vor allem, weil wir uns um Rajko Dulovićs Drogenfreunde kümmern müssen. Stefan hat sich mit der Abteilung Suchtmittelkriminalität zusammengesetzt und die Kontakte herausgesucht, die am ehesten als gewaltbereit verschrien sind. Mit denen fangen wir an und arbeiten uns notfalls von dort aus weiter.»

Innerlich bäumte Beatrice sich gegen die Vorstellung auf, wider besseres Wissen. Es war absolut notwendig, Dulovićs Kollegen unter die Lupe zu nehmen, sie wünschte sich nur, Stefan und Bechner hätten das übernehmen können.

Ulrich Zischek war ein dürrer, großgewachsener Mann mit einem S-Fehler, der dazu geeignet war, Beatrice in den Wahnsinn zu treiben. Denn der Mann sprach seit fünf Minuten ohne Punkt und Komma, nachdem er zuvor eine Viertelstunde lang den Beleidigten gespielt hatte, voll Unverständnis dafür, dass man ihn herzitiert hatte.

«Ich habe Rajko mehr als drei Wochen nicht gesehen, wir gehen nicht in dieselben Lokale, ich bin nämlich weg von der Szene. Kein Stoff, keine Nutten, es ist vorbei mit der ganzen Scheiße. Ich arbeite als Barkeeper und trinke höchstens drei Bier pro Abend. Fragt meinen Chef.»

«Ganz bestimmt.» Man hätte denken können, Florin säße an einem Besprechungstisch des höheren Managements eines Wirtschaftsunternehmens, so verbindlich klangen seine Worte. «Aber Sie haben uns noch immer nicht gesagt, wo Sie am Nachmittag des vierzehnten September waren. Zwischen dreizehn und siebzehn Uhr.»

Und vor allem um sechzehn Uhr, fügte Beatrice in Gedanken hinzu, zu der Zeit, als Dulović uns am Bahnhof hätte treffen sollen.

«Das weiß ich doch nicht mehr!» Zischek war laut geworden, hatte sich aber schnell wieder im Griff. «Ich fange um zwanzig Uhr in der Bar an, und da war ich an dem Tag auch. Davor wahrscheinlich einkaufen. Fernsehen. Irgendwas total Normales. Wenn ich Rajko das Licht hätte ausblasen wollen, dann gäbe es jetzt ein Alibi, darauf könnt ihr euch aber verlassen.» Er sank gegen die Lehne seines Stuhls zurück wie ein angeschlagener Boxer in seine Ecke.

«Außerdem ist er doch im Drogenrausch ersoffen, steht in der Zeitung.»

«Möglich. Kann aber trotzdem sein, dass jemand nachgeholfen hat.»

Zischek verschränkte die Arme. «Wieso denn ich? Ich hatte nie Ärger mit Rajko.»

«Aber zwei Verurteilungen wegen vorsätzlicher Körperverletzung, und da haben Sie immer alte Kumpel verdroschen. Grund genug, wenigstens mal nachzufragen.» Nach wie vor vermittelte Florin den Eindruck, als halte er einen Plausch bei einer Tasse Kaffee, und als er jetzt das Diktafon hervorholte, tat er es so nebenbei, als wäre es ein Päckchen Zigaretten.

«Ist das seine Stimme?»

Sie hatten nur einen Satz überspielt. Den, der kaum auf die weiteren Zusammenhänge schließen ließ.

«Ich möchte Ihnen etwas erklären, aber es ist schwierig und ... ich weiß auch nicht alles.»

Zischek runzelte die Stirn. «Möglich. Aber die klingen doch alle gleich.»

Die. Aha. «Sollen wir es Ihnen noch einmal vorspielen?»

Er nickte und bemühte sich sichtlich um einen konzentrierten Gesichtsausdruck.

Florin stellte das digitale Gerät auf Wiederholung, und der Anrufer brachte sein Anliegen dreimal, viermal, fünfmal vor.

«Ja, ich glaube, das ist er. Klingt wie Rajko.»

«Können Sie sich vorstellen, was er von uns wollte?»

«Nein.»

«Denken Sie ein wenig nach. Was könnte der Grund dafür sein, dass jemand wie Dulović die Polizei kontaktiert?»

«Keine Ahnung!» Zischeks Hilflosigkeit wirkte echt, aber das musste nichts heißen. «Wir hatten keinen Kontakt mehr. Seine anderen Geschäftspartner von früher auch nicht, soviel ich weiß. Rajko hat angeblich neue Vertriebswege gefunden und neue Freunde. Oder alte Freunde, was weiß ich.»

«Gibt es Namen?»

«Keine, die ich kenne.»

Der Tag verlief anstrengend, ohne Ergebnisse zu bringen. Keiner der Befragten hatte Dulović in letzter Zeit gesehen oder wusste, in welchen Kreisen er sich derzeit bewegte.

«Siehst du?» Beatrice rempelte Florin freundschaftlich mit der Schulter an. «Die hier haben auch Kreise. Eine ganz andere Kategorie von Society.»

Sie waren in ihr Büro zurückgekehrt, ihre Notizen in der Hand, die gegen Ende hin immer unleserlicher geworden waren. Nach fünf Stunden konzentrierten Zuhörens, das keinen einzigen interessanten Anknüpfungspunkt gebracht hatte, war Beatrice erschöpfter als nach einer ganztägigen Bergwanderung.

«Ich finde, Stefan und Bechner sollten sich in den Lokalen umhören, in denen sich Dulović herumgetrieben hat», schlug sie vor. «Wenn sich dann nicht allmählich etwas abzeichnet, das wie ein Konflikt aussieht, müssen wir es möglicherweise doch als Unfall im Drogenrausch durchgehen lassen.»

Florin hatte Kekse aus seiner Schublade geholt und bot

sie Beatrice an, aber ihr war der Hunger schon vor Stunden vergangen.

«Vergiss nicht, dass Zischek Dulovićs Stimme erkannt hat», sagte er.

«Ja, das behauptet er. Die anderen wollten es weder bestätigen noch ausschließen. Das ist doch Mist, Florin. Damit kommen wir nicht weiter.»

Er betrachtete sie kauend und verzog das Gesicht. Sie hoffte, das galt den Keksen und nicht ihr.

«Ich weiß, dass du deinen Facebook-Spuren folgen möchtest», sagte er schließlich. «Nur leider bringen die uns auch nicht voran.»

Und das, klang unausgesprochen mit, bedeutete, dass die Spurenlage den Ausschlag geben würde. Mord und Selbstmord plus ein Unfall, auch wenn die Frage nach der Herkunft der Glock immer noch im Raum stand. Dass Dulović Pallauf eine gestohlene Waffe verkauft hatte, war gut denkbar, aber schwer zu beweisen. Immerhin war es ein möglicher Zusammenhang. Beatrice blätterte sich durch ihre Unterlagen, denen zufolge Dulović keine nennenswerten Freunde hatte, nur Geschäftspartner, alle zwielichtiger Natur. Und als einzige lebende Verwandte eine Tante, die in der Nähe von Jajce lebte und kein Deutsch sprach.

«Das stimmt», erklärte Beatrice. «Ich halte die Facebook-Sache immer noch für verfolgenswert. Gestern, als ich mit Ira Sagmeister gechattet habe, gab es einen Moment, in dem ich das Gefühl hatte, nahe an etwas dran zu sein. Diese Gemeinsamkeit, von der sie gesprochen hat, das muss ja nicht ihr echter oder gespielter Todeswunsch gewesen sein.» Sie atmete durch. Worauf wollte sie eigentlich hinaus? «Vielleicht ist der Zusammenhang nur hauchdünn, aber es gibt ihn. Allein, dass Dulović über Pallaufs und Beckendahls Tod mit uns sprechen wollte. Wenn du mich fragst, hat er etwas gesehen und musste deshalb sterben.»

«Wenn er es überhaupt war, der angerufen hat. Dann bin ich ganz deiner Meinung.» Florins Telefon begann Gnossienne Nr. 1 von Erik Satie zu spielen. Anneke.

Wie immer in diesen Fällen wandte Beatrice sich ab und widmete sich ihrer Arbeit, versuchte, sich auf das Dokument auf dem Computerbildschirm zu konzentrieren und Florins Gespräch mit seiner Freundin auszublenden. Leider schaffte sie es fast nie.

Dann eben anders. Sie schnappte sich das digitale Diktafon, steckte die Kopfhörer an und begann, die Aussagen der heute Befragten zu protokollieren.

Ein gelegentlich zur Seite geworfener Blick verriet ihr, dass das Gespräch länger dauern würde und nicht erfreulich war. Der bittere Zug um Florins Mund war ihr neu, aber sie würde diesmal keine Fragen stellen, keine Hilfsangebote machen.

Bis kurz vor Dienstschluss gelang ihr das sogar. Erst als sie in der Tür stand und ihre Autoschlüssel aus der Handtasche wühlte, entglitt ihr ein «Du sagst mir Bescheid, wenn es dir nicht gutgeht, ja?».

Sein umwölkter Blick war ihr Antwort genug, und sie wandte sich zum Gehen.

Ach, Ira. Was für ein Name. Wissen deine Eltern, welche Bürde sie dir damit auf die Schultern geladen haben? *Ira furor brevis est.* Kein Wunder, dass du so vorwärts preschst, aber dumm ist es natürlich auch. Du bist doch so jung, weshalb tust du dir das an?

Ich frage mich, ob jemand von den anderen begreift, was du ihnen zu verstehen geben willst. Vermutlich ja, diesmal warst du deutlich genug. Aber keine Sorge, selbst wenn sie dir nicht folgen können: Zumindest in mir hast du einen aufmerksamen Leser, der deine Findigkeit bewundert, obwohl sie mir gleichzeitig den Schlaf raubt, und was mich beunruhigt, ist auch für dich nicht gut, Ira.

Du wirst mir begegnen wollen, nicht wahr? Vor mir stehen und mir ins Gesicht sehen, darin etwas suchen, das du nicht begreifen kannst. Wie denn auch? Den Menschen, den du erwartest, gibt es nicht mehr. Alles ist dem Wandel unterworfen, und auf uns trifft das stärker zu als auf den Rest des greifbaren Universums. Vielleicht finden wir ein paar Minuten, in denen ich dir das erklären kann.

Aber besser für dich wäre es, mit der Ungewissheit zu leben. Weiterzuleben.

Es musste zwei Monate her sein, dass Beatrice das letzte Mal vor Achims Tür gestanden hatte. Sie kam nicht gerne her, der Anblick ihres früheren Zuhauses, das Achim immer «unser Familienschlösschen» genannt hatte, machte ihr die Brust eng und das Atmen schwer.

Aber die Kinder liebten es, und Beatrice konnte nicht verlangen, dass Achim sie jedes Mal zu ihr zurückbrachte, wenn er es übernommen hatte, sie von der Schule abzuholen.

Noch hatte niemand ihre Anwesenheit bemerkt. Mina lag bäuchlings in der Hollywoodschaukel, ihr Zeigefinger wischte über das Display des neuen iPhones, eines ihrer Beine hing seitlich hinunter, die nackten Zehen berührten das Gras.

Wie hübsch sie war. In spätestens zwei Jahren würde sie das auch wissen.

Jakob hingegen kugelte kichernd über die Wiese, verfolgt von Katze Cinderella, die offenbar auf etwas scharf war, das er in seiner Linken hielt. Eine Plüschmaus? Jedenfalls etwas, das gelegentlich quiekte, sehr zu Cinderellas Entzücken.

So perfekt sah das aus. Beatrice lehnte sich gegen den Zaun, als könnte sie damit der Schwere in ihrem Inneren entgegenwirken.

Das ist es, was du nicht mehr wolltest, was du aufgegeben hast, weil du dachtest, es erdrückt dich. Nein, falsch. Du wusstest, es erdrückt dich, weil es untrennbar mit Achim verbunden war.

Sie schüttelte den Kopf und drückte die Klingel.

«Mami!» Jakob sprang auf und lief ihr entgegen, riss die Gartentür auf. «Ich dressiere Cindy! Hast du gesehen? Papa sagt, dass man Katzen nicht abrichten kann, aber das stimmt gar nicht!»

«Toll machst du das!» Sie drückte ihn an sich. «Wo steckt denn Papa?»

«Der ist im Haus und kocht. Er hat gesagt, dass wir heute alle bei ihm essen. Voll cool!»

Das waren nicht die Worte, die Beatrice bei der Vorstellung von einem gemeinsamen Essen spontan in den Sinn kamen. Gleichzeitig war sie froh, dass sie sich so nicht mehr ums Kochen kümmern musste. Sie ließ sich von Jakob durch den Garten ziehen, an Mina vorbei, die lässig eine Hand hob, ohne von ihrem Handy aufzusehen. Ins Haus hinein, von dem sie sich gewünscht hatte, es nie wieder betreten zu müssen.

Ein neuer Teppich in der Garderobe. Die Wände voller Kinderfotos. Eine afrikanische Maske auf dem Telefontischchen, die leider so gar nicht zum Rest der Einrichtung passte.

«Hallo, Achim.»

Er stand am Herd, vor sich drei dampfende Töpfe. Lächelte, als er sich zu ihr umdrehte. «Bea! Du kommst gerade rechtzeitig! Was hältst du davon, wenn wir draußen essen? Ich habe Zucchinisuppe gekocht und einen Lamm-Bohnen-Eintopf. Die Kartoffeln müssten auch gleich durch sein.»

Es war wie ein Zeitsprung, zwei Jahre zurück. Sie kam von der Arbeit nach Hause, Achim war schon da, die Kinder spielten im Garten ... Nur dass er damals nie gekocht hatte, und wenn, dann mit leidendem Gesichtsausdruck, den Blick voller unausgesprochener Vorwürfe.

Du hättest mir Bescheid sagen können, lag ihr auf der Zunge, aber sie schluckte es hinunter. Bloß keine schlechte Stimmung verbreiten, vielleicht war das ja ein Friedensangebot. In diesem Fall würde sie es mit Freuden annehmen. Solange es nicht darüber hinausging.

«Draußen essen ist eine sehr gute Idee. Ich decke schon

mal den Tisch.» Das war deutlich besser, als mit dem kochenden Achim Smalltalk pflegen zu müssen. «Haben die Kinder ihre Hausaufgaben gemacht?»

«Ja. War nicht viel.»

Beatrice schnappte sich Teller, Besteck und Servietten und ging wieder nach draußen. Nahm sich extra viel Zeit und schalt sich selbst dafür, dass sie sich wieder in ihre eigenen vier Wände wünschte.

Das Essen verlief harmonisch, aber anstrengend, weil Beatrice jedes ihrer Worte auf Konfliktträchtigkeit abklopfte, bevor sie es aussprach. Achim hatte ihr den Teller mehr als reichlich gefüllt. Sie war bereits nach der Hälfte der Portion satt, aß aber weiter, weil sie sich seine gekränkt-beleidigte Reaktion – *aha, es schmeckt dir also nicht* – ersparen wollte.

Eine Stunde nur, dachte sie, und schon stecke ich wieder in den alten Mustern fest wie in flüssigem Beton, und mit jeder Minute wird er härter.

«Ich habe mir etwas überlegt», sagte Achim, während er ihr Wasser nachschenkte. «Du hast wahnsinnig viel zu tun und den Kopf ständig voll mit deinen Fällen. Ich sehe die Kinder nur jedes zweite Wochenende, wenn es nach Plan geht, fände es aber toll, wenn ich sie öfter bei mir hätte.» Er nahm einen Schluck Wein. Beatrice war beinahe gerührt, weil es wirkte, als brauche er eine Pause, um Mut zu schöpfen, bevor er ihr sein Anliegen vortrug.

«Was hältst du davon, wenn ich sie unter der Woche für einen Tag übernehme? Ich hole sie von der Schule ab, mache mit ihnen Hausaufgaben, koche für sie, und sie schlafen hier. Am nächsten Tag bringe ich sie wieder zur Schule.»

Es hörte sich gut an. Sie vermutete, dass Achim sich seine Worte vorher zurechtgelegt hatte, damit sie weder vorwurfsvoll noch abwertend klangen. Beatrice lehnte sich in ihrem Stuhl zurück.

«Mina? Jakob? Wie findet ihr die Idee?»

«Die Kinder sind einverstanden, mit ihnen habe ich das schon besprochen.»

«Hast du das?» Sie hörte die Schärfe in ihrer Stimme selbst, aber ihr Ärger über die Art, wie Achim sie übergangen hatte, war stärker. Die Kinder hatten sich einverstanden erklärt, freuten sich vermutlich sogar. Wenn sie nun nein sagte, war sie die Spielverderberin, die den ganzen schönen Plan zum Scheitern brachte. Achim hatte ihr nur zum Schein die Wahl gelassen, in Wahrheit hatte er die Sache beschlossen und basta. Er würde es natürlich nicht verstehen, wenn sie es ihm erklärte.

«Wenn die Kinder keine Lust dazu gehabt hätten, dann hätte ich dich gar nicht mit dem Thema behelligen müssen.» Es hörte sich beinahe entschuldigend an. Er wollte offenbar keinen Streit, und vielleicht war sein Vorschlag wirklich nett gemeint.

Jakob grinste sie von der Seite her an, mit dieser Zahnlücke, die sie so liebte und die sich bereits zu schließen begann. «Dann müssten wir an einem Tag auch nicht in die Nachmittagsbetreuung und so. Bitte!»

«In Ordnung.» Plötzlich drückte die Müdigkeit Beatrice fast zu Boden. Oder war es das viele Essen?

«Es wäre gut, wenn wir einen fixen Tag dafür ausmachen könnten, dann kann ich meine Termine entsprechend einteilen.» Er klang eifrig. «Was hältst du von Mittwoch? Mittwoch auf Donnerstag?»

«Ja. Finde ich gut.»

«Wunderbar.» Er lachte. «Muss ewig her sein, dass wir das letzte Mal einer Meinung waren!»

Ira Sagmeister In jene Schlucht, drin Luchs und Panther wüten,
Versanken unsere Helden kampfesbleich,
Und an den Sträuchern hängt ihr Fleisch wie Blüten.
In diese Hölle, unsrer Freunde Reich,
Lass, Grausame, uns reulos niedergleiten,
Dass unser Hass durchglüh' die Ewigkeiten!

8 Personen gefällt das

Es war keine Tankstelle diesmal, die Ira als Foto dazu gepostet hatte, sondern eine Parkbank, daneben ein grüner, metallener Mülleimer, aus dem zerquetschte Getränkedosen quollen.

Der Ausschnitt war so gewählt, dass man kaum mehr als die Bank erkennen konnte, eventuell ein Stück gelbliche Mauer in einiger Entfernung – was dafür gesprochen hätte, dass das Foto im Hellbrunner Schlosspark aufgenommen worden war.

Ein Schuss ins Blaue. Beatrice kannte die Grünflächen der Stadt nicht gut genug, um diese Parkbank zuordnen zu können. Ebenso gut konnte sie auf dem Mönchsberg stehen oder im Garten von Schloss Mirabell.

Oder sogar außerhalb von Salzburg.

Sanft ließ Beatrice den Rotwein in ihrem Glas kreisen, atmete den Duft ein. Achims Abendessen lag ihr nach wie vor im Magen, in mehrfacher Hinsicht. Aber es hatte die Kinder müde gemacht, das war gut. Beide waren ohne Protest ins Bett gekrochen und innerhalb von Minuten eingeschlafen.

Eine Parkbank also. Und dazu die grausamen ersten drei Zeilen des Gedichts.

In jene Schlucht, drin Luchs und Panther wüten,
Versanken unsere Helden kampfesbleich,
Und an den Sträuchern hängt ihr Fleisch wie Blüten.

Das Bild war verstörend. Es weckte in Beatrice Erinnerungen an Unfallszenarien, vor allem an den Einsatz vor drei Jahren, in der Wohnung eines knapp zwanzigjährigen Jungen, der mit Silvesterraketen experimentiert hatte. Damals war Herbert noch dabei gewesen.

Beatrice gab «In jener Schlucht, drin Luchs und Panther wüten» bei Google ein und landete seitenweise Treffer. Das Gedicht hieß «Zweikampf» und war von Charles Baudelaire, es gab einige Interpretationen dazu. Aber viel interessanter war das, was die Gruppenmitglieder zu sagen hatten.

Oliver Hegenloh Finde ich unglaublich stark, sprachlich. Aber trotzdem frage ich mich langsam, warum du immer so deprimierende Gedichte aussuchst. Ich setz da jetzt mal einen Kontrapunkt.

Was er dann auch getan hatte, in Form von Kästners «Sachlicher Romanze». Die musste warten, erst wollte Beatrice die restlichen Kommentare auf Sagmeisters Post lesen.

Nicola DVD Die ersten drei Zeilen brechen mir das Herz, die letzten drei geben mir Hoffnung.

Hoffnung? Hass, der die Ewigkeiten durchglüht, gab ihr Hoffnung? Wie es schien, hatte Ira in Nikola eine Seelenverwandte gefunden, eine weitere Frau mit schweren Problemen. Beatrice nahm sich vor, ihre älteren Postings noch einmal und aufmerksamer zu lesen.

Phil Antroph Da soll noch mal jemand sagen, Gedichte seien nur etwas für Romantiker.
Boris Ribar Meiner Erfahrung nach sind Gedichte etwas für schlaue Köpfe. Und manchmal auch für Köpfe, die gerne als schlau gelten möchten.
Phil Anthrop Schreib doch gleich «für Angeber», wenn es das ist, was du meinst, Boris.
Boris Ribar Würde ich. Trifft es aber nicht so ganz.
Helen Crontaler Wenn du Menschen, die Lyrik lieben, nicht schätzt, wieso bist du dann hier, Boris?
Dominik Ehrmann Er hat doch gar nicht gesagt, dass er sie nicht schätzt. Nur dass manche von ihnen vielleicht gern als intellektueller gelten möchten, als sie sind.
Christiane Zach Gedichte sind wie Musik. Man muss sie nicht verstehen, sondern fühlen.
Ira Sagmeister Ich wünsche mir, dass man sie versteht. Ich wünsche mir das sehr.

In diesem Ton ging es weiter. Es entspann sich eine angeregte Diskussion darüber, ob Lyrik mit dem Kopf, dem Bauch oder beidem zu begreifen sei, und recht schnell bildeten sich klare Fronten. Beatrice glaubte, Ira durchaus zu verstehen. Etwas erfüllte das Mädchen mit Düsternis und Wut, die sie allem Anschein nach gegen sich selbst richtete. Weder in ihrer Chronik noch in der Gruppe hatte sie auch nur einen einzigen positiven Eintrag gepostet, nichts Helles, von Fröhlichem ganz zu schweigen.

Nachdenklich zeichnete Beatrice mit dem Mauszeiger unsichtbare Zickzacklinien auf den Bildschirm. Klickte auf das Profil von Boris Ribar, der darauf beharrte, dass ein Gedicht nur mit der richtigen Interpretation wirklich seine ganze Kraft entfalten konnte. Doch Ribar verriet Außenstehenden nichts über sich, und sein Profilbild zeigte lediglich eine dampfende Tasse Tee vor einem Kaminfeuer. Schade, denn der Name kam Beatrice diffus bekannt vor, war das Einbildung? Nein, das war kein Allerweltsname. Er musste ihr schon früher in einem anderen Zusammenhang untergekommen sein.

Statt sich den Kopf zu zerbrechen, befragte sie Google – und lachte zwei Sekunden später auf, wenn auch leicht gequält. Ein Journalist. Die Suchmaschine hatte seitenweise Online-Artikel ausgespuckt. Typische Lokalmeldungen, meist aus der Umgebung von Salzburg: ein abgestürzter Paragleiter, Feuerwehreinsätze nach starken Regenfällen, das Gerichtsverfahren gegen einen korrupten Bürgermeister.

Und ziemlich weit vorne ein Bericht über den spektakulären Kriminalfall vom letzten Mai, bei dem mehrere Menschen auf grausame Weise getötet worden waren, bis schließlich die Salzburger Mordkommission unter Einsatz ihres Lebens den Täter ausfindig gemacht hatte. Beatrice las ihren eigenen Namen in dem Beitrag und leerte den Rest des Glases auf einen Zug.

BoRi war das Kürzel, mit dem Ribar seine Artikel kennzeichnete. Sie lehnte sich in ihrem Stuhl zurück und atmete durch.

Ribar war einer von denen, die über alles und nichts schrieben, Bezirksblätter belieferten und vermutlich davon träumten, irgendwann etwas aufzudecken, das sie dann an eines der großen Magazine verkaufen konnten, am besten international. Beatrice kannte die Sorte zur Genüge, sie stellten bei den Pressekonferenzen voyeuristische statt sachliche Fragen und wurden unhöflich, wenn sie keine Antworten bekamen. Vor der Einführung des abhörsicheren Polizeifunks hatten sie hin und wieder sogar von Tatorten vertrieben werden müssen. Aber Sympathie oder nicht war hier nicht die Frage – immerhin hatte sie neben Helen Crontaler jetzt noch jemanden aus der Masse gepickt, den sie einordnen konnte.

Sie wettete mit sich selbst, dass er sich erst nach dem Tod von Gerald Pallauf bei «Lyrik lebt» angemeldet hatte. Wahrscheinlich nach ein paar gemeinsamen Bieren mit Sachs, dem Messie-Mitbewohner. Das würde sie überprüfen, und dann würde sie sich Ribar vorknöpfen.

Über Tina Herbert ließ sie ihm eine Freundschaftsanfrage zukommen, dann widmete sie sich Nikola DVD. Sie hatte sich längst schon vorgenommen, sie ebenfalls als *FreundIn hinzuzufügen*, jetzt tat sie es und sandte, um sicherzugehen, eine persönliche Nachricht mit: *Wir beide lieben Gedichte, ich würde mich freuen, wenn wir uns vernetzen könnten. Alles Liebe, Tina*.

Beinahe hätte sie «Alles Liebe, Bea» geschrieben. Sie verschränkte die Finger und schloss kurz die Augen. Am besten, sie schrieb gar nichts mehr, müde, wie sie war, sonst würde sie es noch fertigbringen, sich selbst zu enttarnen.

Genug für heute. Sie klickte ein schnelles «Gefällt mir» unter den Baudelaire und die Ballade von Kästner, dann klappte sie das Notebook zu und vertrieb den hartnäckigen Geschmack des Lammeintopfs mit einer Dosis Alka-Seltzer.

Das Foto mit der Parkbank begleitete Beatrice in ihren Gedanken bis zum Schlafengehen. Der überquellende Mülleimer konnte symbolisch für Iras Leben stehen, für die unbewältigten Dinge, die aus ihr herauswollten. Oder es war einfach nur irgendein Foto.

Kapitel acht

Wir waren erfolgreich!» Stefan stürmte ins Büro, einen ungewohnt zufrieden dreinblickenden Bechner im Schlepptau. «Dulović wurde erst vor kurzem in einer der Kaschemmen gesehen, die zu seinen Stammlokalen gehört haben.»

Florin, der seit Minuten mit den klemmenden Metallbügeln eines Aktenordners kämpfte, blickte auf. «Wann?»

«In der Nacht, bevor der Anruf bei uns eingegangen ist.»

Stefans verschmitztem Lächeln zufolge war das noch nicht alles, und Beatrice hob einen Stapel unbearbeiteter Papiere von dem Stuhl neben ihr, damit er sich setzen konnte.

Damit stand nur noch Bechner, dessen Mundwinkel erwartungsgemäß wieder nach unten wanderten.

Florin bemerkte es offenbar auch. «Nimm meinen Stuhl», sagte er und versetzte der Aktenmappe einen Stoß, der sie über den halben Schreibtisch rutschen ließ. «Ich sitze ohnehin viel zu viel.»

«Der Kerl, von dem ich die Information habe, heißt Aschau und ist ein ehemaliger Zuhälter, der jetzt den ‹Club Jackie› betreibt. Übles Loch, das. Dulović war oft dort, angeblich um Freunde zu treffen, meiner Meinung nach, um zu dealen. Aber egal. Jedenfalls war er in der Nacht vor dem Anruf auch in diesem Club, und Aschau sagt, er habe übel ausgesehen.»

Beatrice verschränkte die Arme vor der Brust. «In welcher Hinsicht übel?»

«Gehinkt soll er haben», warf Bechner ein. «Ein zugeschwollenes Auge und Blutergüsse im Gesicht. Was er mit der Ausflucht aller geprügelten Ehefrauen begründete: Er sei die Treppen hinuntergefallen.»

Blutergüsse. Längst überdeckt von den Treibverletzungen, die zwei Tage im Fluss hinterlassen hatten.

«Aschau fand das eigenartig», fuhr Stefan fort. «Rangeleien sind unter dieser Art von Geschäftspartnern nichts Ungewöhnliches, und Dulović hätte durchaus sagen können, dass seine blauen Flecken aus einem Handgemenge mit einem zahlungsunwilligen Kunden stammen. Aber er ist bei der Treppengeschichte geblieben, woraufhin Aschau ihn den restlichen Abend damit aufgezogen hat, dass es dann wohl eine ziemlich wütende Frau gewesen sein müsste, die solche Spuren hinterlassen hätte.»

Beatrice klopfte nachdenklich mit der Radiergummiseite ihres Bleistifts auf den Tisch. «Sonst noch etwas?»

«Ja. Bedrückt soll er gewirkt haben. Aschau sagt, er habe sich immer wieder über die Schulter umgesehen.»

«Als hätte er Angst?»

Stefan und Bechner wechselten einen Blick. «Das Wort ist nicht gefallen», erklärte Bechner, «aber ich denke, das war es, was Aschau gemeint hat.»

Kein Unfall, pochte es in Beatrices Kopf. Kein Unfall. «Tolle Arbeit, vielen Dank», sagte sie, was immerhin Stefan strahlen ließ, während Bechners Miene unbewegt blieb. Wahrscheinlich würde sie gleich entnervt erschlaffen, wenn Beatrice ihnen einen weiteren Auftrag erteilte. «Geht bitte noch einmal zu diesem Aschau und spielt ihm die Aufzeichnung des Anrufs vor. Vielleicht kann er die Stimme eindeutig Dulović zuordnen.»

Wie erwartet rollte Bechner mit den Augen – *hätte dir das*

nicht gleich einfallen können, Kaspary? –, Stefan dagegen nickte eifrig. «Natürlich. Ich gehe heute Abend hin, kurz bevor die Bar öffnet. Morgen wissen wir hoffentlich mehr.»

Er ist wie ein Welpe, dachte Beatrice beinahe gerührt. Freut sich über alles, was man ihm hinwirft. Echte Begeisterung, die wir auf keinen Fall mit Naivität verwechseln dürfen, sonst werden wir ihn früher oder später für all das ausnutzen, was uns zu mühsam ist.

Sie wuschelte Stefan durch das ohnehin schon zerzauste rote Haar. «Du bist ein Goldstück, weißt du das?»

Verlegenes Schulterzucken. Schiefes Lächeln. «Danke.»

«Ja, Mamas Liebling», murmelte Bechner. «Ist ja nicht auszuhalten hier. Ich geh wieder an die Arbeit.»

Er zog eine Grimasse, schob Florins Drehsessel zurück und ging. Stefan sprang ebenfalls auf. «Also dann.» Er wedelte mit seinen Notizen und ging zur Tür, vergewisserte sich, dass Bechner außer Hörweite war und drehte sich noch einmal um. «Lasst euch von seiner schlechten Laune nicht täuschen, er hat sich in den Fall ziemlich hineingearbeitet. Vielleicht könntet ihr ihn mal allein losschicken? Am besten vormittags?» Er zwinkerte vielsagend und ging.

«Das wirft ein neues Licht auf die Sache.» Florin stand vor den Fotos des toten Dulović, die sie an die Wand gepinnt hatten, und studierte die Detailaufnahmen. «Ich hoffe, dass Vogt uns bald die fehlenden Ergebnisse vorlegt. Hinken und ein zugeschwollenes Auge, es muss prämortale Verletzungen gegeben haben.»

Er drehte sich um und sah Beatrice an. Schmunzelte. «Leg deinen Jägerblick erst mal wieder ab, Bea. Selbst wenn wir herausfinden, dass er sich kurz vor seinem Tod geprügelt hat, heißt das nicht, dass sein Gegner auch wirklich sein Mörder war. Oder dass es überhaupt einen Mörder gibt.»

Sie grinste und wartete, bis er es ebenfalls tat. «Natürlich nicht. Aber weißt du was? Einigen wir uns darauf, dass es eine gute Arbeitshypothese ist.»

Ira Sagmeister
Legt rote Rosen mir um meine Stirne,
im Festgewande will ich von euch gehn,
und stoßt die Fenster auf, dass die Gestirne
mit heiterm Lächeln auf me n Lager sehn.

Und dann Musik! Und während Lieder schallen,
von Hand zu Hand der Abschiedsbecher blinkt,
mag mählich über mich der Vorhang fallen,
wie Sommernacht auf reife Felder sinkt.

10 Personen gefällt das

Der Tag war lebhaft gewesen in der Lyrik-Gruppe. Beatrice zählte elf neue Gedichte, fünf davon waren nur Ausschnitte, der Rest stand in voller Länge dort. Sie würde wieder einen guten Teil ihres Abends opfern müssen, um sich einen brauchbaren Überblick zu verschaffen.

Iras Beitrag war nicht der aktuellste, erhielt aber laufend neue Kommentare und behauptete deshalb seinen Platz an oberster Stelle.

Vermutlich lag das am allerersten der Kommentare, der von Ira selbst stammte.

Ira Sagmeister Ich möchte mich von euch verabschieden. Ich steige hier aus, aber seid nicht beleidigt. Ich steige überhaupt aus. Nicht nur hier. Auf Wiedersehen.

Beatrice konnte mit einem Mal deutlich ihren Puls spüren, im Bauch, im Gesicht, er dröhnte in ihren Ohren. Was Ira schrieb, klang nicht gut, besonders wenn man sich ihre Postings der letzten Tage ansah. Eines düsterer als das andere, und nun das hier …

Noch einmal überflog Beatrice den Text. Ein Abschiedsbecher und ein fallender Vorhang. Sie gab die erste Zeile bei Google ein und biss sich auf die Lippen. Das Gedicht war von Gustav Falke und trug den Titel «Wenn ich sterbe».

Okay, auf die Gefahr hin, dass sie sich den Ruf einhandelte, hysterisch zu sein – sie durfte keine Zeit verlieren. Noch während sie die Kommentare las, fischte sie in ihrer Tasche nach dem Handy.

«Florin?»

«Bea! Ist etwas passiert?» Offenbar war er bereits zu Hause, im Hintergrund spielte Musik – aber klar, es war auch schon nach neun.

«Ira Sagmeister hat eine Art Abschiedsbrief auf Facebook gepostet. Ich kann mich irren, aber für mich klingt es ernst. Jemand sollte bei ihr vorbeifahren.»

«Okay.»

Ein einziges Wort, in dem die Erschöpfung einer ganzen Woche lag. «Ich glaube, du musst das nicht selbst übernehmen», beeilte sie sich zu sagen. «Schick eine Streife oder versuch, Stefan zu erreichen.»

«Nein, schon gut. Ich kümmere mich lieber persönlich drum, mich kennt sie immerhin. Stefan soll mitkommen, ich rufe ihn gleich an. Bist du sicher, dass sie noch am Computer sitzt?»

Fieberhaft suchte Beatrice nach Iras letztem Kommentar, weit unten, eine Reaktion auf Dominik Ehrmanns gutes Zureden. «Vor acht Minuten hat sie das letzte Mal eine Antwort geschrieben. Wenn sie etwas Drastisches postet oder es Hinweise darauf gibt, was genau sie vorhat, dann melde ich mich sofort. Und ich versuche inzwischen, sie zu beschäftigen.»

«Gut. Wir hören voneinander.»

Beatrice legte das Handy beiseite. In ihr nagte das Gefühl, Florin vielleicht grundlos den Feierabend verdorben zu haben.

Da war es auf perverse Weise beruhigend, dass die Lyrikfreunde ebenfalls alarmierte Kommentare posteten.

Oliver Hegenloh Ira? Du machst doch keinen Blödsinn, oder?

Marja Keller Wass du schreibst, macht mir Angst. Sag bitte, dass du es nich so meinst.

Nikola DVD Bitte, Ira! Denk daran, dass noch so viel vor dir liegt. Wir sind für dich da!

Ren Ate Vielleicht nehmt ihr das Gedicht zu wörtlich, und Ira verabschiedet sich nur für einige Zeit aus dem Internet. Ich habe das im letzten Jahr auch ein paar Wochen lang gemacht. Hat extrem gutgetan. Liege ich richtig, Ira?

Oliver Hegenloh Ziemlich riskant, die Sache so runterzuspielen. Und wenn dann etwas passiert, hat's wieder niemand ahnen können.

Phil Anthrop Ira, wenn du Hilfe brauchst, sag es uns bitte. Oder geh zu jemandem, dem du vertraust.

Dominik Ehrmann Ruf mich an, Ira. Du hast meine Nummer, wir reden in Ruhe, ja?

Helen Crontaler Soll ich bei dir vorbeikommen? Wenn du mir deine Adresse gibst, dann bin ich in ein paar Minuten da.

Dominik Ehrmann Oder geh wenigstens ans Telefon. Ich habe es jetzt zweimal versucht, aber ich erwische immer nur deine Sprachbox.

Beatrice atmete tief durch. Nein, das wirkte nicht harmlos, sondern eher so, als hätte Ira sich bereits abgekapselt und die Umwelt ausgeblendet. Aber später hatte sie doch noch einmal geantwortet, Beatrice hatte es gesehen …

Marja Keller Ira, mach keinen Quatsch. Sag uns, was in dir vorgeht, wir können helfen. Das weiß ich einfach!!! :-*
Dominik Ehrmann Ira? Gib mir ein Lebenszeichen, jetzt gleich, oder ich schicke die Polizei zu deiner Adresse.
Helen Crontaler Ja, wenn du die Adresse hast, dann tu das bitte, Dominik. Danke!
Ira Sagmeister Der Tod ist groß.
Wir sind die Seinen
lachenden Munds.
Wenn wir uns mitten im Leben meinen,
wagt er zu weinen
mitten in uns.
Ivonne Bauer Wenn du das witzig findest, dann tust du mir leid. Immer nur Tod, Tod, Tod. Gefällt es dir etwa, dass alle sich Sorgen machen?
Dominik Ehrmann Ivonne, mit Verlaub, halt bitte den Mund. Ira, danke, dass du dich gemeldet hast, auch wenn ich diese neue Botschaft wieder sehr beunruhigend finde. Ich rufe jetzt schon zum zehnten Mal bei dir an, geh bitte ans Telefon!
Helen Crontaler Gib mir ihre Adresse, Dominik, dann kümmere ich mich persönlich um Ira. Ich glaube, das ist das Beste. Ich poste auch gleich eine Entwarnung, wenn ich bei ihr bin und sie wohlauf ist.
Dominik Ehrmann Und was tust du, wenn sie dir die Tür nicht öffnet? Nein, wenn überhaupt, dann soll die Polizei hinfahren.

Tut sie bereits, dachte Beatrice mit Blick auf ihr Handy. Wie lange würde Florin brauchen? Zehn, fünfzehn Minuten, kaum mehr.

Sie streckte die Finger, legte sie auf die Tastatur. Dachte kurz nach.

Tina Herbert Ira, falls du das liest: Ich weiß nicht, wie du dich fühlst, aber ich erinnere mich an Phasen in meinem Leben, wo ich auch gern allem ein Ende gesetzt hätte. Es lohnt sich, es nicht zu tun.

Sie fixierte den Bildschirm, um ja nicht den Moment zu verpassen, in dem Ira Sagmeister reagierte. Wenn sie noch neugierig genug war, hier mitzulesen, dann musste in ihr auch noch ein Quäntchen Neugier auf das Leben stecken.

Dominik Ehrmann Tina spricht aus, was ich denke. Durchhalten lohnt sich. Warten lohnt sich. Es wird besser werden.
Ira Sagmeister Lasst mich in Ruhe.

Beatrice atmete aus, erst jetzt wurde ihr bewusst, dass sie die Luft angehalten hatte, als befände sie sich unter Wasser.

Etwas Kluges schreiben. Ira am Computer halten und hoffen, dass sie nicht schon zwei Päckchen Schlaftabletten intus hatte. Falls doch, würde Florin hoffentlich noch rechtzeitig zur Stelle sein.

Sie konzentrierte sich. Sagmeister schrieb «Lasst mich in Ruhe», statt einfach den Rechner abzudrehen. Was hieß das? Dass ihr Verhalten ein Hilferuf war und die Gefahr eines Selbstmords nicht unmittelbar drohte. Nicht in den nächsten Minuten. Sie kommunizierte noch mit der Welt, hatte die unsichtbare Schwelle noch nicht überschritten, hinter der alles gleichgültig wurde, hinter der sich die Konturen der Wahrnehmung verwischten.

Ehrmann, Hegenloh und Crontaler reagierten sekundenschnell, beschworen Ira, sich doch zu öffnen, jemanden anzurufen, dem sie vertraute. Bisher hatte Ira sie keiner Antwort für würdig befunden. Wer weiß, ob sie überhaupt noch am Computer saß.

Beatrice öffnete die Chatliste. Ein grüner Punkt neben *Ira Sagmeister*, also war sie online.

Als ob das etwas bedeuten würde. Als ob sie nicht mit aufgeschlitzten Pulsadern in der Badewanne ausbluten konnte, während ihr Notebook auf dem Hocker daneben nach wie vor lief.

«Hallo, Ira.» Eventuell war sie im Chat eher zu einem Gespräch bereit, dort, wo nicht jeder mitlesen konnte.

Nichts. War zu erwarten gewesen.

«Ira, wenn du das hier liest, dann antworte.»

Dreißig Sekunden, fünfzig. Keine Reaktion, was wenig verwunderlich war. Nach Plaudern war Ira Sagmeister sicherlich nicht zumute, vor allem nicht mit Tina Herbert, mit der sie das Gespräch schon beim letzten Mal brüsk beendet hatte.

Dann eben anders. Beatrice brauchte etwas, das die Frau aus der Reserve locken würde, und sie brauchte es schnell. Nicht Mitgefühl, nicht Provokation ... aber vielleicht ließ sich Sagmeisters Neugier wecken. Notfalls mit einer Lüge.

«Gut, antworte nicht, aber lies wenigstens, was ich dir zu sagen habe. Ich weiß etwas, das du auch wissen solltest. Es betrifft dich, und es ist wichtig. Es könnte alles ändern.»

Ein Schuss ins Blaue, aber wenn sie mitlas, wenn sie noch mitlesen konnte ...

«Wovon sprichst du?»

Beatrice lachte laut auf. Geschafft.

«Es ist etwas, das wir persönlich besprechen müssen. Es wird eine halbe Stunde dauern. Aber es lohnt sich.»

Das Klingeln ihres Handys ließ sie hochfahren, und einen irrationalen Moment lang dachte Beatrice, dass Sagmeister am anderen Ende sein würde, um das Gespräch auf diese Weise fortzuführen. Aber es war Florin, endlich.

«Wir sind jetzt hier, und sie öffnet nicht.» Er hörte sich gehetzt an. «Hat sie sich bei Facebook noch einmal gemeldet?»

«Ja, ich habe sie gerade im Chat.»

«Gut, sehr gut. Kannst du schon Entwarnung geben?»

«Nein, leider nicht. Lass mir noch zwei Minuten.» Sie legte auf. Noch keine Antwort von Sagmeister.

«Ira? Treffen wir uns morgen. Neun Uhr, am Residenzbrunnen. Deal?»

Warum reagierte sie nicht mehr? Stand sie an der Tür und beobachtete die Polizisten durch den Spion? Hatte sie schließlich doch noch geöffnet?

«Nein», erschien endlich die Antwort im Chatfenster. «Sag mir gleich, was los ist.»

«Das geht nicht. Morgen.»

«Dann ist es zu spät. Du kannst mich mal.»

Mist. Die Anspannung ließ Beatrices Kopfhaut kribbeln. Noch ein Versuch mit schwereren Geschützen.

«Ich glaube, ich weiß, warum du sterben willst, und was ich dir zu sagen habe, hat damit zu tun.» Das war völlig aus der Luft gegriffen, eine Notlösung, aber wenn sie funktionierte …

Beatrice fixierte das Chatfenster mit ihrem Blick, als könnte sie durch pure Willenskraft eine Antwort herbeizwingen. Nach einer Minute, in der das Bild des Mädchens in der Badewanne voll rotem Wasser immer deutlicher wurde, hielt sie es nicht mehr aus. Sie rief Florin an.

«Geht hinein, bitte. Ich hatte sie bis eben noch im Chat, aber jetzt ist sie fort, glaube ich.»

«Okay. Ich melde mich gleich wieder.»

Wie viel hätte Beatrice dafür gegeben, vor Ort sein zu können. Wenn Ira sich in den letzten Minuten erhängt hatte, war es schon zu spät. Ein gebrochenes Genick ließ sich nicht rückgängig machen, ebenso wenig wie ein in die Badewanne geworfener Föhn. Dann noch besser Pillen, aufgeschnittene Pulsadern oder … am allerbesten ein Fehlalarm.

Mit geschlossenen Augen sank Beatrice gegen die Sofalehne. Was war das bestmögliche Szenario in dieser Situation? Dass Florin Ira völlig gesund auffinden würde, wenn auch wütend, weil ihre Tür aufgebrochen worden war. Dass er sie überredete, sich in ärztliche Behandlung zu begeben, oder sie notfalls dazu zwang. Das würde einige Zeit in Anspruch nehmen, sein Rückruf würde frühestens in einer halben Stunde kommen.

Zweitbestes Szenario: ein unvollendeter Selbstmord, der durch schnelle ärztliche Hilfe verhindert werden konnte. Auch da würde Florin erst alles Wichtige erledigen und sich dann melden, je länger sein Anruf also auf sich warten ließ, desto besser.

Das Bild, wie Ira sie und Florin letztens an der Tür erwartet hatte, kam ihr wieder in den Sinn. Rauchend, mit unstetem Blick. Nicht gewillt, jemanden einfach so in ihre Wohnung zu lassen. Zwanzig Jahre alt, aber voller ungebändigter Emotionen. Möglicherweise gab es zu ihr sogar schon eine Akte in der Jugendpsychiatrie, das würden sie …

Beatrices Handy klingelte. Viel zu früh.

Sie richtete sich auf, atmete ein, hatte trotzdem das Gefühl, keine Luft zu bekommen. Fluchte stimmlos, bevor sie abhob.

«Wir sind jetzt in der Wohnung», sagte Florin. «Aber Ira ist nicht hier. Wir haben überall nachgesehen. Sie muss weggegangen sein.»

Einen Atemzug lang hielt Beatrice das für eine gute Nachricht, bevor sie begriff, dass davon keine Rede sein konnte. Draußen hatten sie keine Chance, sie zu finden. Sie konnte überall sein, und niemand würde sie daran hindern zu tun, was sie sich vorgenommen hatte.

Aber da war noch …

«Der Computer! Florin, siehst du irgendwo in der Wohnung ihren Computer? Ein blaues Notebook, erinnerst du dich? Sie hatte es auf der Anrichte, neben den Teetassen.»

«Da ist nichts. Ich suche danach, gut? Stefan bemüht sich gerade, Iras Handynummer zu bekommen, vielleicht erreichen wir sie so.»

Ja. Ja, das war ein guter Anfang, aber …

«Ich komme zu euch.»

«Musst du nicht, du kannst doch die Kinder nicht allein lassen.»

«Das tue ich nicht.» Sie legte auf und suchte Katrins Nummer im Adressbuch ihres Handys. Die Nachbarstochter war ein Geschenk der Götter, wenn auch ein recht gut bezahltes. Es war kurz vor halb elf, da schlief sie noch nicht, und falls sie nicht gerade mit Freunden unterwegs war, würde sie sicher …

«Katrin? Hallo, Beatrice hier. Sag mal, könntest du kurz rüberkommen? Ich muss weg, ein Notfall.»

«Klar.» Das Mädchen hörte sich munter an, fröhlich. Sie war nur geringfügig jünger als Ira, aber meine Güte, was für ein Unterschied.

«Die Kinder schlafen schon. Du müsstest nur hierbleiben für den Fall, dass eines von ihnen aufwacht. Kann sein, dass ich die ganze Nacht wegbleibe –»

«– dann schlafe ich auf der Couch», beendete Katrin Beatrices Satz. «Kein Problem. In zwei Minuten bin ich da.»

Als es leise an der Tür klopfte, war Beatrice schon in Schuhen und Jacke. «Ich danke dir», sagte sie herzlich, klemmte sich das Notebook unter den Arm und lief die Treppen hinunter.

Bevor sie das Auto startete, schickte sie in Tina Herberts Namen noch eine weitere Nachricht an Ira in den Äther.

«Melde dich. Bitte! Mir liegt viel an dir.»

Falls Ira es las, beeindruckte es sie nicht ausreichend, um der Aufforderung nachzukommen. Das war zu erwarten gewesen.

Der aufgeklappte Rechner erwies sich als schlechter Beifahrer, denn Beatrice konnte kaum die Augen von ihm lassen. Ira musste den ihren ebenfalls dabeihaben, wo immer sie auch war.

Schluss jetzt. Auf den Straßenverkehr konzentrieren. Wenn sie schon die Busspur befuhr und die Ampelfarben zu ihren Gunsten auslegte, musste sie wenigstens sehen, was sie tat.

Zwölf Minuten nach ihrem Aufbruch parkte Beatrice vor Ira Sagmeisters Haus ein. Die Eingangstür stand offen, und im ersten Stock wartete bereits Florin.

«Wir sind keinen Schritt weitergekommen.» Er ließ ihr den Vortritt in die Wohnung, die deutlich unordentlicher wirkte als beim letzten Mal. Ein überstürzter Aufbruch? Oder hatte jemand hier herumgewühlt, auf der Suche nach … ja, wonach?

«Stefan ist im Haus unterwegs und versucht herauszufinden, ob jemand gesehen hat, wie Ira fortgegangen ist, und wenn ja, wann. Wir haben die Handynummer und versuchen, das Gerät zu orten, aber du weißt ja.»

Sie wusste. Das dauerte seine Zeit. Beatrice setzte sich auf den Stuhl, auf dem sie das letzte Mal gesessen hatte. Vielleicht wanderte Ira nur durch die Stadt und versuchte, einen klaren Kopf zu bekommen. Vielleicht saß sie in einem Lokal und erhöhte gemeinsam mit ein paar anderen depressiv gestimmten Jugendlichen den Alkoholspiegel in ihrem Blut.

Vielleicht – und auch das durften sie nicht ausschließen – war das ganze düstere Zeug ihre Masche, die ihr heute Abend endlich die Aufmerksamkeit verschafft hatte, die sie sich seit Jahren wünschte. Alles möglich.

Jemand betrat den Raum und riss Beatrice aus ihren Gedanken. Stefan, mit zwei Stücken Apfelkuchen in der Hand und einem verlegenen Ausdruck im Gesicht.

«Hat einer von euch Hunger?»

Oh Gott, nein. Beatrice schüttelte den Kopf. «Wo hast du das denn her?»

«Von Frau Roschauer aus dem zweiten Stock. Sie ist mindestens neunzig Jahre alt, ihr Mann ist im Krieg gefallen, und sie hat heute gebacken. Ich erinnere sie an ihren mittleren Sohn, der auch rote Haare hatte, bevor sie ihm ausgefallen sind.» Stefan hob gleichzeitig Schultern und Mundwinkel. «Das alles hat sie mir freudig und ausschweifend erzählt, aber wann Ira gegangen ist, wusste sie leider nicht. Dabei ist sie der Prototyp einer Hausüberwachungsoma.»

Er legte den Kuchen, den Frau Roschauer in geblümte Servietten gebettet hatte, auf den Couchtisch. «Die anderen Leute im Haus wissen leider auch nichts. Sie sagen, Ira sei meistens mit dem Fahrrad unterwegs, ein Auto habe sie nicht. Ihr Rad sollte im Keller stehen, es ist hellgrün und hat einen weißen Sattel. Willst du wirklich keinen Kuchen? Er ist sensationell. Ich habe schon zwei Stück intus, aber ich esse die da auch noch, wenn niemand sonst sie will.»

Beatrice winkte ab. «Hat Frau Roschauer dir den Kellerschlüssel gegeben?»

«Nein, aber Frau Kächl. Hier.»

Beatrice nahm immer zwei Treppenstufen auf einmal. Das Gefühl, dass Eile geboten war, hatte sie nach wie vor nicht abschütteln können.

Da war das Fahrrad. Lindgrün, weißer Sattel mit deutlichen Gebrauchsspuren. Um die Griffe der Lenkstange waren Zopfgummis gezurrt. Wahrscheinlich band Ira sich einen Pferdeschwanz, wenn sie mit dem Rad fuhr.

«Sie muss zu Fuß unterwegs sein», erklärte Beatrice dem kuchenessenden Florin, als sie zurück in die Wohnung kam. «Zu Fuß, aber mit ihrem Notebook. Oder jemand hat sie abgeholt, allerdings hat das laut Stefan niemand gesehen.»

Ein schneller Blick auf ihr eigenes Notebook. Ira hatte immer noch nicht geantwortet, trotzdem schickte Beatrice ihr eine weitere beschwörende Nachricht über den Chat, wenn auch ohne große Hoffnungen.

Der Rest der Gruppe befand sich immer noch in hellem Aufruhr. Iras Handynummer schien die Runde gemacht zu haben, und die Mitglieder wechselten sich dabei ab, sie anzurufen. Wahrscheinlich hatte sie das Telefon längst abgeschaltet. Oder weggeworfen, manche Selbstmörder taten das, bevor sie ernst machten. Die Verbindungen zum Rest der Menschheit kappen.

«Am liebsten würde ich kreuz und quer durch Salzburg fahren und nach ihr Ausschau halten.» Dass sie den Gedanken laut ausgesprochen hatte, wurde Beatrice erst klar, als sie Florins prüfendem Blick begegnete.

«Dir liegt viel an dem Mädchen, hm?»

War das so? Beatrice klopfte ihre Gefühle ab. Sie kannte Ira kaum, aber trotzdem –

«Sie ist so … jung.» Das war ein Teil der Wahrheit, aber es war nicht alles. Iras Reaktion auf Beatrices Bluff, und jetzt ihr beharrliches Schweigen … «Ich werde das Gefühl nicht los, sie weiß etwas, das sie uns nicht gesagt hat. Über Pallauf. Oder Beckendahl. Oder beide.»

Und dann darf sie nicht einfach sterben, ohne ihr Wissen mit uns geteilt zu haben. Ein egoistischer Polizistengedanke.

«Wir können nicht nur rumsitzen und warten, dass sie zurückkommt», sagte sie, ohne den Blick vom Bildschirm des Notebooks zu nehmen. «Lass uns etwas unternehmen, Florin. Bitte.»

«Die Handyortung sollte bald ein Ergebnis bringen.» Er wischte sich mit einer der Blumenservietten die Kuchenkrümel von den Händen. «Aber du weißt, wir erfahren dann nur, in welcher Zelle das Telefon eingebucht war. Damit haben wir Ira noch lange nicht gefunden.» Er ging neben dem Couchtisch in die Hocke, drehte das Notebook zu sich und begann, Iras Eintrag zu lesen. *Wenn ich sterbe*.

«Wenn wir sie finden, sollten wir eine Psychologin dabeihaben», sagte Florin leise. «Jemanden, der Ahnung davon hat, wie man mit suizidgefährdeten Menschen umgeht.»

Ja, natürlich! Beatrice holte ihr Handy heraus und durchsuchte das Telefonbuch. Mit Hanna Rimschneider hatte sie in den letzten Jahren gute Erfahrungen gemacht, ebenso mit Vera Stolte-Kern, die immer wieder das Kriseninterventionsteam verstärkte …

«Leute!» Stefan platzte ins Zimmer hinein, sein Telefon

erhoben wie ein Signalschild. «Wir haben eine Ortung. Das Handy war in einer Zelle in der Parscher Straße eingeloggt, vor fünfundzwanzig Minuten.»

Sie nahmen Florins Wagen. Loszufahren war viel besser, als einfach weiter abzuwarten, obwohl Beatrice aus dem Schweigen der beiden anderen schloss, dass sie sich von der Fahrt nur wenig versprachen. Zu Recht. Ira Sagmeister würde ganz sicher nicht an einer Straßenecke warten und ihnen zuwinken, aber immerhin konnten sie die Lokale in der Umgebung abklappern und nach ihr fragen.

Das erste Einsatzfahrzeug überholte sie in der Vogelweiderstraße. Ein Krankenwagen mit Blaulicht, dem unmittelbar ein Polizeiwagen folgte. Etwas Kaltes flutete durch Beatrices Adern. Die Parscher Straße war nicht mehr weit. Wären sie mit einem Dienstwagen gefahren, dann hätte der Polizeifunk ihnen schon verraten, was los war.

Von der Sterneckstraße aus konnte man die blinkenden Lichtspiele bereits sehen. Blaues Flackern, das von den Hauswänden zurückgeworfen wurde.

«Sie stehen auf der Eichstraßenbrücke.» Beatrice sah Florin hart schlucken, er wandte den Blick keine Sekunde lang von der Straße. «Vielleicht ist es ein Verkehrsunfall.»

Das Wort *hoffentlich* sprach er nicht aus, aber es schwang mit. Die Brücke führte über die Gleise der Westbahn, und eine Ahnung breitete sich in Beatrice aus, kalt und unbezwingbar wie ein über die Ufer tretendes Gewässer.

Sie sprang aus dem Wagen, noch bevor er zum Stehen gekommen war, und rannte auf den ersten Polizisten zu, den sie sah, den Dienstausweis bereits in der Hand.

«Kaspary, Abteilung Leib und Leben. Was ist passiert?»

Der Kollege war jung, knapp dreißig, schätzte sie. «Wahnsinn, seid ihr flott! Wir sperren hier gerade erst ab.»

«Was passiert ist, will ich wissen!»

Er sah zum Brückengeländer hin und schnell wieder weg. «Jemand ist vor den Zug gesprungen.»

Beatrice nickte, ihre Kehle war so trocken, dass sie kein weiteres Wort herauszuzwingen imstande war. *Jemand ist vor den Zug gesprungen, und ich weiß, wer es war.*

Sie suchte und fand eine Stelle, an der sie zu den Gleiskörpern hinuntersteigen konnte. Noch war nichts zu sehen, die Scheinwerfer der Einsatzkräfte konzentrierten sich auf eins der mittleren Gleise.

Ich hätte eine Lampe mitbringen müssen, dachte Beatrice, Sekunden, bevor sie das Bein sah. Am Oberschenkel abgetrennt, Turnschuh und Socken waren noch dran. Das Bein einer jungen Frau, das wie weggeworfen an der Böschung lag.

Und in den Sträuchern hängt ihr Fleisch wie Blüten.

Die Erinnerung an das von Ira gepostete Gedicht drohte Beatrice für einen Moment den Boden unter den Füßen wegzuziehen.

Schwer atmend erreichte sie die Gruppe von Einsatzkräften, die gerade begann, die Umgebung abzusuchen. Sie packte den Ersten, den sie erwischte, an der Schulter und hielt ihm ihren Dienstausweis vors Gesicht.

«Was genau ist passiert? Und wann?»

Der Mann griff nach dem Ausweis, betrachtete ihn genau und gab ihn Beatrice zurück. «Vor knapp zwanzig Minuten ist jemand vor den Intercity gesprungen. Ob von der Brücke oder einfach von der Seite, wissen wir noch nicht, gemeldet hat es niemand. Der Zugführer sagt, die Person war ganz plötzlich da, wie aus dem Nichts, aber wir konnten ihn noch nicht richtig befragen.» Der Mann deutete mit dem Kinn nach rechts, wo jemand zusammengekrümmt am Boden kauerte und am ganzen Körper bebte, während der Notarzt auf ihn einsprach.

«Wissen Sie schon etwas ...» Beatrice räusperte sich, begann noch einmal. «Wissen Sie schon etwas über die Identität des Opfers?»

Fast hätte ihr Gegenüber gelacht, besann sich aber rechtzeitig eines Besseren. «Das ist Ihre erste Schienenleiche, oder? Sie müssen sich ein wenig gedulden, bis wir alles ... beisammen haben. Manchmal verteilt sich so ein Körper über mehrere hundert Meter ...»

Er musste etwas in Beatrices Gesicht sehen, das ihn innehalten ließ. «Muss jetzt weitermachen», brummte er, drehte sich um und ging.

Mittlerweile waren auch Florin und Stefan an den Schienen angelangt. Stefan hielt sich die Hand vor den Mund, es musste der Geruch sein, dieser Geruch nach Schlachthaus, der über den Gleisen hing, nach frischem Tod.

«Ich habe mit dem Einsatzleiter gesprochen, die Bahnstrecke bleibt für mindestens zwei Stunden gesperrt.» Florin sprach schneller als sonst, sein Blick irrlichterte über die Schienen, die Böschung, den Bahndamm. «Ich habe auch Drasche schon informiert. Vogt will ebenfalls kommen, bis dahin dürfen wir ... nichts anrühren.»

«Ja.» Beatrice deutete vage in Richtung des abgerissenen Beins. «Aber wir könnten das doch abdecken, nicht?» Sie schluckte trocken. Die Polizistin in ihr wollte sich auf die Suche nach weiteren Körperteilen machen, gleichzeitig wäre sie am liebsten abgehauen. Das hier war schauderhaft, egal, ob sie es mit Ira Sagmeisters Überresten zu tun hatten oder mit denen eines anderen Menschen.

Voll Mitgefühl beobachtete sie den in sich zusammengesunkenen Zugführer. Man hatte ihm eine Decke um die

Schultern gelegt. Ein Sanitäter saß bei ihm, nachdem der Notarzt fortgerufen worden war und nun an einem weiter entfernten Schienenabschnitt hockte. Was wohl bedeutete, dass sie ein neues Fundstück hatten.

Ohne dass sie sein Näherkommen bemerkt hatte, stand Florin plötzlich neben ihr und nahm sanft ihre Hand in seine. «Wenn es wirklich Ira ist, darfst du dir keine Vorwürfe machen.» Seine Stimme war kaum mehr als ein Flüstern. «Du hast sie ernst genommen und alles getan, um ihr zu helfen.»

Sie wich seinem Blick aus, ließ aber zu, dass er ihre Hand fester umschloss. Es tat gut, sein Griff war wie ein Anker im Chaos, auch wenn ihr gerade bewusst geworden war, wie fragil solch eine Hand war, wie leicht sie vom Körper gerissen werden konnte.

«Ist dir kalt?»

Sie schüttelte den Kopf. Der Schauer, der ihr eben über den Rücken gelaufen war, hatte andere Ursachen. Langsam, aber bestimmt löste sie ihre Hand aus der Florins. Selbst als freundschaftliche Geste war Händchenhalten hier wirklich unpassend. «Ich möchte versuchen, mit dem Zugführer zu sprechen.»

Oben an der Straße wurde der Motor eines Autos abgewürgt, und während Florin Drasche erst zuwinkte und ihm dann entgegenging, machte Beatrice sich langsam auf den Weg zu dem geschockten Mann.

«So schnell ist es gegangen, so schnell.» Die Augen des Zugführers blickten ins Nichts, oder, wahrscheinlicher sogar, sie blickten in eine Vergangenheit, die kaum mehr als eine halbe Stunde zurücklag. Er war Mitte dreißig, vermutete Beatrice, etwa in ihrem Alter.

«Sie war auf einmal da. Zack. Ich habe noch versucht zu bremsen, natürlich, habe aber gewusst, das ist zu spät, und dann ...» Sein Mund öffnete und schloss sich. «Dieses Geräusch, mein Gott, dieses –»

Er presste die Hand auf den Mund, doch es half nichts, zwischen seinen Fingern quoll Erbrochenes hervor, und nun weinte er.

Beatrice zog eine Packung Papiertaschentücher aus ihrer Jackentasche, reichte dem Mann eines nach dem anderen und wartete geduldig, bis er Hände und Gesicht notdürftig gesäubert hatte. «Wir brauchen Wasser», rief sie einem der vorbeieilenden Sanitäter zu, doch der hörte sie nicht oder tat jedenfalls so. Es stank, aber Beatrice hakte sich dennoch bei dem Zugführer ein. «Ich bin Bea. Wie heißt du?»

«Josef. Josef ... Kainach.»

Sie drückte seinen Arm. «Wir haben einen beschissenen Abend erwischt, Josef. Und ich kann dir sagen, er wird so schnell nicht besser werden. Aber ich wäre sehr froh, wenn du mir erzählen würdest, was genau passiert ist. Du sagst, es war ein Mädchen?»

Er nickte, zog die Nase hoch. «Ja. Jung.»

«Und sie ist auf die Schienen gesprungen? Von oben oder von der Seite?»

«Weiß ich nicht. Von oben wahrscheinlich. Sie – ist hingefallen, und ich glaube, sie wollte noch mal aufstehen. Aber ich war so beschäftigt mit dem Bremsmanöver, und im letzten Moment ... hab ich weggesehen. Aber das Geräusch ...»

Er brach wieder in Tränen aus. Beatrice ließ ihn weinen und hielt ihn fest. Drasche marschierte an Florins Seite heran. Sein Mund war zu einem Strich zusammengepresst, der Blick überaus konzentriert. Mit einem Handscheinwerfer leuchtete er jeden Meter um sich herum ab. Beatrice nahm er dennoch nicht zur Kenntnis.

«Was ist dann passiert, Josef?» Sie reichte ihm ein weiteres Taschentuch.

«Dann hat der Zug endlich gestanden», schluchzte er. «Ich bin sofort rausgesprungen und zurückgelaufen, aber da war zuerst gar nichts, und dann ... ein Stück Bauch mit einem Bein dran. Nur einem.» Er würgte wieder, hustete, erbrach sich diesmal aber nicht.

«Dann bin ich zurück. Und dann war da dieser Geruch, und der geht jetzt nicht mehr weg.» Er sah Beatrice an. Sie musste an Jakob denken, an seinen tränenverschleierten Blick, wenn er schlecht geträumt hatte. «Hab die Zentrale informiert. An meiner Lok ... Bea? Da klebt was. Ich weiß nicht, was es ist, es muss etwas von ganz tief drin im Körper sein. Ach Scheiße!» Er vergrub seinen Kopf in den Händen, wiegte sich vor und zurück, leise weinend.

«Du hast alles richtig gemacht, Josef.» Beatrice legte die ganze Bestimmtheit, derer sie fähig war, in ihre Worte. «Niemand hätte es besser machen oder gar verhindern können. Du bist nicht schuld. Okay?»

Er antwortete nicht, nickte nur, ohne die Hände vom Gesicht zu nehmen. Beatrice blieb bei ihm sitzen, einerseits, weil sie ihn nicht allein lassen wollte, andererseits, weil sie früh genug sehen würde, worüber Drasche sich gerade beugte, dreißig Meter rechts von ihr.

Ein Stück Bauch mit einem Bein dran.

Erst, als einer der Sanitäter zurückkam und Josef zum Krankenwagen brachte, schloss sie sich ihren Kollegen an.

Es war nach elf Uhr, als sie endlich den Rumpf fanden. Ein Arm und der Kopf hingen noch daran. Der junge Uniformierte, der hinter dem richtigen Busch nachgesehen hatte, war bleich wie der Mond, der über ihnen stand.

«Du musst nicht mit hinüberkommen», erklärte Florin. «Wirklich nicht. Wenn ihr Gesicht erkennbar ist, kann ich sie alleine identifizieren.»

«Nein.» Knapp klang das und scharf, so hatte Beatrice es nicht gemeint. «Nein», wiederholte sie freundlicher. «Ich will dabei sein.»

Was nicht ganz der Wahrheit entsprach. Sie wollte nicht, sie fühlte sich dazu verpflichtet. Es war die logische Konsequenz aus allem, was passiert war.

Man kann es auch den Preis fürs Zuspätkommen nennen. Wenn ich Ira schon während unseres Besuchs richtig eingeschätzt hätte, oder wenn ich sie heute Abend auf Facebook anders angepackt hätte …

Sie musste sich bremsen. Keine Wenns mehr. Zumindest das sollte sie als Lehre aus den letzten Jahren zu ziehen imstande sein. Alles *wäre* und *hätte* war einem großen *so ist es* zum Opfer gefallen. Wie immer.

Beatrice zählte die Schritte, die sie neben Florin herging. Fünfzehn, sechzehn. Konzentrierte sich auf den bereits am Fundort knienden Drasche, auf seinen weißen Rücken. Vierundzwanzig, fünfundzwanzig. Fragte sich, ob sie nicht doch einfach stehen bleiben sollte. Sie würde alles früh genug zu Gesicht bekommen, auf detailreichen, gut ausgeleuchteten Fotos.

Zweiunddreißig. Sie waren fast da. Etwas lugte hinter Drasche hervor, verdreht, aber erkennbar. Ein Arm.

Unwillkürlich war Beatrice langsamer geworden, und Vogt, der offenbar eben eingetroffen war, überholte sie. Er reckte seinen Kopf und spähte an Drasche vorbei. «Na, das nenne ich einen sauberen Schnitt», hörte Beatrice ihn sagen.

Neunundvierzig, fünfzig, einundfünfzig. Durchatmen. Hinsehen.

Ein zerstörter Oberkörper mit einem ausgefransten Loch dort, wo einmal der rechte Arm gewesen war. Beatrice vermied es, die Stelle genauer zu betrachten, an der die Räder des Zuges den Unterleib vom Rest abgetrennt hatten, und konzentrierte sich stattdessen auf den Kopf.

Ira, keine Frage. Im Vergleich dazu, wie ihr Körper zugerichtet war, wirkte ihr Gesicht fast unbeschädigt, es war Beatrice zugewandt, mit halb geöffneten Augen, die ihr gegen jedes bessere Wissen den Eindruck vermittelten, Ira würde sie ansehen.

Der Tod ist groß. Wir sind die Seinen.

Aber das stimmte nicht, egal, was Rilke schrieb. Der Tod war schmutzig und stank, und er verlieh einem Menschen nicht mehr Größe als einem auf der Straße überfahrenen Frosch. Er reduzierte jeden zu Fleisch.

Beatrice spürte, dass Florin sie beobachtete, und bemühte sich um Haltung. «Gut», sagte sie, lauter als beabsichtigt. «Wir wissen also jetzt, dass sie es ist.»

«Ja.»

Ging es ihm auch nahe? Nun blickte Beatrice doch hoch, sah, wie Florins aufeinandergepresste Lippen ein angestrengtes Lächeln formten. «Lassen wir Drasche und Vogt ihre Arbeit machen. Wir haben alles gesehen, was nötig ist.»

Beatrice wollte zustimmen, schon aus purer Erleichterung, aber das Gefühl, hier wirklich fertig zu sein, stellte sich nicht ein. Etwas stimmte noch nicht, etwas fehlte …

Dann wusste sie es. «Wo ist Iras Computer? Sie hat bis kurz vor ihrem Tod mit mir kommuniziert, das Gerät muss in der Nähe sein.»

Wenn es den Sprung vor den Zug mitgemacht hatte, war

es jetzt über die Landschaft verteilter Schrott, aber dennoch mussten sie versuchen, es zu finden. Vielleicht hatte ein Wunder die Festplatte unbeschädigt gelassen.

«Sie kann es überall abgelegt haben.» Florins Hand beschrieb einen Halbkreis, der die Brücke, die Gleiskörper und den Bahndamm mit einbezog. «Hier oder anderswo. Das Gleiche gilt für ihr Handy. Bei Nacht werden wir nichts davon finden, fürchte ich.»

Trotzdem ging Beatrice langsam und mit gesenktem Blick die Schienen entlang, besah sich jede Stelle, die von den Scheinwerfern beleuchtet wurde. Sie fand plattgewalzte Getränkedosen, Bierverschlüsse, eine Euro-Münze. Aber keine Computerteile.

Stefan, der bisher bei den Einsatzkräften gestanden hatte, um sich den Ablauf von Beginn an schildern zu lassen, schloss sich ihr an. Er würde jedes Computerbauteil zweifelsfrei erkennen, behauptete er, auch wenn es verformt worden wäre.

Doch auch er fand nichts. «Sie wird ihn irgendwo zurückgelassen haben.»

Möglich. Und falls das stimmte …

«Ihr Datenstick», warf Florin ein. «Sie war in einer Ausnahmesituation, es wird ihr nicht wichtig gewesen sein, noch offline zu gehen, also besteht die Chance, dass wir das Notebook orten können.»

Stefan nickte heftig. «Ich kümmere mich darum, kann jemand mich ins Büro fahren?»

Die Atmosphäre im Wagen war schwermütig wie selten. Sie fuhren den Weg zurück, den sie gekommen waren, zu Ira Sagmeisters Wohnung, wo Beatrices Auto parkte. Der Gedanke, nach Hause zu müssen, bedrückte sie. Schlaf würde eine riskante Sache sein; es war damit zu rechnen, dass er den Bildern in ihrem Kopf grauenvolles Leben einhauchen würde.

Sie stieg in ihr Auto und fuhr langsam, war für jede rote Ampel dankbar. Fast ein Uhr. Sollte sie Katrin überhaupt wecken? Aber sie war ohnehin noch wach, saß im Schneidersitz auf der Couch und sah sich nächtliche Wiederholungen von «CSI» an. Polizei-Fantasy.

«Die beiden haben nicht einmal gemerkt, dass du weg warst», sagte sie. «Keiner von ihnen ist aufgewacht, alles bestens.» Beatrice zog fünfundzwanzig Euro aus ihrer Geldbörse und drückte sie Katrin in die Hand. Jetzt erst löste sie ihren Blick vom Bildschirm und sah Beatrice an, stirnrunzelnd. «Bei dir aber nicht, oder? Ist etwas Schlimmes passiert?»

Von einer Siebzehnjährigen geduzt zu werden, vermittelte Beatrice jedes Mal das eigenartige Gefühl, selbst nicht viel älter zu sein. Sie hatte nicht gedacht, dass sie an diesem Abend noch einmal lächeln würde.

«Das kannst du laut sagen.»

Katrin hob beide Hände in einer abwehrenden Geste. «Bitte keine blutigen Details! Schlaf trotzdem gut, ja?» Sie wedelte mit den drei Geldscheinen. «Und jederzeit gerne wieder.»

Kapitel neun

Der Himmel war grau, und das Wasser, das er in schweren Tropfen zu Boden fallen ließ, war es auch.

Es kostete Beatrice Mühe, sich auf die Besprechung zu konzentrieren. Fünf Stunden Schlaf hatten nicht gereicht, um neue Kraft zu sammeln, ebenso wenig wie die drei Tassen Kaffee, die sie bisher getrunken hatte. Eine vierte stand vor ihr, und der Inhalt wurde allmählich kalt.

«Also weist alles auf einen Schienensuizid hin?», hörte sie Hoffmann sagen und begriff erst Sekunden später, dass die Frage ihr galt.

«Ja. Ira Sagmeister hat sich auf Facebook verabschiedet und die Tat mehr oder minder angekündigt.»

«Mehr oder minder?»

«Richtig.» Beatrice holte den Computerausdruck des Threads aus ihrer Mappe. «Ich möchte mich von euch verabschieden», las sie vor. «Ich steige hier aus, aber seid nicht beleidigt. Ich steige überhaupt aus. Nicht nur hier. Auf Wiedersehen.»

Das war das eine. *Dann ist es zu spät, du kannst mich mal,* war das andere. Das würde sie hier auf keinen Fall aufs Tapet bringen.

«Davor und danach hat sie Gedichte eingestellt, die sich um Tod und Sterben drehen. Aber das war ihre Art, soweit ich es beurteilen kann. Ich habe gelesen, was sie in den vergangenen Monaten geschrieben hat, und nichts davon war heiter.»

Quer über Hoffmanns Stirn gruben sich Falten. Sein Blick ließ die Tischplatte nicht los, er bewegte lautlos die Lippen, schüttelte dann den Kopf. «Einfach ein ganzes Leben weggeworfen. Ein gesundes Leben. Undankbar, oder? Finden Sie nicht?»

Die Frage war an Florin gerichtet. «Aus Sicht der Betroffenen stellt es sich vermutlich anders dar», antwortete er nach kurzem Zögern.

Beatrice war froh, von Vogt über Hoffmanns Frau ins Bild gesetzt worden zu sein, sonst hätte sie nun mit hochgezogenen Augenbrauen in die Runde geblickt und bestimmt etwas Falsches gesagt. Sie hatten so oft mit Selbstmorden zu tun, und bisher war Hoffmann deshalb nie sentimental geworden.

«Lassen Sie uns weitermachen», unterbrach Vogt das Schweigen, noch ehe es unangenehm werden konnte. «Ich habe die Fotos hier und bin zuversichtlich, dass alle in der Runde den Anblick von Gedärmen verkraften.» Schwungvoll breitete er die Bilder auf dem Tisch aus. «Wir haben sämtliche Puzzleteile gefunden, und heute Nacht hatte ich das Vergnügen, sie so gut es ging zusammensetzen zu dürfen. Meines Erachtens nach sollte es ausgeschlossen sein, dass irgendein Retriever beim Gassigehen noch Häppchen entlang der Bahngleise findet.»

Beatrice mochte Vogt und verstand, dass er nur seinen schwarzhumorigen Schutzschild hochfuhr. Aber heute konnte sie das nicht vertragen, nicht im Zusammenhang mit dem Mädchen, das Rilke zitiert und Radiohead gehört hatte. *I'm not here. This isn't happening*. Vor vierundzwanzig Stunden waren die blutigen Klumpen auf den Fotos noch ein atmender Mensch gewesen. Ein hübsches Mädchen, das Tücher im Haar trug und ein grünes Fahrrad fuhr. Sie schob die Tasse mit dem erkalteten Kaffee zur Seite, sie hielt den Geruch nicht mehr aus.

«Ich wäre sehr froh, wenn wir mehr Sachlichkeit in diese Besprechung bringen könnten», sagte Florin an ihrer Seite. Kurz war sie versucht, ihm dankbar den Arm zu drücken, tat es natürlich nicht. Holte lieber tief Luft.

«Danke, Florin. Ich möchte noch einmal auf den möglichen Zusammenhang mit den Todesfällen Pallauf und Beckendahl hinweisen. Alle drei waren in der Lyrik-Facebookgruppe. Wollen wir das wirklich als irrwitzigen Zufall abhaken?»

Vogt zuckte die Schultern, das war nicht seine Angelegenheit. Er begann, in seinem Aktenkoffer zu graben. Beatrice hoffte inständig, er würde weder weitere Bilder noch womöglich etwas Essbares zutage fördern.

Ihr Hinweis auf Facebook hatte zusätzliche Furchen in Hoffmanns Miene gegraben. «Kaspary, erinnern Sie sich bitte an Goethes Werther. Selbstmord ist ansteckend für die, die ohnehin gefährdet sind. Ich bin ja kein Psychologe, aber es würde mich nicht wundern, wenn gerade Leute, die sich die Zeit mit Gedichten vertreiben, da besonders anfällig wären.»

Das war so hanebüchen, dass Beatrice sich unter normalen Umständen eine scharfe Antwort nicht hätte verkneifen können. Das Klischee vom lebensüberdrüssigen Romantiker würde sie keinen Schritt weiterbringen.

«Ich möchte mit Ihrem Einverständnis trotzdem gern weiter inkognito in der Gruppe ermitteln.» Meine Güte, förmlicher ging es ja wohl nicht mehr. Sie räusperte sich. «Eventuell hat Ira dort engere Kontakte gehabt, die mehr Licht in die Sache bringen könnten.»

«Nur dass wir dazu da sind, Morde aufzuklären, nicht um

Suizide zu analysieren.» Keine Bosheit in Hoffmanns Stimme, nur Erschöpfung. Fast wünschte Beatrice sich die alten Zustände zurück.

«Richtig. Aber wir konnten noch nicht beweisen, dass Pallauf Selbstmord begangen hat. Wir wissen nicht, wie er in den Wald gekommen ist und woher er die Waffe hatte.»

Hoffmann wandte den Blick von ihr ab. «Florian? Wieso sagen Sie nichts? Sie leiten schließlich die Ermittlungen! Ach was, lassen Sie es. Sie geben Kaspary sowieso immer recht.»

Beim falschen Namen genannt zu werden, musste Florin mittlerweile gewöhnt sein, trotzdem zuckte er jedes Mal ein wenig zusammen. «Eigentlich nur, wenn sie in meinen Augen richtigliegt. Aber es stimmt schon», fuhr er fort, «bei Pallaufs Tod gibt es immer noch viel zu viele ungeklärte Fragen. Das Gleiche gilt für Rajko Dulović. Nicht einmal bei Ira Sagmeister können wir Fremdeinwirkung ausschließen.»

Weder Drasche noch Vogt widersprachen, zu Hoffmanns sichtlicher Enttäuschung. Eine Pause trat ein, unterbrochen nur durch Stefans lautstarkes Gähnen. Kein Wunder, er konnte kaum geschlafen haben, höchstens eine oder zwei Stunden auf der hellbraunen Couch. Beatrice hoffte, dass er gleich noch etwas zum Verbleib von Iras Computer sagen würde. Mit einer resignierten Geste rieb Hoffmann sich erst die Stirn, dann die Augen. «Meinetwegen. Ich denke zwar, dass wir ganz genau wissen, wer Sagmeister umgebracht hat, aber bei Pallauf könnten Sie richtigliegen, Florian. Wir werden uns keine Schlamperei vorwerfen lassen.» Er sah auf die Uhr. «Dr. Vogt? Sie wurden vorhin unterbrochen.»

«Kein Problem.» Der Gerichtsmediziner rückte seine lange Gestalt auf dem Stuhl zurecht. «Viel lässt sich ohnehin noch nicht sagen, aber meiner ersten Einschätzung nach ist

Ira Sagmeister von der Seite auf das Gleis gelangt, nicht von der Brücke. Die Beine weisen nicht die typischen Stauchungen oder Knochenbrüche auf, wie sie bei einem Sprung aus großer Höhe entstehen.» Er schob seine Brille den Nasenrücken hinauf. «Ich vermute, Sagmeister hat sich auf das Gleis gestellt, die Lok hat sie mit Wucht erfasst, dann ist sie unter die Räder gerutscht. Davon wird sie nach dem Aufprall aber nichts mehr gespürt haben.» Der letzte Satz war an Beatrice gerichtet. Unter anderen Umständen hätte sie sich darüber geärgert, dass sie als einzige Frau in der Runde offenbar für Empathie zuständig war, aber in diesem Fall war sie wirklich erleichtert, dass sich Iras Tod wohl nicht so angefühlt hatte, wie der Anblick ihrer Überreste es vermuten ließ.

«Wenn es Fremdeinwirkung gegeben hätte», hörte sie sich selbst sagen, «besteht dann eine Chance, das festzustellen?»

Wie es Vogts Art war, dachte er einige Sekunden lang nach, bevor er eine Antwort gab. «Da müssten wir schon großes Glück haben. Selbstverständlich werde ich nach Spuren von Fremdgewebe unter den Fingernägeln suchen, aber Abwehrverletzungen oder Ähnliches ...» Er schüttelte den Kopf. «Alles überlagert von dem, was der Zug angerichtet hat.»

Bei Dulović waren es die Treibverletzungen, bei Sagmeister der Zug, der frühere Spuren zerstörte. Zufall, wirklich?

Drasches Bericht fiel ebenfalls kurz aus. Er zählte die Stellen auf, an denen er oder seine Kollegen von der Feuerwehr Körperteile gefunden hatten. «Darüber hinaus war nichts Verwertbares auf dem Gelände zu entdecken», erklärte er.

Florins Finger trommelten auf der Tischplatte herum. «Wie steht es mit dem Computer? Stefan? Habt ihr eine Ortung geschafft? Haben wir das Gerät?»

«Nein. Es hat ziemlich lang gedauert, bis wir Provider und IP-Adresse raushatten, und dann war das Ding offline. Davor war es in Parsch eingebucht, ebenso wie das Handy.» Er unterdrückte ein weiteres Gähnen. «Tut mir leid, das sagen zu müssen, aber wir werden das Notebook nicht finden, außer jemand geht noch mal damit ins Netz. Eventuell lohnt es sich, die Gegend rund um die Parscher Straße und die Eichstraße abzusuchen. Wenn Sagmeister das Notebook einfach hat liegenlassen, bevor sie … also, dann kann es dort immer noch liegen, mit leerem Akku. Na ja. Wahrscheinlicher ist, dass jemand es gefunden und mitgenommen hat. Am besten, wir informieren die Fundämter. Kann ja sein, dass jemand es abgibt.» Er hob die Arme und ließ sie wieder fallen. «Ehrliche Leute sind gar nicht so selten.»

Zweifellos. Es gab ehrliche Leute, verlogene Leute und solche, die etwas verbergen wollten. Obwohl Ira ihren Selbstmord für die Gruppe so meisterhaft inszeniert hatte, wurde Beatrice den Gedanken nicht los, dass jemand da draußen eventuell sehr froh darüber war, ein metallicblaues Notebook verschwinden lassen zu können.

Ira hatte sie und Florin als «typische Polizisten» bezeichnet. *Richtig freundlich, wenn sie etwas wollen. Aber nicht bereit zuzuhören, wenn jemand von sich aus etwas erzählen möchte.*

«Stefan?», sagte sie, ihrer Eingebung folgend. «Lass doch bitte Bechner überprüfen, ob Ira jemals bei einer Polizeidienststelle war und Hilfe gesucht hat. Vielleicht Anzeige erstatten wollte, irgend so etwas. Er soll sich möglichst bundesweit erkundigen. Vermutlich ist sie abgewimmelt worden, aber es könnte trotzdem Unterlagen geben.» Es war eine Sisyphusarbeit mit verschwindend geringen Aussichten auf Erfolg, zu der sie Bechner da verurteilte. Er würde sie verfluchen, aber das musste sie in Kauf nehmen.

Seit ihrem überstürzten Aufbruch am vergangenen Abend hatte Beatrice keine Gelegenheit mehr gefunden, sich anzusehen, wie die Gespräche in der Lyrikgruppe weiterverlaufen waren. Sie brannte darauf herauszufinden, ob durchgesickert war, was Ira getan hatte, ob jemand auffällig darauf reagierte oder Dinge wusste, die niemand wissen konnte.

Doch in einem der Besprechungszimmer wartete Iras Vater, und ihn dort alleine sitzen zu lassen, war das Letzte, was Beatrice wollte.

Auf dem Weg den Gang entlang rieb sie sich die Arme, erstaunt über ihr eigenes Frösteln.

Der zweite trauernde Vater innerhalb von drei Tagen. Und wieder ein Vater. Kein Paar, keine Mutter, das war bemerkenswert.

«Seit wann weiß er es?», fragte sie Florin, der neben ihr ging, sein Smartphone in der Hand. War der wunde Ausdruck in seinen Augen dem Gespräch geschuldet, dem sie entgegengingen? Oder der Nachricht, die er eben las?

«Letzte Nacht sind zwei Kollegen zu ihm gefahren. Es muss schlimm gewesen sein, sie wollten ihn sogar ins Krankenhaus bringen, aber er hat sich wieder gefangen.» Florin steckte das Handy weg und sah Beatrice an. Als er lächelte, war es, als müsste er vorher überlegen, welche Muskeln dafür erforderlich waren. «Es wird nicht einfach werden.»

«Das ist es doch nie.»

Als Erstes sahen sie seinen Rücken. Schmal, für den eines Mannes. Zitternd. Er wandte sich nicht um, obwohl er sie gehört haben musste.

Beatrice setzte sich neben ihn, Florin nahm den Stuhl gegenüber. «Herr Sagmeister?»

«Ja.» Sein Gesicht war verquollen, seine Stimme so heiser, als habe er stundenlang geschrien.

«Unser herzliches Beileid. Wir wissen es sehr zu schätzen, dass Sie in dieser Situation zu uns kommen. Vielen Dank.»

Er nickte nur, wortlos. «Ich will sie sehen. Ich will mein Mädchen sehen.»

Das *Nein* lag Beatrice so unmittelbar auf der Zunge, dass sie sich auf die Lippen beißen musste, um es nicht auszusprechen. «Lassen Sie uns später darüber reden. Ich würde gerne wissen, wann Sie Ira das letzte Mal gesprochen haben und welchen Eindruck sie da auf Sie gemacht hat.»

Er bemühte sich sichtlich. Setzte mehrmals an, bis er die Worte herausbrachte. «Vor fünf Tagen. Ich habe für sie gekocht, und sie hat fast nichts gegessen. Aber das war nicht ungewöhnlich, wissen Sie? Schon als kleines Kind …» Sein Oberkörper sackte nach vorne, zuckend.

«Lassen Sie sich ruhig Zeit.» Wie sehr Beatrice ihre eigenen Floskeln hasste.

«Immer schlecht gegessen. Auch diesmal.» Was er sagte, war kaum zu verstehen, drang nur gedämpft zwischen den Händen hindurch, die er vors Gesicht geschlagen hatte. «Wir haben über Geld gesprochen. Sie brauchte welches, und ich habe es ihr gegeben. Dann hat sie … von einer Prüfung erzählt, die sie machen wollte.»

«Ganz normale Dinge also?», übernahm Florin. «Sie hatten nicht den Eindruck, dass es Ira schlechtging?»

Tiefes Ein- und Ausatmen. «Es ging ihr immer schlecht. Irgendwie. Seit ihre Mutter tot war.» Sagmeister ließ die Hände sinken, ein furchtbares Lächeln im Gesicht. «Es ist für mich das zweite Mal, wissen Sie? Und nie sehe ich es kommen.»

«Das zweite Mal? Heißt das, Iras Mutter hat …»

«Auch Selbstmord begangen. Ja. Vor einem Jahr, und das hat Ira furchtbar getroffen. Und ich – ich Idiot, ich dachte, es würde langsam besser werden. Dass sie sich erholt. Vor einem halben Jahr hat sie gesagt, dass sie endlich wieder ein Ziel hätte, für das das Weitermachen sich lohnt.» Er schluchzte auf. «Und ich habe ihr geglaubt. Habe mich so gefreut.»

Beatrice zögerte, dem Mann eine Hand auf den gekrümmten Rücken zu legen. Dann tat sie es doch; schlimmstenfalls würde er sie abschütteln.

«Wissen Sie, was für ein Ziel das war?»

Seine Hände rutschten tiefer, bis die hellblauen, rot geränderten Augen sichtbar wurden. «Nein. Ich habe sie gefragt, aber sie hat es mir nicht sagen wollen. ‹Wenn es geklappt hat, dann erzähle ich dir alles. Ach was, dann wirst du es in der Zeitung lesen›, hat sie gesagt.»

Das war ja interessant. «Klingt nicht, als hätte es mit ihrem Studium zu tun gehabt.»

Er zuckte kraftlos die Schultern. «Stimmt. Aber jetzt spielt es keine Rolle mehr. Vielleicht war es auch nur eine Laune, eine kurzlebige Idee von ihr. Sie hat später nie wieder von diesem angeblichen Ziel gesprochen, trotzdem habe ich gehofft, dass es etwas gibt, was sie aufrechthält.» Er ließ die Hände auf die Tischplatte sinken, hielt sie aber keine Sekunde lang ruhig. Seine Finger betasteten die glatte Oberfläche, als wäre etwas in Blindenschrift darauf geschrieben. «Haben Sie Kinder, Herr …»

«Wenninger», half Florin ihm aus.

«Herr Wenninger. Sind Sie Vater?»

«Nein, leider nicht.»

«Aha.» Sagmeister hatte die Augen starr auf seine Hände gerichtet. Florins kaum sichtbares Kopfschütteln gab Beatrice zu verstehen, dass sie nicht nachfragen sollte. Es gab wichtigere Dinge zu klären.

«Ich würde gerne etwas mehr über Iras Leben wissen», sagte er. «Hatte sie einen festen Freund?»

«Nein. Nicht mehr. Sie hatte einen, aber nach dem Tod ihrer Mutter hat Ira Schluss gemacht. Ich glaube nicht, dass sie danach noch mal mit jemandem zusammengekommen ist. Erwähnt hat sie niemanden und ... sie hat sich völlig in ihrer Wohnung abgekapselt. Ist nur selten rausgegangen.»

«Können Sie uns den Namen dieses Exfreunds sagen?»

«Tobias ... warten Sie, Tobias Eilert. Oder Eilig? Tut mir leid, ganz genau weiß ich es nicht mehr. Ein netter Kerl, er war völlig verzweifelt, als Ira ihn nicht mehr sehen wollte.»

Florin schrieb den Namen unter seine Notizen, doppelt unterstrichen. «Fallen Ihnen noch andere Leute ein, mit denen Ira häufiger Kontakt hatte?»

«Nein. Sie hat von niemandem erzählt. Der Tod ihrer Mutter hat sie so sehr verändert, Sie können sich das nicht vorstellen.» Er hielt kurz inne. «Um genau zu sein, war sie sogar schon eine Woche vorher nicht mehr dieselbe. Als hätte sie geahnt, was passieren würde. Ich habe noch mit Adina darüber geredet, es war eines unserer letzten Gespräche, bevor sie – aber das spielt ja jetzt keine Rolle mehr.»

Der Ansicht war Beatrice gar nicht. «Adina war der Name Ihrer Frau?»

«Ja. So wunderschön wie sie selbst.»

Zu ihrem Selbstmord würde sich eine Akte finden lassen, keine Frage.

«Kann ich jetzt mein Kind sehen? Bitte.»

Florin nahm innerlich Anlauf, Beatrice erkannte es daran, wie er seinen Rücken straffte und die Hände ineinander verschränkte. «Ira ist nicht hier, Herr Sagmeister. Ich verstehe Ihren Wunsch, sie sehen zu wollen, sehr gut, glauben Sie mir. Aber ich möchte Ihnen trotzdem davon abraten.»

Sagmeister begriff, natürlich begriff er. Neue Tränen strömten über sein Gesicht. «Es ist mein Recht.»

«Das ist es. Ich bitte Sie nur, noch eine oder zwei Nächte über Ihre Entscheidung zu schlafen.» *So wollen Sie sie nicht in Erinnerung behalten,* lag unausgesprochen in der Luft. *Und glauben Sie nicht, dass Sie die Bilder je wieder loswerden, wenn Sie sie erst gesehen haben.*

«Ich bin ganz seiner Meinung», sagte Beatrice und streichelte sanft über den Rücken des Mannes. «Geben Sie sich Zeit, darüber nachzudenken.» Es würde vielleicht gehen, wenn der Bestatter ein kleines Meisterwerk vollbrachte. Iras Körper würde von Kleidung zusammengehalten werden, und ihr Gesicht war nicht allzu sehr entstellt.

«Es kann nicht so schrecklich sein wie in meiner Phantasie», flüsterte Sagmeister.

Doch, das kann es.

«Im Moment wäre es ohnehin nicht möglich. Ira wird noch untersucht, damit wir ausschließen können, dass jemand anders ihr das angetan hat.»Dieser Gedanke schien Sagmeister bisher noch nicht gekommen zu sein. «Jemand anders … heißt das, sie könnte gestoßen worden sein?»

«Wir glauben es nicht, aber wir müssen alle denkbaren Möglichkeiten in Betracht ziehen.»

Sagmeister schlang die Arme um sich, als würde ihm das helfen, sich aufrecht zu halten. «Mein Gott», murmelte er. «Das kann doch nicht sein, niemand würde Ira etwas tun. Ira doch nicht, warum denn auch. Das kann nicht stimmen.»

Beatrice verständigte sich stumm mit Florin; es war genug für heute. «Wir lassen Sie jetzt nach Hause bringen, und ich schicke Ihnen jemanden, mit dem Sie reden können, gut?»

Sagmeister antwortete nicht, sein Blick ging in die Ferne,

die Vergangenheit, nach innen. Sie begleiteten ihn hinaus und verabschiedeten sich von ihm. Beatrice glaubte nicht, dass er etwas davon mitbekam.

Adina Sagmeister war siebenundvierzig gewesen und hatte ihrem Leben mit einem Cocktail aus Oxycodon, Diphenhydramin, Alprazolam, Diazepam, Lorazepam und einer Flasche Wodka ein Ende gesetzt.

Vogts Sekretärin hatte den Obduktionsbericht innerhalb von zehn Minuten gefunden und sofort an Beatrice weitergemailt. Der Tod von Iras Mutter war zweifelsfrei als Suizid eingestuft worden. Adina Sagmeister hatte die Tabletten über einen längeren Zeitraum gehortet und für die Durchführung ihres Selbstmords ein Wochenende gewählt, an dem ihr Mann mit Freunden wandern war.

Wie musste er sich gefühlt haben, als er nach Hause kam! Beatrice schüttelte den Gedanken ab wie eine unwillkommene Berührung. Manche Menschen waren vom Unglück verfolgt.

Auch dieses Klischee schob sie schnell wieder fort. Jetzt ging es um Fakten. Sie griff nach dem Telefonhörer und wählte Kossars Nummer. Er war nach dem ersten Signalton am Apparat.

«Yes?»

«Ach bitte, lassen Sie uns doch Deutsch sprechen. Hier ist Kaspary.»

«Beatrice! Wie schön.»

«Ich will Sie nicht lange aufhalten. Wie intensiv haben Sie sich mit dem Thema Selbstmord beschäftigt?»

Kurze Pause. «Nicht mein Spezialgebiet, aber auch kein unbekanntes Terrain.»

Kossars neue Bescheidenheit war eine wahre Wohltat.

Wenn er noch zwei-, dreimal auf die Nase fiel, würde er richtig erträglich werden.

«Ist die Neigung zu Selbstmord vererbbar?»

Sie hörte ihn Luft holen. «Es gibt eine gewisse erbliche Veranlagung für die Ausprägung bipolarer Störungen, die Auslöser für einen Suizid sein können. Also quasi vererbte Depressionen. Und natürlich ist es eine schwere Belastung für ein Kind, wenn Vater oder Mutter sich das Leben nehmen. Statistisch gesehen gibt es eine Häufung von Selbstmorden bei Kindern, deren Eltern den gleichen Weg gegangen sind.»

Das bestätigte Beatrices eigene Theorie, obwohl sie gehofft hatte, etwas anderes zu hören. Sie wurde das Gefühl nicht los, dass hinter dem, was sie hier laufend als Selbstmord und als Unfall bezeichneten, eine Schattengestalt stand, flüchtig wie Rauch. Und diese Gestalt trug Iras Notebook bei sich, ebenso wie das Blatt Papier, das Sarah Beckendahl im Sterben hatte festhalten wollen.

Marja Keller Weis endlich jemand, was los ist? Hat sich Ira bei euch gemeldet?

Phil Anthrop Sie hat nichts mehr gepostet. Ich habe keine Ahnung, obwohl ich fast die ganze Nacht hier online war. Ich warte auf Nachricht von denen, die in Salzburg wohnen.

Dominik Ehrmann Ich auch. Mir ist seit Stunden schlecht vor Sorge.

Boris Ribar Ich kenne Ira nur aus dem Internet, aber sogar mir hat diese Sache den Schlaf geraubt. Hat wirklich niemand etwas erfahren?

Ribar tappte also noch im Dunkeln, blieb zu hoffen, dass das auch für den Rest der Presse galt. Beatrice scrollte tiefer, tiefer und tiefer. Die Gruppe hatte sich die ganze letzte Nacht über in Aufruhr befunden. Seitenweise Spekulationen, unheilvolle Ahnungen und Appelle an Ira, sich doch bitte zu melden. Ein Lebenszeichen zu geben, egal wie unbedeutend. Was nicht geschehen war, natürlich.

Christiane Zach Ich glaube ja, dass Ira in ein paar Tagen wieder hier auftaucht. Sie hat schon so oft Gedichte übers Sterben gepostet, dass ich denke, sie braucht das.
Marja Keller Du hast doch keine Ahnung, von wegen, sie braucht das! Verschohn uns mit deinem Mist!
Christiane Zach Marja, du vergreifst dich im Ton. Auf diesem Niveau will ich mich nicht unterhalten.
Boris Ribar Leute, versuchen wir, nett miteinander umzugehen, auch wenn die Nerven blankliegen.
Dominik Ehrmann Ja, bitte, Marja, halte dich zurück, dass du dir Sorgen machst, wissen wir. Das tun die meisten hier. Ich auf jeden Fall. Ich hoffe sehr, dass wir heute noch ein Lebenszeichen von Ira erhalten.

Nein, das werdet ihr nicht. Mit klammen Fingern strich Beatrice über das Touchpad des Notebooks. Die Hoffnung, die noch aus einigen Wortmeldungen sprach, bedrückte sie mehr, als sie erwartet hatte. Zu wissen, wie unausweichlich der demonstrative Optimismus, hinter dem sich einige der Schreiber verschanzten, ins Leere verpuffen würde, erschöpfte sie. Es machte das Lesen zu einer ermüdenden Pflicht.

Am liebsten hätte sie alles klargestellt, in zwei unmissverständlichen Zeilen. Aber sie würde warten und nach demjenigen Ausschau halten, der die Nachricht als Erster verkündete.

Das Telefon schrillte. Beatrice warf Florin einen flehenden Blick zu, und er nickte schicksalsergeben.

«Wenninger. Ach, Frau Crontaler. Was kann ich für Sie tun?»

Die hohe Frequenz einer aufgeregten Stimme am anderen Ende der Leitung war auch für Beatrice nicht zu überhören, obwohl sie kein Wort verstehen konnte. Doch der Ton verriet alles.

«Ich fürchte, da kann ich Ihnen nicht weiterhelfen», teilte Florin Crontaler mit, als diese kurz Luft holte. «Ich kann Ihnen keine Auskünfte über Personen geben, mit denen Sie nicht verwandt sind. Umgekehrt wäre Ihnen das auch nicht recht.» Das hektische Stakkato der Frau setzte wieder ein, und Beatrice empfand tiefe Dankbarkeit dafür, dass sie dieses Gespräch nicht führen musste.

«Ich weiß Ihre Hilfsbereitschaft zu schätzen.» Florin fiel nur selten jemandem ins Wort, aber wenn, dann mit Bestimmtheit. «Es ist gut möglich, dass wir zu einem späteren Zeitpunkt noch einmal auf Sie zukommen werden, nur heute kann ich Ihre Fragen nicht beantworten. Ich hoffe, Sie verstehen das.»

Er legte auf und stützte sein Kinn auf die Hände, den Blick auf die Tischplatte gesenkt. In Beatrice regte sich schlechtes Gewissen – die Online-Spuren waren eigentlich ihre Angelegenheit. Doch bevor sie etwas sagen konnte, hob Florin den Kopf und sah sie an. «Ich fliege dieses Wochenende nach Amsterdam. Es gibt einiges, das ich klären muss, damit ich mich wieder vernünftig konzentrieren kann.»

«Das ist gut. Flieg nur.»

Er nickte, langsam, ohne den Blick von Beatrice zu lassen,

als suche er in ihrem Gesicht die Antwort auf eine lang bestehende Frage. «Ich weiß, dass ich bei diesem Fall» – er deutete auf die über den Tisch verstreuten Fotos und Notizen – «bisher nichts Nennenswertes zustande gebracht habe. Die Impulse kommen alle von dir, und dann lasse ich dich auch noch die meiste Arbeit machen. Das geht so nicht weiter.» Er fuhr sich mit der Hand durchs Haar. Beatrice wäre gern zu ihm gegangen, um ihm über die Schultern zu streichen und ihm zu erklären, dass es in Ordnung war. Er hatte ihr so oft den Rücken gestärkt, dass sie froh war, einmal das Gleiche für ihn tun zu können.

«Was hat Crontaler gesagt?»

«Sie wollte wissen, was mit Ira Sagmeister ist. Es kam ja nichts in den Medien, wie üblich.»

Pressemeldungen regten Nachahmungstäter an, speziell bei Schienensuiziden, deshalb wurde fast nie darüber berichtet. Beatrice war im Grunde überzeugt davon, dass der Anblick der zerstückelten Körper in jedem Menschen den Wunsch auf ein solches Ende sofort im Keim ersticken musste, doch diese Bilder bekam keiner zu sehen, ausgenommen ein paar Glückspilze wie sie selbst.

«Ich kann sie schon verstehen. Ihre Lyrik-Gruppe kocht bald über vor lauter Sorge. Oder Sensationsgier, wie auch immer. Die wollen Klarheit. Als Nächstes wird sie wieder ihren Freund, den Staatsanwalt, anrufen.»

Florin schnaubte. «Gellmann? Mit dem habe ich bereits gesprochen, und es war ihm ziemlich peinlich, als Informationsleck dazustehen. Ich würde mich sehr wundern, wenn er Crontaler gegenüber noch einmal in Plauderlaune geraten sollte.»

Dann würden die Spekulationen so schnell kein Ende nehmen. «Ich bleibe am Ball, was die Gruppe betrifft, und

Stefan wird gemeinsam mit Bechner die Spur zur Drogenszene im Auge behalten. Wenn du zurückkommst, haben wir hoffentlich Neuigkeiten für dich.»

Ein weiterer Schatten zog über Florins Gesicht. Er blickte zur Seite, dann auf seine Hände. «Weißt du, das ist schon wieder eine Beziehung, die mir einfach entgleitet. Ich fühle mich so unfähig, Bea. Und habe es so satt, das alles auf meinen Beruf zu schieben.»

«Aber für Polizisten ist es nun einmal schwieriger als für andere.» Sie breitete die Arme aus. «Sieh mich an. Katastrophale Ehefrau, höchstens mittelmäßige Mutter, erbärmliche Köchin. Dabei bemühe ich mich in allen diesen Disziplinen so sehr oder habe es wenigstens in der Vergangenheit getan. Nur hilft das leider nichts, denn jeder ungeklärte Todesfall hat Vorrang.»

Die Andeutung eines Lächelns, immerhin. «Du bist toll», sagte Florin leise. «Stell dein Licht nicht unter den Scheffel, nur um mich aufzubauen.»

Von wegen Licht, dachte Beatrice. Von wegen toll. «Flieg zu Anneke», wiederholte sie und strich ihm in Gedanken eine Haarsträhne aus der Stirn. «Sprecht euch aus, und wer weiß, vielleicht läuft dann ja doch alles so, wie du es dir wünschst.»

Er lachte kurz auf, ein Lachen wie ein Schlag, den er gegen sich selbst führte. «Klingt richtig gut. Das Dumme ist, ich habe keine Ahnung, was ich mir wünschen soll.»

Florins eigenartige Stimmung begleitete Beatrice den ganzen Abend lang wie eine Melodie, die sie nicht mehr aus dem Ohr bekam. Sie stellte wieder einmal ihre traurigen Kochkünste unter Beweis, indem sie Lasagne mit Fertigsauce fabrizierte, die dann auch beinahe anbrannte, während sie mit Jakob die Fehler in seiner Deutsch-Hausaufgabe korrigierte. Acht Stück, und das, obwohl er nur hatte abschreiben müssen.

«Ist doch überhaupt nicht wichtig, ob man Mehl oder Mel schreibt», verteidigte er sich. «Jeder weiß, was es heißen soll.»

Sie versuchte, ihm klarzumachen, dass dem nicht so war. Dass man den Unterschied zwischen Wahl und Wal gleich erkennen sollte, wenn man das Wort sah.

«Tut man ja!», rief er triumphierend. «Weil das eine ein Die-Wort und das andere ein Der-Wort ist.»

Immerhin war Grammatik ihm nicht gleichgültig. Er ließ sich von ihr drücken, und in ihren Armen kam sein dünner, zappeliger Körper für einen Moment zur Ruhe. Beatrice atmete seinen Kindergeruch ein, bevor er sich losmachte und mit wildem Geheul aus dem Zimmer stürzte.

Nach der Lasagne, von der Mina höchstens fünf Bissen aß, spielten sie zu dritt eine Runde Mensch ärgere dich nicht, wobei Beatrice sich alle Mühe gab, trotz unverschämten Würfelglücks zu verlieren. Was Mina sofort durchschaute, Jakob aber nicht.

Dann waren die Kinder im Bett, und der laue Herbstabend zog Beatrice hinaus auf ihren Balkon. Sie klappte das Notebook auf und verband es mit dem Internet, in der stillen Hoffnung, in der Gruppe möge Ruhe eingekehrt sein. Dann könnte sie sich quer durch die Beiträge lesen und in spätestens einer halben Stunde mit einem Buch im Bett liegen. Nur bitte keine weiteren Krisen und vor allem keine Selbstmordkandidaten mehr.

Schon der erste Blick machte Beatrice klar, dass eine halbe Stunde niemals ausreichen würde, um den Wust an neuen Nachrichten zu bewältigen. Sie stand noch einmal auf und holte sich Block und Kugelschreiber. Eigene Notizen waren erfahrungsgemäß das beste Mittel, um den Überblick zu bewahren.

Besondere Aufmerksamkeit gedachte sie den Usern zu schenken, von denen sie wusste, dass sie in Salzburg lebten – doch neben Helen Crontaler war das nur noch Boris Ribar und Christiane Zach, die Krankenschwester, die sich unverdrossen um gute Stimmung bemühte.

Wohnorte! notierte sie und unterstrich das Wort doppelt. Wahrscheinlich hatte sie bald eine neue Aufgabe für Bechner, nämlich die Adressen aller achthundert Lyrikfreunde herauszufinden, und spätestens dann würde er sie verfluchen. Aber es half ja nichts. Sie mussten wissen, wer aus der Gruppe in der Umgebung zu Hause war, nicht zuletzt, weil die Sterblichkeit unter den Salzburger Mitgliedern im Moment bedenklich hoch war. Beckendahl war aus Hannover gekommen, aber erdrosselt worden war sie hier.

Der Tod ist ein Meister aus Salzburg, dachte Beatrice, in Abwandlung von Celans berühmtem Gedicht. Aber vor allem ein Meister aus Fleisch und Blut, dessen war sie sich immer sicherer. Sie lockerte ihre Schultern und begann mit dem untersten Posting von jenen, die sie noch nicht kannte. Nirgendwo ein Gedicht, nur hitzige Diskussionen über Ira und ihren Verbleib, ihren seelischen Zustand. War ihr ein Selbstmord zuzutrauen?

Dominik Ehrmann, der Lehrer aus Gütersloh mit dem sympathischen Gesicht, wirkte enorm nervös. In regelmäßigen Abständen appellierte er an Helen und die anderen Salzburger, doch an Iras Wohnung vorbeizufahren und zu klingeln, notfalls die Nachbarn zu befragen. Etwas zu tun. Irgendetwas.

Beatrice schrieb ihn auf ihre Liste. So viel Sorge um eine Fremde war auffällig, soziales Engagement hin oder her.

Über fünfzig Kommentare lang wogte die Stimmung hin und her. *Wir müssen etwas tun; wir können nichts tun; es geht uns nichts an; wenn sie tot ist, werden wir es erfahren; es wird schon nichts passiert sein.*

Dann, wie eine Bombe, das aktuellste Posting.

Helen Crontaler Ich fürchte, wir müssen wirklich mit dem Schlimmsten rechnen. Ich habe die Polizei kontaktiert und bin dort gegen Betonwände gelaufen, aber es war nicht zu überhören, dass der Beamte Iras Namen kannte. Wir sollten uns auf schlechte Nachrichten vorbereiten.

Phil Anthrop Oh nein. Aber du weißt nichts Genaues, oder? Du vermutest nur.

Helen Crontaler Ich bin nicht dumm, Phil. Ich merke, wenn jemand mir etwas verschweigt. Der Polizist hat außerdem gesagt, er dürfe mir keine Auskunft zu Personen geben, mit denen ich nicht verwandt bin. Wäre alles in Ordnung, hätte er nicht sofort gewusst, von wem ich spreche, und wäre mit meiner Besorgnis ganz anders umgegangen.

Da hatte sie leider recht. Beatrice wippte auf ihrem knarzenden Stuhl vor und zurück. Sie konnten Crontaler noch nicht mal den Vorwurf machen, dass sie vertrauliche Informationen öffentlich gemacht hatte.

Boris Ribar Das hört sich logisch an. Wie furchtbar. Ich kannte sie nur von hier, und auch das erst seit kurzem, aber falls Ira sich wirklich umgebracht haben sollte, erschüttert mich das sehr. Wie müssen sich die fühlen, die ihr nähergestanden haben ...

Oliver Hegenloh Ich glaube es einfach nicht. Ich will es nicht glauben.

Marja Keller Das ist so grauenvoll. Ich kan hier nich mehr mitmachen. Tut mir leid, ich hoffe, ihr versteht mich. Ich habe angst.

Boris Ribar Marja, wieso denn Angst? Ira hat eine schreckliche Entscheidung getroffen, aber du musst es ihr doch nicht nachmachen.

Ren Ate Ich verstehe dich, Marja. Erst Gerald und jetzt Ira. Wenn ich abergläubisch wäre, würde ich auch denken, es geht nicht mit rechten Dingen zu.

Marja Keller Nein, Renate, das ist es nicht. Ich bin nicht abergleubisch, aber wenn der tod umgeht, dann verstecke ich mich. Ich kenne ihn gut, und spühre, wenn er in meiner Nähe ist. Ira hat er schon geholt. Gerald auch. Ich möchte mich abmelden, ich steige aus.

Ich steige aus, als wäre sie an einer geheimen Aktion beteiligt und nicht Teil einer virtuellen Versammlung von Poesiefreunden. Ira hatte kurz vor ihrem Tod das Gleiche gepostet, wortwörtlich.

Nachahmungstäter, ging es Beatrice durch den Kopf. Selbstmörder suchten sich häufig Gleichgesinnte im Internet. War es denkbar, dass die Lyrikgruppe ein verkappter Treffpunkt war? Ein Ort, an dem man die Dinge nicht beim Namen nennen musste, wo man sich aber trotzdem erkannte und auf spezielle Art verständigte? Hatte Marja das gemeint, und hatte sie Angst, von dem Sog erfasst zu werden?

Sie würden es herausfinden. Marja kam ganz oben auf ihre Liste. Wenn sie etwas wusste, wollte Beatrice es auch wissen.

Gloria Lähr Ihr seid so voreilig. Ich lese hier meistens nur mit, und Iras Beiträge habe ich immer besonders aufmerksam gelesen. Ich bin Psychologin, ich glaube nicht, dass sie akut suizidgefährdet ist. Das heißt natürlich gar nichts, es ist nur mein Eindruck, und die meisten Ferndiagnosen sind falsch. Aber ich kann mir gut vorstellen, dass Ira noch lebt und hier mitliest.

Leider nicht. Beatrice notierte Gloria Lährs Namen auf ihrer Liste. Wenn sie Ira seit längerer Zeit beobachtete, konnte es aufschlussreich sein, mit ihr zu sprechen. Möglicherweise fiel ihr auch zu Pallauf etwas ein.

Boris Ribar Das sind gute Nachrichten, vielen Dank!
Gloria Lähr Nein, Boris. Keine Nachrichten, sondern ein Eindruck, den ich nur wegen Marja erwähnt habe.
Oliver Hegenloh Ist aber auch für andere tröstlich. Ira, wenn du wirklich hier mitliest, dann bitte mail mich an! Ich sitze vor dem Computer, skype ist offen, und wir können unter vier Augen sprechen. Erinnere dich, das hat dir schon einmal geholfen. Bitte!

Oliver wanderte als Nächster auf Beatrices Liste. Ihr war flau zumute, die Hoffnung, die aus den Wortmeldungen sprach, schlug ihr auf den Magen. Ein Happy End würde es nicht geben. Keine Ira auf skype, nie wieder.

Hör auf, mahnte sie sich selbst. Niemand aus der Gruppe wird zusammenbrechen, wenn die Wahrheit ans Licht kommt. Es sind Online-Bekanntschaften, keine Angehörigen. Iras Vater hier zu lesen, das wäre unerträglich, aber ein Dominik Ehrmann oder ein Boris Ribar würden nach einigen Stunden der Betroffenheit zur Tagesordnung übergehen, Letzterer eventuell mit einem gewissen Schwung im Schritt, weil er endlich etwas zu schreiben hatte.

Sogar Oliver Hegenloh, dem Ira immerhin einmal ihr Herz ausgeschüttet zu haben schien, würde ihren Tod auf lange Sicht kaum als großen Einschnitt in seinem Leben empfinden.

Und Marja? Beatrice las noch einmal nach. *Wenn der tod umgeht, dann verstecke ich mich. Ich kenne ihn gut, und spühre, wenn er in meiner Nähe ist. Ira hat er schon geholt.*

Für sie bestand offenbar kein Zweifel mehr. Beatrice streckte ihre Finger und legte sie auf die Tastatur.

Tina Herbert Den ganzen Tag über hatte ich keine Gelegenheit, auf Facebook zu gehen, und habe so sehr gehofft, dass es jetzt schon Entwarnung gibt. Marja, wenn ich deine Zeilen lese, bekomme ich auch Angst. Woher willst du denn wissen, dass der Tod Ira geholt hat?

Nein, es las sich nicht so heuchlerisch, wie es sich beim Schreiben angefühlt hatte.

Ren Ate Genau das meine ich die ganze Zeit. Wir können nach dem Warum und Wieso fragen, wenn wir wissen, was passiert ist, aber nicht vorher.

Dominik Ehrmann Tina, ich wollte dir für deine klugen Worte von gestern danken. Du hast den richtigen Ton getroffen.

Tina Herbert Ich habe nur geschrieben, was mir durch den Kopf gegangen ist. Marja, antworte mir doch bitte. Warum bist du so sicher, dass Ira tot ist? Hat sie dir noch eine Botschaft geschickt?

Marja Keller Der Tod ist groß, wir sind die Seinen. Ira hat es für uns alle aufgeschrieben.

Oliver Hegenloh Das ist doch nur ein Gedicht. Und genau darum dreht es sich doch in dieser Gruppe!

Marja Keller Du kannst das nicht verstehen. Weil du den Tod nicht kenst. Ich habe ihn gestern durch Iras Zeilen durch gesehen. Aber es ist egal, fragt mich nicht mehr, wenn ich mich irre, umso besser.

Marja Keller Aber dass glaube ich nicht.

Ein leichter Wind brachte die Flamme des Teelichts in der kleinen Laterne auf dem Balkontisch zum Tanzen. Der Herbst streckte die Finger nach den letzten warmen Abendstunden des Jahres aus und stellte die Härchen auf Beatrices Unterarmen auf.

Egal. Ein wenig würde sie es noch aushalten, lange genug für eine kurze Google-Recherche zu den beiden Personen auf ihrer Liste, die sie aktuell am meisten interessierten. «Oberflächenermittlung» nannte Florin das. Sie gab Marja Keller, auf deren Profil sie keinen Zugriff hatte, ins Suchfeld ein und überflog die ersten Treffer.

Es musste zumindest drei Frauen dieses Namens geben. Eine davon lebte in den USA, eine in der Schweiz, die dritte in Konstanz.

Beatrice schüttelte über sich selbst den Kopf, über den Anflug von Enttäuschung, der ihrem Tatendrang bleierne Zügel anlegen wollte. Gut, anders, als sie erwartet hatte, wohnte Marja nicht in Salzburg, und vermutlich gab es im realen Leben keine Verbindung zwischen ihr und Ira. Es wäre auch ein bisschen zu einfach gewesen.

Zwei der Marjas verfügten über ein Facebook-Profil. Das eine kannte Beatrice – genauer gesagt, kannte sie das Profilfoto, das einen am Wasserhahn hängenden Tropfen zeigte, der sich in der nächsten Sekunde lösen und nach unten stürzen würde. Kein Gesicht.

Ganz anders das Profil der zweiten Marja: gespickt mit

Fotos von sich selbst während des Bungee-Jumpens, Raftens und Eiskletterns. Sie postete jedes Wochenende die Anzahl der Höhenmeter, die sie beim Bergsteigen überwunden hatte. Das hier war keine Lyrikfreundin mit zunehmender Angst vor dem Tod, sondern eine Extremsportlerin. Und sie lebte in der Schweiz.

Also dürfte meine Marja aus Konstanz sein, dachte Beatrice und schrieb die Stadt neben den Namen. Sie googelte weiter und fand einen Eintrag, dem zufolge Marja Keller in der Personalabteilung von *Schmidt&Grauman Textilien, Konstanz* beschäftigt war. Noch eine Notiz.

Oliver Hegenloh war der Nächste. Die Namenskombination gab es laut Suchmaschine dreimal: in Flensburg, Münster und Dortmund. Von Facebook kannte Beatrice das Gesicht des richtigen Oliver, aber den Wohnort gab er im Profil leider nicht preis.

Nach einigem Hin und Her platzierte Beatrice ihn nach Münster. Der dortige Oliver Hegenloh war Student der Pharmazie. Er hatte mehrfach Mitschriften und Übungsaufgaben online gestellt, außerdem führte er ein Blog unter dem Titel «Books and Pills», in dem er über sein Studium und seine Lesevorlieben berichtete. Immer wieder zitierte er dort auch Gedichte – das passte zu gut, um Zufall zu sein.

Über einen weiteren Link stieß sie auf seine Telefonnummer. Wie einfach das war – viel zu einfach! Wenn man es allerdings positiv betrachten wollte, sprach es für einen offenen Charakter. Die Chancen standen also nicht schlecht, dass er auch offen für ein Gespräch sein würde.

Kapitel zehn

Ich war im Club Jackie und habe mit Aschau gesprochen!» Stefan strahlte. Ihm machte es offenbar nichts aus, am Samstagvormittag ins Büro zu kommen. Beneidenswert. Seine Mundwinkel senkten sich erst, als er an Beatrices Miene ablas, dass sie nicht wusste, wovon er sprach.

«Aschau! Der Barbesitzer. Dem ich die Tonaufnahmen vorspielen sollte.»

Endlich rasteten die Informationen an den richtigen Stellen ein. «Klar! Entschuldige. Und? Was hat … Aschau gesagt?»

«Erst war es viel zu laut im Lokal, und er wollte mich nicht in die hinteren Räume lassen.» Wieder grinste Stefan. «Aber dann sind wir in den Hof gegangen, und ich habe ihm die Aufnahme mindestens fünfmal vorgespielt. Am Ende war er ziemlich sicher, dass die Stimme zu Rajko Dulović gehört. Er hat gesagt, diesen jammernden Unterton kennt er von ihm nur zu gut.» Stefan hob die Augenbrauen und legte den Kopf schief. «Außerdem war er ziemlich beunruhigt, dass Dulović offenbar keine Probleme damit hatte, mit der Polizei zusammenzuarbeiten, und wollte wissen, ob er das schon öfter getan hat.»

«Danke, Stefan. Tolle Arbeit, wie immer.» Sie kam sich schäbig dabei vor, ihm schon wieder eine Aufgabe aufzubürden, aber es half nichts. Er war nun mal der richtige Mann dafür.

«Könntest du etwas für mich herausfinden? Ich müsste

wissen, wann ein gewisser Boris Ribar sich bei Facebook angemeldet hat und wie lange er schon zur Gruppe ‹Lyrik lebt› gehört. Und mach mir doch bitte auch noch eine Liste von all den Leuten, die sich nach Gerald Pallaufs Tod dort eingeklinkt haben.» Sie richtete ihren Stift auf Stefan, als wolle sie ihn damit piksen. «Außer Tina Herbert natürlich. Für sie lege ich die Hand ins Feuer!»

Wenn Stefan seinem dahinschwindenden Wochenende nachtrauerte, ließ er es sich nicht anmerken. «Mache ich. Bist du heute den ganzen Tag hier? Oder soll ich dich anrufen?»

Sie überlegte einen Moment lang. Achim hatte die Kinder abgeholt, sie waren zum Fuschlsee gefahren, der noch warm genug war, um darin zu schwimmen. Vielleicht, hatte Beatrice beim Abschied gesagt. Vielleicht komme ich nach.

«Nicht den ganzen Tag», antwortete sie. «Aber bis halb zwei oder zwei. Danach schick mir bitte eine SMS.»

«Gerne.» Stefans lange Gestalt verschwand aus der Tür, aber nur für einen Augenblick, dann steckte er noch einmal den Kopf herein. «Ich bringe dir zu Mittag etwas aus der Cafeteria mit. Thunfischbaguette ist okay?»

«Ja, absolut. Aber du musst das nicht machen, ich kann auch selbst ...»

Er winkte ab. «Verrat ihm nicht, dass ich es dir gesagt habe, aber ich habe es Florin versprochen. Er sagt, du vergisst immer zu essen, wenn du arbeitest.» Stefan schüttelte in gespieltem Entsetzen den Kopf. «Das könnte mir *nie* passieren.»

Die Wiese war fast leer, und die wenigen bunten Handtücher im Grün wirkten wie ein trotziges Aufbäumen gegen die grauen Tage, die vor der Tür standen. Beatrice entdeckte ihre Kinder im See, dort, wo das Floß mit den beiden

Sprungbrettern lag. Mina kletterte eben die Leiter hoch, sie trug den hellroten Badeanzug mit den Rüschen am Beinansatz. Achim und Jakob waren nur zwei Köpfe im Wasser, auf die Entfernung kaum zu erkennen.

Ihre Sachen lagen nicht weit vom Ufer entfernt, die Handtücher sorgsam beschwert, die Hosen und Shirts der Kinder ordentlich zusammengefaltet. Beatrice stellte ihre Tasche daneben und schlüpfte aus Schuhen, Hose und Bluse. Noch hatten die Kinder sie nicht entdeckt, und das war gut so. Sie wickelte sich in ein Badetuch und tauschte ihre Unterwäsche gegen den Bikini, dann näherte sie sich dem See wie einem Duellgegner.

Den ganzen Sommer über war sie kein einziges Mal schwimmen gegangen, obwohl es immer wieder brütend heiß gewesen war. Sie hatte sich selbst lächerlich gefunden, aber die Angst, ihren Körper von Wasser umschließen zu lassen, eventuell darin unterzugehen, war stärker gewesen als jede Vernunft. Und deshalb war sie heute hier. Der Koordinaten-Fall und sein spektakuläres Finale mussten endlich aufhören, ihr Leben zu beeinträchtigen.

Ein Schritt in den See hinein. Durchatmen. Das Wasser war kälter, als sie gedacht hatte. Das machte die Dinge nicht einfacher. Noch ein Schritt. Eben krabbelte Jakob auf das Floß, rannte das Sprungbrett entlang und bremste knapp vor dessen Ende ab. Hüpfte ein wenig und sprang mit angezogenen Knien in den See.

Sie würde es bis zu diesem Floß schaffen, mehr als dreißig Meter war es nicht entfernt. Sie war eine gute Schwimmerin, das hatte sie vor ein paar Monaten doch bewiesen.

Einige Köpfe wandten sich zu ihr um, als sie laut auflachte, und sie ging weiter, zügig, bis das Wasser ihr an die Brust reichte.

Gut. Und jetzt los. Den Boden unter den Füßen verlieren, freiwillig. Sie stieß sich ab, nur um sofort wieder mit den Zehen nach Grund zu tasten. Da war er. Sie konnte hier stehen, ein Glück.

Beatrice zwang sich, ruhig zu atmen, gegen das unvernünftige Tempo ihres Herzschlags an. Eine leichte Brise trieb zwei rote Blätter über das Wasser, knapp an ihr vorbei.

Damals hatte sie gesungen, um bei Bewusstsein zu bleiben, hatte gesungen, was ihr gerade eingefallen war. *Twinkle, twinkle, little star*, summte sie leise vor sich hin und hielt das Floß fest im Blick, während sie es dem See überließ, sie zu tragen. Ihre ersten drei Schwimmzüge fielen hektisch aus, doch der vierte war bereits ruhiger und kräftiger. Ira Sagmeister, Gerald Pallauf und Rainer Maria Rilke waren am Ufer zurückgeblieben.

«Mama!» Mina winkte ihr mit beiden Armen, um sich ihrer Aufmerksamkeit zu versichern, bevor sie einen vollendeten Kopfsprung vom Brett vollführte.

Viel schneller, als sie erwartet hatte, erreichte Beatrice das Floß. Das Holz unter den Fingern zu spüren, erleichterte sie trotz allem, sie zog sich hoch, legte sich auf den Rücken und schloss die Augen. Ein Sieg, von dem sie niemandem erzählen konnte, weil keiner von ihrem Kampf gewusst hatte. Aber trotzdem ein Sieg.

Der Nachmittag verlief friedlich. Achim war betont freundlich, und die Kinder waren so gut gelaunt, dass Beatrice sich zu einem gemeinsamen Abendessen in ihrer ehemaligen Stamm-Pizzeria überreden ließ.

Danach fuhr sie allein nach Hause. Stellte das Notebook auf den Tisch, klappte es aber nicht auf. Nein, nicht heute Abend.

Sie öffnete eine Flasche Rotwein und überlegte, ob es jemanden gab, mit dem sie sie gern gemeinsam leeren würde. Kam zu keinem klaren Ergebnis. Fragte sich, wie es Florin in Amsterdam ging, und spielte sich ihren eigenen SMS-Ton am Handy vor, in der festen Absicht, ihn danach endlich zu ändern. Probierte einige Melodien durch, fand aber keine, die es mit *Moon River* aufnehmen konnte, und verschob ihr Vorhaben auf den folgenden Tag.

Der See hatte ganze Arbeit geleistet. Erst am nächsten Morgen, beim Frühstück, fiel Beatrice auf, dass Stefan ihr keine SMS geschickt hatte. War seine Recherche gänzlich erfolglos gewesen?

Sie überlegte kurz, ihn anzurufen, entschied sich aber dagegen. Er bekam so wenig Schlaf in letzter Zeit, dass nur ein absoluter Notfall sie dazu bringen würde, ihn am Sonntagmorgen zu stören. Sie selbst hingegen war ausgeruht, würde einen Recherche-Tag zu Hause verbringen und dabei nicht mehr am Körper tragen als ihren Lieblings-Bademantel.

Während die zweite Tasse Kaffee durch die Maschine lief, klappte sie das Notebook auf und fand eine Mail von Stefan vor, abgeschickt am späten Nachmittag des vorigen Tages.

Liebe Beatrice!
Nach dem Tod von Gerald Pallauf und Sarah Beckendahl haben sich elf neue Mitglieder in der Gruppe registriert. Wenn wir Tina Herbert subtrahieren, bleiben zehn, und einer davon ist Boris Ribar, du hattest ganz recht. Leih mir bei Gelegenheit bitte deine Glaskugel :-)) Bei Facebook ist er allerdings schon seit fast zwei Jahren.
Neu in der Gruppe sind außerdem: Ulrike Ginther, Olaf Meyer, Renate Diekmann, Susa Leitinger, Klaus Janisch,

Amelie Weher, Roman Kessler, Victoria Trotter und Hildegard Wichert.

Sagt dir einer der Namen etwas? Ich habe mir auch gleich die Wohnorte dazu geben lassen, die Liste liegt auf deinem Schreibtisch. Außer Victoria Trotter sind alle neuen Mitglieder aus Deutschland, Trotter kommt aus Wien.

Ich hoffe, das hat dir geholfen? Ach ja, in den letzten Tagen sind keine neuen Leute in die Gruppe gekommen. Sieht so aus, als hätte Helen Crontaler dichtgemacht.

Ich wünsche dir ein schönes Wochenende! Bis Montag!

Stefan

Keine weiteren Salzburger Interessenten also. Und wenn doch, hatte Crontaler sie vor der Tür stehenlassen. Sie würden ihr sagen müssen, dass das keine gute Idee war. Wer sich zu diesem Zeitpunkt für die Gruppe interessierte, tat das möglicherweise aus anderen Gründen als aus Freude an gereimten Texten.

Beatrice öffnete Facebook. Ein rotes Kästchen mit einer weißen Drei verriet ihr, dass neue Freundschaftsanfragen gestellt worden waren. Zwei Namen, die sie überhaupt nicht kannte, und Phil Anthrop. Ausgezeichnet, dann ließ sich vielleicht auf unkomplizierte Art herausfinden, wer sich hinter diesem menschenfreundlichen Pseudonym verbarg.

Sie bestätigte alle drei Anfragen und öffnete Phil Anthrops Chronik.

Arbeitet bei Freelance Photographer

Ist hier zur Schule gegangen: Schillergymnasium Heidenheim

Wohnt in Grafenwald, Nordrhein-Westfalen, Germany

In einer Beziehung mit David Lankers

Also auch ein User aus Deutschland. Sein Fotoalbum war

aussagekräftig, es gab zahlreiche Fotos von ihm und David – auf Partys, am Strand, in Cafés. Schien eine glückliche Beziehung zu sein, vor einem Jahr hatten sie sich einen Hund gekauft, einen dunklen Pudelmischling namens Karajan.

Darüber hinaus – klar, Freelance Photographer – hatte Phil zahlreiche besonders gelungene Fotos eingestellt, hauptsächlich Naturaufnahmen, Architektur, Reisebilder.

Aber nirgendwo, weder in den Statusmeldungen noch in den Bildern, fand Beatrice einen Hinweis darauf, dass Phil jemals in Salzburg gewesen war. War das Grund genug anzunehmen, dass er nichts mit den Ereignissen der letzten Tage zu tun hatte? Nein. Vielleicht aber doch. Sie wusste es nicht.

In der Gruppe selbst war es ruhiger geworden. Iras Tod war noch nicht bestätigt, aber die Spekulationen hatten nachgelassen.

So schnell, dachte Beatrice. So schnell erlahmte das Interesse, wenn es nicht gefüttert wurde. Sie las sich durch die Einträge – ganz oben stand ein Vorstellungsposting von einer der Neuen auf Stefans Liste: Hildegard Wichert. Sie bedankte sich mit schüchternen Worten für die Aufnahme und erklärte, dass sie mit ihren fünfundsechzig Jahren wenig Ahnung vom Internet habe und hoffe, nichts Dummes zu schreiben. Dann folgte eines ihrer liebsten Gedichte: Herbsthauch von Friedrich Rückert.

Christiane Zach, die Krankenschwester mit der viel fotografierten Katze, lobte sie für diese Wahl und erklärte, dass die Stimmung in der Gruppe derzeit etwas gedämpft sei. «Wir machen uns Sorgen um eines unserer Mitglieder. Sei also nicht traurig, wenn die Kommentare noch ausbleiben, es liegt nicht an dir.»

Danach dürfte Hildegard Wichert sich durch die Einträge

gelesen haben, jedenfalls postete sie eine halbe Stunde später, wie furchtbar sie das alles fände und dass Selbstmord doch nie ein Ausweg sei.

Christiane Zach Natürlich nicht. Wir hoffen immer noch, dass es blinder Alarm war.
Helen Crontaler Das tun wir. Obwohl wenig dafür spricht. Ich will nicht schwarzmalen, aber je länger wir nichts von Ira hören, desto weniger Hoffnung habe ich.
Boris Ribar Du gibst uns Bescheid, wenn du etwas erfährst, Helen, nicht wahr?

Da war er wieder: Ribar, auf der Suche nach einer Story, die die Polizei nicht freiwillig herausgeben wollte. Beatrice lächelte grimmig in sich hinein. Ihn würde sie sich am Montag gleich als Erstes vorknöpfen.

Kapitel elf

Ein müder Florin begrüßte sie am nächsten Morgen, als sie kurz vor acht das Büro betrat.

«Wie war es in Amsterdam?»

«Ach … danke.» Sein Lächeln kostete ihn sichtbare Anstrengung. «Wie lief es bei euch? Gibt es etwas Neues, das ich wissen sollte?»

Sie stieg auf seinen Themenwechsel ein, als hätte sie mit nichts anderem gerechnet. «Leider nur wenig. Ich glaube, ich habe herausgefunden, dass einer der Lyrikfreunde Journalist ist. Er hat sich erst nach Pallaufs Tod angemeldet und ist jetzt sehr interessiert daran, was mit Ira Sagmeister passiert ist.»

Florins Augenbrauen wanderten nach oben. «Ach? Und woher wusste er von der Bedeutung der Gruppe?»

«Das ist eine der Fragen, die ich ihm gerne stellen möchte.» Sie sah auf die Uhr. «Möglichst sofort. Man sagt ja, dass Journalisten keine Frühaufsteher seien. Wir könnten ihn noch zu Hause erwischen.»

Nun wirkte Florins Grinsen echt und mühelos. «Oh, oh. Ein Klischee, Bea.»

«Absolut.» Sie zuckte die Achseln und lächelte ebenfalls. «Lass uns überprüfen, ob etwas dran ist.»

Der Frühverkehr machte aus der Fahrt durch Salzburg eine nervenaufreibende Übung in Gelassenheit. Beatrice hätte die Zeit gern genutzt, um noch einmal nach Florins Wochenende zu fragen. Nach Anneke. Aber jetzt war nicht der richtige Zeitpunkt dafür. Und eigentlich, ermahnte sie sich selbst, ging sein Privatleben sie nicht das Geringste an, und es war ihre eigene Schuld, wenn sich die Autofahrt für sie zu einer doppelten Geduldsprobe auswuchs.

Die von Stefan recherchierte Adresse führte sie zu einem unauffälligen, aber gepflegten Mehrfamilienhaus in einer Wohnstraße. Die Eingangstür stand offen, ein Glücksfall, so konnte Ribar sie nicht an der Gegensprechanlage abwimmeln. Sie grüßten die Hausmeisterin, die gerade das Treppenhaus unter Seifenwasser setzte, und liefen in den zweiten Stock hinauf. Die Stimmen, die schon beim Betreten des Hauses nicht zu überhören gewesen waren, wurden mit jeder Stufe lauter: kleine Kinder, die ihrer Freude oder ihrem Missmut lautstark Ausdruck verliehen.

«Das wird ja ein entspanntes Gespräch», bemerkte Florin, als sie vor der Tür standen und klar war, dass das Geschrei dahinter seine Quelle hatte.

Sie klingelten, und eine schlanke, junge Frau öffnete ihnen, ein etwa einjähriges Kind auf dem Arm. Ein zweites klammerte sich an ihr Bein, das andere Ärmchen weit nach oben gestreckt und lautlos heulend.

«Wir möchten mit Herrn Ribar sprechen.» Beatrice hielt der Frau ihren Ausweis entgegen. «Tut uns leid, wenn wir ungelegen kommen, aber es ist wichtig.»

Die Frau nickte. «Boris?», rief sie über die Schulter, dann trat sie zur Seite, um für Beatrice und Florin den Weg frei zu machen. «Es ist ein bisschen chaotisch hier, aber wissen Sie, ich komme fast nicht zum Aufräumen, und wenn doch, ist alles in kürzester Zeit wieder wie vorher …»

«Kein Problem», erklärte Beatrice. «Zwillinge sind sicher eine besondere Herausforderung.»

Die Frau lächelte müde. «Stimmt. Und jetzt sind sie gerade vierzehn Monate und können beide laufen, das ist ziemlich … anstrengend.» Mit ihrer freien Hand öffnete sie die Tür zum Wohnzimmer. «Boris? Jemand von der Polizei will dich sprechen.»

Erwartungshaltungen waren etwas Merkwürdiges. Beatrice hatte sich nicht im Detail über Ribar informiert, sondern bis zu diesem Moment nur gewusst, wo er wohnte und dass er Journalist war. Die kleinen Kinder und die junge Frau hatten sie mit einem Mann Mitte dreißig rechnen lassen, doch Boris Ribar war eher Anfang fünfzig. Nun, da sie ihm gegenüberstand, wurde ihr klar, dass sie ihm schon früher begegnet war. Er war ein regelmäßiger Gast auf Pressekonferenzen, und sie glaubte, ihn auch schon als Gerichtsreporter gesehen zu haben – wenn sie ihn nicht verwechselte, was bei seinem durchschnittlichen Aussehen auch möglich war.

Als sie eintraten, stand er auf, mit dem unsicheren Blick in den Augen, den das Wort «Polizei» oft hervorrief.

«Guten Morgen. Ist etwas passiert?» Ribar hörte sich nicht an, als käme er aus Salzburg. Eher aus Frankfurt an der Oder.

Florin hob beruhigend die Hände. «Nein, keine Sorge. Wir möchten Ihnen allerdings ein paar Fragen stellen, die mit einem Fall zu tun haben, in dem wir aktuell ermitteln.»

Ribars Stirn legte sich in Falten. «Ein Fall? Da weiß ich aktuell leider von gar nichts.» Er streckte erst Beatrice, dann Florin die Hand entgegen. «Wir kennen uns vom Sehen, nicht wahr? Sie waren doch beide letzte Weihnachten auf der Pressekonferenz nach dem Axtmord an der Hausfrau aus Taxham, nicht? Und über Sie», er wandte sich an Florin, «habe ich erst im Mai geschrieben, nach der Aufklärung der Koordinaten-Morde. Herr …»

«Wenninger. Florin Wenninger, und das ist meine Kollegin, Beatrice Kaspary.»

«Wenninger, genau. Freut mich. Dann erinnere ich mich richtig, dass Sie in der Abteilung Leib und Leben beschäftigt sind, nicht?» Sein Blick weitete sich. «Womit kann ich Ihnen denn helfen? Geht es wieder um eine Mordsache?»

Beatrice ließ ihre Augen keine Sekunde von dem Journalisten. Das helle T-Shirt und die hoch geschnittenen Jeans betonten einen Bauch, der auf eine Vorliebe für Bier schließen ließ. Sein Haar war schütter und durchgehend grau meliert, das Gesicht trug Spuren von zu viel Sonne, wie bei den Bergführern, die Beatrice kannte. Beim Lächeln überzogen seine Wangen sich mit feinen Längsfalten. Doch die gespielte Ahnungslosigkeit kaufte sie ihm keine Sekunde lang ab. «Sie wissen genau, weswegen wir hier sind, Herr Ribar.»

Er sah sie an, dann schüttelte er langsam den Kopf. «Nein. Leider.»

Sie hielt ihm ein Blatt Papier unter die Nase, auf dem die Reaktionen auf Helen Crontalers Eröffnung dazu standen, was Pallauf sich selbst und Sarah Beckendahl angetan hatte.

Ren Ate Wie furchtbar. Danke, dass du uns Bescheid gibst. Wisst ihr, ich frage mich dann immer, ob wir nicht hätten helfen können.

Ira Sagmeister Nein. Hättet ihr nicht.

Ren Ate Entschuldige bitte, Ira, aber woher willst du das wissen?

Christiane Zach Auch wenn es schrecklich ist, was er getan hat, so zünde ich doch in Gedanken eine Kerze für ihn an.

Boris Ribar Wirklich schlimm. Ich stelle meine Kerze neben die von Christiane.

Dominik Ehrmann Ich dachte es mir. Keine Überraschung, aber trotzdem entsetzlich. Ira, du solltest deine Worte vorsichtiger wählen, auch wenn du aufgewühlt bist.
Ira Sagmeister Stimmt, Dominik. Es tut mir leid.

Ribar las, stumm, und ließ sich Zeit mit dem Aufblicken. «Aha», sagte er nur, als er Beatrice das Blatt zurückgab.

«Sie haben sich in der Lyrik-Gruppe erst kurz nach Pallaufs Tod angemeldet, das haben wir nachgeprüft. Vor Ihrer virtuellen Kerzenanzünderei haben Sie nur ein einziges Posting kommentiert. Ich hoffe, Sie wollen uns jetzt nicht weismachen, Ihr plötzliches Interesse für Gedichte wäre Zufall.»

Ribars Frau – oder Lebensgefährtin – steckte kurz den Kopf herein. «Ich gehe mit den Kindern spazieren und einkaufen. Bis später!»

«Bis später, Schatz.»

Das Weiche, Liebevolle in seiner Stimme machte ihn Beatrice beinahe sympathisch. Aber wie war ein Mann jenseits der fünfzig, mit durchschnittlichem Aussehen und dem Einkommen eines freiberuflichen Lokalreporters, an eine so viel jüngere, hübsche Frau gekommen?

Sie verachtete sich sofort für den Gedanken. Bei anderen fand sie solche Feststellungen immer dumm und oberflächlich, in ihrem eigenen Kopf hatten sie gefälligst nichts zu suchen.

«Also», nahm sie den Faden wieder auf. «Was hat Sie dazu bewogen, ein Anhänger von ‹Lyrik lebt› zu werden?»

Ribar blickte erst zur Seite, dann auf seine Fingernägel. «Recherche ist Teil meines Jobs», sagte er leise.

«Sehr hellsichtig, gerade an dieser Stelle zu recherchieren. Wie sind Sie darauf gekommen?»

Endlich sah er Beatrice in die Augen. «Die Antwort wird Ihnen wahrscheinlich nicht gefallen.»

«Ich werde damit klarkommen.»

Er zog die Oberlippe zwischen die Zähne. Seufzte. «Sehen Sie, ich wollte eine ordentliche Story aus der Sache machen. Ein völlig unauffälliger Typ flippt plötzlich aus und tötet ein Mädchen und sich selbst. Auf die Fakten reduziert gibt das Stoff für höchstens eine Seite, aber mit ein paar saftigen Details …» Er unterbrach sich und warf Florin einen entschuldigenden Blick zu. «Pallaufs Adresse steht im Telefonbuch, und ich wollte erst mit den Nachbarn sprechen, doch dann habe ich entdeckt, dass es einen Mitbewohner gab. Sie haben ihn bestimmt schon verhört.»

Weder Florin noch Beatrice nickten. Sie ließen Ribar ins Leere laufen, meistens machte das die Leute nervös. Und nervös war gut.

«Martin Sachs?», hakte Ribar nach. «Sie müssen mit ihm gesprochen haben. Ich habe das auch getan, und es hat sich recht bald herausgestellt … aber hören Sie, Sie dürfen ihm deshalb keine Schwierigkeiten machen. Was ich Ihnen sage, muss unter uns bleiben.»

«Reden Sie weiter.»

Wieder wanderte seine Oberlippe zwischen die Zähne. Eine unschöne Angewohnheit. «Gut. Ich habe recht bald begriffen, dass er mir Informationen geben würde, wenn ich ihn dafür bezahle. Wir haben uns geeinigt, und er sagte, dass alles, was es über Gerald Pallauf zu wissen gebe, im Internet zu finden sei, denn dort habe er in Wahrheit gelebt. Und dann hat er mir das hier gegeben.»

Ribar stand auf, ging zu seinem Schreibtisch und holte ein zusammengefaltetes Blatt Papier hervor, das er Florin reichte. Der las und gab es an Beatrice weiter.

«Internetseiten? Und Passwörter. Ich verstehe.»

«Genau. Ich hatte also Zugang zu jedem von Pallaufs Accounts, und ich gebe ehrlich zu, dass ich auf etwas Spannendes gehofft habe. Irgendwelche Perversionen, Mitgliedschaft auf illegalen Seiten oder einen dieser Selbstmorddeals. Das wäre eine großartige Story gewesen.» Er sah hoch, entschuldigend. «Ja, ich weiß, das verstehen Sie nicht, aber ich habe zwei kleine Kinder und könnte einen Karriereschub wirklich gut gebrauchen. Jedenfalls war da nichts in dieser Richtung. Aber dann habe ich über die deutschen Medien den Namen des Mädchens erfahren, das Pallauf getötet hatte, und die war … wissen Sie das überhaupt? Doch, Sie wissen das. Natürlich. Die war auch in der Lyrik-Gruppe, also habe ich mich ebenfalls angemeldet. Ich bin seit Jahren bei Facebook, eine großartige Informationsquelle.»

Ribar hatte den gleichen Weg beschritten wie Beatrice und war zu den gleichen Ergebnissen gekommen. «Wieso hatte Sachs die Liste mit Pallaufs Zugangsdaten?»

Schulterzucken. «Er sagte, Gerald hätte aus Vorsicht diesen Zettel angelegt, um im Fall eines Festplattencrashs noch Zugriff auf seine Passwörter zu haben. Er hat das Blatt auch wirklich aus Pallaufs Zimmer geholt, ich denke also, er hat die Wahrheit gesagt.»

«Was haben Sie denn dafür gezahlt?», wollte Florin wissen.

«Fünfhundert Euro.»

«Und? Hat es sich gelohnt?»

Ribar wiegte seinen Kopf hin und her. «Wie man's nimmt. Nicht, was Pallauf betrifft, fürchte ich, aber in der Gruppe passieren eigenartige Dinge. Jetzt scheint ein Mädchen verschwunden zu sein, nachdem es vorher seinen Selbstmord mehr oder minder deutlich angekündigt hat.» Sein Blick richtete sich auf Beatrice, diesmal hoffnungsvoll. «Wissen Sie vielleicht etwas Genaueres? Ira Sagmeister?»

Beatrice schüttelte den Kopf, ohne ein Wort. Er sollte sich ruhig selbst zusammenreimen, ob sie «keine Ahnung» oder «geht Sie nichts an» meinte.

Mit einem Schulterzucken nahm Ribar es zur Kenntnis. «In der Gruppe weiß auch niemand etwas, und falls doch, behalten sie es für sich. Mich würde wirklich interessieren ...» Er schüttelte den Kopf und verstummte.

«Ob da eine Exklusivgeschichte für Sie drin ist?», fragte Florin. Er seufzte. «Ich verstehe Sie, Herr Ribar. Ich finde Ihre Art der Recherche noch nicht einmal besonders verwerflich, aber Sie dürfen nicht mal im Ansatz daran denken, jetzt etwas über die Facebook-Gruppe zu bringen. Ihnen ist klar, was dann passieren würde?»

Der Journalist nickte. «Sicher. Keiner würde sich mehr frei äußern, und es gäbe einen extremen Zulauf an Schaulustigen.»

Trotzdem würde er nur schwer widerstehen können, Beatrice sah es ihm an. Er war ein Jäger, der eine Fährte aufgenommen hatte, ähnlich wie sie selbst, nur dass er seine Beute in Futter für die Sensationsgierigen verarbeiten würde, während sie ...

Tja. Was würde ihre Arbeit bringen? Gerechtigkeit? Vielleicht, manchmal. Klarheit? Das schon eher, obwohl Beatrice selten den Eindruck hatte, wirklich zu verstehen, was zu einer Tat geführt hatte. Fakten alleine ergaben nur ein grobes Bild.

«Was haben Sie bisher über die Menschen in der Gruppe herausgefunden?», fragte sie und hielt Ribars Blick mit ihrem fest. Es schien ihm nichts auszumachen, er sah nicht zur Seite oder in gespielter Nachdenklichkeit nach oben, wie so viele Leute.

«Sie wollen wissen, ob mir jemand aufgefallen ist? Ja, am meisten Ira Sagmeister, sie war sehr ... laut, auch wenn das ein merkwürdiges Wort ist im Zusammenhang mit geschriebenem Text.» Er faltete die Hände und legte sein Kinn darauf ab. «Ich habe die Einträge der Gruppe sechs Monate zurückverfolgt. Wenn Ira wollte, hat sie es geschafft, die gesamte Aufmerksamkeit auf sich zu ziehen, mit einem gut gewählten Gedicht oder einem scharf formulierten Kommentar. Deshalb kann ich mir immer noch vorstellen, dass ihre Selbstmordankündigung eine Fortsetzung davon sein könnte.» Er lächelte. «Das war schlecht ausgedrückt, aber Sie wissen, was ich meine? Dass sie noch eins draufgesetzt hat. Eventuell meldet sie sich in zwei oder drei Tagen und ist empört, dass die anderen so schnell wieder zur Tagesordnung übergegangen sind.»

Es war nicht zu übersehen, dass Ribar auf eine Regung ihrerseits wartete, die ihm verraten würde, ob so etwas möglich wäre, doch Beatrice behielt ihren steinernen Gesichtsausdruck bei.

«Wer noch, außer Ira Sagmeister?»

«Hm.» Er klopfte sich mit den Fingern gegen die Lippen. «Helen Crontaler natürlich, und ihr Mann. Jedes Mal, wenn er etwas schreibt, flippt die Gruppe völlig aus. Sie überschlagen sich fast vor Dankbarkeit dafür, dass er das Wort an sie richtet, man muss aber zugeben, dass er wirklich ein sehr gebildeter Mensch ist, im Gegensatz zu einigen anderen in der Gruppe. Meiner Meinung nach sind ein paar völlig taube Nüsse dabei, wie diese Christiane Zach, Tamy Korelsky oder Ren Ate. Aber vielleicht tue ich den Damen damit auch unrecht.»

Tamy Korelsky war Beatrice bisher nicht aufgefallen. Das war die Crux an der Sache – die schiere Größe der Gruppe. Gut möglich, dass die entscheidende Figur, falls es eine gab, nur stumm mitlas und sich nie zu Wort meldete.

Florin räusperte sich. «Wie ist denn Ihr eigenes Verhältnis zu Gedichten?»

Die Frage überraschte Ribar sichtlich. «Mein Verhältnis zu – puh. Um ehrlich zu sein, ich habe nie viel damit am Hut gehabt. Ich bin wirklich nur in der Gruppe, um mehr über Pallauf herauszufinden.» Er hob die Arme und ließ sie wieder fallen. «Bisher ohne Erfolg.»

«Gut, Herr Ribar.» Das klickende Geräusch, mit dem Florin die Mine seines Kugelschreibers mehrmals hintereinander ausfahren und wieder einschnappen ließ, markierte das Ende des freundlichen Geplänkels.

«Wo waren Sie in der Nacht des zwölften September? Zwischen zweiundzwanzig und fünf Uhr?»

«Was?» Die Frage traf Ribar völlig überraschend, das war nicht zu übersehen. «Wieso denn ich?» Er sammelte sich. «Zu Hause. Ich gehe schon Ewigkeiten abends nicht mehr fort. Seit wir die Zwillinge haben, nur noch, wenn es beruflich nötig ist. Fragen Sie meine Frau.»

Die das selbstverständlich bestätigen würde. «Sind Sie Ihrer Frau wegen nach Salzburg gezogen?»

Irritiert sah Ribar hoch. «Tut das etwas zur Sache? Ja, sie ist von hier, und wir fanden beide, dass es ein guter Ort ist, um Kinder großzuziehen. Mir ist es nicht schwergefallen, Erfurt zu verlassen.»

Beatrice stand auf, zog eine ihrer Karten aus der Tasche und reichte sie dem Mann. «Danke, Herr Ribar. Ich möchte Sie bitten, sich bei uns zu melden, wenn Sie etwas Auffälliges bemerken sollten. Ich gehe davon aus, dass Sie Ihre eigenen Ermittlungen nicht aufgeben werden, richtig?»

«Ich …», er suchte nach Worten. «Ich verspreche Ihnen, dass ich ohne Ihr Okay über Pallauf im Zusammenhang mit der Lyrikgruppe keine Zeile schreiben werde. Im Ernst.»

Aber Sagmeister erwähnt er nicht, sehr clever. So kann er nur gewinnen – wenn wir sie jetzt ins Spiel bringen, weiß er, was Sache ist. Wenn nicht, ergreift er unter Umständen die Chance, der Selbstmordstory einen einzigartigen Dreh zu verpassen, sobald Iras Tod öffentlich wird …

«Schreiben Sie gar nicht über die Facebook-Gruppe. In keinem Zusammenhang, der Ihnen einfallen könnte, gut?»

«Ja. Natürlich.» Ribar begleitete sie bis zur Tür. «Meine Güte», murmelte er, «jetzt habe ich Ihnen gar keinen Kaffee angeboten. Entschuldigen Sie bitte, daran hätte ich denken müssen –»

Florin drehte auf dem Absatz um, sein Lächeln war so offen, dass man hätte glauben können, er habe Ribar wirklich ins Herz geschlossen. «Keine Sorge wegen des Kaffees. Aber es gibt etwas anderes, womit Sie uns einen großen Gefallen tun würden.» Er streckte die Hand aus. «Die Liste mit Pallaufs Passwörtern. Sie bekommen sie natürlich zurück, sobald der Fall abgeschlossen ist.»

Kapitel zwölf

Am nächsten Tag fanden sie Iras Todesanzeige in der Zeitung, eingestellt von ihrem Vater. Es war ihm nicht zu verübeln, natürlich nicht, trotzdem wünschte sich Beatrice, dass er damit noch ein wenig gewartet hätte.

> Die Bande der Liebe werden mit dem Tod
> nicht durchgeschnitten.
>
> Thomas Mann
>
> Fassungslos und voller Trauer gebe ich bekannt,
> dass meine geliebte Tochter
>
> IRA SAGMEISTER
>
> beschlossen hat, in eine für sie bessere Welt zu gehen.
> Wer sie gekannt hat, weiß, was wir verloren haben.
> Die Verabschiedung findet im engsten Familienkreis statt.
> Wir beten für Ira am 27. September, 15 Uhr,
> in der Stadtpfarrkirche Oberndorf.
>
> Johannes Sagmeister
> im Namen aller Verwandten

Welche Verwandten, dachte Beatrice. Die Mutter war tot, Geschwister gab es nicht. Sie vermied es, sich vorzustellen, wie es in Sagmeister aussehen musste.

«Für ihn steht fest, dass Ira sich selbst getötet hat», meinte Florin nachdenklich. «Ich frage mich, wie lange wir ihren

Tod wie einen Mordfall behandeln sollen. Nein, schon gut, ich weiß, was du sagen willst.» Er strich die Zeitung glatt und seufzte. «Zu viele Ungereimtheiten. Aber deshalb dürfen wir die offensichtlichen Dinge nicht ignorieren: Sie hat sich verabschiedet und ihren Selbstmord angekündigt, und zwar nicht aus heiterem Himmel, sondern nach Monaten der Depression.»

Beatrice griff zum Telefon. «Ich rufe jetzt Vogt an. Er müsste inzwischen neue Ergebnisse haben.»

«Sehr ungünstiger Zeitpunkt, Kaspary», bellte der Gerichtsmediziner ins Telefon.

«Dann fassen wir uns kurz. Können Sie mir etwas Neues über Ira Sagmeister erzählen?»

Sein Schnauben klang beinahe wie ein Lachen. «Ja, dass sie vor ihrem Tod Cannelloni mit Spinatfülle gegessen hat, und danach ein Snickers. Sie hat schlecht gekaut, ein paar von den Erdnüssen könnte man als neu verkaufen. Ich tippe darauf, dass ihr letztes Abendmahl etwa zwei Stunden vor ihrem Tod stattgefunden hat. Höchstens drei.»

«Okay.» Beatrice ignorierte das Rascheln am anderen Ende der Leitung, so gut es ging. Wenn Vogt jetzt zu essen anfangen sollte, würde sie sich direkt auf den Schreibtisch erbrechen. «Was noch?»

«Na ja.» Er zögerte untypisch lange. «Es gibt einen Kratzer am linken Unterarm, nicht sehr tief, aber vierzehn Zentimeter lang. Ich will Sie nicht mit enzymhistochemischen Details verwirren, lassen wir es dabei, dass die exsudative Phase eingesetzt hatte und sich außerdem bereits Anzeichen eines leichten Wundödems zeigen.»

«Sie meinen, der Kratzer hat begonnen zu heilen.»

«Ja. Er hatte aber nicht mehr viel Zeit dafür. Trotzdem ist er mit Sicherheit vor Sagmeisters Begegnung mit der Lok entstanden. Das Mädchen hat sich außerdem sehr fest auf die Zunge gebissen, und auch die hatte noch Gelegenheit, ein wenig anzuschwellen.»

Beatrice stieß lautstark den Atem aus. «Ist ja interessant, vielen Dank.»

«Ist trotzdem nur ein Strohhalm. Sie könnte sich an einem Dornenstrauch gekratzt haben. Manchmal beißt man sich auf die Zunge, wenn man stolpert. Sehr aussagekräftig ist es nicht, was ich Ihnen zu bieten habe.»

«Auf jeden Fall danke.»

«Die Toxikologie braucht noch ein bisschen, aber Alkohol hatte sie keinen im Blut. Sex hat sie in den letzten achtundvierzig bis zweiundsiebzig Stunden auch nicht gehabt. Der Rest folgt, wenn ich so weit bin.»

Er hatte schon aufgelegt, aber Beatrice hielt den Hörer noch immer in der Hand, gedankenverloren.

«Würdest du zwei Stunden bevor du dich vor den Zug wirfst, Cannelloni mit Spinat und ein Snickers essen?»

Florin hatte das Gespräch mit einem Ohr verfolgt und dabei seine eingegangenen Mails gecheckt. Jetzt drehte er sich ganz zu Beatrice herum. «Zwei Stunden vorher, sagst du? Ich weiß nicht. Merkwürdige Wahl für eine bewusst gewählte Henkersmahlzeit. Ehrlich gesagt, habe ich keine Ahnung, ob es üblich ist, vor einem Selbstmord zu essen. Ich persönlich würde meinen, man hat in dieser Situation keinen Appetit.»

Der Telefonhörer in ihrer Hand gab ein vernehmliches Besetztzeichen von sich, und Beatrice legte ihn zurück auf die Gabel. «Sehe ich ähnlich, wobei wahrscheinlich jeder anders empfindet. Es bedeutet aber ganz sicher, dass ihre letzte Mahlzeit und ihre Verabschiedung auf Facebook zeitlich nah beieinanderlagen.»

Mit wenig Hoffnung auf Erfolg kramte Beatrice in einem der Papierstapel, die sich vor ihr auf dem Schreibtisch türmten. «Hast du eine Ahnung, wo der Bericht der Spurensicherung ist? Der zu Sagmeisters Wohnung?»

Ein gezielter Griff, und Florin hatte das Gesuchte in der Hand. «Ich glaube, ich weiß, worauf du hinauswillst. Nein, da steht nichts von Tellern mit Essensresten. Sie könnte natürlich saubergemacht haben …»

«Und hat sich nach dem Abwasch vor den Zug geworfen? Im Ernst?» Aber das war kein Argument, das wusste Beatrice selbst. Jeder Mensch war anders, und für manche mochte es richtig und wichtig sein, in der Küche Ordnung zu schaffen, bevor sie ihrem Leben ein Ende setzten.

«Okay. Ist die Cannelloniverpackung im Müll gefunden worden? Oder welke Spinatblätter? Irgendein Hinweis darauf, dass sie gekocht hat?»

Florin blätterte, las, schüttelte den Kopf. «Nein. Auch keine Snickersverpackung.»

«Dann war Ira den ganzen Abend über nicht zu Hause.» Beatrice schloss die Augen, wog mögliche Szenarien gegeneinander ab. Sah Ira Sagmeister vor sich, in einem Lokal – einer Pizzeria vermutlich, mit dem Notebook auf dem Tisch. Erst las sie die Speisekarte, bestellte und aß in aller Ruhe. Dann tippte sie Falkes Gedicht «Wenn ich sterbe» in das Facebook-Textfeld.

Legt rote Rosen mir um meine Stirne,
im Festgewande will ich von euch gehn,
und stoßt die Fenster auf, dass die Gestirne
mit heiterm Lächeln auf mein Lager sehn.

Vorstellbar? Ja, wenn auch mit einigen Schwierigkeiten. Sie schrieb, las die Antworten und bereitete sich auf ihren Tod vor. Chattete mit Beatrice, die ihr einzureden versuchte, dass sie etwas wusste, etwas Wichtiges … lehnte das Treffen am Residenzbrunnen ab. *Dann ist es zu spät. Du kannst mich mal.*

Das Snickers passte nicht ins Bild, aber vielleicht hatte Ira es bei sich gehabt oder später an einer Tankstelle gekauft. Oder …

Neues Szenario. Ein Imbissstand, bei dem Ira sich Cannelloni und ein Snickers kaufte, beides an einem Stehtischchen aß, das aufgeklappte Notebook vor sich. Spontan fiel Beatrice zwar kein einziger Imbiss ein, der Pasta im Angebot hatte, aber das musste nichts heißen.

Dritte Möglichkeit: Ira war bekocht worden, war einer Einladung gefolgt. Das verlieh ihren Postings ein ganz neues Gesicht. Sie hätte mit ihrem Gastgeber oder ihrer Gastgeberin am Tisch gesessen, beider Blicke wären auf den Bildschirm gerichtet, während sie aßen und sich über die Reaktionen der Gruppe amüsierten … nicht schlecht. Doch dann war etwas passiert, und Iras Leben hatte auf den Gleisen geendet.

Die ganz grundsätzliche Frage aber war …

«Wir müssen herausfinden, ob Ira ihre letzten Stunden allein verbracht hat. Bechner soll die Italiener in Parsch abklappern und prüfen, ob Ira am Abend ihres Todes dort gesehen worden ist. Jeder Imbiss, der Spinatcannelloni anbietet, kommt genauso in Frage.»

«Bechner wird uns Zyankali in den Kaffee mischen.»

«Egal. Wenn wir den Ort finden, an dem Ira gegessen hat, wissen wir auch, ob sie Gesellschaft hatte.»

Florin überlegte einen Moment. «Unter diesen Umständen», sagte er, «wäre es wohl besser, wir nehmen die Presse mit ins Boot und fragen die Leser, ob sie Ira am Abend ihres Todes gesehen haben. Mit ihrem Foto in der Zeitung und im Internet steigen die Chancen, dass jemand sich an sie erinnert. Und an ihre Cannelloni.»

Helen Crontaler Es ist doch wahr, jetzt haben wir die traurige Gewissheit. Mein Gott, warum nur? R. I. P., Ira.

Sie hatte die Todesanzeige aus der Zeitung eingescannt und das Bild zu ihrem Beitrag gestellt. Wenn man es anklickte und vergrößerte, konnte man den Text problemlos lesen.

Die Bande der Liebe werden mit dem Tod nicht durchgeschnitten.

Diese Zeile hatte auch Nikola DVD sofort zitiert und hinzugefügt: «Das ist schmerzhaft und wahr. Der Tod lässt die Lebenden mit all ihren Gefühlen zurück, auch wenn sie von nun an ins Leere verströmen müssen.»

Die Wortwahl passte so gar nicht zu dem frechen Zahnlückenmädchen auf dem Profilfoto. Unwillkürlich musste Beatrice an Mina denken – unvorstellbar, dass sie eines Tages auch solche Sätze drechseln würde. Sie schob den Gedanken beiseite. Für Privates war jetzt nicht der Zeitpunkt.

Phil Anthrop Oh nein, bitte nicht! Das ist so furchtbar.
Werner Austerer Ich melde mich sonst nur selten zu Wort, aber jetzt muss ich es tun. Ich bin erschüttert. Arme Ira, warum hast du nicht mit uns gesprochen!
Oliver Hegenloh Ich habe es befürchtet. Ira, wo du auch bist: Wir werden dich nicht vergessen. Was für eine Verschwendung.
Ren Ate Ich fasse es nicht. Heute brennt hier eine Kerze für Ira. Wie verzweifelt sie gewesen sein muss.

Christiane Zach Mir fehlen die Worte. Ira, wir werden dich vermissen!

Dominik Ehrmann Was für eine Katastrophe. Ich will und kann es nicht glauben. Aber ich wünsche ihr, dass sie nun von den Dämonen befreit ist, die sie verfolgt haben.

Christiane Zach Fällt euch auf, dass es schon das zweite Gruppenmitglied aus Salzburg trifft? In so kurzer Zeit! Ich könnte beinahe Angst bekommen ...

Marja Keller Ich melde mich ab. Das hätte ich gleich machen sollen. Verzeiht mir, aber ich ertrage es nicht mehr. Ira, ich denke an dich, ich hätte dich gern persönlich gekannt.

Irena Barić Marja, wir sollten zusammenhalten. Wenn du bleibst, sin wir für dich da!

Ivonne Bauer Auch ich zünde eine Kerze für Ira an. Es ist ein schwarzer Tag heute.

In dem Tenor ging es weiter. Siebenundfünfzig Kommentare waren bisher auf Crontalers Beitrag gefolgt, darunter zahlreiche Bilder von Kerzen und Sonnenuntergängen. Nikola DVD postete in ihrem zweiten Kommentar ein Tierbild: die schwarze Silhouette einer Katze, die sich vor einem nachtblauen Hintergrund abzeichnete.

Beatrice war gerade dabei, die Seite auszudrucken, als ihr Telefon läutete.

«Kaspary.»

«Hier spricht Crontaler.» Eine männliche Stimme. «Peter Crontaler. Wir kennen uns, Sie waren vor ein paar Tagen bei meiner Frau.»

Der Germanistikprofessor. «Natürlich. Was kann ich für Sie tun?»

«Wissen Sie, meine Frau ... quält sich.» Er seufzte, als wäre es ihm unangenehm. Wie ein Vater, der bei der Lehrerin um

Verständnis für sein verhaltensauffälliges Kind wirbt. «Wir haben heute in der Tageszeitung die Todesanzeige von Ira Sagmeister gefunden. Helen war völlig verstört, sie macht sich nun Vorwürfe und malt sich die furchtbarsten Dinge aus.»

Beatrice ahnte, worauf es hinauslaufen würde. Anrufe dieser Art bekamen sie immer wieder.

«Deshalb dachte ich mir, Sie können uns bestimmt helfen. Wenn Helen wüsste, was passiert ist, würde ihre Phantasie nicht so verrücktspielen.»

Aber ja. Und dann könnte sie ihr Insiderwissen auf Facebook posten und voller Genuss eine weitere Welle des Entsetzens auslösen.

Beatrice bemühte sich um einen neutralen Ton. «Es tut mir sehr leid, Herr Crontaler, aber das geht nicht. Weder Sie noch Ihre Frau sind mit Ira Sagmeister verwandt.»

So leicht ließ er sich nicht abschütteln. «Es scheint uns nur so merkwürdig. Dass niemand etwas weiß. Meine Studenten stellen mir ebenfalls Fragen, einige von ihnen kannten Ira. Zumindest übers Internet.»

Florin, der sich längst mit einem Schnauben abgewandt hatte, würde sich in seiner Abneigung gegen die Crontalers bestätigt fühlen, wenn Beatrice ihm die Details des Gesprächs erzählte. *In unseren Kreisen ist man informiert.* Sie musste wohl deutlicher werden.

«Um ehrlich zu sein, ich verstehe Ihr Anliegen nicht ganz. Ira Sagmeister ist tot, allem Anschein nach hat sie sich selbst das Leben genommen. Und Sie wollen nun wirklich wissen, auf welche Art sie das getan hat? Als Nächstes hätten Sie dann wahrscheinlich gern Bilder von der Auffindungssituation?» In einem versteckten Winkel ihrer selbst entdeckte Beatrice den perversen Wunsch, ihm genau diese

Bilder zu zeigen. Sie auf dem elegant dekorierten Tisch im salonartigen Wohnzimmer der Crontalers zu verteilen und zu beobachten, wie dem Ehepaar die Farbe aus dem Gesicht wich und das Frühstück wieder hochkam.

«Aber natürlich nicht. Was für eine geschmacklose Idee.»

«Da sind wir dann ja einer Meinung.»

Peter Crontaler schwieg, legte aber nicht auf. «Was soll ich meiner Frau sagen? Sie fühlt sich mitverantwortlich, so ist sie nun mal. Mehr Information würde ihr beim Verarbeiten helfen. War es denn sicher Selbstmord? Oder käme auch ein Unfall in Frage?»

Er gab wirklich nicht auf, erstaunlich. «Herr Crontaler, war Ihre Frau mit Ira Sagmeister persönlich bekannt? Haben die beiden gelegentlich telefoniert, sich im Kaffeehaus getroffen, irgendetwas in dieser Art?»

«Nein, nicht dass ich wüsste ...»

«Sehen Sie», unterbrach Beatrice ihn. «Ich will Ihrer Frau nicht die Betroffenheit absprechen, aber außer dem Internet gab es keine Verbindung zwischen ihr und Ira.» Sie ließ das Gesagte zwei Sekunden lang im Raum stehen, bevor sie nachsetzte. «Oder ist da noch etwas, das wir wissen sollten?»

Als Crontaler antwortete, war sein Ton deutlich frostiger. «Nein. Ich bedaure sehr, dass ich Ihnen mit meinem Anliegen die Zeit gestohlen habe. Guten Tag.» Er hängte auf, bevor sie seinen Gruß erwidern konnte.

Für einen Moment legte Beatrice den Kopf in den Nacken und schloss die Augen. Diplomatie war noch nie ihre Stärke gewesen, vermutlich sollte sie daran arbeiten.

«Er wollte Details?», erkundigte sich Florin.

«Ja. Helen ist ja neulich bei dir abgeblitzt, also hat er es jetzt versucht. Ich kaufe ihm jederzeit ab, dass seine werte Gattin ihn vorgeschickt hat, damit wir unter dem geballten

Druck seiner Wichtigkeit einknicken.» Sie rieb sich den Nacken, der sich verspannter denn je anfühlte. «Ich bin nur skeptisch, was ihre angebliche persönliche Erschütterung angeht. Viel eher glaube ich, dass Helen Crontaler es schlecht ertragen würde, wenn jemand anders in der Gruppe vor ihr Bescheid wüsste. Na ja, vielleicht tue ich ihr Unrecht.»

Sie wandte sich wieder ihrem Notebook zu. Boris Ribar hatte bisher keinen Kommentar unter der Todesanzeige hinterlassen. Hatte er den Eintrag noch nicht gelesen?

«Ich brauche ein Bild von einer Kerze.»

«Wie bitte?»

«Ein Kerzenfoto. Tina Herbert soll ihre Betroffenheit ausdrücken, und ich will mich der Menge anpassen.» Über die Bildersuche bei Google wurde Beatrice binnen Sekunden fündig, stellte aber fest, dass die besseren Bilder schon von anderen Gruppenmitgliedern verwendet worden waren. Am Ende fand sie ein noch unverbrauchtes Foto, das nicht weihnachtlich aussah, speicherte es und lud es hoch.

«Es ist unsagbar tragisch. Mein Mitgefühl ist bei allen, die Ira geliebt haben», schrieb sie dazu.

Gut. Mehr war im Moment nicht zu tun.

«Hast du dir schon überlegt», hörte sie Florin sagen, «dass Crontaler seine Frau nur als Vorwand benutzt hat, um dich auszufragen? Könnte doch sein, dass er aus eigenem Interesse angerufen hat.»

«Hm. Ich sehe nicht, was er davon hätte, außer der Befriedigung seiner Neugier.»

In einer nachdenklichen Geste strich Florin sich übers Kinn. «Ira war Studentin, er ist Professor. Nicht ihrer, schon wahr, aber trotzdem. Er hat immerhin Gerald Pallauf unterrichtet, vielleicht weiß er mehr, als er uns gesagt hat.»

An manchen Tagen fühlt es sich an wie ein Spiel. Es gibt eines, von dem ich vergessen habe, wie es heißt, aber man bekommt Bus- und Taxitickets, mit denen man sich durch eine Stadt bewegen muss, um den Jägern zu entkommen, die hinter einem her sind. Ab und zu zeigt man sich, damit die Meute ihre Richtung ändern kann.

Ich bin so müde.

Mein Ticket wird für einen Flieger sein. Bald. Und ich gedenke, neue Regeln einzuführen. Mich nicht mehr zu zeigen, außer, es ist unumgänglich oder zu meinem eigenen Vorteil.

Vor einiger Zeit habe ich einmal meine Kleidung mit einem Jungen getauscht, der das großartig fand. Er war ziemlich voll und ziemlich fröhlich, und er hatte bisher immer Glück gehabt.

Auch er hielt es für ein Spiel. Er hatte recht, es war eines. Damals habe ich gewonnen.

Um 14 Uhr ging die Pressemeldung heraus. Das beigefügte Bild von Ira war ernst und schön, der Aufruf, sich zu melden, wenn man sie am Abend ihres Todes zwischen neunzehn und dreiundzwanzig Uhr gesehen hatte, klang unaufgeregt. Das Wort «Selbstmord» kam nicht vor, stattdessen war Ira «unter ungeklärten Umständen ums Leben gekommen».

Nachdem die Neuigkeit die Facebook-Gruppe erreicht hatte, sprach nichts mehr dagegen, das zu tun, was Beatrice schon längst vorhatte. Sie rief Oliver Hegenloh an, bereits eine Entschuldigung auf den Lippen, für den Fall, dass ihre Rückschlüsse aus seinen gesammelten Internetauftritten sie zu einem völlig unbeteiligten und ahnungslosen Pharmaziestudenten geleitet hatten. Aber die Sorge war unbegründet. Er wusste sofort, worum es ging.

«Sie müssen nicht mit mir sprechen», erklärte sie ihm gleich zu Beginn, «aber ich würde Sie sehr herzlich darum bitten, es zu tun.»

Hegenloh dachte nicht einmal zwei Sekunden darüber nach. «Natürlich helfe ich Ihnen gerne. Obwohl ich Ira auch nur aus dem Netz kannte.»

«Über Skype hatten Sie ebenfalls Kontakt, ist das richtig?»

«Ja», sagte er, nicht ohne Verblüffung in der Stimme. «Woher wissen Sie das?»

«Wir haben nach Gerald Pallaufs Tod ein Auge auf die Lyrik-Gruppe gehabt. Dort haben Sie das neulich erwähnt.»

«Oh. Stimmt.»

Der Zettel mit den Fragen knisterte in Beatrices Hand. «Waren Sie überrascht, als Sie erfahren haben, dass Ira sich wirklich das Leben genommen hat?»

«Nein.» Er sagte es leise, aber mit Nachdruck. «Der Tod war immer ein großes Thema für sie, das haben Sie bestimmt auch mitbekommen, wenn Sie sich in der Gruppe umgesehen haben.»

«Wissen Sie etwas von den Problemen, die sie hatte?»

Hegenloh atmete hörbar ins Telefon. «Eigentlich nicht. Manche Menschen sind einfach unglücklich, obwohl es ihnen den äußeren Umständen nach gar nicht so schlechtgeht. Bei Ira war es allerdings so …» Er unterbrach sich. «Hören Sie, was ich Ihnen jetzt sage, ist eine reine Vermutung und legt vielleicht eine ganz falsche Spur.»

Beatrices Blick fiel auf eines der Fotos, die Iras totes Gesicht zeigten. «Sagen Sie es trotzdem. Bitte.»

Er holte Luft. «Ich könnte mir vorstellen, dass sie irgendwann vergewaltigt worden ist. Bei einem unserer Skype-Gespräche hat sie das Thema angeschnitten, aber so, als beträfe es nicht sie, sondern eine Freundin. Ich bin darauf eingegangen, natürlich. Sie wusste, dass ich Pharmazie studiere, und wollte wissen, ob es Medikamente gibt, die solche Traumata verschwinden lassen.»

Zwei Puzzleteile griffen ineinander. Diese Information und Iras Beschwerde über die Polizei. *Nicht bereit zuzuhören, wenn jemand von sich aus etwas erzählen möchte.*

«Hat sie mehr dazu gesagt? Wann und wo es passiert ist?»

«Nein. Sie hat ziemlich schnell das Thema gewechselt, aber für mich hat danach alles Düstere und Traurige, was sie gepostet hat, einen neuen Sinn ergeben.»

«Das ist eine wichtige Information, vielen Dank.»

«Kann ich sonst noch irgendetwas tun?»

Beatrice konsultierte ihre Notizen. «Hatte Ira mit jemandem aus der Gruppe ein besonders gutes Verhältnis? Oder ein besonders schlechtes?»

«Weder noch, glaube ich. Sie war nicht darauf aus, anderen zu gefallen. Sie wollte lieber provozieren.»

Irgendwann an diesem Nachmittag holte Bechner sie aus ihrer Arbeitstrance, indem er die Tür aufriss und sich, in perfekter Darstellung tiefster Erschöpfung, auf den Besucherstuhl fallen ließ. «Kann ich einen Kaffee haben?»

Beatrice wollte aufstehen, aber Florin war schneller. «Sicher. Milch, ja? Und Zucker?»

«Milchschaum, wenn es geht. Danke.» Er schüttelte den Kopf wie jemand, der einen schlechten Witz gehört hat, aber kein Wort darüber verlieren möchte. «Also», begann er, während das Mahlwerk der Kaffeemaschine ratterte. «Ich habe getan, was ihr mir aufgetragen habt und herumgefragt, ob Ira Sagmeister jemals die Hilfe der Polizei gesucht hat.» Er sah Beatrice herausfordernd an. «Das war es doch, was ihr wolltet, richtig?»

Waren sie überhaupt per du? Beatrice hätte schwören können, dass sie Bechner bis dato immer gesiezt hatte, und ihr stand nicht der Sinn danach, das zu ändern. Denn egal, welches Thema, immer klang Bechner vorwurfsvoll. Sein Leben war offenbar eine einzige Zumutung, und er ließ keine Gelegenheit verstreichen, genau das dem Rest der Welt unter die Nase zu reiben.

«Ja, genau. Und was ist dabei herausgekommen?»

«Es war extrem aufwendig. Ich habe gemailt und telefoniert ohne Ende, quer durchs ganze Land. Und dann ...», er nahm die Kaffeetasse von Florin entgegen, «bin ich auf etwas gestoßen. Ira Sagmeister hat tatsächlich einmal Anzeige erstattet, gegen unbekannt.» Er vergewisserte sich, dass sowohl Florin als auch Beatrice ihm ihre ungeteilte Aufmerksamkeit schenkten. *Wegen Vergewaltigung, richtig?* Welcher Idiot von Beamte hatte sie damit abblitzen lassen?

«Es war sogar in Salzburg. Sie ist persönlich auf der

Dienststelle in der Minnesheimstraße erschienen und hat erklärt, dass ihre Mutter telefonisch belästigt wird. Sie wollte eine Fangschaltung einrichten lassen, aber das wurde abgelehnt.»

Das kam überraschend. «Wissen wir auch, warum?»

«Der Anrufer dürfte sich nur zwei- oder dreimal gemeldet haben. Anonym, natürlich. Danach war Iras Mutter jedes Mal am Boden zerstört und tagelang nicht ansprechbar. Sie hat nie erklärt, was an den Anrufen für sie so schlimm war oder ob sie den Anrufer gekannt hat.» Bechner rührte hingebungsvoll in seiner Tasse. «Das war es. Ich hoffe, ihr seid zufrieden.»

Beatrice lächelte und nickte, obwohl das keineswegs das war, was sie erhofft hatte. *Das ist erstens lange her und war zweitens nicht hier in Salzburg*, hatte Ira gesagt, als Beatrice sie nach ihrem frustrierenden Polizeierlebnis gefragt hatte. Was natürlich gelogen gewesen sein konnte, aber das glaubte sie nicht. Ira hatte in ihrer abweisenden Art so stolz gewirkt. Wie jemand, der seinem Gegenüber jede Wahrheit ins Gesicht schleudern würde, ohne Rücksicht auf die Folgen. Immerhin war Bechners Geschichte interessant. «Wann genau ist das passiert?», erkundigte sich Beatrice.

«Im Februar vergangenen Jahres, also vor achtzehn Monaten.»

Ein knappes halbes Jahr später hatte Iras Mutter sich umgebracht. Und nun hatte ihre Tochter das Gleiche getan. So sah es jedenfalls aus. Beatrice würde die Episode bei ihren weiteren Schritten im Kopf behalten. Möglich, dass der Anrufer von damals seine Kontakte jetzt über Facebook pflegte.

Am nächsten Tag liefen die Telefone heiß. Massenweise Menschen behaupteten, Ira Sagmeister am fraglichen Abend gesehen zu haben. Die Orte der angeblichen Sichtungen beschränkten sich nicht auf Salzburg, sondern reichten von Wien über Graz bis nach Nürnberg. Jemand wollte Ira mit einer Gruppe junger Männer beim Einsteigen in einen VW-Bus beobachtet haben, ein anderer behauptete, sie sei zu ihm in den Aufzug eines Einkaufszentrums gestiegen, ein Baby im Tragetuch vor der Brust.

Kurz vor zwölf Uhr platzte Stefan herein: «Ich habe zwei übereinstimmende Treffer, wenn ihr mich fragt.»

Seine Notizen waren sogar für ihn selbst unleserlich, und er brauchte einen Moment, bis er die Fakten parat hatte.

«Also. Zwei der Anrufer sagen, sie hätten das Mädchen auf dem Zeitungsfoto in einer Pizzeria namens ‹Lugano› gesehen. Donnerstagabend, halb acht.» Er legte eine bedeutungsvolle Pause ein. «Ira war angeblich allein und – Achtung! – hatte ein Notebook dabei, das sie nach einiger Zeit aufgeklappt haben soll. Eine Zeugin sagt, sie habe sich noch darüber geärgert, dass die Esskultur so dermaßen den Bach runtergehe. Die andere meinte, ihrem Eindruck nach hätte Ira auf jemanden gewartet. Jedes Mal, wenn jemand ins Lokal kam, ist sie hochgeschreckt.»

Das klang tatsächlich wie ein Treffer. «Hat eine der beiden Zeuginnen gesehen, was das Mädchen gegessen hat?», fragte Florin. «Wann es gegangen ist?»

Stefan schüttelte den Kopf. «Die erste Zeugin weiß noch, dass Ira das Lokal vor ihr verlassen hat, kann allerdings nicht genau sagen, wie lange vorher. Sie sagt, das Mädchen mit dem Computer hätte beim Zahlen mit dem Kellner gestritten, weil er ihr zu wenig herausgegeben hätte.»

Es war dieses Gefühl, das Beatrice an ihrem Beruf festhalten ließ. Dieses warme Pochen im Inneren, wenn die Kompassnadel endlich in die richtige Richtung zeigte. Es fühlte sich nach einem Triumph an, obwohl es dafür noch viel zu früh war. «Wir werden das überprüfen», sagte sie entschlossen, «und wenn es stimmt, steht für mich fest, dass Ira sich nicht selbst getötet hat, sondern Opfer eines Verbrechens wurde. Niemand, der sich umbringen will, schlägt sich zuerst den Magen voll und streitet dann wegen ein paar Cent herum.»

Sie würde es als Mordfall handhaben, ab sofort, trotz Florins skeptischer Falte über der Nasenwurzel. «Wir halten uns alle Möglichkeiten offen», wandte er prompt ein. «Ira war in labiler Verfassung, wer sagt, dass es nicht ein Sekundenentschluss war. Sie sieht die Gleise, sieht den Zug kommen und denkt sich: Was soll's.» Er klopfte mit seinem Kugelschreiber gegen die Tischkante. «Wir hatten solche Fälle schon. Selten, aber es gibt sie.»

Beatrices Gesicht sprach offenbar Bände, denn Florin lachte auf. «Sehr schön, dann stehe ich mit meiner Einstellung eben allein da. Du suchst ab sofort einen Mörder, richtig?»

«Absolut.»

Er wurde wieder ernst. «Im Prinzip bin ich ja deiner Meinung, nur sollten wir …»

Lautstarkes Handyklingeln unterbrach ihn. Beatrice zog eine entschuldigende Grimasse und griff nach dem Telefon, warf einen schnellen Blick auf das Display. Was wollte Achim um diese Zeit?

«Du hast es vergessen.» Jedes Wort war getränkt mit Enttäuschung und Verachtung.

«Wie bitte?» Was um Himmels willen sollte sie vergessen haben, so ein Unsinn …

«Unsere Vereinbarung. Ich stehe mit den Kindern vor der Schule, und sie haben nichts dabei. Nichts!»

«Welche Ver-?» Mittwoch. Es fiel ihr wieder ein. Die neue Regelung, die sie entlasten sollte, haha.

«Ich habe es tatsächlich vergessen. Tut mir leid.»

«Ja, sicher. Weißt du was? Es passt dir nicht, deshalb boykottierst du mich.»

Diese Anschuldigung war so abstrus, dass ihr keine passende Antwort dazu einfiel. Er ist dumm, dachte sie plötzlich, während sich der Ärger über ihre eigene Vergesslichkeit und die Wut auf Achim einen heftigen Zweikampf in ihrem Inneren lieferten. Ich habe einen dummen Mann geheiratet, der wirklich glaubt, alles passiere ausschließlich seinetwegen.

«Du hättest mich erinnern können, letzten Sonntag, als du die Kinder nach Hause gebracht hast.»

«Wozu? Es war alles besprochen. Unter erwachsenen Menschen sollte das genügen.»

Im Hintergrund hörte sie die Kinder quengeln, konnte aber nicht verstehen, was sie sagten. Ihr Blick begegnete dem Florins, und sie drehte sich weg. Sie hasste es, dass er eine weitere Auseinandersetzung zwischen ihr und ihrem Exmann mitbekam.

«Es tut mir leid», wiederholte sie mit fester Stimme. «Ich kann es jetzt aber nicht mehr ändern. Wenn du möchtest, bringe ich ihre Sachen heute Abend vorbei. Und dann wäre es sicher gut, wenn du dir eine Garnitur der wichtigsten Dinge selbst zulegen würdest. Pyjamas. Zahnbürsten. Ein paar Bücher.»

Sie hörte ihn atmen, spürte, wie wütend er war. *Warum, Achim? Es ist nichts Schlimmes passiert.*

«Weißt du was?», sagte er schließlich. «Spar dir den Weg heute Abend, du würdest ja doch die Hälfte vergessen. Dann kaufe ich eben, was nötig ist.» Er legte grußlos auf.

«Tu das», flüsterte Beatrice dem Besetztzeichen zu. Sie drückte die rote Taste und legte das Handy auf den Tisch.

Warum war sie so erstaunt? Nur weil Achim schon lange keine nächtlichen Telefonattacken mehr geritten hatte? Weil ihre letzten Treffen so unerwartet harmonisch abgelaufen waren? Hatte sie wirklich gedacht, er könne aus seiner Haut?

«Bea? Wenn du Pause machen willst, lass uns hinunter in die Cafeteria gehen», schlug Florin vor.

Sie schüttelte den Kopf, obwohl sie eine Pause gut gebrauchen konnte. «Du wolltest vorhin etwas sagen. Dass ich recht habe – könntest du das wiederholen? Ich würde es jetzt gern hören, glaube ich.»

Florins Lächeln war offen und ohne Mitleid, zum Glück. «Du hast recht, wir sollten die Angelegenheit wie einen Mordfall behandeln. Aber trotzdem die Möglichkeit eines Selbstmords nicht aus den Augen verlieren.»

«Okay. Dann lass uns in diese Pizzeria fahren.»

Es saßen kaum noch Gäste an den Tischen des «Lugano». Eine rundliche Kellnerin räumte mit hektischen Bewegungen schmutziges Geschirr ab, ein Pärchen schwieg sich über den Resten eines matschig wirkenden Tiramisu an.

«Entschuldigen Sie, wir würden gern den Geschäftsführer sprechen.» Florin lächelte der Kellnerin zu, ohne damit die geringste Regung in ihrer angespannten Miene hervorzurufen.

«War etwas nicht in Ordnung? Das können Sie auch mir sagen, ich gebe es an die Küche weiter.»

«Wir haben hier nicht gegessen.»

«Dachte ich's mir doch.» Mit mäßigem Interesse warf die Frau einen Blick auf Florins Ausweis. «Sie wären mir wahrscheinlich aufgefallen. Der Chef ist hinten, einen Moment.» Sie wischte mit einem feuchten Lappen über den Tisch, rückte die kleine Vase mit den Kunstblumen in die Mitte und verschwand durch eine Tür hinter der Theke.

Die Kellnerin kam nicht wieder, dafür wenige Momente später ein Mann um die vierzig in Jeans und Poloshirt. «Hallo, Norbert Breiner, ich bin der Geschäftsführer. Sie wollten mich sprechen?» Er lächelte Beatrice hoffnungsvoll an und wirkte enttäuscht, als stattdessen Florin das Wort an ihn richtete.

«Wir sind von der Salzburger Kriminalpolizei und ermitteln in einem ungeklärten Todesfall. Können wir uns setzen?»

«Selbstverständlich.» Breiner deutete auf einen Tisch links von ihnen, der in einer mit Fischernetzen, Seesternen und Plastikfischen geschmückten Nische stand. «Wer ist gestorben? Jemand, den ich kenne?»

«Jemand, der möglicherweise vorher in Ihrem Lokal gegessen hat.»

Es war, als errichtete der Geschäftsführer in Sekunden eine unsichtbare Mauer zwischen ihnen. «Das ist unmöglich. In meiner Küche herrschen ausgezeichnete hygienische Bedingungen, erst vor ein paar Wochen war jemand vom Gesundheitsamt da und hat kontrolliert ...»

«Ein Missverständnis», unterbrach ihn Beatrice. «Es ist niemand an Ihrem Essen gestorben, aber möglicherweise hat eine junge Frau die letzten Stunden ihres Lebens hier verbracht. Und das möchten wir gerne herausfinden.»

Breiner entspannte sich sichtlich. «Meine Güte, und ich dachte schon ... auf den Schreck sollten wir einen Grappa trinken. Was meinen Sie? Ich lade Sie ein.»

Beatrice winkte ab. «Nein danke. Aber Sie würden uns

helfen, wenn Sie mir sagen könnten, wer am vergangenen Donnerstag im Lokal serviert hat.»

«Ella.» Er deutete zu der Tür, hinter die die Kellnerin sich zurückgezogen hatte. «Und ich selbst. Muss leider sein, einer meiner Mitarbeiter ist im Krankenstand, und ein weiterer hat vor zwei Wochen gekündigt, weil er endlich sein Studium abgeschlossen hat. Ich bin noch auf der Suche nach Ersatz.» Er musterte Florin, als käme der in Frage.

«Dann können Sie mir eventuell sagen, ob Sie sich an diese Frau erinnern.» Beatrice zog das Foto von Ira Sagmeister aus der Tasche und legte es vor Breiner auf den Tisch.

«Hm.» Er ließ sich Zeit. Nickte schließlich. «Ja, die war hier. Ziemlich unfreundlich. Aber sie hatte die Haare anders als auf dem Bild.» Er beschrieb mit der Hand wirbelnde Kreise um seinen Kopf. «Sie hatte ein Tuch drumgewickelt. Nicht wie ein Turban, aber … Sie kennen das sicher.»

Ja. Beatrice schluckte trocken. Damit war Iras letzter Restaurantbesuch also geklärt. «Wie ist der Abend abgelaufen? Woran können Sie sich erinnern?»

Breiner stützte das Kinn auf Hand, ganz in Denkerpose. *Jetzt weiß er, er hat nichts zu befürchten, und genießt unsere Aufmerksamkeit.*

«Sie hatte einen Computer dabei. Einen Laptop, der blau geschimmert hat. Mit dem war sie die ganze Zeit beschäftigt. Hat darauf herumgetippt, aber ich habe nicht gesehen, was sie geschrieben hat.» Er neigte den Kopf. «Privatsphäre, Sie verstehen schon. Und außerdem hat das Mädchen so gesessen, dass ich immer nur den hochgeklappten Deckel von dem Computer sehen konnte.»

Beatrice sah sich im Lokal um. «An welchem Tisch?»

«Gleich hier daneben.» Breiner deutete auf die benachbarte Nische. «Viel zu groß für eine einzelne Person. Aber es war nicht besonders voll an dem Abend, also habe ich sie sitzen gelassen. Außerdem dachte ich, es kommt noch jemand.»

«Hat sie das gesagt?»

Breiner lächelte. «Das musste sie nicht. Als Wirt mit Erfahrung merkt man das. Wenn jemand allzu oft zur Tür sieht oder erst nach einer Stunde und mehreren Getränken etwas zu essen bestellt, dann wartet er auf jemanden.»

«Aber es ist niemand aufgetaucht?», hakte Florin nach. «Nicht einmal kurz, auf ein paar schnelle Worte?»

«Wenn doch, dann habe ich es nicht mitbekommen.» Breiner griff nach einem Bierdeckel und begann, ihn zwischen den Fingern zu drehen. Mehrmals setzte er dazu an, etwas zu sagen. Als er es schließlich tat, war seine Stimme leise. «Ich weiß, dass man über Tote nur nett sprechen soll, und es tut mir auch leid, dass der jungen Frau etwas zugestoßen ist – aber sie war nicht sympathisch. Ich habe ihr das Essen gebracht und sie ansonsten in Ruhe gelassen.»

Beatrice erinnerte sich noch genau an ihre einzige persönliche Begegnung mit Ira. Sie wusste, was Breiner meinte, und fragte nicht weiter nach. Aber «Essen» war ein gutes Stichwort. «Erinnern Sie sich noch, was sie bestellt hat?»

Er stutzte für einen Moment. «Ja. Ich glaube schon … es war etwas, das immer nur Frauen bestellen, ich dachte mir nämlich noch: Typisch, Grünzeug – warten Sie. Genau. Die Ricotta-Spinatcannelloni waren es. Getrunken hat sie dazu stilles Wasser.» Breiner legte den Bierdeckel beiseite und verschränkte die Finger ineinander.

Spinatcannelloni. Damit waren die letzten Zweifel ausgeräumt.

«Vielen Dank, Herr Breiner.» Florin überflog seine Notizen. «Nur noch eine Frage: Eine Zeugin hat sich bei uns gemeldet und angegeben, dass es am Ende noch Ärger wegen der Rechnung gegeben hätte – können Sie das bestätigen?»

Der Geschäftsführer musste nicht lange überlegen. «Ja. Angeblich hatte ich dem Mädchen zu wenig Geld herausgegeben. Sie hat sich ziemlich aufgeregt.»

«Und ist danach gleich gegangen?»

«Ja. Wenn Sie wissen wollen, wie spät es war: kurz vor halb neun. Ich war noch froh, dass sie nicht den ganzen Abend bleiben wollte.»

Eine so genaue Zeitangabe war ein Geschenk. Beatrice würde sich die Facebook-Einträge noch einmal durchsehen, obwohl die Uhrzeit der Postings nicht mehr nachvollziehbar war. Allerdings war sie ziemlich sicher, dass Ira *Wenn ich sterbe* erst später gepostet hatte. Die Diskussion, die sich daran angeschlossen hatte, die Versuche der Gruppe, Ira zu erreichen – all das war später passiert. Nicht hier also. Wo aber dann? Möglicherweise konnte Stefan …

Ihr Handy klingelte. Bitte, flehte sie stumm, nicht schon wieder Achim und seine übliche Beschwerdeliste. Mit Gummibärchen verklebte Seiten in Jakobs Lesebuch oder etwas vergleichbar Weltbewegendes.

Doch die Nummer auf dem Display war fremd, und sie war ungewöhnlich lang. Mit entschuldigendem Nicken stand Beatrice auf und wandte sich ab.

«Kaspary.»

«Guten Tag.» Es war eine Frau, die mit Akzent sprach. Beatrice verknotete sich der Magen, noch bevor ihr Kopf die richtigen Schlüsse gezogen hatte. War das etwa …

«Hier spricht Anneke Ruysch. Ich hoffe, ich störe Sie nicht eben?»

Florins Anneke. «Nein. Gar nicht.» Die Anwort war Beatrice wie von selbst über die Lippen gekommen und hatte einigermaßen natürlich geklungen, wenn auch zu hastig.

Wieso rief Anneke sie an? Sie waren sich noch nie richtig begegnet, Beatrice hatte sie zwar ein paarmal aus der Entfernung gesehen, aber bisher kein einziges Wort mit ihr gewechselt.

Unwillkürlich drehte sie sich zu Florin um, der gerade der Kellnerin Ella die Hand schüttelte.

«Ich möchte gern wissen, was los ist.» Es klang gleichzeitig drollig und hart.

Im Grunde hatte Beatrice angenommen, Anneke würde mit Florin sprechen wollen. Weil sie ihn auf seinem Handy nicht erreichte und es dringend war, oder ... egal, alles wäre wahrscheinlicher – und auch besser – gewesen als das, wonach Annekes Eröffnung sich anhörte.

Beatrice ließ sich zu lange Zeit mit ihrer Antwort, sie spürte es selbst, aber das Gefühl, plötzlich in einer Geschichte zu stecken, in die sie nicht gehörte, brachte sie völlig aus dem Konzept. *Nichts*, hätte sie sagen sollen. *Nichts ist los, was wollen Sie überhaupt von mir?*

«Ich weiß nicht, was Sie meinen», sagte sie stattdessen.

«Aber Sie wissen, wer ich bin?»

«Ja.» Wieder sah sie sich zu Florin um, der ihren Blick fragend erwiderte. Beatrice ging zwei Schritte näher an die Tür heran. «Ich glaube es zumindest. Trotzdem verstehe ich nicht, weswegen Sie mich anrufen.» Und woher Sie meine Nummer haben, fügte sie im Stillen hinzu. Dabei war das wirklich einfach zu erklären. Ein schneller Blick in Florins Handy-Adressliste genügte.

«Ich habe den Eindruck, dass etwas nicht stimmt. Florin ist anders, seit neulich. Zum ersten Mal ist er gerne wieder nach Hause zurückgefahren, letztes Wochenende.»

War bei der Frau alles in Ordnung? Eine Wildfremde anzurufen und ihr die eigenen Beziehungsprobleme darzulegen, war … ungewöhnlich. Wenn nicht mehr als das.

«Wir arbeiten gerade an einem anstrengenden Fall», erklärte Beatrice mit dem unangenehmen Gefühl, in ein Gespräch gezogen zu werden, das nur schiefgehen konnte. «Ich schätze, Florins Gedanken kreisen die meiste Zeit darum. Meine tun es jedenfall-»

«Nein», schnitt Anneke ihr das Wort ab. «Es ist anders. Ich weiß, wie Florin sich verhält, wenn er an die Arbeit denkt. Diesmal hatte ich das Gefühl, er denkt an seine Kollegin. An Sie.»

«Das ist Blödsinn.» Warum rechtfertigte sie sich eigentlich? «Außerdem finde ich, dass Sie Ihre Beziehung nicht mit mir, sondern mit … mit ihm selbst besprechen sollten. Ich habe nichts damit zu tun.» Endlich bekam sie wieder Boden unter die Füße.

«Er redet aber viel von Ihnen.» Anneke ließ sich nicht beirren. «Beatrice sagt dieses, sie sagt jenes, sie hat ein so gutes Gefühl für die Dinge …»

Tat er das wirklich? Diesmal drehte sie sich nicht um, ihr Blick blieb auf das Kitschgemälde der Rialtobrücke geheftet, das ihr gegenüber an der Wand hing.

«Wir sind Kollegen», sagte sie mit gesenkter Stimme. «Und ganz ehrlich, ich finde Ihren Anruf mehr als merkwürdig. Merken Sie nicht, dass Sie Florin damit bloßstellen, wenn auch nur vor mir? Er und ich, wir schätzen einander. Das ist alles.»

«Hm.» Sie schien kurz zu überlegen. «Schwer zu glauben. Wissen Sie, ich bin nicht ein Fan von – wie sagt man? Halbe Dinge?»

«Halbe Sachen.»

«Genau. Wenn Florin sich nicht sicher ist, ob ich für ihn richtig bin, dann ist es besser, wir trennen uns. Deshalb habe ich angerufen.»

Die Logik dieser Argumentation war für Beatrice nicht nachvollziehbar. «Aber warum mich, zum Teufel?»

«Ich wollte Sie hören und wissen, wie Sie reagieren. Jetzt sehe ich klarer. Danke. Tot ziens.» Sie legte auf.

Beatrice hielt sich das Handy weiter ans Ohr, sie brauchte noch ein paar ungestörte Sekunden, um sich zu sammeln. Waren in den Niederlanden alle Leute so direkt? Woher wollte Anneke wissen, dass Beatrice nicht umgehend zu Florin gehen und ihm das Gespräch in allen Details schildern würde?

Was natürlich nicht in Frage kam. Sie steckte ihr Handy weg und hielt Ausschau nach der Toilette. «Ich bin gleich wieder da», erklärte sie Florin im Vorbeigehen und schloss sich in der ersten Kabine ein.

Zitronenduft im Übermaß. Musste sie sich jetzt eine Geschichte zurechtlegen? Keinesfalls würde sie Florin verraten, wer eben dran gewesen war. Im Zweifelsfall würde sie eine Freundin erfinden, die sich gerade scheiden ließ, und sich für das private Gespräch während der Befragung entschuldigen.

Diesmal hatte ich das Gefühl, er denkt an seine Kollegin. An Sie. Fast gegen ihren Willen wärmte sie der Gedanke.

«Alles in Ordnung?», erkundigte sich Florin, als Beatrice sich wieder an den Tisch setzte. Die Frage, der Blick – für ihn stand fest, dass Achim angerufen hatte.

«Aber ja.» Beatrice nickte Ella aufmunternd zu. «Die Unterbrechung tut mir leid, sprechen Sie bitte weiter.»

Erst später, als sie auf dem Weg zurück ins Büro waren, ging Beatrice auf, welche Bürde Anneke ihr da aufgelastet hatte. Wollte sie den Fortgang ihrer Beziehung von einem zweiminütigen Telefongespräch abhängig machen? *Jetzt sehe ich klarer*, hatte sie gesagt, was für ein Quatsch.

Beatrice schüttelte den Kopf, als ob sie damit die Dinge an ihren richtigen Platz rücken könnte. Es war absurd, das alles. Und wahrscheinlich war es doch besser, mit Florin darüber zu sprechen. Anneke hatte mit keinem Wort um Verschwiegenheit gebeten.

Warum tue ich es dann nicht einfach?

Wegen der halben Stunde, die er sie damals mit seinem Körper gewärmt hatte, um ihre Unterkühlung in den Griff zu bekommen. Wegen *Moon River* und der Art, wie er neulich ihre Hand gehalten hatte. Weil sie darüber weder lachend hinweggehen konnte noch wollte, obwohl das sicher eine gute Idee gewesen wäre.

«Was bedrückt dich?» Florin bremste vor einer roten Ampel ab und sah zu ihr hinüber.

«Bedrücken? Gar nichts. Ich denke nur nach.»

«Worüber?»

Ja, worüber? «Ich frage mich, auf wen Ira im ‹Lugano› gewartet hat. Und ob sie ihn oder sie etwas später doch noch getroffen hat.»

Er lachte auf. «Gedankenübertragung. Das beschäftigt mich auch die ganze Zeit. Wenn wir ihren Computer hätten … oder ihr Handy. Immerhin ist Stefan schon in Kontakt mit dem Provider, wir sollten also bald wissen, mit wem sie in den letzten Tagen telefoniert hat.»

«Gut.» Die Ampel schaltete wieder auf Grün. Beatrice rieb sich die Arme. Ihr war plötzlich kühl. Gedankenübertragung, von wegen.

«Wenn du heute Abend kinderlos bist», sagte Florin und bog auf den Parkplatz der Zentrale ein, «was hältst du dann von einem gemeinsamen Abendessen? Wir könnten die nächsten Schritte besprechen, aber in angenehmer Atmosphäre. Ein wenig brainstormen.» Er manövrierte den Wagen in eine enge Lücke, sein Blick war konzentriert auf den Rückspiegel gerichtet. «Ich würde gerne wieder einmal ins ‹Ikarus› gehen. Außer, du hättest es heute lieber gemütlich als schick, dann ...»

«Ich glaube nicht», unterbrach ihn Beatrice. Im «Ikarus» war sie noch nie gewesen, und sie fand die Vorstellung wunderbar, den Abend mit Florin dort zu verbringen. Nur dass sie Annekes Anruf nicht aus dem Kopf bekommen würde. Sehr wahrscheinlich, dass sie sich im Lauf des gemeinsamen Essens melden würde. Und warum sollte Florin dann ein Geheimnis daraus machen, mit wem er gerade eine Flasche Wein teilte, weil es sich dabei besser «brainstormte»?

«Ich muss mich auf den neuesten Facebook-Stand bringen. Mich mit dem Notebook in ein Restaurant zu setzen, liegt mir nicht, da kann ich mich auch nicht gut konzentrieren.»

«Oh.» Er zog den Autoschlüssel aus dem Zündschloss, stieg aber nicht aus, sondern betrachtete Beatrice nachdenklich. Sie grinste verlegen und wünschte Anneke die Pest an den Hals.

«Na gut. Neuer Vorschlag: Wir packen zusammen, was wir brauchen, und fahren zu mir. Auf dem Weg stoppen wir bei Kölbl und decken uns mit allem ein, wonach uns der Sinn steht. Gute Idee?»

Brillante Idee. «Ich weiß nicht. Ich ...»

«Ach, komm, Bea. Du hast heute einen Abend ohne Verantwortung für jemand anders. Es ist nicht verwerflich, es sich schönzumachen. Und wenn es dir darum geht, in ausgeleierten Jogginghosen auf einer Couch zu lümmeln – ich finde sicher einen alten Pyjama für dich.»

Wider Willen musste sie schmunzeln. «Das abzulehnen, fällt mir wirklich schwer.»

«Also abgemacht.»

Sie nickte. Zum Teufel noch mal, es war ein Arbeitsessen, es war harmlos, und falls Anneke anrufen sollte, würde sich Beatrice eben ins Badezimmer flüchten. Sie erinnerte sich dunkel, das schon einmal getan zu haben.

Zehn Minuten vor Ladenschluss stand Beatrice im «Kölbl», Florins bevorzugtem Feinkostladen, und kümmerte sich um die Käseauswahl, während Florin Prosciutto, Antipasti und cremig aussehende Desserts einpacken ließ. Es war schön hier, stellte sie fest, aber es war nicht ihre Welt. Anneke hätte sicher mit dem Besitzer fachsimpeln können, über Jahrgangsweine und die optimale Reifedauer eines Belpaese. Mit drolligem Akzent, aber sattelfest in der Materie.

Erstaunlich. Dieser eine Anruf hatte ganze Arbeit geleistet. Jetzt schlich Florins Freundin sich schon bei einer so harmlosen Angelegenheit wie dem Einkauf von Lebensmitteln in Beatrices Kopf.

«Noch ein schmales Stück von diesem hier», bat sie und zeigte auf den Dolce Latte. Aus den Augenwinkeln sah sie Florin Wein auswählen – eine Flasche rot und eine weiß.

Den wird er wohl allein trinken müssen, dachte sie mit leichtem Bedauern.

Nikola DVD Sein Blick ist vom Vorübergehn der Stäbe
so müd geworden, daß er nichts mehr hält.

4 Personen gefällt das

«Aha.» Florin balancierte ein Stück Baguette mit Serranoschinken in der linken Hand, während er mit der rechten die Maus bediente. «Verstehst du, warum sie nur einen Satz des Gedichts zitiert?»

«Keine Ahnung.» Um besser auf den Bildschirm sehen zu können, drehte Beatrice das Notebook ein Stück zu sich. «Aber die anderen kapieren es auch nicht. Lies weiter.»

Ren Ate Willst du, dass wir den Rest ergänzen, Nikola? Ist es ein Rätsel? Dann ist es zu einfach, den «Panther» kennt hier wirklich jeder.

Phil Anthrop Ich find's auch merkwürdig.

Helen Crontaler Nikola, denkst du nicht, dass es zu früh ist für «normale» Postings? Wir haben erst seit heute die Gewissheit, dass Ira tot ist. Wir sollten ihrer gedenken und keine Ratespielchen starten.

Ren Ate Genau.

Dominik Ehrmann Ira hat Rilke geliebt. Und hätte den Sinn verstanden. Danke, Nikola.

Helen Crontaler Es gibt aber passendere Rilke-Gedichte. Und man könnte sie vollständig posten, nicht verstümmelt.

Oliver Hegenloh Streitet nicht, bitte. Wenn etwas wirklich unpassend ist, dann das.

Boris Ribar Ich schließe mich Oliver an.

Und so weiter und so weiter.

Sie saßen in Florins Wohnzimmer, die Glaswand zu ihrer Linken gab den Blick frei auf die Salzburger Innenstadt. Ein Penthouse wie dieses war nicht mit einem Polizistengehalt zu bezahlen, doch auf Nachfragen reagierte Florin immer peinlich berührt. Er habe die Wohnung seiner Großmutter zu verdanken, und eigentlich sei sie ihm viel zu groß.

Nun las er kauend, die Stirn in Falten gelegt. «Ehrlich gesagt, blicke ich nicht durch. Die verhalten sich ganz normal. Ein bisschen schrullig, das schon, aber um den Verantwortlichen für Pallaufs, Beckendahls und Sagmeisters Tod hier zu suchen ...» Er hob den Kopf und sah Beatrice von der Seite her an. «Tut mir leid, Bea. Ich weiß, du willst diese Theorie nicht aufgeben, aber sie steht auf tönernen Füßen.»
«Es ist der einzige Zusammenhang zwischen den dreien. Wir können das nicht einfach vom Tisch wischen.»

«Was ist mit Dulović? Er war nicht in der Gruppe, trotzdem ist er tot.»

Leider wahr. Aber ein Zusammenhang bestand dennoch – Dulović hatte behauptet, etwas über Pallaufs und Beckendahls Tod zu wissen. Drei Tage später war er in der Salzach gefunden worden.

«Es ist wie eine Gleichung mit lauter Unbekannten.» Beatrice sprach jetzt mehr mit sich selbst als mit Florin. «Kein Motiv, kein Täter. Aber es gibt beides, ich weiß es einfach. Was ist zum Beispiel mit der Glock? Es spricht nichts dafür, dass Pallauf es war, der sie gestohlen hat. Wie ist sie an den Tatort gekommen?» Gedankenverloren schob sie sich eine getrocknete Tomate in den Mund. «Wir müssen es mit einem sehr geschickten Mörder zu tun haben, der auf irgendeine Weise vom Tod all dieser Opfer profitiert.» Mittellose Studenten und eine Kosmetikerin. Wer hatte etwas davon, sie zu töten? Ein Lyrikhasser? Oder jemand, der fand, dass sie heilige Verse entweihten, indem sie sie ins Internet stellten, als Untertext für mittelprächtige Fotografien? Ein weiterer Gedanke schoss ihr durch den Kopf. Es gab noch eine Gemeinsamkeit. Salzburg-Bilder. Iras Tankstelle.

«Und Pallaufs Festung.»

«Entschuldige bitte, aber ich verstehe kein Wort von dem, was du sagst. Was meinst du mit *Pallaufs Festung*?»

«Sage ich dir gleich.» Beatrice scrollte nach unten. Wann war das noch mal gewesen, im Dezember letzten Jahres? Da hatte Pallauf ein Bild des Hellbrunner Weihnachtsmarkts eingestellt, dazu Storms Gedicht.

Vom Himmel in die tiefsten Klüfte
Ein milder Stern herniederlacht;
Vom Tannenwalde steigen Düfte …

Es dauerte, bis sie es gefunden hatte.

«Er hat gerne fotografiert und immer wieder Bilder von Salzburg gepostet. Siehst du? Hellbrunn. Ein bisschen später, im Februar, noch mal.» Zwei weitere Minuten, dann hatte sie es auf dem Bildschirm. Die Festung Hohensalzburg und wieder Rilke. *Ein weißes Schloß in weißer Einsamkeit …*

In Florins Miene stand nichts als Ratlosigkeit. «Was soll mir das sagen? Es ist ein beängstigendes Gedicht, das schon. Und ich habe es bisher nicht gekannt, aber …»

«Pallauf und Sagmeister sind die Einzigen, die Bilder von Salzburg gepostet haben. Wobei die von Pallauf schöner sind, Sagmeisters Fotos waren eher … eigenartig. Eine Tankstelle, zum Beispiel. Zwar ohne Rilke, aber dafür ein anderes Gedicht, bei dem der Tod aus jeder Zeile quillt.» Sie überflog es noch einmal. *Fenster grinst Verrat, Äste würgen, Berge Sträucher blättern raschlig, Gellen Tod.* Und dazu eine Reihe von Zapfsäulen?

Florin wirkte nicht überzeugt. «Wenn du genau hinsiehst – die anderen machen das auch. Hier, schau her. Frederik Obrist: ein Gedicht von Wedekind und ein Bild des Ulmer Münsters.»

«Richtig, aber es ist nicht Salzburg. Es ist kein Gruppenmitglied aus Ulm ums Leben gekommen, soweit ich weiß.»

Florin schüttelte den Kopf. «Dass Ira ein solches Gedicht mit diesem Foto kombiniert, spricht eher für ihre psychischen Probleme. Andere veröffentlichen Haustierbilder, Babyfotos, Landschaften. Ich verstehe, was du meinst. Aber um es ein Muster nennen zu können, sind mir zu viele Webfehler darin.» Er griff nach seinem Glas. «Sarah Beckendahl zum Beispiel. Wie passt sie in deine Theorie? Sie war in der Gruppe, gut. Aber sie hat sich kaum beteiligt. Wenn das Motiv irgendwo zwischen diesen Gedichten begraben liegt, wieso hat es dann ausgerechnet sie getroffen? Nur weil sie zu Besuch in Salzburg war?»

Ja, hätte Beatrice beinahe gesagt. Wahrscheinlich ist das der Grund. «Ich sollte mit den Salzburger Mitgliedern sprechen. Möglichst mit allen», erklärte sie. «Wer weiß, vielleicht steht noch jemand auf der Liste des Täters.» Sie schloss die Augen. Ein Schluck Wein war vielleicht doch eine gute Idee. Morgen würde sie mit Kossar reden und ihn fragen, ob es denkbar war, dass jemand in dieser Stadt es sich in den Kopf gesetzt hatte, Menschen zu eliminieren, die gern Gedichte lasen. Aber warum suchte er sie bei Facebook? Warum nicht bei Dichterlesungen oder in Buchhandlungen?

«Ribar mischt auch wieder mit», stellte Florin fest. «Ich hoffe ja sehr, dass er sich an das hält, was wir vereinbart haben, und ruhig bleibt. Zumindest bei den Pressekonferenzen ist er keiner von den Unangenehmen, sondern eher zurückhaltend.»

Kunststück, dachte Beatrice, wenn er sich seine Informationen anderswo anonym besorgte. Wetten, dass er sich niemandem aus der Gruppe als BoRi zu erkennen gegeben hatte? Tina Herberts Freundschaftsanfrage hatte er auch noch nicht bestätigt.

«Ich traue ihm nicht über den Weg. Immerhin, wenn wir doch demnächst in der Presse Enthüllungen über die Lyrikgruppe lesen, wissen wir wenigstens, woher sie kommen.»

Florin warf einen letzten, ratlosen Blick auf die Facebook-Seite, dann lehnte er sich zurück und ließ den Rotwein in seinem bauchigen Glas kreisen. «Wir hätten Ribar zu seinen Kontakten in der Drogenszene befragen sollen. Ich werde das nachholen. Tut mir leid, Bea, ich halte die Spur, die über Dulović führt, immer noch für die vielversprechendere.»

Schweigend hielt Beatrice ihm ihr Weinglas hin. Sie würde nicht viel trinken, nur nippen und dem Alkohol erlauben, sie in der Entscheidung zu bestärken, die sie gerade getroffen hatte. War ja nichts Großartiges. Ein Experiment eher.

«Du bist doch gewissermaßen mein Vorgesetzter, nicht?»

«Was? Wovon redest du?»

«Du leitest die Ermittlungen, hat Hoffmann schließlich gesagt. Also. Ich möchte auf der Seite gern ein Gedicht posten und bitte dich um deine Genehmigung.»

«Beatrice, ich ...»

«Ja oder nein?»

Er stellte die Flasche zurück und hob die Arme. «Du weißt, ich betrachte uns als gleichgestellt und vertraue dir völlig. Was soll die Frage?»

Sie nahm einen großen Schluck – von wegen nippen – und öffnete ein zweites Browserfenster. Google.

«Ich möchte Tina Herbert ein wenig in den Vordergrund rücken. Sie soll ein Gedicht auf die Seite stellen und dazu ein Salzburg-Foto, auf die gleiche Weise, wie Ira das gemacht hat. Mal sehen, was passiert.»

Florin bedachte sie mit einem Ausdruck zwischen Interesse und Amüsiertheit. «Ja. Warum nicht. Auch wenn ich mir nicht so viel davon verspreche wie du.»

Na dann. Es gab da etwas von Rilke, das gut ins Bild passte, ein seltsames Gedicht, das sie mehrmals hatte lesen müssen, um es zu verstehen. *Seine Hände blieben wie* … danach kam eine Metapher, die nicht ganz leicht nachzuvollziehen war.

Google wusste in Sekundenschnelle, was Beatrice wollte.

Seine Hände blieben wie blinde
Vögel, die, um Sonne betrogen,
wenn die andern über die Wogen
zu den währenden Lenzen zogen,
in der leeren, entlaubten Linde
wehren müssen dem Winterwinde.

Das passte. Es erinnerte sogar ein wenig an das *Weiße Schloß in weißer Einsamkeit*, auch dort war von Händen die Rede, von den irren Händen der Sehnsucht.

Ihr Gedicht hatte zwar noch zwei weitere Verse, doch die würde Beatrice ignorieren. Das Bild mit den kalten, flügelartigen Fingern war stark genug. Nun brauchte sie noch ein Foto.

Die Bilder aus der Salzburg-Werbung kamen nicht in Frage. Es sollte den Eindruck machen, als hätte sie selbst fotografiert, am besten wäre ein Schnappschuss.

Sie googelte nach «Journey Salzburg Blog» und stieß, nachdem sie die Seiten der Reiseanbieter hinter sich gelassen hatte, auf mehrere private Berichte, ausgiebig illustriert. Sie speicherte das Foto, das ein amerikanischer Familienvater von der Getreidegasse geschossen hatte, und lud es auf Facebook hoch. «Für Ira» schrieb sie über die «Blinden Vögel», damit Helen Crontaler ihr nicht auch noch mangelndes Feingefühl vorwarf.

Posten.

Ihr Glas hatte sie geleert, ohne es zu merken, so viel zu ihrer Willenskraft. Mit leichtem Bedauern betrachtete sie die letzten Tropfen, die sich am Boden sammelten, und wünschte sich, den Wein mehr genossen zu haben. Er war sicher gut gewesen. Florin war inzwischen an die Stereoanlage getreten und wog nun je eine CD in den Händen. «Klassik oder Jazz?»

«Mag ich beides.»

Er seufzte. «Du bist eine echte Entscheidungshilfe.»

«Okay. Wenn es Schubert oder Mahler ist, Klassik. Sonst Jazz.»

Kurz darauf erfüllten Saxophon- und Klavierklänge die Penthousewohnung. Beatrice protestierte nicht, als Florin ihr das Glas ein weiteres Mal halb voll schenkte. «Du erinnerst dich an mein Gästezimmer?»

Das tat sie, mit gemischten Gefühlen. Auch wenn Florin ihr bei ihrer bislang einzigen Übernachtung hier nicht einmal andeutungsweise nahegetreten war, so hatte die Nacht ihrem Empfinden nach doch etwas zwischen ihnen verändert. Sie war einer der Gründe dafür, warum sie Annekes Anruf heute als so unangenehm empfunden hatte.

Apropos. Noch kein Ton von Anneke an diesem Abend. Dafür schon die ersten drei Rückmeldungen auf Tina Herberts Posting.

Christiane Zach Bist du auch aus Salzburg, Tina? Oder warst du hier zu Besuch?

Helen Crontaler Ich wüsste gerne, wieso du Ira gerade dieses Gedicht widmest. Ich finde die Wahl eigenartig, wie schon die von Nikola. Vom Foto ganz zu schweigen.

Phil Anthrop Es ist ein Gedicht, das von den Zurückgelassenen erzählt. Von denen, die nicht fortgeflogen sind, also von uns. Ich finde es schön.

Im Geiste zog Beatrice den Hut vor Phil, der Rilkes Versen so schnell eine passende Bedeutung hatte überstülpen können.

Tina Herbert Danke, Phil Anthrop. So war es gemeint. Und ja, ich bin auch aus Salzburg. So gut wie, jedenfalls. Ich glaube, mein Posting ist in Iras Sinn.

Sollte Helen ruhig protestieren, dann würde Tina sie auf Iras eigene kryptische Beiträge hinweisen.

«Und?» Florins Arm lag auf der Sofalehne, kaum zwei Zentimeter von Beatrices Schulter entfernt. «Ist schon etwas Interessantes passiert?»

Sie betrachtete seine Hand, die langen Finger, die entspannte Haltung. Wirklich schön. «Noch nicht. Crontaler hat ein wenig gemotzt, und die katzenliebende Krankenschwester wollte wissen, ob ich aus Salzburg bin.»

Beatrice griff nach den Tellern, die noch auf dem Couchtisch standen. «Ich räume das mal schnell weg, okay? Und dann sollte ich wohl doch nach Hause fahren. Es wird gehen, ich habe ja kaum etwas getrunken.»

«Lass die Sachen stehen, du musst nicht …»

«Ich will aber.» Sie trug das Geschirr in die Küche und verstaute danach die Reste des Abendessens im Kühlschrank. Was war es nur, das ihren Fluchtreflex weckte? Anneke und das unerwähnte Telefonat, das Beatrice beim besten Willen nicht zur Sprache bringen konnte? *Zum ersten Mal ist er gerne wieder nach Hause gefahren. Er redet viel von Ihnen.*

Und dann diese Einladung, perfektes Timing.

Beatrice ließ sich Zeit damit, ins Wohnzimmer zurückzukehren, wo Florin sie mit prüfendem Blick erwartete. «Du hast doch etwas. Habe ich dich beleidigt? Irgendetwas Dummes gesagt?»

«Nein.» Es gab keine Erklärung, die sie über die Lippen gebracht hätte. Und Anneke lag ohnehin falsch – Florin machte keineswegs den Eindruck, als wäre er scharf darauf, für Beatrice mehr als ein guter Freund zu sein. So, wie er jetzt dasaß, wirkte er vor allem müde.

«Danke für das Abendessen, es war perfekt. Ich hebe mein Glas auf die gefüllten Paprika, die ich mir sonst hätte aufwärmen müssen.» Sie nahm einen letzten, winzigen Schluck Wein und griff nach dem Notebook. Entdeckte in der oberen Leiste der geöffneten Facebook-Seite ein hervorgehobenes Icon. Die Sprechblase, die das Eintreffen einer persönlichen Nachricht anzeigte. Daneben eine weiße Eins in einem roten Quadrat. Es gab Neuigkeiten für Tina Herbert.

Dominik Ehrmann Liebe Tina! Mir wurde gerade erst klar, dass du auch aus Salzburg bist, so wie Ira. Ich möchte zu ihrer Trauerfeier kommen und werde für ein paar Tage in der Stadt sein. Können wir uns treffen? Mir liegt viel daran.
Herzliche Grüße, Dominik

Der sozial engagierte Lehrer mit dem sympathischen Profilbild. Kaum hatte Beatrice ein wenig auf den Busch geklopft, schon meldete er sich.

«Klingt, als wäre es ihm wirklich wichtig, nicht?» Sie schob das Notebook näher zu Florin. «Was hältst du davon?»

Er las und klopfte dabei leicht mit dem Zeigefinger gegen seine Unterlippe. «Wir sollten ihn auf jeden Fall treffen.»

«Wir? Nein, Florin. Tina Herbert geht allein, und Stefan soll sich in der Nähe halten. Du und Bechner, ihr übernehmt die Trauerfeier und könnt dort ganz offen als Polizisten auftreten.»

Der Vorschlag war vernünftig, wenn auch sichtlich nicht nach Florins Geschmack. «Okay. Sag ihm zu und erkläre ihm, dass du dir ein geeignetes Lokal überlegst. Den Treffpunkt wirst wohl du bestimmen, zumal er nicht von hier stammt.»

Sie nickte und beschloss, sich mit ihrer Antwort an Dominik Ehrmann bis morgen früh Zeit zu lassen. Sie wollte den richtigen Ton treffen und ihm zu verstehen geben, dass sie ahnte, worum es in dem Gespräch gehen würde. Dass sie mit ihm unter vier Augen sprechen wollte, ohne Crontaler, Zach oder andere Salzburger Lyrikfreunde.

«Er reist extra aus Deutschland an, um die Trauerfeier einer Frau zu besuchen, die er nicht persönlich gekannt hat», sinnierte Florin. «Bevor du ihn triffst, nehmen wir ihn noch mal genau unter die Lupe. Und du willst wirklich nach Hause fahren?»

«Ja.» So bequem die Couch war, so verlockend der Wein und so wohlig das Bewusstsein, dass heute nichts mehr auf der To-do-Liste stand – morgen würde sie sich wie ein Fremdkörper fühlen, wenn sie im Gästezimmer aufwachte.

«Wie du meinst.» Es klang betrübt.

Beinahe hätte Beatrice Florin gesagt, dass es Zeit für ein paar klärende Gespräche war – mit Anneke vor allem, aber eventuell auch mit ihr, Beatrice, selbst. Dass er verloren wirkte in den letzten Wochen. Dass sie immer noch an den Abend dachte, an dem er sie aus dem Wasser gezogen hatte, und dass sie seitdem nicht offener miteinander umgingen, sondern gehemmter.

Er drückte sie zum Abschied, und sie glaubte, sein Gesicht in ihrem Haar zu spüren. War versucht, zu ihm hochzusehen und seinem Blick zu begegnen. Oder mehr als seinem Blick.

Doch dann, als hätte ein diabolischer Regisseur es inszeniert, läutete Florins Handy, und Beatrice löste sich aus seiner Umarmung und ging, das Notebook fest unter die Achsel geklemmt.

Kapitel dreizehn

You know, everything's possible.» Kossar hatte es sich gemütlich gemacht. Er lümmelte in Beatrices Bürostuhl, die Arme hinter dem Kopf verschränkt. Die Brille mit der quietschorangefarbenen Fassung war ihm bis zur Nasenspitze heruntergerutscht. Gleich würde er seine Füße auf den Schreibtisch legen.

«Das ist nicht sehr hilfreich», entgegnete sie freundlich. «Für ‹möglich ist alles› hätten Sie sich nicht in den USA ausbilden lassen müssen.»

Dass sie Amerika erwähnte, hellte Kossars Stimmung weiter auf. «Ich war damals dabei, als das FBI einen Serienmörder geschnappt hat, der seine Opfer nach ihrer Hausnummer auswählte. Er hielt die Drei für eine teuflische Zahl und war der Ansicht, dass die Mitglieder der weltumspannenden Verschwörung zur Machtergreifung Satans sich allesamt hinter der Hausnummer dreiunddreißig verschanzten. Sieben Tote, bis wir ihn hatten.»

Wir! Mit einiger Mühe verkniff Beatrice sich eine spitze Bemerkung. Zum Glück trat gerade Florin ein. «Hoffmann ist in übler Verfassung», verkündete er und legte seine Unterlagen auf den Tisch, etwas zu schwungvoll, denn zwei lose Seiten segelten zu Boden. «Seine Frau steckt mitten in der Chemo und verträgt sie schlecht, er will gleich wieder zu ihr fahren. Die Besprechung findet also ohne ihn statt.»

Ein Grund zum Jubeln, eigentlich. Wenn nicht der Anlass so traurig gewesen wäre.

«Oh, könnte ich auch noch einen Refill haben?» Kossar schwenkte seine Kaffeetasse, als Florin die Espressomaschine anwarf, um sich den dritten Koffeinschub des Tages zu verschaffen. Und das um zehn Uhr. Er trank in letzter Zeit viel zu viel Kaffee, fand Beatrice. War wohl gestresster, als er es sich anmerken ließ.

«Sicher.» Sie nahm ihm die Tasse ab. «Und ich wäre sehr glücklich über ein paar klare Worte. Sie halten es also für möglich, dass da draußen jemand sein könnte, der Menschen wegen ihrer Vorliebe für Gedichte tötet? Ich hatte eigentlich gehofft, dass wir diese Variante ausschließen können.» Sie reichte Florin die Tasse, damit er Kossar seinen doppelten Espresso mit Milchschaumhäubchen zaubern konnte.

«Ich gebe zu, es ist nicht der wahrscheinlichste Lösungsansatz», räumte der Psychologe ein. «Aber trotzdem denkbar.» Er schob seine Brille den Nasenrücken hoch. «Die Gedichte könnten natürlich stellvertretend sein. Für den Dichter oder den Verleger …»

«… oder einen Germanistikprofessor?», unterbrach ihn Beatrice. «Für jemanden, der sich mit Gedichtinterpretation auseinandersetzt?»

«Ja. Auch das ist nicht auszuschließen.»

Beatrice zog sich den Besucherstuhl heran, setzte sich und griff nach Block und Schreibstift. Richtete sich die Aggression des Täters – und es gab einen Täter, davon war sie mit jedem Tag überzeugter – gegen Peter Crontaler? Dann ergäbe es auch Sinn, dass die Opfer aus den Reihen der Gruppenmitglieder rekrutiert wurden.

Nur: Warum war dann Gerald Pallauf bisher der einzige Germanist in der Liste? Wäre es, wenn indirekt Crontaler getroffen werden sollte, nicht logischer, seine Studenten zu töten?

Frustrierend, das alles. Sie warf den Stift zurück auf den Schreibtisch. «Lasst uns mit der Besprechung anfangen. Und hoffen, dass Stefan und Bechner etwas Neues in petto haben.»

«Ich hätte noch eine Bitte.» Kossar rückte seine Brille zurecht. «All diese Gedichte – gibt es die in gesammelter Form? Ich würde mir gern einen Gesamteindruck verschaffen, vielleicht finde ich ein psychologisches Muster, das uns weiterhilft.»

Beatrice reichte ihm die Mappe, in der sie die ausgedruckten Postings von Pallauf, Beckendahl und Sagmeister abgelegt hatte. «Bitte sehr. Ich wäre sehr froh, wenn endlich jemand daraus schlau werden würde.»

Das Besprechungszimmer wirkte durch Hoffmanns Abwesenheit heller. Vogt hatte sich bereits eingefunden und aß ein Gurkensandwich, während Stefan mit geschlossenen Augen und entspannten Zügen am Fensterbrett lehnte und sein Gesicht in die einfallende Sonne hielt. Nur Bechner trommelte mit den Fingern ungeduldige Rhythmen auf die Tischplatte.

«Fangen wir gleich an», schlug Florin vor. «Wer hat etwas Neues zu berichten?»

Vogt hob sein Sandwich. «Ich. Und ich kann es kurz machen. Ich habe jetzt alle Testergebnisse zu Dulović vorliegen, und es zeigt sich, dass einige seiner Verletzungen prämortal zugefügt worden sind. Im Bereich der Knie und des Rückens. Stumpfe Traumata, nicht bedrohlich, aber doch so, dass es nicht übel gewesen wäre, sie behandeln zu lassen.»

«Das würde die Aussage des Barbesitzers bestätigen.» Florin nickte Stefan zu. «Dass Dulović, als er ihn das letzte Mal gesehen hat, gehinkt haben soll.»

«Ja, das glaub ich gerne», warf Vogt ein. «Beachtlich, dass er noch rumgelaufen und nicht im Bett geblieben ist.» Er setzte zu einem weiteren Biss von seinem Sandwich an, überlegte es sich dann aber zugunsten einer zusätzlichen Erklärung anders. Florin biss sich auf die Lippen, bevor er hochsah. «Also kein Mord an Dulović?»

«Wenn er geschubst wurde, dann sanft.»

«Okay. Stefan?»

Der sprang auf und rückte sich eine imaginäre Krawatte zurecht. «Ich habe mich ein wenig mit Ira Sagmeisters Familienverhältnissen beschäftigt und mit dem Exfreund gesprochen, Tobias Eilert. Er sagt, die Stimmung in der Familie war immer schon sehr trist, und er habe sich Mühe gegeben, Ira so gut wie möglich dort rauszuholen. Er ist ziemlich fertig wegen ihres Todes und denkt, wenn sie ihn nicht verlassen hätte, wäre sie noch am Leben.» Stefan sah in die Runde. «Als Nächstes habe ich die Mutter genauer unter die Lupe genommen. Sie hat ja nachweislich Selbstmord begangen. Es sieht so aus, so als gäbe es dafür einen plausiblen Grund: Sie war ein Kriegsflüchtling. Ihr Mädchenname war …», Stefan fuhr mit dem Finger seine Notizen entlang, «Stjevo. Adina Stjevo. Sie ist Anfang 1992 aus Jugoslawien nach Österreich geflohen, da war sie achtundzwanzig. Hat hier innerhalb von wenigen Wochen Dietmar Sagmeister kennengelernt und ihn kurz darauf geheiratet. Damit war ihre Staatsbürgerschaft kein Thema mehr. Im Herbst 1992 ist Ira zur Welt gekommen.» Schwungvoll deutete Stefan auf Kossar, der gerade mit dem Fingernagel zwischen den Zähnen herumstocherte und blitzartig die Hand sinken ließ, als sich ihm die Blicke zuwandten.

«Ich habe mich schlaugemacht», fuhr Stefan fort, «und Dr. Kossar hat meine Ergebnisse bestätigt. Kriegstraumata können noch Jahrzehnte später verheerende Folgen haben, wenn sie nicht gründlich psychologisch aufgearbeitet werden. Die Überlebenden leiden häufig unter Schuldgefühlen, Angststörungen, Depressionen. Das wäre also eine plausible Erklärung für Adina Sagmeisters Suizid.»

Kossar nickte. «Gerade Schuldgefühle sind oft teuflisch. Die Überlebenden nehmen es sich selbst übel, davongekommen zu sein, während Freunde und Verwandte getötet wurden.»

Das warf ein ganz neues Licht auf Iras Leben. Beatrices Stift flog über das Papier, sie musste sich sofort notieren, was ihr durch den Kopf ging, sonst würde sie die Hälfte vergessen. «Ich weiß nicht, wie es euch geht», sagte sie, «aber ich habe aufgehört, daran zu glauben, dass Ira Selbstmord begangen hat. Umso mehr, da der Pizzeriabesitzer uns ihren letzten Abend geschildert hat. Trotzdem: War sie bei der familiären Vorgeschichte besonders gefährdet?»

Kossar dachte nicht lange nach. «Ich würde das bejahen. Zumindest, wenn es der Mutter über weite Strecken sehr schlechtging. Nach allem, was ich weiß, hat Ira ihrer düsteren Stimmung immer wieder Ausdruck verliehen, nicht?»

Ja, allerdings. «Suicide Note, Part 1» kam ihr wieder in den Sinn, das Lied, das Ira ihr empfohlen hatte.

Would you look at me now?
Can you tell I'm a man?
With these scars on my wrists
To prove I'll try again
Try to die again, try to live through this night
Try to die again …

Die Unterhaltung zwischen ihnen hatte im Chat stattgefunden, unsichtbar für die anderen Mitglieder der Gruppe – aber Iras melancholische, todesschwangere Gedichte von Benn über Falke bis hin zu Rilke hatten eine deutliche Sprache gesprochen. Wenn jemand, der so gestrickt war, sich schließlich das Leben nahm, reagierte die Umwelt zwar bestürzt, aber nicht sonderlich überrascht. Das wiederum waren perfekte Arbeitsbedingungen für jeden, der Ira lieber tot als lebendig sehen wollte. Nur – warum?

Beatrice zog einen Strich unter die erste Frage und widmete sich der zweiten. «Dulović. Klingt für mich wie ein Name serbischer oder kroatischer Herkunft. Haben wir es vielleicht mit einem Bekannten von Adina Sagmeister zu tun?»

Bechners Mundwinkel kräuselten sich. «Möglich. Aber etwas weit hergeholt. Mein Friseur heißt Vilotić und einer meiner besten Freunde Milinković mit Nachnamen. In unserem Land aus einem Familiennamen große Schlüsse ziehen zu wollen, ist gewagt.»

«Ihr Einwand ist sicher berechtigt, aber Dulović hatte auf dem Band einen deutlichen Akzent», entgegnete Beatrice. «Ich glaube nicht, dass er in Österreich geboren wurde. Wir sollten seinen Lebenslauf zumindest nachprüfen. Übernehmen Sie das? Danke.»

«Natürlich, wenn *Sie* das wollen.» Es klang beleidigt, wieder einmal. Weil sie beschlossen hatte, ihn weiterhin zu siezen? Beatrice blies ungeduldig die Backen auf. Dann sollte er eben schmollen. Sie fühlte sich mit einer gewissen Distanz zu Bechner eigentlich sehr wohl.

Florin informierte die anderen im Detail über das Gespräch mit dem Pizzeria-Geschäftsführer, und ihre Gedanken schweiften ab. Ein neues Ziel hätte Ira gehabt, so ihr

Vater. Und dass man es in der Zeitung lesen würde, sobald es erreicht war. Wenn wenigstens ihr Computer auftauchen würde! Aber der war wie vom Erdboden verschluckt.

Beziehungsweise in den Händen, die Ira den entscheidenden Stoß versetzt hatten. Und natürlich werden diese Hände sich hüten, das Gerät mit dem Internet zu verbinden und sich orten zu lassen.

Sie musste ihre gesamte Konversation mit Ira noch einmal genau durchgehen. Ihre Facebook-Seite studieren, auch alles, was sie abseits der Lyrikgruppe geschrieben hatte. Das Bild so gut es ging vervollständigen.

«Beatrice?»

Sie bemerkte erst jetzt, dass aller Augen auf sie gerichtet waren. «Bringst du die anderen über die Online-Ermittlungen auf Letztstand?»

«Gerne.» Sie gab vor, ihre durcheinandergeratenen Notizen zu ordnen, um in Wahrheit ihre Gedanken zu sortieren.

«In der Facebook-Gruppe herrscht naturgemäß Aufruhr wegen Iras Tod. Die Gründerin, Helen Crontaler, hat über ihren Mann versucht, von uns Details zu erfahren, ganz allgemein zweifelt dort aber niemand daran, dass Ira Selbstmord begangen hat. Hauptsächlich werden Betroffenheitspostings abgesetzt, nur wenige sind schon wieder bereit, sich mit Lyrik zu beschäftigen.» Sie hielt eine ausgedruckte Seite hoch. «Ich habe unter dem Decknamen Tina Herbert ebenfalls ein Gedicht eingestellt, auf ähnliche Art, wie Ira Sagmeister das manchmal getan hat. Darauf ist prompt eine Reaktion erfolgt, die ich als auffällig bezeichnen würde, und zwar von einem gewissen Dominik Ehrmann.»

Sie hielt eine Vergrößerung seines Profilbilds hoch. «Wir wissen natürlich nicht, ob er wirklich so aussieht, aber Stefan hat sich schon mit den deutschen Behörden in Verbindung gesetzt, wir bekommen also hoffentlich bald Daten.» Beatrice legte das Foto zurück. «Er will zu Sagmeisters Trauerfeier nach Salzburg kommen, außerdem will er mich treffen. So haben wir die Gelegenheit, ihn von zwei Seiten her zu durchleuchten: Erst wird Florin ihn befragen, und dann sehen wir, was er mir zu sagen hat.»

«Hast du den Eindruck, dass noch jemand aus der Gruppe gefährdet ist?», erkundigte sich Stefan, als die Besprechung beendet war und alle aus dem stickigen Raum drängten. «Ich frage nur, weil wir es bisher mit lauter potenziellen Selbstmördern zu tun haben. Falls also jemand besonders bedrückt wirkt …», er zwinkerte, selbst das exakte Gegenteil von bedrückt, «sollten wir sie oder ihn im Auge behalten.»

Kluger Gedanke. «Das mache ich. Aber aktuell sind sie alle trübsinnig, oder tun zumindest so. Trotzdem danke für den Hinweis.»

Über zwölf Stunden waren vergangen, seit Beatrice der Gruppe «Seine Hände blieben wie blinde Vögel» vorgesetzt hatte, und inzwischen hatten sich stattliche neununddreißig Kommentare darunter angesammelt. Immerhin vierzehn Leuten gefiel das Gedicht oder zumindest die Absicht, die sie dahinter vermuteten.

Sie legte ihr Mozzarella-Tomaten-Baguette neben das Notebook und goss sich Orangensaft ein. Es würde keine richtige Mittagspause sein, aber doch etwas Ähnliches.

Phil Anthrops Interpretation, dass die *Blinden Vögel* vom Zurückgelassenwerden erzählten, war auf breite Zustimmung gestoßen. Trotzdem warf eine Reihe von Mitgliedern Beatrice beziehungsweise Tina vor, nur Aufmerksamkeit heischen zu wollen.

Thomas Eibner Tut mir leid, für mich ist das alles abstoßend. Wer von euch fühlt sich bitte zurückgelassen? Wer hat Ira denn gekannt? Das ist das Bescheuerte an den meisten sogenannten «Freundschaften» im Social Net: Sie gaukeln euch vor, einen riesigen Kreis von Bekannten zu haben, aber das ist ein Irrtum. Tina, du bist erst seit ein paar Tagen hier, was willst du uns vormachen? Das nervt, ehrlich.

Thomas Eibner war ihr höchst sympathisch, nur konnte sie das schlecht öffentlich zum Ausdruck bringen. Tina würde sich stattdessen rechtfertigen müssen.

Die weiteren Kommentare pendelten zwischen den Polen hin und her und liefen meist darauf hinaus, dass jeder ein Recht auf seine Gefühle habe und das Gedicht nicht geschmacklos sei, das Timing aber ungünstig. Beatrice schloss ihre Hände zu lockeren Fäusten und öffnete sie wieder, bevor sie sie auf die Tastatur legte. Zeit, eine weitere Karte auszuspielen. Einen unauffälligen, kleinen Köder auszulegen.

Tina Herbert Mit so vielen Reaktionen habe ich nicht gerechnet. Bei denen, die sich von mir auf die Zehen getreten fühlen, entschuldige ich mich. Aber meinem Empfinden nach hat mich vieles mit Ira verbunden. Nicht zuletzt das, was sie mir kurz vor ihrem Tod im Chat anvertraut hat. Und nein, ich heische keine Aufmerksamkeit, im Gegenteil. Thomas, ich weiß, dass Ira keine Freundin im engeren Sinn war. Aber sie war für mich deutlich mehr als nur ein Profilbild und ein paar Postings. Das ist sie immer noch.

Nicht gelogen, dachte Beatrice. Ira ist der Stein in meinem Magen, seit der Nacht auf den Gleisen. Und jetzt lasst uns doch mal sehen, wer sich als Erstes für die geheimnisvolle Chat-Botschaft kurz vor dem Selbstmord interessiert.

Da kam sie schon, die Reaktion, kaum zwanzig Sekunden später. Und natürlich von

Helen Crontaler Angenommen, du sagst die Wahrheit – dann hoffe ich sehr, dass das, was Ira dir anvertraut hat, keine Bitte um Hilfe war oder eine Information, durch die du ihren Tod hättest verhindern können. Falls doch – wirst du es jemals wieder schaffen, ruhig zu schlafen?

Die Frau war unglaublich neugierig, und sie verbarg es schlecht. Beatrice konnte sich ein Schmunzeln nicht verkneifen, als sie die Antwort tippte.

Tina Herbert Danke, Helen. Du musst dir aber um mich keine Sorgen machen, ich schlafe gut.

Sie verließ ihren eigenen Beitrag und nahm sich den nächsten vor: Oliver Hegenloh, der sich Vorwürfe machte, Iras Zustand nicht schon früher richtig eingeschätzt zu haben. Dreizehn Leute, die ihn beruhigten und ihm versicherten, dass er nichts hätte tun können, um Ira zu retten.

Der nächste Beitrag. Beatrice stutzte … das war merkwürdig.

Nikola DVD
Ihm ist, als ob es tausend Stäbe gäbe
und hinter tausend Stäben keine Welt.

7 Personen gefällt das

Es waren die nächsten zwei Zeilen aus Rilkes «Der Panther», doch diesmal ergänzt durch ein Bild. Wenn Beatrice nicht völlig falschlag, zeigte es die Autobusstation vor dem Salzburger Bahnhof, Südtiroler Platz. *Vor etwa fünf Stunden via Handy*, war direkt unter dem Eintrag vermerkt. War Nikola nach Salzburg gereist, noch vor Dominik Ehrmann? Oder hatte sie das Foto im Netz aufgetrieben, auf ähnliche Weise wie Beatrice gestern?

Noch bevor sie die Kommentare las, rief sie Stefan an. «Versuch bitte, über Facebook Daten von Nikola DVD zu bekommen. Vielleicht rücken die auch ohne richterlichen Beschluss etwas raus, wenn du ihnen sagst, dass es dringend ist.»

«Okay. Soll ich danach gleich die deutschen Behörden um Details bitten?»

«Ja. Danke.» Sie legte auf und vergrößerte das Foto. War es wirklich der Südtiroler Platz? Im Vordergrund erkannte sie einen O-Bus der Linie 6 ... auf Anhieb fiel ihr keine andere Stadt ein, deren Busse per Oberleitung mit Strom versorgt wurden. Im Hintergrund ... auch diese Fassade kam ihr mehr als bekannt vor. Die schachbrettartig versetzten Fenster des Hotels Europa.

«Florin? Kannst du hier schnell einen Blick drauf werfen?»

«Sicher. Moment.»

Sie sah ihn tippen, konzentriert, mit über der Nasenwurzel zusammengezogenen Brauen. Fragte sich, was er schrieb und an wen, dachte unwillkürlich wieder an Anneke, mit der er gestern noch gesprochen haben musste. Beatrice hatte den Klingelton erkannt – Saties Gnossienne Nr. 1. Hatte er ihr erzählt, dass Beatrice bis gerade eben noch bei ihm gewesen war? Hatte er es verschwiegen – und wenn ja, warum?

Musste sie demnächst mit einem weiteren Anruf von Anneke rechnen?

«Also, zeig.» Florin stellte sich neben sie und stützte die Ellenbogen auf den Schreibtisch.

«Das Bild hier – kennst du den Ort?»

«Sicher. Der Südtiroler Platz.»

«Kein Irrtum möglich? Ein ähnlicher Platz in einer anderen Stadt?»

Er überlegte nicht einmal. «Nein. Hier, schau – ein Taxi mit Salzburger Kennzeichen, der O-Bus und überhaupt ... ich kenne den Platz, seit ich ein Kind bin. Das ist er.»

Sie nickte zufrieden. «Gut. Haben wir irgendeine Chance, herauszufinden, ob das Foto aktuell ist? Sagen wir – von heute? Oder gestern?»

Er beugte sich näher heran, Beatrice fühlte, wie sein Haar über ihre Wange strich. «Von der Jahreszeit her könnte es stimmen. Schade, dass man nichts vom Bahnhof sieht, sonst wäre der Stand der Umbauarbeiten ein ungefährer Hinweis.» So konnte das Bild ebenso gut vom vergangenen Frühjahr wie vom letzten Herbst sein, aber Beatrice hatte für sich beschlossen, dass es von heute war. Nikola kam am Bahnhof an, zückte ihr Handy und fotografierte das Erste, was sie von Salzburg sah. Sie verkündete der Gruppe ihre Ankunft. Aber warum?

Es ist, als ob sie sich alle hier versammeln wollen, dachte sie. Zeigten die Fotos Treffpunkte?

Das würde sie überprüfen, sobald sie telefoniert hatte.

«Crontaler?»

«Hallo, hier spricht Beatrice Kaspary. Haben Sie ein paar Minuten Zeit?»

«Ja, sicher!» Sie lachte kurz auf. «Ich dachte mir schon, dass Sie sich bald melden würden. Soll ich Ihnen zusammenfassen, was in den letzten Tagen in der Gruppe passiert ist? Ich habe alles mitgeschrieben, was mir auffällig vorgekommen ist.» Ganz offensichtlich war Crontaler sehr angetan von der Vorstellung, in der ganzen spannenden Angelegenheit endlich die Rolle einnehmen zu dürfen, die ihr nach eigenem Empfinden längst zustand.

Beatrice mahnte sich zur Zurückhaltung. Wann hatte sie eigentlich Florins Abneigung gegen die Crontalers übernommen?

«Es ist eine ganz spezielle Sache, die ich gerne wissen würde. Kommen Gruppenmitglieder von außerhalb zur Trauerfeier? Hat sich jemand in diese Richtung geäußert?»

«Hmm.» Crontaler räusperte sich. «Also ... nicht, dass ich wüsste. Ich werde natürlich hingehen und der Gruppe anschließend Bericht erstatten. Und ich glaube, zwei oder drei der Salzburger Lyrikfreunde wollen auch kommen.»

«Aber es gibt kein gemeinsames Auftreten der Gruppe? Keinen Kranz, für den alle zusammenlegen?»

«Ein Kranz?» Aus der Art, wie sie das Wort betonte, war klar erkennbar, dass dieser Gedanke ihr bislang nicht durch den Kopf gegangen war. «Ja, ja, den wird es geben. Wenn auch erst beim Begräbnis. Das übermorgen ist ja nur die Seelenmesse.»

«Richtig.» Beatrice bedauerte sehr, dass sie in der Kirche nicht dabei sein würde. Sie konnte es direkt vor sich sehen, wie Crontaler eine Umfrage unter den Anwesenden startete, notfalls sogar den Vater bestürmte, bis sie alle Umstände von Iras Tod kannte.

«Noch eine Frage.» Beatrice hielt inne und legte bewusst mehr Freundlichkeit in ihren Ton. «Was können Sie mir über Nikola DVD erzählen?»

Kurzes, verblüfft wirkendes Schweigen. «Über Nikola?»

«Sie scheint mir eine interessante Figur in Ihrer Runde zu sein.»

«Weil sie Gedichte in kleinen Portionen postet? Das halten Sie für interessant?»

War Crontaler jetzt etwa beleidigt?

«In Zusammenhang mit den gleichzeitig eingestellten Bildern, ja. Ist Ihnen das heute noch nicht aufgefallen?»

Nun lachte sie. «Doch. Ist das nicht idiotisch? Scheint eine neue Mode zu sein. Ira hat damit begonnen, völlig unpoetische Fotos mit wunderschönen Gedichten zu kombinieren. Jetzt machen es ihr einige nach. Nikola DVD, eine neue Userin namens Tina Heinrich – ich verstehe es auch nicht. Aber ich könnte sie bitten, es bleibenzulassen.»

«Nein», beeilte sich Beatrice zu sagen. Wenn Iras und Nikolas Fotos eine Geschichte erzählten, wollte sie die weiteren Kapitel um nichts in der Welt verpassen. Und was den falschen Nachnamen ihres erfundenen Alter Ego betraf, würde sie Crontaler auf keinen Fall korrigieren.

«Abgesehen von den seltsamen Fotos – wissen Sie sonst nichts über diese Nikola?»

Genervtes Seufzen. «Sie ist schon seit einiger Zeit mit dabei. Kommt aus irgendeiner deutschen Stadt und beteiligt sich manchmal intensiv bei uns, dann wieder gar nicht.»

«Okay. Vielen Dank, Frau Crontaler.»

Doch so schnell ließ die sich nicht abservieren. «Moment noch! Ich würde Sie auch gerne etwas fragen, und Sie würden mir einen großen Gefallen tun, wenn Sie antworten.»

«Das kann ich Ihnen nicht versprechen.» Beatrice ahnte bereits, worauf Crontalers Bitte abzielte. «Aber fragen können Sie natürlich.»

«Gut. Danke.» Wieder das Räuspern. «Waren Sie dort, in der Nacht, als Ira tot aufgefunden wurde?»

Hübsch formuliert. Tot aufgefunden. *Klar, ich war dabei, bei jedem einzelnen Teil.* «Ja. Warum?»

«Es lässt mir keine Ruhe, wissen Sie? Denken Sie, es ist schnell gegangen? Oder hat sie leiden müssen?»

Nicht ungeschickt, die Frau. «Das kann ich Ihnen beim besten Willen nicht sagen. Aber ich hoffe ebenso wie Sie, dass sie keine allzu großen Schmerzen gehabt hat.» Gleich, dachte Beatrice, wird sie aufhören, um den heißen Brei herumzureden.

Tatsächlich. «Was genau hat Ira eigentlich getan? In der Zeitung stand etwas von ‹ungeklärten Umständen›. Was ist damit gemeint? Wissen Sie gar nicht, wie sie ums Leben gekommen ist?»

«Doch. Aber wir wüssten gerne mehr. Ob sie allein war, zum Beispiel, wie sie sich verhalten hat. Diese Dinge.»

Zwei schnelle Atemzüge am anderen Ende der Leitung. «Meinen Sie, sie war es gar nicht selbst und jemand hat sie …»

«Das habe ich nicht gesagt.» Beatrice legte wieder ein wenig Eis in ihre Stimme. «Ich kann Ihnen keine Details erzählen. Dazu habe ich nicht die Befugnis.» *Und erst recht keine Lust.*

«Wer spricht denn von Details, um Gottes willen. Nur … die Todesart. Es hat nichts darüber in der Zeitung gestanden, gar nichts. Das ist doch merkwürdig.»

«Nein, das ist es nicht. Ich bin sicher, Ira wüsste Ihr Mitgefühl zu schätzen, aber ich kann Ihnen nicht mehr sagen, als ich schon getan habe. Einen schönen Tag noch.» Sie legte auf. Erinnerte sich unwillkürlich daran, wie beharrlich sie der Polizei im Nacken gesessen hatte, nachdem ihre beste Freundin ermordet worden war. Aber das war etwas anderes gewesen. Sie hatte helfen wollen, war besessen gewesen von dem Gedanken, dass der Mörder noch frei herumlief, während Evelyn in einer Grube verweste. Sie hatte haufenweise Motive für ihre Penetranz gehabt, aber Sensationsgier war nicht darunter gewesen. Meine Güte, warum auch, sie hatte alles gesehen, viel mehr, als sie je gewollt hatte …

Nein, jetzt nicht daran denken. Sie wandte sich wieder der Facebook-Seite zu, gespannt, ob Helen Crontaler sich gleich zu ihrem frustrierenden Erlebnis mit der unkooperativen Polizistin äußern würde, anstatt, wie erhofft, Sensationelles zu posten.

Stellt euch vor, sie hat sich erhängt!

Die Pulsadern aufgeschlitzt, Pillen genommen …

Aber Crontaler schwieg, wenn man von dem scharfen Kommentar absah, den sie unter Nikolas Foto des Südtiroler Platzes gestellt hatte. «Wir haben jetzt alle begriffen, dass du uns Rilkes ‹Panther› stückchenweise vorsetzt. Wozu das gut sein soll, weiß der Himmel, und ich wäre froh, wenn du es lassen könntest.»

So gereizt hatte Helen bisher noch nie geklungen, das Telefonat musste sie enorm frustriert haben. Beatrice überlegte, ob sie sie weiter aus der Reserve locken sollte – mit einem Bild der Autobahnausfahrt Salzburg Mitte zum Beispiel, als links oben auf der Seite wieder die weiße Eins auf rotem Grund erschien. Eine weitere persönliche Nachricht.

Dominik Ehrmann Liebe Tina, du hast mir noch nicht geantwortet. Ich möchte dich nicht drängen, aber morgen werde ich in Richtung Salzburg aufbrechen. Können wir uns treffen? Sag mir bitte, wann und wo. Und wie du ungefähr aussiehst, ich habe in deinem Profil kein Porträtbild gefunden. Notfalls erkennst du aber mich, wenn du dir mein Foto gut ansiehst. Bitte antworte mir! Liebe Grüße, Dominik

Sie hatte vorgehabt, ihm zurückzuschreiben, nun war sie froh, gewartet zu haben. Dass seine zweite Nachricht an sie so knapp hinter Tinas Andeutung folgte, Ira hätte ihr etwas anvertraut, war sicher kein Zufall.

Beatrice überlegte nur kurz und rief dann Stefan an. «Übermorgen, nach der Trauerfeier, treffe ich mich mit Dominik Ehrmann aus der Lyrikgruppe. Unter falscher Identität, und ich brauche einen zweiten Mann, der nicht vorher in der Kirche war.»

«Bestens. Alles, was mir eine Totenmesse erspart, ist gekauft.»

«Okay, dann um halb sechs im ‹Republiccafé›. Wäre gut, wenn du eine Viertelstunde früher da sein könntest und mich anrufst, sobald er kommt. Falls Crontaler die glorreiche Idee haben sollte, ihn zu begleiten.»

«Lage sondieren. Wird gemacht.»

Sie schrieb ihre Antwort an Ehrmann, gab ihm Uhrzeit und Treffpunkt an und beschrieb sich als rothaarig, was nicht der Wahrheit entsprach. Aber es gab da noch eine tizianrote Lockenperücke, die sie bei einem früheren Fall verwendet hatte. Echthaar, wunderschön. Ein Erbstück von Tante Regina, das diese sich während ihrer Chemotherapie geleistet hatte.

Ehrmann antwortete umgehend und wirkte sehr erleichtert. Er freue sich, soweit das in Anbetracht der Umstände möglich sei, und würde verlässlich am Treffpunkt erscheinen.

Zwei Stunden später lieferte Stefan persönliche Details zu dem Mann. Alles, was er in seinem Facebook-Profil angab, schien zu stimmen. Er war Lehrer, unterrichtete in Gütersloh und engagierte sich für Amnesty International, Ärzte ohne Grenzen und die Tafel. «Ein Gutmensch, wie er im Buche steht», lästerte Stefan.

«Okay, aber wie sieht es mit privaten Dingen aus? Verheiratet, Kinder? Vorstrafen?»

«Seit wann sind Vorstrafen privat? Nein, hat er keine. Kinder ebenso wenig. Aber er hatte eine Frau, von der er seit drei Jahren geschieden ist. Als Nächstes knöpfe ich mir diese Nikola vor. Wenn ich etwas weiß, melde ich mich.»

Beatrice hatte endlich das Gefühl, einen Zipfel des Falls in Händen zu halten. Sie würde sich beherrschen müssen, um nicht allzu heftig daran zu ziehen.

«Bei Facebook sind sie ganz schön zugeknöpft.» Es war nur Stefans rothaariger Kopf im Türspalt zu sehen, wie üblich, wenn er schlechte Nachrichten überbrachte.

Beatrice legte Dulovićs toxikologischen Befund beiseite, mit dem sie sich die letzte Stunde über beschäftigt hatte. «Komm rein.»

«Das ist alles so schräg, dass ich fast nicht anders kann, als es für einen Witz zu halten», erklärte Stefan, schob seinen langen Körper dann aber doch ins Zimmer.

«Also. Erst wollten sie gar nichts sagen, dann habe ich einen Richter aufgetrieben, der zumindest dafür gesorgt hat, dass wir Kontaktdaten bekommen. Für eine Beschlagnahmung des Accounts hat er keinen Anlass gesehen. Laut Facebook handelt es sich bei Nikola DVD um jemanden – jetzt halte dich fest – namens Nikola Tod, wohnhaft in Hildesheim, geboren am 19. Dezember 1991.»

«Nur ein Jahr älter als Ira.»

«Richtig. Allerdings ist in ganz Niedersachsen keine einzige Nikola Tod gemeldet. Die Kollegen aus Deutschland prüfen es noch, aber wie es aussieht, gibt es Nikola Tod nicht, und wir haben es mit einem Fake-Account zu tun.»

Der Tod ist groß. Beatrice dachte an das Gedicht, das Ira

in den letzten Stunden ihres Lebens gepostet hatte. Hatte sie auf Nikola angespielt? Auf die Userin mit dem fröhlichen Zahnlückenmädchen im Profilbild?

«Es gibt doch sicher Möglichkeiten herauszufinden, wer wirklich hinter Frau Tod steckt?»

Stefan zog eine Grimasse. «Eigentlich nicht, da macht uns der Datenschutz einen Strich durch die Rechnung. Ich habe mich vorhin noch mal im Sicherheitspolizeigesetz schlaugemacht. Wir dürfen die IP-Adresse ausforschen, falls das zur Verhinderung einer Straftat dient. Aber nur, wenn der Inhalt der Nachricht auf eine unmittelbar drohende Gefahr schließen lässt.» Er hob die Schultern. «Wir könnten natürlich noch mal versuchen, einen richterlichen Beschluss zu bekommen, aber Nikola postet nur Gedichte. Und Fotos. Da gibt es weit und breit nichts strafrechtlich Relevantes.»

Florins resigniertes Seufzen von der anderen Schreibtischseite ließ darauf schließen, dass er der gleichen Ansicht war. «Sieht schlecht aus, Bea. Auf dieser Basis legt sich keiner gerne mit den Datenschützern an, das gibt böses Blut ohne Ende. Wenn sich Nikola dann als harmlose Spinnerin herausstellt, die bloß Iras morbide Lebenseinstellung teilt, zerlegt die Presse uns in alle Einzelteile.»

Es hatte einen solchen Fall in Wien gegeben, Beatrice erinnerte sich. Ein Mann war ohne richterlichen Beschluss ausgeforscht worden, weil er in einem Chatroom angedeutet hatte, kinderpornographisches Material verkaufen zu wollen. Das hatte sich als geschmackloser Witz herausgestellt, der Betroffene hatte beim Verfassungsgericht geklagt und Recht bekommen. Die Andeutung sei zu vage gewesen, um einen solchen Schritt seitens der Polizei zu rechtfertigen.

Mit Gedichten und Salzburg-Fotos als einziger Handhabe würden sie bei jedem Richter abblitzen. Das vertraute

Gefühl von Frustration überkam sie. «Also braucht man nur einen Fake-Account und kann in aller Ruhe seine Fäden spinnen, solange man nicht explizit jemandem droht.»

Florin betrachtete seine Hände. «Hast du dir mal überlegt, dass wir auch falschliegen könnten? Dann wäre es ein Eingriff in die Privatsphäre eines Menschen, der nicht mehr verbrochen hat, als in einem sozialen Netzwerk eine erfundene Identität anzugeben. Was im Übrigen sehr viele Leute tun.» Er stand auf. «Du glaubst, dass Nikola jetzt in Salzburg ist. Vielleicht will sie ja ebenfalls zur Messe für Ira Sagmeister, dann werden wir mit ihr sprechen, so wie mit allen anderen Kirchenbesuchern.»

Es war der bessere Weg, ganz sicher, obwohl Beatrice den Gedanken hasste, ein Werkzeug, das vor ihrer Nase lag, nicht benutzen zu dürfen.

Aber eventuell ... Dominik Ehrmann hatte bereits auf Tina Herberts Mitteilung reagiert, vielleicht musste sie nur ein paar Schäufelchen nachlegen, damit auch Nikola Tod mit ihr Kontakt aufnahm.

Die Taschen der Kinder waren gepackt. Statt sich die Schuhe anzuziehen, malte Jakob mit dem Laserpointer rote Muster auf die Jacken, die an der Garderobe hingen. Zickzack, Kringel, Spiralen.

«Na, komm.» Beatrice schubste ihn sanft in Richtung des Schuhregals. «Oma und Onkel Richard warten schon mit dem Essen. Wenn wir uns beeilen, könnt ihr danach noch Kaffee servieren.» Das zog normalerweise immer. Sowohl Jakob als auch Mina liebten es, im Gasthof von Beatrices Mutter zu «kellnern» und glühten vor Stolz, wenn die Gäste ihnen zehn oder zwanzig Cent Trinkgeld in die Hand drückten.

«Hast du Onkel Richard gefragt, ob schon Kürbisauflauf auf der Speisekarte steht?», erkundigte sich Mina.

«Nein, hab ich vergessen. Aber in einer halben Stunde können wir es wissen – wenn ihr endlich weitermacht.»

Mina stemmte die Arme in die Seiten. «Ich bin fertig.»

Heute Abend lag noch eine Menge Vorbereitungsarbeit vor Beatrice, und morgen würde ohnehin ein langer Tag werden. Das Treffen mit Dominik Ehrmann konnte Stunden dauern, da war es am vernünftigsten, wenn die Kinder zwei Nächte im «Mooserhof» blieben.

Sie überprüfte den Inhalt der Schultaschen auf Vollständigkeit, stopfte noch je eine zusätzliche Hose ins Übernachtungsgepäck und öffnete die Tür.

«Na, kommt. Wer zuerst unten ist, hat gewonnen.»

Mit einem Kampfschrei stürzte Jakob los. Mina schüttelte nur hoheitsvoll den Kopf und schritt betont gemächlich die Treppen hinunter. «Nimm ihm den Laserpointer lieber weg», sagte sie wie nebenbei. «Er zielt immer auf die Hände von fremden Leuten und schreit dann *Achtung, Sie bluten!* Voll peinlich.»

«Mir hat er erzählt, dass Omas Katzen so gerne den Lichtpunkt jagen.»

Minas Schulterzucken war schwer zu deuten. Von «auch möglich» bis «selbst schuld, wenn du ihm das abkaufst» war jede Interpretation denkbar. «Ich hab es dir jedenfalls gesagt.»

Der «Mooserhof» war gut besucht, aber nicht überfüllt. Mina und Jakob stürzten an den üblichen Tisch, auf den Richard heute ein Reserviert-Schild mit ihren Namen gestellt hatte. Sensation! Jakob zupfte den Zettel aus der Halterung und schwenkte ihn über seinem Kopf. «Mama, schau, Mama, schau, Mama, schau, schau doch, Mama …»

Beatrice umarmte ihren Bruder, der nach gerösteten Zwiebeln roch. «Danke, dass ihr mir mal wieder aushelft.»

«Na sicher. Bleibst du noch zum Essen hier?»

«Nein. Nicht böse sein, ich habe keinen Hunger, dafür aber einen Haufen Arbeit.» Für morgen brauchte Tina Herbert eine Lebensgeschichte und Antworten auf die Fragen, die bei einem ersten Zusammentreffen üblicherweise gestellt wurden. Sich auf ihr Improvisationstalent zu verlassen, war Beatrice zu riskant.

Nachdem sie die Sachen der Kinder in dem kleinen Raum unter dem Dach deponiert hatte, das früher ihr eigenes Kinderzimmer gewesen war, machte sie sich auf die Suche nach ihrer Mutter und fand sie im Hof hinter der Küche, wo sie kopfschüttelnd falsch getrennten Müll sortierte.

«Mama? Die Kinder sind schon da, ich fahre gleich wieder.» Sie drückte ihre Mutter an sich, in der Hoffnung, dass die Umarmung das schlechte Gewissen dämpfen würde, das eben seine hässlichen Tentakel in ihr auszustrecken begann. *Immer nur schnell die Kinder abliefern, als wären sie lästiges Übergepäck, das bitte jemand anders tragen soll.* So ähnlich hatte Achim es einmal formuliert.

Mama sah es entspannter, zum Glück. Der kritische Blick, den sie jetzt aufsetzte, hatte nichts mit ihren Mutterqualitäten zu tun. Sie nahm Beatrice bei den Schultern und hielt sie ein Stück von sich weg. Prüfender Blick, erneutes Kopfschütteln. «Du nimmst schon wieder ab, Bea. Die Hose sieht aus, als könntest du sie beim Laufen ganz leicht verlieren.»

«Ach, das kennst du doch. Sobald der Stress nachlässt, futtere ich alles wieder drauf. Wie ein Schwarm Heuschrecken.» Sie tat einen Schritt nach hinten, aber ihre Mutter ließ sie nicht los.

«Geht es dir gut? Sei ehrlich.»

«Ja.» Mein Gott, was hieß schon gut? Katastrophen blieben derzeit aus, das war die Hauptsache. Jakobs Lehrerin ging verständnisvoller mit ihm um als im vergangenen Schuljahr, Achim beschränkte sich auf vorwurfsvolle Spitzen. «Es ist alles in Ordnung, wirklich. Danke, dass du mir unter die Arme greifst.» Sie küsste ihre Mutter auf die Wange, machte sich los und lief zu ihrem Wagen.

Auf dem Weg nach Hause schoss sie drei Fotos mit ihrem Handy. Vom Augustinerkloster in Mülln, vom Landeskrankenhaus und von einem Abschnitt der Maxglaner Hauptstraße. Tina Herbert brauchte neue Köder.

Tina Herbert bedeckt ihr wahres Ich schamhaft mit einem Weinblatt. Bist du hässlich, Tina? Hast du Angst vor spöttischen Bemerkungen und willst die Aufmerksamkeit auf die Schönheit deines Geistes lenken?

Für mich bist du vor allem ein unbeschriebenes Blatt, ich kann dich nicht zuordnen, aber was du tust, gefällt mir nicht. Ich habe nach dir gesucht, bin die letzten Monate durchgegangen, doch da war nirgendwo eine Spur von dir. Also ein schneller Klick auf die Mitgliederliste, und siehe da – erst vergangene Woche hast du dich angemeldet.

Es wäre albern zu fragen, warum, nicht wahr? Und zumindest meiner Intelligenz nicht würdig.

Trotzdem irritiert mich dein Vorgehen, denn anders als Ira schießt du knapp daneben. Aber eben nur knapp, und wer weiß, vielleicht ist das Absicht.

Ebenso gut kann es sein, dass du nicht weißt, was du tust. Dass du eine Trittbrettfahrerin bist. Keine gute Idee, wenn man sich ansieht, was mit dem Zug passiert ist, auf den du aufspringen willst, und nein, das ist kein beabsichtigtes Wortspiel.

Sei vorsichtig, Tina. Lyrikfreunde neigen zur Melancholie und dazu, ihrem Leben frühzeitig ein Ende zu setzen. Deine blinden Vögel mögen auch einmal ein Korn finden, ist es das, was du mir sagen willst? Damit magst du recht haben. Sie sollten aber gut prüfen, ob es nicht giftig ist.

Kapitel vierzehn

Beatrice hatte freien Blick auf den Kircheneingang und auf die Sparkasse. Sie saß auf der Rückbank des VW Sharan und beobachtete die eintreffenden Trauergäste durch die getönte Scheibe. Helen Crontaler kam als eine der Ersten, gemeinsam mit ihrem Mann, dessen Arm sie nicht losließ. Die beiden machten keine Anstalten, die Kirche zu betreten, sondern versuchten, so viele Gäste wie möglich in ein Gespräch zu verwickeln. Immer noch auf der Suche nach blutigen Details, mutmaßte Beatrice. Zwei Krähen, gierig auf Aas.

Eine Gruppe von Studenten trat verlegen von einem Fuß auf den anderen, bevor sie sich entschloss, lieber innerhalb der Kirche zu warten. Rechts, neben dem Portal, stand Iras Vater, klein und verloren, vor ihm hatte Florin sich aufgebaut wie ein Turm. Bislang hatten die Crontalers sich noch nicht herangewagt. Sie hielten sich an Bechner, dem es erst vor wenigen Minuten gelungen war, sie abzuschütteln und sich auf die anderen Gäste zu konzentrieren.

Zehn vor drei. Beatrice ließ ihren Blick nach rechts schweifen. Eine rundliche Frau in einem dunkelblauen Kleid ging zögernd auf die Kirche zu. An ihrer ebenfalls blauen Strumpfhose zog sich eine Laufmasche von der Ferse bis zur Kniekehle, möglicherweise noch weiter. Konnte das Nikola sein? Jedenfalls lief sie direkt auf Helen Crontaler zu, und die ließ sogar ihren Mann für einige Momente los, um die neu Eingetroffene zu umarmen. Wenn das wirklich Nikola war, hatte sie nicht nur bei ihrem Namen, sondern auch bei der Angabe ihres Geburtsjahrs dreist gelogen – diese Frau hier war keinesfalls 1992 geboren, sondern gut zwanzig Jahre früher. Bei näherer Betrachtung war allerdings die Ähnlichkeit mit dem Profilbild von Christiane Zach ohnehin nicht zu verleugnen.

Bisher war noch niemand von der Presse aufgetaucht. Gut, es war offiziell nie von Mord die Rede gewesen, davon abgesehen gaben Beerdigungen besseren Stoff als eine schlichte Messe. Aber nicht einmal Ribar war erschienen, und mit ihm hatte Beatrice fest gerechnet. Andererseits: Kein freiberuflicher Journalist konnte es sich leisten, Tag und Nacht an einer Sache dranzubleiben, die am Ende vielleicht im Sand verlief. Trotzdem hielt sie nach ihm ebenso Ausschau wie nach Dominik Ehrmann – und bei Letzterem hatte sie Glück.

Er war hochgewachsen, trug dunkle Jeans und eine Lederjacke mit hochgeschlagenem Kragen. Sein Haar wirkte kürzer als auf seinem Profilbild, und als er den Zebrastreifen überquerte, kaum zehn Meter von Beatrices Versteck entfernt, sah er einen Moment lang genau in ihre Richtung.

Sie wandte die Augen ab, was Unsinn war, denn hinter der dunklen Scheibe war sie praktisch unsichtbar.

Ein schneller Blick auf die Uhr, und Ehrmann beschleunigte seine Schritte, grüßte die Crontalers, ohne sich von ihnen aufhalten zu lassen, und verschwand in der Kirche. Als hätte man dort nur auf ihn gewartet, begannen die Glocken zu läuten. Florin nahm Dietmar Sagmeisters Arm und begleitete ihn nach drinnen. Innerhalb von zwei Minuten war der Vorplatz der Kirche menschenleer.

Beatrice spürte, wie die Anspannung aus ihrem Körper wich, und fragte sich, was sie eigentlich erwartet hatte.

Ein Aha-Erlebnis, eine plötzliche Eingebung, hervorgerufen durch ein Gesicht, eine Geste?

Ein Pärchen um die zwanzig kam Arm in Arm näher, blieb vor der Kirche stehen. Er schüttelte den Kopf, was er meinte, war deutlich. *Ich habe es mir anders überlegt.* Seine Begleiterin zog ihn am Ärmel hinter sich ins Gebäude hinein, und er ließ es geschehen. War das Mädchen eventuell Nikola gewesen? Gut möglich, dass sie nicht allein angereist war.

Dann passierte lange nichts. Passanten liefen vorbei, ein Hund erleichterte sich auf dem Kirchenplatz, und sein Besitzer entfernte pflichtschuldigst den Haufen. Ein Mann um die dreißig setzte sich an den Rand eines der Blumentröge und zündete sich eine Zigarette an, verschwand aber wieder, als er fertig geraucht hatte.

Verlorene Zeit, dachte Beatrice. Blieb nur zu hoffen, dass Florin und Bechner in ihren Gesprächen etwas Aufschlussreiches erfahren hatten. Und dass ihre Verabredung mit Ehrmann weniger enttäuschend verlaufen würde.

«Sie sind alle sehr betroffen, aber niemand weiß etwas, abgesehen davon, dass jeder von ihnen sein persönliches psychologisches Urteil über Ira gefällt hat.» Florin wirkte gereizt und mitgenommen. Die Crontalers hatten nach der Messe darauf bestanden, Iras Vater nach Hause zu fahren, was der gerne angenommen hatte. Er konnte ja nicht wissen, worauf er sich einließ. «Es tut mir so gut, mit Menschen zu sprechen, die Ira gekannt haben», hatte er gesagt. Helen, die Ira kein einziges Mal begegnet war, hatte lächelnd genickt.

In ihren Gesprächen mit Bechner hatten die anwesenden Studenten Ira als klug, aber ruppig im Umgang beschrieben, mit nur wenigen Freunden, von denen sie sich im vergangenen Jahr mehr und mehr zurückgezogen habe. Vom Selbstmord der Mutter hatte sie nie erzählt. «Keiner von ihnen wusste das, die waren alle überrascht, als ich es erwähnt habe.»

«Okay, und die aus der Lyrikgruppe? Gab's da was Neues? War Nikola da?»

Florin und Bechner schüttelten die Köpfe. Synchron, als hätten sie es einstudiert. «Niemand, der auch nur annähernd so heißt», erklärte Bechner. «Ich glaube nicht, dass mir jemand durch die Lappen gegangen ist, ich habe alle Ausweise gesehen – aber keine Nikola.»

Weil sie in Wahrheit vielleicht Hanna hieß oder Verena und sich für Facebook einen Phantasienamen zugelegt hatte. Nikola DVD. Nikola Tod.

«Dafür war Christiane Zach hier», warf Florin ein.

Also hatte Beatrice sie tatsächlich erkannt. Die katzenfotografierende Krankenschwester. «Sie war die Dunkelblaue mit der Laufmasche, nicht?»

«Genau. Unglaublich nett und entgegenkommend. Und ehrlich betroffen, wenn du mich fragst. Sie hat ein eigenes Gedicht für Ira verfasst und vorgetragen, mit Tränen in den Augen.»

«Ja, da hätte ich auch fast geheult», bemerkte Bechner trocken.

«Die Absicht war … rührend, die Durchführung leider unterirdisch.» Immer noch schaute Florin zur Kirche, obwohl die Trauergäste alle längst gegangen waren. «Ja, und dann natürlich Dominik Ehrmann. Mit ihm habe ich mich im Anschluss an die Messe etwas ausführlicher unterhalten. Interessant fand ich, dass er mir sofort sein Alibi aufdrängen wollte. Ich könne in seiner Schule anrufen, dort habe er die letzten Wochen keine einzige seiner Unterrichtsstunden ausfallen lassen.»

«Ach?» Das war allerdings bemerkenswert. «Du meinst, er geht davon aus, dass Ira und Pallauf ermordet wurden?»

«Genau das habe ich ihn gefragt. Er sagte, da die Polizei in der Kirche sei, um mit den Trauernden zu sprechen, liege der Schluss ja nahe.»

«Kluger Kerl.»

«Entweder das, oder er weiß ein bisschen mehr als wir. Auf meine Frage, weshalb er den weiten Weg nach Salzburg macht, obwohl er Ira nicht ein einziges Mal begegnet ist, hatte er keine richtige Antwort. Zumindest keine, die ich ihm abgekauft hätte.»

«Was hat er denn gesagt?»

«Dass sie seiner Ansicht nach einen persönlichen Abschied verdient hätte. Als Lehrer habe er so viel mit jungen Menschen zu tun, dass er es sich nur schwer verzeihen könne, nicht erkannt zu haben, was in Ira vorgegangen sei. Merkwürdig, wenn du mich fragst. Wer setzt sich deshalb ins Auto und fährt über siebenhundert Kilometer? Nur für eine Totenmesse?»

Und um mich zu treffen, dachte Beatrice. Mich – und wer weiß, wen noch.

Es würde ein spannender Abend werden.

Helen Crontaler hat 9 Fotos zum Album «Eine Messe für Ira» hinzugefügt.

Ungläubig klickte Beatrice sich durch die Bilder. Nein, sie begriff nicht, was Crontaler da tat, und warum. War das wirklich nur Geltungsbedürfnis? Oder Mangel an sonstigen Lebensinhalten? Sie hatte doch zwei Töchter, denen sie ihre Aufmerksamkeit widmen konnte.

Der Pfarrer, mit ausgebreiteten Armen und halb geöffnetem Mund. Eine Gruppe Studenten, die betreten nach unten oder zur Seite blickte, einer von ihnen hatte sein Smartphone in den Händen. Twitterte wahrscheinlich ein bisschen.

Der gebeugte Rücken von Dietmar Sagmeister, daneben drei ältere Damen mit generationstypischen Pelzhüten. Christiane Zach vor dem Altar, mit einem Zettel in der Hand, die Wimperntusche verlaufen. Dominik Ehrmann, der mit leicht zusammengekniffenen Augen nach rechts spähte.

Beatrice vergrößerte das Foto. Natürlich war es nur eine Momentaufnahme, aber sie zeigte einen Mann, der nicht bei der Sache war. Der sich aufmerksam umblickte, etwas suchte. Hielt er Ausschau nach Tina Herbert? Oder nach Nikola?

In diesem Fall musste er wissen, wie sie aussah.

Die rote Perücke machte einen anderen Menschen aus ihr. Mit gemischten Gefühlen betrachtete Beatrice sich im Spiegel der Bürotoilette. In fünfzehn Minuten musste sie los, spätestens, sie wollte nicht riskieren, Ehrmann zu verpassen.

Ihre Garderobe hatte sie sorgfältig ausgewählt – schulterfreies Top, Blazer, Jeans. Dazu die High Heels, die sie so hasste. Lipgloss, Wimperntusche, fertig.

Florin, von dem sie sich im Weggehen noch verabschiedete, schaute irritiert auf, als sie sich in den Türrahmen lehnte. Dann nickte er anerkennend.

«Wow, Bea. Du siehst großartig aus.»

«Ja?» Sie tastete nach einer der großen Haarnadeln, die ihr sicher bald Kopfschmerzen bescheren würde, ließ sie aber doch an ihrem Platz. Besser ein wenig leiden, als die Perücke verlieren. «Denkst du, ich sollte mich rot färben lassen?»

Er nahm sich Zeit für seine Antwort. «Es steht dir, aber es führt in die Irre. Genau richtig für heute Abend.»

Das war ein Nein, nahm Beatrice an. «Gut, ich bin dann weg. Das Aufnahmegerät habe ich dabei. Stefan ist schon auf seinem Platz, er hat sich vorhin gemeldet.»

«Okay. Du bist vorsichtig, ja?»

Ihr lag eine launige Antwort auf der Zunge, doch sie schluckte sie hinunter. Seine Sorge war echt.

«Natürlich bin ich das. Wir sind in einem belebten Lokal, Stefan ist da, und ich habe mehrere Selbstverteidigungskurse hinter mir. Ich komme mit einem Sozialkundelehrer zurecht, versprochen.»

Das Lächeln, das sie mit ihrer Antwort bei Florin hatte hervorrufen wollen, kam nicht. «Natürlich tust du das. Ich denke nur, dass wir immer noch nicht wissen, mit wem Ira an ihrem letzten Abend verabredet war. Ich habe es gerade ausgerechnet, Ehrmann könnte mittags von Gütersloh weg- und in der Nacht wieder zurückgefahren sein. Das hätte niemandem in seiner Umgebung auffallen müssen.»

Wäre die Zeit ihr nicht davongelaufen, Beatrice hätte dem Bedürfnis nachgegeben, noch einmal zu Florin zu gehen und die steile Falte fortzuwischen, die sich zwischen seine Augenbrauen gegraben hatte.

«Ich bin vorsichtig. Keine Alleingänge, keine spontanen Aktionen.»

«Okay.»

«Hab einen schönen Abend, Florin.»

Die Schuhe waren ein Fehler gewesen. Beatrice hatte ihr Auto am Franz-Josefs-Kai geparkt und würde kaum zwei Minuten bis zum «Republiccafé» brauchen, aber die hohen Absätze zwangen ihr Aufmerksamkeit für jeden einzelnen

Schritt ab. Im Vorbeigehen überprüfte sie ihr Erscheinungsbild in der schwachen Reflexion eines Schaufensters. Nein, man sah ihr das Unbehagen nicht an, ihr Gang wirkte erstaunlich sicher.

Die ersten Tische des Cafés kamen in Sicht. Noch waren die Abende warm genug, um draußen unter den hohen Schirmen zu sitzen. Kaum ein Platz war dort mehr frei, aber Beatrice steuerte ohnehin nicht das Café, sondern das dazugehörige Restaurant an, das Ehrmann vor knapp zehn Minuten betreten hatte.

Zeit für letzte Vorbereitungen. Sie schaltete das Aufnahmegerät ein und schob es so ins Handyfach ihrer Handtasche, dass der Teil, an dem das Mikrofon angebracht war, ein kleines Stück hervorragte.

Das Handy steckte sie in die Jacke, nicht ohne zuvor noch einmal Stefans SMS zu lesen.

E. hat sich für einen Tisch im Restaurant entschieden. Wenn du reinkommst, sitzt er gleich links.

Als Erstes stach ihr allerdings Stefan selbst ins Auge, der vor einem dampfenden Teller saß und betont langsam Suppe in sich hineinlöffelte.

Beatrice blieb im Eingang stehen und ließ ihren suchenden Blick über die Gäste gleiten, obwohl sie Ehrmann längst entdeckt hatte. Ein zu selbstverständliches Erkennen würde ihn möglicherweise stutzig machen. Erst als er winkte und fragend den Kopf neigte, ging sie lächelnd auf ihn zu.

«Ich – ähm – wir sind verabredet, nicht? Sind Sie Herr Ehrmann?»

Er war aufgestanden, um ihr die Hand zu schütteln. «Ja.»

«Tina Herbert. Tut mir leid, dass ich mich verspätet habe.»

«Kein Problem.» Er hatte eine angenehm tiefe Stimme

und roch gut, wie Beatrice feststellte, als er ihr den Stuhl zurechtrückte.

«Merkwürdige Situation, ich weiß.» Er lachte kurz auf. «Ich hatte nicht damit gerechnet, dass Sie so hübsch sind … Entschuldigung, das klingt jetzt wirklich blöd, aber die meisten hübschen Frauen verzichten nicht darauf, ihr Gesicht als Profilbild bei Facebook einzustellen.»

Wenn er flirten wollte, konnte er das haben. Dann standen die Chancen nicht schlecht, dass er unvorsichtig werden würde, vor allem, wenn er sie für ein bisschen einfältig hielt.

«Na ja.» Beatrice entfaltete ihre spitz geformte Stoffserviette und strich sie mit beiden Händen glatt. «Ich denke mir immer, sicher ist sicher.»

«Das stimmt natürlich. Wollen wir du zueinander sagen? Im Netz tun wir das auch, und das Sie fühlt sich für mich irgendwie falsch an.»

«Ja, gerne.»

Er strahlte sie an. «Toll. Dann lass uns erst einmal bestellen, Tina, bevor wir uns den ernsten Dingen zuwenden.»

Sie hatte tatsächlich Hunger, wie sie beim Lesen der Speisekarte bemerkte. Mango-Chili-Risotto hörte sich sehr verlockend an, aber den Wein, den Ehrmann dazu ordern wollte, schlug sie mit Hinweis auf ihr Auto aus.

Als der Kellner wieder ging, stockte ihre Unterhaltung, und Beatrice hatte nicht vor, sie in Gang zu halten. Sie würde Ehrmann reden lassen, immerhin war ihm doch so an diesem Treffen gelegen. Aber es schien ihm schwerzufallen, einen Anfang zu finden, und so rettete er sich in die banalste aller Möglichkeiten: das Wetter. Was für ein angenehmer September. War nicht der Herbst die schönste Jahreszeit? Erst als er begann, Beatrices Haarfarbe mit der von fallenden Blättern zu vergleichen, unterbrach sie ihn.

«Deswegen sind wir doch nicht hier, oder? Sie haben … entschuldige, du hast geschrieben, es wäre dir wichtig, mich zu treffen. Warum?»

Sein Zögern wirkte nicht gekünstelt. Für die Dauer eines Atemzugs hatte Beatrice den Eindruck, dass sich hinter all seiner Offenheit eine tiefere Vorsicht verbarg als bei ihr selbst. «Ich war heute auf Iras Trauerfeier.» Er ließ den Wein in seinem Glas kreisen. Dunkles Rot. «Du warst nicht dort, oder? Nein, du wärst mir sicher aufgefallen.»

«Ich konnte nicht. Musste arbeiten.»

Er nahm einen Schluck, und offenbar war der Wein gut, denn für einen Moment schloss Ehrmann genießerisch die Augen.

Beatrice mochte Männer, die nicht ständig darauf aus waren, Wirkung zu erzielen. Ehrmann gehörte zu dieser Sorte, er war eine Art Anti-Kossar, aber davon durfte sie sich keinesfalls aus dem Konzept bringen lassen. Dass er ihr sympathisch war, bedeutete gar nichts.

«Was arbeitest du denn?»

«Ich bin in einer Wirtschaftsprüfungskanzlei angestellt», sagte sie, dankbar dafür, dass sie den gestrigen Abend Tinas Biographie geopfert und lange nach einer Beschäftigung gesucht hatte, die möglichst wenig Gesprächsstoff bot.

«Ah. Und, gefällt dir das?»

«Geht so. Was machst du?»

«Ich bin Lehrer.»

Sie zog die Augenbrauen hoch, als wäre es das Letzte gewesen, was sie erwartet hatte. «Tatsächlich? So wirkst du gar nicht.»

Ein weiterer Schluck Wein. Schiefes Grinsen. «Wie wirke ich denn?»

Kaum verließ das Gespräch den unsicheren Boden rund

um Ira, entspannte Ehrmann sich sichtlich. Auch gut, dann würden sie eben noch ein wenig länger um den heißen Brei herumreden.

Beatrice stützte ihr Kinn in die Hand, als müsse sie überlegen. «Du wirkst wie jemand, der gerne Entscheidungen triffst. Ein Unternehmer oder ein Arzt.»

War es ihr gelungen, ihm zu schmeicheln? Er antwortete nicht, klopfte nur mit einem Finger gegen den langen Stiel seines Glases. «Entscheidungen … um ehrlich zu sein, manchmal würde ich die lieber anderen überlassen.»

«Aber jedenfalls bist du spontan», setzte sie nach. «Ich glaube, nicht viele Leute würden einen so weiten Weg in Kauf nehmen, um eine Totenmesse zu besuchen.»

Da lag er, der Köder. Beatrice bemühte sich, ihr unverfängliches Lächeln aufrechtzuerhalten, während sie auf Ehrmanns Entgegnung wartete. Aber sie kam nicht. Er lehnte sich nur im Stuhl zurück und faltete die Hände vor dem Mund. Erst als der Kellner Beatrices Zitronensoda brachte, blickte Ehrmann auf. In seinen Augen lag eine stumme Frage, der Beatrice eine laut ausgesprochene entgegensetzte.

«Habt ihr euch gut gekannt? Ja, oder? Ich weiß noch, an dem Abend, als Ira … also, als wir versucht haben, mit ihr zu sprechen, da hast du geschrieben, du hättest bei ihr angerufen.»

Er nickte stumm. Griff nach der Gabel, nur um sie sofort wieder zurückzulegen, und verbrachte die nächsten Sekunden damit, sie perfekt parallel zum Messer auszurichten. «Ja, wir hatten einige Zeit telefonischen Kontakt und wollten uns kennenlernen, wenn ich es endlich schaffen würde, nach Salzburg zu fahren.» Er lachte freudlos. «*Spontan* hast du gesagt, stimmt's? Ich fürchte, damit stellst du mich in ein zu freundliches Licht. Ich wollte schon vor Monaten herkommen, aber dann war immer etwas anderes wichtiger.»

«Du wolltest nach Salzburg kommen – wegen Ira?»

«Auch.» Er beugte sich vor. «Sie hat mir von jeher imponiert, sie war ein Mädchen, das ziemlich viel Mumm hatte. Und das bist du ebenfalls, habe ich recht?»

Es war klar, dass er auf etwas anspielte, das Beatrice nicht begriff. Wohl kaum Iras Selbstmord – aber worauf dann? Hatte sie etwas besonders Mutiges getan, sich offenen Auges in eine gefährliche Situation begeben? Die Chancen, dass er früher oder später Klartext reden würde, waren umso besser, je eher er das Gefühl hatte, dass sie wusste, wovon er sprach.

Sie versuchte es mit Schulterzucken. Das konnte nicht schaden und alles bedeuten. Bescheidenheit, zum Beispiel. «Mumm – na ja. Wie man's nimmt. Und danke für das *Mädchen*.»

Sie redeten nicht viel beim Essen. Das Risotto war ausgezeichnet, und Beatrice hätte gern ihre ganze Aufmerksamkeit darauf gerichtet, aber wichtiger war jetzt, Ehrmann die richtigen Stichworte zu geben.

Er war lange vor ihr mit seiner Mahlzeit fertig. Sie spürte seinen Blick, der sich aber sofort auf den Tisch richtete, als er dem ihren begegnete.

«Ich hoffe, dass du mir genug Vertrauen entgegenbringst, um es mir zu erzählen.» Er sprach erst wieder, als Beatrice ihr Besteck abgelegt und sich mit der Serviette den Mund abgetupft hatte.

«Was? Was soll ich dir erzählen?»

«Das, worauf du in der Gruppe angespielt hast. Ira hätte dir kurz vor ihrem Tod eine Information zukommen lassen.

Ich will nicht lange drum herumreden – ich muss wissen, was das war.»

Jetzt wurde es heikel. Etwas zu erfinden, kam nicht in Frage. Zuzugeben, dass Ira ihr nicht mehr verraten hatte als ihre Musikvorlieben, ebenso wenig.

«So gut kenne ich dich nicht», wich sie daher aus. «Ich kann nicht wissen, ob es Ira recht wäre.»

Er musterte Beatrice eingehend. «Das wäre es. Glaube mir.»

«Warum hat sie sich dann nicht gleich dir anvertraut? Warum mir?» Mit jedem Wort fühlte Beatrice, wie das Eis unter ihren Füßen dünner wurde. Wie lange würde es dauern, bis Ehrmann durchschaute, dass er einem Bluff auf den Leim gegangen war?

«Keine Ahnung.» Er seufzte. «Ich kann es mir nur so erklären, dass sie sich an jemanden wenden wollte, der ebenfalls in Salzburg wohnt. Kanntest du die Umstände schon vorher, oder hat sie dir erst alles erzählt? Im letzteren Fall tut es mir leid, dass du als Unbeteiligte in eine so hässliche Sache hineingezogen wirst.»

Beatrices Kopf war heiß, ihre Hände mussten dagegen eiskalt sein. *Eine so hässliche Sache*. Es klang, als ob Ehrmann wusste, warum Ira hatte sterben müssen, er konnte der Schlüssel zu den Ermittlungen sein, und er saß ihr direkt gegenüber. Sie musste es nur schaffen, ihm die richtigen Worte zu entlocken, dann würde der ganze Fall wie eine ausgebreitete Karte vor ihr liegen.

Jetzt bloß keinen Fehler machen. Was, wenn sie sich als Polizistin zu erkennen gab? Ihren Ausweis aus der Tasche zog und ihn bat, sie ins Büro zu begleiten? Vermutlich wäre das ein dummer Schachzug, mit dem sie dann jede Vertrauensbasis verspielt hätte. Denn angenommen, Ehrmann wusste, dass Ira getötet worden war, und von wem – warum hatte er nicht längst die Polizei eingeschaltet? Was hinderte ihn daran, die richtigen Stellen zu informieren?

Sie versuchte, sich zu erinnern, was er zuletzt gesagt hatte. *Kanntest du die Umstände schon vorher?* Und dass es ihm leidtat, falls sie als Unbeteiligte in all das hineingeraten war. Genau. Es war also Zeit für einen weiteren Schuss ins Dunkle.

«Ich muss dir nicht leidtun, ich komme gut mit der Situation zurecht. Allerdings denke ich, seit Ira tot ist, ständig darüber nach, mit der Polizei zu sprechen.»

Er schnappte tatsächlich nach Luft und griff hastig nach ihrem Arm. Im Hintergrund sah Beatrice, wie Stefan sich halb aus seinem Stuhl erhob, und hoffte, dass er ihr Kopfschütteln richtig interpretierte. *Alles in Ordnung*.

«Auf keinen Fall. Wozu geben wir uns all die Mühe, wenn dann die Pferde scheu gemacht werden? Wo Polizei ist, ist auch Presse und damit Öffentlichkeit.»

Na und?, hätte sie beinahe gesagt, stattdessen nickte sie, als wüsste sie, weshalb das ein Problem darstellte.

«Außerdem – die Polizei nimmt uns nicht ernst. Wir haben es doch versucht, weißt du das nicht?»

«Nein, eigentlich nicht.» Beatrice erinnerte sich an Iras Worte, als es um die Polizei gegangen war. *Richtig freundlich, wenn sie etwas wollen. Aber nicht bereit zuzuhören, wenn jemand von sich aus etwas erzählen möchte*. Spielte Ehrmann auf Iras Versuch an, ihre depressive Mutter mit einer Fangschaltung vor anonymen Anrufern zu schützen? Er hatte «wir» gesagt. *Wir haben es doch versucht*. Dann meinte er sicher nicht nur sich und Ira, sondern noch jemand anders.

Nikola?

«Warum legen wir nicht einfach die Karten auf den

Tisch?», schlug sie vor. «Du sagst mir, was du weißt, und ich sage dir, was Ira mir anvertraut hat.»

Erst jetzt ließ er ihre Hand los, und aus der Art, wie er das tat, war klar zu spüren, dass er nichts von ihrem Vorschlag hielt. Trotzdem rang er sich ein anerkennendes Lächeln ab.

«Gut, dass du so vorsichtig bist.» Er winkte dem Kellner mit seinem leeren Weinglas. «Aber das gilt auch für mich. Wer sagt mir, dass du nicht gleich, nachdem wir uns gute Nacht gesagt haben, dein Telefon nimmst und alles weitererzählst? Vielleicht sogar jemandem, der es auf keinen Fall wissen darf?»

«Und wer wäre das zum Beispiel?»

Sie merkte sofort, dass sie einen Fehler gemacht hatte, und mühte sich, ihr Lächeln beizubehalten, statt sich auf die Lippen zu beißen. Ehrmann musterte sie aus verengten Augen. Misstrauisch.

«Ja, schon gut», schwächte sie ab. «Dumme Frage.»

«Nur, wenn man die Antwort kennt.» Er schüttelte den Kopf, als wäre er verwundert über sich selbst. «So hübsch», murmelte er versonnen. «Tina Herbert, bist du hier, um mich aus der Reserve zu locken, hm? Will mir da jemand eine reizvolle Falle stellen?»

Schmeichelnde Worte, aber ein bedrohlicher Unterton. Plötzlich war Beatrice froh über Stefans Anwesenheit, ebenso wie über den Kellner, der das nächste Glas Rotwein zwischen sie und Ehrmann stellte und heitere Geschäftigkeit ausstrahlte. «Möchte die Dame auch noch etwas trinken? Wir haben einen ausgezeichneten Veltliner.»

«Nein. Danke.»

Sie wandte sich wieder Ehrmann zu und legte diesmal hörbar Unmut in ihre Stimme. «Ich habe keine Ahnung, was für eine Falle du witterst. Du wolltest mich unbedingt treffen, nicht ich dich. Aber wir können gerne einen Schlussstrich unter den heutigen Abend ziehen und uns verabschieden.» Sie gab vor, nach dem eben davongeeilten Kellner Ausschau zu halten. Wenn sie gut geblufft hatte, würde Ehrmann einlenken. Wenn nicht …

«Kein Grund, eingeschnappt zu sein.» Griff er da tatsächlich wieder nach ihrer Hand? Der Mann hatte Nerven. «Wir machen es anders. Du beantwortest mir eine ganz einfache Frage, dann weiß ich, woran ich bin.» Er dachte kurz nach. «Warum hat Ira das Bild von der Tankstelle gepostet? Und was hat das dazugehörige Gedicht zu bedeuten?»

Das war also wirklich eine versteckte Botschaft gewesen, genau wie Beatrice es vermutet hatte. Nur half ihr ganzer Instinkt leider nicht bei der Antwort auf Ehrmanns Frage.

Brüsk entzog sie ihm ihre Hand. «In Wahrheit weißt du es gar nicht, oder?» Gereiztheit hatte bisher am besten gewirkt. Beatrice hoffte, dass der Kniff noch einmal funktionierte. «Das ist der Grund, warum du mich treffen wolltest. Um mich auszuhorchen. Aber ich lasse Ira nicht im Stich, ich habe ihr versprochen, diskret zu sein.»

«Aushorchen? Du denkst doch nicht, dass ich …»

«Gegenfrage», setzte Beatrice nach, in vollem Bewusstsein, dass sie sich damit auch endgültig ins Aus schießen konnte. «Was hatte Sarah Beckendahl bei Gerald Pallauf zu suchen?»

Ehrmanns Augen weiteten sich, dann lachte er auf. «Ich weiß es nicht. Aber glaube mir, das habe ich mich auch immer wieder gefragt. Tut mir leid, da kann ich dir kein Stück weiterhelfen.»

So wie er es sagte, wirkte es vollkommen glaubwürdig.

«Kanntest du Sarah?», fragte Beatrice, ermutigt von seinem Lachen. «Weißt du, warum sie nach Salzburg gekommen ist?»

Ehrmann strich sich mit beiden Händen das Haar zurück. «Ich hatte keine Ahnung, dass Sarah existiert», sagte er langsam, «bis ich von ihrem Tod erfahren habe.»

Sarah, die Kosmetikerin. War sie ein Fremdkörper, der sich zu seinem eigenen Unglück in die Lyrikgruppe verirrt hatte? *Bei uns in der Straße wachsen auch wilde Rossen*, das würde sie nie vergessen. Nun behauptete sogar Ehrmann, dass er Sarah nicht kannte.

Sie vergegenwärtigte sich Florins Warnung, ihm nicht zu trauen. Natürlich konnte er sie anlügen, und die Wahrscheinlichkeit war nicht gering, dass er sie hatte treffen wollen, um herauszufinden, ob Iras Nachricht etwas mit ihm zu tun hatte.

Ich könnte ihm weismachen, dass Ira mir verraten hat, mit wem sie sich am Abend ihres Todes verabredet hatte. Falls es das ist, was er fürchtet, weil er es selbst war – was wird er dann tun?

Mit einem schnellen Seitenblick vergewisserte Beatrice sich, dass Stefan noch an seinem Platz saß. Sie sah ihn mit einem anderen Mann sprechen, der sich lässig an den Tisch gelehnt hatte. Ein Bekannter vermutlich, so etwas passierte immer wieder und war, wenn man sich gerade um Unauffälligkeit bemühte, ziemlich unangenehm. Aber Hauptsache, Stefan war in Reichweite und würde sie später bis zu ihrem Auto begleiten.

Woher kam diese plötzliche Unsicherheit? Ihr konnte doch gar nichts passieren. Sie war hier die Jägerin, Ehrmann das Wild.

«Woran denkst du gerade, Tina?»

«Immer noch an Sarah.» Eine schnelle Notlüge, aber

kaum war sie ausgesprochen, stand Beatrice das Bild des toten Mädchens, dem die Zunge aus dem Mund hing, wieder vor Augen. «Alle Zeitungen schreiben, dass Gerald Pallauf sie getötet hat, trotzdem kann ich es mir einfach nicht vorstellen.» Sie musste vorsichtig sein, durfte nichts äußern, das sie als Tina Herbert gar nicht wissen konnte. Hoffentlich hatte sich Ehrmann nicht zu intensiv mit ihrem Profil auseinandergesetzt. Wenn doch, wusste er, dass sie sich erst nach Pallaufs Tod bei Facebook angemeldet hatte. «Ich verstehe auch immer noch nicht, wieso Sarah bei so vielen Salzburgern in der Gruppe ausgerechnet mit ihm Kontakt aufgenommen hat.»

Da war er wieder, dieser Blick, als wäre sie eine seiner Schülerinnen, die gerade etwas sehr Dummes gesagt hatte.

«Also, dazu fällt mir mindestens ein guter Grund ein.»

Voller Dankbarkeit dachte Beatrice an das Aufnahmegerät in ihrer Tasche. Ehrmann mochte sie für beschränkt oder eine Lügnerin halten, aber morgen würde Florin ihn befragen, und wenn er auf stur schaltete, würde sie dazustoßen und Erklärungen für all diese Andeutungen einfordern.

«Ja, schon richtig», sagte sie schnell, «auch wenn ich mich an Sarahs Stelle anders verhalten hätte.»

Er fuhr sich mit dem Daumen über die Lippen, mehrmals, ohne Beatrice aus den Augen zu lassen. «Tina», sagte er schließlich und zog dabei die Vokale in die Länge, als wäre ihr Klang ihm fremd. «Weißt du, wie ich mich fühle? Wie jemand, der eine Blinde durch ein Labyrinth führt.»

Dumm stellen, beschloss Beatrice. Es war klar, dass Ehrmann den Braten allmählich roch und ihr keinerlei Fakten auf den Tisch legen würde. Aber wenn sie ihm noch ein oder zwei Andeutungen abringen könnte, wäre der Abend ein Erfolg gewesen.

«Wie meinst du das? Wieso blind?»

Er beugte sich vor. «Irgendetwas hast du aufgeschnappt, aber du kannst nichts damit anfangen, stimmt's? Du versuchst, mich unauffällig auszufragen, und machst das nicht einmal schlecht, nur hast du einige Male schwer danebengehauen. In Wahrheit weißt du nicht, weswegen Gerald, Sarah und Ira sterben mussten, nicht wahr?»

Nein, nicht morgen. Sie würden ihn heute Abend noch befragen. Ihn aus seinem Hotel holen, ihm keine Chance geben, nach Deutschland zurückzufahren, bevor sie nicht ebenso viel wussten wie er. Vielleicht hätten sie morgen früh sogar schon ein Geständnis vorliegen.

«Dafür», sagte sie langsam, «weiß ich, dass Nikola in der Stadt ist. Seit heute.»

Endlich stand ihm Überraschung ins Gesicht geschrieben. «Ach? Und woher glaubst du das zu wissen?»

«Sie hat ein Posting auf Facebook abgesetzt. Zwei Zeilen aus dem ‹Panther› und ein Bild vom Platz vor dem Salzburger Bahnhof. Natürlich kann sie es auch nur vortäuschen, aber ich bin überzeugt davon, dass sie zu Iras Trauerfeier wollte, so wie du.»

Er sagte kein Wort, sah Beatrice nur an. Seine Mundwinkel zuckten, als hielte er ein Lachen zurück. «Das ist ja interessant.» Er atmete geräuschvoll aus. «Vorhin hast du noch gesagt, dass außer mir kaum jemand den weiten Weg auf sich nehmen würde, nur für eine Totenmesse. Und weißt du was? Damit hattest du recht. Aber nur damit, fürchte ich.»

Er hob die Hand, um den Kellner auf sich aufmerksam zu machen. «Ich glaube übrigens nicht mehr, dass Ira dir irgendein Geheimnis verraten hat, und das ist auch gut so. Sei einfach froh darüber, Tina, und lass das Rätselraten. Lass auch die Sache mit den Fotos und den Andeutungen in der Gruppe. Zu deinem eigenen Besten.» Beatrice hatte ihre Hand schon in der Tasche, um den Ausweis herauszuholen und Ehrmann zu bitten, sie aufs Kommissariat zu begleiten. Nur leider konnte sie ihn ohne Vorladung nicht zwingen, also würde er vermutlich auf der Stelle gehen. Was er vom Einschalten der Polizei hielt, hatte er ja eingangs deutlich gemacht.

Der Kellner kam mit der Rechnung. Ehrmann bezahlte für beide, trotz Beatrices Protests.

«Es ist, weil ich Nikola erwähnt habe, nicht wahr?», startete sie einen letzten Versuch. «Tut mir leid. Über sie hat Ira mir nichts geschrieben, und ich hatte auch noch keinen persönlichen Kontakt zu ihr.»

Er lachte auf. «Das war mir klar.»

Eine der ungewohnten roten Locken fiel Beatrice in die Stirn, und sie strich sie zur Seite. Die Stelle, an der die Haarnadel gegen ihre Kopfhaut drückte, war mittlerweile taub geworden, aber jetzt, da die innere Anspannung allmählich nachließ, begannen leichte Kopfschmerzen hinter ihrer linken Schläfe zu pochen.

«Danke für die Einladung.»

«Gerne. Auch wenn es für uns beide am Ende ein enttäuschender Abend war.» Beatrice lächelte angestrengt. Diesmal war sie es, die nach Ehrmanns Hand griff und sie ein wenig länger hielt, als es zum Abschied nötig gewesen wäre. Da war tatsächlich immer noch etwas an ihm, das sie anziehend fand.

«Vielleicht sehen wir uns ja wieder», sagte sie.

«Hm. Virtuell tun wir das wohl. Pass auf dich auf, Tina, und denke an das, was ich dir gesagt habe.»

«Das hat jetzt aber sehr nach Lehrer geklungen.»

«Ja? Wenn schon, ist auch kein Wunder.»

«Kann ich dir noch eine letzte Frage stellen?» Nicht die, die ihr am heißesten unter den Nägeln brannte, aber eine, auf die sie möglicherweise eine Antwort bekommen würde.

«Weißt du, wofür das DVD hinter Nikolas Namen steht?»

Er musterte Beatrice lange, und sie glaubte, etwas Neues in seinen Augen zu lesen: Traurigkeit.

«Ja», sagte er schließlich. «Aber von mir wirst du es nicht erfahren.»

Sie ließ ihn zuerst gehen und verschwand auf die Damentoilette. Als sie wieder herauskam, wartete Stefan schon vor der Tür. «Das hat aber sehr intensiv ausgesehen.»

«War es auch. Und frustrierend – als würde man vor einer Schatzkiste sitzen und den richtigen Schlüssel nicht finden.»

«Du glaubst, er weiß etwas?»

«Das sagt er selbst, und zwar ziemlich deutlich. Nur was es ist, das wollte er mir leider nicht verraten. Das heißt, wir brauchen auf jeden Fall eine richterliche Vorladung, am besten gleich morgen, so früh wie möglich. Hat jemand recherchiert, wo er wohnt?»

«Im Hotel Ibis.»

«Gut. Wir sollten zwei Leute dort postieren, die aufpassen, dass er nicht schon in der Nacht abreist.» Beatrice griff nach der schlechtsitzenden Haarnadel und zog sie sich mit einem Seufzer der Erleichterung vom Kopf. Alles war gutgegangen. Nicht so großartig, wie sie es sich erhofft hatte, aber immerhin. Sie hatte eine Quelle entdeckt, die sie nun professionell anzapfen konnten. Schluss mit Tina Herbert und ihrem mühevollen Blindflug durch Facebook. Jetzt noch weg mit der Perücke und den idiotischen Schuhen, und sie würde sich wieder wie ein Mensch fühlen.

Auf der Straße nahm sie Stefans Arm. Das machte die Schuhsituation sofort erträglicher. «War das vorhin ein Freund von dir?»

«Wer?»

«Der Typ, der an deinem Tisch stand.»

«Nein, das war ein Tourist. Ganz nett, ich hatte das Gefühl, er sucht Anschluss.» Sie bogen auf den Franz Josefs-Kai ein, gleich würde Beatrices Auto in Sichtweite kommen, Gott sei Dank.

«Ich habe euren Tisch trotzdem die ganze Zeit über im Auge behalten», beteuerte Stefan, als hätte er einen versteckten Vorwurf in Beatrices Frage gewittert.

«Weiß ich doch. Okay, ich schlage vor, du fährst jetzt nach Hause, morgen wird es rundgehen. Ich rufe gleich Florin an, am besten wäre, wir könnten heute noch alles für die Vorladung in die Wege leiten.»

Stefan wartete, bis sie im Auto saß, dann winkte er und machte sich auf den Heimweg. Sie winkte zurück und fragte sich, ob er wohl wusste, was für ein Glücksfall er für die Abteilung war.

Florin war nach dem zweiten Läuten am Telefon. «Ist alles in Ordnung?»

«Ja, mir geht es gut. Es war ein verrückter Abend, ich muss mich erst gedanklich sortieren, aber wir haben jetzt nicht nur einen roten Faden in diesem Fall, sondern praktisch ein richtiges Seil. Ehrmann weiß etwas, vielleicht sogar alles, und wir müssen ihn dazu bringen auszusagen, er darf nicht einfach wieder nach Deutschland zurückfahren. Wir brauchen eine richterliche Vorladung, am besten sofort.»

«Aha.» Florin war hörbar erstaunt. «Denkst du, er wird nicht freiwillig mit uns kooperieren?»

«Das ist es, was er gesagt hat. Er weiß etwas ganz Konkretes, wenn er nicht sogar selbst seine Finger in der Sache hat. Als ich die Polizei erwähnt habe, hat er jedenfalls ziemlich allergisch reagiert. Ich habe alles aufgenommen, du kannst es dir morgen anhören.»

«Morgen? Das ist … hm, sag mal, Bea, was hältst du davon, zu mir zu kommen? Wir machen uns eine Flasche Wein auf und gehen das Gespräch gemeinsam durch?»

Zu ihm. Schon wieder. «Nein, tut mir leid. Ich muss diese Perücke loswerden, duschen und in meine ausgeleierte Jogginghose steigen.»

«Dann könnten wir uns ja bei dir zusammensetzen, wenn es dir nichts ausmacht … oder weckt unser Gespräch deine Kinder?»

«Die sind nicht zu Hause.» Es war ihr herausgerutscht, noch bevor sie entschieden hatte, ob ihr diese Ausrede nicht ganz gelegen kam.

Der Zustand, in dem sie die Wohnung zurückgelassen hatte, erlaubte eigentlich keinen Besuch. Andererseits war die Vorstellung, mit all ihren neuen Erkenntnissen allein zu Hause zu sitzen, reichlich deprimierend.

«Okay, wir treffen uns bei mir. Aber krieg keinen Schreck, es ist nicht aufgeräumt.»

Erst als sie die Tür aufschloss und den ersten Schritt in die Wohnung tat, in der es muffig und ein bisschen nach angebrannter Milch roch, dämmerte ihr, dass Florins Besuch doch keine so gute Idee gewesen sein könnte. Sie versuchte, ihn sich auf ihrer Couch vorzustellen, zwischen Jakobs zusammengeknüllter Kuscheldecke und seinen malerisch verstreuten Legosteinen, und hörte sich selbst auflachen. Sehr wahrscheinlich, dass Florin Beatrice danach mit anderen Augen sah.

Aber dann ist das eben so. Sie riss die Fenster auf, sammelte die Schmutzwäsche auf, die Mina auf dem Badezimmerboden hatte liegen lassen, und stopfte herumliegende Zeitungen in die Altpapierbox.

Dann endlich befreite sie sich von der Perücke, löste sämtliche Klammern aus ihrem Haar und rieb sich mit beiden Händen die Kopfhaut. Wenn sie sich beeilte, würde sie geduscht und umgezogen sein, bevor Florin eintraf.

Er klingelte, als sie gerade die letzten Reste Shampoo ausspülte. Blind tastete sie nach einem Handtuch und schlang es sich um Kopf, bevor sie aus der Wanne stieg. Im Bademantel und unter Hinterlassung einer schaumigen Tropfspur tappte sie zur Tür. Durch die Leitung der Gegensprechanlage klang Florins Stimme blechern.

«Bin ich zu früh?»

«Nur ein bisschen. Komm rauf, zweiter Stock, ich lasse dir die Tür offen, und wenn du fünf Minuten im Wohnzimmer wartest, stoße ich zu dir. Mit Getränken.»

Sie drückte den Öffner und ging ins Bad zurück, erstaunt darüber, dass sie es plötzlich nicht mehr eilig hatte. Es war ohnehin Quatsch, sich und ihre Lebensumstände auch nur annähernd perfekt präsentieren zu wollen. Sie hoffte bloß, dass Florin nicht auf der Seifenspur im Vorzimmer ausrutschen würde.

Als sie in Jogginghose, Sweatshirt und mit feuchtem Haar das Wohnzimmer betrat, saß er schon da, vor sich auf dem Couchtisch eine Flasche Rotwein.

«Hallo, Bea. Es tut mir leid, mir ist erst im Auto klargeworden, wie aufdringlich es ist, nach so einem langen Tag auch noch herzukommen, aber –», er hob die Arme in einer hilflosen Geste, «ich dachte, du erzählst mir deine Eindrücke, solange sie frisch sind. Wenn es dir zu viel wird, gehe ich sofort.»

Sie antwortete nicht gleich, sondern ließ das Bild auf sich wirken, das Florin auf ihrer ausgeblichenen, filzstiftbefleckten Couch bot. Er trug Jeans und Poloshirt, vielleicht war der Kontrast deshalb weniger schroff, als sie erwartet hatte. Oder es lag daran, dass er sich offenbar wohl fühlte, so wie er die Arme auf der Rückenlehne abgelegt hatte. Es sah fast so aus, als würde er gleich die Füße hochlegen wollen.

«Schon gut. Ich bin ja froh, dass du hier bist.» Sie deutete auf die Flasche. «Soll ich Gläser holen?»

«Ja, bitte. Ich wollte nicht herumstöbern, und der Wein sollte ohnehin noch einige Zeit atmen.» Aus der Stofftasche, die zu seinen Füßen stand, kramte er Päckchen mit Pistazien und Cashew-Kernen heraus. «Und vielleicht zwei kleine Schüsselchen?»

Sie holte das Gewünschte aus der Küche und musste dabei schmunzeln. Wann hatte Florin eigentlich beschlossen, sie bei jeder Gelegenheit zu füttern?

Erst als sie sich setzte und für einige Sekunden die Augen schloss, merkte sie, wie müde sie war.

«Ich habe vorhin noch telefoniert und für Ehrmann morgen eine kurzfristige Vernehmung durch den Ermittlungsrichter beantragt. Falls er also nicht freiwillig mit uns sprechen will ...» Florin zuckte die Schultern. «Und du bist sicher, er weiß etwas?»

«Ja.» Sie öffnete die Augen wieder, blinzelte und nahm das Glas entgegen, das Florin ihr hinhielt.

«Er hat eine Andeutung an die nächste gereiht, ganz offensichtlich um mich zu prüfen. Irgendwann hat er leider begriffen, dass ich bluffe, deshalb hat er mir die entscheidenden Fakten nicht verraten.» Sie unterdrückte ein Gähnen.

«Und dass er seinerseits geblufft hat? Ist das keine Option?»

Sie drückte sich aus dem Sessel hoch und holte ihre Handtasche, zog das Aufnahmegerät heraus. «Mach dir selbst ein Bild. Ich habe kurz hineingehört, die Qualität ist nicht übel.»

Zu Beginn hörte man nur Rascheln, ihre klackernden Schritte und ein Gewirr aus Stimmen und Musik. Dann, im Restaurant, wurde es ruhiger. «Sind Sie Herr Ehrmann?», hörte sie sich selbst sagen. Wie merkwürdig ihre Stimme klang.

Der Austausch der Begrüßungsfloskeln. Und Ehrmann, der Komplimente auf sie abschoss. «Ich hatte auch nicht damit gerechnet, dass Sie so hübsch sind ...»

Florin sah nicht hoch, lächelte nur das Aufnahmegerät an, und Beatrice schloss abermals die Augen. Wieso fand sie das nun wieder peinlich?

«Spul zehn Minuten nach vorne, am Anfang passiert nichts Interessantes. Wir bestellen nur etwas zu essen.»

Er sank ein Stück tiefer in die Couch. «Nein, ich möchte einen vollständigen Eindruck.»

«Im Ernst? Wir waren eine Stunde dort.»

Florin schüttelte den Kopf. «Einen vollständigen Eindruck», beharrte er.

Na gut. Dann ließ sich allerdings nicht ausschließen, dass sie auf halber Strecke einschlafen würde. Sie stand auf und deutete auf den Küchentisch, auf dem sie ihr Notebook geparkt hatte. «Macht es dir etwas aus, wenn ich in der Zwischenzeit nachsehe, was sich auf Facebook getan hat?» Es war immerhin denkbar, dass Ehrmann sich wieder zu Wort gemeldet hatte, beispielsweise um die anderen vor Tina Herberts Neugier zu warnen. Aber keine Spur von

Ehrmann, dafür ein ausführlicher Bericht über die Seelenmesse, natürlich von Helen Crontaler. Als reichten die Fotos nicht aus.

«Herbstblätter im Licht der sinkenden Sonne.» Ehrmanns Stimme trug sogar über den schlechten kleinen Lautsprecher des Geräts. «Daran erinnert mich deine Haarfarbe. Hast du deshalb ein Weinblatt als Profilbild gewählt?»

Beatrice versuchte wegzuhören. «Es war eine schöne Feier», schrieb Helen. «Wir haben anschließend Iras Vater nach Hause gebracht, für ihn ist es natürlich furchtbar. Ich habe ihm versprochen, auch zur Beerdigung zu kommen, und ihm gesagt, dass er sich jederzeit an mich und Peter wenden kann, wenn er etwas braucht.»

Immerhin klang das nicht, als hätte sie ihn ausgequetscht, was Iras Wahl der Selbstmordmethode anging. Die Gruppe applaudierte ihr, wie erwartet, lobte sie für ihr Engagement und ihre Hilfsbereitschaft. Wenn es nur mehr Menschen dieser Art gäbe und so weiter.

Ein Stück tiefer hatte Christiane Zach ihr selbstverfasstes Gedicht eingestellt, das exakt so fürchterlich war, wie Bechner gesagt hatte, was aber fünfunddreißig Mitglieder nicht davon abgehalten hatte, die *Gefällt mir*-Schaltfläche zu klicken.

Ein weiterer Schluck Wein half Beatrice über die sieben scheinheiligen Kommentare hinweg bis hin zum nächsten Posting.

Zwei Zeilen nur.

Nikola DVD

Der weiche Gang geschmeidig starker Schritte
der sich im allerkleinsten Kreise dreht.

Sie hatte das Panther-Fragment schon vor fünf Stunden gepostet. Das dazugehörige Foto zeigte ineinandergeschobene Einkaufswagen vor einem Supermarkteingang.

Märkte dieser Kette gab es im ganzen Land. Beatrice vergrößerte das Foto, versuchte, ein besonderes Merkmal auszumachen, anhand dessen sich dieser Supermarkt identifizieren lassen konnte, aber dazu war der Bildausschnitt zu klein. Mehr als die Wagen und ein Teil des verglasten Eingangsbereichs waren nicht zu sehen.

Kein einziges «Gefällt mir» für Nikolas Rilke-Fortsetzung. Dafür fanden sich fünf ziemlich genervte Kommentare, die in ihrer Essenz alle dasselbe aussagten: Jeder hier kenne Rilkes «Panther», und das Gedicht würde durch Zerstückelung nicht besser, im Gegenteil. Sie solle den Quatsch endlich bleibenlassen, es sei irritierend und unnötig.

Dieses Gedicht. Auf gewisse Weise stellte es eine Verbindung zu Ira her, aber warum? Beatrice strich sich das feuchte Haar aus der Stirn und versuchte, sich zu konzentrieren, trotz Müdigkeit, trotz ihrer eigenen Stimme, die so fremd aus dem Aufnahmegerät drang.

«Du wolltest nach Salzburg kommen – wegen Ira?»

«Auch. Sie hat mir von jeher imponiert, sie war ein Mädchen, das ziemlich viel Mumm hatte. Und das bist du ebenfalls, habe ich recht?» Beatrice teilte seine Einschätzung, was Ira betraf. Sie hatte todesverachtend gewirkt, besonders an dem Abend, als sie sich im Chat unterhalten hatten.

Ein Gespräch, das Ira für kurze Zeit hatte glauben lassen, sie hätten etwas gemeinsam. Aufgrund ihres ähnlichen Musikgeschmacks.

Suicide Note, Part 1. Beatrices Gedanken blieben an dem Titel hängen, als hätte er Widerhaken. Genau konnte sie sich nicht mehr an die Worte erinnern, mit denen Ira ihr dieses

Lied quasi hingeworfen hatte, aber irgendwie hatte sie den Haken von Gustav Mahler zu dieser Rocknummer geschlagen, in deren Text es um vernarbte Handgelenke ging und darum, es wieder zu versuchen …

Ein Klick, und YouTube war geöffnet. Suicide Note, gab Beatrice ins Suchfeld ein, schob den Mauszeiger auf den ersten Link zu und erstarrte mitten in der Bewegung.

Das konnte kein Zufall sein. Ira hatte ihr etwas mitteilen wollen – oder, noch wahrscheinlicher, sie wollte eine Frage stellen, die nichts mit dem Inhalt des Songs zu tun hatte, sondern mit dem Namen der Band. Pantera.

War der schwarze Panther ein Symbol? Sie kannte es nicht, aber das musste nichts heißen.

Moment mal. Da war doch noch etwas gewesen … ein anderes Gedicht, nicht Rilke, aber eine der Zeilen war Beatrice nach dem Fund von Iras Körper stundenlang nicht aus dem Kopf gegangen. *Und an den Sträuchern hängt ihr Fleisch wie Blüten.*

Sie suchte erst in der Gruppe, bevor ihr aufging, wie umständlich das war, und sie die Zeile bei Google eingab.

Volltreffer.

In jene Schlucht, drin Luchs und Panther wüten,
Versanken unsere Helden kampfesbleich,
Und an den Sträuchern hängt ihr Fleisch wie Blüten.
In diese Hölle, unsrer Freunde Reich,
Lass, Grausame, uns reulos niedergleiten,
Dass unser Hass durchglüh' die Ewigkeiten!

Wieder ein Panther. Das Gedicht hieß *Zweikampf* und war von Charles Baudelaire, und nun erinnerte sich Beatrice daran, dass Nikola DVD einen eigenartigen Kommentar dazu hinterlassen hatte. Dass die letzten zwei Zeilen ihr Hoffnung gäben oder so ähnlich.

Sie würde den genauen Wortlaut später suchen. «Florin?»

«Einen Moment.» Er stoppte die Aufnahme, die in den letzten Minuten nichts Interessanteres hergegeben hatte als Besteckklappern und ein wenig Smalltalk, der sich hauptsächlich darum drehte, dass das Essen gut war.

«Was sagt dir das Stichwort ‹Panther›?»

Er zog eine ratlose Grimasse. «Das Gleiche wie den meisten anderen Leuten, denke ich. Raubkatze, entweder schwarz oder gefleckt. Eine Fahrradmarke mit dem Namen gibt es auch, soweit ich weiß. Außerdem die ‹grauen Panther›.»

Das war mehr, als Beatrice auf die Schnelle zusammenbekommen hätte. «Wie sieht es mit der Symbolik aus?» Sie schnappte ihr Notebook und setzte sich neben Florin auf die Couch. «Der Panther kommt offenbar in einer Reihe von Gedichten vor – könnte er eine besondere sinnbildliche Bedeutung haben?»

«Da fragst du den Falschen.» Er rückte ein Stück zur Seite, um Beatrice Platz zu machen. «Vermutlich ist Peter Crontaler dafür der bessere Ansprechpartner.»

Kein übler Vorschlag, auch wenn der Gedanke an Fachsimpeleien mit dem Herrn Professor Beatrice nicht gerade begeisterte. Sie versuchte, über Google weitere Erkenntnisse zu gewinnen, gab aber bald auf. Abgesehen von den naheliegenden Attributen – Mut, Geschwindigkeit und Stärke – stand der Panther nur für die Nacht und, sieh an, die weibliche Intuition.

Mit der es heute nicht mehr weit her ist, dachte Beatrice und ertappte sich dabei, wie sie sich beinahe an Florin gelehnt hätte.

Sie schenkte sich einen Schluck Wein nach und schüttelte über sich selbst den Kopf. Wenn sie so müde war, dass sie sich nicht mehr im Griff hatte, war es besser, schlafen zu gehen.

«Das, worauf du in der Gruppe angespielt hast», ertönte Ehrmanns Stimme aus dem Aufnahmegerät. «Ira hätte dir kurz vor ihrem Tod eine Information zukommen lassen. Ich will nicht lange drum herumreden – ich muss wissen, was das war.»

Florin lehnte sich zurück, das Diktafon in der Hand, die personifizierte Konzentration.

«So gut kenne ich dich nicht», hörte sich Beatrice nach einer kurzen Pause selbst antworten. «Ich kann nicht wissen, ob es Ira recht wäre.»

«Gut gekontert», murmelte Florin, oder jedenfalls etwas Ähnliches, ihr eigenes Gähnen hatte seine Worte übertönt.

«Tut mir leid», beeilte sie sich zu sagen.

Wieder drückte er auf Stopp. «Nein, mir tut es leid. Soll ich gehen? Ich kann mir die Aufnahme auch zu Hause anhören.»

«Auf keinen Fall, bleib hier, ich möchte ja wissen, was du davon hältst. Es wäre nur möglich, dass ich irgendwann einnicke, dann weck mich bitte, okay?»

«Ungern.»

«Tu es. Bitte.» Sie griff nach dem Weinglas. Mit jedem Schluck wurde der Beaujolais besser.

«Warum hat sie sich dann nicht gleich dir anvertraut? Warum mir?», erkundigte sich die Beatrice von vor drei Stunden mit deutlicher Skepsis in der Stimme.

Ehrmann wusste es nicht und bedauerte, dass Tina Herbert als Unbeteiligte in eine *so hässliche Sache* hineingezogen würde.

«Da. Hast du gehört?» Sie richtete sich ein Stück auf. «Wenn es Unbeteiligte gibt, dann gibt es auch Beteiligte. Und woran? An einer hässlichen Sache.»

«Ja.» Wieder stoppte Florin die Aufnahme und drückte auf die Rückspultaste. Die letzten dreißig Sekunden noch mal.

Mit jedem Anhören empfand Beatrice ihr knappes Scheitern als schmerzlicher. «Er weiß, was los ist, und beinahe hätte er es mir verraten. Warte nur, ein bisschen später sagt er es ganz deutlich.» Bis zu der entsprechenden Stelle dauerte es noch, erst wies Ehrmann Tinas Vorschlag zurück, die Polizei einzuschalten. *Wozu geben wir uns all die Mühe, wenn dann die Pferde scheu gemacht werden?*

Mühe. Wobei? Was hatte Ehrmann nach Salzburg getrieben, abgesehen von der Seelenmesse und von der Hoffnung, Tina Herbert würde ihn in Iras letzte Botschaft einweihen?

Noch ein Treffen, vielleicht? Mit ... Helen, oder mit – mit ... Da war etwas in ihrem Haar, an ihrem Kopf. Eine Hand, kraulend, streichelnd, in sanften Kreisen. Die Berührung hob Beatrice allmählich aus dem tiefen Schlaf, der sie überwältigt haben musste, ohne dass sie Zeit gehabt hatte, ihn kommen zu sehen.

Sie ließ die Augen geschlossen und behielt ihre ruhigen Atemzüge bei. Drängte die Frage beiseite, ob sie aus dem Sitzen gegen Florins Schulter gerutscht war oder ob er sie an sich gezogen hatte. Sein Arm um ihre Schultern. Seine langen Finger, durch die er ihre Haarsträhnen gleiten ließ. Sie waren sich bisher nur ein einziges Mal so nah gewesen, aber das konnte man nicht vergleichen, damals hatte er versucht, eine Halbtote zu wärmen.

Die Aufnahme lief nicht mehr, das bemerkte Beatrice jetzt erst. Sie würde ihn fragen, was er davon hielt, aber nicht sofort, ein klein wenig wollte sie noch hier liegen, dieses ungewohnte Gefühl auskosten. Wann war sie zum letzten Mal so gestreichelt worden?

Nicht, seit Achim in ihr Leben getreten war. Ihm fehlte für so etwas die Geduld, seine Zärtlichkeit war immer zielgerichtet gewesen. Und nach ihm hatte es niemanden mehr gegeben. Wann denn auch.

Sie räkelte sich ein wenig. Gähnte. Gab ihm Zeit, seine Hand aus ihrem Haar zu ziehen, was er auch tat. Aber nur, um Beatrice zu umarmen.

«Bin eingeschlafen, tut mir leid.»

Er lachte leise. «Das habe ich bemerkt. Und jetzt solltest du weiterschlafen. Ich hätte längst gehen müssen, aber …» Er drückte sie ein weiteres Mal an sich. «Ich konnte mich einfach nicht dazu überreden.»

In ihrem Mund schmeckte sie immer noch den Wein. «Du kannst gerne hierbleiben.» Erst als sie es ausgesprochen hatte, wurde ihr bewusst, wie es sich anhören musste. «Ich meine … also, ich habe kein Gästezimmer, aber immerhin eine Couch.» Sie klopfte mit der Hand auf die Sitzfläche. «Da ich schon einmal deine Gastfreundschaft angenommen habe, könntest du doch –» Sie ließ den Satz im Nichts enden, überzeugt davon, dass Florin ablehnen würde. Vielleicht war er insgeheim sogar gekränkt – er hielt sie immer noch im Arm und empfand es vielleicht als gar nicht so abwegig, seine Übernachtung in ihrem Schlafzimmer stattfinden zu lassen.

Zu ihrer Überraschung schien er ihren Vorschlag jedoch ernsthaft zu erwägen. «Ich wäre ganz froh, heute nicht mehr ins Auto steigen zu müssen. Wenn es dir wirklich nichts ausmacht, Bea – ich finde deine Couch durchaus verlockend.»

Es lag nichts Anzügliches in seinem Ton, trotzdem spürte

Beatrice, wie ihr die Röte ins Gesicht stieg. Meine Güte, war sie sechzehn, oder was?

«Na dann!» Sie sprang auf, lief ins Schlafzimmer und holte Kissen und Decke aus der Bettlade. Die Garnitur, die Achim, an den sie jetzt bitte nicht denken wollte, immer verwendete. Sie bezog alles frisch und trug es ins Wohnzimmer.

Florin richtete sich auf, als sie durch die Tür trat. Er hatte die Couch bereits zum Gästebett ausgezogen und streckte Beatrice lächelnd die Arme entgegen, um ihr das Bettzeug abzunehmen. «Ich mache dir Umstände, aber ich schwöre, ich hole dafür morgen das Frühstück.»

«Von Umständen kann keine Rede sein.» Beatrice sah ihm in die Augen und hastig wieder weg. «Schlaf gut.»

Er trat zu ihr, und sie hatte das Gefühl, in seiner Umarmung zu verschwinden.

«Du auch, Bea. Bis morgen. Oder bis später, es ist schon nach ein Uhr.»

Als sie sich in ihre Bettdecke wickelte, hörte sie ihn draußen noch rumoren, doch kurz darauf wurde es still.

Wenn ich ihm angeboten hätte, hier zu schlafen, was wäre passiert?

Dumme Gedankenspiele waren das. Er hätte nein gesagt, schon wegen Anneke. Er liebte sie, Beatrice konnte schließlich sehen, wie sehr es ihn jedes Mal belastete, wenn es Probleme zwischen den beiden gab.

Er redet viel von Ihnen, hatte Anneke am Telefon gesagt. Und dass sie sich trennen wollte, wenn sich ihr Eindruck bestätigte, dass Florin nicht mehr wusste, wo er hingehörte.

War das passiert?

Sie drehte sich zur Seite. Lauschte, ob sie ihn von draußen vielleicht schnarchen hörte.

Nein, kein Ton. War er denn noch da? Sie konzentrierte

sich, obwohl sie spürte, wie ihr die bewusste Welt zu entgleiten begann, langsam, dann immer schneller …

«Bea?»

Schlagartig war sie wach. Hatte sie überhaupt geschlafen?

«Was ist … ist etwas passiert?» Die Leuchtanzeige des Radioweckers zeigte fünf Uhr zwölf. Dann musste sie geschlafen haben, auch wenn es sich nicht so anfühlte.

«Ja. Mich hat eben die Zentrale angerufen. Es ist ein Toter gefunden worden, wir müssen da hin.»

«Oh Gott.» Sie rieb sich das Gesicht mit beiden Händen in der Hoffnung, das wunde Gefühl der Übermüdung loszuwerden. «Weißt du etwas Genaueres? Sieht es wieder nach Selbstmord aus?»

Trotz der Dunkelheit sah sie ihn den Kopf schütteln. «Nein, diesmal nicht. Aber es kann sein, dass es ein Unfall war.» Er fuhr sich durchs Haar. «Wir müssen auf den Kapuzinerberg, die Leiche liegt bei der Kreuzigungsgruppe.»

Kapitel fünfzehn

Die Stadt erwachte nur widerwillig, und Beatrice fühlte mit ihr. Ihre Mechanismen funktionierten, aber jeder Schritt war mühsam, fast als müsse sie sich durch flüssigen Teer kämpfen.

Florin hatte sie überzeugen wollen, wenigstens ein Stück Brot zu frühstücken, doch daran war nicht zu denken gewesen. Ihr Magen war ein verkrampfter Klumpen, der schon auf das pflichtschuldig getrunkene Glas Wasser empfindlich reagiert hatte.

Sie hatten Florins Auto genommen und kamen schnell voran. Noch war der Morgen dunkel. Um diese Zeit begegneten einander die Frühaufsteher und die Spätheimkehrer.

«Wir sagen einfach, ich hätte dich abgeholt. Wenn es dir recht ist.» Florin warf Beatrice einen fragenden Blick zu. «Falls jemand fragen sollte. Vogt hat eine Schwäche für Tratsch, wusstest du das?»

«Ist mir noch nicht aufgefallen.» Er war es gewesen, der Beatrice über die Erkrankung von Hoffmanns Frau informiert hatte, aber das musste man nicht unbedingt Tratsch nennen. «Ich finde auch, dass sie nicht wissen müssen, wo du übernachtet hast.»

Sie bogen auf die Kapuzinerbergstraße ein, die in völliger Dunkelheit vor ihnen lag. Der Berg wuchs mitten aus der Stadt heraus, ein Stück Wildnis, das sich in der Zivilisation aufbäumte. Kaum Häuser, Licht gab es nur entlang der Straße. Die Scheinwerfer des Wagens schreckten ein Tier auf, dessen Augen ihnen einen Herzschlag lang hellgrün entgegenleuchteten, bevor es die Flucht ins nächste Gebüsch antrat.

Ein Marder vielleicht.

Beatrices Hals fühlte sich rau an. Mehrfaches Schlucken machte es nicht besser. Hoffentlich waren das nicht die ersten Anzeichen einer Erkältung. Krank zu werden, das fehlte ihr jetzt noch. «Kennen wir eigentlich schon die Identität des Opfers?»

«Nein. Ich habe wirklich nur das Nötigste erfahren, der Tote ist vor kaum zwanzig Minuten gefunden worden. Offenbar gibt es tatsächlich Leute, die um fünf Uhr morgens joggen gehen.»

Sie parkten vor dem Kapuzinerkloster, wo schon zwei Beamte in Uniform auf sie warteten. Ein weiterer saß auf einer Bank ein Stück abseits, neben einer in sich zusammengesunkenen Gestalt.

Hinter einigen der Klosterfenster brannte Licht, natürlich, Mönche waren Frühaufsteher. Beatrice atmete einmal tief durch, bevor sie die Autotür öffnete. Sie trat zu den uniformierten Kollegen und stellte sich vor, dann deutete sie auf die Bank. «Ist das der Zeuge, der den Toten gefunden hat?»

«Ja.» Der Mann räusperte sich. «Die Zeugin, um genau zu sein.»

Sie hatten der Frau eine Decke um die Schultern gewickelt, trotzdem sah Beatrice beim Näherkommen, dass sie zitterte. Oder weinte.

«Hallo. Ich bin Beatrice Kaspary. Ich gehöre zu dem Team, das sich darum kümmern wird, die Todesumstände des Mannes zu klären, den Sie gefunden haben.»

Die Frau blickte auf. Sie war Ende zwanzig, höchstens,

und trug einen dunkelblauen Jogginganzug mit farblich passenden Nike-Laufschuhen. «Ich habe mich nicht getraut, ihn anzufassen», stammelte sie. «Dabei habe ich einen Erste-Hilfe-Kurs gemacht. Es tut mir so leid.»

Beatrice ging neben ihr in die Hocke. «Hat er denn noch gelebt, als Sie ihn gefunden haben?»

Kopfschütteln. «Glaube ich nicht. Aber ... wer weiß. Ich hätte genau nachsehen sollen – aber da war so viel Blut, und ...» Sie brach ab und legte die Hände vors Gesicht.

«Vielleicht könnt ihr etwas zu trinken für sie besorgen», bat Beatrice einen der Polizisten. «Am besten etwas Warmes. Mit ein bisschen Glück kochen die Klosterbrüder ihr sogar einen Tee?»

Sie sah sich nach Florin um, doch der musste bereits auf dem Weg zum Fundort sein.

Der Kollege deutete nach links, wo sich im grauen Licht des anbrechenden Tages die drei hohen Kreuze unter ihrem steinernen Baldachin gegen den Himmel abzeichneten. «Nehmen Sie den Weg außen herum, nicht über die Treppen», sagte er. «Sie wissen schon. Wegen der Spuren.»

Ja, sie wusste. Ein plötzlicher Windstoß fegte ihr das Haar ins Gesicht, und sie zog ihre Jacke enger um den Körper. Hoffentlich war es ein Unfall, dachte sie. Dieser Wunsch war rein egoistisch, wie sie sich verlegen eingestand, aber sie hatten schon jetzt so viel um die Ohren. Die Vorstellung, eine weitere Baustelle eröffnen zu müssen, machte ihr das Atmen schwer.

Bei dem Laternenmast am Fuß der Treppe, die zur Kreuzigungsgruppe führte, hatten sich zwei Streifenpolizisten, Florin und Vogt versammelt. Letzterer streifte sich eben Handschuhe über. War Drasche noch gar nicht da?

Im Näherkommen sah sie, dass Florin blass wirkte.

«Kaspary!», rief Vogt ihr entgegen. «Wollen Sie einen schnellen Blick riskieren, bevor ich loslege?» Demonstrativ holte er Skalpell und Fieberthermometer aus seiner Tasche.

«Guten Morgen. Das will ich auf jeden Fall. Und wir sollten besser auf die Spurensicherung warten.»

«Ach was. Ich bewege ihn ja nicht.» Mit einer einladenden Bewegung deutete Vogt auf den dunklen Schatten am Fuß der Treppe. Sie ging näher.

«Bea –», begann Florin, doch da hatte sie es schon begriffen. Ihn erkannt. An der braunen Lederjacke und am jugendlichen Haarschnitt, der ihm sicher Pluspunkte bei seinen Schülern eingebracht hatte. Der Anblick einer Leiche war nur schwer zu ertragen, wenn man jemanden kannte, und noch schwerer, wenn man erst wenige Stunden zuvor zusammen zu Abend gegessen hatte. Ihr nächster Atemzug mündete in ein nicht enden wollendes Husten, sie hielt sich beide Hände vor den Mund, lehnte sich mit der Schulter gegen den Laternenmast und fühlte erst, als sie langsam zu Atem kam, Florins Hand, die ihr leicht auf den Rücken klopfte.

«Ehrmann», brachte sie hervor, als sie wieder Luft bekam. «Mein Gott.»

Oben beim Kloster heulte ein Motor auf und wurde dann abgewürgt. Drasche war angekommen und würde in wenigen Minuten hier das Regiment übernehmen.

Beatrice zwang sich, näher an den Toten heranzutreten. So, wie er dalag, war theoretisch ein Unfall denkbar. Wenn er auf den Treppen zur Kreuzigungsgruppe ausgerutscht war, konnte er unglücklich gefallen sein und sich das Genick gebrochen haben. Aber praktisch wusste sie, dass es nicht so war. Die «hässliche Sache» hatte ein weiteres Menschenleben gekostet.

Noch zwei Schritte. Nun konnte sie seine Gesichtszüge erkennen. Er war es, kein Zweifel. Das freundliche Gesicht, das sie schon auf seinem Profilfoto so anziehend gefunden hatte.

Pass auf dich auf, Tina, und denke an das, was ich dir gesagt habe.

Das Blut war in einem Rinnsal von seinem Kopf zum Fuß der Kreuzwegskapelle geflossen, sie sah es jetzt. Die rechte Schläfe war richtiggehend eingedrückt, mit einer klaffenden Wunde als tiefster Stelle.

Ihr eigener Atem klang laut in ihren Ohren. Wenn sie offen mit ihm gesprochen hätte, ihn überzeugt hätte, dass es besser war, mit der Polizei zu kooperieren … Himmel, sie hatte so viele Möglichkeiten gehabt. Nicht innerhalb dessen, was ihr erlaubt war, doch wen kratzte das angesichts des Todes?

«Weg da, Kaspary.»

Es blitzte. Drasche bediente heute selbst die Kamera, was ungewöhnlich war, aber Beatrice hatte keine Lust zu fragen, wo Ebner steckte. Es war egal, alles, außer dass sie nicht vorausschauend genug gewesen war, um Dominik Ehrmann zu retten.

Jemand zog sie am Ellenbogen zurück. Florin, natürlich. Unwillig machte sie sich frei. «Es geht schon.»

«Das hier ist nicht deine Schuld, Bea.»

«Was du nicht sagst», entgegnete sie schroff. «Ich habe ihn nicht erschlagen, das weiß ich selbst. Aber geschützt habe ich ihn leider auch nicht.»

«Dachtest du denn, dass das notwendig sein würde? Schützen wir Helen Crontaler? Oder Christiane Zach?»

«Nein, aber …» Es hatte keinen Sinn, weiter zu argumentieren. Sie ließ sich von Florin zurück auf den Weg führen und beobachtete Drasche und Vogt dabei, wie sie ihre Arbeit taten. Fühlte sich innerlich wie erstarrt.

Lass das Rätselraten, hatte Ehrmann ihr empfohlen. *Lass auch die Sache mit den Fotos und den Andeutungen in der Gruppe. Zu deinem eigenen Besten.*

Er selbst war ganz offensichtlich weniger vorsichtig gewesen. Verrückterweise musste Beatrice an seine Schüler denken und daran, wie sie die Nachricht aufnehmen würden. Sie rieb sich den Nacken, ohne die Augen von Ehrmann zu lassen, dessen Zustand jetzt, da Drasche seinen Scheinwerfer aufgestellt hatte, schmerzhaft deutlich zutage trat. Das Blut in seinem Gesicht war zum Teil bereits geronnen und wirkte auf seiner fahlen Haut fast schwarz.

«Es muss eine Mordwaffe geben», rief Vogt, als wäre das eine gute Nachricht. «Ein hartes Objekt mit einer scharfen Kante. Nicht so scharf wie eine Axt, nichts mit einer Schneide. Ich denke eher an eine Art – Brecheisen.»

Allmählich ging die Sonne auf. Von ihrer Position aus konnte Beatrice sie nicht sehen, sehr wohl aber das orangefarbene Licht, das die Bäume berührte, erfasste und schließlich umschloss. Nicht mehr lange, und das Licht würde auch Ehrmanns Körper erreichen, um dort den Kampf gegen Drasches grelles Scheinwerferlicht zu verlieren. Sie wandte sich ab.

Die Joggerin war von den Kapuzinern hineingebeten worden, sie saß an einem schlichten Holztisch im Refektorium, neben sich an der Wand ein überdimensionales Kreuz, vor sich eine Tasse Tee. Um die Schultern trug sie immer noch die Decke, die sie bis zur Nase hochgezogen hatte.

«Fühlen Sie sich schon besser?» Es tat Beatrice gut, sich um das Befinden eines anderen zu kümmern. Das lenkte von ihrem eigenen ab.

«Nein.» Die Frau hob den Blick. «Ich hätte nicht gedacht, dass mich das so umhauen würde. Sie können sich nicht vorstellen, wie sehr ich erschrocken bin, als ich ihn dort habe liegen sehen.» Neue Tränen traten ihr in die Augen.

Sie setzten sich ihr gegenüber, Florin beugte sich zu ihr vor. «Würden Sie uns Ihren Namen sagen?»

«Tamara Lohberger.»

«Ich bin Florin Wenninger. Meine Kollegin heißt Beatrice Kaspary, und wir sind von der Abteilung Leib und Leben des Landeskriminalamts.» Die Art, wie er Vertrauen aufbaute, indem er seiner Stimme diesen gewissen Klang verlieh, würde Beatrice ewig in Staunen versetzen.

«Erzählen Sie uns bitte, was genau Sie gesehen haben.»

Lohberger sammelte sich, fixierte abwechselnd die Tischplatte und Florins Gesicht. «Ich laufe oft morgens den Weg hinauf zum Kloster, deshalb habe ich mich kaum umgesehen. Ich kenne die Gegend in- und auswendig, ich habe mich nur aufs Laufen konzentriert. Und auf die Musik.» Sie zog einen roten I-Pod aus ihrer Jackentasche. «Zum Schluss sprinte ich aber immer die Treppen zu den Kreuzen hoch ... und ich wäre –» Sie unterbrach sich, sah zur Seite. «Wäre fast in das Blut getreten. Es tut mir so leid, ich habe mir den Mann gar nicht mehr angesehen, ich bin einfach nur weg. Ich glaube, ich habe geschrien, das weiß ich aber nicht genau. Einer der Pater ist dann aus dem Kloster gekommen, er hat auch die Polizei gerufen.»

«Haben Sie sonst jemanden gesehen? Ist Ihnen weiter unten auf dem Weg vielleicht jemand entgegengekommen?»

Sie schüttelte entschieden den Kopf. «Nein, ganz bestimmt nicht. Ich war völlig allein.» Der Nachhall dieser Worte schien ihr Unbehagen zu bereiten. «Ich glaube nicht, dass ich jemals wieder hier werde laufen können.»

«Versuchen Sie, sich zu erinnern», ermutigte Florin sie weiter. «Gab es nicht irgendetwas, das anders war als sonst?»

Tamara Lohberger verschränkte ihre Finger ineinander, sichtlich bekümmert, dass sie nichts Hilfreiches beitragen konnte. «Es war alles wie immer. Ich habe aber auch nicht auf die Umgebung geachtet. Nur auf meinen Puls.» Sie hielt inne. «Das Einzige … nein, vergessen Sie's, das ist unwichtig.»

«Nichts ist unwichtig. Bitte.»

«Also – der Kreuzweg. Der besteht aus sechs Kapellen, das wissen Sie ja sicher. Und eine davon – die kam mir heute schmutzig vor, das war sie gestern noch nicht. Als würde Dreck dran kleben. Kann aber auch ein Schatten gewesen sein. Ich habe nur kurz hingesehen.»

«Das werden wir uns auf jeden Fall ansehen», erklärte Florin. «Können Sie sich erinnern, welche der Kapellen es war?»

Sie verzog den Mund, während sie überlegte. «Die vierte oder fünfte, schätze ich. Schon ziemlich weit oben.»

«Vielen Dank.» Florin drückte der Frau die Hand. «Einer unserer Kollegen wird sie nach Hause bringen. Wenn Ihnen noch etwas einfällt, bitte rufen Sie mich unbedingt an.» Er legte seine Karte vor ihr auf den Tisch. «Sie haben sich tapfer geschlagen.»

Als sie aus dem Kloster traten, war es taghell, die Arbeit am Fundort war immer noch in vollem Gange. Beatrice stand an der Absperrung und zwang sich dazu, Ehrmann anzusehen – Dominik, um präzise zu sein, sie waren ja per Du gewesen. Mit einigen Informationen würde sie Vogt dienlich sein können: dem Zeitpunkt, zu dem Ehrmann sicher noch gelebt hatte. Wann er gegessen hatte, und was. Die Bilder ihres Zusammenseins waren lebendig wie nie zuvor, der Kontrast zu dem Toten bei den Stufen fast unerträglich.

Wohin war er nach ihrem Treffen gegangen? Wieso hatte sie ihn nicht gefragt, was er noch vorgehabt hatte? Sie hätte heulen können.

«Ich habe gerade mit Stefan telefoniert.» Florin war neben sie getreten, ohne dass sie es bemerkt hatte. «Er informiert Hoffmann und die Presse, diesmal haben wir es ja zweifellos mit einem Gewaltverbrechen zu tun.»

Dann würde es nicht mehr lange dauern, bis das Fernsehen da war, um zumindest den Abtransport des Sarges zu filmen. *Tod im Schatten des Kreuzes*, formulierte Beatrice ihre eigene Schlagzeile. Allein der Tatort gab gutes Material her.

Sie gingen auf die nächste Kreuzwegkapelle zu, und Beatrice sah sofort, was Lohberger gemeint hatte. An der Mauerkante, deutlich unterhalb des Gitters, hinter dem ein hölzerner Jesus unter seiner Last stürzte, klebte Schmutz. Es sah aus, als hätte jemand etwas dort abgewischt. Das meiste haftete an der Kante, doch ein breiter brauner Streifen zog sich auch über die helle Fläche daneben. Florin hatte sein Handy bereits am Ohr.

«Gerd? Wenn du oben fertig bist, haben wir hier noch Arbeit für dich.»

«Zehn Minuten», hörte Beatrice Drasche antworten.

Eine Pause. Sie setzte sich auf die schmalen Treppen des Fußwegs, der an den Kapellen vorbeiführte, und ignorierte die Kälte, die sofort durch ihre Kleidung drang. Die Erschöpfung, die geduldig in einem Hinterzimmer ihres Bewusstseins gewartet hatte, machte sich nun umso stärker bemerkbar. Ebenso wie – unbegreiflicherweise – Hunger. Florin setzte sich neben sie. Ihre Schultern berührten sich, aber er legte nicht den Arm um sie, und in gewisser Weise war sie froh darüber. Nicht wegen Drasche und seinen anzüglichen Bemerkungen, mit denen sie so sicher rechnen konnte wie mit Dunkelheit in der Nacht. Sondern wegen … Dominik. Und weil sie sich unaufhörlich fragte, ob sie in Florins Arm gelegen hatte, während ihm der Schädel eingeschlagen worden war.

«Du solltest heute nicht zu lange machen.» Florins letzte beide Worte gingen in seinem Gähnen hinter vorgehaltener Hand fast unter. «Ruh dich lieber aus, aber nicht zu viel grübeln, Bea. Du hast nichts falsch gemacht. Ich kenne jedes Wort eures Gesprächs und hätte danach auch nicht befürchtet, dass der Mann ein paar Stunden später tot sein würde. Es war nicht abzusehen.»

Sie wusste nicht, wie sie ihm klarmachen sollte, dass ihr das kein Trost war. Ehrmann war tot, das war das eine. Das andere war, dass alle Antworten, auf die Beatrice so brennend gehofft hatte, mit ihm gestorben waren.

«Weißt du, wofür das DVD hinter Nikolas Namen steht?»

«Ja. Aber von mir wirst du es nicht erfahren.»

Damit hatte er recht behalten. Beatrices Kehle war plötzlich so eng, dass sie kaum noch schlucken konnte. Es war, als steckten alle ihre Fragen dort fest, für immer dazu verdammt, unbeantwortet zu bleiben.

Drasche kniete vor der Kapelle und gab die mit Sicherheit am wenigsten frommen Worte von sich, die je ein Kniender dort geäußert hatte. «Jemand ist in Hundescheiße getreten und hat sie hier abgewischt. Danke, dass ihr mich hergeholt habt, das hätte ich nur ungern verpasst.»

In einer freundschaftlichen Geste, die Drasche das Gesicht verziehen ließ, legte Florin ihm eine Hand auf die Schulter. «Bist du sicher, dass es nicht auch Erde sein könnte? Wenn jemand sich hier seinen Schuh abgewischt hat, müsste uns das doch interessieren. Wir haben eine Zeugin, die aussagt, dass gestern um diese Zeit hier noch kein Dreck klebte.»

«Meinetwegen.» Drasche schoss erst ein paar Fotos und holte dann einen kleinen Behälter mit Schraubverschluss aus seiner Tasche. Mit einer Art Spachtel beförderte er eine Probe Schmutz hinein, bevor er sich wieder aufrichtete. «Habt ihr sonst noch Spuren gesehen? Müsste sich ja auch etwas am Weg finden.»

Das war richtig, aber weder am Fußweg noch auf der Straße war etwas Entsprechendes zu sehen. «Dann muss er hier oben auf der Böschung gelaufen sein. Zumindest ein Stück weit.» Beatrice betrachtete die mit Gras bewachsene Steigung, die sich parallel zum Weg auf der Rückseite der Kapellen entlangzog.

«Warum würde sich jemand den unbequemsten Weg aussuchen?», brummte Drasche, während er bereits selbst hinaufstieg. «Mal sehen.» Er klopfte mit den Fingerknöcheln gegen das Kapellendach, es klang blechern.

Sie sahen ihm zu, wie er Schritt für Schritt weiterging, wieder zurück in die Richtung, aus der sie gekommen waren. Nach kaum zehn Metern blieb er stehen. «Gute Nachrichten!», rief er. «Den Hundehaufen habe ich gefunden, inklusive Schuhabdruck. Dann war der Morgen ja nicht ganz erfolglos, wenn das kein Grund zum Fei-» Er erstarrte mitten in der Bewegung, den Blick auf die nächsthöhere Kreuzwegstation gerichtet.

«Was ist denn?» Beatrice lief die Treppen aufwärts, bis sie mit ihm auf gleicher Höhe war.

Er antwortete nicht, setzte seine Schritte nun aber viel vorsichtiger und hielt erst an, als er die nächste Kapelle erreicht hatte. Er fotografierte das dahinterliegende Gebüsch, bevor er hineingriff und eine Stange zutage förderte. Etwas länger als einen Meter. Vierkantig.

«Unser Täter ist ein Idiot», stellte er fest und kletterte zurück auf den Weg. «Oder er musste die Waffe sehr schnell loswerden.»

Beatrice trat näher. Was Drasche in seinen behandschuhten Fingern hielt, sah aus wie der Teil eines schmiedeeisernen Zauns. Dunkelgraues Metall, auf dem die eingetrockneten Spuren kaum zu erkennen waren.

Er wog die Stange prüfend. «Schwer genug, um jemanden damit den Kopf zu zertrümmern. Bestens. Ein Problem gelöst, und ich bin zuversichtlich, dass wir auf dem Teil Fingerabdrücke finden.»

«Sehr gut», sagte Beatrice, ohne es zu meinen. Etwas irritierte sie an den Dingen, die sich diesen Morgen nach und nach offenbarten. Ein klares Tötungsdelikt. Überdeutliche Spuren. Die Mordwaffe innerhalb kurzer Zeit gefunden. Es war so anders als die Male zuvor, wo immer auch die Möglichkeit eines Selbstmords im Raum stand. Die nach wie vor nicht vollständig ausgeräumt war – gegen die Theorie, dass Ira sich umgebracht hatte, war nicht viel mehr als eine Portion Spinatcannelloni, eine geschwollene Zunge und ein Kratzer am Arm ins Feld zu führen.

Auf halbem Weg zurück zum Fundort schlugen ihnen bereits Stimmen entgegen. Die Presse war eingetroffen. Eines der zwei anwesenden Kamerateams schoss Aufnahmen vom Kloster. Das andere bestand aus einem einzigen Mann, der versuchte, mit einem Polizeibeamten ins Gespräch zu kommen, der jedoch immer wieder seine Hand vor das Kameraobjektiv hielt.

Ein schneller Blick zu den Treppen – von Ehrmann war

nichts mehr zu sehen, er musste bereits in einen Sarg gelegt worden sein. Sie hasste den Anblick dieser Aluminiumkisten.

Vor dem Kloster wartete der Wagen des Bestatters, und daneben, blass und sichtlich nervös, Boris Ribar, in einer hellblauen Jacke, zu der die karierte Kappe, die seinen kahl werdenden Kopf bedeckte, nicht recht passen wollte. Als er Beatrice erkannte, hob er die Hand, ließ sie aber auf halber Höhe wieder sinken.

«Wir können noch keine offizielle Erklärung abgeben», hörte sie hinter sich Florins entschiedene Stimme. Er war stehen geblieben. Binnen Sekunden hatten ihn fünf Journalisten umstellt. «Was ich Ihnen sagen kann, ist, dass wir heute in den frühen Morgenstunden hier einen Toten gefunden haben. Es handelt sich vermutlich um ein Gewaltverbrechen, die Identität des Opfers steht noch nicht mit Sicherheit fest.»

Sie würden Namen und Herkunft nicht bekanntgeben, bevor nicht die Angehörigen verständigt waren.

«Frau Kaspary?»

Sie drehte sich zu Ribar um, der ein paar zögernde Schritte auf sie zukam. «Ich war sehr schnell hier, gemeinsam mit den Bestattern, deshalb ...» Er nickte zu den Kreuzen hin. «Es ist Dominik, nicht wahr? Der Nächste aus der Gruppe.»

Beatrice antwortete nicht, sie verschränkte nur die Arme vor der Brust und legte abwartend den Kopf schief. Glaubte Ribar im Ernst, sie würde ihm seine Betroffenheit abkaufen? Weil ein Mann gestorben war, den er nicht gekannt hatte? Selbst virtuell war er ihm erst kürzlich begegnet, er war kaum länger in der Gruppe als Tina Herbert.

«Helen Crontaler hat ein Foto von ihm gepostet, gestern,

nach der Seelenmesse», fuhr Ribar fort und zog sein Aufnahmegerät aus der Jackentasche, nur um es sofort wieder zurückzustecken. «Und jetzt das. Mein Gott.»

«Offiziell ist noch nichts bestätigt», wiederholte Beatrice Florins Worte. «Sie werden sich also wohl oder übel noch ein wenig gedulden müssen.»

«Darum geht es mir doch gar nicht!» Er atmete geräuschvoll aus. «Ich fühle mich nicht mehr sehr wohl in meiner Haut, wenn Sie verstehen, was ich meine.»

Das kam überraschend. «Hat jemand Sie bedroht?»

«Nein. Aber alle, die sterben, sind aus Salzburg. Oder jedenfalls in Salzburg. Ist offensichtlich kein guter Ort für die Mitglieder der Gruppe, und zu denen gehöre ich auch.»

«Dann melden Sie sich doch ab.»

Er schien diese Möglichkeit zu erwägen. «Na ja. Nicht mehr zu erfahren, was dort los ist, würde mich ebenso beunruhigen, aber ...» Er schob sich die Kappe aus der Stirn und trat einen Schritt näher an Beatrice heran. «Haben Sie denn noch gar keinen Anhaltspunkt?»

Also doch. Ribar täuschte persönliche Besorgnis vor, um an Informationen zu kommen. «Keinen, den ich Ihnen verraten würde. Wie steht es übrigens umgekehrt? Recherchieren Sie noch eifrig bei Facebook?»

«Immer wieder mal.»

«Sehr groß ist Ihr Einsatz aber nicht, sonst hätten Sie doch gestern Iras Seelenmesse besucht. Mein Kollege war erstaunt, dass Sie nicht aufgetaucht sind.»

Das schien Ribar unangenehm zu sein. «Meinem Verständnis nach», sagte er langsam, «sind solche Anlässe für Angehörige und enge Freunde gedacht. Nicht für Fremde.»

In diesem Punkt widersprach sie ihm nicht. Er hatte ihr nun das Profil zugewandt und beobachtete, wie die Bestatter den Sarg zum Wagen trugen, folgte ihm mit den Augen, bis die Hecktüren sich schlossen.

«Haben Sie schon überprüft, ob sich jemand im Wald versteckt?» Wenn das keine Angst war, die Beatrice in seiner Stimme hörte, dann zumindest Sorge. «Oder ob einer von den Leuten hier gar kein Journalist ist?»

Merkwürdige Bedenken, die Ribar da äußerte. «Sie sollten Ihre Kollegen doch kennen, wenigstens vom Äußeren her. Die beiden da drüben, zum Beispiel, sind bei jeder Pressekonferenz, die wir geben.»

«Sie haben recht. War nur so eine Idee.»

Gemeinsam gingen sie in Richtung Parkplatz, wo er seinen silberfarbenen Peugeot geparkt hatte, nur wenige Meter von Florins Auto entfernt. «Können Sie schon abschätzen, wann Ehrmanns Name und die weiteren Details freigegeben werden?»

«Im Lauf des heutigen Tages. Je nachdem, wann wir seine Angehörigen erreichen.»

«Gut.» Er wippte auf den Zehenballen, nicht ungeduldig, eher zögernd. «Übrigens, ich weiß ja nicht, wann Sie das letzte Mal in die Facebook-Gruppe hineingesehen haben, aber dort benehmen sich ein paar Leute – wie soll ich sagen? Auffällig.»

«Und wer ist das?»

«Tina Herbert und Nikola DVD haben sich eine merkwürdige Art zu posten angewöhnt. Zufallsbilder und Gedichtfetzen. Wenn ich Polizist wäre, würde ich auf die beiden ein Auge haben.» Er lächelte verhalten. «Ich wäre ein ganz guter Polizist, glaube ich.» Als Ribar gefahren war, setzte sich Beatrice auf die Stufen des Klosters und kämpfte gegen einen ihrer alten Feinde an: das Gefühl, rechts und links ihres Weges Tote zu hinterlassen. Es hatte mit Evelyn begonnen, der besten Freundin, die sie je gehabt hatte. Ehrmann bildete den vorläufigen Schlusspunkt. Sie waren sich ein einziges Mal begegnet, doch das hatte offenbar ausgereicht, dass er am nächsten Tag mit eingeschlagenem Kopf gefunden wurde.

Idiotisch, schalt sie sich selbst. Wenn du keine Leichen mehr sehen willst, musst du den Job wechseln.

Es war fast neun Uhr, als sie den Kapuzinerberg verließen. Beatrice fühlte sich ausgehöhlt, und der Gedanke, dass der ganze Tag noch vor ihr lag, weckte in ihr den heftigen Wunsch, mit jemandem zu tauschen.

Das Notebook zu starten, kaum dass sie im Büro war, schien ihr die am einfachsten zu bewältigende Aufgabe zu sein. Doch auf Facebook herrschte Ruhe. Von Ehrmanns Schicksal hatte noch niemand erfahren, und Nikola DVD hüllte sich bislang in Schweigen. Dafür traten andere Mitglieder aus dem Schatten. Die Namen sagten Beatrice überhaupt nichts: Olga Gross-Mikel, Timm Kressner, Nadine Rechinger.

Sie war drauf und dran, die Seite wieder zu schließen, besann sich aber eines Besseren. Sobald Ehrmanns Name durch die Presse ging, würde die Hölle los sein. Wenn sie es noch schaffen wollte, jemanden zu ködern, dann jetzt.

«Frühstück, Bea. Wie versprochen.» Florin schob ihr einen Teller mit zwei Schokoladencroissants unter die Nase, dazu ein Glas Orangensaft. «Kaffee ist in Arbeit.»

Sie trank das halbe Glas in einem Zug leer und fühlte sich danach besser. Das Foto, das sie aus dem Auto heraus vom Kloster Mülln geschossen hatte, war in der Vergrößerung nicht ganz scharf, aber es würde reichen. Auch einen passenden Text hatte sie gefunden – einen Ausschnitt aus dem völlig unbekannten Gedicht «Jehuda ben Halevy III» von Heinrich Heine. Der Suchmaschine sei Dank.

Damals war so sonnengoldig
Und so purpurn mir zu Mute,
Meine Stirn umkränzte Weinlaub,
Und es tönten die Fanfaren –

Still davon – gebrochen liegt
Jetzt mein stolzer Siegeswagen,
Und die Panther, die ihn zogen,
Sind verreckt, so wie die Weiber.

Danach ging es noch weiter, doch die verreckten Weiber schienen Beatrice ein guter, verstörender Schlusspunkt zu sein. Gewählt hatte sie das Gedicht allerdings nur wegen des Reizwortes Panther. Vielleicht war das eine Art Code, der Nikola dazu bringen würde, mit ihr Kontakt aufzunehmen.

Lass die Sache mit den Fotos und den Andeutungen in der Gruppe, das hatte ihr Ehrmann geraten.

Tut mir leid, Dominik. Sie drückte auf *Posten*.

Die Tür flog auf, herein kam Stefan. «In einer halben Stunde will Hoffmann uns alle im Besprechungszimmer sehen», verkündete er.

«Okay!» Florins demonstrative Munterkeit war etwas zu laut und zu fröhlich, um echt zu sein. Beatrice brachte kaum ein zustimmendes Krächzen heraus. Hoffmann fühlte sie sich heute nicht gewachsen.

Für einige Sekunden schloss sie die Augen und versuchte, sich den gestrigen Abend zurückzurufen. Den Moment, in dem sie aufgewacht war und Florins Hand in ihrem Haar gespürt hatte. Doch ihr gelang es nicht einmal, eine matte

Kopie des Wohlbefindens wiederherzustellen, das seine Berührung in ihr ausgelöst hatte. Denn das war vor Ehrmanns Tod gewesen, zu einem Zeitpunkt, als sie dachte, die Lösung des Falls wäre nur eine Vernehmung weit entfernt.

«Sie waren mit ihm essen, und jetzt ist er tot», brachte Hoffmann die Fakten in aller Kürze auf den Punkt. Fehlte nur noch, dass er *typisch* anfügte. Stattdessen seufzte er, mehr müde als gehässig.

«Er hat behauptet, die Hintergründe des Todes von Ira Sagmeister, Gerald Pallauf und Sarah Beckendahl zu kennen.» Beatrice hatte beschlossen, gleich alles auf den Tisch zu legen. «Ich habe versucht, diese Informationen aus ihm herauszubekommen, aber es ist mir nicht gelungen.»

Wieder Gelegenheit für ein *typisch*, aber Hoffmann schüttelte nur den Kopf. «Er ist erschlagen worden?»

«Ja», ergriff Florin das Wort. «Drasche und Vogt sind leider noch nicht wieder zurück, sonst hätten wir schon erste Anhaltspunkte zur Todeszeit und zur allgemeinen Spurenlage. Aber es sieht auf jeden Fall so aus, als hätten wir die Tatwaffe sichergestellt. Eine Eisenstange.»

«Gut.» Hoffmann nickte gnädig. «Sie waren auf der Messe für diese Sagmeister, Florian? Und haben dort das aktuelle Opfer befragt, nicht wahr?»

Während Florin zusammenfasste, welche Schlüsse er aus den Gesprächen mit den Trauergästen zog, drifteten Beatrices Gedanken ab. Sie musste sich das aufgezeichnete Gespräch noch einmal anhören, in aller Ruhe und mit wachen Sinnen. Sich besonders auf die Momente konzentrieren, in denen sie ihre Chance auf Ehrmanns Vertrauen verspielt hatte, und sich überlegen, mit welchen Antworten sie sich den Weg zu seinem Wissen hätte erschließen können.

Als sie mit ihrer Aufmerksamkeit wieder zur Besprechung zurückkehrte, war längst ein anderes Thema auf dem Tisch. Hoffmann würde am späteren Nachmittag eine Pressekonferenz geben, in der auch Ehrmanns Name fallen sollte. Florin hatte veranlasst, dass die Kollegen in Gütersloh die Exfrau und die Eltern informieren sollten, das würde in den nächsten Stunden geschehen.

Bis dahin, vermutete Beatrice, würde noch Ruhe in der Gruppe herrschen. Vorausgesetzt natürlich, Ribar hielt dicht.

Tina Herberts Eintrag war auf reges Interesse gestoßen.

Ivonne Bauer Wie bist du denn drauf? «Weiber», und das von einer Frau!

Thomas Eibner Die Gruppe wird immer mehr zu einer Versammlung von Gestörten.

Helen Crontaler Nicht beleidigend werden, Thomas. Es ist ein Ausschnitt aus einem der weniger bekannten Heine-Gedichte. Dagegen ist nichts einzuwenden, mir gefällt nur die Tendenz nicht, dass immer mehr Fragmente eingestellt werden. Ein Gedicht wirkt am besten in seiner Gesamtheit.

Boris Ribar Tina, erklärst du uns, wieso du das Bild eines Klosters dazugestellt hast?

Du liebe Zeit, da war Ribar etwas aufgefallen, was sie selbst gar nicht bedacht hatte. Für jemanden, der wusste, was heute Morgen am Kapuzinerkloster geschehen war, mochte das ein verräterischer Hinweis sein. Ribar fand Tina Herbert ohnehin schon verdächtig, fehlte nur noch, dass er anrief und seine Beobachtung meldete. Wo er doch der Meinung war, an ihm sei ein Polizist verlorengegangen.

«Du liegst vielleicht gar nicht so daneben, Boris», murmelte sie. «Gute Kombinationsgabe, jedenfalls.»

Blieb abzuwarten, ob noch jemand anders diese Doppelfalle bemerkt hatte. Panther und Kloster, das war überdeutlich.

Ren Ate Irgendwie ist das Gedicht aggressiv. Von Heine gibt es viel schönere Sachen.

Phil Anthrop Ich habe eben das ganze Gedicht im Netz gesucht – kann mir nicht helfen, auf mich wirkt es, als wäre Heine beim Schreiben besoffen gewesen.

Nikola DVD Ich kannte es noch nicht und finde es bereichernd. Danke, Tina.

Olga Gross-Mikel Hallo, Tina, ich bin neu hier. Ich finde, du hast eine sehr interessante Stelle ausgesucht. Sprachlich stark. Danke und liebe Grüße aus Rüsselsheim.

Nikola hatte sich wieder gemeldet, den Panther im Heine-Gedicht aber mit keinem Wort erwähnt. Stattdessen hatte sie einen Kommentar abgesetzt, der harmlos wirkte und aus dem Beatrice eine Einladung herauszuhören meinte.

Es war einen Versuch wert. Nikola hatte nach wie vor ihre Freundschaftsanfrage nicht angenommen, aber das würde Tina nicht daran hindern, ihr eine persönliche Nachricht zu schicken.

Hallo! Sag mal, bist du zurzeit in Salzburg? Ich dachte nämlich, weil du letztens ein Foto vom Bahnhofsvorplatz gepostet hast. Ich wohne ja hier und würde mich freuen, dich zu treffen. Hast du Lust auf gemeinsames Kaffeetrinken und Rilke-Diskutieren? Liebe Grüße, Tina.

Sie wartete. Hoffte insgeheim, dass Nikola sofort auf die Einladung anspringen würde, aber das schien nicht ihre Art zu sein. Nach fünf Minuten klickte Beatrice die Seite weg und widmete sich widerwillig dem Bericht, den sie über Ehrmanns Tod schreiben musste.

Um drei Uhr rief Vogt an. «Ich habe ihn am Tisch, wollen Sie einen ersten Eindruck?»

«Sicher.»

«Der rektalen Temperatur nach zu schließen, ist er zwischen Mitternacht und drei Uhr morgens gestorben. Er hat mindestens drei heftige Schläge abbekommen, von denen einer ihm ein offenes Schädel-Hirn-Trauma beschert hat. Der Mann hat massiv Blut und Liquor verloren, aber was genau den Tod herbeigeführt hat, zeigt sich erst im MRT, denke ich.»

«Kommt als Täter auch eine Frau in Frage? Wie würden Sie das einschätzen?»

Er zögerte. «Ich will mich nicht festlegen, aber mein Geld würde ich eher auf einen Mann setzen. Die Schläge sind mit Schwung und enormer Wucht geführt worden. Aber natürlich gibt es Frauen, die dazu körperlich in der Lage sind, ausschließen würde ich es also nicht.»

«Danke.»

«Eines interessiert Sie vielleicht noch: Ich habe Verletzungen an Armen und Händen gefunden, vier Finger dürften gebrochen sein. Wenn Sie mich fragen, hat es einen Kampf gegeben, den Ehrmann verloren hat.»

Das erste Opfer, das sich gewehrt hatte? Oder ließ die Vorsicht des Täters nach? Lag ihm nichts mehr daran, seine Morde wie Suizide aussehen zu lassen?

«Danke, Doktor Vogt. Halten Sie mich bitte weiter auf dem Laufenden.»

Erst am Abend kam Beatrice dazu, sich ihr Gespräch mit Ehrmann noch einmal vorzunehmen. Sie scheute sich beinahe davor, die Play-Taste zu drücken. Alles würde viel schicksalhafter klingen, nun, da er tot war. Wie ein Vermächtnis. Wahrscheinlich war sie die letzte Person gewesen, mit der er gesprochen hatte, seinen Mörder ausgenommen.

Es war dann auch mehr Pietät als Vorsatz, der Beatrice das Gespräch noch einmal in voller Länge anhören ließ. Letzte Worte vorzuspulen, das kam ihr respektlos vor. Sie saß im Schneidersitz auf ihrer abgenutzten Couch, auf der sie Florins Bettwäsche zu einem ordentlichen Stapel gefaltet hatte, und suchte nach der versteckten Bedeutung von Ehrmanns Sätzen. Das, worauf sie wartete, würde erst gegen Ende gesagt werden. Zu dem Zeitpunkt, als Ehrmann zu begreifen begann, dass Tina Herbert ihm kein Geheimnis offenbaren konnte.

Das Klappern des Bestecks und die Gespräche von den Nebentischen, die nicht mehr waren als ein dumpfer Klangteppich, ließen den Abend des Vortags sofort wieder greifbar werden. Gestern erst. Für Beatrice fühlte es sich an, als seien seitdem mindestens drei Tage vergangen.

Ehrmanns Komplimente. Sein behutsames Vortasten, dem sie nicht nachgegeben hatte. *Nicht an die Blutlache und den eingedrückten Schädel denken. Konzentrieren.*

Es dauerte eine knappe Stunde, bis der Teil kam, von dem sie sich Erkenntnisse erhoffte oder wenigstens eine neue Perspektive. Sie musste nur begreifen, mit welchen Worten sie sich ins Aus geschossen hatte.

«Tina Herbert, bist du hier, um mich aus der Reserve zu locken, hm? Will mir da jemand eine reizvolle Falle stellen?»

Stopptaste. Konnte das eine Anspielung auf – wie sollte sie es nennen? Auf eine gegnerische Partei sein? Hatte es tatsächlich eine Falle gegeben, die ein paar Stunden später zugeschnappt war?

Weiter. Der Kellner kam, bot ihr Wein an, sie lehnte ab, um sich dann wieder an Ehrmann zu wenden, schroff diesmal. «Ich habe keine Ahnung, wo du eine Falle witterst. Du wolltest mich unbedingt treffen, nicht ich dich. Aber wir können gerne einen Schlussstrich unter den heutigen Abend ziehen und uns verabschieden.»

Er hatte sie zurückgehalten und die Frage gestellt, auf die Beatrice keine Antwort gewusst hatte.

«Warum hat Ira das Bild von der Tankstelle gepostet? Und was hat das dazugehörige Gedicht zu bedeuten?»

Wieder die Stopptaste. Zurückspulen. Noch einmal anhören.

Das Notebook wartete aufgeklappt auf dem Couchtisch, schon deshalb, weil Beatrice das Einschlagen von Ehrmanns Todesnachricht in der Gruppe nicht verpassen wollte. Bisher war nichts passiert, zu ihrem großen Erstaunen.

Der Beitrag mit dem Tankstellenfoto war weit, weit nach unten gerutscht, aber sie fand ihn.

Patrouille
Die Steine feinden
Fenster grinst Verrat
Äste würgen
Berge Sträucher blättern raschlig
Gellen
Tod.

Das Foto war nicht mehr als ein schlechter Schnappschuss. Eine Frau war gerade mit Tanken fertig und bemerkte, dass sie fotografiert wurde. Das Kennzeichen ihres schwarzen

Golfs war gut erkennbar – SL stand für Salzburg Land und ließ darauf schließen, dass sie im Flachgau zu Hause war.

Vielleicht war es sinnvoll herauszufinden, auf wen der Wagen gemeldet war. Hatte Ira das Bild der Frau wegen gepostet, die sich nur zufällig gerade an der Tankstelle befand? Beatrice vergrößerte das Foto und studierte den Gesichtsausdruck der Abgebildeten. Sie wirkte irritiert, aber nicht wütend oder erschrocken. Nicht, als hätte sie etwas zu verbergen.

Und dann dieses Gedicht, dieser Kontrapunkt zu der alltäglichen Szene im Foto. Beatrice machte sich schlau – «Patrouille» war von August Stramm geschrieben worden, einem deutschen Expressionisten, der jung gestorben war.

Gefallen, genauer gesagt. Im Ersten Weltkrieg. Das zu wissen, gab der Angst, die Beatrice aus jeder seiner kurzen Zeilen entgegensprang, neues Gewicht.

Möglicherweise war es dieses Gefühl, aus dem heraus Ira das Gedicht gepostet hatte. Angst.

Stramm hatte jeden Grund dafür gehabt, der Krieg hatte ihn das Leben gekostet, das traf auf Ira nicht zu, sie war in einem friedlichen Land aufgewachsen, dank ihrer Mutter.

Beatrice schloss kurz die Augen. Dank einer Mutter, die Selbstmord begangen hatte. War es denkbar, dass Ira den Krieg ansprach, vor dem Adina Sagmeister geflohen war, den sie aber vielleicht den Rest ihres Lebens in sich getragen hatte?

Sie spulte noch einmal die Aufnahme zurück. Ja, Ehrmann legte mehr Betonung auf die Frage nach dem Gedicht als auf die nach dem Foto. Wenn Beatrice sie mit «weil es vom Krieg handelt» beantwortet hätte – wer weiß.

Trotzdem ergab das immer noch keinen Sinn. Pallauf und Beckendahl waren ebenfalls tot, obwohl weder sie noch ihre Eltern je mit kriegerischen Handlungen in Berührung gekommen waren. Bei Dulović konnte man es nicht wissen – er war im früheren Jugoslawien geboren, es bestand also eine gewisse Wahrscheinlichkeit. Aber nach allem, was Beatrice in Erfahrung hatte bringen können, gab es keine Berührungspunkte zwischen ihm und Adina Sagmeister.

Sie hörte sich selbst seufzen. Noch war sie längst nicht an dem Punkt, an dem ein Vorhang sich öffnen und ein stimmiges Bild zeigen würde. Beatrice ließ die Aufnahme weiterlaufen und hörte Ehrmann auf ihre Frage nach Sarah Beckendahl antworten. Es war nicht besonders ermutigend, dass auch er keine Ahnung hatte, wie das Mädchen in diese Geschichte hineingeraten war. Hingegen fand er es nicht verwunderlich, dass sie ausgerechnet Gerald Pallauf aufgesucht hatte, er behauptete, mehrere gute Gründe dafür zu wissen.

Zum Aus-der-Haut-Fahren. *Hätte ich doch bloß meine Kompetenzen überschritten, Ehrmann meinen Ausweis gezeigt und ihn eingeschüchtert. Es wäre jedes Disziplinarverfahren wert gewesen.*

Das Gespräch war an dem Punkt angelangt, wo Ehrmann es aufgegeben hatte, Beatrice – respektive Tina – Informationen entlocken zu wollen. Er misstraute ihr, und dadurch, dass sie Nikola erwähnte, wurde es nur schlimmer. Sie hatte noch vor Augen, wie er geschaut hatte. Beinahe amüsiert.

Aber warum, warum, warum? Was übersah sie nur?

Noch einmal rekapitulieren, was sie über Ehrmann wusste. Lehrer, aus Deutschland, geschieden und nach der Trennung allem Anschein nach Single geblieben, vielfach sozial engagiert …

Moment. Das war einen weiteren Blick wert. Beatrice rückte das Notebook näher heran. Tinas Freundesliste war nicht lang und Dominik Ehrmanns Profil rasch gefunden.

Da. Kein Beziehungsstatus angegeben, aber jede Menge Information zu seinen ehrenamtlichen Tätigkeiten. Er setzte sich für Amnesty International, Greenpeace, den WWF, die Tafel und für Ärzte ohne Grenzen ein, hatte Sammelaktionen an seiner Schule organisiert und war einen Sommer lang in Somalia gewesen, um beim Bau eines Brunnens zu helfen. Einen «Gutmenschen» hatte Stefan ihn genannt.

Iras Kriegsgedicht. Dominiks Gerechtigkeitssinn. Es war denkbar, dass Ehrmann sich auch für Kriegsflüchtlinge engagiert hatte und dabei Adina Sagmeister begegnet war ... weit hergeholt, aber nicht unmöglich. Es musste einen gemeinsamen Nenner geben, eine Art Passwort, das diese einzelnen Versatzstücke zu einem großen Ganzen zusammenfügen würde.

Ein Passwort. Wenn das stimmte, kam nur ein einziges in Frage.

«Panther», murmelte Beatrice.

Sie würde es über Google versuchen, mit einer Kombination aus Versatzstücken. *Panther* und *Krieg*, für den Anfang.

Der erste Link führte sie zu Wikipedia, zum Panzerkampfwagen V Panther, den die Deutschen im Zweiten Weltkrieg eingesetzt hatten. Auf den gleichen Krieg bezog sich der Link zur «Panther-Stellung», einer auf Hitlers Befehl errichteten Verteidigungslinie an der Ostfront. Die Nazis mussten eine hohe Affinität zu dieser Raubkatzengattung gehabt haben.

Sie las jeden der Einträge bis zum Ende, obwohl sie sich nicht viel davon erhoffte. Dann fügte sie ihrer Suchanfrage ein Wort hinzu.

Panther Krieg Jugoslawien

Die ersten beiden Einträge beschäftigten sich wieder mit Panzern. Der dritte allerdings …

Unwillkürlich hielt Beatrice die Luft an. Der Link führte zu einem kurzen Zeitungsbericht des «Spiegels» aus dem Jahr 1993, der sich mit deutschen Söldnern im Jugoslawienkrieg beschäftigte.

Wölfe, Adler und Panther

Sie sind arbeitslos, vorbestraft und gehören oft der rechtsextremen Szene an, trotzdem sind ihre Motive nur selten politisch: Auf dem Balkan kämpfen derzeit rund hundert deutsche Söldner, die meisten auf Seite der Kroaten. Geld ist es nicht, das sie lockt, sondern vielmehr die Lust auf Krieg, auf Abenteuer. Sie werden von paramilitärischen Einheiten angeheuert oder schließen sich den regulären Truppenverbänden an, so wie Uwe Glaser aus Eschweiler. Der 24-Jährige ist seit einem Jahr Teil der kroatisch-bosnischen Bürgerkriegsarmee HVO. So war er auch dabei, als der serbische Belagerungsring rund um Mostar gesprengt und die Stadt befreit wurde.

In den folgenden Absätzen wurde Glaser interviewt und berichtete, dass er nicht plane, viel länger im Kriegsgebiet zu verbleiben, es belaste ihn täglich mehr, er könne kaum schlafen und habe Angst, doch noch einer MP-Salve oder einer Landmine zum Opfer zu fallen.

«Frank Heckler hat es vor einer Woche erwischt», weiß Glaser zu erzählen. «Mit dem Jeep über eine Mine gefahren, da hatte er keine Chance. Ehrlich gesagt, ich würde Deutschland gern wiedersehen, auch wenn meine Jobaussichten trübe sind.»

Der von Glaser erwähnte Heckler zählte, obwohl erst dreiunddreißig Jahre alt, zu den «langgedienten» deutschen Söld-

nern auf dem Balkan – und gleichzeitig zu den verrufensten. Er selbst schmückte sich mit dem vielsagenden Kampfnamen «Panther» und stellte sich damit in eine Reihe mit Arkan und Leloup, auch was die Schwere seiner Taten anging. So soll er an Massentötungen in mehreren kroatischen Dörfern maßgeblich beteiligt gewesen sein.

Erst jetzt merkte Beatrice, dass sie den Nagel ihres linken Zeigefingers bis auf die Haut abgebissen hatte. Da war er, der Panther – oder zumindest *ein* Panther. Ein toter.

Sie fuhr fort, das Netz zu durchforsten. Stieß auf vier weitere Berichte, die den Tod dieses Frank Heckler thematisierten, zumeist mit zufriedenem Unterton.

Zwanzig Jahre war das her. Was machte Heckler plötzlich wieder so interessant, dass Nikola seinen Kampfnamen ständig ins Spiel brachte? Ging es überhaupt um ihn, oder verirrte Beatrice sich gerade in einer höchst verlockenden Sackgasse?

Das Rätsel würde sie heute nicht mehr lösen. Sie bookmarkte die betreffenden Seiten, bevor sie sich auf Bildersuche machte und herausfand, dass es praktisch Legionen lebendiger Frank Hecklers gab, vor allem in den USA. Einer war sogar auf Facebook, doch der war erst achtzehn Jahre alt.

Zehn Uhr abends. Sie überlegte, Florin anzurufen und ihn in ihre neuen Erkenntnisse einzuweihen, befand aber, dass sie zu müde war, um zusammenhängende Erklärungen abzugeben. Dann besser den Fernseher einschalten, es war damit zu rechnen, dass Ehrmanns Tod ein Thema in den Nachrichten sein würde.

Mehr als das. Sie eröffneten die Sendung mit einem Kameraschwenk über die Kreuzigungsgruppe, die in der Morgensonne leuchtete. Mord am Kapuzinerberg, lautete das Insert. «Einen grausigen Leichenfund machte heute im Morgengrauen eine Salzburger Joggerin», erklärte der Sprecher aus dem Off. «In der vergangenen Nacht wurde ein 41-jähriger Mann aus Gütersloh nahe des Salzburger Kapuzinerklosters getötet.»

Schnitt auf die beiden Bestatter, die den Aluminiumsarg zu ihrem Wagen trugen. Im Hintergrund zwei undeutliche Gestalten, in denen Beatrice sich selbst und Boris Ribar zu erkennen glaubte. «Es dürfte sich bei der Tat nicht um einen Raubüberfall gehandelt haben, da der Tote noch seine Wertgegenstände bei sich trug. Die Polizei versucht nun, die letzten Stunden des Mannes zu rekonstruieren.»

Schnitt auf Hoffmann, der vor dem Polizeigebäude interviewt wurde. «Wir wissen, warum der Mann in Salzburg war und dass er hier persönliche Kontakte hatte. Auf die werden wir unsere Ermittlungen konzentrieren, und ich bin zuversichtlich, dass wir bald mit einer konkreten Spur aufwarten können. Mein Team ist rund um die Uhr im Einsatz.»

In der Nahaufnahme wurde deutlich, wie mitgenommen Hoffmann aussah. Das Gesicht schmal und ganz grau, die Lippen rissig. Er blinzelte häufig und räusperte sich nach jedem Satz.

Rund um die Uhr im Einsatz, das konnte man laut sagen. Beatrice gähnte, bis ihre Augen tränten, und schleppte sich ins Badezimmer. Duschen, Zähne putzen und alles, was sie den Tag über getragen hatte, in den Wäschekorb werfen.

Danach fühlte sie sich geringfügig frischer und beschloss, vor dem Zubettgehen nur noch einmal kurz bei der Lyrikgruppe vorbeizuschauen.

Ein Fehler. Auf der Seite erschienen im Sekundentakt neue Wortmeldungen. Auslöser für die Lawine war ein Posting des Herrn Professor.

Peter Crontaler Ich habe gerade erfahren, dass der Tote, der bei uns in Salzburg auf dem Kapuzinerberg gefunden wurde, Dominik Ehrmann ist. Ich bin ihm gestern bei der Messe für Ira begegnet, wir haben uns kurz unterhalten. Meinem Eindruck nach war er ein sehr angenehmer und hochanständiger Mensch. Sein Tod erschüttert Helen und mich zutiefst. Besonders sie – ihr könnt euch nicht vorstellen, in was für einem Zustand sie ist. Sie spricht sogar davon, die Gruppe zu schließen. Wer weiß, ob das nicht eine gute Idee ist. Wie sollt ihr, wie sollen wir uns hier noch über Gedichte unterhalten, ohne dass diese Katastrophe allgegenwärtig ist?

Niemandem gefiel das, der hochgereckte Daumen fehlte unter diesem Posting.

Ren Ate :-(((
Phil Anthrop Ich habe keine Worte. Aber ich glaube, es ist jetzt allen klar, dass hier etwas ganz und gar nicht stimmt.
Thomas Eibner Ich bin fassungslos. Man könnte beginnen, an Flüche zu glauben.
Boris Ribar Wie entsetzlich. Es war auch vorhin in den Nachrichten. Es ist unbegreiflich.
Christiane Zach Mein Gott, nein! Gestern war er noch mit uns in der Kirche, wir haben uns die Hände geschüttelt. Ich bekomme jetzt wirklich Angst. Vielleicht ist es besser, wenn Helen die Gruppe schließt.
Oliver Hegenloh Ich weiß nicht, was ich dazu schreiben soll. Ich weiß es einfach nicht. Ich habe Dominik nicht persönlich gekannt, aber es trifft mich trotzdem sehr. Ihr habt recht, langsam wird es unheimlich.
Irena Barić Der Tod ist groß. R. I. P. Dominik.

Der Schlafmangel der vergangenen Nacht forderte seinen Tribut. Beatrice schaffte es nicht mehr, die Augen länger offen zu halten, obwohl sie das Geschehen gern weiter beobachtet hätte, ihr Körper schrie nach einer Pause. Sie klappte das Notebook zu, mit dem festen Vorsatz, den Rest der Kommentare gleich morgen zu lesen, vielleicht noch bevor sie die Kinder weckte.

Der Schlaf kam über sie, kaum dass sie sich auf dem Bett ausgestreckt hatte, er war wie eine gewaltige, schwarze Welle, der sie nichts entgegenzusetzen hatte und die alles, was eben noch Sinn und Zusammenhang gehabt hatte, durcheinanderwirbelte und davonriss.

Ich glaube, ich habe etwas begriffen, und wenn das kein Irrtum ist, dann muss ich schneller machen als gedacht. Ich bin die Rolle des Gejagten nicht gewohnt, sie gefällt mir nicht, und ich laufe Gefahr, Fehler zu machen.

Manche Erinnerungen sind lückenhaft, andere glasklar. Ich konnte mir schon immer Gesichter besser merken als Namen. Doch dieser eine Name bringt Bilder zurück, von denen ich mich längst verabschiedet hatte. Andere haben das, wie es scheint, nicht getan.

Ich versuche mich an Zuordnungen. Alter, Geschlecht, Name? Nichts lässt sich mit Sicherheit sagen. Ich wünschte, Ira und ich hätten mehr Zeit gehabt.

Zeit – das Stichwort schlechthin. Ich brauche eine Menge davon, um alles Nötige in die Wege zu leiten. Die Welt ist groß und ihre Möglichkeiten unendlich. Auch wenn ich es nicht will, werde ich eine weitere von ihnen ausschöpfen müssen, aber die muss ich gut wählen.

Dieser Name. Ich habe gehört, wie er geschrien wurde, immer und immer wieder, wahrscheinlich ist er mir deshalb noch gegenwärtig. Vor drei Nächten waren die Schreie in meinen Träumen, und zum ersten Mal hatte ich Angst. Seitdem ist sie mein Begleiter, der Kaffee schmeckt danach, meine Kleidung riecht danach.

Wie viele Menschen braucht man, um jemanden einzukreisen? Im Moment fühlt es sich so an, als wäre ein einziger ausreichend.

Kapitel sechzehn

Ehrmann war am nächsten Morgen immer noch Thema Nummer eins in den Nachrichten. Beatrice hatte das Radio so laut gedreht, dass man es vermutlich noch in der Nachbarwohnung hörte, aber sie wollte nichts verpassen. Mittwoch. Achim-Tag. Sie packte den Kindern ihre Übernachtungssachen.

«Vergiss die Tasche nicht im Klassenzimmer, bevor du gehst, Mina.»

«*Ich* vergesse gar nichts. Aber hast *du* auch Jakobs blöden Kuschelhasen eingepackt?» Mina blickte dabei kein einziges Mal hoch, ihre ganze Aufmerksamkeit galt ihrem iPhone, das sie im Moment dazu benutzte, rote Vögel auf grüne Schweine zu schießen. «Er hat letztes Mal total herumgezickt, weil er ohne schlafen gehen musste.»

«Flausch ist nicht blöd», protestierte Jakob, den Mund voller Cornflakes.

«Mina, iss bitte dein Frühstück und leg das Handy weg.»

«Das hab ich von Papa bekommen!»

Was kein Argument war, natürlich nicht, aber dummerweise funktionierte es trotzdem. Jedes Mal, wenn Beatrice etwas Kritisches über das Handy sagte, bezog Mina es sofort auf ihren Vater.

«Papa findet es auch nicht gut, wenn du zu spät kommst. Wir müssen in fünf Minuten aus der Tür sein, also Tempo. Bitte!»

Sie unterdrückte das Bedürfnis, die knappe Zeit noch für

einen Blick auf Facebook zu verwenden. Das sollte sie besser im Büro machen. Um Mina nicht bei ihrer enervierend langsamen Nahrungsaufnahme zusehen zu müssen, überprüfte sie noch einmal den Inhalt der Tasche. Alles da, auch der Hase.

Als sie endlich im Auto saßen, war Beatrice schon wieder erschöpft. Egal. Spätestens, wenn sie Florin ihre Erkenntnisse rund um den «Panther» präsentierte, würden ihre Lebensgeister zurückkehren.

«Ein deutscher Söldner namens Frank Heckler. Ums Leben gekommen durch eine Landmine im August 1993.» Sie schob Florin das Notebook hin und widmete sich ihrem Kaffee, auf dem der Milchschaum knisterte. Möglich, dass Florin ihre Überlegungen nicht überzeugend fand, aber in diesem Fall würde sich zumindest eine Diskussion ergeben, die sie mit jemand anders führen konnte als mit sich selbst. Das erleichterte Beatrice.

«Wenn es ein Zufall ist, dann ein sehr eigenartiger», stellte er mit leiser Stimme fest. «Panther, hm. Ich werde die Unterlagen zu diesem Mann aus Deutschland anfordern. Kann ja sein, dass es Verwandte gibt, die auf irgendeine Weise in unserem Fall mitmischen.» Florin sah sie über den hochgeklappten Notebookdeckel hinweg an. «Können wir zum Beispiel ausschließen, dass Dominik Ehrmann sein Neffe oder Cousin war? Wir brauchen mehr Zusammenhänge.»

«Ja.» Ein letzter Schluck Kaffee, dann kratzte Beatrice den zuckrigen Milchschaum vom Boden und den Wänden der Tasse. Geschmacksparadies.

«Ich könnte mir vorstellen, dass wir jetzt weniger Probleme haben werden, per richterlichen Beschluss Einsicht in das eine oder andere Facebook-Konto zu erhalten.»

«Stimmt.» Sie nahm das Notebook wieder an sich und öffnete Facebook. Peter Crontalers Eintrag stand nach wie vor ganz oben und hatte mittlerweile hundertzwölf Kommentare. Von vielen, die sich bestürzt äußerten, hatte Beatrice bisher noch nicht einmal den Namen gehört. Sie ging chronologisch vor, las die gestrigen Kommentare noch einmal, suchte nach auffälligen Wortmeldungen. Gegen ein Uhr nachts hatte sich Helen das erste Mal gemeldet.

Helen Crontaler Ich sitze seit drei Stunden da und heule. Kann nicht schlafen. Wieso passiert das nur? Ich kann nicht aufhören, an Dominik zu denken. Es ist einfach nur schrecklich. Ich frage mich die ganze Zeit, ob ich es hätte verhindern können.
Phil Anthrop Du darfst dir auf keinen Fall Vorwürfe machen. Dominik ist nach Salzburg gekommen, weil er es so wollte. Du kannst nichts für seinen Tod.
Helen Crontaler Das sagt Peter auch die ganze Zeit, aber es ändert nichts. Ich fühle mich entsetzlich.

Darauf war mehrere Stunden lang keine Antwort gekommen – kein Wunder, irgendwann mussten die Leute schließlich schlafen. Erst um halb sechs Uhr morgens hatte wieder jemand auf Helens Mischung aus Selbstvorwürfen und Selbstmitleid reagiert.

Christiane Zach Bitte, Helen, du darfst dich selbst nicht fertigmachen. Das hätte Dominik nicht gewollt. Ich konnte heute Nacht auch kaum schlafen, und ich hoffe, sie finden den Verbrecher bald, der das getan hat.

Na bitte, da hatte sie doch etwas mit Beatrice gemeinsam. Sie las den Thread bis zum Schluss durch, überzeugt davon, dass sie dann auf dem Laufenden sein würde. Es war nicht anzunehmen, dass sich darüber hinaus noch Interessantes getan hatte.

Irrtum. Beatrice schnappte nach Luft. Es hatte genügt, die erste Zeile des nächsten Postings zu lesen, um zu wissen, dass Facebook sie heute noch einige Zeit lang beschäftigen würde.

Tina Herbert Meine Gedanken sind bei Dominik Ehrmann, der so sinnlos gestorben ist. Es stimmt mich unendlich traurig. Ich habe ihn an seinem letzten Abend noch getroffen und weiß, dass er einer von den wertvollen Menschen war. Leb wohl, Dominik.

1 Person gefällt das

«Florin!»

Er war gerade auf dem Weg aus dem Zimmer und drehte sich in der Tür noch einmal um. «Ja?»

«Tina Herbert hat sich zu Wort gemeldet, ohne dass ich die Finger im Spiel hatte! Wir sind … gehackt worden, das vermute ich jedenfalls. Und wer auch immer dahintersteckt, weiß über mein Treffen mit Ehrmann Bescheid.»

Florin beugte sich von hinten über ihre Schulter, Beatrice fühlte seinen Atem an der Wange.

«Ich bin sicher, dass ich das nicht geschrieben habe», kam sie einer Frage zuvor, die er wahrscheinlich gar nicht gestellt hätte.

«Okay.» Er richtete sich auf. «Ich schicke dir sofort Stefan vorbei. Nichts überstürzen, gut?»

Sie lächelte schief. «Keine Sorge. Ich werde meiner Entrüstung über die Verletzung von Tinas Privatsphäre nicht freien Lauf lassen.» Als Florin aus dem Zimmer war, las Beatrice den Rattenschwanz an Kommentaren, in denen Ungläubigkeit vorherrschte.

Christiane Zach Wenn du dich nur wichtig machen willst, Tina, dann ist das der falsche Zeitpunkt. Dominik kann dir nicht mehr widersprechen, nicht wahr?

Thomas Eibner Mir kommt das auch wichtigtuerisch vor. Jemand ist gestorben, es hätte völlig genügt, wenn du deine Betroffenheit in Peters Posting geäußert hättest, wie wir anderen auch.

Caram Ba Jetzt lasst sie doch. Wenn es ihr ein Bedürfnis ist. Tut schließlich keinem weh.

Ivonne Bauer Ich finde das aufdringlich, diesen Hinweis auf das Treffen. Sie verhält sich schon so eigenartig, seit sie hier registriert ist. Pass auf dass du dich nicht verdächtig machst, Tina. Ich bin sicher, die Polizei würde gern mit dir reden.

Nikola DVD Ist wie ein Tanz von Kraft um eine Mitte
in der betäubt ein großer Wille steht.

Ren Ate Nikola, du und Tina, ihr seid echte Spinnerinnen. Helen sollte euch rausschmeißen.

Tina Herbert Schade, dass du beleidigend wirst, Renate, das waren wir umgekehrt nicht. Die allerkleinsten Kreise werden immer kleiner, und bald werden wir sehen, wer in der Mitte steht.

«Klopf, klopf. Darf ich reinkommen?»

«Hallo, Stefan. Ja sicher. Komm her und schau dir das an.» Sie rückte zur Seite, um ihm Platz zu machen. «Willst du Kaffee? Könnte sein, dass du ihn brauchen wirst.»

«Oh ja. Bitte. Doppelt, schwarz, viel Zucker.»

Sie hörte ihn fluchen, während die Maschine schnarrte und gurgelte.

«Heilige Scheiße. Da war jemand genauso clever wie wir. Nicht, dass das in diesem Zusammenhang ein großes Kunststück wäre, trotzdem ... das Passwort hat er aber nicht geändert. Ich an seiner Stelle hätte das getan, schon damit mir der wahre Inhaber des Accounts nicht ins Handwerk pfuschen kann.»

Beatrice streute reichlich Zucker in den Kaffee und stellte die Tasse vor Stefan ab. «Haben wir eine Chance herauszufinden, wer dahintersteckt?»

«Mal sehen. Wir könnten das Passwort ändern, dann steht Tina zwei erst einmal vor verschlossenen Türen. Wir könnten an den Sicherheitseinstellungen spielen, damit immer, wenn jemand von einem neuen Gerät auf das Konto zugreifen will, ein Code abgefragt wird. Den hätten nur wir, und auch so würden wir den Hacker fürs Erste lahmlegen.»

Er blickte sie mit treuherzig schiefgelegtem Kopf an. «Wollen wir das?»

Nein, eigentlich nicht. Wer immer es war, der sich ihren Account angeeignet hatte, er musste Gründe dafür haben, und die wollte sie durchschauen.

«Lass es, wie es ist. Ich möchte wissen, ob noch etwas nachkommt.»

«Okay. Aber zumindest ein klein wenig können wir dem Hacker auf den Zahn fühlen.» Stefan wählte die Sicherheitseinstellungen des Kontos an und klickte auf *Aktive Sitzungen*.

Eine kurze Liste erschien.

Aktuelle Sitzung
Ort: Salzburg, 4, AT (Ungefähr)
Art des Geräts: Firefox auf Win7

«Das sind wir, jetzt in diesem Moment», erklärte Stefan. «Hat alles seine Richtigkeit. Das Land, der Ort, der Browser. Und wenn du den Mauszeiger über das Wort Salzburg führst», er tat es, «zeigt die Seite dir deine aktuelle IP an. Also die Netzadresse, über die dein Provider dich identifizieren kann.»

«Ich weiß noch, wie das läuft», unterbrach ihn Beatrice.

«Umso besser. Und jetzt schau hier.» Er deutete auf den unteren Teil des Textes. «Da siehst du, wo und wie das Login davor stattgefunden hat.»

Letzter Zugriff: Heute um 02:36
Ort: Salzburg, 9, AT (Ungefähr)
Art des Geräts: Explorer auf Win7

Stefan glitt mit dem Mauszeiger wieder über die Ortsangabe. «Ich vermute, du bist nicht heute, mitten in der Nacht, per Internet Explorer auf Facebook spazieren gegangen? Also denke ich, wir haben hier unseren großen Unbekannten. Er hält sich in Salzburg auf. Er surft über einen Computer, kein Handy, sonst wäre höchstwahrscheinlich Android oder iOS als Betriebssystem angegeben. Und zu guter Letzt kennen wir nun seine IP-Adresse, womit wir auch seinen Provider haben – und peng, schon können wir ihn identifizieren.»

Stefan klatschte in die Hände und hob sie danach in Siegerpose über den Kopf.

«Das ist ja beunruhigend einfach», murmelte Beatrice, während Stefan ein neues Browserfenster öffnete und www.mein-whois.de ins Adressfenster tippte.

Auskunft zu IP-Adressen und Domain-Namen, lautete die dort angezeigte Überschrift.

Wenn Sie wissen möchten, welche Daten sich zu einer IP-Adresse erfahren lassen, so tragen Sie einfach die IP-Adresse in das folgende Formular ein und senden Sie es ab.

«Genau das tun wir jetzt», verkündete Stefan, kopierte die Nummer in das Feld und klickte auf *Daten erfragen*.

Innerhalb weniger Sekunden baute sich das Ergebnis auf, ein Turm von Kürzeln und Zahlen, aus dem Beatrice nicht schlau wurde.

Information related to	‚89.144.192.0–89.144.223.255'
inetnum:	89.144.192.0–89.144.223.255
netnam:	MOBILKOM-MOBILEPOOLS3
descr:	MobilePools
country:	AT
admin-c:	MKAD1-RIPE
tech-c:	MKTC1-RIPE
status:	ASSIGNED PA
mnt-by:	MOBILKOM-MNT
mnt-lower:	MOBILKOM-MNT
mnt-routes:	MOBILKOM-MNT
source:	RIPE « Filtered

«Toll. Und jetzt?»

«Jetzt wissen wir, dass unser Hacker über ein Mobilcom-Konto ins Internet geht, und können bei der Firma seinen Namen erfragen.» Er seufzte. «Allerdings nur mit ein wenig Glück. Wenn es eine Prepaid-Karte ist, könnte sie völlig anonym sein. Kannst du dir inklusive Datenstick in jedem Elektronikladen kaufen.»

Positiv denken. Beatrice hoffte einfach, dass der Hacker

Tina Herbert für eine technische Niete hielt und ihr nicht zutraute, ihn anhand seiner IP-Adresse zu entlarven – was ihr als Privatperson ja tatsächlich nicht möglich sein würde.

«Wir versuchen es, keine Frage. Und inzwischen lassen wir Tina zwei erst mal machen, ich hoffe nur, dass sie das Passwort nicht ändert.»

Stefans Grinsen reichte fast bis zu seinen Ohren. «Wenn das passieren sollte, hacken wir uns eben selbst.»

Den ganzen Vormittag über schielte Beatrice immer wieder auf die geöffnete Facebook-Seite, aber der Beitrag ihres anderen Ich rutschte tiefer und tiefer, während die Kommentare unter Peter Crontalers Posting sich vermehrten wie Pilze bei Regen.

Irgendwann zwischendurch platzte Drasche herein. «Die Tatwaffe ist früher einmal Teil eines schmiedeeisernen Zauns gewesen, der vor nicht allzu langer Zeit ausgebessert wurde. Meine Vermutung ist, dass die Stange vergessen wurde und dort herumlag.»

Florin, der vor einer halben Stunde wieder zurückgekommen und seitdem wortlos in Berichten und Fotos versunken war, wechselte einen Blick mit Beatrice. «Das ist interessant, Gerd. Meinst du, es war eine spontane Tat?»

«Ich glaube schon. Auch, weil ich einen Haufen wunderschöner Fingerabdrücke gefunden habe, die gerade durch die Datenbank laufen. Der Täter hat zwar versucht, sie abzuwischen, dabei aber neue gemacht – kein Profi. Theoretisch ist sogar denkbar, dass er in Notwehr gehandelt hat. Ehrmann greift ihn an und wirft ihn um. Er ertastet die Stange und schlägt seinen Gegner nieder, in seiner Angst prügelt er ordentlich auf ihn ein. Dann sieht er, was er angerichtet hat, kriegt Panik, rubbelt an dem Eisending herum, rennt gleichzeitig weg, tritt in Hundescheiße. Er versteckt die Stange am erstbesten Platz, wischt sich die Schuhe an einer anderen Kapelle ab und verschwindet in der nächtlichen Stadt.» Drasche blickte von einem zum anderen, sichtlich auf Beifall wartend.

«Klingt nach einer Möglichkeit», beeilte sich Beatrice zu sagen. «Passt nur gar nicht zu den anderen Todesfällen, die so geschickt auf Selbstmord getrimmt waren. Nie eine Waffe – außer Pallaufs, kein Fingerabdruck – außer Pallaufs, keine Zeugen, keine Spuren.»

Drasche verschränkte die Arme vor der Brust. «Ich kann mich auch nicht erinnern, behauptet zu haben, dass Ehrmann dem gleichen Täter zum Opfer gefallen ist wie die anderen. Ist euch noch nicht der Gedanke gekommen, dass es umgekehrt sein könnte? Dass der Typ mit der Stange der Erste war, der sich erfolgreich gegen seinen Angreifer gewehrt hat?»

Ehrmann als Mörder von Sarah Beckendahl, Gerald Pallauf, Rajko Dulović und Ira Sagmeister. Seit Drasche wieder gegangen war, den Effekt seiner Eröffnung sichtlich auskostend, überprüfte Beatrice seine These auf Haltbarkeit. Natürlich klang es verlockend. Auch Florin hatte Ehrmann nicht über den Weg getraut, das war überdeutlich gewesen, als sie sich als Tina mit ihm zum Abendessen getroffen hatte.

Man sah niemandem am Gesicht an, wozu er fähig war. Trotzdem gelang es Beatrice nicht, ihren persönlichen Eindruck von Dominik Ehrmann mit ihrer Vorstellung der Person zu verschmelzen, die Ira vor einen fahrenden Zug gestoßen haben musste.

Kurzerhand rief Beatrice das zuständige Kommissariat in Gütersloh an. Sie hing zehn Minuten in der Warteschleife, bis sie an den Kollegen kam, der mit der Ermittlungsarbeit in Ehrmanns Lebensumfeld befasst war, um dann erfreut festzustellen, dass es sich um eine Frau handelte.

«Maike Bansch, guten Tag.»

«Hier ist Beatrice Kaspary, Kriminalpolizei Salzburg. Kann gut sein, dass mein Name Ihnen nichts sagt, aber ich war dabei, als gestern Dominik Ehrmann gefunden wurde. Ich müsste ein paar Dinge überprüfen, und dabei könnten Sie mir sehr helfen.»

«Gerne.» Banschs Stimme war sympathisch und heiser, gleichzeitig meinte Beatrice, die gleiche Mattigkeit herauszuhören, die sie selbst empfand, wenn jemand auf den Berg von Arbeit, der sich vor ihr auftürmte, noch ein Schäufelchen draufkippte.

«Es ist sicher kein großer Zusatzaufwand», beeilte sie sich zu sagen. «Sie werden vermutlich ohnehin das Umfeld von Dominik Ehrmann untersuchen, und in diesem Zusammenhang würde ich Sie bitten, drei Daten abzufragen.» Sie nannte Bansch die Tage, an denen Gerald Pallauf, Rajko Dulović und Ira Sagmeister gestorben waren, und fügte jeweils die ungefähre Todeszeit an.

«Ich möchte gerne ausschließen können, dass Dominik Ehrmann unmittelbar etwas mit diesen Morden zu tun hat.»

«Sie wollen ein posthumes Alibi?»

«Genau. Sie müssten unseren Bericht zu den Fällen schon erhalten haben, darin sind alle bisherigen Erkenntnisse aufgeführt.»

Es raschelte am anderen Ende der Leitung. «Diese Facebook-Sache, heftig. Ich bin gerade dabei, mich damit vertraut zu machen. Okay, ich kläre das mit den Daten. Man müsste eine Fahrzeit von etwa sieben Stunden in eine Richtung rechnen, stimmt's?»

«Genau.»

Beatrice ließ Maike Bansch Zeit, sich alles zu notieren, und lud währenddessen die Facebook-Seite neu. Es waren Kommentare hinzugekommen und ein Posting …

«Sie haben im Moment ganz schön viel um die Ohren, nicht wahr?»

Beatrice lachte auf. «Das können Sie laut sagen. Ich vermute, Sie kennen diesen Zustand?»

«Ich *bin* dieser Zustand.»

Sie lachten beide, und es fühlte sich befreiend an. Als wäre da zum ersten Mal jemand, der Beatrices Leben nachvollziehen konnte. Zu schade, dass Bansch zu weit entfernt lebte, um sich spontan mit ihr auf einen Kaffee zu treffen.

Fast automatisch tippte sie auf die F5-Taste, um Facebook neu zu laden. Kniff die Augen zusammen. Da war ein Beitrag, den sie noch nicht kannte.

«Tut mir leid, ich muss aufhören. Sie melden sich bei mir, wenn Sie mehr wissen?»

«Mache ich. Heute Nachmittag habe ich einen Termin in Ehrmanns Schule, morgen spreche ich mit seiner Exfrau.»

«Klingt gut. Dann bis bald.» Beatrice legte auf und zog das Notebook zu sich heran.

Tina Herbert Wusstet ihr, dass Ira große Pläne hatte? Sie und ich, wir haben unter einer Decke gesteckt. Jetzt werde ich unser Projekt beenden, alleine. Und auf meine Weise. Leb wohl, Ira. Dir hätte das, was ich vorhabe, nur bedingt gefallen, aber ich verspreche dir, es wird auch in deinem Sinn sein.

Oliver Hegenloh Kannst du dieses pietätlose, kryptische Geschwätz bleibenlassen? Du bist widerlich.

Irena Barić Schick mir bitte eine PN. Ich möchte gern wissen, wer du bist.

Oliver Hegenloh Das kann ich dir sagen, Irena. Leute wie Tina sind die Vampire des Internets. Sie ernähren sich von den Schicksalen anderer und heischen auf deren Kosten Aufmerksamkeit. Ira ist tot und kann sich nicht mehr dagegen wehren, dass du sie mit dir unter eine Decke steckst, verdammt noch mal, Tina.

Phil Anthrop Don't feed the trolls, Oliver. Du spielst ihr nur in die Hände.

Christiane Zach Warum regt ihr euch so auf? Wenn Tina mit Ira befreundet war, kann sie doch hier davon sprechen.

Beatrice griff nach dem Telefon. So, wie die Dinge sich gerade entwickelten, war es nicht unwahrscheinlich, dass Helen Crontaler Tina rausschmeißen würde, sobald sie die Diskussion zu Gesicht bekam.

«Crontaler.» Es war ihr Mann, der den Hörer abnahm.

«Hier spricht Beatrice Kaspary, Kriminalpolizei. Könnten Sie Ihre Frau an den Apparat holen?»

«Ich ...» Er zögerte. «Wissen Sie, es geht ihr nicht gut. Ich habe heute extra meine Vorlesung abgesagt, damit ich mich um sie kümmern kann. Die Todesfälle in der Lyrikgruppe nehmen sie furchtbar mit.»

«Ist sie denn online und liest, was geschrieben wird?»

«Im Moment nicht. Ich habe ihr versprochen, zwischendurch nach dem Rechten zu sehen. Ich möchte, dass sie Abstand gewinnt, wissen Sie.»

Einen Augenblick lang war Beatrice beinahe neidisch. In Krisensituationen jemanden wie Peter Crontaler an der Seite zu haben, musste sich gut anfühlen. Wenn seine Sorge echt war und nicht nur auf Außenwirkung abzielte.

«In Ordnung. Dann geht meine Bitte hiermit an Sie. Im Moment herrscht ein etwas rauerer Ton in der Gruppe. Die meisten sind nicht damit einverstanden, was Tina Herbert postet. Wir möchten sie aber gerne beobachten, es könnte sein, dass sie etwas weiß. Lassen Sie sie weiterschreiben, gut?»

Er räusperte sich. «Tina Herbert, sagen Sie?»

«Ja.»

«Natürlich. Ich werde mich nicht einmischen und höchstens dann, wenn der Ton inakzeptabel wird, auf Helens geschwächten Zustand hinweisen. Das sollte genügen – die meisten Mitglieder unserer Gruppe zeichnen sich durch Feingefühl aus.»

Eines davon ganz besonders, war Beatrice versucht zu sagen.

«Danke. Ich weiß Ihre Hilfe zu schätzen.»

«Das ist doch selbstverständlich. Melden Sie sich bitte jederzeit wieder, wenn Sie etwas brauchen.»

Nach dem Gespräch verzeichnete Tina Herberts Thread bereits stolze 48 Kommentare. Und drei «Gefällt mir», erstaunlicherweise. Eines kam von Nikola DVD, die sich darüber hinaus nicht geäußert hatte.

Gloria Lähr Ich möchte mich an Oliver wenden, dem Tinas Wortmeldung so sehr gegen den Strich geht. Ich kann verstehen, was dich bewegt, aber zieh in Betracht, dass es aus Tinas Perspektive ganz anders aussehen könnte. Sieh mal, vielleicht will sie gar keine Aufmerksamkeit, sondern es ist ihr nur ein Bedürfnis, über Ira zu sprechen. Es wäre doch möglich, dass sie niemanden sonst hat, mit dem sie das tun kann.

Das war die Psychologin, die sich zu Iras Befinden geäußert hatte, als die Gruppe gerätselt hatte, ob ihr etwas zugestoßen war. Jetzt war es Lähr offenbar gelungen, die aufgebrachten Gemüter zu beruhigen – die Kommentare, die auf ihren folgten, lasen sich merkbar versöhnlicher. Tina meldete sich nicht mehr zu Wort.

«Hier haben wir unseren Panther.» Florin legte eine grüne Mappe auf den Tisch und schlug sie auf. «Die deutschen Behörden sind flott, es gibt einiges Datenmaterial über Heckler. Manches ist widersprüchlich, aber es reicht, um sich ein Bild zu machen.»

Von der ersten Seite blickte Beatrice das körnige Schwarzweißfoto eines langhaarigen, bärtigen Mannes mit hagerem Gesicht entgegen. Da war keine Ähnlichkeit zu Ehrmann oder Dulović zu finden, die auf Verwandtschaft hätte schließen lassen. Zu Pallauf schon gar nicht.

Frank Heckler, geb. 17.2.1960, gest. 18.8.1993.

Sie blätterte vor. Der Mann hatte eine umfangreiche militärische Ausbildung erhalten, die ihm von Kind auf vorgezeichnet gewesen sein musste. Sein Vater war hochdekoriert, aber mit nur einem Bein aus dem Zweiten Weltkrieg heimgekehrt. Frank Heckler war erst bei der deutschen Bundeswehr, dann beim belgischen Paracommando aktiv gewesen. Im Anschluss an diese Ausbildung war er zur Bundeswehr zurückgekehrt, dort aber 1983 aus dem Dienstverhältnis entfernt worden. Ein Grund für seine Entlassung fand sich in der Akte nicht.

Danach verlor sich seine Spur, bis sie Anfang der Neunziger im ehemaligen Jugoslawien wieder auftauchte, wo Hecklers Fähigkeiten als Soldat ihn an die Spitze einer paramilitärischen Einheit katapultierten, die dem serbischen

Geheimdienst unterstand und mit der jugoslawischen Volksarmee kooperierte. Er legte sich den Kampfnamen «Panther» zu, wobei er sich nicht auf das Tier, sondern auf die Panzer des Bataillons bezog, das sein Vater im Zweiten Weltkrieg befehligt hatte.

«Hecklers paramilitärische Einheit war während des Jugoslawienkonflikts vor allem in Kroatien an Massentötungen, Vergewaltigungen, Misshandlungen und Folterungen sowie an Deportationen beteiligt», las Beatrice vor. «Am 18. August 1993 kam Frank Heckler gemeinsam mit zweien seiner Gefolgsleute ums Leben, als sein Jeep in der Nähe von Slunj über eine Landmine fuhr.» Sie blätterte um. «Da gibt es sogar ein Foto des Jeeps. Beziehungsweise der Reste. Wahnsinn.»

«Allerdings.» Florin zupfte an seiner Unterlippe. «Soweit ich herausfinden konnte, existieren keine lebenden engen Verwandten. Die Eltern sind schon lange tot, Geschwister hatte er nicht, und verheiratet war er auch nie.»

Niemand, den man fragen konnte, ob sich in letzter Zeit jemand besonders für Heckler interessiert hatte. Für einen Paramilitär, der seit zwanzig Jahren tot war. War es denkbar, dass er nur als Symbol herhalten sollte? Aber wozu? Für wen?

Beatrice nahm sich ein Blatt Papier und zeichnete drei Kreise, einen für jede der Personen, die ins ehemalige Jugoslawien verwiesen.

Frank Heckler

Rajko Dulović

Adina Sagmeister

Sie schrieb die Namen in die Kreise und fand, dass das Blatt nun gut zum Ausdruck brachte, wie sie die Lage empfand. Jede der Personen saß auf ihrer eigenen Insel. Es gab vielleicht einen Zusammenhang, wahrscheinlich sogar, aber manchmal erwiesen sich Umstände wie diese, die geradezu danach schrien, eine Spur zu sein, als blindwütiger Zufall. Man steckte erst tonnenweise Energie hinein, bevor man ihn als das akzeptierte, was er war.

Sie beschloss, sich die Unterlagen zu Adina Sagmeister noch einmal vorzunehmen, es war nicht ausgeschlossen, dass sie und Heckler sich zu Kriegsbeginn begegnet waren und …

Die Tür flog auf, und Stefan platzte herein, eine sehr bunte Gratistageszeitung in der Hand. «Die Ausgabe von morgen. Jetzt haben wir die Scheiße.»

Facebook bringt den Tod, lautete die Headline. Darunter ein Foto von Ehrmanns Sarg, im Hintergrund die drei Kreuze in der Morgensonne. Weitere Fotos zeigten Ira Sagmeister und Gerald Pallauf.

«Ich glaube es nicht», murmelte Beatrice.

> Eine Reihe von gewaltsamen Todesfällen in Salzburg scheint endlich einen gemeinsamen Nenner gefunden zu haben: Alle Opfer kannten sich über Facebook, die Angst der anderen User ist groß. «Ein paar sprechen von einem Fluch», sagt eine Insiderin. «Ich traue mich schon fast nicht mehr, mich einzuloggen.»
>
> Schien es anfangs so zu sein, als würde es sich um ein gehäuftes Auftreten von Freitoden in der Stadt Salzburg handeln (einer davon kombiniert mit einem Beziehungsmord, wir berichteten), herrscht allmählich ein gewisser Zweifel unter denen, die die Betroffenen kannten. «Der letzte Todesfall war ganz bestimmt kein Selbstmord», so die Insiderin. «Ich glaube, jemand will uns an den Kragen. Solche verrückten Serienmörder

kannten wir bisher nur aus amerikanischen Filmen – jetzt treibt einer von ihnen bei uns sein Unwesen.»

Unter dem Artikel stand ein fremdes Kürzel, aber Beatrice wusste genau, wer in Wahrheit dahintersteckte. «Ich bringe Ribar um», verkündete sie und reichte die Zeitung an Florin weiter. «Er hat uns versprochen, die Klappe zu halten, und jetzt hat er die Geduld verloren. Verdammt noch mal.» Sie fand die Handynummer des Journalisten und wählte. Nach dem dritten Klingeln hob er ab.

«Ja?»

«Herr Ribar? Hier spricht Beatrice Kaspary. Kriminalpolizei, Sie erinnern sich.»

«Natürlich.»

«Na bestens. Aber was wir vereinbart hatten, konnten Sie sich nicht merken? Dass Sie nichts schreiben, was den Fall und Facebook in Zusammenhang bringt? Für uns ist das kein Witz, es erschwert uns die Arbeit beträchtlich.»

Sie war immer lauter geworden, nicht zuletzt vor Anstrengung, ihn nicht zu beschimpfen.

«Ich weiß überhaupt nicht, wovon Sie sprechen.» Ribar klang ernsthaft verunsichert. «Ich habe kein Wort über Facebook geschrieben. Sie können sich den Artikel zu Ehrmanns Tod gerne ansehen, er erscheint in der Abendausgabe des ‹Kurier›.»

Sie biss sich auf die Lippen. Okay, ihr Anruf war voreilig gewesen. Trotzdem.

«Ich liefere immer wieder Storys aus Salzburg an die überregionalen Blätter», erklärte Ribar. «Sie können gern in der Chefredaktion nachfragen, die werden es Ihnen bestätigen.»

«Nein, schon gut. Tut mir leid, Sie sind mir nur sofort eingefallen, als ich die Headline gesehen habe.»

«Welche denn?»

«Facebook bringt den Tod. Riesig groß, und Sie erraten sicher, welche Zeitung das gedruckt hat.»

Er schwieg mehrere Sekunden lang. «Ja. Aber ich habe es nicht geschrieben.»

Kaum zu überhören, dass es ihn ärgerte. Immerhin recherchierte er seit Wochen an der Geschichte herum. Aber sein Frust war gerade nicht Beatrices Problem. «Irgendeine Ahnung, wo etwas durchgesickert sein könnte?»

Er lachte auf. «Meine Güte! Überall. Jedes Mitglied der Gruppe kann zur Presse gelaufen sein. Bis vor kurzem ging es ja nur um Selbstmorde, aber mit einem ordentlichen Mord in der Tasche hat man da schon ganz anderes Gewicht.»

Im Hintergrund begann ein kleines Kind zu weinen, erst schrill, dann dumpf. Ribar deckte offenbar das Mikrofon mit der Hand ab, trotzdem hörte Beatrice ihn liebevoll auf das Kind einsprechen, das sich prompt beruhigte.

«Ich kann mir gut vorstellen, wie riesig der Kollege sich gefreut haben muss, als ihn jemand kontaktiert hat, mit der Facebook-Story im Gepäck», fuhr er fort, nachdem das Geschrei verstummt war. «Wäre mir an seiner Stelle genauso gegangen. Die Geschichte ist sogar gut, wenn sich nur ein winziges Teilchen davon als wahr herausstellt. Und falls Sie einen Tipp wollen: Meiner Meinung nach war es eine der üblichen Tratschtanten: Christiane Zach, Ren Ate – oder sogar Helen Crontaler selbst.» Crontaler war es zuzutrauen, das dachte Beatrice auch, allerdings sprach die zweifelhafte Reputation des bunten Blattes dagegen. In Summe war es egal, der Schaden war angerichtet.

«Tut mir leid, Herr Ribar, dass ich Sie zu Unrecht beschuldigt habe. Aber Sie sind mir als Erster in den Sinn gekommen.»

«Das verstehe ich.» Er sagte es betont höflich, und Beatrice vermutete, dass sich hinter dieser Fassade eine Menge Wut verbarg. «Haben Sie denn schon eine Spur? Wenn ich die Informationen ein paar Stunden vor dem Rest der Presse haben könnte …»

«Das geht nicht, tut mir leid. Es liegt auch nicht in meinem Zuständigkeitsbereich.» Hoffmann würde ihr den Kopf abreißen, wenn sie eigenmächtig aus dem Nähkästchen plauderte.

«Tja. Da kann man nichts machen.» Ribar legte auf.

«Journalistisches Berufsrisiko», meinte Florin nur, als Beatrice ihm das Gespräch schilderte. «Vielleicht belohnen wir ihn beim nächsten Mal mit ein paar Extradetails, aus Dank für seine Kooperation.»

Der Wagen der tankenden Frau auf Iras Foto war auf eine Margarete Hartl zugelassen, geboren 1967. Beatrice bat Bechner, bei Hartl vorbeizufahren und zu überprüfen, ob sie mit der Fotografierten identisch war. «Wenn ja, frag sie, ob sie sich noch an den Tag erinnern kann, ob ihr die Namen unserer Opfer etwas sagen und so weiter. Wenn nein, wüssten wir gerne, wer ihr Auto betankt hat.»

«Ich liebe es, wenn ihr mich mit Selbstverständlichkeiten aufhaltet», schnappte Bechner. Sein gemurmeltes «Kontrollfreak» wurde zur Hälfte vom Knallen der Tür verschluckt.

«Versuch doch mal, ihm mehr zuzutrauen», sagte Florin, ohne den Kopf zu heben. Stattdessen schmunzelte er Ehrmanns Obduktionsbericht an, wie passend.

«Ja. Klar. Hauptsache, du amüsierst dich.» Nun musste sie ebenfalls grinsen. «Ich will doch nur sichergehen, dass er alle Ergebnisse bringt, die wir brauchen. Warum ist er nur immer so empfindlich? Ich bin doch froh, wenn jemand anders meine Arbeit gegencheckt und mir vorab beim Nachdenken hilft.»

«Oh ja. Besonders, wenn es Hoffmann ist.»

Sie warf in gespieltem Ärger einen Kugelschreiber nach ihm und verfehlte ihn knapp, aber nur, weil er sich über den Tisch gebeugt hatte, um nach seinem Handy zu greifen. Saties Gnossienne Nr. 1. Anneke.

«Soll ich rausgehen?» Beatrice war schon halb an der Tür, aber Florin schüttelte den Kopf und drückte das Gespräch weg.

«Jetzt ist nicht der richtige Zeitpunkt für Privates.»

«Na dann.» Sie setzte sich und vermied es, ihn anzusehen, weil sie wusste, dass ihr Blick forschend ausfallen würde. Also konzentrierte sie sich auf Facebook, wo natürlich jemand den Artikel als Scan eingestellt hatte. Die dichtende Krankenschwester, Christiane Zach, von der Ribar vermutete, dass sie die Presse informiert hatte.

Das würde ja passen. Dann hätte sie wie auf Kohlen gewartet, bis das Blatt endlich rauskommt und sie es herumzeigen kann …

Sie konnten ihr nicht einmal Vorwürfe machen, niemand hatte Zach bisher ausdrückliche Vorschriften im Umgang mit der Presse gemacht. Wie war das Zitat im Artikel gewesen? Ich traue mich schon fast nicht mehr, mich einzuloggen. Ja, von wegen.

Peter Crontaler Wer von euch hat mit Journalisten gesprochen? Ohne erst Helen und mich zu fragen! Das ist ein grober Vertrauensbruch. Ich hoffe, die Polizei glaubt nicht, dass wir es waren, wir hatten fest versprochen, diskret zu sein.

Phil Anthrop War aber klar, dass irgendwann jemand herumerzählt, was in der Gruppe alles abgeht.

Peter Crontaler Ich möchte wirklich wissen, wer es war und was er oder sie sonst noch ausgeplaudert hat. Wir sind nicht umsonst eine geschlossene Gruppe! Ich bin sehr enttäuscht.

Daraufhin beteuerten jede Menge Leute, dass sie es nicht gewesen waren. Christiane Zach dagegen hüllte sich in Schweigen, das auf Beatrice ziemlich betreten wirkte – soweit sich das im virtuellen Raum einschätzen ließ. Jedenfalls äußerte sie sich mit keinem weiteren Wort zu dem Artikel.

«Vielleicht sollten wir sie besuchen, wenn sie so mitteilungsbedürftig ist», schlug Beatrice vor. «Tratschtanten sind meistens gute Beobachterinnen, denn nur so haben sie etwas zu erzählen. Und sie liegen nicht gerne falsch.»

«Sie haben aber auch kein Problem damit, jedermanns Zeit zu verschwenden», entgegnete Florin. «Ich habe sie nach der Totenmesse für Ira befragt und selten jemanden getroffen, der sich selbst so gern reden hört. Wenn Zach nur den leisesten Verdacht hegen würde, stünde sie schon längst hier auf dem Teppich, um uns mit ihrer Kombinationsgabe zu beeindrucken.»

Ja. Wahrscheinlich. Trotzdem suchte Beatrice die Adresse der Krankenschwester heraus und erfragte in der Klinik die Abteilung, in der sie arbeitete. Wenn es keine vielversprechenderen Spuren gab, war diese hier besser als nichts.

Kurz vor Feierabend steckte Drasche sein missmutiges Gesicht zur Tür herein. «Keine Übereinstimmungen in den Fingerabdrucksdatenbanken. Scheint, als wäre der Täter ein unbeschriebenes Blatt. Für mich passt das gut zusammen, wir haben es hier ganz sicher nicht mit einem Profi zu tun.» Drasche gähnte ausgiebig und ohne sich die Hand vor den

Mund zu halten. «Grund zur Freude, eigentlich. Die Laien schnappt ihr doch immer in null Komma nichts.»

«Sehr witzig, Gerd.» Wieder griff Florin nach seinem Handy und drückte einen weiteren von Annekes Anrufen weg.

Warum machte das Beatrice nur so nervös? Sie begriff es erst beim Blick auf ihr eigenes Handy. War es denkbar, dass Anneke im Notfall sie anrufen und sie bitten würde, das Telefon an Florin weiterzureichen?

Dann ist das Thema wenigstens auf dem Tisch, und ich kann mich offiziell darüber wundern, dass sie meine Nummer hat.

Doch Beatrices Handy blieb stumm.

Seit langem der erste Abend, den sie ganz für sich alleine hatte. Beatrice ging den Stapel mit DVDs durch, der sich neben dem Fernseher angehäuft hatte. Sie kaufte immer wieder Filme und Serienstaffeln, weil sie fast alles verpasste, wenn es lief. Ein großer Vorrat, gedacht für Abende wie diesen. Warum gab es in dem ganzen Berg nichts, worauf sie Lust hatte?

Nein, es war das Notebook, das sie reizte. Schon wieder. Als bestünde die Gefahr, dass der Täter sich in Großbuchstaben outete, sobald Beatrice einmal offline war.

Vielleicht würde es ja genügen, ein paar schnelle Blicke auf die neuen Beiträge bei den Lyrikern zu werfen, um sich danach beruhigt zurücklehnen zu können.

Allerdings nicht als Tina Herbert, diesmal. Ihrer virtuellen Doppelgängerin würde sie nicht in die Quere kommen. Aber sie hatte noch Gerald Pallaufs Zugangsdaten – wer weiß, vielleicht hatte jemand eine neue Nachricht auf seiner Pinnwand hinterlassen. Oder eine persönliche Mitteilung geschickt.

Sie loggte sich ein, vergewisserte sich sofort, dass der Account auf «offline» gestellt war, und las sich durch die Statusmeldungen, die andere in Pallaufs Chronik hinterlassen hatten.

Viele waren es nicht. Ein paar unschlüssige «Warum nur?»-Kommentare, einige Beschimpfungen («perverser Mörder, ich hoffe, du schmorst in der Hölle»), vereinzelte traurige Abschiedsworte. Zweimal «Ich glaube nicht, dass du das wirklich getan hast». Doch die letzten dieser Postings waren schon vier Tage alt, seitdem hatte niemand sich mehr hierherverirrt.

Beatrice wechselte auf die Lyrik-Seite, wo die Diskussion rund um den Presseartikel immer noch hohe Wellen schlug. Helen Crontaler hatte sich mit wehleidigen Worten zurückgemeldet: Sie wisse gar nicht, wie sie das aushalten solle. All die Verantwortung auf ihren Schultern. Und dann falle ihr doch tatsächlich jemand in den Rücken, indem er die Gruppe in einem Schmierblatt bloßstelle.

Dabei war «Lyrik lebt» in dem Artikel mit keinem Wort erwähnt worden, wie auch Oliver Hegenloh sofort herausstrich.

Nur Herumgezanke, nichts Interessantes. Die falsche Tina hatte sich den ganzen Abend über nicht mehr gemeldet. Ob sie sich fragte, was in der richtigen Tina vorging? Warum sie sich noch nicht darüber beschwert hatte, dass jemand in ihrem Namen ihren Account nutzte?

Für nichtssagende Streitereien und Helens Selbstmitleid war Beatrice der Abend zu schade. Da war es besser, sich auszuloggen. Sie klickte sich zurück auf Pallaufs Profil und betrachtete bekümmert das runde, strahlende Gesicht auf dem Foto. Das Gespräch mit Ehrmann kam ihr wieder in den Sinn, ihr Versuch herauszufinden, ob er wusste, was

Pallauf und Sarah Beckendahl verbunden hatte. Warum sie ausgerechnet bei ihm Unterschlupf gesucht hatte, ohne ihn zu kennen.

«Also, dazu fällt mir mindestens ein guter Grund ein.» Beatrice erinnerte sich noch genau an Ehrmanns erstaunt-misstrauische Miene, die diesen Satz begleitet hatte.

War der Grund, den er meinte, eventuell in Pallaufs Chronik zu finden?

Das festzustellen, würde wieder in Arbeit ausarten. Gerald Pallauf war ein eifriger Facebook-User gewesen, drei bis vier Statusmeldungen pro Tag waren keine Seltenheit. Beatrice klickte und las, klickte und las. Es ging um Computerspiele, Filme, lustige Zitate. Nichts, was Sarah Beckendahls Entscheidung, ihn als Gastgeber auszuwählen, begründet hätte.

Aber sie waren ja auch nicht befreundet gewesen.

Das bedeutete, Ehrmann musste sich auf etwas beziehen, das innerhalb der Gruppe stattgefunden hatte.

Mindestens ein guter Grund. Beatrice wechselte zurück auf die Lyrik-Seite und machte sich auf die Suche nach Pallaufs Einträgen und Kommentaren. Es war eine mühsame Arbeit, und sie hatte das Gefühl, sie schon einmal getan zu haben. Die Beiträge des Sommers. Des Frühsommers. Des Frühlings. Überall, wo Pallaufs Gesicht auftauchte, las Beatrice den ganzen Eintrag, sämtliche Kommentare. Versuchte ein weiteres Mal, in den Gedichten, die er auswählte, ein Muster zu finden, vergeblich.

«Ich verstehe es einfach nicht», sagte sie leise vor sich hin und warf einen Blick auf die Uhr. Toll, schon wieder fast elf. Der Abend war vorbei, völlig sinnlos vertan.

Die Winter-Beiträge, begleitet von jeder Menge Schnee-Bildern. Irgendwo dazwischen Pallaufs Weihnachtsmarkt-Foto und das Theodor-Storm-Gedicht.

Moment! Hätte da nicht wenige Tage später *Ein weißes Schloß in weißer Einsamkeit* folgen müssen?

Beatrice suchte den Dezember, den Januar und den Februar ab. Sie war sicher, dass Pallaufs Posting aus einem dieser drei Monate datierte, aber es war nicht zu finden. Also überprüfte sie auch noch den März, ohne Ergebnis.

Gelöscht. Anders ließ sich das nicht erklären. Dazu musste jemand Gerald Pallaufs Account geknackt haben – und es war sehr wahrscheinlich, dass der- oder diejenige zurzeit als Tina Herbert in der Gruppe unterwegs war.

Warum dieses Gedicht? Was hatte es an sich, dass jemand sich die Mühe machte, sich Zugang zu einem fremden Facebook-Account zu verschaffen, um es verschwinden zu lassen?

Vielleicht stellte es die Verbindung zwischen Pallauf und Beckendahl dar, auf irgendeine seltsame, für Außenstehende unverständliche Weise. Ein weißes Schloss, also die Festung Hohensalzburg, in weißer Einsamkeit, also winterlich verschneit. Waren die beiden sich dort schon einmal begegnet? Nein, nicht, wenn man das glaubte, was Martin Sachs erzählt hatte. Sie hatte sich seine Aussage mindestens fünfmal durchgelesen.

Ich bin ziemlich sicher, er hat sie gar nicht gekannt, bis zu dem Moment, als sie an unserer Tür geläutet hat. Und selbst da hat er mehrmals nachgefragt, ob das nicht ein Irrtum ist.

Beatrice würde sich gedulden müssen. Im Büro lag der Ordner, in dem die Ausdrucke von Pallaufs und Iras Postings abgeheftet waren. Es gab also eine Sicherheitskopie, auf die sie zurückgreifen konnte. Sie würde dem Hacker eine lange Nase drehen können.

Kapitel siebzehn

Gelöscht?» Florins, Blick war so skeptisch wie seine Stimme. «Bist du sicher?»

«Ich bin gestern Abend Beitrag für Beitrag durchgegangen. Alle anderen Gedichte, die Pallauf eingestellt hatte, sind noch da: Storms Weihnachtslied, dieses launige Strick-Gedicht von Wedekind, der ganze Rest, genau wie ich es in Erinnerung hatte. Aber nicht ‹Ein weißes Schloß in weißer Einsamkeit›. Das ist gemeinsam mit dem Festungsfoto verschwunden.»

«Aha.»

«Du kannst gerne selbst nachsehen, wenn du mir nicht glaubst.» Es war nicht zickig gemeint gewesen, hatte aber so geklungen. Sie atmete tief durch. «Ich bin mir ziemlich sicher. Jemand hat sich in Pallaufs Account gehackt und es gelöscht.»

«Oder Crontaler hat es getan.» Mit einer auseinandergebogenen Büroklammer versuchte Florin, etwas zwischen den Tasten seines Keyboards herauszufischen. «Als Administratorin kann sie schalten und walten, wie sie möchte, nicht?»

Natürlich. Warum war das Beatrice nicht schon längst eingefallen? «Du hast völlig recht.» Sie griff nach dem Telefonhörer und wählte.

«Crontaler.» Diesmal hatte sie Madame selbst am Apparat.

«Hier Beatrice Kaspary. Ich möchte Sie etwas fragen, und

zwar: Löschen Sie manchmal Beiträge anderer User in der Gruppe?»

«Was? Nein, das wäre doch … unhöflich. Aber warten Sie, einmal habe ich das trotzdem getan, weil es Streit gab und ich die hässliche Diskussion nicht stehen lassen wollte.»

«Wissen Sie noch, wann das war und um welches Posting es ging?»

Crontaler überlegte nur kurz. «Friederike Zarg hatte ein eigenes Gedicht geschrieben, über den Flughafenlärm in ihrem Wohnort. Es war … bemüht, aber noch nicht ganz ausgereift, und ein paar andere Mitglieder haben sehr spöttisch reagiert. Wenn ich mich nicht täusche, war das vergangenen März.» Sie seufzte. «Genau deshalb ist es mir lieber, wenn wir uns über bekannte Dichter unterhalten und nicht über eigene Werke. Dafür gibt es andere Orte im Internet.»

Beatrice fragte zur Sicherheit noch einmal nach. «Haben Sie eventuell auch eines der Rilke-Gedichte gelöscht, die Gerald Pallauf eingestellt hat? *Ein weißes Schloß in weißer Einsamkeit* war der Titel.»

«Nein, ganz bestimmt nicht. Was Gerald auch immer getan haben mag, er hatte ein so gutes Gespür für Sprache. Seine Beiträge waren durchdacht, sensibel und klug, die hätte ich nicht entfernt.»

«Und Ihr Mann? Könnte es sein, dass er …»

«Auf keinen Fall. In die Administration der Gruppe mischt er sich nicht ein.»

Und wenn, dann sagt er es dir sicher nicht. «Gut, das war es schon. Vielen Dank.»

«Warten Sie, bitte!»

Beatrice war sehr in Versuchung, so zu tun, als hätte sie Crontalers Ruf nicht gehört, und aufzulegen. Sie wusste, was kommen würde.

«Haben Sie schon eine Spur zu Dominik Ehrmanns Mörder?»

«Nichts, worüber ich mit Ihnen sprechen könnte. Tut mir leid.»

«Ich verstehe.» Crontalers Ton führte den Inhalt ihrer Worte völlig ad absurdum. «Aber wenn Sie meine Meinung hören wollen: Suchen Sie nach Tina Herbert. Die Frau ist mir nicht geheuer. Sie hat von Anfang an immer nur Unruhe in die Gruppe gebracht. Ich könnte mir sogar vorstellen, dass sie Ira zum Selbstmord ermutigt hat, hinter den Kulissen natürlich. Und letztens hat sie tatsächlich selbst behauptet, sie hätte Dominik getroffen, kurz bevor er ermordet wurde. Sie hat ganz bestimmt etwas damit zu tun, Sie werden sehen!»

Vor zwei Tagen hätte Beatrice über diese wilden Spekulationen noch gegrinst. «Ich behalte Frau Herbert im Auge, ganz bestimmt», sagte sie stattdessen, und sie meinte es ernst.

«Gut.» Crontaler klang besänftigt. «Ich hoffe, Sie finden den Täter bald. Oder die Täterin.»

Beatrice bedankte sich und beendete das Gespräch, so rasch sie konnte.

Natürlich hatte Florin aus dem Gehörten schon seine eigenen Schlüsse gezogen. «Sie würde es nicht zugeben, auch wenn sie es war.»

«Wahrscheinlich. Im Moment ist das sowieso nachrangig, ich sehe mir das Posting gleich noch mal auf Papier an. Aber weißt du was? Sie hat versucht, Tina Herbert bei mir anzuschwärzen. Originell, nicht?» Auf der Suche nach dem Ordner mit den Facebook-Ausdrucken stieß Beatrice auf eine Packung Vitaminlutschtabletten. Bestens, ihr Immunsystem konnte jede Unterstützung brauchen, die zu kriegen war. Sie steckte zwei gleichzeitig in den Mund und bot auch Florin eine an.

«Danke. Oh, synthetischer Orangengeschmack. Jetzt weiß ich wieder, warum ich das Zeug versteckt hatte.» Er zog eine Grimasse. «Was suchst du eigentlich?»

«Den blauen Leitz-Ordner, in dem ich die ausgedruckten Postings abgeheftet hatte.»

«Den hat Kossar. Er wollte ihn sich borgen, erinnerst du dich nicht mehr? Wollte psychologische Muster ausfindig machen.»

Genervt schloss Beatrice die Augen. Natürlich. Da konnte sie sich ja einen Wolf suchen. «Weißt du, ob er heute im Haus ist?»

«Gesehen habe ich ihn noch nicht.»

Eine Viertelstunde später wusste Beatrice, dass Kossar gerade eine Vorlesung an der Uni hielt. Sie hinterließ ihm eine Nachricht auf der Sprachbox, bat um schnellen Rückruf und darum, dass er die Mappe möglichst noch am Vormittag vorbeibringen sollte.

Es war kein Rückschlag, sagte sie sich, obwohl es sich so anfühlte. Aber dass Stefan fünf Minuten später mit der nächsten schlechten Nachricht hereinschneite, machte die Sache nicht besser.

«Die Auskunft des Providers ist da.» Er zuckte die Schultern. «Ich hatte so gehofft, dass wir einen Namen bekommen, aber leider ist Tina Herbert nicht von einem Idioten gehackt worden. Die Verbindung läuft über Datenstick, die Karte ist vertragsfrei und anonym.»

Wäre ja auch zu schön gewesen, dachte Beatrice.

Kaum war Stefan wieder weg, stand Bechner in der Tür, seinen vorwurfsvollen Blick auf die Kaffeemaschine gerichtet. Beatrice rührte sich nicht, aber Florin erhob sich mit einem Lächeln, als täte er nichts lieber, als mürrische Kollegen mit Koffein zu versorgen.

Bechner. Und mich. Sie riss sich zusammen und legte allen Enthusiasmus in ihre Stimme, dessen sie fähig war. «Schön, Sie zu sehen. Gibt es etwas Neues?»

Er verdrehte die Augen, lehnte sich gegen den Türstock und zog eine Zigarettenschachtel aus seiner Jackentasche, nur um sie sofort wieder zurückzustecken. «Margarete Hartl. Ich habe mit ihr gesprochen.»

Die Frau an der Tankstelle. Beatrice richtete sich auf. So gewichtig, wie Bechner tat, hatten sie hier vielleicht ihren nächsten Anhaltspunkt.

«Sie war gar nicht begeistert darüber, dass das Foto im Internet kursiert. Hat mir einen endlosen Vortrag über Datenschutz gehalten, und wir sollen uns gefälligst um die Privatsphäre der Bürger kümmern, bla, bla, bla.»

Es wäre auch zu schön gewesen, wenn Bechner gleich zur Sache gekommen wäre.

Er wartete, bis Florin ihm die volle Kaffeetasse überreichte. «Sie kann sich daran erinnern, von einer jungen Frau beim Tanken geknipst worden zu sein. Sie wusste auch noch, wie die Fotografin ausgesehen hat – schlank, drahtig, dunkles Haar, mit einem Tuch aus der Stirn gehalten. Ziemlich sicher Ira Sagmeister, wenn ihr mich fragt.» Er sah beifallheischend von Florin zu Beatrice und wieder zurück.

Man konnte ihm den Gefallen ja tun. «Sehr gut», sagte sie und fühlte sich, als ob sie Jakob für ein goldenes Sternchen im Diktatheft lobte.

Bechner nickte gönnerhaft. «Hartl hat Sagmeister dann zur Rede gestellt. Was sie sich einbilde, einfach fremde Leute abzulichten.»

Es wurde also doch noch interessant. «Und?»

«Sagmeister soll pampig geworden sein. Sie würde überhaupt keine Leute fotografieren und schon gar keine hysterischen Golffahrerinnen in der Midlife-Crisis.»

Das klang genau nach der Ira, die Beatrice kennengelernt hatte, da war es nicht verwunderlich, dass die Frau sich an die Begegnung erinnern konnte.

«Hartl hat gleich die Gelegenheit ergriffen und mich gefragt, ob man Sagmeister irgendwie für ihre Frechheit drankriegen könnte. Wegen Beleidigung und Störung der Privatsphäre. Ich habe ihr gesagt, dass sie tot ist.» Bechner verzog den Mund zu einer Art Lächeln. «Dann hat sie natürlich auf betroffen gemacht. *Mein Gott, so jung noch,* die ganze Klischee-Palette.»

«Schön», unterbrach ihn Beatrice. «Hat sie noch etwas über Ira erzählt?»

«Nein.» Sichtlich missvergnügt, dass seine Schilderungen nicht auf die erwünschte Resonanz trafen, kippte Bechner den restlichen Kaffee in einem Zug hinunter. «Nur, dass sie steif und fest behauptet haben soll, Hartl sei überhaupt nicht das Bildmotiv gewesen. Sie störe sogar ziemlich. Angeblich hat Sagmeister danach noch ein paar Fotos geschossen. ‹Alles, was mich interessiert, ist dieser Ort hier›, soll sie gesagt haben.» Bechner warf einen intensiven Blick in die Tasse, als wolle er sich vergewissern, dass sie auch sicher leer war, dann stellte er sie etwas zu fest auf den Tisch und ging.

Dieser Ort hier. Eine Tankstelle. Der Kugelschreiber zwischen Beatrices Zähnen schmeckte ekelhaft metallisch. Sie zog eine Grimasse und suchte nach den Tic Tacs, die irgendwo neben oder unter den Papierbergen auf dem Schreibtisch liegen mussten, fand aber nichts. Symptomatisch für ihre Gesamtsituation. Ihre Augen brannten, und sie drückte die Handballen dagegen.

Eine Tankstelle als bedeutsamer Ort. Vorsicht. Das war nur eine Option, keine unverbrüchliche Wahrheit, denn natürlich war es möglich, dass Ira die Frau angelogen hatte. Aber angenommen, sie war ehrlich gewesen – gab es eine Parallele zu dem Bild der Parkbank, das sie nicht viel später gepostet hatte? Eine Gemeinsamkeit zwischen den Orten? Auf dem Parkbank-Bild waren keine Menschen zu sehen gewesen, nur Müll. Jemand hatte dort gesessen, aber nun war er fort.

Gut. Dann könnten wir annehmen, dass jemand an der Tankstelle getankt hat und danach wieder gefahren ist. Oder auch nicht.

Das alles war reine Spekulation, ohne Chance auf konkrete Ergebnisse. Buchstäblich alles konnte von Bedeutung sein, zum Beispiel auch die Tatsache, dass Ira für ihr Facebook-Posting das Foto gewählt hatte, auf dem Hartl «störte», und keines der anderen, die sie angeblich danach geschossen hatte. *Vielleicht hatte sie das Foto nur gepostet, um der Frau, die sie angemotzt hatte, eins auszuwischen, selbst wenn sie den Beitrag nie zu Gesicht bekommen würde.* Beatrice hatte keinen Beweis dafür, aber sie fand, diese Theorie passte zu Iras Wut auf die Welt.

Angenommen, es war trotzdem primär der Ort das entscheidende Element auf dem Bild. Dann war das so, weil ... dort etwas passiert war? Ira dort etwas gefunden hatte? Oder etwas ... hinterlassen? Hätten sie schon längst die Tankstelle, die Parkbank und all die anderen merkwürdigen Salzburger Fotomotive absuchen sollen? Aber wonach?

Der Kugelschreiber landete mit einem Knall auf der Tischplatte und rollte über die Kante. Florin blickte auf, griff in seinen Stiftebehälter und reichte Beatrice einen neuen. «Wirf lieber den, der ist schon kaputt.»

«Ich will endlich Land sehen!» Sie kringelte mit dem zweiten Stift über ihren Schreibblock, aber er funktionierte tatsächlich nicht mehr, und sie beförderte ihn mit Schwung in den Papierkorb neben dem Waschbecken.

Volltreffer. «Wenigstens das klappt», stellte sie fest und öffnete ihr Notebook. Da sich der verdammte Kossar mit dem Vorbeibringen der Mappe so viel Zeit ließ, würde Beatrice sich Pallaufs und Sagmeisters Postings eben noch einmal vor Ort ansehen und sie eventuell ein weiteres Mal ausdrucken. Wie dumm, dass sie das nicht gleich getan hatte.

Die Jalousien zerhackten das einfallende Herbstsonnenlicht in schmale Streifen, die sich über Beatrices Schreibtisch legten, leider auch auf den Notebook-Monitor. Eine Schablone aus Hell und Dunkel, die jeweils einige Zeilen lesbar ließ und danach ebenso viele im wahrsten Sinne des Wortes ausblendete. Trotzdem erkannte Beatrice auf den ersten Blick, dass das oberste und damit aktuellste Posting auf der Lyrikseite von Tina Herbert stammte.

Den Bildschirm hin- und herzuklappen, nützte nichts. Beatrice sprang auf, legte die Lamellen der Jalousie um und entschuldigte sich bei Florin für die Dunkelheit, in die sie das Büro tauchte. «Tina hat sich wieder gemeldet.»

In den letzten Stunden hatte Beatrice sich eine Erklärung dafür zusammengezimmert, warum ausgerechnet ihr Account gehackt worden war. Wenn man nämlich ein wenig recherchierte, war es nicht schwer festzustellen, dass es weder in der Stadt Salzburg noch in deren Umgebung eine Tina Herbert gab, dessen hatte Beatrice sich selbst vor einiger Zeit vergewissert. Denn ihr war klargeworden, dass es für eine echte Trägerin dieses Namens durchaus riskant werden konnte, wenn das schwarze Schaf der Gruppe auf die Idee kommen sollte, ihr im realen Leben begegnen zu wollen.

Die Idee, dass sich hinter dem Namen jemand anders versteckte, war also nicht weit hergeholt. Und ein Fake, das gehackt wurde, würde vermutlich weniger Aufstand machen als ein «echter» User. Und ich habe Tina ziemlich verhaltensauffällig sein lassen, dachte Beatrice. Wer weiß, ob das dem, der sie adoptiert hat, nicht gelegen kommt …

Der Gedanke traf offenbar ins Schwarze, jedenfalls, wenn man sich Tinas neuesten Eintrag ansah.

Tina Herbert Ich weiß jetzt Bescheid. Zieht euch warm an, Leute. Für einen hier wird es richtig eng.

Thomas Eibner Es nervt. Gewaltig. In jeder Hinsicht.

Nikola DVD Weißt du überhaupt, wovon du sprichst? Ich halte dich für eine erbärmliche Angeberin, Tina.

Tina Herbert Nikola, das ist mir völlig egal. Denk, was du möchtest.

Helen Crontaler Seid ihr wirklich alle solche Egoisten? Könnt ihr nicht wenigstens ein paar Tage lang Frieden halten, nach allem, was passiert ist? Zeigt ein bisschen Respekt vor den Toten!

Thomas Eibner Ich unterschreibe bei Helen.

Oliver Hegenloh Ich auch.

Tina Herbert Ich habe Respekt vor den Toten, das könnt ihr mir glauben. Ich verneige mich vor ihnen, und ich vergesse sie niemals, so wie andere das tun.

Phil Anthrop Helen, kannst du Tina nicht sperren? Ich weiß, das ist nicht meine Angelegenheit, aber ich glaube, einigen anderen hier geht es genauso. Nichts gegen Spinner, aber zu viel ist zu viel.

Oliver Hegenloh Genau. Erst das Getue, dass Ira dir irgendwas anvertraut haben will, dann behauptest du, du hast Dominik Ehrmann getroffen, bevor er getötet wurde, und zwischendurch die komischen Gedichte und die sinnlosen Fotos. Ich find's widerlich.

Ivonne Bauer Menschen vorverurteilen, die ihr nicht kennt, ist auch nicht die feine Art. Tina ist vielleicht einsam oder hat Probleme. Lasst sie doch.

Ren Ate Wir sind aber keine Therapiegruppe.

Olga Gross-Mikel Auch wenn ich noch nicht lange dabei bin, ich glaube, die Wogen werden sich bald wieder glätten. Tina, mir tut es leid, wenn es dir nicht gutgehen sollte. Magst du mir eine PN schicken? Ich bin auch im Chat, falls du jemanden zum Reden brauchst.

Florins Handy riss Beatrice aus ihrer Konzentration, Saties perlende Klaviertöne meldeten einen Anruf von Anneke. Schon wieder. Dass sie in letzter Zeit so häufig während der Arbeitszeit anrief, war ungewöhnlich, Anneke musste wissen, dass Florin dann nicht gern privat telefonierte.

Aber diesmal drückte er das Gespräch nicht weg, sondern nahm das Handy vom Tisch und verließ mit schnellen Schritten das Büro.

Es geht mich nichts an. Beatrice begann, den Facebook-Eintrag noch einmal von vorne zu lesen, um sicherzustellen, dass sie nichts ausgelassen hatte. Was bezweckte die neue Tina Herbert? War sie nur auf Provokation aus? Nein, sie lockte und reizte die anderen absichtlich. Beatrice musste an sich selbst im Gespräch mit Dominik Ehrmann denken, an ihren Versuch, eigenes Wissen vorzutäuschen, um an das des Gegenübers heranzukommen.

Neue Kommentare sammelten sich unter dem Posting.

Peter Crontaler Ich stimme Olga zu, wir sollten Tina nicht verurteilen, ohne sie zu kennen. Wenn jemand von euch persönlichen Kontakt zu ihr hat, wäre jetzt ein guter Zeitpunkt, um mit ihr zu sprechen, denke ich. Ich und Helen stehen dir auch gerne für ein Gespräch zur Verfügung, Tina. Melde dich einfach bei uns.

Phil Anthrop Habt ihr alle Angst, dass sie die nächste Selbstmordkandidatin ist?

Tina Herbert Sehr nett von euch, aber ich brauche niemanden, um mich auszusprechen. Ich will dich, und wenn du das liest, weißt du, dass ich dich meine. DICH. Wir haben etwas zu regeln.

Phil Anthrop Meinst du jetzt mich? Nein, oder?

Nikola DVD Du bist in Salzburg, Tina, nicht wahr?

Ren Ate Ich blicke kein Stück durch. Quatschst du mit deinem Exfreund oder was? Hört sich irgendwie danach an.

Tina Herbert Wir müssen nicht länger Versteck spielen. Wenn du meine Worte liest und weißt, was sie bedeuten, wenn du sie liest und Angst bekommst, dann meine ich dich.

Thomas Eibner Ach du Scheiße. Wo bist du denn entsprungen?

Nikola DVD Also ich bekomme langsam Angst, aber um dich, Tina. In den letzten Tagen ist so viel Schlimmes passiert, da läuten bei solchen Postings alle meine Alarmglocken.

Ungewöhnliche Töne für Nikola, so wie Beatrice sie bisher in der Gruppe erlebt hatte. Sie war die perfekte Ergänzung zu Iras düsterer Seite gewesen, hatte jedem ihrer todessüchtigen Gedichte applaudiert, und ihre eigenen Beiträge waren sehr ähnlich gewesen.

Dann die Pantherfetzen. Wann hatte Nikola den letzten von ihnen gepostet?

«Kossar, du Arsch», murmelte Beatrice nach einem schnellen Blick auf die Uhr. Wenn sie die Mappe hier gehabt hätte, wäre es jetzt kein Problem gewesen, die alten Beiträge nachzuschlagen, ohne das aktuelle Geschehen zu verpassen.

Tina Herbert Du liest mich. Ich weiß, dass du mich verstehst. Denkst du an Ira, an Gerald, an die arme, süße Sarah Beckendahl? Es macht dir Angst, und das sollte es auch.

Plötzlich sprang die Tür auf, und Beatrice fuhr herum. Ihr Puls hämmerte schmerzhaft in Hals und Ohren. «Boh, hast du mich erschreckt.»

«Tut mir leid. Bea, ich möchte gern kurz mit dir reden.»

«Jetzt nicht, ich muss hier dranbleiben. Die neue Tina spielt ein sehr eigenartiges Spiel. Ich wünschte, wir könnten sie orten, da stimmt etwas nicht.»

Einen Augenblick lang wirkte Florins Gesicht wie eine offene Wunde, doch er fasste sich sofort wieder. «Natürlich.»

«Sie versucht, jemanden anzulocken.» Beatrice las ihm Tina Herberts letzte drei Wortmeldungen vor. Noch bevor sie geendet hatte, klingelte ihr Telefon.

«Helen Crontaler hier. Ich weiß, Sie haben meinen Mann gebeten, Tina Herbert nicht zu sperren, aber …»

«Ja. Dabei bleibt es auch. Tun Sie am besten gar nichts, ich lese die ganze Zeit mit – es kann gut sein, dass wir wertvolle Schlüsse aus dem ziehen können, was sie schreibt.»

«Tatsächlich?» Es war weniger eine Frage als ein verächtliches Zischen. «Einer Wichtigtuerin ohne Respekt meine Gruppe als Podium zu bieten, das ist schon sehr viel verlangt.»

Sie werden es aushalten. «Ich bin Ihnen wirklich dankbar für Ihre Kooperation. Versuchen Sie, die Dinge einfach laufenzulassen, ohne große Einmischung.»

Allein aus Crontalers Atemzügen meinte Beatrice, die blanke Empörung herauszuhören. «Ich werde diese Herbert nicht löschen, aber Sie können mir nicht verbieten, mich in meiner eigenen Gruppe zu Wort zu melden und regulierend einzugreifen, wenn ich es für richtig halte.»

«Nein. Ich bin sicher, Sie haben das nötige Fingerspitzengefühl für die Situation.»

Das Gespräch war zur völlig falschen Zeit gekommen, nun hatte Beatrice auf Facebook den Faden verloren. Sie lud die Seite neu und suchte die letzte Antwort, die ihr bekannt vorkam. Tina Herbert, die einen Unbekannten provozierte, indem sie ihn unter anderem an die *arme, süße Sarah Beckendahl* erinnerte. Das war im höchsten Maße aufschlussreich, denn der Name war bisher in der Gruppe nicht gefallen. Entsprechend lasen sich die Reaktionen.

Ivonne Bauer Wer ist jetzt bitte Sarah Beckendahl?

Christiane Zach Weiß ich auch nicht. Tina, hör auf mit dem Unsinn.

Phil Anthrop Ich glaube, Tina sitzt vor ihrem Computer und lacht sich einfach nur schlapp über uns.

Nikola DVD Ich wüsste wirklich gern, wen du ansprichst, wenn du schreibst «dann meine ich dich». Sag uns doch einfach einen Namen.

Oliver Hegenloh War es nicht eine Sarah B., die Gerald getötet haben soll? Die Frau, die tot neben ihm gefunden worden ist?

Phil Anthrop Ich habe die Presseberichte gebookmarkt, ich seh mal nach.

Nikola DVD Das musst du nicht. Oliver liegt richtig. Sarah Beckendahl war das Mädchen, das erdrosselt wurde.

Ein verrückter Gedanke kitzelte Beatrices Phantasie. Was, wenn sie sich als Gerald Pallauf einloggte und sich in das Gespräch einmischte? Ein paar deftige Andeutungen aus dem Jenseits, eine Diskussion mit Tina … sie verstieß damit ziemlich sicher gegen Vorschriften, erst recht, wenn sie es eigenmächtig und ohne Absprache tat, aber es war wirklich verlockend.

Wieder sprang die Tür auf, herein kam Stefan, der mit dem Computerausdruck einer E-Mail wedelte. «Interessante Dinge tun sich auf, ich habe etwas herausgefunden, habt ihr ein paar Minuten Zeit?»

Eigentlich nicht. Beatrice wandte den Blick nicht vom Bildschirm. «Ich muss hier am Ball bleiben, aber erzähl einfach.»

«Iras Mutter, ihr erinnert euch? Adina Sagmeister. Sie kam aus einem kroatischen Dorf namens Gornja Trapinska, einem hübschen Fleckchen im Landesinneren. Hügel, kleine Wälder, Bäche, richtig idyllisch. Im Krieg ist der Ort völlig dem Erdboden gleichgemacht worden, und der Panther, dieser Frank Heckler, soll dabei mitgemischt haben.»

Nun drehte Beatrice sich doch um.

«Woher hast du das?» Florin streckte die Hand nach Stefans Papier aus.

«Recherchiert», erklärte Stefan, nicht ohne Stolz. «Ich bin von Adina Sagmeisters Herkunftsort ausgegangen und auf eine ganze Menge Berichte von Menschenrechtsorganisationen gestoßen. Was in Gornja Trapinska passiert ist, ist nie so publik geworden wie die Massaker von Srebrenica oder Vocin, aber es gibt Unterlagen.»

«Und in denen taucht Frank Hecklers Name auf?»

«Ja. Sein echter und sein Kampfname. Gornja Trapinska war nicht der einzige Ort, an dem er seine Spuren hinterlassen hat, aber einer der ersten.»

Ein blasses Muster formte sich in Beatrices Kopf, ein Mosaik aus wenigen Steinen. War Adina Sagmeisters Schicksal der Auslöser für all die anderen gewaltsamen Tode? Aber wieso? Weder Gerald Pallauf noch Sarah Beckendahl konnten in die Geschehnisse von vor über zwanzig Jahren verwickelt gewesen sein. Und Dominik Ehrmann – ja, da drängte sich ein Zusammenhang auf. Berichte von Menschenrechtsorganisationen hatte Stefan erwähnt. Und für die war Ehrmann in seiner Freizeit immer wieder tätig gewesen.

Konnte es sein, dass ihn eine Art schlechtes Gewissen dazu getrieben hatte, das aus der Zeit der Jugoslawienkriege datierte? Unwahrscheinlich, aber möglich, natürlich, trotzdem brachte das kein Licht in die Geschehnisse der letzten Wochen. Es blieb unklar, welche Rolle die Facebook-Gruppe spielte, und vor allem half es nicht dabei, denjenigen zu finden, der vier der Mitglieder auf dem Gewissen hatte. Fünf Menschen, wenn man Dulović mitzählen wollte. Gornja Trapinska. Beatrice begann, in den Papierbergen neben dem Computer zu wühlen, da musste doch irgendwo die Kopie von Dulovićs Akte sein. Ein Teil des Stapels kippte um, Papier glitt über anderes Papier und schließlich zu Boden.

Florin half ihr beim Aufheben, sie bedankte sich, aber er reagierte nicht mit einer seiner üblichen aufmunternden Bemerkungen. Sein Blick war nach innen gerichtet, als vollzöge sich dort ein schwieriger, wenn nicht sogar schmerzhafter Prozess, der seine gesamte Aufmerksamkeit erforderte.

Sie würde ihn später darauf ansprechen. Vielleicht. Erst musste sie – ah, da war ja Dulovićs Akte. Sie überflog die ersten Jahre, die ersten Haftstrafen wegen Körperverletzung. Danach hatte er als LKW-Fahrer gearbeitet, war wegen Schmuggels angezeigt, aber nicht verurteilt worden ... hatte er im Dezember 1991 im Gefängnis gesessen?

Nein. 1989 war er nach drei Jahren Haft, die ihm eine Messerstecherei mit zwei Verletzten eingebracht hatte, aus der Justizanstalt Stein entlassen worden und erst 1998 wieder dort gelandet. Wegen wiederholten illegalen Drogenbesitzes. Theoretisch konnte er also gemeinsam mit Frank Heckler in Gornja Trapinska gewesen sein. *Theoretisch.*

In der Zwischenzeit war die Diskussion auf Facebook um gut zwanzig Beiträge angewachsen, die sich hauptsächlich um Sarah Beckendahl und die Sensation drehten, dass auch sie Mitglied der Gruppe gewesen war. Eine Erkenntnis, die man Ren Ates Findigkeit verdankte.

Mitten ins allgemeine Erstaunen hatte Tina ihre neueste Nachricht an den großen Unbekannten platziert.

> **Tina Herbert** Sieh nur, jetzt wissen die anderen es auch. Hat ganz schön lange gedauert, nicht? Sag etwas, komm. Ich wüsste so gerne, was dich dazu getrieben hat. Iras Tod leuchtet mir ein, aber warum Sarah?
> **Oliver Hegenloh** Tina, ich bitte dich, lass das! Wenn du glaubst, etwas zu wissen, dann sag es geradeheraus!
> **Tina Herbert** Weiß ich mehr, als du weißt, Oliver? Oder bist du es, den ich suche? Schickst du mir gerade ein Signal?
> **Oliver Hegenloh** Nein, verdammt!

Seite neu laden. Tina Herberts *Ich weiß jetzt Bescheid* war nicht mehr der oberste Beitrag. Jemand hatte einen neuen eröffnet.

Nikola DVD Tina, ich möchte dich bitten, mir hier nur zu antworten, wenn du ernsthaft glaubst, zu wissen, was mit Ira, Gerald, Sarah und Dominik passiert ist. Wenn du nur bluffst, dann lass es jetzt gut sein.

4 Personen gefällt das

Irena Barić Danke, Nikola.
Helen Crontaler Eine Stimme der Vernunft. Darüber bin ich auch sehr froh.
Nikola DVD Ihr müsst mir nicht danken. Ihr sollt hier gar nicht schreiben. Ich habe mich nur an Tina gewendet.

Sehr unwahrscheinlich, dass Helen das unwidersprochen lassen würde. Wenn Nikola ihre letzte Wortmeldung ernst meinte, wieso hatte sie Tina dann keine persönliche Nachricht geschickt? Das hätte den Ausschluss der Öffentlichkeit garantiert.

Dass Beatrice am Nagel ihres kleinen Fingers kaute, bemerkte sie erst, als sie ein abgebissenes Stück davon auf der Zunge spürte. Tina hatte nicht geantwortet, noch nicht. Auch im nach unten gerutschten, von ihr selbst begonnenen Thread gab es von ihr keine neue Wortmeldung.

Seite neu laden. Nichts. Beatrice trommelte mit den Fingern auf die Tischplatte, zählte bis zwanzig. Neu laden. Immer noch nichts.

Florin trat hinter sie. «Sagst du mir, was los ist?»

Neu laden. «Die falsche Tina und Nikola DVD schleichen umeinander herum und werfen sich gegenseitig Köder zu, das ist zumindest mein Eindruck. Tina gebärdet sich, als wüsste sie, was hinter den Morden steckt. Sie spricht den Mörder an, die ganze Zeit, fordert ihn heraus. Und nun hat Nikola ein neues Thema eröffnet, in dem sie Tina zu einem

Gespräch einlädt, aber die ist bis jetzt nicht darauf eingestiegen.»

Florins Hände auf ihren Schultern. Unwillkürlich zuckte Beatrice zusammen, obwohl die Berührung warm und sanft war.

«Ich habe vorhin mit Anneke gesprochen. Sie sagte, ihr beide hättet neulich telefoniert.»

Beatrices Magen wurde zu Blei. Sie suchte nach einer souveränen Antwort. Die Pause, in der eine solche Antwort noch spontan und natürlich hätte wirken können, verstrich.

«Das stimmt», sagte sie endlich. Ihre Stimme war heiser. Warum kam er ihr ausgerechnet jetzt mit dem Mist?

«Ich muss das klären, und ich halte dich nicht lange damit auf», sagte er, wie als Antwort auf ihren unausgesprochenen Vorwurf. «Hast du sie angerufen?»

«Nein. Sie mich. Damals in der Pizzeria, als wir Iras letzten Abend rekonstruiert haben.»

«Oh. Okay.» Der Griff seiner Hände auf ihren Schultern wurde etwas fester. «Warum hast du mir nichts davon erzählt?»

Sie seufzte. «Weil es mir unangenehm war. Ich kenne Anneke nicht, und ich fand ihren Anruf … nicht angemessen, aber bei dir zu petzen, wäre noch schlimmer gewesen. Und danach hätte es sich angefühlt.»

«Verstehe. Das kann ich nachvollziehen. Tut mir leid, Bea, dass sie dich in so eine unangenehme Situation gebracht hat.»

«Das ist doch egal, ich wollte nur nicht …» Sie suchte nach Worten. «Ich wollte mich nicht einmischen.»

«Das habe ich auch nie vermutet.»

Unter Nikolas Posting erschienen neue Beiträge, einer nach dem anderen. «Dann ist die Sache nicht weiter der

Rede wert und für mich total okay», sagte Beatrice schnell, «und ich bin auf jeden Fall für dich da, wenn du mit mir sprechen willst, aber jetzt gerade ist es wahnsinnig schlecht. Schau, Tina hat geantwortet!»

Ganz kurz nur spürte sie Florins Mund auf ihrem Scheitel, seinen Atem in ihrem Haar, dann ließ er sie los. «Natürlich, ich weiß. Entschuldige bitte, ich benehme mich wirklich blöd. Was schreibt sie?»

Beatrice rückte zur Seite, um den Blick auf den Bildschirm freizugeben.

> **Tina Herbert** Ich bluffe nicht, Nikola. Ich weiß genau, was ich sage, und stehe zu jedem einzelnen Wort.
> **Nikola DVD** Wir sollten uns treffen. Ich will, dass du mir erzählst, was du weißt.
> **Tina Herbert** Wieso sollte ich dir trauen?

Nikola schien nach einem guten Grund zu suchen, denn es dauerte länger, bis ihre Antwort erschien.

> **Nikola DVD** Nur manchmal schiebt der Vorhang der Pupille sich lautlos auf – dann geht ein Bild hinein.

Wieder ein Stück aus dem Panther. Der vorletzte Vers. Begriff die falsche Tina das? Auch ihre Reaktion schien eine Nachdenkpause zu brauchen.

> **Tina Herbert** Du hast recht, ich sollte es riskieren. Wo finde ich dich?

Wenn jetzt ein Treffpunkt genannt wurde, war das ein Geschenk des Himmels. Eine unverhoffte Abkürzung. Nur bitte nicht auf der Getreidegasse oder an einem ähnlich belebten Platz. *Trefft euch in einem Café, in einem Park, von mir aus auch im Zoo!*

Nikola DVD Ich kann es dir nicht einfach so sagen, aber du kennst ja die Stadt. Denk an meine Situation. Denk an Forelle. Denk an Hitchcock.

Oh Gott, bitte kein Rätsel. Vor allem keines, das die falsche Tina im Handumdrehen lösen würde. Doch die Gefahr schien nicht allzu groß zu sein.

Tina Herbert Ich verstehe nur Bahnhof.
Oliver Hegenloh Was zieht ihr hier bloß für eine Show ab?
Christiane Zach Hä? Ich kenne die Stadt ziemlich gut, aber mit deinen Hinweisen kann ich nichts anfangen, Nikola.
Nikola DVD Nicht Bahnhof, Tina. Nach dem Bahnhof. Oder auch nach dem Flughafen. Es ist ganz einfach, wirklich.

«Was fällt dir zu den Stichworten Forelle und Hitchcock ein?» Beatrices Frage an Florin war rhetorisch, da er neben ihr stand und jedes Wort mitlas.

«Ich weiß es nicht. Aber Tina dürfte es genauso gehen, also wird Nikola deutlicher werden müssen.»

Denk an meine Situation. Damit konnte praktisch alles gemeint sein. Dass sie Angst hatte, sich bedroht fühlte.

Kurz entschlossen loggte Beatrice sich aus Pallaufs Account aus und meldete sich als Tina Herbert an. Falls zwischen Nikola und Tina persönliche Nachrichten ausgetauscht wurden, wollte sie das wissen.

Aber das war nicht der Fall. Noch nicht einmal ihre Freundschaftsanfrage hatte Nikola angenommen. Denk an meine Situation ... bezog sich das möglicherweise darauf, dass sie in einer fremden Stadt war? Daraus machte Nikola kein Hehl, immerhin schlug sie Tina ein Treffen vor.

Nach dem Bahnhof, nach dem Flughafen ...

«Ein Hotel.»

Bevor Beatrice Google aufrief, lud sie Facebook ein weiteres Mal neu.

Tina Herbert Ich finde das immer verwirrender. Kannst du mir nicht einen Tipp geben, der mir etwas sagt? Sonst schlage ich einen Treffpunkt vor.

Christiane Zach Was haltet ihr vom Café Glockenspiel? Das gefällt Nikola bestimmt.

Nikola DVD Schlaf! süßer Schlaf! Obwohl dem Tod wie du nichts gleicht,
Auf diesem Lager doch willkommen heiß ich dich!
Denn ohne Leben so, wie lieblich lebt es sich!
So weit vom Sterben, ach, wie stirbt es sich so leicht!

«Man schläft bei Freunden oder in einem Hotel, wenn man auf Reisen ist.» Beatrice fühlte sich ihrer Sache sicher, im vollen Bewusstsein, wie riskant das war. Sich in die eigenen Schlussfolgerungen zu verlieben, machte blind für Alternativen.

«Was denkst du?» Sie sah Florin von der Seite her an. «Könnte ich recht haben?»

«Ja. Allerdings legt sie eine Menge Gewicht auf Sterben und Tod. Meine erste Assoziation war ein Friedhof, könnte zu Hitchcock passen, obwohl mir aus keinem seiner Filme eine Friedhofsszene einfällt. Eventuell geht es auch um eine Kirche.»

Nicht übel. Beatrice versuchte, die Idee mit den anderen Hinweisen in Einklang zu bringen – nach dem Bahnhof, nach dem Flughafen –, das ergab wenig Sinn. Außer Nikola spielte auf Iras Tod an, über dessen Details sie eigentlich nichts wissen durfte.

Es klopfte an der Tür, aber wieder war es nicht Kossar, sondern Stefan. «Ich habe eben Hoffmann über den letzten Stand der Dinge in Kenntnis gesetzt. Draußen auf dem Gang.» Er zog eine entschuldigende Grimasse. «Ich hoffe, das ist okay, Florin? Er hat mich gefragt, und ich konnte mich schlecht in Schweigen hüllen.»

«Das ist in Ordnung.» So, wie Florin es sagte, kam es einem verbalen Schulterklopfen gleich.

«Weißt du eigentlich, wie es seiner Frau geht? Ich habe mich nicht zu fragen getraut.»

«Nicht gut. Die Ärzte überlegen, die Therapie abzubrechen, weil sie sie zu viel Kraft kostet.»

«Das ist ja richtig Scheiße.» Stefan strich sich mit beiden Händen das Haar aus der Stirn. «Ehrlich, ich bin jedes Mal erleichtert, wenn er nicht im Haus ist, aber jetzt kriege ich ein ganz schlechtes Gewissen.»

«Dann erleichtere dein Gewissen, indem du uns denken hilfst», schlug Beatrice vor. «Gesucht ist ein Ort in oder um Salzburg, der mit den Begriffen Forelle und Hitchcock zu tun hat. Man befindet sich dort, nachdem man Flughafen oder Bahnhof verlassen hat. Und er hat entweder mit Schlaf oder mit Tod zu tun, möglicherweise sogar mit beidem.»

«Die Forellenwegsiedlung», sagte Stefan nach kurzem Nachdenken. «In Liefering. Sonst fällt mir zum Thema Forelle nichts ein. Dort kann man schlafen und sterben, wie überall. Aber Hitchcock … hm.» Er schnappte sich einen Zettel und notierte sich die Worte. «Ich denk darüber nach.»

«Ja, und lies dir den Thread in der Gruppe durch. Im Moment ist es der oberste.»

Die falsche Tina hatte bisher noch nicht auf Nikolas Gedicht geantwortet, was, wie Beatrice es sah, zwei Ursachen haben konnte. Entweder, sie googelte sich gerade die Finger wund, um Nikolas kryptischen Andeutungen auf die Spur zu kommen. Oder sie hatte sie bereits durchschaut und war schon auf dem Weg zum Treffpunkt.

«Lass uns zu dieser Forellenwegsiedlung fahren», schlug Beatrice vor. «Ich nehme das Notebook mit, dann bleiben wir auf dem Laufenden.»

«Du weißt, wie groß die Siedlung ist, oder?», wandte Florin ein, hob aber gleichzeitig beschwichtigend die Hände. «Ich bin auch dafür zu fahren, aber wir sollten uns darüber klar sein, dass es schon ein riesiger Zufall wäre, wenn wir Nikola oder Tina dort über den Weg laufen. Vor allem, weil wir nicht wissen, wie sie aussehen.»

Das blonde Mädchen mit der Zahnlücke grinste Beatrice aus Nikolas Profilbild entgegen. Es war unmöglich, aus diesem Foto gültige Schlüsse darauf zu ziehen, wie die Frau heute aussah. «Auf die eine oder andere Weise wird Nikola auf sich aufmerksam machen müssen, sonst hat auch Tina keine Chance, sie zu erkennen.»

Florin steckte sein Handy in die Hosentasche und schaltete den Computer ab. «Außer, die beiden kennen sich schon.»

Sie machten sich auf den Weg nach draußen, und wenige Meter vor dem Ausgang geschah, womit Beatrice nicht mehr gerechnet hatte: Kossar kam ihnen entgegen und winkte mit der blauen Mappe. «Sorry! Ich war noch bei einer Dozentenbesprechung, important stuff. Aber hier haben Sie jetzt Ihre Unterlagen, wirklich interessant übrigens. Ich glaube, ich habe einige wertvolle Schlüsse ziehen können. Wollen wir uns zusammensetzen? What about now?»

Kossar war für Beatrice eine ständige Quelle des Erstaunens. Fast bewundernswert, mit welcher Selbstverständlichkeit er davon ausging, dass sie all ihre Pläne sofort verschieben würden, um ihm zu lauschen.

«Wir haben es leider eilig», erklärte Florin. «Später dann. Oder morgen.»

Beatrice griff nach der Mappe und verkniff sich alle Bemerkungen, die ihr auf der Zunge lagen.

Sie waren gerade beim Einsteigen, als Beatrices Handy läutete. Stefan hatte einen Geistesblitz gehabt.

«Hotel, das war doch deine Idee, nicht wahr?», rief er. «Du könntest recht haben, aber wenn du Hitchcock mit einbaust, dann drängt sich ein Motel auf. Bate's Motel, du weißt doch, aus Psycho.»

«Okay. Was weiter?»

«Nehmen wir an, die Forelle steht für ihre ganze Gattung, dann wäre mein Tipp, dass wir im *Motel Fischer* nachsehen sollten, das liegt ein bisschen außerhalb von Eugendorf. Soll ich anrufen und fragen, ob eine Dame namens Nikola dort abgestiegen ist?»

Sie überlegte kurz. «Besser wäre es, du würdest gemeinsam mit Bechner hinfahren. Ich könnte mir vorstellen, dass Nikola nicht ihren richtigen Namen angegeben hat, und vielleicht wohnt sie auch gar nicht da, sondern hat das Motel nur als Treffpunkt ausgewählt. Fahrt einfach hin, seht euch um und meldet euch dann, okay?»

«Geht in Ordnung.»

Florin übernahm das Steuer, und noch während sie vom Parkplatz fuhren, schlug Beatrice die Mappe auf und suchte *Ein weißes Schloß in weißer Einsamkeit*. Es musste einen

Grund dafür geben, dass ausgerechnet dieses Posting gelöscht worden war.

Da war es. Sie würde diesmal jede Antwort genau studieren, auf die Möglichkeit einer verborgenen Botschaft zwischen den Zeilen achten, nichts als unwichtig abtun.

Ein weißes Schloß in weißer Einsamkeit.
In blanken Sälen schleichen leise Schauer.
Todkrank krallt das Gerank sich an die Mauer,
und alle Wege weltwärts sind verschneit.

Verschneit, ja, das war sie, die Festung, man konnte sogar erkennen, dass zu dem Zeitpunkt, als Pallauf das Foto geschossen hatte, Schnee gefallen war, nur ganz leicht, aber auf den Schultern der dunklen Mäntel und der Mützen der Passanten, die über den Kapitelplatz spazierten, waren weiße Pünktchen auszumachen. Die Einsamkeit, von der das Gedicht erzählte, spiegelte das Foto nicht wider, wie auch eine gewisse Finja Meiner angemerkt hatte. Sie war Beatrice bei ihren Recherchen kaum untergekommen. Eine Gelegenheitsuserin, von deren Sorte es in der Gruppe Hunderte geben musste.

Darüber hängt der Himmel brach und breit.
Es blinkt das Schloß. Und längs den weißen Wänden
hilft sich die Sehnsucht fort mit irren Händen …
Die Uhren stehn im Schloß: es starb die –

Beatrice stieß einen Laut aus, der Florin auf die Bremse treten ließ. «Was ist los?»

Sie konnte ihren Blick nicht von dem Foto wenden. Es war wie bei einem Suchrätsel: Man starrte auf ein Bild, bis einem die Tränen kamen, und sah nicht, was darin versteckt lag. Aber wenn man es einmal gefunden hatte, würde einem dieses eine, spezielle Detail bei jedem neuen Betrachten sofort ins Auge springen.

«Dreh um», sagte Beatrice. Etwas schien in ihrem Hals aufzuquellen, sodass ihre Stimme heiser klang. «Oder nein, fahr weiter. Ich weiß noch nicht. Mein Gott. Wir werden mehr Leute brauchen.»

Kapitel achtzehn

Ich sauge die Hinweise an Tina Herbert in mich auf und ziehe meine Schlüsse. Starte den Wagen. Während der Fahrt lasse ich den Browser offen, denn Nikola gibt mir mehr Spielraum für Interpretation, als mir lieb ist, und ich bin begierig auf weitere Hinweise.

Die Sonne blendet mich, fängt sich in den Schlieren auf der Windschutzscheibe, dort, wo die Scheibenwischer Reste zerquetschter Insekten in einem Halbkreis verteilt haben.

Ein heller Tag, freundlich. Anders als damals, so anders, trotzdem kriecht mir die Kälte den Nacken hoch, als hätte sie die Jahre an einem verborgenen Ort zwischen meinen Schultern überdauert, um jetzt den Bildern, die seit Wochen zu mir zurückdrängen, einen eisigen Empfang zu bereiten. Den Bildern.

Fast Weihnachten. Schnee spritzt unter LKW-Reifen hervor und wird von Panzerketten in parallele Muster gepresst, mehr Schnee fällt in dicken Flocken vom Himmel, als wir das Dorf endlich erreichen. Groß ist es nicht, hat man uns gesagt, aber praktisch nur Kroaten dort und einiges zu holen.

Dragan hat vor einer halben Stunde aufgehört zu wimmern, er schläft jetzt oder ist tot. Neben ihm auf der Ladefläche des Lastwagens sitzt Rajko, die Kalaschnikow auf den Knien, seine Nase läuft, und seine Lippen bewegen sich, formen Gebete oder Flüche, lautlos.

Mir ist kalt. Scheißland.

Das Erste, was links von uns auftaucht, ist ein Rohbau, davor schneit eine Betonmischmaschine langsam zu. Ja, die haben Geld hier, haben sich in Deutschland, Österreich, wo auch immer, ordentlich ins Zeug gelegt, den Schotter gespart und bauen jetzt wie die Idioten.

Es ist erst Nachmittag, aber dunkel wie Hölle. Keiner auf der Straße, kann sein, dass sie wissen, dass wir kommen. Ich stoße Momcilo den Ellenbogen in die Rippen, damit er langsamer fährt. Seine Ungeduld hätte uns neulich schon fast den Arsch gekostet, er begreift nicht, dass es klüger ist, hinter den Panzern zu fahren und nicht vor ihnen her.

Jetzt kommen die ersten Häuserzeilen. Unvorsichtiges Licht hinter Dachfenstern. Zwischen gerüschten Vorhängen ein Weihnachtsstern aus Lichtpunkten. Er explodiert in Grujas erstem Schuss, dem Knall folgt das Weinen eines Kindes, und das ist jedes Mal wie ein Signal, ein Zeichen dafür, dass es losgeht.

Türen bersten, und die Männer brüllen, zerren und prügeln die Menschen aus den Häusern. Zosim, im vorderen Panzer, hält auf die Kirche zu, dort auf dem Platz gibt es Straßenbeleuchtung, die auf rennende Flüchtlinge fällt. Ein paar verschwinden in nahe gelegenen Häusern, die meisten verkriechen sich in der Kirche. Immer derselbe Fehler, immer wieder.

Das Rathaus und die beiden Gebäude daneben in Ruhe lassen, befehle ich Zosim, schieße das Schloss der massiven Holztür auf und schicke Leute ins Gebäude, damit sie ein bisschen aufräumen. Keine Lust auf böse Überraschungen in meinem Quartier.

Keiner aus dem Dorf wehrt sich, bisher. Sie haben es nicht kommen sehen, die dummen Bauern. Jetzt versuchen ein paar von ihnen abzuhauen, aber wir sind zu viele, und wir sind gut. Rajko schießt einem von den bärtigen Alten in den Rücken, als der versucht, durch eine Seitenstraße davonzuhumpeln. Hinter uns brennen die ersten Häuser, und der Wind treibt die Funken in unsere Richtung.

«Endlich wird's warm», schreit Momcilo und ballert zuerst in die Luft, dann in die Menge, die auf den Kirchenplatz getrieben wird.

Schreie. Weinen. «Fresse halten!», brüllt Rajko und gibt seinen Leuten ein Zeichen. Die reißen ein paar Männer aus der Gruppe, drücken sie auf die Knie und schießen ihnen ins Genick.

Zu früh. Dafür ist auch morgen noch Zeit. Wenn Rajko, Zosim und ihre Kumpel jetzt ihrem Hass auf die Kroaten freien Lauf lassen, dauert das Gemetzel die ganze Nacht. Ist mir zu viel heute. Bin zu müde.

Rajko sieht, dass ich abwinke, kapiert, was ich will, und gehorcht sofort. Es ist anders in diesem Land. Besser. Man wird nicht entlassen, wenn man sich seinem Vorgesetzten widersetzt oder ihm die Nase bricht, sondern kriegt ohne viel Diskussion eine Kugel ins Gesicht. Klare Verhältnisse.

Zosim ist nicht so schnell von Begriff, ihn müssen sie von dem alten Mann wegzerren, dem er gerade die Kehle durchgeschnitten hat. «Panther sagt, aufhören», schreit Rajko und versetzt erst Zosim, dann dem Toten zu seinen Füßen einen Tritt. «Männer nach links, Frauen nach rechts, aber zack!», kommandiert er.

Ein Stück weiter die Hauptstraße rauf steigt eine Feuersäule in den Nachthimmel. Da wollte wohl jemand nicht hören und ist im Haus geblieben.

«Wir haben einen Ring um das Kaff gezogen», knirscht Negovans Stimme durchs Funkgerät.

«Verstanden.» Der Ring ist wie ein Fischernetz. Die Leute dürfen durch, manchmal, aber Schmuck und Geld bleiben hängen. Ohne Ausnahme.

Ein paar von den Weibern heulen und drücken ihre Bälger an sich, aber ansonsten ist es ruhiger jetzt. Kaum noch Schüsse, keine Granatenexplosionen. Ich stelle mich in Position, so, dass mich alle sehen können.

«Euer Dorf ist nicht mehr euer Dorf», brülle ich. «Wer klug ist, gibt sein Geld und alles, was wertvoll ist, freiwillig heraus.» Eine Maschinengewehrsalve in einiger Entfernung verleiht meinen Worten das richtige Gewicht. Keiner grinst über meinen Akzent.

«Wer ist hier der Bürgermeister?»

Erst rührt sich niemand, dann schieben sie einen fetten Schnurrbartträger vor, ich packe ihn an seinem zitternden Doppelkinn. «Sag deinen Leuten, dass sie kooperieren sollen. Und du, geh mit gutem Beispiel voran.» Ich stoße ihn in Richtung des Rathauses. Der Dicke zieht einen Schlüssel aus dem Hosensack, lässt ihn fallen, sucht mit nackten Fingern im Schnee. Als er ihn gefunden hat, reiße ich ihn ihm aus der Hand. «Ist doch längst offen, Idiot. Die Kasse. Wo ist die?»

«In meinem Büro. Zweiter Stock. Ich zeige es Ihnen.»

Die Treppen hinauf, wir zu viert, er allein. Er ist langsam und keucht, das fette Schwein. Momcilos Bajonett zielt auf seinen Arsch und sticht zu. Nicht sehr fest, aber doch so, dass der Dicke endlich Tempo macht.

Sein Büro wird mein Quartier, klare Sache. Die Couch in der Ecke ist breit und sieht weich aus. In der Kasse klirrt Kleingeld, dazwischen ein paar Scheine, viel ist es nicht. Jetzt muss der Dicke mit Momcilos Enttäuschung fertig werden, er winselt durch seine gebrochene Nase und versucht, mit den Händen seine Eier zu schützen, aber der eigene Bauch ist ihm im Weg. Es tut gut, nach einem so langen Tag endlich etwas zu lachen zu haben.

Das Gebäude links vom Rathaus ist die Schule, dort sperren wir die Frauen in die oberen Räume, die Männer pferchen wir in den Heizungskeller.

«Warum machen wir sie nicht gleich tot», murrt Zosim, dem das alles zu mühsam ist. Auch Dragan, der wider Erwarten noch lebt, vom LKW ins Rathaus zu tragen, hält er für eine sinnlose Anstrengung. «Krepiert doch sowieso. In dem Kaff gibt es keinen Doktor, nur einen Tierarzt.»

Dafür finden wir genug zu essen, die Speisekammern von Gornja Trapinska sind gefüllt. In einem der geräumten Häuser setze ich mich mit Rajko und einer Flasche Slivovic vor den Fernseher, und wir zeigen dem redenschwingenden Franjo Tudman den Mittelfinger, bevor Rajko den Apparat zusammenschießt.

Dann ist die Flasche leer und Rajko voll, und er fängt an, ohne Punkt und Komma zu schwafeln. Warum die Serben im Recht und die Kroaten Verbrecher sind. Warum das, was wir tun, wichtig und gut ist.

Ich höre ihm nur mit einem Ohr zu, Politik ist mir scheißegal. Ich bin hier, um mir zu nehmen, was ich haben will. Rajko würde mir ein Loch in den Bauch schießen, wenn er das wüsste. Aber mich interessiert nicht mal, auf welcher Seite ich kämpfe, solange es die Siegerseite ist. Serben, Kroaten, Bosniaken, Kakerlaken – wenn es nach mir geht, dürfen sie sich alle gegenseitig aufschlitzen und langsam verrotten, dann wäre das Land menschenleer, und das wäre eine echte Bereicherung. Weil es wirklich schön ist, das Land.

Bevor wir gehen, drehen wir im Haus alles um. Unter einer Matratze entdecke ich Geld, glatte Scheine, mit einem roten Wollfaden zusammengehalten. Aber keinen Schmuck, keine Sparbücher. Egal, morgen finden wir mehr, wir werden ja Hilfe haben.

Danach will Rajko natürlich noch in die Schule, sich was aussuchen. Geht mir genauso. Das Mädchen hat braune Locken und ziemlich was in der Bluse, sie sagt nichts, wehrt sich nicht, als ich sie aus dem Zimmer zerre.

Auf dem Weg zum Rathaus begegnet uns Momcilo, besoffen und bester Laune. Er winkt uns zu, mit einem Arm, der nicht sein eigener ist.

Der nächste Tag glitzert in der Sonne, weiß und kalt. Wir frühstücken mit Schinken und Bier an einem großen Tisch. Muss mal ein Besprechungsraum gewesen sein, das hier.

Dragan lebt immer noch, einer seiner Leute hat ihm Schnaps über die entzündete Wunde gegossen, er hat gebrüllt wie ein angestochener Ochse. Jetzt ist er bei Bewusstsein, kaut etwas, verwendet beim Essen aber nur eine Hand, weil er mit der anderen seine AK-74 umklammert. Uns sieht er an, als ob er uns nicht mehr traut, er murmelt ein paar Worte vor sich hin, die ich nicht verstehe.

«Die Männer im Keller haben in der Nacht versucht, auszubrechen», sagt Zosim. «Wir sollten die erschießen, oder noch besser anzünden, statt sie zu bewachen.»

«Negovan meint, wir sollen sie einfach laufenlassen», wirft Momcilo ein. «Ein Fußtritt für jeden, und ab in den Wald.»

«Nicht mit mir.» Für Zosim ist die Sache persönlich, jeder tote Kroate macht seine Welt schöner. «Die Weiber, von mir aus. Die sind wenigstens zu was nutze.» Er greift sich lachend in den Schritt. «Aber die Männer sind dran. Ich mach's auch allein, wenn ihr wollt.» Erst nickt er mir, dann Momcilo zu. «Ist bei der Volksarmee nicht anders.»

Die Kleine, die ich mir gestern geholt habe, drückt sich aus der Tür des Bürgermeisterbüros. Sie ist wieder angezogen. «Darf ich gehen?»

«Einen Scheiß darfst du!» Zosim springt auf, stößt das Mädchen ins Zimmer zurück und knallt hinter ihnen beiden die Tür zu. Kurz darauf beginnt sie zu schreien. Hört nicht mehr auf.

«Zosim, hä? Der hat's drauf», feixt Momcilo.

Noch mehr Geschrei mischt sich dazu, diesmal von draußen. Ich stehe auf, schaue aus dem Fenster. Ein paar von unseren Jungs haben drei Leute auf den Platz getrieben. Eine Frau, zwei Kinder.

«Wo ist der Panther?», will der Anführer des kleinen Trupps wissen. Einer meiner Männer deutet mit dem Gewehr aufs Rathaus. Unter meinen Stiefeln knarrt der Holzboden, was mich an zu Hause erinnert und mir die Laune verdirbt. Genauso wie das Geschrei aus dem Büro. Ich hämmere mit der Faust gegen die Tür. «Zosim, verdammt!» Kurz darauf ist Schluss mit dem Krach, man kann Zosim vorwerfen, was man will, aber gehorsam ist er.

Draußen schlägt mir Kälte gegen die Stirn und gräbt sich unter meine Kappe. «Was gibt's?»

Sie schubsen die drei auf mich zu. Eine Frau, ein Junge, ein Mädchen, alle mit vom Heulen verschwollenen Gesichtern. Der Soldat, der vorhin nach mir gerufen hat, deutet mit dem Gewehrlauf auf die Frau. «Wollten raus aus dem Dorf. Negovan hat sie nicht durchgelassen, er meint, die wären was für dich.»

Wozu denn das? Die Frau ist nicht so hübsch wie die, die Negovan sonst *zurückgehen lässt*, wie er das nennt. Und dass ich weder auf Jungs noch auf kleine Kinder stehe, weiß er auch.

«Hat er gesagt, warum?»

«Du sollst mit ihnen reden.»

Die Frau sieht mich an, ihre Augen sind innen grün und da, wo sie weiß sein sollten, durchzogen von roten Adern. «Ihr habt meinen Mann erschossen. Er hat alles getan, was ihr verlangt habt, aber trotzdem habt ihr ihn erschossen.»

Die Jungs, die um uns herumstehen, lachen, ich verschränke die Arme vor der Brust. Will die Alte sich bei mir beschweren? «Und?»

Sie sieht mich an, als würde sie etwas suchen, das nicht da ist. «Wir wollen nur raus hier. Aus dem Dorf und aus dem Land. Bitte.»

Das letzte Wort sagt sie auf Deutsch. Ah, daher weht der Wind. Negovan will mich ein paar vertraute Klänge hören lassen. Oder mich wieder mal daran erinnern, dass ich keiner von ihnen bin, auch wenn Milan Martić selbst mich zum Anführer unserer Truppe ernannt hat.

Ich antworte ihr auf Deutsch, schon weil ich darauf stehe, wie die Jungs nervös werden, wenn sie nicht wissen, worüber wir reden. «Ihr kommt aus Deutschland?»

Ich kann sehen, wie sie Hoffnung schöpft. «Wir wohnen seit zehn Jahren dort. Darica ist in Stuttgart geboren.»

Stuttgart, Spießerscheißstadt. «Und dann kommt ihr hierher? Wie dämlich kann man sein, hm?»

«Nur für drei Tage. Meine Schwiegermutter ist gestorben, wir wollten –»

Ich schneide ihr mit einer Handbewegung das Wort ab. «Interessiert mich nicht», sage ich, wieder auf Serbokroatisch.

Momcilo ist aus dem Rathaus gekommen, er stellt sich neben mich. Ich kann die Wurst riechen, an der er kaut. «Was ist mit denen?»

«Nichts. Negovan wollte, dass ich sie sehe.»

«Können wir gehen?» Die Frau versucht, verbindlich zu lächeln. Sie spricht schon wieder deutsch, die dumme Kuh, glaubt sie wirklich, sie könnte damit Punkte machen bei mir?

«Eine Freundin von dir?» Momcilo spuckt ein Stück Wurst in den Schneematsch und zündet sich eine Zigarette an. Er ist einer von denen, die sich nicht gern etwas von Ausländern sagen lassen, egal, wie gut sie ausgebildet sind. Ihn muss ich immer wieder daran erinnern, wer mich an die Spitze unserer Einheit gesetzt hat.

«Schwachsinn. Ich kenne keine Kroaten.»

«Bitte», sagt die Frau, schon wieder. «Ich habe alles dagelassen. Das Geld, meine Halskette. Das Auto auch, es steht vor dem …»

«Ist mir scheißegal.» Das ist die reine Wahrheit. Warum hält sie nicht die Klappe? Die ist so dumm, die würde keine fünf Kilometer weit kommen. Und niemand soll mir vorwerfen können, dass ich meine Landsleute besser behandle als irgendeinen Jugo.

Die vier Soldaten sehen erstaunt aus, als ich die Pistole ziehe und der Frau zwischen die Augen schieße. Sauber, schnell. Sie hat nicht mal mehr Zeit für einen Schrei.

Dafür kreischt das Mädchen auf, stürzt neben seiner Mutter auf die Knie, wischt ihr mit beiden Händen das Blut aus dem Gesicht. *Mama, Mama.* Überall das gleiche Geheul, ich habe es satt und außerdem Kopfschmerzen vom Slivovic. Der Hinterkopf der Kleinen ist ein leichtes Ziel, aber da springt ihr Bruder mir von der Seite in die Schusslinie. Er heult ebenfalls, aber leise.

«Nicht», sagt er, auch auf Deutsch. «Sie ist erst sieben Jahre alt.» Danach wiederholt er das Ganze auf Serbokroatisch.

Momcilo nimmt die Zigarette aus dem Mund und packt den Jungen bei den Haaren, zieht ihm den Kopf in den Nacken. «Na? Aus dir könnten wir einen richtigen Tschetnik machen.» Er stößt ihn zu Boden. «Sag: Die Scheiß-Kroaten sollen verrecken!»

Der Junge rappelt sich ein Stück hoch. «Die Scheiß-Kroaten sollen verrecken», schluchzt er.

«Überzeugt mich noch nicht», schnauzt Momcilo. «Lauter!»

Wir fahren herum, alle, als zwei Straßen weiter ein Haus in die Luft fliegt. Meine Kopfschmerzen legen einen Gang zu. «Welches Arschloch kann nicht warten, bis wir hier fertig sind?», schreie ich in Richtung der Gasse, aus der sich eine Staubwolke auf uns zubewegt. Ruß und Dreck färben den Schnee schwarz.

Wenn wir ein Dorf verlassen, stellen wir Kerzen in die oberen Stockwerke der Häuser, unten drehen wir den Gasherd an. Der Rest erledigt sich von selbst.

Während Momcilo und ich uns die Masken vors Gesicht ziehen und Ausschau nach den eigenmächtigen Idioten halten, die für die Explosion verantwortlich sind, wittert der Junge seine Chance. Ich sehe ihn in Richtung Schule abhauen, seine Schwester zerrt er hinter sich her und verschwindet mit ihr in einem schmalen Gässchen.

Pech gehabt, dort bin ich gestern nämlich auch gewesen. Eine Sackgasse, die in der Einfahrt einer Autowerkstatt endet.

Der Rauch verstärkt meine Kopfschmerzen. Ich winke Momcilo und ein paar der anderen Soldaten zu mir. Zosim und Negovan hätte ich auch gern dabei, aber gut. Die Dinge sprechen sich sowieso herum; ich selbst habe auch nicht gesehen, wie Dragan vor zwei Wochen einen Bauern an seine eigene Stalltür genagelt hat, trotzdem kenne ich die Details.

Wenn ein Anführer sich verarschen lässt, vergessen seine Leute das nie. Also schlendern wir in das Gässchen hinein. Es liegt völlig ruhig da, auch aus der Werkstatt kommt kein Geräusch. Beim Hineingehen ziehe ich meine Pistole und vergewissere mich, dass der Junge nicht im toten Winkel wartet, um mir einen Wagenheber um die Ohren zu schlagen.

Aber die Werkstatt ist dunkel und leer, bis einer meiner Leute einen Lichtschalter findet und die Halle in flackernd blasses Neonlicht taucht. Nichts regt sich. Wir verteilen uns, schieben alte Reifen zur Seite, kicken gegen verrostetes Blech.

«Da stehen Benzinkanister», rufe ich und halte einen hoch. «Fackeln wir die Bude nieder.»

Ein leises, kaum hörbares Wimmern von links. Da ist die Grube, über der die Ölwechsel gemacht werden. Der Junge ist tatsächlich schlau.

Wir stellen uns rundherum auf. Die Kinder sind kaum zu erkennen, beide ganz schwarz vom Altöl. Das Mädchen atmet mit offenem Mund, links oben fehlt ihm ein Schneidezahn.

«Habe ich euch erlaubt, zu gehen?»

Der Junge nimmt seine Schwester um die Schultern. «Nein. Aber sie hat solche Angst.» Seine Augen leuchten weiß aus dem ölverschmierten Gesicht. Kein Blinzeln. Er sieht mich an wie ein Gegner, der seine Chancen abschätzt.

Ich strecke ihm eine Hand entgegen. «Komm raus da.»

Er überlegt kurz, dann schiebt er seine Schwester auf mich zu.

«Nein. Nicht sie. Du.»

In dem Moment, als er sie loslässt, beginnt sie zu schreien. «Nikola, bleib da, Nikola, nein, lass mich nicht allein, Nikoooo–»

Ich ziehe den Jungen hoch, sein Arm ist sehnig wie der eines Sportlers. «Jetzt sie!», sagt er, kniet sich neben der Grube hin und streckt die Hand nach unten.

Ich packe ihn am Haar. «Nicht so schnell.»

«Nikola, geh nicht weg, ich hab Angst, Nikola!» Das Weinen des Mädchens wird schriller und schriller, jeder Ton schärft die Messer, die in meinem Kopf wüten.

«Ich gehe nicht weg, natürlich nicht.» Der Junge klingt völlig ruhig. Kaum lasse ich sein Haar los, greift er wieder nach unten und umfasst die Hand seiner Schwester.

«Mama, ich will zu Mama», heult das Mädchen.

Es sind seine Gelassenheit und meine Kopfschmerzen, dazu die fragenden Blicke der Männer, die den Ausschlag geben. Ich fletsche die Zähne zu einem Lächeln.

«Wie alt bist du, Nikola?», frage ich ihn auf Deutsch.

«Fünfzehn.»

«Und deine Schwester ist sieben?»

«Ja. Ich passe schon immer auf sie auf.»

«Na wie schön. Singst du ihr manchmal auch etwas vor?»

Er mustert mich misstrauisch. «Nicht oft, aber … ja.»

«Ich weiß nämlich ein Lied, das gerade sehr gut passen würde.» Meine Kopfschmerzen bringen mich noch um, egal, das hier dauert nicht mehr lang. Ich räuspere mich.

«Häschen in der Grube, saß und schlief, saß und schlief», singe ich. «Armes Häschen, bist du krank, dass du nicht mehr hüpfen kannst?»

Das Mädchen sieht mich schreckensstarr an. «Ich will zu Mama», haucht es tonlos. «Nikola?»

Ich zucke die Schultern und entsichere die Pistole. «Du hast es gehört. Sie will zu Mama.»

Er begreift eine Sekunde zu spät, was ich tue, zu spät, um sich noch gegen mich oder zwischen uns werfen zu können. Der Schuss hallt ohrenbetäubend von den Wänden wider, in meinem Kopf explodiert er mit einer Heftigkeit, dass ich kurz glaube, selbst getroffen zu sein. Aber hier darf ich nicht kotzen, schon gar nicht in dieser Situation.

Jetzt schreit er, der Junge. Er hat die Hand der Kleinen nicht losgelassen, und er brüllt, als würde er ausgeweidet.

Ich richte mich auf, es geht besser, als ich dachte. Momcilo bietet mir eine Zigarette an.

«Nein», sage ich, weil ich nicht den schmerzenden Kopf schütteln will.

«Sollen wir ihn auch?» Seine Hand vollführt eine schneidende Bewegung quer über den Hals.

«Egal. Erschießt ihn oder steckt ihn zu den Männern in den Heizungskeller. Kann nicht schaden, wenn sie hören, was oben los ist.»

Dann gehe ich aus der Werkstatt, die Gasse entlang. Der Junge schreit immer noch, und ich finde keine Stelle, an der ich unbeobachtet kotzen kann. Mein Schädel ist eine Hölle aus Schmerz.

Über den Platz, zum Rathauseingang. Die Treppen hoch ins Bürgermeisterbüro. «Wer mich stört, ist ein toter Mann», sage ich zu dem Jungen, der vor meinem Zimmer Wache hält. Er nickt. Kann höchstens drei Jahre älter sein als dieser Nikola, der es jetzt wahrscheinlich schon hinter sich hat.

Das Klo des Bürgermeisters ist sauber und riecht nach Kirschen und Chemie.

Später am Tag machen wir uns daran, die Häuser nach Wertvollem zu durchsuchen. Mein Kopfschmerz ist nur noch ein Schatten hinter der Stirn, aber ich weiß, dass ihm jederzeit wieder Klauen und Zähne wachsen können.

Bevor ich aufbreche, sehe ich mich im Versammlungsraum um, wo von uns nur noch ein paar der Jüngeren sitzen – und Zosim, der die Füße auf den Tisch gelegt hat und Angebergeschichten erzählt. In der Hand hält er eine schon halb geleerte Flasche Schnaps, allein der Geruch legt eine eiserne Klammer um meine Schläfen. «Weißt du noch, wie das Dorf hieß, wo wir sie alle von der Brücke haben springen lassen?», ruft er.

«Nein. Frag Negovan, der merkt sich Namen.»

Zosim nickt gutmütig und fährt mit seiner Erzählung fort. Keiner seiner Zuhörer wagt es, den Raum zu verlassen, obwohl sie wissen müssen, dass heute Zahltag ist. Unser Sold ist ein übler Witz, aber wir können behalten, was wir finden.

Auf unserem Weg durch die Gassen begegnet uns kein einziger Dorfbewohner. Die, die wir nicht eingesperrt oder laufenlassen haben, müssen noch in den Kellern hocken. Auch hinter den Türen, deren Schlösser wir aufschießen, ist niemand mehr. Nur die ganz Alten finden wir in ihren Betten oder in Lehnstühlen, mit löchrigen Decken über den Knien. Sie sind kaum einem von uns einen Blick oder eine Kugel wert, nur Rajko flippt aus, wenn sie ihm aus wässrigen Augen entgegenblinzeln.

Als es dunkel wird, sind wir fertig, und die Ausbeute hebt unsere Laune. Eine gute Wahl, hierherzukommen. Ein guter Tag. Nur Dragan motzt, sein Bein macht ihm zu schaffen. Rajko, der ihn noch nie leiden konnte, holt eine Motorsäge aus einem der Keller und bietet ihm an, die Sache mit dem Bein ein für alle Mal zu erledigen. Es ist einer der besten Abende seit langem, und im ersten Stock der Schule finde ich ein blondes Mädchen, das Magda oder Marta heißt und sich sofort auszieht, sobald ich die Tür des Bürgermeisterbüros hinter mir schließe.

Am nächsten Morgen ist es, als hätte ich nie Kopfschmerzen gehabt. Wir machen uns zum Aufbruch bereit, jetzt können Kerzen angezündet und Gashähne aufgedreht werden.

«Panther?»

Der Name irritiert mich immer noch, aber er ist nützlich. Lässt meine Herkunft vergessen, macht mich zu einer ungreifbaren Größe. «Ja?»

Zosim nimmt sein Sturmgewehr von der Schulter. «Was wird mit der Schule?»

Ich überlege nur kurz. Ein guter Anführer hält seine Männer bei Laune, und wenn die Volksarmee hier vorbeikommt, soll sie sehen, dass wir nicht auf der faulen Haut gelegen haben. «Macht die Türen auf. Heizt ein bisschen ein. Und wer Lust auf Schießübungen hat, ist hiermit eingeladen.»

Mein LKW ist der erste, der das Dorf verlässt. Wir passieren die ausgebrannte Kirche, Häuser mit löchrigen Wänden, zwei Schutthaufen, aus denen Möbelreste ragen. Zu Beginn weicht Gruja, der am Steuer sitzt, den Körpern aus, die quer auf der Straße liegen, aber irgendwann wird es ihm zu dumm. Über uns reißt der Himmel auf, hinter uns zerreißen Schüsse den Morgen. Der Schnee glitzert in der Sonne, als wäre er mit Diamanten vermischt. Manchmal kommen die guten Tage in Serie.

Kapitel neunzehn

Beatrice und Florin durchkämmten die Forellenwegsiedlung zweimal vom einen Ende zum anderen, ohne dass ihnen jemand oder etwas Auffälliges unterkam. Im Gegenteil, wenn jemand Aufsehen erregte, dann Beatrice selbst, die ihr Notebook unter dem Arm trug und alle fünf Minuten eine Parkbank ansteuerte, es aufklappte und nach neuen Hinweisen auf Facebook suchte. Aber die falsche Tina musste Nikolas Tipps verstanden haben – keine der beiden hatte sich mehr zu Wort gemeldet.

Sie waren schon auf dem Weg zurück zum Wagen, als Beatrices Handy klingelte und einer der Kollegen sich meldete, die sie zu Boris Ribars Adresse geschickt hatten. «Er ist nicht zu Hause, nur seine Frau. Aber die weiß auch nicht, wo er hinwollte. Sie will jetzt unbedingt wissen, was los ist. Was soll ich ihr sagen?»

«Dass wir uns bei ihr melden.» Beatrice legte auf und versuchte, Stefan zu erreichen, doch der ging nicht ans Telefon. Es war einer dieser Tage, die sie hasste. Nichts klappte.

Sie warf einen Blick auf die Uhr. Fast halb fünf. Höchste Zeit für einen Canossagang. Sie erwog die zwei Möglichkeiten, die sich ihr boten, und entschied sich für die unangenehmere.

«Bea? Was ist los?»

«Hallo, Achim. Könntest du die Kinder von der Schule holen? Ich kann nicht weg, ich müsste sonst Mama anrufen, und du hast ja selbst gemeint, ich soll erst dich fragen.»

Sie kannte ihn gut genug, um zu wissen, wie schwer es ihm fiel, ihr keine bissige Antwort zu geben. *Fällt dir ja früh ein, andere Leute bekommen ihre Arbeit auch rechtzeitig fertig …*

«Geht in Ordnung. Dann sollen sie aber auch hier schlafen, ich halte überhaupt nichts davon, den ganzen Abend auf Abruf zu sein und zu rätseln, ob du vielleicht noch geruhst, dich zu melden.» Wie er es liebte, sich im Recht zu fühlen!

«Klar. Sie freuen sich bestimmt. Danke.»

Sie stieg auf der Beifahrerseite ein und klappte das Notebook erneut auf. Immer noch nichts Neues, bloß Helen, die Nikola zur Ordnung rief und sich kurz darauf bedankte, dass sich alle so zivilisiert verhielten und der Thread tatsächlich keine weiteren Einträge mehr verzeichnete.

Florin hatte den Motor noch nicht gestartet. Er saß hinter dem Steuer und lehnte die blaue Mappe ans Lenkrad, aufgeschlagen beim «Weißen Schloss in weißer Einsamkeit». Sein Blick war auf das Foto gerichtet, als wolle er mit aller Kraft ausschließen, dass es doch ein Irrtum gewesen war.

«Ich wünschte, wir könnten das Foto vergrößern», sagte er und berührte mit dem Zeigefinger den Kinderwagen, der in der rechten unteren Ecke ins Bild kam, leuchtend lila. Dahinter ein Mann, den Beatrice erst wahrgenommen hatte, als ihre Aufmerksamkeit sich nicht mehr auf die Festung konzentriert hatte. In einem grünen Anorak, auf dem Kopf eine weiße Wollhaube und ein zufriedenes Lächeln auf den Lippen, ging Boris Ribar über den Kapitelplatz. Er sah nicht in die Kamera, sondern hatte den Kopf zur Seite gedreht, sprach mit seiner jungen Frau, die einen Arm in den Kinderwagen streckte, vielleicht um einem der Zwillingsmädchen den Schnuller in den Mund zu stecken. Das Ehepaar lächelte, es musste ein schöner Spaziergang gewesen sein.

Die beiden waren nur zwei von mindestens fünfzehn Menschen auf dem Foto, die der Kamera teils das Gesicht, teils den Rücken zuwendeten. Das übliche Bild einer von Touristen überlaufenen Ecke der Stadt, die sich nicht fotografieren ließ, ohne dass Leute durch die Aufnahme liefen.

Ribar hatte Pallaufs Mitbewohner die Liste mit den Passwörtern abgekauft, er konnte den Beitrag sehr gut selbst gelöscht haben. Und er würde Beatrice dafür einen guten Grund nennen müssen. Sein Gesicht tauchte vor Beatrices innerem Auge auf, und sie versuchte, es mit einem zweiten in Übereinstimmung zu bringen, aber es wollte ihr nicht gelingen.

Gornja Trapinska. Der Name des Dorfes ging ihr nicht mehr aus dem Kopf, in irgendeiner Weise spielte das, was sich dort Anfang der Neunziger ereignet hatte, eine Rolle. Wenn man sie lesen konnte, verwiesen Nikolas und Iras mit Lyrik verbrämte Hinweise nicht nur auf Tod und Sterben an sich, sondern auch auf Krieg. Und auf einen Söldner, der seit gut zwanzig Jahren tot war.

Nur warum dann all der Aufwand?

Florin klappte die Mappe zu und gab sie Beatrice zurück. «Ich würde gerne zu Ribar fahren und nachsehen, ob seine Frau nicht für ihn gelogen hat.»

«Könnten wir machen, aber ohne Gerichtsbeschluss können wir sie nicht zwingen, uns reinzulassen, wenn sie nicht will.» Beatrice suchte in ihren Notizen herum, irgendwo hatte sie doch Ribars Handynummer notiert ... ja, da war sie. Sie stellte die Verbindung mit unterdrückter Rufnummer her und lauschte auf das Freizeichen. Einmal, zweimal, dreimal. Es schaltete sich keine Nachrichtenbox an. Achtmal, neunmal. Sie legte auf. Wählte Stefans Nummer, unter der sich nach dem vierten Tuten die Sprachbox meldete.

«Hallo, hier ist Stefan Gerlach. Ich kann gerade nicht ans Telefon gehen, hinterlassen Sie mir bitte eine Nachricht nach dem Signalton. Danke.»

Langgezogenes Piepen. Beatrice räusperte sich. «Hallo, Stefan! Ruf mich bitte unbedingt schnell zurück. Wie sieht es beim Motel Fischer aus? Ist dir dort jemand aufgefallen? Die Forellenwegsiedlung war ein Schlag ins Wasser, wie's aussieht. Okay, melde dich bei uns, ja?»

Nachdem sie die Verbindung getrennt hatte, blickte sie unschlüssig auf ihr Handy. Sie wollte mit jeder Faser ihres Herzens Tina und Nikola finden, das hatte Vorrang vor allem anderen. Weil die beiden Bescheid wussten, so wie Ehrmann es gewusst hatte. Ihn hatte sie gehen lassen, überzeugt davon, dass sie am nächsten Tag eine neue Chance haben würde, ihm sein Wissen zu entlocken, und das hatte sie sich immer noch nicht verziehen. Ein zweites Mal würde sie den Fehler nicht machen. Wenn Nikola und Tina erst vor ihr stehen würden, wäre die Lösung des Falls nur noch eine Frage von Stunden. Also versuchte sie es bei Bechner, vielleicht ging der ans Handy. «Ich bin gerade auf dem Weg nach Hause», sagte er.

«Oh.» Sie schluckte an ihrer Enttäuschung. «Heißt das, ihr habt Tina und Nikola nicht gefunden?»

«Was? Wovon reden Sie?»

Ihre Hand schloss sich fester um das Telefon. «Davon, dass Stefan gemeinsam mit Ihnen ein Motel überprüfen wollte.»

«Ach. Das hat er mir gar nicht gesagt. Er hat mich wohl nicht erreicht, ich war den Nachmittag über mit zwei Vernehmungen beschäftigt und hatte mein Handy ausgeschaltet, es gibt ja auch noch andere Fälle, die bearbeitet werden müssen.» Bechner legte eine kurze Pause ein. «Na ja, vielleicht ist er mit jemand anders losgezogen.»

Oder alleine, gegen jede Vorschrift. «Okay, danke für die Auskunft. Schönen Feierabend.»

Sie legte auf, wählte noch einmal Stefans Nummer. Wieder keine Reaktion, nur die Sprachbox, wie vorhin.

Florin, der das Gespräch mit Bechner mitgehört hatte, startete den Motor und legte den ersten Gang ein. «Wir fahren nach Eugendorf. Informiere du bitte die Zentrale und sag ihnen, sie sollen uns sofort kontaktieren, wenn Stefan auftaucht oder sich meldet.»

Beatrice musste nicht fragen, ein Blick auf Florins angespannte Miene genügte, um zu wissen, dass er ebenso beunruhigt war wie sie selbst. Sie gab dem diensthabenden Kollegen alles Nötige durch. Sie selbst hatte Stefan nach Eugendorf geschickt und hoffte mit aller Kraft, dass er vernünftig genug gewesen war, sich einen Begleiter zu suchen.

Das «Motel Fischer» war geschlossen, und es war nicht schwierig, sich vorzustellen, woran das lag. Auf der matschigen Wiese vor der Tür wartete Sperrmüll auf Abholung, ein Fenster war eingeschlagen, und jemand hatte sich mit blauen und roten Graffiti auf den Wänden verewigt. Das Gebäude, das höchstwahrscheinlich früher ein Bauernhof gewesen war, verbreitete die deprimierende Aura völligen Versagens.

Stefans Auto stand ein Stück abseits, schräg mit zwei Rädern in der Wiese, abgeschlossen. Beatrice und Florin inspizierten den Wagen von außen, auf der Suche nach Hinweisen auf Stefans Verbleib oder auf sein Handy. Wenn er es im Fahrzeug vergessen hatte, war das zwar ein schwerer Fehler, aber gleichzeitig eine beruhigende Erklärung dafür, dass er sich nicht meldete. Nein, nichts davon zu sehen.

Rundum beherrschten Felder und kleine Waldflecken das

Bild. Das nächste Haus war etwa vierhundert Meter entfernt, hinter dem Gartenzaun bellte gelegentlich ein Hund.

Florin ging vorsichtig an eines der staubblinden Fenster heran und warf einen Blick ins Innere des Motels. Schüttelte den Kopf. «Allein können wir da nicht reingehen. Ich fordere Verstärkung an.» Beatrice ließ Florin telefonieren und folgte dem Weg, auf dem sie standen, einige Schritte waldwärts. Ein zerbeultes, ausgebleichtes Blechschild kündigte eine *Autowerkstatt Brucker* in dreihundert Metern an.

Auch das war eine Richtung, die Stefan eingeschlagen haben konnte. Sie wartete, bis Florin sein Gespräch beendet hatte, dann winkte sie ihn zu sich. «Ich möchte mir diese Werkstatt ansehen. Wenn Stefan hier genauso wenig fündig geworden ist wie wir, hat er sich danach vielleicht dort umgesehen.»

Oder er war zu dem Haus in Sichtweite spaziert, um die Bewohner zu befragen, und saß nun plaudernd am Küchentisch, bei Kaffee und Kuchen. Beatrice hoffte es sehr, wenn es auch unwahrscheinlich war.

Der Weg bog erst nach links, dann nach rechts, zwischen lose gestreuten Buchen und Fichten, schließlich kam ein niedriges Gebäude in Sicht, neben dem ein Auto parkte, das Beatrice bekannt vorkam. Ein silberfarbener Peugeot ... wer fuhr noch mal einen silberfarbenen Peugeot?

Schon beim Näherkommen wurde klar, dass die Werkstatt nicht so verlassen war, wie es dem ersten Anschein nach aussah. Geräusche drangen heraus. Ein Klirren. Dann Ruhe.

Florin hielt Beatrice am Arm fest. Warten, sagte sein Blick.

Eine Männerstimme, die etwas befahl. Eine zweite, leiser, bittend. Keine von beiden klang, als würde sie Stefan gehören.

Sie waren auf ungefähr zweihundert Meter herangegangen, so nah, wie sie es ohne Verstärkung verantworten konnten. Florin rief ein weiteres Mal in der Zentrale an und gab im Flüsterton ihren neuen Standort durch. «Wir brauchen vier Mann, mindestens. Es kann sein, dass hier ein Kollege in Schwierigkeiten ist, also schickt vorsichtshalber auch gleich einen Krankenwagen mit. Wir melden uns, wenn es etwas Neues gibt.»

Das letzte Wort wurde von einem dumpfen Schlag übertönt, dem ein Aufschrei folgte. Überraschung? Schmerz? Schmerz, entschied Beatrice. «Wenn das Stefan ist, können wir nicht warten», sagte sie. Florin hatte seinen Dienstrevolver umgeschnallt, wehrlos waren sie nicht. «Lass uns wenigstens näher rangehen. Hinter dem Auto in Deckung gehen.» Sie wartete nicht auf seine Antwort, sondern schlich halb geduckt im Schatten der Bäume weiter. Florin würde ihr folgen, keine Frage.

Der Lack des Peugeots war an mehreren Stellen zerkratzt, eine Delle in der hinteren Stoßstange zeugte von einem missglückten Einparkmanöver. Auch die Delle hatte Beatrice schon einmal gesehen. Ebenso wie den blauen Duftbaum, der am Rückspiegel baumelte ... Beatrice richtete sich ein Stück weit auf.

«Ribar», flüsterte sie. «Das ist Ribars Auto.»

War sie zu laut gewesen? Florin hatte sie am Arm gepackt und wieder zu sich hinuntergezogen, alles an ihm war Konzentration und Anspannung.

In der Werkstatt war nun Ruhe eingekehrt. Beatrice hielt die Luft an und lauschte angestrengt, doch der leichte Wind, der aufgekommen war, bewegte die Baumwipfel und hüllte alles in sein Rauschen.

Wie lange konnte es noch dauern, bis die Verstärkung

kam? Sie hatte den Gedanken kaum zu Ende gedacht, da bekam Beatrice eine klare und laute Antwort: zu lange.

Mit einem Krachen flog die Tür der Werkstatt auf, und Stefan stand im Ausgang, genauer gesagt, er hing im Griff eines zweiten Mannes, dessen Gesicht Beatrice nicht sehen konnte. Nur seinen Körper, der ganz bestimmt nicht Ribars war, und vor allem seine Hand, die ein Messer an Stefans Hals hielt.

«Ich weiß nicht, wer hier herumschleicht, aber er soll rauskommen.» Die Stimme des Mannes mit dem Messer klang ruhig. «Ich zähle gerne bis drei, dann ist der Junge Geschichte. Eins …»

Sie sprangen gleichzeitig auf, Florin hielt beide Hände in Schulterhöhe und zeigte seine leeren Handflächen. «Wir sind unbewaffnet, und wir wollen Ihnen nichts tun.»

«Was haben Sie hier zu schaffen?»

Mit dem Kinn wies Florin auf Stefan, der sich kaum auf den eigenen Beinen halten konnte. Sein hellrotes Haar war an der Schläfe dunkelrot und verklebt, Blut lief ihm ins linke Auge.

«Wir haben unseren Freund gesucht.»

«Interessant.»

Jetzt drehte er sich so, dass Beatrice sein Gesicht sehen konnte. Ein verschwommenes Gefühl des Wiedererkennens stieg in ihr hoch. Sie war dem Mann schon einmal begegnet, nur wo? Die Erinnerung ließ sich nicht herbeizwingen, es war, als läge ihr ein Name auf der Zunge, der es nicht schaffte, die letzte Barriere bis in ihr Bewusstsein zu durchbrechen.

Der Mann schien damit keine Probleme zu haben. «Ich kenne Sie. Aus diesem Restaurant – Sie hatten rotes Haar und sind mit Dominik Ehrmann essen gewesen.»

Mit einem Schlag war das Bild wieder da. Der Tourist, von dem Stefan gemeint hatte, er suche Anschluss. Der an seinem Tisch gelehnt und ihn in ein Gespräch verwickelt hatte, während sie versucht hatte, Ehrmann sein Geheimnis zu entlocken.

Der Mann legte interessiert den Kopf schief. «Wer sind Sie?»

Beatrice zögerte keine Sekunde. «Tina Herbert.»

«Ach, dann kennen wir uns.» Er lachte. «Und der Smartie, mit dem du unterwegs bist? So stelle ich mir Phil Anthrop vor. Bist du's, Phil?»

Florin sagte weder ja noch nein, er hielt die Hände nach wie vor so, dass kein Zweifel an seiner Ungefährlichkeit aufkommen konnte. «Bitte, lassen Sie unseren Freund los.» Er sagte es ruhig und langsam, ohne jede Dringlichkeit in der Stimme.

Der Mann zog skeptisch die Mundwinkel nach unten. «Aber – wenn ich ihn loslasse, dann fällt er mir doch direkt in die Klinge. Sie sollten sich wirklich besser überlegen, was Sie sich wünschen.»

Es würde nicht mehr lange dauern, bis die Verstärkung kam und mit ihr der Rettungswagen. Stefans Blick wurde bereits unstet, seine Augen verdrehten sich nach oben, und wenn er wirklich fiel, bevor der Fremde sein Messer wegzog …

«Ich mache Ihnen einen Vorschlag: Legen Sie meinen Freund ins Gras, dafür komme ich mit Ihnen dort rein.» Beatrice zeigte auf die Werkstatt.

«B… Bitte nicht. Ich gehe, du bleibst hier draußen, du bist geübter in Erster Hilfe.» Das war knapp gewesen, fast wäre Florin ihr richtiger Name herausgerutscht. Er griff nach ihren Händen. «Ich bleibe bei Ihnen», rief er dem Mann mit dem Messer zu, «und meine Freundin kümmert sich um den Verletzten. Ich bin sicher, wir können die Situation klären. Es will doch keiner, dass hier jemand zu Schaden kommt.»

Diesmal lächelte der Mann. «Wie können Sie da so sicher sein?» Er runzelte in gespielter Nachdenklichkeit die Brauen. «Aber meinetwegen. Sie können den Rotschopf haben, allerdings tausche ich ihn nur gegen Tina ein. Hopp, Mädchen, rein mit dir in die gute Stube.»

Florin stellte sich ihr in den Weg. «Das lasse ich nicht zu.»

Stefan wankte, und der Mann presste ihn fester an sich. «Zu schade für Pumuckl.»

«Mit mir haben Sie eine viel wertvollere Geisel in der Hand», versuchte Florin es noch einmal, diesmal war ihm die Verzweiflung anzuhören. «Mit mir machen Sie den besseren Fang.»

Der Mann überlegte kurz, oder tat zumindest so. «Das glaube ich eigentlich nicht. Fänden Sie es nicht dumm, wenn ich mir einen gut trainierten Mann als Geisel, wie Sie es nennen, aussuche? Einen, der größer ist als ich? Nein danke, ich ziehe Tinas Gesellschaft vor.»

«In Ordnung.» Beatrice war selbst überrascht über die Festigkeit ihrer Worte. «Wir haben schließlich viel zu besprechen.» Langsam hob sie die Hände und lächelte. Hoffte, dass ihre Gesichtszüge nicht zittern oder ihr entgleiten würden. «Ich komme jetzt zu Ihnen.»

Sie sah, wie bleich Florin plötzlich war, und nickte ihm beruhigend zu, in dem Wissen, dass ihn das kein Stück beschwichtigen würde. Aber mit jedem Schritt, den sie auf den Fremden zutat, schrumpfte ihre Angst. Löste sich auf. Zu Unrecht, wie Beatrice wusste, es war nur das Adrenalin, das ihren Körper überschwemmte und sie in diesen merkwürdig schwebenden Zustand versetzte, der ihr Unverwundbarkeit vorgaukelte. Das würde nicht anhalten.

Sie vermied es, Florin noch einmal anzusehen. «Mach dir keine Sorgen», sagte sie leise.

Erst, als sie schon fast vor Stefan stand, fielen ihr Jakob und Mina ein und wie unfair es von ihr war, dieses Risiko einzugehen, nur weil sie es für richtig hielt.

Wenn es schiefgeht, habe ich es hinter mir, aber sie werden lernen müssen, mit der Erinnerung an eine gewaltsam ums Leben gekommene Mutter umzugehen.

Jetzt daran zu denken, war falsch, ganz falsch. Sie kämpfte darum, sich die Zuversicht zu erhalten, von der sie eben noch erfüllt gewesen war, und konzentrierte sich voll und ganz auf den Mann, in dessen Armen Stefan immer mehr zusammensackte. «Sie können ihn loslassen, okay?»

«Nicht so schnell. Greif in meine Jackentasche, Tina, dort findest du eine Rolle Gafferband.»

Sie griff zu, ohne zu zögern. Hielt dem Mann die silbern glänzende Rolle entgegen.

«Jetzt geh zu deinem dunkelhaarigen Freund und sag ihm, er soll sich neben das Auto knien und mit den Händen rund um die Radfelgen greifen. Dann bindest du ihn dort fest, aber ordentlich, nicht schlampen, ja? Ich kontrolliere das.»

Sie tat, was er verlangte, beeilte sich sogar, weil sie wusste, dass jederzeit die Kollegen eintreffen konnten. In dem Fall war ein Tausch nicht mehr denkbar, und dann sah sie schwarz für Stefan.

Florin half ihr, so gut er konnte. Sie wickelte das Klebeband mehrmals um seine Handgelenke, dann führte sie die Rolle einige Male zwischen den Felgen hindurch, fesselte Florin an den Reifen. Es war eine mühevolle Arbeit, aber

Beatrice hoffte, dass sie trotzdem das richtige Maß an Festigkeit gefunden hatte. Mit etwas Geduld und Geschick würde er sich befreien können, aber vermutlich würde die Verstärkung früher da sein. Hoffentlich kamen sie leise. Florins Augen waren unverwandt auf sie gerichtet. Seine Lippen formten ein stummes Wort. Einmal. Noch mal. *Handy*.

Ja, natürlich, das war gut. Sie veränderte ihre Position so, dass sie die Sicht auf Florin verdeckte, und tat so, als würde sie rüttelnd die Festigkeit der Fesseln prüfen, während sie mit einer Hand in die Brusttasche seiner Jacke fuhr und das Handy zu greifen bekam.

Der Fremde durfte es nicht gesehen haben, er durfte einfach nicht. Sie widerstand dem Drang, über die Schulter zu schauen und sich zu vergewissern. Mit einer schnellen Bewegung ließ sie das schmale Gerät in Florins Ärmel gleiten, dann richtete sie sich auf und drehte sich um.

«Fertig», sagte sie. «Gehen wir.»

«Tina?»

Den Namen, der nicht ihr eigener war, aus Florins Mund zu hören, berührte sie auf seltsame Art. Sie blieb stehen. «Ja?»

«Du kommst da heil wieder raus.» Noch nie hatte seine Stimme so geklungen. Tief wie eine Wunde. «Ich weiß das.»

«Ja. Natürlich.»

Er versuchte zu lächeln, aber es misslang.

«Bis gleich.» Sie wandte sich um und ging auf Stefan zu, half, ihn behutsam ins Gras zu legen. Dann betrat sie die Werkstatt.

Der Stoß zwischen die Schulterblätter kam so überraschend, dass sie kaum Zeit hatte, ihren Fall mit den Armen abzufangen. *Warum*, wollte sie fragen, doch dazu blieb ihr keine Luft, etwas warf sich mit Wucht auf ihren Körper, drückte sie zu Boden, zwang ihr die Arme auf den Rücken.

Ein reißendes Geräusch. Ihre Handgelenke wurden aneinandergepresst, umwickelt, mehrmals.

Sie versuchte, den Kopf zu heben, da war etwas Großes rechts von ihr, vor der Wand, zwischen Schatten, die Mauerrisse oder Werkzeug sein konnten.

Klirren. Und ein weiteres Geräusch, ein nasses, angestrengtes Röcheln.

Beatrices Kinn brannte, sie musste es sich beim Sturz auf den rauen Boden aufgeschlagen haben.

«So.» Das Gewicht verschwand von ihrem Rücken, die hellen Sportschuhe des Mannes kamen in ihr Gesichtsfeld, sein federnder Schritt. Dann kauerte er sich vor sie hin. «Tina Herbert. Ich wusste doch, dass mit dir etwas nicht stimmt.» Er zog sie auf die Beine und schob sie zu einem Stapel Autoreifen. «Setz dich.»

Sie sah jetzt, was das Große war. Ein Mensch. Er stand mit über dem Kopf ausgestreckten Armen an der Wand. Oder hing er? Sie konnte es nicht erkennen, es fiel zu wenig Licht in diesen Teil der Werkstatt, und der kleine, verstaubte Baustrahler, dessen Stromkabel sich links von Beatrice am Boden entlangschlängelte, beleuchtete etwas ganz anderes. Ein Foto, das sie kannte, aber um ein Vielfaches vergrößert.

Blondes Haar, Pferdeschwanz, Zahnlücke. Das Mädchen lächelte spitzbübisch von der Wand, das Bild war mit dem gleichen Gafferband festgeklebt worden, das sich um Beatrices Handgelenke spannte.

«Sie sind von der Polizei, nicht wahr.» Der Mann fragte nicht, er stellte fest. Trotzdem lag Beatrice ein Nein auf der Zunge, hinter Tina Herberts Fassade fühlte sie sich deutlich sicherer.

«Ich habe in der Jacke Ihres rothaarigen Kollegen einen Dienstausweis gefunden, und ich wette, wenn ich bei Ihnen ein bisschen suche, kitzle ich auch einen heraus.»

Von dem, der an der gegenüberliegenden Wand hing, kamen wieder die dumpfen Geräusche, wie durch einen vollgesogenen Schwamm. Es war Ribar, der dort angehängt war, Beatrice war sich so gut wie sicher. Die Größe stimmte, der Körperumfang ebenfalls, und vor allem war es sein Wagen, der vor der Tür stand.

Wenn Florin es schafft, zu telefonieren und unsere Lage zu schildern, schicken sie uns eine Spezialeinheit. Leise, schnelle Scharfschützen. Bloß kein Blaulicht!

Die Geräusche, die der Gefesselte von sich gab, wurden lauter, ganz offensichtlich versuchte er, sich durch seinen Knebel hindurch verständlich zu machen.

Ihr Geiselnehmer fuhr herum und griff nach einem armlangen Schraubenschlüssel. «Du hältst die Klappe und wartest, bis du dran bist», zischte er. Das Werkzeug flog durch die Werkstatt und traf Ribar am Bauch. Er stöhnte auf und wand sich. Wieder das Klirren, er musste mit Ketten festgemacht sein.

«Also.» Der Mann wischte sich die Hände an seinen Jeans ab und musterte Beatrice mit schiefgelegtem Kopf. «Mit wem habe ich es zu tun?»

Sie wusste, wo ihr Dienstausweis steckte. In der linken inneren Jackentasche. Ihn zu finden, war sehr leicht, und ihr Gegenüber sah nicht aus, als wäre er zu zimperlich, um gründlich zu suchen.

«Beatrice Kaspary. Ich bin von der Salzburger Polizei. Aber ich bin auch Tina Herbert. Unter diesem Namen habe ich mich bei Facebook umgesehen.»

Der Mann hob die Augenbrauen und lächelte, was ihn

mit einem Schlag sympathisch aussehen ließ. «Das ist wirklich ein Zufall. Dann sind wir ja unter uns. Tina Herbert und Tina Herbert.» Er deutete erst auf sich, dann auf Beatrice.

«Sie haben meinen Account gehackt.»

«Ja. Das ist keine große Sache, wenn man weiß, wie es geht. Ich war erstaunt, dass die echte Tina nach meiner Einmischung das Passwort nicht geändert und sich auch nirgendwo lauthals beschwert hat, aber jetzt ergibt das natürlich einen Sinn. Sie wollten beobachten, was passiert.»

Sie nickte. Versuchte gleichzeitig, Zusammenhänge herzustellen, verwarf einen nach dem anderen wieder. Tina Herberts Account hatte der Mann gehackt, aber an der Wand hing das Profilbild von Nikola DVD. Das Gespräch zwischen ihr und Tina, die Hinweise auf Forellen und Hitchcock hatten sie hierhergeführt. Ribar wohl ebenfalls.

«Das Foto verwirrt Sie, nicht wahr?»

Das tat es. Und vermutlich hatte es Beatrice über Wochen hinweg auf eine falsche Spur geführt. Das Bild eines Mädchens, ein weiblicher Name, und schon formte sich ein klarer Eindruck, setzte sich unverrückbar fest, nahm den Platz ein, den konkrete Ermittlungen nicht hatten besetzen können.

Nikola. Nikola Tesla. Einer der bekanntesten Erfinder des vergangenen Jahrhunderts. Ein gebürtiger Serbe. Und ein Mann.

«Sie sind Nikola, nicht wahr?»

«Ja. Nikola Perkovac.»

Mein Gott. Kein Wunder, dass Ehrmann sie durchschaut hatte. *Ich weiß, dass Nikola in der Stadt ist. Sie hat ein Posting auf Facebook abgesetzt.* Spätestens da musste Ehrmann gewusst haben, dass Beatrice keine Ahnung von den Figuren in diesem Spiel hatte.

Nikola betrachtete sie, abwartend. Dass er seine Identität

so bereitwillig preisgegeben hatte, war beunruhigend. Das hieß, dass er nicht plante, sie davonkommen zu lassen. Oder dass er für sich selbst keine Chance sah, die Sache unbehelligt zu überstehen. Das machte ihn zu einem gefährlichen und unberechenbaren Gegner.

«Sie sind aus dem ehemaligen Jugoslawien?»

Er antwortete lange nicht, sah sie nur an. «Ich bin dort nicht geboren, aber ich habe meine Wurzeln in Kroatien.» Seine Augen verengten sich. «Und meine Familie.»

Wieder das Klirren. Beatrices Blick schnellte zu Ribar hinüber, der einen verzweifelten und aussichtslosen Kampf gegen seine Ketten führte.

«Gut», sagte Nikola. «Kümmern wir uns um ihn.» Er drehte den Baustrahler so, dass er Ribar exakt ins Gesicht leuchtete.

Der Journalist war übel zugerichtet. Seine Nase war gebrochen, darunter war das Blut bereits angetrocknet, ein Auge war fast zugeschwollen. Über seinem Mund klebte ein langer, silbriger Streifen Gafferband. Es musste ihn entsetzliche Mühe kosten, trotz des Knebels und der eingeschlagenen Nase zu atmen.

«Er bekommt kaum Luft.»

«Stimmt», konstatierte Nikola zufrieden.

Beatrice schloss kurz die Augen und versuchte, sich zu sammeln. Sie glaubte zu wissen, aus welchem Grund er den Journalisten hergelockt hatte, denn da war eine gewisse Ähnlichkeit, nur schwer greifbar, aber vorhanden. Man musste dreißig Kilo subtrahieren, den schlankeren Kopf mit Haar versehen und dem Gesicht einen Vollbart verpassen …

«Sie irren sich vielleicht», sagte Beatrice.

«Nein. Ich bin nicht der Einzige, der ihn erkannt hat.» Nikola trat vor Ribar hin und packte ihn am Hals. «Facebook ermöglicht es dir, mit den Menschen in deinem Leben in Verbindung zu treten», sagte er. «Für mich hat sich das auf erstaunliche Weise bewahrheitet.»

Über Nikolas Schulter hinweg fing Beatrice einen flehenden Blick von Ribar auf. «Nehmen Sie ihm doch wenigstens den Knebel aus dem Mund.»

«Aber sicher. Später. Er soll uns schließlich etwas erzählen können.»

Die Devise hieß: Zeit gewinnen. Nicht ausgeschlossen, dass Florin es schon geschafft hatte, sich zu befreien oder wenigstens zu telefonieren. Dass von draußen nichts zu hören war, wertete Beatrice als gutes Zeichen. Weniger gut war, dass man aus der Werkstatt nicht hinaus- und auch umgekehrt von außen nicht hineinsehen konnte. Die große Garagentür war zugezogen, die Oberlichter viel zu hoch angebracht und die beiden Fenster in Augenhöhe mit Wellpappe abgedeckt. Es herrschte diffuses Dämmerlicht, wenn man von dem Baustrahler absah, dessen blendendes Licht Ribars Augen mittlerweile tränen ließ.

Es wirkte nicht, als hätte es Nikola eilig mit dem, was er vorhatte. Er betrachtete Ribars Gesicht noch einmal von allen Seiten, dann drehte er ihm den Rücken zu und machte es sich auf einem zweiten Reifenstapel bequem. Gedankenverloren spielte er mit dem Verschluss des Benzinkanisters zu seinen Füßen.

«Wissen Sie, dass Sarah Beckendahl meine Freundin war?» Er forschte in Beatrices Gesicht, fand dort offenbar das Erstaunen, auf das er gehofft hatte, und nickte zufrieden. «So etwas Ähnliches zumindest. Wir haben miteinander geschlafen, und sie hat mich geliebt. Hat sie jedenfalls behauptet.»

Ihren Ermittlungen zufolge war Beckendahl Single gewesen. Beatrice schluckte und bemühte sich, ihre Stimme ruhig klingen zu lassen. «Wir haben Nachforschungen angestellt. Keiner von Sarahs Freunden oder Verwandten hat Sie erwähnt.»

«Weil ich es nicht wollte. Ich wollte gar keine Beziehung, aber Sarah war sehr schwer abzuschütteln. Sie hatte es sich in den Kopf gesetzt, mir zu zeigen, wie schön das Leben sein kann und wie viel ich ihr bedeute.»

Sein Gesichtsausdruck war weicher geworden. Vielleicht ein guter Zeitpunkt für einen Vorstoß. «Ich möchte unbedingt hören, was Sie zu erzählen haben. In aller Ruhe. Lassen Sie uns an einen anderen Ort fahren.»

Nikola legte eine Hand vor den Mund, als wolle er ein Lächeln verbergen. «Tina – oder nein, Beatrice, hältst du mich für so dumm? Endlich bin ich da, wo ich sein möchte, seit ich dieses Foto gesehen habe, und ich gehe hier nicht weg, bis alles erledigt ist.»

Er sagte nicht, was er damit meinte, aber sein Blick auf Ribar sprach Bände.

«Ich vermute, Sarah hat das Foto auch gekannt?»

Nikola atmete hörbar aus. «Ja. Das hat sie das Leben gekostet. Ich hatte es ausgedruckt, mehrfach. Vergrößert. Für ein paar Freunde mit ähnlichen Interessen.»

«Und Sie meinen, dass der Mann dort drüben Frank Heckler ist, richtig?»

Etwas Dunkles verschleierte seinen Blick. «Ich weiß es. An meiner Stelle hätten Sie sein Gesicht auch wiedererkannt. Aber ich war es gar nicht, der ihn auf Facebook entdeckt hat. Das war Marja, und Sie können mir glauben, dass sie ihn ebenfalls nie vergessen hat, nachdem er sich eine volle Nacht lang intensiv mit ihr beschäftigt hatte. Eine ganze Menge Leute hat Heckler nie aus dem Kopf bekommen.»

Solange Nikola sprach, tat er nichts Gefährliches. Beatrice konnte ihm ansehen, dass das Reden ihn erleichterte. Gut so. Den Druck aus dem Kessel nehmen, Zeit gewinnen.

«Sie müssen noch sehr jung gewesen sein, als sie vor dem Krieg geflohen sind.»

«Fünfzehn. Wir waren nur auf Besuch in Gornja Trapinska, sind zu viert dort angekommen, aber verlassen habe ich es allein.» Er betrachtete seine Hände und den abgeschraubten Verschluss des Benzinkanisters darin. «Ein Fehler, Frank», rief er Ribar zu. «Du hättest zweimal schießen sollen.»

In einiger Entfernung hörte man Motorengeräusche, und Beatrice hielt die Luft an. War das schon die Sondereinheit? Vielleicht. Das Motorengeräusch erstarb.

«Oh», sagte Nikola lächelnd. «Warten Sie auf einen Befreiungstrupp? Ich hätte es Ihnen schon vorher sagen sollen, tut mir leid. Sobald jemand diesen Schuppen hier betritt, ohne dass ich es möchte, gibt es ein Feuerwerk.» Er deutete auf etwas, das nicht weit von Ribar entfernt auf dem Boden lag. Acht aneinandergeklebte und mit Drähten verbundene Schachteln. «Ich zünde, sobald ich es für nötig halte. Was mir für Sie wirklich leidtäte, denn ich finde Sie sympathisch.»

Eine Bombe. Beatrice kannte sich mit Sprengsätzen nicht aus, aber rein optisch wirkte dieser hier, als könne man damit weit mehr in die Luft jagen als nur eine ehemalige Autowerkstatt.

«Das wird nicht nötig sein», sagte sie und konnte nicht verhindern, dass ihre Stimme dabei zitterte. «Ich würde nur gern meinen Kollegen informieren, damit er Bescheid weiß. Er sorgt dann dafür, dass uns niemand hier stört.»

Ein jammernder Laut drang hinter Ribars Knebel hervor. Er musste durch Beatrices Vorschlag seine Chancen auf eine Befreiung schwinden sehen. Vielleicht gab das den Ausschlag.

«Warum nicht.» Nikola erhob sich von seinem Reifenstapel. «Ich will das hier ordentlich erledigen. Erklären Sie ihrem Freund die Situation. Wenn es draußen unruhig wird oder jemand sich Zutritt verschafft, finden wir drei hier ein lautes, schnelles Ende. Und nur einer von uns hätte Grund, sich darüber zu freuen.»

Er zog sie hoch und führte sie bis knapp vor eine Schiebetür, die er einen Spalt öffnete, kaum genug, um einen Arm durchzustecken. «Jetzt. Los.»

Durch den schmalen Spalt konnte Beatrice nicht mehr erkennen als ein Stück matschige Wiese und einige Bäume dahinter. Keine Einsatzkräfte, nicht einmal Ribars Auto, das zu weit links stand, um durch die Öffnung sichtbar zu sein.

Sie atmete durch. «Florin?» Die Wiese lag nur einen Schritt vor ihr, wenn sie mit dem Kopf den Spalt vergrößerte und losrannte …

Es war verlockend. Und es kam nicht in Frage. «Florin, hörst du mich?»

«Ja. Geht es dir gut?» Seine Stimme kam aus Richtung des Autos. Sehr wahrscheinlich, dass er immer noch gefesselt war. Und dass er im Fall des Falles mit in die Luft fliegen würde.

«Alles in Ordnung. Aber es gibt etwas, das wir beachten müssen. In der Werkstatt ist eine Bombe, und sie wird gezündet, wenn jemand versucht, hereinzukommen. Oder auf andere Weise … zu stören.»

«Ich habe verstanden.» Seine Stimme vibrierte. «Mach dir keine Sorgen, ich kümmere mich darum, dass es ruhig bleibt.»

Von hinten packte Nikola sie an den gefesselten Händen,

zog sie zurück und schob die Tür wieder zu, bis sie knirschend einrastete.

«Gut gemacht.» Er zog Beatrice durch die Werkstatt, nicht zurück zu ihrem Reifenstapel, sondern auf einen Schemel, der näher an der Stelle stand, wo Ribar an seinem Haken hing. «Ich kann mich nicht die ganze Zeit darum kümmern, dass du an deinem Platz bleibst», erklärte er, während er weiteres Klebeband rund um ihre Oberschenkel und die Sitzfläche des Hockers wickelte.

Nur ein paar Schritte entfernt, aber trotzdem völlig außerhalb ihrer Reichweite, entdeckte Beatrice eine Art Fernbedienung auf dem Boden. Keine Frage, wozu sie diente.

Nikolas Blick war dem ihren gefolgt. «Keine Sorge, ich trete nicht versehentlich drauf.» Er hob die Fernzündung hoch und legte sie auf eine völlig verdreckte Werkbank zu seiner Linken.

Auch dort hatte Beatrice das Gerät gut im Auge. Sie konnte kaum wegsehen. Würde sie das Zerreißen ihres Körpers noch spüren, wenn Nikola die Taste drückte? Oder würde nur plötzlich alles schwarz sein? Ausgelöscht?

Sie zwang sich, den Kopf in die andere Richtung zu drehen. Zu Ribar hin, der keine vier Meter von ihr entfernt stand, die weißen, blutleeren Hände über den Kopf gestreckt, der Atem unregelmäßig und pfeifend.

«Ich finde, wir sollten klären, ob Sie mit Ihrem Verdacht richtigliegen», sagte sie. Es kam etwas zu unbeschwert heraus und wirkte gerade dadurch verkrampft. Beatrice räusperte sich. «Sie haben selbst gesagt, dass Sie niemand Unschuldigem schaden wollen. Lassen Sie Herrn Ribar doch wenigstens auf das antworten, was sie ihm vorwerfen.»

War sie überzeugend gewesen? Hoffentlich, denn in ihrem eigenen Kopf formten sich immer mehr Details, die dafür sprachen, dass Nikolas Annahme richtig sein konnte. Selbst wenn man die Ähnlichkeit zwischen dem Foto des Söldners und dem gefesselten Mittfünfziger vor ihr beiseiteließ – Ribar war hier, mit seinem eigenen Auto hergefahren. Das hieß, er war den Hinweisen gefolgt, die Nikola wie Brotkrumen gestreut hatte, um ihr Opfer anzulocken. Aus journalistischen Gründen? Oder um sich derer zu entledigen, die sein früheres Ich erkannt hatten? So wie Ira. Wie Ehrmann.

Falls diese Theorie stimmte, hatte Frank Heckler seine neue Existenz mit den Mitteln geschützt, die er im Krieg gelernt hatte. Mein Gott, er hatte Kinder, eine junge Frau – er musste sich sicher gefühlt haben, bis zu der plötzlichen Konfrontation mit seiner Vergangenheit.

Aber wer hatte ihn damit konfrontiert?

Der Papierschnipsel zwischen Sarah Beckendahls Fingern stand ihr wieder vor Augen. Was hatte Nikola vorhin gesagt? Dass er das Foto ausgedruckt hatte. Mehrmals. Für Freunde. Wollte Sarah ihm ihre Liebe dadurch beweisen, dass sie Heckler für ihn ausfindig machte? War sie so naiv gewesen?

Die Rückschlüsse, die sich in ihrem Kopf plötzlich auftaten, hatten Beatrice fast vergessen lassen, dass sie einen Vorschlag gemacht hatte. Ribar sollte reden, und offenbar fand auch Nikola, dass dafür nun die Zeit gekommen war.

Mit einem Ruck hatte er dem Journalisten das Klebeband vom Gesicht gerissen. Dabei, das zusammengeknüllte Tuch aus dem Mund zu bekommen, half er ihm allerdings nicht. Ribar mühte sich sichtlich ab, schaffte es schließlich und holte aufschluchzend Atem. Dabei gaben seine Knie nach, als hätte nur der Knebel ihn auf den Beinen gehalten.

«Der Mund», sagte Nikola. «Diese schmale Unterlippe, die

Oberlippe dagegen so voll. Die Augen. Der ganze Gesichtsausdruck. Wenn Sie das Foto gesehen haben, wissen Sie, wie Heckler lächelt. Genau wie damals, als er meine Mutter erschossen hat.»

«Nicht wahr», brachte Ribar mühsam hervor. «Frau Kaspary, helfen Sie mir doch bitte. Bitte! Sie kennen mich seit Jahren. Ich habe nichts getan, nichts!»

Mit aller Kraft versuchte Beatrice noch einmal, sich an das Foto des Söldnerführers zu erinnern. An das Bild Frank Hecklers, der allen Unterlagen zufolge 1993 ums Leben gekommen war.

«Tun Sie doch etwas!»

Nikola versetzte ihm einen Schlag ins Gesicht, und Ribar heulte auf. «Kein Wort, wenn ich dich nichts gefragt habe. Wie war das eigentlich für dich, damals, als ihr Gornja Trapinska verlassen habt? Wie lange habt ihr das verbrannte Fleisch gerochen, hm?»

Er wandte sich zu Beatrice um. «Seine Leute haben mich im Heizungskeller der Schule eingesperrt, mit so vielen anderen Männern, dass niemand sich setzen konnte. Zusammengepfercht. Und dann haben sie das Haus angezündet. Brandbomben. Ich war schmal und flink und stand nah an einem der beiden Oberlichter. Deshalb bin ich rausgekommen. Sieben andere auch. Aber der Rest ...» Er schlug Ribar noch einmal, härter. «Der Rest war Grillfleisch! Habt ihr es gerochen auf euren LKWs und Panzern? Habt ihr Hunger bekommen?» Ein weiterer Schlag. «Jetzt habe ich dich etwas gefragt, also antworte gefälligst!»

Ribar wimmerte, frisches Blut lief aus seiner Nase. «Ich weiß nicht, was Sie meinen.»

«Das ist der falsche Weg», hörte Beatrice sich selbst sagen. «Wenn Boris Ribar in Wahrheit wirklich Frank Heckler ist, dann wird er vor das UN-Kriegsverbrechertribunal gestellt. In Den Haag. Lassen Sie die Polizei ihre Arbeit tun, Nikola.»

Seine Wut, die sich eben noch auf Ribar konzentriert hatte, richtete sich nun auf Beatrice. Er fuhr herum und baute sich wenige Zentimeter vor ihr auf. Sie kniff die Augen in Erwartung eines Schlags zusammen, der nicht kam.

«Lassen Sie die Polizei ihre Arbeit tun», äffte er sie nach. «Das haben wir versucht, wissen Sie? Nicht ich, ich habe mir davon nie viel versprochen. Aber Marja hat sich überwunden und wollte zu Protokoll geben, dass Frank Heckler noch lebt. Irena Barić auch. Sind Sie ihr einmal begegnet? Nur noch drei Finger an der rechten Hand, die zwei anderen hat einer von Hecklers Leuten ihr langsam mit einem Messer abgeschnitten. Sie hatten außerdem vor, ihr ein Auge auszustechen, aber das konnte sie ihnen ausreden. Sie wollen nicht wissen, wie.»

«Was erzählen Sie denn», schrie Ribar. «Ich habe davon keine Ahnung, lassen Sie mich gehen.»

«Schnauze halten!» Nikolas Stimme kippte, er schüttelte den Kopf und rieb sich mit den Händen übers Gesicht. Als er sie wieder sinken ließ, wirkte er ruhiger. «Marja und Irena waren bei der Polizei. Dort hat man sie erst von einer Stelle zur nächsten geschickt, nur um ihnen am Ende zu erklären, dass Frank Heckler tot sei. Ganz sicher. Sie müssten sich irren, und man könne nicht jedem Hinweis nachgehen, besonders, wenn er von hysterischen, traumatisierten, mäßig gut deutsch sprechenden Putzfrauen käme.»

Typische Polizisten. Richtig freundlich, wenn sie etwas wollen. Aber nicht bereit zuzuhören, wenn jemand von sich aus etwas erzählen möchte. Denn das könnte am Ende ja Arbeit bedeuten.

Darauf musste Ira Sagmeister angespielt haben.

«Marja und Irena kannten den Namen nicht, unter dem Heckler jetzt lebte. Woher auch? Sie hatten nur dieses Foto von dem Mann hinter dem Kinderwagen, und kein Polizist dieser Welt würde sich die Mühe machen herauszufinden, wer das war.»

Also hatten sie es ohne die Polizei versucht. Irena, Marja, Nikola – wer noch? Dominik Ehrmann, der wohl nicht persönlich betroffen war, aber die anderen vermutlich von einer seiner ehrenamtlichen Tätigkeiten her kannte. Und Ira, deren Mutter ebenfalls aus Gornja Trapinska gekommen war.

«Woher wussten Sie, wo die anderen Überlebenden verstreut waren?»

«Ich habe immer den Kontakt gehalten.» Nikola griff nach einem verrosteten Schraubenschlüssel und wog ihn in der Hand. «Adina und Marja habe ich es vor allem zu verdanken, dass ich lebend aus Kroatien herausgekommen bin. Sie haben mich beschützt, und wir haben uns immer wieder Briefe geschrieben. Später dann Mails, noch später haben wir uns über Facebook verständigt. Obwohl, Adina nicht. Sie hat bis zuletzt nur auf Briefe geantwortet.» Er sah zur Decke und stieß geräuschvoll die Luft aus. «Dass ich ihr nicht helfen konnte, ihre Erinnerungen auszuhalten, werde ich mir nie verzeihen.» Unvermittelt, ohne Vorwarnung, drosch er mit dem Schraubenschlüssel gegen Ribars Knie. «Und ihm auch nicht.»

Das Geheul musste bis nach draußen dringen. Beatrice drehte es den Magen um. «Bitte nicht», sagte sie. «Das dürfen Sie nicht tun. Einen gefesselten Mann schlagen, das ist nie richtig, in keiner Situation.»

Es war, als hätte Nikola kein einziges ihrer Worte gehört. «Adina wollte so gern vergessen – als ob das möglich gewesen wäre. Marja hat mehrmals bei ihr angerufen, um ihr in ihrer Depression beizustehen, bis sie begriffen hat, dass sie Adina damit völlig aus der Bahn wirft. Unsere Stimmen, sogar unsere Sprache, das alles hat sie nicht mehr ertragen.»

Waren das die verstörenden Anrufe gewesen, denen Ira mittels einer Fangschaltung hatte entgegenwirken wollen? Vielleicht.

«Und dann hat sie sich umgebracht», zischte er dem heulenden Ribar ins Ohr. «Kurz nachdem sie Ira gestanden hatte, dass der nette Herr Sagmeister gar nicht ihr Vater war. Sondern einer von deinen stinkenden Tschetniks. Vielleicht sogar du selbst, hast du dir das schon mal überlegt? Dann hättest du deine eigene Tochter ermordet.»

Er drehte sich zu Beatrice um, Schweiß stand ihm auf der Stirn. «Iras Reaktion war furchtbar, sie hat es mir später erzählt. Sie war völlig verzweifelt, hat sich nur noch dreckig gefühlt und ist einfach abgehauen. Das muss für Adina den Ausschlag gegeben haben.»

Er spuckte Ribar ins Gesicht. «Wie hast du es eigentlich gemacht? Hm? Wie hast du Ira getötet?»

Von Ribar kam nur wortloses Wimmern. Nikola schlug ihm erneut ins Gesicht, aber es kam keine Antwort. Also drehte er sich zu Beatrice herum.

Sie schüttelte stumm den Kopf. «Wir haben uns lange gefragt, ob es nicht doch Selbstmord war», sagte sie. «Was Sie gerade erzählt haben, muss Ira furchtbar aus der Bahn geworfen haben. Erst erfährt sie, dass sie das Kind eines Vergewaltigers ist, dann tötet ihre Mutter sich selbst, weil sie denkt, dass ihre Tochter sie verachtet.» Das wütende, kettenrauchende Mädchen stand ihr wieder vor Augen. «Sie muss sich riesige Vorwürfe gemacht haben.»

Schnaubendes Lachen. «Oh ja. Aber trotzdem hätte sie sich nie umgebracht. Wir hatten dieses gemeinsame Ziel, sie und ich. Die Wahrheit. Gerechtigkeit. Heckler muss einen guten Vorwand gefunden haben, damit sie sich mit ihm trifft. Kontakt aufzunehmen, konnte ja nicht mehr schwierig sein, weil sie sich auf Facebook kannten.»

Das Essen in der Pizzeria, Iras Cannelloni. Sie hatte auf jemanden gewartet, das Notebook auf dem Tisch. Ribar musste sie nur draußen abpassen, sie in sein Auto ziehen, ihr den Computer wegnehmen und unter ihrem Namen all die todessehnsüchtigen Postings verfassen. Ein passendes Gedicht war nicht schwer zu finden.

Ich möchte mich von euch verabschieden. Ich steige hier aus, aber seid nicht beleidigt. Ich steige überhaupt aus. Beatrice spann die Gedanken weiter, das vertrieb die Angst, die immer wieder in ihr hochzuschwappen drohte, wenn ihr Blick auf die Bombe fiel. *Morgen ist es zu spät*, war die Antwort auf Beatrices Angebot eines Treffens gewesen, und auch das ergab Sinn. Ira war vor ihrem Tod geschlagen worden, hatte Kratzer, hatte sich in die Zunge gebissen …

Jemanden vor einen Zug zu stoßen, ohne dass es Zeugen gab, musste schwierig sein. Aber Heckler war ein Söldner gewesen, ein Experte im Töten, in der Tarnung, der Kriegsführung, im schnellen Zuschlagen. Es war möglich, und mit jedem Moment schien es Beatrice wahrscheinlicher.

«Ira hat alles mit mir gemeinsam vorbereitet», fuhr Nikola leise fort, «sie hat diesen Ort hier gesucht, Heckler verfolgt, die Stellen fotografiert, wo sie ihn gesehen hatte. Hat uns andere auf dem Laufenden gehalten. Sie hat es immer als schicksalshaft empfunden: dass Heckler sich in der gleichen Stadt niedergelassen hat, in der sie wohnt, dass Gerald Pallauf ihn zufällig auf seinem Foto hatte, ohne zu wissen, was er da auf Facebook stellt.» Er trat noch einen Schritt näher an Ribar heran, so nah, dass sich ihre Gesichter beinah berührten. «Sie wollte heute hier sein, für ihre Mutter, stellvertretend für Marja und Irena. Die beiden hätten sich auch mit dem Kriegsverbrechertribunal begnügt. Aber Ira war meiner Meinung. Es ging nicht mehr darum, den Panther der Justiz auszuliefern. Wir wissen doch alle, wie zahnlos der Gerichtshof in Den Haag ist. Ein paar der Folterer und Vergewaltiger aus den Neunzigern sind heute Minister oder Polizeichefs und haben nie eine Zelle von innen gesehen.»

Festgeklebt an ihren Hocker kam Beatrice sich immer hilfloser vor. Was sollte sie nur tun, wenn Nikola jetzt begann, es Ribar mit gleicher Münze heimzuzahlen? Ihn zu quälen, zu verstümmeln, ihn langsam zu töten – und sie musste dabei zusehen?

«Wenn Boris Ribar alle diese Menschen umgebracht hat – Ira, Sarah, Gerald und Ehrmann –, dann wird er in diesem Leben nicht mehr aus dem Gefängnis kommen», sagte sie. «Das verspreche ich Ihnen. Dann ist Den Haag auch nicht zuständig.»

«Was für ein Trost», erwiderte Nikola trocken.

«Ich war das nicht!» Ribar schwankte an seiner Kette. «Das ist alles ein Irrtum. Völliger Quatsch. Ich schreibe doch nur über diese Fälle! Ehrmann habe ich zum ersten Mal gesehen, als er tot unter den Kreuzen lag!» Waren die Wände so dicht, oder war es vor der Werkstatt so ruhig? Sie hörte keine Stimmen, keine Motoren.

«Weißt du was, Frank? Dass du mit Ehrmanns Tod nichts zu tun hast, darüber sind wir uns einig. Der wäre dir nicht gefährlich geworden.»

Aber dir vielleicht. Beatrice versuchte, ihre Fesseln zu dehnen, sie ließ nicht nach, obwohl sie fühlte, dass sie keine Chance hatte. Nikola war im «Republiccafé» gewesen und hatte Ehrmann nur folgen müssen. Sich zu erkennen geben, falls sie sich nicht ohnehin schon kannten. Und dann war es zum Streit darüber gekommen, wie es weitergehen sollte, wenn Heckler erst vor ihnen stand …

Sie traute es Ehrmann zu, dass er sich Nikolas gewalttätigen Plänen hatte entgegenstellen wollen. Seit sie den Toten unterhalb der Kreuze gesehen hatte, war ihr der Fehler im Muster nicht mehr aus dem Kopf gegangen. Diese Tat trug eine Handschrift, die sich von der der anderen Morde völlig unterschied. Wirkte wie ein spontaner Gewaltakt ohne Vorsatz, aber trotzdem – mein Gott. Auf der Eisenstange waren Fingerabdrücke, und wenn man die mit denen von Nikola verglich …

Sie sah an ihm hinunter und fragte sich, ob noch Spuren von Hundekot an seinen Schuhen klebten. Der Gedanke, dass er wahrscheinlich schon einmal getötet hatte, ließ ihre mühevoll unterdrückte Angst von neuem aufflackern.

Du hast keine Beweise, verstrick dich nicht in deinen eigenen Phantasien.

Ablenken. Informationen beschaffen. Sie konnte es nicht beschwören, aber sie glaubte, von draußen gedämpfte Stimmen zu hören.

«Sagt Ihnen der Name Rajko Dulović etwas?» Sie stellte die Frage in den Raum, ohne einen der beiden Männer dabei anzusehen. Ribars «Nein» kam wie aus der Pistole geschossen.

«Das müsste er aber. Der Mann, der tot in der Salzach gefunden wurde? Voll mit Drogen. Haben Sie nichts darüber geschrieben? Nein?»

In Ribars verschwollenem Gesicht konnte sie Einsicht lesen. Seine übereilte Antwort war ein Fehler gewesen.

«Es gab einen Rajko in Hecklers Truppe.» Nikola sprach langsam, fast mit Genuss. «Keine Ahnung, wie der sonst hieß, aber ich erinnere mich an ihn. Mittelgroß und hässlich. Er hat fünf alte Männer erschossen, wie Schlachtvieh, einen nach dem anderen. Das Schlimmste ist, ich war froh darüber, dass er das tat, denn so hat er uns gar nicht beachtet und vorbeilaufen lassen.»

Nikolas Hand schloss sich um Ribars Kehle. «Aber du, du hast uns beachtet.»

«Ich weiß nicht, was Sie meinen.» Ribars Worte kamen als Krächzen heraus. «Ich war nie in Kroatien, überhaupt nicht in Jugoslawien. Ich habe mit all dem nichts –»

Ohne Vorwarnung, wie aus dem Nichts begann Nikola, auf ihn einzubrüllen, in einer Sprache, die Beatrice nicht verstand. Er stieß Ribar mit der Hand gegen die Brust, stellte ihm Fragen, wieder und wieder.

«Ich verstehe kein Wort», unterbrach ihn Ribar, sichtlich verzweifelt.

Nikola legte eine kurze Pause ein. Verschränkte lächelnd die Arme vor der Brust, und als er nun sprach, klang es freundlich. Stacheldraht, mit Samt umwickelt.

Ribar, bemüht um eine neutrale Miene, blickte zu Boden, doch dann, plötzlich, weiteten sich seine Augen. Sein Kopf zuckte zur Seite, und obwohl er die Bewegung sofort stoppte, war sie Nikola nicht entgangen. Ebenso wenig wie Beatrice.

«Was haben Sie ihm gesagt?»

«Das bleibt unter uns. Er hat es verstanden, und er hat mir geglaubt. Aber wissen Sie was? Ich möchte ihn noch etwas fragen, diesmal auf Deutsch.» Er wippte auf den Fußballen. «Was hältst du davon, wenn ich dich laufenlasse? Unter einer Bedingung könntest du am Leben bleiben.» Ein kurzes Nicken in Beatrices Richtung. «Facebook ist ja so nützlich. Vor einer Woche etwa habe ich mir Boris' Profil angesehen. Dort gibt es kein Foto von ihm, natürlich nicht, aber etwas anderes verrät er uns. Dass er Kinder hat, zum Beispiel. Zwillinge, auf die er so stolz ist, dass er die Information sogar Fremden zugänglich macht.» Er packte Ribar bei den Schultern wie einen Freund bei der Begrüßung. Oder beim Abschied.

«Ich würde gerne deinen Kindern etwas vorsingen. Wenn du heute davonkommst, auf welche Art auch immer, dann tue ich das.» Er lachte auf. «Warum siehst du mich so merkwürdig an? Glaubst du nicht, dass ich auch singen kann, hm? Abwarten. Vielleicht töte ich dich nicht, sondern lasse dich einfach hier hängen und haue ab. Solange ich den Fernzünder habe, wird mir niemand etwas tun, nicht wahr?»

Er bluffte, natürlich. Seine Chancen, weiter als drei oder vier Kilometer zu kommen, waren minimal, aber Ribars Augen waren weit vor Entsetzen.

«Weißt du, was ich singen werde?»

«Ich ...» Wieder ein hilfesuchender Blick zu Beatrice. «Ich bin nicht Frank Heckler», sagte er. «Ich bin Boris Ribar. Sie kennen mich doch, sagen Sie es ihm ...»

«Das stimmt», erklärte Beatrice und legte alle Festigkeit in ihre Stimme, die sie aufbringen konnte. «Ich kenne ihn und seine Arbeit seit Jahren.» Sie würde tun, was in ihrer Macht stand, um Ribar lebend hier rauszubekommen. Wer er war, was er getan hatte, würden sie danach klären.

«Sing es.» Nikola ließ seine Schultern los und trat an die angrenzende Wand, löste das Bild ab. Betrachtete einen Moment lang das blonde Mädchen, bevor er Ribar das Foto vors Gesicht hielt. «Sing.»

Keine Reaktion. Behutsam legte Nikola das Foto beiseite, dann boxte er Ribar mit aller Kraft in den Magen. Zweimal, dreimal.

«Aufhören!» Schrill hallte Beatrices Stimme durch die

Werkstatt, übertönte Würgegeräusche und verzweifeltes Luftschnappen.

«Sing.»

Ribar öffnete und schloss lautlos den Mund. Hustete. «Ich … kann nicht.» Er atmete schwer.

Es schien Beatrice, als würde Nikola wachsen und noch näher an Ribar heranrücken, obwohl er sich keinen Millimeter bewegte. Sein Körper war bis zum letzten Muskel angespannt, er konnte jederzeit wieder zuschlagen. «Sing.»

Nikola hob den langen Schraubenschlüssel vom Boden auf.

Mit krächzender Stimme begann Ribar, die ersten Worte von *Strangers in the Night* zu stammeln. Es war keine Melodie erkennbar, kein Takt.

Der Schlag mit dem Schraubenschlüssel kam blitzschnell und ging gegen die Rippen. Ribar schrie, aber Beatrice übertönte ihn.

«Hören Sie sofort auf, den Mann zu misshandeln!» Sie würde sich zur Seite werfen, falls Nikolas nächster Hieb auf sie niedergehen sollte, doch er drehte sich nicht einmal zu ihr um.

«Es gibt genau ein Lied, das ich von dir hören will, und du weißt es. Ich gebe dir noch einen Versuch, und wenn du wieder falschliegst, schlage ich dir die Zähne ein. Es ist mir dann auch egal, ob du mich täuschen willst oder dich nicht erinnern kannst.»

«Tun Sie das nicht, bitte.» Beatrice sagte es erst leise, dann lauter, doch es war, als wäre sie gar nicht vorhanden. Die Vorstellung, wie das schwere Werkzeug Ribars Gesicht zertrümmern würde, ließ ihren ganzen Körper verkrampfen. Welche Chance hatte er schon, unter Millionen von Liedern das richtige zu finden?

Die Spannung zwischen den Männern war fast körperlich spürbar. Für sie war die Welt rundum versunken. Nikola achtete nicht mehr auf die Fernbedienung auf der Werkbank, es wäre der perfekte Moment für einen Zugriff gewesen, nur dass Beatrice niemandem ein Signal geben konnte. *Tut es trotzdem, tut es, kommt jetzt rein …*

Der stumme Kampf vor ihr fand ein Ende. Ribar wandte den Kopf zur Seite, schluchzte auf und versuchte zurückzuweichen, vergebens. Ein letzter, verzweifelter Blick zu Beatrice, dann öffnete er den Mund. Es kam nicht mehr als ein Hauch heraus, kaum hörbar.

«Lauter!», befahl Nikola.

«Häschen … in der Grube …»

Beatrice senkte den Kopf und starrte auf ihre Füße. Gleich würde der Schraubenschlüssel Ribars Mund in eine blutende Ruine verwandeln, und auch wenn es feige war, wollte sie das nicht sehen müssen.

«… saß und schlief. Saß und schlief.»

Sie sah wieder hoch, begriff nicht, was vor sich ging, verstand die Details nicht. Nur, dass Ribar das richtige Lied gewählt haben musste. Dass er aufgegeben hatte.

«Armes Häschen, bist du krank, dass du nicht mehr hüpfen kannst …»

«Sie hatte solche Angst.» Nikolas Stimme war voller Zärtlichkeit, und es schien Beatrice, als käme sie von einem anderen Ort als bisher.

Diesen Ort galt es schnell wieder zu verlassen; er war dunkel, voller Schmerz. Und er lag allzu nah an der Fernzündung und am Benzinkanister.

«Vor Zeugen», sagte sie, lauter als nötig. «Er hat es vor Zeugen zugegeben. Sie sind Frank Heckler? Ich hätte gerne, dass Sie es sagen.»

Der Mann an der Wand sah sie an, aber sein Blick war leer. «Ich war Frank Heckler.»

Eine Aussage, unter diesem Druck getätigt, würde vor keinem Gericht anerkannt werden, aber darauf kam es jetzt nicht an. «Wer ist dann 1993 mit dem Auto in die Luft geflogen? Nein, lassen Sie, ich glaube, ich weiß es. Ein armes Schwein namens Boris Ribar, nicht?» Der abfällige Ton in ihrer Stimme war Absicht. Mit etwas Glück würde Ribar, den sie für sich jetzt noch nicht Heckler nennen konnte, sie als Verbündete begreifen und dem, was sie vorschlug, zustimmen. Aber er schwieg.

Begriff er nicht, dass sie auf Zeit spielte? Wenn er Details lieferte, die auch Nikola interessierten, wuchs die Chance, dass die Spezialeinheiten einen Weg finden würden, die Situation unblutig zu beenden.

Nikola drehte den Schraubenschlüssel zwischen den Händen. «Solange du sprichst, lebst du», murmelte er. «An deiner Stelle würde ich allerdings versuchen, nicht zu lügen.»

Misstrauen und Hoffnung lieferten sich einen Kampf in Ribars angeschwollenem Gesicht. Beatrice ahnte, dass Situationen wie diese ihm nicht fremd waren. Nur dass er früher immer auf der anderen Seite gestanden hatte.

Schließlich gab er sich einen Ruck. «Der Mann kam aus Dubrovnik.» Wieder hustete Ribar, krümmte sich, und es dauerte, bis er genug Luft zum Weitersprechen bekam. Doch als er sich endlich im Griff hatte, war seine Haltung verändert. Als würde ihm die Erinnerung einen Teil seines früheren Ich zurückgeben.

«Ein Journalist, drei Jahre jünger als ich, ehrgeizig. Aber nicht sehr clever. Er wollte eine Reportage über unsere Einheit schreiben und hat sich praktisch mit uns verbrüdert.

Mit uns gesoffen. Hat mir erzählt, wie unabhängig er ist – keine Familie, nur Großeltern, keine Freundin. Ich habe ihm erklärt, dass das eine perfekte Voraussetzung für das Leben als Söldner ist. Am dritten Tag wollte er wissen, wie sich das so anfühlt, da habe ich ihm angeboten, dass er für ein paar Stunden mit mir tauschen kann. Uniform, Wagen, alles. Zu dem Zeitpunkt war es für mich auf dem Balkan aus mehreren Gründen schon sehr unschön geworden, und ich wollte am liebsten spurlos von der Bildfläche verschwinden.» Ribar vermied es, Nikola anzusehen, während er sprach. «Es war früh am Morgen, die meisten meiner Leute haben noch geschlafen. Auf dem Weg zum Jeep bin ich nur zwei Jungs begegnet, und die habe ich angewiesen, sich spaßeshalber von dem Schreiberling herumkommandieren zu lassen. Ich sagte ihm, der Jeep sei ein echter Hammer im Gelände, dass ich immer wieder damit durch die Gegend brettere und dass er das gerne ausprobieren dürfe, am besten auf den Feldern jenseits der Straße.» Ribar versuchte trotz seiner über dem Kopf gefesselten Hände ein Schulterzucken und verzog schmerzlich das Gesicht. «Er war völlig ahnungslos. Die beiden Jungs, die mit ihm im Auto saßen, haben ihn noch angeschrien, dass er da nicht reinfahren soll, aber er hatte so viel Schnaps intus …» Wieder Husten. «Er hatte seine Chance. Seine Sachen hätte ich aber auf jeden Fall behalten.»

«Vor allem seine Papiere.» Jetzt durfte Beatrice den Gesprächsfaden nicht abreißen lassen.

«Ja. Die waren in seiner Jacke. Und ich war offiziell tot.»

«Das heißt, ihre Söldnerfreunde haben Sie gedeckt?»

Ribar schloss die Augen, sichtlich erschöpft von den Schlägen und vom vielen Sprechen. «Es wussten ja nur wenige. Momcilo, Rajko, Zosim – denen hab ich reinen Wein eingeschenkt, und sie haben mir geholfen. Zosim und Rajko wollten auch nach Deutschland und hofften, sie können sich dann auf mich verlassen …»

Da war er, der Name. «Sie meinen Rajko Dulović, nicht?» Aus den Augenwinkeln beobachtete Beatrice, wie Nikola wieder das Foto des Mädchens in die Hände nahm, es studierte, als stünde in dem fröhlichen Gesicht geschrieben, was als Nächstes zu tun war. Vor der Werkstatt rumpelte etwas, aber er sah nicht auf. Das war gut. Hoffentlich.

«Ja. Dulović, dieser Arsch. Ist mir immer auf den Fersen geblieben, war immer auf Vorteile aus. Ist mir sogar nach Salzburg nachgezogen. Wenn es mir schlechtgeht, dann dir auch, hat er oft gesagt. Und dass er mich hochgehen lassen kann wie eine Granate.» Ribar leckte sich über die trockenen Lippen. «Ich wäre ihn sehr gern losgeworden, aber ich wollte meine neue Existenz nicht gefährden.»

Und nun war er doch tot. Ertrunken, nachdem er zuvor verprügelt worden war.

Die Pause, die entstand, wurde zu lang. Nikola, dessen Blick unablässig auf das Foto des Zahnlückenmädchens gerichtet gewesen war, hob den Kopf. «Deine neue Existenz», echote er und wandte sich zu Ribar um, der versuchte, trotz seiner Fesseln zurückzuweichen.

«Lassen Sie ihn!» Diesmal lag nichts Schrilles in Beatrices Stimme, dafür eine Autorität, von der sie nicht wusste, woher sie sie nahm. «Mir ist klar, dass er Ihnen eine Menge schuldet, aber vor allem schuldet er mir ein Geständnis. Sie haben Rajko Dulović getötet? Ihn erst misshandelt, dann unter Drogen gesetzt und in den Fluss gestoßen?»

Die Ketten klirrten. «Ich erzähle Ihnen alles, wenn Sie mich hier rausbringen!» Die Panik vor weiteren Schlägen, weiteren Schmerzen war ihm deutlich anzusehen.

«Das kann ich nicht. Sagen Sie mir, was passiert ist. Er hat doch gesagt, er lässt Sie in Ruhe, wenn Sie reden.»

Erst als Nikola zwei Schritte auf ihn zutat, sprach Ribar wieder, schneller als zuvor.

Er hatte nicht nur einige seiner alten Kriegskontakte gepflegt, sondern in Deutschland auch neue, nützliche Freunde gewonnen. Mit seiner Kriegsbeute war er klug umgegangen, hatte sie noch in Kroatien vergraben und erst viel später in den Westen geholt. Einen Teil davon hatte er in zwei Salzburger Lokale von zweifelhaftem Ruf gesteckt, in einem davon waren kürzlich zwei junge Leute aufgetaucht, die ein Bild von Ribar herumzeigten.

«Einer der Kellner ist mit mir befreundet und hat mich angerufen. Er sagte, es sei merkwürdig, jemand würde mich suchen, er hätte auch ein Bild, auf dem ich einen Kinderwagen schiebe, aber er würde behaupten, ich heiße Frank. Als ich das gehört habe, dachte ich sofort, Rajko steckt dahinter», flüsterte er. «Wir hatten erst ein paar Tage vorher Streit gehabt. Er hat so oft gedroht, dass er mich auffliegen lässt. Es ist typisch für ihn gewesen, Dinge auf diese hinterlistige Art zu tun. Jemanden vorzuschicken und nicht selbst in Erscheinung zu treten.»

«Also haben Sie ihn sich vorgeknöpft.»

Er schüttelte müde den Kopf. «Das waren Freunde. Alte Freunde.»

Natürlich begriff sie, was er meinte. *Freunde von damals*. Sie dachte an die beiden Leichen im Wald, an Gerald und Sarah. Auch das konnte Ribar nur schwer allein erledigt haben. «Ein Killertrupp?»

Er gab keine Antwort.

«Jetzt reden Sie schon, bevor er Ihnen noch einmal etwas antut», drängte Beatrice.

«Momcilo und Zosim waren es», begann er endlich, leise. «Waren mir beide noch etwas schuldig, ich habe ihnen vor drei Jahren ein Alibi beschafft. Also sind sie sofort nach Salzburg gekommen, als ich sie angerufen habe, es war ja eilig. Je weniger Leute das Foto zu sehen bekamen, desto besser.»

Draußen rumpelte etwas, dann war es wieder ruhig. Blieb ruhig, als wäre niemand mehr da, als hätten sie es aufgegeben. Nur das leise Summen eines Motors im Leerlauf war zu hören, doch das musste aus einiger Entfernung kommen.

«Sie haben zuerst Rajko ein bisschen in die Mangel genommen», fuhr Ribar fort, «aber der hat geschworen, dass er nichts damit zu tun hat. Sie haben ihm trotzdem eine ordentliche Abreibung verpasst und sich dann auf die Suche nach dem Paar mit dem Foto gemacht. War nicht schwierig, sie sind wieder im gleichen Lokal aufgetaucht, dort hat es ihnen wohl gefallen, und Momcilo hat sich das Bild angesehen und sofort gesagt, er kennt mich. Sie sollen hier warten, er sieht zu, dass ich vorbeikomme.» Ribar leckte sich über die Lippen. «Kann ich einen Schluck Wasser haben?»

«Gibt's hier nicht», sagte Nikola, ohne den Kopf zu heben. Es war, als hätte er nur Augen für den schmutzigen Werkstattboden, für die öligen Schrauben und Muttern, die vereinzelt herumlagen. «Weiter.»

Es war Ribar anzusehen, dass er den nächsten Teil gern ausgelassen hätte, und Beatrice konnte sich vorstellen, warum. Wenn er schilderte, wie Sarah sich über das schnelle Gelingen ihrer Suche gefreut hatte und wie diese Freude kurz darauf in Panik umgekippt sein musste – er konnte froh sein, wenn es dann bei Schlägen blieb.

«Ich habe ihr nichts getan», sagte er stockend. «Habe nur gefragt, woher das Foto stammt, und das haben sie mir gesagt. Pallauf hat ständig erklärt, dass es keine Absicht war, dass er nur die Festung knipsen wollte … als ob das einen Unterschied gemacht hätte. Das Bild war im Netz, für jeden sichtbar, und jemand hatte mich darauf erkannt.»

Mit der Schuhspitze schob Nikola Dreck und Schrauben zu einem Häufchen. «Marja», sagte er versonnen. «Erinnerst du dich an sie? Dunkles Haar, sehr hübsch, früher. Sie hat uns andere sofort informiert. Der Panther, hat sie gesagt, ist nicht tot. Er ist alt und fett geworden, aber er ist es, ich weiß es. Und sie hatte recht. Erzähl weiter.»

In Ribars Mundwinkel hatte sich Spucke zu einer weißen Substanz verdickt, die Fäden zog, wenn er sprach. «Ich dachte die ganze Zeit, das Mädchen lügt.»

«Sarah. Sie hieß Sarah.»

«Ja. Entschuldigung. Ich dachte, Sarah lügt. Sie hatte sich etwas Komisches ausgedacht. Dass es mein Sohn sei, der mich suche. Davon ist sie nicht abgegangen. Und sie wollte mir keinesfalls seinen Namen sagen, obwohl …»

Er unterbrach sich selbst, als er Nikolas verzerrtes Gesicht sah.

«Ja? Obwohl was? Obwohl ihr sie geschlagen habt? Obwohl sie fast verrückt war vor Angst?»

«Nein! Nein, das habe ich nicht gemeint.»

«Sie wurde nicht geschlagen.» Diesmal gelang der autoritäre Ton Beatrice nur zum Teil. «Keine Misshandlungen. Das hätten wir nachgewiesen.» Bewusst vermied sie das Wort Obduktion, um nicht zusätzlich blutige Bilder in Nikolas Kopf entstehen zu lassen.

«Gut. Aber erwürgt, da sind wir uns einig, nicht?» Er drehte den Schraubenschlüssel in seiner Hand. «Von wem?»

Kurz schloss Ribar die Augen. «Zosim, denke ich. Er war schon immer ziemlich pragmatisch.»

Nikola hatte sich lange nicht von der Stelle gerührt, und als er nun mit zwei schnellen Schritten auf Ribar förmlich zusprang, stieß dieser einen überraschten Schrei aus.

Ein neuerlicher Schlag, fest genug, um den Gefesselten von den Füßen zu reißen und den Körper an seiner Kette in Pendelbewegungen zu versetzen. «Komm mir nicht damit, dass du es nicht warst. Das ist so jämmerlich.»

Funkgeräte, waren das Funkgeräte, die Beatrice glaubte rauschen zu hören? Kurze, abgehackte Gespräche? Sie wusste es nicht, war nicht einmal sicher, ob sie es sich wünschen sollte, oder ob sie Angst vor dem Zugriff hatte, davor, dass es nicht schnell genug gehen würde. Oder zu schnell.

Ribar stand wieder auf beiden Beinen, aus seiner Nase lief frisches Blut, gleichzeitig glaubte Beatrice, etwas Trotziges in seiner Haltung zu erkennen. Erstmals konnte sie sich vorstellen, dass dieser Mann in einem Krieg gekämpft und Befehle gegeben hatte.

«Natürlich hatte ich damit zu tun.» Der Satz kam undeutlich, aber ruhig heraus. «Ich habe Momcilo und Zosim gebeten, dafür zu sorgen, dass das Bild nicht weiter die Runde macht. Sie haben mich gefragt, ob ich ihnen freie Hand lasse, und ich habe ja gesagt.»

Momcilo und Zosim. Die Nachnamen herauszufinden, würde eine Sache von Stunden sein, vorausgesetzt, Beatrice schaffte es lebend aus dieser Werkstatt, denn nun bückte Nikola sich nach dem Benzinkanister. Fast beiläufig. Schnupperte lächelnd daran.

Oh Gott. Beatrice riss an den Klebebändern, sie musste das verhindern, vor allem musste sie raus hier, raus. Plötzlich drängte die Angst, die sie die ganze Zeit über gebändigt hatte, wie ein wildes Tier und mit aller Kraft an die Oberfläche.

«Nicht!», schrie sie. «Sie haben doch, was Sie wollten. Ein Geständnis. Mich als Zeugin. Tun Sie das nicht, bitte.»

Auch in Ribar war wieder Bewegung gekommen, seine Handgelenke waren vom Zerren an den Fesseln längst wund gerieben, und nun breitete sich scharfer Uringeruch in der Halle aus. Aus seinen Hosenbeinen tropfte es, und Beatrice verstand: Der Mann wusste, wie brennende Menschen aussahen und wie lange ein Feuertod dauerte.

Nikola beachtete Beatrice überhaupt nicht. Der Kanister war offen, und er entleerte ihn über Ribars Kopf, tränkte seine Kleidung damit, wartete, bis der letzte Tropfen sich vom Rand gelöst hatte. Dann zog er ein Feuerzeug aus der Hosentasche.

Die Bombe, mein Gott. Ribar brüllte panisch, und Beatrice kam auf die Beine. Trotz des Hockers, der an ihr hing, konnte sie sich aufrichten und kleine Schritte machen. Immerhin.

Nikola packte sie am Arm. «Bleiben Sie von ihm weg!»

«Sind Sie blind? Die Bombe liegt direkt neben ihm, wenn sie hochgeht, sind wir alle tot!» Sie schrie die Worte, so laut sie konnte, hoffte, dass man sie bis nach draußen hören und die richtigen Entscheidungen treffen würde, schnell, aber nicht überstürzt. Ribars Schreie hörten sie bestimmt. Mit einem scharfen Ruck befreite Beatrice sich aus Nikolas Griff und stolperte weiter, auf die drahtverkabelte Kiste zu. Die sie nicht wegheben, nur wegkicken konnte. Aber was, wenn sie dann schon detonierte?

Beatrice suchte Nikolas Blick. Der Mann erwiderte ihn stumm und nickte leicht. «Nur zu.»

Vielleicht war es das Letzte, was sie je tun würde. Der Puls pochte in ihren Schläfen, in ihrem Hals, hinter ihren Augen, während sie langsam, ganz langsam mit dem rechten

Fuß die Kiste verschob. Die ein Stück fortrutschte. Noch ein Stück.

Der Hocker, der an ihr hing, irritierte sie, machte ihre Bewegungen unstet. Noch ein Stück. Sie roch das Benzin, spürte, wie ihr Schweiß in die Augen lief. Schieben. Vorsichtig. Bis zu dem rostigen Regal, dort ging es nicht mehr weiter. Aber immerhin hatte sie etwa vier Meter zwischen Ribar und den Sprengsatz gebracht.

Schwer atmend und mit den winzigen Schritten, die ihr das um ihre Oberschenkel gewundene Klebeband erlaubte, ging sie an die Stelle zurück, wo sie zuvor gesessen hatte, blieb diesmal aber stehen.

Ribar wimmerte jetzt nur noch, seine Lider waren fest zugekniffen, das Benzin tropfte ihm aus dem Haar und von der Nase, er riss die Augen erst wieder auf, als Nikola sein Feuerzeug vernehmlich auf- und zuschnappen ließ.

«Ich habe Ihnen doch alles gesagt. Bitte. Ich kann nichts rückgängig machen, aber ich kann mich stellen. Ich bin nicht mehr so, wie ich einmal war.»

Ribar war sicherlich nicht dumm, ihm musste klar sein, dass die Toten der letzten Wochen seine Aussage, er sei mittlerweile ein anderer, nicht sehr glaubwürdig erscheinen ließen. Aber immerhin, Nikola hatte ihn nicht unterbrochen.

Ein Krachen, von draußen. Das Geräusch eines Lautsprechers, der eingeschaltet wurde. Dann eine Stimme, die Beatrice nicht kannte.

«Kommen Sie bitte aus dem Haus, mit erhobenen Händen. Wir garantieren, dass Ihnen nichts passiert, wenn Sie unbewaffnet sind.»

Kein Schrecken in Nikolas Gesicht, nur ein mildes Lächeln. «Na, wenn das nicht freundlich ist. Siehst du, Frank?

So macht man das. Hilft natürlich nicht immer, da war deine Methode mit dem Gasherd effektiver, nicht wahr?»

Ribar starrte auf das abgedunkelte Fenster, einen Ausdruck brennender Sehnsucht in den Augen. «Lassen Sie mich am Leben. Ich stelle mich», flüsterte er. «Ich werde alles gestehen.»

Schnapp, machte das Feuerzeug. «Dann lass uns über Ira sprechen. Du hast ein Talent dafür, mir die Menschen zu nehmen, an denen mir am meisten liegt.» Die Sachlichkeit, mit der er sprach, weckte in Beatrice viel mehr Angst, als jedes Geschrei es vermocht hätte.

«Sie war mir so knapp auf den Fersen.» Ein Tropfen Benzin lief Ribar ins Auge, und er kniff es schmerzerfüllt zusammen. «Hat fast jeden Tag ein Foto eingestellt, einen Ort, wo ich erst kurz zuvor gewesen war. Und dann immer diese Panther-Anspielungen. Ich wollte weg aus dem Land, aber ich brauchte mehr Zeit. Meine Identität war noch unangetastet, nicht einmal Ira wusste, unter welchem Namen ich hier lebe. Trotzdem, sie hatte mich mehrmals mit dem Bus fahren sehen und hielt die Linie unter Beobachtung. Es wäre nur mehr eine Frage von Tagen gewesen, bis sie meine Spur bis zur Redaktion oder zu meiner Wohnung gefunden hätte.» Er sah Beatrice flehend an. «Ich brauchte nur Zeit! Wenn sie mich in Ruhe gelassen hätte, wäre nichts passiert, nichts!»

Nikola ließ das Feuerzeug aufschnappen. «Wenn du ihre Mutter in Ruhe gelassen hättest, wäre nichts passiert, nichts!», äffte er ihn nach.

«Aber das kann ich doch nicht mehr ändern», heulte Ribar. «Ich übernehme die Verantwortung, ganz bestimmt, ich –»

«Wir möchten mit Ihrem Einverständnis einen Arzt zu Ihnen hineinschicken.» Die Stimme, die Ribar unterbrach, verstärkt über ein Megafon, gehörte Florin. «Wir vermuten, es gibt Verletzte. Können Sie uns dazu Informationen geben?»

Schon ihn zu hören, vermittelte Beatrice das Gefühl, nicht mehr nur auf sich allein gestellt zu sein. Es gab wieder eine Verbindung zu der Welt außerhalb der nach Benzin und Pisse stinkenden Werkstatt.

Nikola holte tief Luft und griff nach der Fernbedienung. Mit der anderen Hand packte er Beatrice an der Schulter und zog sie zu dem mit Wellpappe verdunkelten Fenster. Ein leichter Lufthauch strich über ihr Gesicht, wahrscheinlich war die Scheibe nicht mehr heil.

«Sag ihnen, wir brauchen noch Zeit. Dass ich sofort den Sprengsatz zünde, wenn jemand die Nase hier reinstreckt. Und dass ich die Regeln in diesem Spiel festlege.»

«Okay.» Sie räusperte sich. Wieso kamen ihr plötzlich die Tränen, wegen eines Hauchs frischer Luft?

Nur eine dünne Wand zwischen mir und der Sicherheit, dem Weiterleben, den Kindern, Florin …

Runterschlucken. Festigkeit in die Stimme legen. Er sollte sich nicht mehr Sorgen machen als nötig. «Florin?»

«Ja! Ja, ich höre dich!»

«Es geht mir gut. Wir brauchen noch mehr Zeit, es werden hier gerade wichtige Dinge geklärt. Gebt uns diese Zeit, bitte, der Sprengsatz ist immer noch hier, und wenn ihr etwas Falsches tut, dann –»

Ihr versagte die Stimme, und sie fürchtete, dass auch ihre Knie gleich nachgeben würden. Nein. Nicht, solange sie noch eine Chance hatte, den Tag unversehrt zu überstehen.

«Darf ich Ihren Namen erwähnen?», fragte sie leise.

Nikola zuckte mit den Schultern. «Ich denke, das macht keinen Unterschied.»

«Gut.» Ihre Stimme, war wieder unter Kontrolle, kippte auch nicht, als sie nach draußen rief. «Nikola sagt, er setzt die Regeln fest, nach denen es weitergeht. Nehmt das ernst. Ihr solltet auch wissen, dass hier drin Benzin vergossen worden ist, und für den Notfall alles bereithalten.»

Sie hatte das letzte Wort kaum ausgesprochen, als Nikola sie zurückzerrte. «Über Benzin sprechen – das war nicht ausgemacht.»

«In Ordnung», hörte sie Florins verstärkte Stimme antworten. «Nikola? Ich würde auch gerne mit Ihnen sprechen. In Ruhe. Wir können Ihnen eine Lösung für diese Situation anbieten, die Ihnen wahrscheinlich gefallen wird.»

Nikola schüttelte nur den Kopf und führte Beatrice zur Werkbank zurück. Zu Ribar.

«Nehmen Sie sich Zeit, darüber nachzudenken», hörte sie Florin rufen.

In der Zwischenzeit hatte Ribar sich gefangen. Vielleicht war es Florin gelungen, in ihm die gleiche Zuversicht zu wecken wie in Beatrice: das vollkommen irrationale Gefühl, dass vor der Halle jemand war, der sich um sie kümmerte und sie schützte.

«Wir wollten über Ira sprechen», sagte er.

Das Feuerzeug schnappte auf. Wieder zu.

«Sie war ein so kluges Mädchen», begann Ribar. «Wissen Sie, ich hätte erkennen müssen, dass ich meine Vergangenheit nicht einfach ignorieren kann, solange noch jemand unter dem leidet, was ich getan habe. Es war nicht genug, ein neues, besseres Leben zu beginnen, aber ich wollte es so gerne behalten.» Das Auge, das nicht zugeschwollen war, blinzelte heftig.

«Lassen Sie mich gleich mit einem Geständnis anfangen: Ich war es, der Rajko in den Fluss gestoßen hat. Das belastet mein Gewissen übrigens nicht.» Sein Ton heischte Zustimmung, doch Nikolas Miene blieb wie aus Stein. «Nachdem Sarah und Gerald gefunden worden waren, hat er mich vor der Redaktion abgefangen, hat herumgeschrien, ich konnte ihn nur mühsam beruhigen. Dummerweise hatte er aus den Fragen, die Momcilo und Zosim ihm stellten, die richtigen Schlüsse gezogen – dass er verprügelt wurde, weil ich glaubte, dass die beiden jungen Leute mit dem Foto von ihm geschickt worden waren. Er redete wirres Zeug. Dass er mit der Polizei sprechen würde, alles offenlegen und so weiter.» Wieder tastete er Nikolas Gesicht mit Blicken ab, wohl in der Hoffnung, dass Dulovićs Tod ihm Punkte einbringen würde. «Ich habe ihn beruhigt. War mit ihm etwas trinken und eine Runde im Grünen spazieren, dort habe ich ihn ermutigt, sich einen Schuss zu setzen. Sein eigener Stoff, von mir gekauft und an ihn zurückgeschenkt. So etwas hat Rajko gefallen. Danach war es einfach, ich glaube, er hat es nicht einmal gemerkt.»

Ribar war geübt mit Worten, natürlich, sonst wäre es ihm nur schwer möglich gewesen, sich die Identität eines Journalisten überzustülpen. Doch während seiner Erzählung war noch eine andere Seite von ihm ans Licht gekommen, die Beatrice bisher nicht aufgefallen war: ein manipulativer Zug, den er geschickt als Offenheit tarnte.

«Dein früherer Schlächterkumpel interessiert mich nicht», erklärte Nikola schließlich. «Aber Ira. Wie hast du sie getötet? Nicht warum, das ist mir schon klar. Wie.»

Ribars Blick irrte zu Beatrice, und sie ahnte, weswegen. Wenn er etwas erzählte, das freundlicher klang als die Wahrheit, würde sie ihn dann verraten?

«Es ist schnell gegangen», sagte er zögernd. «Sie hat es kaum gespürt.»

Ein beunruhigendes Lächeln verzerrte Nikolas Gesicht. «Das ist wohl dein Spezialgebiet? Töten, ohne dass das Opfer es merkt? Bei Dulović, bei Ira – auch meiner Mutter hast du sehr gnädig in den Kopf geschossen, genauso wie meiner kleinen Schwester. Andere in deinem Trupp waren da viel phantasievoller, nicht?»

Man konnte förmlich sehen, wie Ribar nach einer Antwort rang. «Ich war nie jemand, der Spaß am Quälen hatte», brachte er schließlich mühsam heraus.

«Ira», wiederholte Nikola leise, fast zärtlich. «Wie?»

Von draußen waren wieder Geräusche zu hören, schwer zu interpretieren. Ein Dieselmotor startete, etwas schlug gegen die Wand.

Beatrice spannte ihre Muskeln an und bewegte die tauben Finger. «Bitte», warf sie ein. «Lassen Sie uns das Gespräch anderswo fortführen. Sorgen Sie dafür, dass die Öffentlichkeit erfährt, was Frank Heckler getan hat. Er soll es vor Gericht gestehen, Irena und Marja sollen Gelegenheit bekommen, ihm gegenüberzutreten, wenn sie es möchten. Aber das ist nur möglich, wenn sie ihn jetzt am Leben lassen.»

Schnapp, machte das Feuerzeug. «Wie?»

Ribar schluckte, er brauchte mehrere Ansätze für das, was er schließlich sagte.

«Ich ha… habe sie … gestoßen.»

«Ins Wasser?»

«Vor … einen Zug.»

Eine schnelle Bewegung mit dem Daumen, und aus dem Feuerzeug sprang ein Flämmchen, winzig zuerst, dann reckte es sich höher.

«Ich habe alles gesagt», schrie Ribar, «alles, was Sie wollten!»

War es Nikolas Absicht, oder waren es Ribars verzweifelte Bewegungen? Beatrice wusste es nicht, aber sie hörte, was passierte, bevor sie es sah. Einen Laut, als hätte jemand einen Gasherd angemacht. Dann ein Kreischen, so hoch, als käme es von einem Kind. Im ersten Moment war Ribar wie in eine leuchtend blaue Aura getaucht, dann erst färbten die Flammen sich gelb.

«Zugriff!», brüllte Beatrice, versuchte gleichzeitig, vor dem brennenden Mann zurückzuweichen, mit diesen lächerlich kleinen Schritten, die die Fesseln ihr erlaubten. «Zugriff! Schnell! Feuer!»

Hatte Nikola die Fernbedienung? Schlugen die Flammen in Richtung der Bombe? Sie sah es nicht, alles in ihr drängte zum Ausgang, zum Fenster, hinaus, egal, wie.

Ihr nächster Hilfeschrei mischte sich mit Ribars Gebrüll, mit entsetzlichen, unmenschlichen Lauten und einem heftigen, die ganze Halle erschütternden Schlag gegen die Wand. Oder war das die Bombe gewesen? Nein. Noch nicht.

Das Feuer züngelte den Boden entlang, da musste Benzin ausgelaufen sein, Beatrice konzentrierte sich darauf, wich weiter zurück, stolperte, versuchte zu kriechen, doch ohne Hände ging das nicht ...

Mit ohrenbetäubendem Kreischen öffnete sich die Metalltür zur Werkstatt, Luft strömte herein, die Flammen schlugen höher.

«Bea!» Es war Florin, der an ihr zerrte, sie zur Türöffnung schleifte, zwischen Männern in Sturmhauben und grüngrauen Overalls hindurch, jemand hatte einen Feuerlöscher, da war ein zweiter, durch das Fenster wurde ein Schlauch gestoßen ... Jeden Moment konnte der Sprengsatz explodieren. «An der Wand», schrie sie den Männern von der Einsatztruppe hinterher. «Neben Ribar! Seien Sie ...» Das Wort *vorsichtig* wurde von einem unbezähmbaren Hustenanfall erstickt, der sie blind und taub für ihre Umgebung machte. Sie erwartete die Explosion mit jedem neuen, hektischen Herzschlag. Dann schloss sie die Augen und öffnete sie auch nicht, als sie kühle Erde und feuchtes Gras unter sich spürte.

Drei Krankenwagen standen bereit, ein vierter war schon mit Stefan davongefahren, lange bevor man Beatrice aus der Werkstatt befreit hatte. Seine Verletzungen, hatte Florin sie beruhigt, seien nicht lebensbedrohlich gewesen, aber trotzdem so, dass ihm einige Tage im Krankenhaus nicht erspart bleiben würden.

Beatrice dagegen weigerte sich, in einen der Krankenwagen zu steigen. Sie klammerte sich an Florins Arm fest und wandte den Blick keine Sekunde lang von den Rauchschwaden ab, die aus den Dachbalken der Werkstatt quollen.

Die Bombe war nicht detoniert und längst herausgeschafft worden, die Männer der Sondereinheit waren schnell und präzise vorgegangen, nachdem sie Nikola überwältigt hatten. Jetzt wartete sie darauf, dass sie Ribar brachten. Für sie trug er weiterhin diesen Namen, es würde sich kaum lohnen, sich an einen neuen zu gewöhnen.

«Bea, bitte lass dich durchchecken.» Florin nahm sie um die Schultern, und erst durch die Berührung spürte sie, dass sie zitterte. «Du hast sicher einen Schock, da ist es besser, wenn dich ein Arzt ansieht.» Er drückte sie fester. «Ich will nicht noch einen Fehler machen. Schlimm genug, dass du da reingehen musstest, dass ich es nicht verhindern konnte ... ach, Scheiße.»

«Blödsinn», murmelte sie und beobachtete, wie eine Meise sich auf einem Ast niederließ, der bis über die schwelende Halle ragte. Wie sie neugierig den Kopf schieflegte.

Es geht mir gut, dachte sie und nahm einen Schluck Wasser aus der Flasche, die einer der Sanitäter ihr gereicht hatte. Ich bin in Ordnung.

Doch der nächste Windstoß trug den Geruch von Rauch mit sich und einen anderen. Verbranntes Fleisch.

Brüsk befreite sie sich aus Florins Arm, stolperte zwei Schritte zur Seite und übergab sich, bis ihr Magen nichts mehr hergab.

Florin und der Rettungswagen hatten gewonnen. Das Letzte, was Beatrice sah, bevor sich die Türen hinter ihr schlossen, war eine Trage, auf der etwas aus der Halle gebracht wurde, eilig. Jemand hielt einen Tropf hoch.

Er lebte also noch.

Kapitel zwanzig

Eine Nacht, zur Überwachung. Sie verabscheute Krankenhäuser, doch diesmal war sie wenigstens an der richtigen Adresse. Auf der Intensivstation lag Ribar, und obwohl man sie begreiflicherweise nicht zu ihm ließ, saß sie vor der Schleuse im Warteraum, eingehüllt in einen lächerlichen Frotteebademantel. Wartete auf einen Arzt, der nicht rannte und den sie guten Gewissens für eine Minute aufhalten konnte.

Am Ende war es dann eine Ärztin mit kurzem, grauem Haar, die sich von Beatrice ihren Dienstausweis zeigen ließ. «Wir haben schon mit Ihren Kollegen gesprochen», sagte sie, ein wenig unwillig.

«Ja. Aber ich war dabei, als es passiert ist, ich fühle mich verantwortlich.»

Ein langer Blick auf ihren Ausweis, ein Seufzen. «Sieht nicht gut aus. Über achtzig Prozent der Haut verbrannt, und die Wunden gehen tief. Wir versuchen, was wir können, aber ich kann keine Prognosen abgeben.»

«Danke.» Beatrice sank auf ihren Stuhl zurück. Florin hatte angekündigt, herkommen zu wollen, sobald der Papierkram erledigt war, und er würde sie suchen, wenn er ihr Zimmer leer vorfand.

Trotzdem. Es fühlte sich richtig an, noch ein wenig hier sitzen zu bleiben und die eigenen Füße in den Stoffpantoffeln zu betrachten.

Sie rieb sich die Augen mit beiden Händen. Roch Krankenhausseife und immer noch ein wenig Rauch. Einige Funken waren in ihr Haar geraten und hatten es angesengt.

Ein Geräusch ließ sie aufblicken. Die Tür zur Intensivstation hatte sich geöffnet. Beatrice erkannte die Frau, die heraustrat, sofort: Ribars Frau, mit vom Weinen verschwollenem Gesicht. Dies war keinesfalls der richtige Zeitpunkt, um sie anzusprechen, doch offenbar hatte sie Beatrice erkannt. Sie steuerte auf sie zu, zögernd zuerst, dann immer energischer. Setzte sich neben sie.

«Sie sind doch die Frau von der Polizei? Die bei uns zu Hause war?»

«Ja.»

Neue Tränen füllten ihre Augen. «Wie hat das nur passieren können? Ich verstehe es einfach nicht. Er ist so ein lieber Mensch ...» Sie konnte nicht mehr weitersprechen und ließ es zu, dass Beatrice sie im Arm hielt und sachte wiegte. Hin und her. Ohne ein Wort zu sagen.

«Es ist so ... ungerecht. Die Ärzte meinen, dass ...», sie schluchzte auf, «dass seine Chancen ganz schlecht sind. Und er sieht so entsetzlich aus, aber das wäre mir völlig egal, Hauptsache ...»

Sie musste den Satz nicht zu Ende sprechen. Beatrice nickte. Ließ sie weinen, bis sie ruhiger wurde und sich aufrichtete.

«Wissen Sie», ihr Atem kam immer noch in kurzen, gequälten Stößen, «wissen Sie, was mir die ganze Zeit nicht aus dem Kopf geht? Wenn Boris jetzt stirbt, werden unsere Kinder sich später nicht einmal an ihn erinnern können.»

Beatrice wusste nicht, was sie darauf antworten sollte. Sie strich der Frau über den Rücken, bis das Schluchzen verebbte, und sah ihr nach, als sie ging. Den Schock, der ihr bevorstand, wenn sie die Wahrheit erfuhr, wollte sie sich nicht ausmalen. Sie konnte sich nicht daran erinnern, wann ihr das letzte Mal jemand so leidgetan hatte.

Den nächsten Tag hätte Beatrice freinehmen können, doch als Florin sie holen kam, frische Wäsche im Gepäck, bestand sie darauf, mit ihm ins Büro zu fahren. Sie wollte bei dem Gespräch mit Nikola dabei sein, um jeden Preis.

«Lebt er noch?», war das Erste, was er fragte, als sie den Vernehmungsraum betraten.

«Ja.» Ohne weiteren Kommentar. Seine Neugier zu befriedigen, lag ihnen beiden fern.

Nikola gab sich keine Mühe, seine Enttäuschung zu verbergen. «Oh. Ich hatte gehofft ...»

«Sie tun sich da gerade selbst keinen Gefallen», sagte Florin eisig. «Ich würde Sie bitten, sich jetzt auf unsere Fragen zu konzentrieren und keine eigenen zu stellen.»

Es war nicht seine Art, mit Tatverdächtigen so umzuspringen, selbst wenn ihre Schuld erwiesen war. Sie sah ihn von der Seite her an und schüttelte leicht den Kopf. Good Cop und Bad Cop würden hier nicht nötig sein. So, wie sie Nikola erlebt hatte, war zu erwarten, dass er die Karten auf den Tisch legen würde.

«Sie sind Nikola Perkovac», begann sie, «geboren 1976 in Pula, aufgewachsen in München, richtig?»

«Ja.»

«Und Sie sind als Nikola DVD auf Facebook registriert?»

«So ist es.» Er wirkte völlig gleichmütig, überhaupt nicht, als ginge es um ihn selbst.

«Warum wollten Sie bei diesem Gespräch keinen Anwalt dabeihaben?»

Er zuckte die Schultern. «Nicht nötig. Vor Gericht dann, aber hier ist es mir lieber, wir sind unter uns.»

Sie seufzte und griff nach dem Block, auf dem sie ihre Fragen notiert hatte. «Wir würden gerne ein paar Dinge aus Ihrer Sicht erfahren. Zum Beispiel, wann und wieso Sie sich der Gruppe *Lyrik lebt* angeschlossen haben.»

Ein Lächeln, fast als wollte er mit ihr flirten. «Das wissen Sie doch. Gerald Pallauf hat das Foto dort eingestellt. Marja war schon lange Mitglied der Gruppe. Ihr eigenes Deutsch ist bis heute nicht besonders gut, aber sie liebt deutsche Gedichte. Marja hat das Foto entdeckt und uns andere informiert.»

«Wer waren diese anderen?»

Er hob die Hand, zählte an den Fingern ab. «Irena, Dominik, Ira – Adina war zu dem Zeitpunkt schon tot. Außerdem Goran, Tomislava und Vesna, doch die haben sich in der Gruppe nie zu Wort gemeldet. Sie haben sich nicht getraut. Zu geringe Sprachkenntnisse.»

Beatrice hatte die Namen mitgeschrieben. «Alle diese Leute waren aus Gornja Trapinska?»

«Ja, oder aus der nächsten Umgebung. Wir wurden ziemlich breit über Deutschland und Österreich verstreut, nach der Flucht, aber haben uns nie ganz aus den Augen verloren. Als das Foto auftauchte, habe ich es an alle geschickt, vergrößert und per Post. Jeder von ihnen hat Heckler wiedererkannt, und dann haben wir uns alle, nach und nach, in der Gruppe angemeldet.»

«Weil Sie gehofft haben, dass noch jemand ein Foto von ihm postet?» Florin klang sarkastisch, hörte es offenbar selbst und holte tief Luft. «Tut mir leid. Ich stelle meine Frage anders. Warum dort? Warum haben Sie nicht Ihre eigene geheime Gruppe gegründet oder sich einfach per Mail ausgetauscht?»

Nikola überlegte. «Es hat sich so ergeben. Es hat sich

außerdem angefühlt wie … Schicksal. Ich dachte auch, dass wir dort in der Menge verschwinden können. Wenn wir uns gegenseitig Bilder und Nachrichten geschickt haben, konnte die jeder sehen, deshalb würde niemand etwas Geheimnisvolles dahinter vermuten. Selbst wenn der Verfassungsschutz unsere Computer einkassiert hätte, hätte er nur Diskussionen über Gedichte gefunden.» Er lachte. «Ist vielleicht paranoid, aber wir haben uns damit alle wohl gefühlt.»

Beatrice kreiste mit dem Stift die nächste Frage auf ihrer Liste ein. «Lassen Sie uns über Sarah reden. Sie war nicht eingeweiht, vermute ich.»

«Nein.» Seine Gesichtszüge erschlafften. «An dem, was mit ihr passiert ist, bin ich mit schuld. Sie war so versessen darauf, mir eine Freude zu machen.» Er blickte konzentriert auf seine Hände. «Sie hat mich eines Abends erwischt. Weinend, mit der ausgedruckten Facebook-Seite mit Pallaufs Bild und dem Gedicht in der Hand. Ich wollte ihr nicht die Wahrheit sagen, meine Vergangenheit war immer tabu, also habe ich erzählt, der Mann da wäre mein Vater und abgehauen, als ich ein Kind war, ich hätte das Foto durch Zufall im Internet entdeckt. Sie sah natürlich, wo es her war, sie war ja selbst auf Facebook. Sie hat die Gruppe ausfindig gemacht und sich Pallaufs Adresse aus dem Telefonbuch gesucht. Mir hat sie gesagt, sie fährt nach Aachen, um Freunde zu besuchen, aber in Wirklichkeit hat sie in Salzburg Pallauf getroffen und muss ihn überredet haben, dass er ihr bei der Suche nach meinem angeblichen Vater helfen soll. Er war schließlich der Fotograf, für ihn musste das doch auch ein Abenteuer sein, nicht? Sie hat so gedacht, so – unbeschwert. Konnte dabei sehr überzeugend sein, ich schätze, dass Pallauf kaum eine Chance hatte, sie abzuweisen. Und dann sind die beiden ihm direkt in die Arme gelaufen, nicht wahr?» Er legte eine Hand vor den Mund, schloss die Augen. «Das tut mir so leid.»

Beatrice schenkte ihm einen Schluck Wasser nach und sich selbst auch. «Wie war es mit Ira? Sie sagten, Sie hätten gemeinsam mit ihr geplant, Heckler zu stellen.»

Er nickte, lächelte, wurde sofort wieder ernst. «Ira war eine Löwin. Hat ihn gejagt, bis sie ihn hatte. Sie war drauf und dran, seinen neuen Namen und seine Adresse herauszufinden, und sie war mehr als eine Woche unterwegs auf der Suche nach dem richtigen Ort für uns, um ... mit ihm allein zu sein. Ich hatte ihr meine ganze Geschichte erzählt, über Skype. Daher fand sie die Autowerkstatt Brucker sehr passend.»

Er schluckte, sah zur Seite. Wirkte plötzlich viel jünger, als er war. «Haben Sie sich einmal gefragt, was DVD bedeutet? Es geht da nicht um Filme, wissen Sie?»

Beatrice hatte eine vage Idee, wollte es aber lieber von ihm hören. «Dominik Ehrmann sagte, er wüsste es, hat es mir aber nicht verraten.»

Er blickte hoch. «Dubravko, Velina und Darica.» Seine Stimme war tonlos. «Mein Vater, meine Mutter und meine Schwester. Getötet am neunzehnten Dezember 1991.»

Das Geburtsdatum, das er in seinem Facebook-Profil angegeben hatte. Nikola Tod. Wieder ein Kreis, der sich schloss. Blieb noch eine Sache zu klären.

«Sie werden sich auch für den Tod von Dominik Ehrmann verantworten müssen. Die Fingerabdrücke auf der Tatwaffe stimmen mit Ihren überein.»

Er nickte. «Natürlich. Ich habe viele furchtbare Fehler gemacht, aber das war vielleicht der schlimmste.» Er sah zur Decke, blinzelte. «Einer von den Guten, verstehen Sie? Er hat sich immer wieder für Marja eingesetzt und sich dann bei unserer Suche engagiert, seine Zeit geopfert, obwohl er persönlich gar nicht betroffen war.» Nikolas Stimme war völlig ruhig, aber über sein Gesicht liefen Tränen. «Er wollte zur Polizei, wollte Heckler verhaften lassen. Mit dem, was ich vorhatte, war er nicht einverst-»

Die Tür ging auf, Bechner kam herein.

«Ist er tot?» Nikolas Frage kam wie aus der Pistole geschossen.

Bechner bedachte ihn mit dem gleichen genervten Blick wie fast alles in seiner Umgebung. «Stefan Gerlach? Nein, dem geht's gut. Eine Woche Krankenstand, wegen Gehirnerschütterung, heißt es. Aber deshalb bin ich nicht hier.» Er nickte Florin zu. «Hoffmann will, dass du die Pressekonferenz übernimmst. Sie schicken seine Frau heute nach Hause.» Er seufzte und schüttelte den Kopf, wie um zu unterstreichen, dass das keine gute Nachricht war. «Kann ich ihm sagen, dass du ihn vertrittst?»

«Sicher. Lass ihn grüßen.»

«Von mir auch», sagte Beatrice schnell, horchte in sich hinein und stellte fest, dass sie es ehrlich meinte. «Ich wünsche seiner Frau alles Gute.»

«Okay.» Bechner wandte sich zum Gehen.

«Der Journalist», rief Nikola, «Ribar. Wissen Sie von ihm etwas Neues?»

«Dem geht's auch beschissen», murmelte Bechner, «und das wird sich so schnell nicht ändern.» Er schloss die Tür hinter sich.

Beatrice konnte hören, wie Nikola unter dem Tisch nervös mit den Füßen wippte. «Wenn Ehrmann tot ist und Heckler überlebt, dann …» Er führte den Satz nicht zu Ende.

Für den Rest der Befragung blieb er einsilbig. Er hatte

Ehrmann im Streit erschlagen, ohne Vorsatz, und wollte dafür bestraft werden. Vor allem aber wünschte er sich einen Prozess, in dem er vorbringen konnte, was in Gornja Trapinska passiert war. «Keinen interessiert das mehr», sagte er müde. «Keiner schert sich darum. Darica wäre jetzt neunundzwanzig. Vielleicht wäre sie Ärztin oder Lehrerin, vielleicht hätte sie Kinder, aber das werden wir nie wissen können, oder?»

«Nein.» Diesmal lag keinerlei Sarkasmus in Florins Ton. «Es ist ein furchtbarer Verlust, und ich möchte Ihnen mein ganzes Mitgefühl dazu aussprechen.»

Nikola straffte sich. «Danke.» Er stand auf, als zwei Justizwachebeamte eintraten, um ihn zurück in seine Zelle zu bringen. In der Tür wandte er sich noch einmal um. «Sie halten mich auf dem Laufenden?»

Beatrice zögerte, dann nickte sie. Sie fühlte die Müdigkeit auf ihren Schultern wie einen bleiernen Rucksack. Sie wünschte sich, sie hätte Lust, mit Florin etwas essen zu gehen, doch allein die Vorstellung machte sie noch müder, als sie es bereits war.

Schließlich landeten sie im Mirabellgarten und spazierten zwischen den herbstlich bepflanzten Blumenrabatten umher. Irgendwann legte sich Florins Arm um Beatrices Schultern, erst behutsam, dann fester. «Anneke», sagte er.

Wollte sie darüber sprechen? Jetzt? Sie unterdrückte ein Seufzen. «Ja?»

«Ich habe gestern Nacht mit ihr telefoniert, und ... ich habe ihr gesagt, dass ich für unsere Beziehung keine Zukunft mehr sehe. Dass ich sie aber nicht einfach so am Telefon beenden will.»

Gestern, also zu der Zeit, als Beatrice im Krankenhaus

gewesen war. Sie versuchte, sich das Gespräch vorzustellen, tastete gleichzeitig in ihrem Inneren nach den passenden Empfindungen. Bedauern? Ein wenig. Ein bisschen Freude, gepaart mit Schuldgefühlen.

Keine *halben Dinge* mehr. Nie wieder Gnossienne Nr. 1 während der Arbeitszeit. Oder danach. Sie nickte gedankenverloren, und erst, als sie Florins prüfenden Seitenblick bemerkte, wurde ihr klar, dass er darauf wartete, dass sie etwas sagte.

«Das finde ich richtig von dir», entfuhr es ihr. Es klang viel zu munter, und für den nächsten Satz nahm sie sich mehr Zeit. «Also, dass du nicht telefonisch Schluss machst, meine ich. Und es tut mir natürlich sehr leid. Das weißt du, oder?»

Der Kies unter ihren Füßen knirschte im Takt ihrer Schritte und machte ihr Schweigen fast hörbar.

«Wann fährst du?», fragte sie schließlich.

Er lachte auf. «Gar nicht. Anneke ist die Form des Schlussmachens nämlich völlig egal. Ich soll mir das Geld sparen, hat sie gesagt, und dass sie es ohnehin schon länger weiß. Und dass ich es noch bedauern werde, aber dass ich bloß nicht angekrochen kommen soll, wenn ich entdecke, was ich mit ihr verliere. Und das ist unbeschreiblich viel.»

«Ehrlich, das hat sie gesagt?»

«Hm. Auch noch ein paar andere Sachen.»

Beatrice fühlte den Druck um ihre Schultern fester werden. Ihr eigener Name war gefallen, keine Frage. Und nicht ausgeschlossen, dass ihr noch ein paar interessante Anrufe aus Amsterdam ins Haus standen. Wenn schon.

Wieder betrachtete Florin sie von der Seite, ganz offensichtlich wartete er darauf, dass sie nach den *anderen Sachen* fragen würde, aber ihr war nicht danach. Sie wollte durch diesen Park spazieren, mit dem Gefühl, Zeit zu haben.

Etwas war abgeschlossen. Etwas anderes war im Begriff, zu beginnen. Vielleicht.

«Schau mal!» Florin war stehen geblieben. Er deutete auf eine Parkbank und direkt daneben einen überquellenden Papierkorb. «Sieht Iras Foto sehr ähnlich. Könnte die gleiche Bank sein.»

Zumindest auf den ersten Blick. Beatrice betrachtete sie näher, berührte das grün lackierte Holz, das warm war von der Sonne. Vielleicht war das ein guter Ort, um einen Punkt hinter den Fall zu setzen. In aller Ruhe, den Blick auf die Festung Hohensalzburg gerichtet, die gegenüber auf ihrem Festungsberg lag. Ein weißes Schloss.

Florins Handy schrillte in ihre Gedanken, der laute, durchdringende Büroton. «Geh ruhig ran.»

Sie setzte sich, ließ sich von der Bank wärmen und holte das Notebook aus ihrer Umhängetasche.

«Ach, Bechner, hallo. Was gibt's?»

Sie verband es mit dem Internet und rief Facebook auf.

«Was? Oh. Ich verstehe. Danke.»

Beatrice verstand auch. Sie wusste, dass Ribar gestorben war, noch bevor Florin ihr die Nachricht bei zugehaltenem Handymikrofon zuflüsterte. Sie klickte auf den Link zu *Lyrik lebt*.

«Ja? Was denn noch?» Er drehte sich zur Seite. «Das kann doch nicht ihr Ernst sein. Okay, meinetwegen, stell sie durch.» Er entfernte sich ein paar Schritte, und Beatrice hörte ihn nur noch «Frau Crontaler, hallo» sagen.

Sie suchte das Foto mit der Bank. Da war es. Und nein, es war nicht die gleiche, auf der sie gerade saß, aber sie sah ihr sehr ähnlich, und der Mirabellgarten war groß.

Weiter zurück in den Beiträgen. Postings von Toten und Lebenden.

Sei er noch so dick,
Einmal reißt der Strick.
Freilich soll das noch nicht heißen,
Daß gleich alle Stricke reißen.

Obwohl sie wusste, dass es gelöscht worden war, suchte sie nach dem «Weißen Schloß in weißer Einsamkeit», nach dem Bild des lächelnden, unversehrten Ribar mit seiner Frau. Seiner Witwe. Aber natürlich war es nicht da.

Weiter zurück. Sie scrollte und scrollte, auf der Suche nach etwas, das sie noch nicht kannte. Schließlich fand sie einen Beitrag von Ira, dem sie bisher keine Beachtung geschenkt hatte. Vier Monate war er alt.

Ira Sagmeister Wie fandet ihr das Gedicht mit der Rose gestern? Ich bekomme es nicht aus dem Kopf.

Düster und schön, so beschrieb es eine gewisse Silke Hernau, während Irena Barić daran zweifelte, dass es sich wirklich um eine Rose gehandelt hatte. Irena, die Frau, der zwei Finger fehlten. Kurz darauf Nikola, der seine Neugier darüber bekundete, wo Ira diese Rose gesehen haben wollte. Und er bekam eine Antwort: bei einem Brunnen nahe einer Kirche.

Beatrice scrollte weiter zurück, suchte das dazugehörige Gedicht, fand es.

Ira Sagmeister
Ich sah des Sommers letzte Rose stehn,
Sie war, als ob sie bluten könne, rot;
Da sprach ich schaudernd im Vorübergehn:
So weit im Leben ist zu nah am Tod!

15 Personen gefällt das

Das Gedicht war wirklich schön, fand Beatrice. Sie überlegte, ob Ira Boris Ribar wohl am Residenzbrunnen gesehen hatte, von dem aus der Dom nur ein paar Schritte entfernt war.

Ira war eine Löwin, hatte Nikola gesagt.

Eine Löwin, ein Panther.

Eine Rose.

So weit im Leben ist zu nah am Tod.

«Viel zu nah», murmelte Beatrice. Hörte, wie sich Florins Schritte auf dem knirschenden Kies näherten.

«Ich kann und will Ihnen keine weiteren Auskünfte geben», blaffte er in sein Handy, untypisch laut. «Aber bei Gelegenheit erkläre ich Ihnen gern, was die Kernaufgaben der Kriminalpolizei sind. Die erfüllen wir. Guten Tag.»

Als er vor ihr stand, schüttelte er den Kopf, mit gequältem Lächeln, das aber echter wurde, je länger er sie ansah. «Frag erst gar nicht. Wollen wir weitergehen?»

«Gleich.»

Sie las das Gedicht noch einmal. Fuhr mit dem Mauszeiger über Iras Namen, dann unter das Gedicht. Klickte *Gefällt mir*, bevor sie das Notebook zuklappte und Florins ausgestreckte Hand ergriff.

ENDE

WUNDERLICH

Nach «Fünf» und «Blinde Vögel» der dritte Thriller von Bestsellerautorin Ursula Poznanski!

Er hatte die Zeichen gesehen. Er sah sie seit Jahren schon, und hatte immer wieder versucht, die Menschen zu warnen, doch nie wollte jemand ihm glauben.
Sie hatten ein Opfer dargebracht.
Auf keinen Fall durften sie ihn hören.
Sie wissen, wer du bist.
Menschen, die wirr vor sich hinmurmeln. Die sich entblößen, Stimmen hören: Die Psychiatriestation des Klinikums Salzburg-Nord ist auf besonders schwere Fälle spezialisiert. Als einer der Ärzte ermordet in einem Untersuchungsraum gefunden wird, muss die Ermittlerin Beatrice Kaspary versuchen, Informationen aus den Patienten herauszulocken. Aus traumatisierten Seelen, die in ihrer eigenen Welt leben. Und nach eigenen Regeln spielen...

Ab dem 06.03.2015 überall im Buchhandel erhältlich

ISBN 978-3-8052-5062-7

Das für dieses Buch verwendete FSC®-zertifizierte Papier
Holmen Book Cream liefert Holmen, Schweden.